TANNENFALL.
DIE VERSCHWUNDENE WELT.

Dieses Buch ist ein Roman. Die Handlung und die handelnden Personen dieses Romans sind ebenso frei erfunden wie die Orte und Geschehnisse. Jede Ähnlichkeit mit toten oder lebenden Personen, Persönlichkeiten des öffentlichen Lebens oder Gemeinden und Regionen ist nicht beabsichtigt und wäre rein zufällig.

BERNHARD HOFER

Die verschwundene Welt.

ROMAN

emons:

Bibliografische Information der Deutschen Nationalbibliothek
Die Deutsche Nationalbibliothek verzeichnet diese Publikation in der Deutschen Nationalbibliografie; detaillierte bibliografische Daten sind im Internet über http://dnb.d-nb.de abrufbar.

MIX
Papier aus verantwortungsvollen Quellen
FSC® C083411
FSC
www.fsc.org

Umschlaggestaltung: Nina Schäfer, unter Verwendung eines Motivs von daniel.schoenen/photocase.de
Gestaltung Innenteil: DÜDE Satz und Grafik, Odenthal
Lektorat: Lothar Strüh
Druck und Bindung: CPI – Clausen & Bosse, Leck
Printed in Germany 2022
ISBN 978-3-7408-0710-8
Roman
Originalausgabe

Es heißt, es gebe einen Spalt in der menschlichen Seele,
die nicht dafür angelegt wurde,
dem Leben vollends anzugehören.

Louise Glück

Was die Leserinnen und Leser vor der Lektüre wissen sollten

Bevor Sie, geschätzte Leserinnen und Leser – Interessierte, Mitforschende? –, die nächste Seite aufschlagen, möchte ich Ihnen gern noch einmal den Kontext in Erinnerung rufen, da ich weder weiß, wie weit Sie schon eingetaucht sind in die Geschichte – die Materie, die Mysterien von Tannenfall –, noch, wie lange der letzte Abschnitt Ihrer bisherigen Reise zurückliegt. Und nur wer diesen Kontext kennt, zumindest in groben Zügen, wird all das verstehen, was die reinen Wörter begleitet. Die Welt hinter den bloßen Buchstaben bleibt sonst unsichtbar, regelrecht verschlossen.

Im Jahre 1914 bekommt der zurückgezogen lebende Bauer Franz Leidemann einen Einberufungsbefehl, um an der Front im Ersten Weltkrieg zu kämpfen. Er folgt seiner Pflicht und bricht zu Fuß von einem abgelegenen Dorf in der Nähe des Semmerings Richtung Graz auf. Doch der unbeholfene Bauer kommt vom Weg ab und verirrt sich in den steirischen Wäldern. Als er in einer Lichtung eine blaue Blume findet, verändert ihr Duft seinen Geist. Kurz darauf folgt er einem mysteriösen weißen Hirsch und betritt im Wahn eine Welt voller unheimlicher Wesen wie der Königin des sagenumwobenen Nachtvolkes.

In einem Tagebuch hält der völlig verängstigte Bauer seinen Schrecken fest.

Wochen später wird Franz Leidemann in den Wäldern von einem Suchtrupp gefunden und als Deserteur erschossen. Man wirft ihm vor, dass er sich in den Wäldern vor seiner Pflicht verstecken wollte. Nur der K.u.k.-Leutnant Marius Khalberg glaubt an Leidemanns Unschuld und nimmt nach dessen Tod sein Tagebuch an sich.

Nach dem verlorenen Krieg bezieht Marius Khalberg 1919 auf dem Semmering eine alte Villa. Der Nachkomme eines großen, einflussreichen Adelsgeschlechts, der sogenannten Schwarzen Familie, will sich von den neu aufkeimenden Allmachtsphantasien seiner Familie distanzieren, da er fürchtet, sie könnte die Welt erneut in einen Abgrund stürzen. In der gewählten Abgeschiedenheit widmet sich Marius Khalberg dem Tagebuch des Franz Leidemann, das er ihm nach dessen Tod entrissen hatte. Die Geschichten rund um die blaue Blume, den verschlungenen Weg in ein vermeintliches Paradies und um geheimnisvolle weiße Hirsche, die an einer unsichtbaren Grenze zu einer anderen Welt zu wachen scheinen, ziehen ihn immer mehr in den Bann.

Jahre später ist auch Konrad, der heißblütige Sohn von Marius Khalberg, besessen von der Idee, in den Wäldern des Semmerings den Zugang zu einer anderen Welt zu finden. Eine Besessenheit, die ebenfalls auf seine Frau überspringt. Die »Teufelin«, wie Konrad Khalbergs Frau in den umliegenden Dörfern genannt wird, ist überzeugt, dass die Schwarze Familie, deren Teil sie nach der Ehe mit Konrad nun ist, durch einen Zugang zu der anderen Welt und eine mögliche Allianz mit dem Nachtvolk wiedererstarken könnte.

Als die Teufelin beginnt, ihre eigenen Kinder mittels Kräuterexperimenten unter Drogen zu stellen, um mit Hilfe der kindlichen Phantasie einen Weg in die andere Welt zu finden und Kontakt zu der Königin des Nachtvolkes aufzunehmen, geht dies Konrad Khalberg zu weit.

Er wendet sich an den befreundeten Arzt Dr. Merten und lässt die vier kleinen Mädchen aus Tannenfall, wie die Teufelin die Wälder um den Semmering nennt, entführen, um sie vor der Besessenheit seiner eigenen Frau zu retten. Dr. Merten bringt die vier Mädchen schließlich an vier unterschiedliche Orte, wo sie getrennt voneinander aufwachsen, verbunden durch eine gemeinsame, ihnen unbekannte Kindheit.

Vier Mädchen, die getrennt voneinander aufwachsen, weil sie gemeinsam das vielleicht größte Geheimnis der Welt in sich tragen: das Geheimnis vom Übergang in eine andere Welt. Vier Mädchen, die mittlerweile zu vier Frauen herangewachsen sind. Marlene Castor, Greta Erdsegen, Dorothea Almer und Leonora Khalberg. Vier Frauen, vier Bücher, vier Sichtweisen. Vier fest miteinander verknüpfte Geschichten, die jeweils einen anderen Blick in die Welt von Tannenfall liefern.

Auch wenn ich – meinen eigenen »Begegnungen« folgend – einer bestimmten Route folgte, können alle Interessierten selbst entscheiden, mit welcher Geschichte sie in diese Welt eintauchen wollen. Denn wie bei einem Kreis führt jede Geschichte, jeder Übertritt – egal von welcher Seite er unternommen wird – unweigerlich zum Mittelpunkt, zum Herzen von Tannenfall, zur Wahrheit hinter dem geheimnisvollen Tagebuch von Franz Leidemann.

So kämpft die in Potsdam lebende Staatsanwältin Marlene Castor scheinbar vergeblich gegen die kriminellen Machenschaften einer übermächtigen Organisation, der Schwarzen Familie. Marlene Castor hat ihren Glauben an die Welt verloren und versinkt immer tiefer im Morast eines Burn-outs. Als sie sich deshalb mit ihrer Tochter Lya in den Wäldern des Semmerings erholen will, verschwindet diese. Und Marlene glaubt zu wissen, wo sie zu finden sein wird – eben an dem geheimnisvollen Ort, der auf keiner Landkarte zu finden ist, in Tannenfall.

»Der erste Schnee« erzählt von dieser Suche. Dabei strauchelt Marlene – und mit ihr der Chronist und wohl auch die Leser – immer wieder auf ihrer Suche nach Halt und findet ihn doch erst, wenn sie die Suche nach Orientierung aufgibt. Gemeinsam mit allen, die sie begleiten, stolpert sie durch das Spiegelkabinett einer phantasierten Reise. Alles versinkt in Marlenes Wahn, doch ist dieser Wahn der einzige Weg, um dort anzukommen, wo die andere Welt beginnt, hinter den augenscheinlichen – augenwischenden? – Regeln der vermeintlichen Realität, hinter dem Gewohnten.

Die an Epilepsie leidende Greta Erdsegen wiederum lebt, wie in »Das andere Licht« nachzulesen ist, in einer Nervenheilanstalt in der Nähe von Dresden und macht sich ebenfalls auf die Suche nach der anderen Welt. Dabei mahnt sie vor der großen Krankheit, die sie am Horizont zusammenziehen sieht. Greta sieht darin die Machenschaften der Schwarzen Familie, die mit der Krankheit die »Neue Ordnung« einleiten will. Greta geht nach Tannenfall, um das Heilmittel zu finden, wo sie auf ihre anderen Schwestern trifft.

Im Folgenden nun erzählt Dorothea Almer höchstpersönlich ihre Geschichte. Und die beginnt mit dem kleinen Mädchen, das bald nur noch ein Ziel vor Augen hat: das Meer zu unterwerfen …

Alle diejenigen, die wissen wollen, wie es Leonora Khalberg, der vierten Schwester, ergangen ist, müssen sich möglicherweise noch etwas gedulden. Mag sein, dass ihre Geschichte noch nicht der Öffentlichkeit zugänglich gemacht wurde.

Wie tollkühne Abenteurer drangen wir in die Welt ein, die die Erwachsenen vor uns geheim gehalten hatten. Wir tauchten hinab in die Tiefen der blauen Wälder unter Wasser, die sich auftaten, wenn wir ein wenig weiter hinausschwammen, als uns unsere Eltern erlaubt hatten. Wir folgten dem schmalen Steig, der in ein enges Tal führte, wo die Gespenster wohnten, die sich in der Nacht aus ihren Hütten unter der Erde schlichen, um Kinder zu jagen. Die aber vor uns flohen, wenn wir laut schreiend mit einem abgebrochenen Ast auf den rostigen Stahldeckel eines Küchentopfes schlugen, um uns unsere Angst nicht anmerken zu lassen. Wir stiegen auf den weißen Turm über der hohen Klippe und lehnten uns ganz weit vor, breiteten dann die Arme aus und flogen mit dem Wind davon, weit weg in andere Länder, in denen noch nie jemand gewesen war.

Unsere Welt des Staunens war eine Welt der Phantasie, in der sich jeder kleine Stein in ein Gebirge verwandeln konnte, auf dessen hohem Gipfel immer der wilde Sturm wütete. Eine Welt, glitzernd, funkelnd und geheimnisvoll, in der alle Blumen Schmetterlinge waren, die mit ihren bunten leuchtenden Flügeln die Luft so sehr aufwirbelten, dass sie surrte und wir darin schweben konnten. Niemand konnte in unsere Welt eindringen, denn sie gehörte uns. Weder die Touristen mit ihren lauten, stinkenden Autos oder die Jungs mit den schrill heulenden Motorrollern noch unsere Eltern mit ihren geschundenen Händen, ihren krummen alten Beinen und ihren müden Augen.

Und manchmal, wenn die Farben aus unserer Welt verschwanden und unsere Augen traurig und unsere Mägen hungrig waren, drangen wir in fremde Gärten ein, wo wir große feuchte Handtücher heimlich von den Wäscheleinen zogen. Wir banden sie um unsere Hälse und verwandelten uns in Superhelden und flogen hoch bis zu den Sternen. Von dort sahen wir in die Zukunft und suchten die Farben unserer Welt und flogen dann weiter, mit weit ausgebreiteten Armen, die zu Flügeln wurden, weiter bis über den Strand unseres Heimatdorfes, wo unsere Eltern besorgt unsere Namen riefen.

Wir waren glücklich. Aus unseren Mündern quoll lautes Lachen, unsere Knie waren aufgeschlagen und unsere Locken wild und verknotet. Und manchmal steckte in unseren Haaren eine kleine blaue Blume, die sich beim Spielen darin verfangen hatte. Wir waren sicher, dass sie der warme Wind aus einem anderen Land hinter dem Meer zu uns getragen hatte. Wir zogen sie dann behutsam aus den Nestern in unserem Haar und betrachteten sie mit großen leuchtenden Augen. Sie glitzerte in unseren kleinen schmutzigen Händen, als hätten Feen ein blaues Licht in dieser zarten Blume versteckt, die wir stolz unseren Eltern unten am Strand entgegenstreckten, wenn wir schuldbewusst unsere Blicke senkten und leise »Es tut uns leid« flüsterten.

Dieses Buch widme ich der verschwundenen Welt meiner Kindheit, dieses Buch ist für Giacobbe, meinen besten und einzigen Freund. Doch jetzt, da ich erwachsen bin, ist dieses Buch auch für ihn, meinen Vater, auf den ich bis heute auf dem Strand von Dante warte, in meiner Hand eine blaue Blume. Als ich am Ende des Meeres die schmalen, dünnen Rauchfäden sah, die sich in der Ferne bis zum Himmel erstreckten, war ich sicher, dass er zurückkommen würde, mit seinem Fischerboot, zurück zu mir, seinem kleinen Mädchen. Und er würde mich in den Arm nehmen und mir die Wahrheit ins Ohr flüstern. Die Wahrheit über die Gespenster.

DANTE

»Tea? Es ist Zeit, aufzustehen.« Ich tauchte aus der dunklen Höhle meines Schlafes und öffnete meine Augen. Vater versuchte zu lächeln und strich mit dem Daumen über meine Wange. Er war schon angezogen und trug sein blaues Hemd, das er immer anhatte, wenn er aufs Meer hinausfuhr. Es roch nach Fisch und Zitronen. Unten klapperte Mutter mit einer Pfanne und rückte Stühle zurecht. Von früh bis spät war sie mit dem Haushalt beschäftigt.

»Kommt sie?«, hörte ich ihre scharfe Stimme.

»Aber dunkel es ist noch draußen«, sagte ich und sah zum Fenster, in dem das Meer unruhig rauschte.

»Aber es ist noch dunkel draußen«, korrigierte mich Vater und blickte ebenfalls zum Fenster. »Wenn wir am Meer sind, wird die Sonne bald aufgehen«, sagte er. »Aber jetzt komm, Mutter wartet.«

»Komm ich«, murmelte ich und zog meine warme Decke über das Gesicht. Vater schwieg, und ich nahm einen tiefen letzten Atemzug der Nacht, schob die Decke nach unten und stieg aus dem Bett. »Ich weiß, es heißt, *ich komme*«, sagte ich und lächelte in sein offenes vertrautes Gesicht, während von unten das Radio »Vivere ancora« spielte. Mein Italienisch war nicht so gut wie das im Radio oder das meiner Eltern. Aber dank meines Vaters wurde es jeden Tag besser.

Es war immer noch dunkel, als ich mit dem letzten Stück Brot das Olivenöl von meinem Teller wischte und es in meinen Mund steckte. Ich hielt den Kopf gesenkt, um meiner Mutter nicht in die Augen zu sehen, da ich das Gefühl hatte, es ihr nicht recht machen zu können.

»Es ist stürmisch draußen«, sagte mein Vater, drehte den Kopf übertrieben zur Seite und suchte im Dunkel hinter dem Fenster den tosenden Klang der hohen Wellen des Meeres.

»Sie soll nur mitkommen«, sagte Mutter und sah uns mit giftigen Blicken abwechselnd an. »Sie soll sich nützlich machen und arbeiten. Sonst ist sie wieder oben in Scala und denkt sich neuen Unsinn aus.«

Vater schob den Stuhl nach hinten und zog die Fischerjacke

über, die hinter ihm hing. Sie roch nach Öl und Fisch. Ohne ein Wort zu sagen, hob er meine Jacke, eine dunkelblaue gewalkte Jacke mit silbernen Knöpfen, vom Haken und reichte sie mir über den Tisch.

»Mutter hat recht. Wenn wir dich aus den Augen lassen, bist du wieder weg, und sie macht sich Sorgen. Sie hat schon genug zu tun.«

Ich starrte auf meinen leeren Frühstücksteller und hörte das gepresste Schnaufen meiner Mutter, das sie immer von sich gab, wenn sie meinen Vater von ihrer Meinung überzeugt hatte. Früher hatte ich ihr oft widersprochen, aber es endete meist im Streit meiner Eltern. So wie mein Italienisch mit jedem Tag besser wurde, wurde ich auch immer besser im Umgang mit meinen Eltern und fand am Ende immer einen Moment, um auszubüxen. Dabei wollte ich weder Mutter noch Vater damit verletzen, noch wollte ich, dass sie sich Sorgen machten. Aber es gab hier so viel zu entdecken, was ich noch nicht gesehen hatte. Und bevor ich nach dem Sommer in die Schule ging, wollte ich mehr erleben, als meiner Mutter im Haushalt zu helfen oder durch die engen weißen Gassen von Dante hinunter zum Meer zu laufen und im Boot darauf zu warten, dass mein Vater es geduldig ins Wasser zog.

Mein Vater hatte recht: Der Morgen war stürmischer als sonst. Ich stellte den Kragen meiner Jacke auf und zog den Kopf dicht an meine Schulter. Ich folgte meinem Vater durch die engen, verwinkelten und schmutzigen Gassen. Mittlerweile kannte ich den Weg durch das Labyrinth zum Strand, und doch machte mir der Gedanke Angst, dass mein Vater hinter einer Ecke plötzlich verschwinden könnte! Irgendwo fauchte eine Katze, und eine Frau beklagte sich lautstark über die Trunkenheit ihres Mannes. Das Rauschen des Meeres kam immer näher und mit ihm der salzige Geruch.

Zwölfmal bogen wir um eine enge Ecke, bis wir den Vorhang der Nacht erreichten, hinter dem das dunkle unruhige Meer auf uns wartete. Erste Möwen riefen uns, und meine Beine versanken tiefer im weichen Boden des Strandes. Ich wartete, bis Vater auf das Boot stieg und seine Ausrüstung darin zurechtrückte. Ich beobachtete ihn, wie er auf das Meer sah und die Lichter musterte, die am Horizont tanzten. Sicher dachte er daran, dass er seine Fertigkeiten und Gewohnheiten, was den Fischfang betraf, den anderen Fischern anpassen musste. Ich spürte das Unbehagen, das ihn plagte, und die Angst, eines Tages ohne Fang nach Hause zurückzukehren.

Ich ertrug seinen Kummer nicht und wandte mich von ihm ab, bis er mich mit seiner ausgestreckten Hand auf das Boot zog. Atrani, wie mein Dorf hieß, hatte einen kleinen Strand und war umsäumt von einem Halbkreis aus übereinandergebauten Häusern, zwischen denen wie kleine Höhlen die Ausgänge aus den vielen engen Gassen liefen. An die hohe Häuserfront, die wie ein großer Staudamm wirkte, schmiegte sich ein mächtiger Bau, der einem Viadukt ähnelte und auf dem eine Straße entlangführte. Steil aufsteigende Felsen umschlossen Atrani, als beschützten sie das Labyrinth in ihrem Inneren, dort, wo irgendwo unser Haus stand, in Dante, dem ärmsten und kleinsten Viertel von Atrani.

Vater hatte einmal gesagt, dass es so klein und unbedeutend sei, dass es in den Prospekten, die die vielen Urlauber in ihren fremden Ländern lasen, gar nicht erwähnt wurde. Vater hatte uns einmal einen dieser Prospekte mitgenommen, und wir hatten ihn mit großen Augen über den Tisch ausgebreitet. Meine Mutter, die mit dem Lesen Schwierigkeiten hatte, hatte Vater angeherrscht, ihr vorzulesen, was unter den großen bunten Bildern unserer Heimat stand. Und obwohl sie die vielen Fremden, die seit Jahren kamen, um das Meer zu sehen, mit großem Argwohn betrachtete, war sie enttäuscht gewesen, dass nicht nur Dante im Prospekt völlig fehlte, sondern auch Atrani unerwähnt blieb.

Nur unser Nachbardorf, das hinter einem großen Berg ebenfalls in einer Felsfalte lag, hatte Eingang gefunden in die Werbung, die die ganze Welt zu uns einlud. Amalfi. Das Dorf, das unserer ganzen Küste ihren Namen gab. Die Amalfiküste. Ich war froh, dass die Touristen uns nicht besuchen kamen, dass sie nur mit ihren gelben und hellblauen Autos über das Viadukt donnerten. So hatte ich die geheimen Orte, die ich entdeckt hatte, für mich allein. Und so wusste die Welt weder von Dante noch von der Bedeutung des Eselspfades, des

Nussbaumwaldes oder der Via Paradiso, die zum Tal der verlassenen Mühlen führte. Sie wusste auch nicht von Scala, diesem wunderbaren Ort dort oben über den Bergen, wo Atrani und Amalfi zu meinen Füßen lagen und das Meer mit weiten Armen auf mich wartete.

»Du willst nicht mitkommen, habe ich recht?«, fragte mein Vater mit warmer, aber durch den Seewind rau gewordener Stimme.

Ich nickte. Anscheinend hatte er meine Gedanken gelesen und gesehen, wie ich im Dunkel meinen Hals nach oben streckte.

»Aber wir müssen gemeinsam nach Hause kommen. Das ist unser Geheimnis. Mutter darf das nie erfahren.«

Ich nickte, und der Wind, der über dem Meer auffrischte, bewegte meine beiden Zöpfe unter der hellblauen Mütze.

»Und du musst mir versprechen aufzupassen. Als du damals vom Felsen gestürzt bist, sind deine Mutter und ich vor Angst um dich gestorben.«

»Dir verspreche ich.«

Mein Vater lächelte. Er verzichtete darauf, meine Grammatik zu korrigieren, denn er wusste, dass ich ihn verstanden hatte. Ich konnte mich nicht mehr genau daran erinnern, wie es zu dem Unfall damals gekommen war, aber mein Vater hatte mir erzählt, dass ich heftig mit dem Kopf aufgeschlagen war und seitdem Schwierigkeiten hatte, so gut Italienisch zu sprechen wie die anderen Kinder. Und auch wenn ihn die Sorge umbrachte, dass ich eines Tages vielleicht wieder abrutschen und in die Tiefe stürzen würde, wollte er mich nicht einsperren und mir – anders als Mutter – den Freiraum geben, den ich brauchte. Das war unser Geheimnis.

»Aber du gehst nicht zu den Mühlen, versprochen? Und du winkst mir zu, wenn du oben bist, ja? Und dort bleibst du auch so lange, bis ich wieder hier bin. Ich warte dann auf dich am Strand.«

Ich umarmte meinen Vater.

»Ich habe dich lieb«, sagte ich, drehte mich um und lief zurück ins Labyrinth, wo die ersten Schatten durch die aufgehende Sonne immer deutlicher wurden.

»Und diesmal keine Geschichten von Blumen, die sich in Schmetterlinge verwandeln, verstanden?«, rief er mir hinterher und stieg in sein Boot. Bevor ich wieder in das Labyrinth tauchte, drehte ich mich noch einmal zu ihm um und sah, wie er in seiner nassen Fischerjacke und seiner unbeholfenen Art ins Boot stieg. Ich wusste, er hatte in Wahrheit Angst, dass der Sturm stärker und das Meer umschlagen und es mit einem Mal gefährlicher würde, als wenn er mir erlaubte, hochzusteigen nach Scala, wo ich sicher war vor den dunklen Wäldern auf dem Meeresgrund. Ich hatte Angst vor dem Meer. Es war unberechenbar und wild. Niemand konnte es kontrollieren. Oben in Scala war ich sicher. Und wenn die Gespenster im Tal der Mühlen hinter dem Nussbaumwald mich angreifen würden, würde Giacobbe mich beschützen. Vater musste sich also keine Sorgen machen. Ich war in Sicherheit. Wenigstens vorerst.

Die Gespenster hatten uns umzingelt. Giacobbe hockte einen Steinwurf von mir entfernt hinter der zerfallenen, mit Efeu bewachsenen Steinmauer einer alten Schmiede. Sie war Teil einer in Ruinen liegenden ehemaligen Papierfabrik mit ihren einst großen Mühlen, die tief in die Wälder hineinreichten. Papa hatte gesagt, dass hier früher ein bedeutender Industriestandort gewesen war. Ich wusste nicht, was das bedeutete. Ich sah nur, dass die Natur die antiken Gebäude wieder zurückerobert hatte. Bäume und wild wuchernde Vegetation hatten die Mauern der einst weitläufigen Anlage umringt wie die Gespenster uns.

Auf der roten gewalkten Jacke von Giacobbe lagen die ersten Schatten der Morgensonne. Giacobbe war ein Jahr älter als ich und ging schon zur Schule. Ich war seine einzige Freundin. Für seine Mitschüler war sein sanfter Blick Ausdruck übertriebener Sensibilität und Schüchternheit. Zudem hatte er abstehende Ohren, die, wenn die Sonne hinter ihm stand, rot leuchteten. Ich fand in ihm einen idealen Freund, da er die Welt, die ich mit meinen Kinderaugen betrachtete, durch denselben Filter sah wie ich, den Filter der *immaginazione*, der Phantasie. Sooft ich konnte, lief ich von Dante hoch zu ihm, um in den verwunschenen Wäldern der alten Mühlen die Gespenster zu jagen, bevor die Sonne höherstieg, Giacobbe in die Schule musste und ich die Stimme meiner Mutter hörte, die besorgt meinen Namen rief und mich an den Ohren zurück nach Dante zog, bis auch sie rot waren.

Giacobbe hielt den Atem an und blickte auf die nahen Gipfel der Milchberge, die hinter den Wäldern im warmen Sonnenlicht durchschimmerten.

»Siehst du sie?«, fragte ich leise. Doch Giacobbe rührte sich nicht. Der leise murmelnde Wildbach, der aus dem Wald floss, schnappte mit seinem hellblauen Dunst in der feuchten Meeresluft nach meinen Worten. Ich hielt den Atem an. Ich war eine Atemkünstlerin. Wie Giacobbe. Wenn wir unsere Atemzüge reduzierten, dann konnten sie uns nicht finden, die Gespenster. Weil sie uns nicht hören konnten. Ich zog den Kopf ein und senkte meinen Blick.

Morgentau perlte von den Feldblumen, die vor mir aus der warmen Erde wuchsen. Sie vermischten sich weiter hinten mit wilden Orchideen und kleinen fleischfressenden Pflanzen und mit den Wurzeln wilden Farns. Als mein Blick den bunten Blumen folgte, hörte ich die Gespenster wieder. Sie gaben unheimliche schnalzende Laute von sich, als suchten sie uns damit. Papa hatte mir einmal erzählt, dass Fledermäuse lautlos schrien, damit sie sich orientieren konnten. Auch wenn ich eine Fledermaus noch nie schreien gespürt hatte, glaubte ich, dass sich die Gespenster mit ihrem Schnalzen ebenfalls orientierten.

Giacobbe meinte, dass uns die Gespenster nur mit diesen gruseligen Geräuschen entdecken konnten. Einmal, so hatte er mir erzählt, habe er vor einem großen Gespenst gestanden. Es war fast doppelt so groß wie er gewesen, und der Nebel, der es umgeben hatte wie eine bodenlange staubige Kutte, hatte nach einem feuchten, modrigen Keller gerochen. Giacobbe hatte sich nicht bewegt und den Atem angehalten. Kurz darauf war das Gespenst weitergezogen mit schnalzenden Lauten. »Sie sind blind. Sie können uns nur hören. Wenn wir leise sind, können wir eines Tages eines fangen.«

Erneut hielt ich die Luft in meinen Lungen und sah zu Giacobbe, der sich keinen Millimeter rührte. In der Ferne hörte ich das Rauschen von Wasserfällen, die über verschlungene Wege voller Schmetterlinge von versteckten Felsen fielen. Von den Zitronenhainen hinter den Wäldern frischte ein sanfter Wind auf und brachte den Geruch von Wildkräutern zu unserem Versteck. Als ich vorsichtig begann, wieder einzuatmen, roch es nach Thymian, wilder Pistazie und Rosmarin. Und plötzlich bewegte sich Giacobbe und starrte mit weit aufgerissenen Augen zu mir.

»Sie kommen.«

Ich erschrak, als ein kleiner schwarzer Vogel über die großen leuchtend gelben Zitronenbäume flog, die den Wald von außen umgaben. Sie füllten die Luft mit dem Duft ihrer Blüten und Früchte, die der kleine schwarze Vogel mit seinen wilden Flügelschlägen zu uns brachte wie den feinen Rauch einer Duftkerze. Aufgeregt flatterte er über unsere Köpfe hinweg. Er glitt über unser Versteck und verschwand im grünen Himmel der Baumdecke. Doch kurz darauf tauchte er wieder aus dem Blätterdach und landete auf einem großen Baum. Dieser trug wie eine große hölzerne Säule das riesige Blättergewölbe, das sich über die Ruinen spannte. Wie ein Verbündeter der Gespenster drehte der kleine schwarze Vogel den Kopf in alle Richtungen, als würde er in den verfallenen Gebäuden die Verstecke all der anderen Kinder suchen, die in unserer Phantasie gemeinsam mit Giacobbe und mir hier ihre Köpfe geduckt und die Lungen verschlossen hielten.

»Er ist am Beobachtungsturm und sucht uns«, sagte ich leise. Giacobbe legte sich den Zeigefinder auf den Mund und zeigte mir mit der flachen Hand, dass ich auf meinen Atem achten sollte. Er war angespannt, und seine Ohren leuchteten rot.

Ich nickte und sah – ohne den kleinen schwarzen Wächter auf dem Turm aus den Augen zu lassen – hoch zu den Monti Lattari, den Milchbergen. Sie stürzten beinahe senkrecht in das helle Blau des Meeres. Äcker, die nicht größer waren als die raue Decke meines Bettes, klammerten sich an die Felsen. Dort oben auf den Gipfeln leben sie, die *ricchi*, die Reichen. Auf steilen Pfaden wandelten sie über die Höhen und beobachten das Treiben ihrer Gespenster, auf der Suche nach uns Kindern, den *poveri*, den Armen. Ich war noch nie in meinem Leben auf einem der Berge der Monti Lattari gewesen, aber Giacobbe hatte mir erzählt, dass dahinter der Weg der Götter verlief, der zum Palazzo der *ricchi* führte. Einem großen, mächtigen, unheimlichen Hof. Dort würden alle Kinder hingebracht, wenn sie von den Gespenstern in den Wäldern entdeckt worden waren. Wer einmal dort war, kam nie wieder, hatte mir Giacobbe erzählt.

»Von dort oben kann man Pompei sehen, eine alte Stadt, die vom Vesuv lange vor unserer Zeit im Feuerregen versunken ist.« Und dahinter würde man sogar bis nach Neapel sehen, hatte er mir erzählt, oder – wenn man die Augen zusammenkniff – die beiden Inseln, Capri und Ischia.

In unserer Phantasie hatten es sich Giacobbe und ich zur Aufgabe gemacht, die Kinder auf den Bergen zu befreien. Wir wussten wenig über die *ricchi*. Aber wir reimten uns Dinge zusammen. Dinge, die wir aufschnappten. Dinge, die ich in den Gassen von Dante hörte und am Strand von Atrani und Giacobbe in der Schule in Scala. Es hieß, dass dort oben eine böse Familie wohnte, die die gefangenen Kinder quälte, um ihnen ihre Gedanken zu stehlen. Und wenn der letzte Gedanke des letzten Kindes verschwunden war, wollten sie die ganze Welt verdunkeln – so, wie es einst die Asche des Vesuvs mit Pompei getan hatte.

Wir wussten, dass wir beide nichts gegen diese *famiglia* ausrichten konnten. Also suchten wir Verstärkung und fanden sie in unserer Phantasie.

»Wir müssen uns vereinen und sie vom Thron stützen«, sagte ich und schob mein Kinn mutig nach vorne.

»Sie sind reich und mächtig. Wir sind arm. Alles, was uns bleibt, ist die Luft, die sie uns gelassen haben.«

»Wir müssen kämpfen. Giacobbe, wir müssen zum Turm und Verstärkung holen. Von den Reitern des Windes, von den Hexen im Schnee, von den Frauen in der Erde …«

»Tea, wir dürfen nicht zum Turm. Dort ist die Grenze. In die andere Welt.«

»Wir müssen uns alle zusammentun und gegen die *famiglia*

in den Bergen kämpfen, bevor sie die Welt in den Abgrund stürzt. Die Welt braucht uns.«

»Auch wenn wir es schaffen, dass wir alle an einem Strang ziehen: Wir sind schwach. Wir haben keine Armee …«

Ich sah an Giacobbes besorgten Blicken, dass er wusste, woran ich dachte.

»Das ist gefährlich, Tea. Die Königin wird uns nie unterstützen. Sie hält sich an den Frieden, den sie mit den Menschen auf den Bergen geschlossen hat.«

»Es ist unsere einzige Chance. Sie hat das größte Heer. Ohne ihre Hilfe wird es uns nicht gelingen. Wir …«

Meine Stimme erstarb. Ich hatte etwas gesehen. Schatten aus den Wäldern. Der Vogel am Turm erhob sich und flog in die Sonne, zu den Bergen. Ich zog den Hals ein. Die Gespenster. Sie hatten uns entdeckt. Sie kamen vom Eselspfad. Ein schmaler Weg, der über Wildbäche aus dem Wald führte. Es waren andere als die Nebelgestalten mit den Schnalzlauten. Ich konnte ihre Gesichter nicht erkennen. Aber sie schimmerten in hellem Blau und mattem Gelb. Es waren fünf. Sie waren auf der Suche nach uns. Manche trugen so etwas wie Hemden, braun-orange gestreift. Andere Kleider, kariert. In Rot und Weiß. Manche hatten Sonnenbrillen mit dicken Rändern und Rucksäcke, andere machten Fotos, auf denen sie uns später in ihren Laboren suchten.

Ich sprang auf und verließ mein Versteck.

»Wo läufst du hin?«, rief mir Giacobbe nach.

»Wir müssen weg, bevor sie uns schnappen«, sagte ich und lief, so schnell ich konnte, weg von den Urlaubern, die von uns nur noch ein Knacken und Wispern hörten. Als Giacobbe die Eindringlinge sah, nahm auch er einen tiefen Atemzug und folgte mir durch das schattige Grün nach draußen.

Wir liefen durch den Nussbaumwald und waren außer Atem, als wir den Treppenpfad erreichten. Er wand sich hinauf und hinunter und führte uns entlang kleiner Häuser an der Küste. Wir konnten Amalfi sehen und Atrani. Sie lagen geduldig unten in ihren Mulden. Historische Wachtürme säumten die Küste, und bald erreichten wir Pontone, einen abgelegenen Ortsteil des Bergdorfes Scala, wo uns weiß getünchte Häuser und fröhliche Stimmen empfingen. Wir zogen die Köpfe ein, und obwohl wir kaum Luft bekamen, achteten wir auf unseren Atem, damit er uns nicht verriet. Kaum hatten wir Pontone hinter uns gelassen, zeigte sich der Torre dello Ziro. Beindruckend hatte er früher als Wachturm den Piratenüberfällen getrotzt. Jetzt war der hohe weiße Turm der Burg Scalella ein Aussichtsturm, der hoch über Amalfi und Atrani wachte.

Für uns war der Torre dello Ziro Teil einer großen Grenze, die von weißen Türmen bewacht wurde. Wir liefen, so schnell wir konnten, nach oben. Vor uns tat sich das Meer auf, und wir sahen das ewige Blau, das sich schon vor Jahrtausenden über der Amalfiküste niedergelassen hatte. Außer Atem lehnte ich mich an die Zinnen des Turmes und streckte mein unsichtbares Schwert in die Luft vor mir. Hinter mir folgten Giacobbe und die vielen Kinder, die sich in meinem Spiel mit mir und meinem Freund vor den Menschen in den Bergen versteckt gehalten hatten.

»Wir, die Völker der *poveri*, der Schneehexen, der Windreiter, der Erdfrauen, haben uns vereint! Große Königin, erhebe dich aus dem ewigen Blau und steh uns zur Seite mit deinem großen Heer. Lasst uns gemeinsam die Gipfel erstürmen! Vereinen wir uns, und gegen die bösen Reichen wir kämpfen!«

Meine Augen glänzten und zitterten, wie meine Stimme. In meiner Phantasie sah ich am Horizont die ersten Rauchsäulen der großen Armee der Königin. Sie erstreckten sich vom Ende des Meeres, wo die Fischerboote in der Vormittagssonne blitzten, wie dünne schwarze Seidenfäden bis in den dunstigen Himmel.

»Kämpfen wir gegen die bösen Reichen«, korrigierte mich Giacobbe, als er meinen Vater sah, der mit bleichem Gesicht unten vor dem Turm stand und mich mit nassen Augen ansah.

»Tea … es ist etwas Schreckliches geschehen!«, rief er. Und mit einem Mal verschwand all die Phantasie, die vor meinen Augen getanzt hatte. Die stolzen Reiter, die aus den Wolken gedrungen waren, die Schneehexen mit ihren glitzernden Kleidern, die sich aus weiter Ferne zu mir aufgemacht hatten, und die Erdfrauen, die sich aus ihren Mulden erhoben hatten, fielen wie Laub zu Boden und verschwanden.

Es ist etwas Schreckliches geschehen. Ich starrte auf die schwarzen Fäden am Horizont, wo das große Heer der Königin uns helfen sollte. Auch sie waren verschwunden. Meine Welt war verschwunden, und ich war wieder allein mit meiner Angst vor dem Leben in Dante.

»Was ist passiert, Papa?«, rief ich vom Turm nach unten.

»Deine Mutter … Es gab einen Unfall.«

DER TOD DER WUNDER. 1976.

Seine Stimme war ertrunken, als würde er unter Wasser sprechen. Ich wusste nicht, was mir mehr Angst machte: das, was ich bald erfahren würde, oder der große Schmerz, in dem mein Vater vor meinen Augen versank.

Ohne ein Wort zu sagen, folgte ich Papa über die Treppenwege nach unten. Ich hatte Mühe, ihm zu folgen. Kaum hatten wir das Labyrinth von Dante erreicht, hörte ich Stimmen. Schreie. Vorwürfe. Weinen. Scheppern von Töpfen. Der Geruch von Benzin und Öl. Papa lief immer schneller, und ich folgte ihm durch die engen Gassen wie ein Schatten, als wir endlich die Piazza Umberto erreichten.

Der Motorroller lag mit verbogenem Lenker in der Mitte der Piazza. Er schien mit voller Wucht gegen den Brunnen gekracht zu sein. Zwei junge Burschen mit hellblauen Hemden und um die Schultern geworfenen weißen Pullovern redeten aufgeregt mit einem Polizisten. Ich konnte sie nicht verstehen, da das Geschrei auf dem Platz zu laut war. Ich sah nur ihre wild gestikulierenden Hände und das betroffene Gesicht des Polizisten. Vor dem kleinen Laden, der zwischen zwei Restaurants Haushaltsgegenstände und persönliche Dinge verkaufte, hatte sich eine Traube von Menschen gebildet. Ich kannte sie alle. Sie alle lebten in Atrani, manche im Labyrinth, und sogar der Pfarrer der Chiesa Maria Maddalena hatte sich in die Traube gemischt und bekreuzigte sich ständig. Mit einem Mal bildete sich um mein Herz eine Mauer, und ich begann langsam zu begreifen.

Immer wenn wir vom Fischen zurückgekommen waren, war Mutter in den Laden gegangen. Sie kannte Gabriella, die Besitzerin, eine stolze Frau Mitte fünfzig mit schöner Haut. Sie waren wohl befreundet, obwohl sie so unterschiedlich waren. Mutter war grob, hatte große raue Hände und sehr breite Hüften. Gabriella war groß gewachsen, feingliedrig und trug sogar Schmuck um den Hals. Mutter hatte sich immer vorgenommen, zumindest einmal im Monat etwas bei ihrer Freundin zu kaufen, aber meist reichte dafür das Geld nicht. Sie kannten einander von der Schule, hatte Mutter einmal erzählt. Deshalb ging sie vermutlich jeden Tag zu ihr und trank einen Cappuccino, den Gabriella vom Laden nebenan holte, immer mit denselben Worten. Dass am nächsten Tag sie an der Reihe sei, für den Kaffee aufzukommen.

Ich denke, für Mutter war dieser regelmäßige Besuch ihrer Freundin wie der Besitz einer wertvollen Murmel, die sie als Kind gefunden hatte und seitdem fest verschlossen in ihren Händen hielt. Ich sah Mutter nie lachen, außer wenn sie bei Gabriella war. Doch sie achtete immer darauf, dass andere sie dabei nicht beobachteten, da sie sich schämte, zumal sie in ihrem Leben nicht viel zu lachen hatte. Wenn Touristen oder andere Leute den Laden von Gabriella besuchten, versteinerte sich sofort ihr Gesicht, und sie trat sogar ein wenig zurück, damit man sie nicht sehen konnte mit ihrer schmutzigen Schürze, die sie mit ihren unförmigen Händen zurechtstrich.

Ich vermute, dass Mutter Gabriella auch von uns erzählt hatte. Von Papa und mir. Wahrscheinlich hatte sie sich von Papa mehr erhofft, als dass er uns mit seiner Fischerei leidlich am Leben hielt. Vielleicht hatte sie sich durch ihn ein besseres Leben erhofft als jenes, das sie am Ende bekommen hatten.

Vielleicht war das auch der Grund, warum sie mir immer gesagt hatte, dass ich meine Zeit nicht mit dieser *poesia* verschwenden sollte. Sie spürte, dass mein Drang, die Welt um mich herum mit Phantasie anzureichern, am Ende des Tages nicht genügen würde, um damit ein Auskommen zu finden. Für sie war Arbeit, harte Arbeit, der einzige Weg, um aus dem schmutzigen Labyrinth des Lebens zu entkommen. Vater war in ihren Augen zu einem Müßiggänger geworden, der draußen auf den Wellen des Meeres in fremde Gedanken versank. Sah mein Vater in der Schule, in die ich nach dem Sommer gehen würde, die große Chance, eines Tages Atrani verlassen zu können und irgendwo auf dieser Welt ein besseres Leben zu führen, so betrachtete Mutter die Schule als Zeitverschwendung.

Insgeheim hoffte ich, dass Mutter mit Gabriella über diese Dinge sprach und dass Gabriella sie überzeugen würde, mir schon jetzt Bücher zu kaufen, damit ich mehr über die Welt lernen und endlich auch so sprechen konnte wie die anderen Menschen. Das hatte ich gehofft, wenn sie unser Haus verließ, wenn ich mit Papa vom Meer gekommen war. Warum hatte sie an diesem Tag früher das Haus verlassen? Warum hatte sie nicht gewartet, bis ich vom Torre dello Ziro heruntergestiegen und zu Papa an den Stand gelaufen war mit einer Feldblume in der Hand. Warum hatte sie nicht gewartet?

Der Krankenwagen hatte unbemerkt die ummauerte Piazza erreicht. Fremde Menschen hoben Mama in den Wagen, und als ich zu ihr laufen und ihr sagen wollte, dass ich mich um alles kümmern würde, den Haushalt, das Essen, ja selbst ihre Besuche bei Gabriella, hatten sie die Wagentür vor meiner Nase zugeschlagen. Ich spürte, dass Mama tot war. Sie war mit dem Kopf gegen den Brunnen geschlagen, als der Motorroller mit den betrunkenen Männern durch Atrani gerast war. Mutter war tot, und ich musste mich jetzt um meinen Papa kümmern, der zitternd meine Hand suchte.

Ich war das einzige Kind von Mama und Papa. Wir lebten in Dante in einer kleinen Wohnung ohne richtiges Tageslicht. Von der rot gefliesten Küche führte eine steile Treppe hinauf zu meinem Zimmer, wo mein Bett unter einer gewölbten Decke stand. Papa hatte Mühe, in meinem Zimmer aufrecht zu stehen. Obwohl Mama kleiner war, musste auch sie sich bücken, wenn sie mit der Wäsche durch mein Zimmer lief, um sie auf der kleinen Terrasse zum Trocknen nach draußen zu hängen. Die Terrasse verwendeten wir selten, da sie direkt zum Felsen hinausreichte und ein Blick aufs Meer nur möglich war, wenn man sich über das Geländer weit nach vorne lehnte. Es war in unserem Zuhause ohnehin fast immer dunkel, roch nach Wäsche und Fisch. Und von draußen drang ständig Geschrei in mein Zimmer – oder von unten, wenn meine Eltern stritten. Auch, wenn mein Vater die Tür zu ihrem Schlafzimmer zuzog, das gleich neben der Küche lag, damit ich nichts mitbekam. Ich schloss dann meistens die Augen ganz fest und atmete den salzigen Duft des Meeres ein, der in der Nacht zu mir hereinwehte und mich von einer anderen Welt träumen ließ.

Papa setzte sich unten an den Tisch und starrte auf den Teller vor sich. Ein Stück helles Brot lag darauf. An der Unterseite hatte es sich mit Olivenöl vollgesogen. Der Platz gegenüber von ihm war leer. Auch der Teller. Mutter hatte nichts gegessen, als wir aufgebrochen waren heute Morgen. Ich spürte, dass Papa Angst hatte, auf den leeren Platz zu sehen. Mama würde nie wieder zurückkommen. Ich wollte zu Papa gehen und mich an meinen Platz setzen, aber ich wusste nicht, was ich ihm sagen sollte. Ich selbst hatte ja noch gar nicht begriffen, was passiert war. Ich überlegte, ob ich nach oben gehen und warten sollte, bis Papa sich wieder geordnet hatte, als auf einmal Gabriella in der Tür stand. Sie war blass, und Tränen rollten über ihre Wangen. Ohne ein Wort zu sagen, ging sie zu Papa und setzte sich zu uns. Sie fasste seine Hand.

»Wenn du irgendetwas brauchst, ich bin für dich da«, sagte Gabriella und warf mir einen tröstenden Blick zu.

»Kommt Mama wirklich nie wieder?«, fragte ich sie, obwohl ich die Antwort längst wusste.

Obwohl Gabriella dunkle Ringe unter den Augen hatte, sah sie aus wie eine Frau, der es gelungen war, Dante zu verlassen. Sie trug rote Schuhe und hatte ein hellbraunes Kleid an mit goldenen Knöpfen. Meine Schuhe waren auch rot, aber sie waren schmutzig, meine Strümpfe waren dunkelblau und wie mein schwarzer Rock voller Erde. An meiner viel zu großen gewalkten Jacke hingen sogar noch Blätter, die an mir kleben geblieben waren, als ich mich mit Giacobbe vor den Gespenstern versteckt hatte. Wo war eigentlich Giacobbe?

»Ich werde euch helfen, mein Kleines, du kannst dich auf mich verlassen«, sagte Gabriella.

»Papa und ich, wir schaffen das schon«, sagte ich und zog ein Blatt von meiner Jacke. »Ich werde ihm helfen beim Fangen der Fische und zusehen, dass hier alles in Ordnung ist. Mama hat mir einmal gezeigt, wie man Ndunderi macht. Und die Wäsche. Wir schaffen das.«

Gabriella liefen Tränen über die Wange.

»Das musst du nicht. Du musst das nicht tun. Du bist noch ein Kind.«

»Mama hat immer gesagt, dass man hart arbeiten muss, wenn man es zu etwas bringen will.«

»Da hat sie recht. Aber du musst das nicht tun. Ich helfe deinem Vater, und ich helfe dir. Du gehst im Herbst in die Schule. Das ist wichtig.«

»In der Schule lerne ich doch nur Dinge von der *poesia*, von Dingen, die es gar nicht gibt. Nein, Frau Gabriella, ich und mein Papa werden hart arbeiten.«

Ich nickte und merkte, dass eine große Träne in meinen Mund lief.

»Die Schule ist wichtig. Du willst doch, dass deine Mama stolz auf dich ist, wenn einmal etwas ganz Großes aus dir wird.«

»Ich werde Mama nicht enttäuschen«, sagte ich und ging zum Tisch, um ihn abzuräumen. Ich bemerkte, dass Gabriella mich daran hindern wollte, aber dann davon abließ, da sie spürte, dass ich in der Ordnung einen Weg finden wollte, mit der Trauer in mir umzugehen.

»Die Polizei hat noch ein paar Fragen an mich«, sagte Gabriella und ging zur Tür. »Ich komme später noch einmal vorbei. Wenn ihr bis dahin irgendetwas braucht …?« Papa schwieg, und ich nickte und suchte im Küchenschrank nach einem Geschirrtuch.

Als Gabriella mein altes Zuhause verlassen hatte, befiel mich das Gefühl, als würde das Leben aus mir und meinem Vater fließen. Wir blieben zurück wie zwei seelenlose Hüllen, die aus dem engen, schmutzigen Labyrinth von Dante einen Ausweg suchten und wussten, dass sie nur Einsamkeit finden würden. Die Bewohner von Dante zählten zu den ärmsten von Atrani. Die meisten Familien von Dante lebten vom Fischfang, und das Meer war unsere einzige Chance zu überleben. Doch die vielen bunten Schiffe, die in der Nacht und in der

Einsamkeit des Meeres nach dem Überleben suchten, wurden immer weniger.

Giacobbe hatte mir erzählt, dass es nicht immer so gewesen war. Er hatte geschildert, dass unsere Nachbarstadt Amalfi einst zum antiken Römischen Reich gehört hatte. Nach dem Untergang des Reiches hatte sich Amalfi gemeinsam mit den anderen Dörfern der Küste zu einem eigenen Land aufgeschwungen und war zu einem Staat der Seefahrer geworden. Die Dörfer hatten sich große Schlachten mit den muslimischen Sarazenen geliefert. Doch Amalfi hatte auch ein glückliches Händchen im Handel gehabt. Von hier waren Produkte nach Nordafrika geliefert worden, darunter Holz, Getreide, Eisen, Früchte und Wein. Im Gegenzug hatten Schiffe Seidenstoffe, Medizin, Luxusgüter, Gewürze, Parfüms, Perlen, Schmuck, Stoff und Teppiche aus der arabischen und byzantinischen Welt nach Amalfi gebracht. Somit war Amalfi damals so reich und mächtig wie Pisa, Genua und Venedig gewesen. Durch den Seehandel waren die Menschen der Küste immer mehr in Kontakt zu Arabern gekommen, die die Herstellung von Papier beherrschten. So waren in den Wäldern oberhalb von Atrani und Amalfi bereits im Mittelalter erste Papierfabriken entstanden.

Früher hatte es keine Straße zu den Dörfern der Küste gegeben. Man war nur über halsbrecherische Maultierpfade zu den malerischen Dörfern an der Küste gelangt. Als die Straßen gebaut worden waren, hatte sich die Amalfiküste mit dem restlichen Italien verbunden. Trotz der gemeinsamen Geschichte waren alle Dörfer entlang der Küste anders. Alle folgten eigenen Traditionen und Bräuchen. Und obwohl nun die Armut wie ein Stachel in der Küste steckte, zeugten die architektonischen Meisterwerke vergangener Zeiten von einer ruhmreichen Zeit: der sarazenische Turm von Cetara, die römische Kathedrale von Amalfi mit dem arabischen »Chiostro del Paradiso«, die Kirche San Salvatore de' Bireto von Atrani, wo einst die Dogen von Amalfi ernannt wurden, und natürlich die große Kathedrale.

Diese Schönheit war es, die die Fremden anlockte. Giacobbe hatte mir erzählt, dass sogar der deutsche Komponist Richard

Wagner unsere Küsten besucht haben soll. Aber er war nicht der Einzige gewesen, sondern es waren noch viele gefolgt. Und so hatten die Einwohner der Nachbarstädte ihre Fischerboote am Strand gelassen und ihr Geld fortan mit den Fremden verdient. Kochten für sie, zeigten ihnen die verschlungenen Wege und erzählten ihre Geschichten, verkauften Pasta, Kleider in knalligen Farben oder Kunsthandwerk. Die Fischerdörfer Cetara und Maiori zählten zu den beliebtesten Badeorten der Küste. Aber natürlich auch Sorrent, wo viele Schriftsteller und Maler ihre Sehnsucht stillten, oder Positano mit seinen bunten aufeinandergestapelten Häusern.

Papa hielt nichts vom Tourismus. Und wenn ihn sein Schiff weiter östlich führte, dann sah er Minori, das für ihn der schönste Ort der Küste war. Er nannte ihn das Eden der Amalfiküste, da dort eine ständige Meeresbrise und ein erfrischendes Klima herrschten, als wäre der Ort nicht von dieser Welt.

»An der Amalfiküste sucht die Menschheit ihre Sehnsucht. Doch was sie findet, ist die Einsamkeit«, sagte Papa einmal. »Aber ich liebe die Einsamkeit. Denn in ihr liegt die Wahrheit.«

Für mich war Atrani ein Ort im Paradies, in dessen Inneren Dante lag, mein heimlicher Eingang in die Hölle. Wer ihr entkommen wollte, musste hart arbeiten und durfte seinen Tag nicht mit Träumen vergeuden. Das war die Wahrheit. Sie brannte sich nach dem Tod meiner Mutter in mein Herz. Und als ich am Ende jenes Tages in meinem Bett den Schlaf suchte und draußen die Schreie der Menschen hörte, die sich gegen die Sehnsucht des Meeres wehrten, verstand ich ihren Schmerz.

»Tea? Es ist Zeit aufzustehen.« Die Stimme meines Vaters war so leise, dass ich sie kaum hörte. Ich hatte die ganze Nacht kein Auge zugetan, da ich nicht wusste, was der Tod meiner Mutter bedeutete. Papa strich über meine Wange und lächelte mich an.

»Lass uns aufs Meer hinausfahren«, sagte er. Seine Augen waren rot, als hätte er die ganze Nacht geweint. Ich setzte mich auf und suchte den Geruch von Fisch und Zitronen, doch ich fand nur den öligen Gestank von Papas blauem Fischerhemd. Unten rückte niemand Stühle oder klapperte mit dem Geschirr. Nur das Meer rauschte geduldig und schlug mit seinen Wellen an die Festungen unseres kleinen Zuhauses.

Es war der erste Morgen ohne Mama. Ich fuhr mit Papa aufs Meer und schwieg mit ihm in der kalten Stille der Wellen. In der Ferne klang das leise Tuckern anderer Fischerboote, und ich sah die schnellen Lichter von bunten Autos, die über die Hochstraße von Atrani rasten.

»Nach dem Sommer beginnt die Schule«, sagte Papa mit gebrochener Stimme. Er sah älter aus als sonst. Der Wind am Meer hatte seine Haut aufgerissen und seine Augen müde gemacht.

»Ich gehe nicht zur Schule.«

Papa schwieg und zog das Netz näher an das Boot. Seine Hände waren aufgerissen und an ein paar Stellen blutig.

»Diese Welt, die du hier siehst, wird verschwinden. Meine Hände braucht in der Welt von morgen niemand mehr. Du musst lernen, damit du etwas Besseres machen kannst als ich.«

»Die Leute werden immer Fische essen, Papa. Wir müssen nur hart arbeiten und zusammenhalten.«

Wieder schwieg Papa und blickte auf den dunklen Wall der Milchberge, die hinter Atrani im schwindenden Mondlicht leuchteten.

»Du musst dich nicht um mich kümmern. Ich bin dein Vater. *Ich* muss mich um *dich* kümmern. Du musst in die Schule gehen.«

Ich half Papa, das Netz ins Boot zu ziehen. Es war leer.

»Die *ricchi* haben sie getötet. Die *ricchi* töten uns alle«, sagte ich plötzlich und spürte, wie eine unbekannte Wut nach meinem Herz fasste.

»Dann geh zur Schule! Dann lerne! Lerne, so viel du kannst!«

Ich sah zu Papa. Er hatte Tränen in den Augen. Ich fasste seine Hand. »Ich lass dich nicht allein, Papa.«

»Das weiß ich. Aber du musst zur Schule gehen. Und dann, wenn du es geschafft hast, wenn du selbst eine *ricca* bist, dann wartest du auf mich am Strand.«

Ich schloss die Augen und verbarg die Tränen darin. Ich spürte, dass mein Papa ohne mich nicht zurechtkommen würde. Er würde irgendwann auf dem Meer verloren gehen.

Mein Papa nahm im schaukelnden Boot meine Hand. »Versprichst du mir das? Versprichst du mir, dass du am Strand auf mich wartest?«

»Ich dir versprechen«, sagte ich mit einem Knoten im Hals. *Ich verspreche es dir.* Ich stellte die Worte in meinen Gedanken richtig. *Ich verspreche es dir. Ich verspreche es dir.* Und der Wind trieb das Boot immer weiter hinaus aufs offene Meer.

Ein schwüler Sommermorgen hatte sich in unsere Zimmer gelegt und klebte an den schmutzigen Wänden wie Schimmel. Wir hatten wenig Erfolg mit unseren ersten Fischgängen nach Mamas Tod. Papa stellte sich unbeholfen vor den Tisch und nickte mir zu, als wollte er mir zeigen, dass er stark genug sei für uns beide und dass er bereit sei, unser beider Leben in den Griff zu bekommen. Aber ich spürte, dass er kaum Kraft für sich selbst hatte. Dann setzte er sich und begann zu weinen. Auch wenn er mir auf dem Meer gesagt hatte, dass er sich um mich kümmern würde.

Ich öffnete den kleinen Kühlschrank. Drei Zitronen lagen mit abgeriebenen Schalen darin. An einer Stelle hatte sich eine schwarze Stelle gebildet. Im Fach darunter stand ein fettiger silberner Topf. Ich holte ihn heraus, stellte ihn auf den Herd und entfernte den Deckel. In der Kälte erstarrte Ndunderi steckten darin in Sardinenfett. Mutter hatte sie noch gemacht. Ich suchte in den Schubladen neben dem Herd nach einem Kochlöffel, fand aber nur einen normalen Löffel, mit dem ich begann, unser Essen zu erwärmen, das Papa und ich unter Tränen aßen.

»Morgen fange ich uns Fisch. Ich werde diesmal früher aufbrechen«, sagte er, und ich nickte.

Zwischen uns lag eine Stille, die größer war als das Meer.

»Ich muss dann noch zur Polizei und andere Dinge erledigen.«

Wieder nickte ich und räumte die leeren Teller in die Spüle.

»Ich sorge für dich, mein Mädchen, ich verspreche es dir«, sagte er und strich meine Locke glatt nach hinten, die widerspenstig in mein Gesicht gefallen war. Dann verschwand er.

Da ich nicht wusste, wann Papa wiederkam, entschied ich, ebenfalls das Haus zu verlassen. Ich wollte zum Torre, um auf das Meer hinauszusehen. Bevor ich ging, schob ich einen Stuhl zur Spüle, um in den kleinen quadratischen Spiegel zu sehen – Mutter hatte ihn dorthin gehängt, ihr hatte der mit kleinen bunten Steinen verzierte Rahmen gefallen. Ich sah müde aus, meine Haut war schmutzig. Ich zog meine Mundwinkel nach oben und zeigte meine Zähne.

»*Buongiorno*, Signora«, sagte ich. Mein Italienisch klang viel zu hart und sprudelte weniger als bei den anderen. Vielleicht war das der Grund, warum mir die Touristen weniger Lire gaben, wenn ich am Torre mit offener Hand danach fragte. Vielleicht glaubten sie, ich sei eine Betrügerin. Manchmal hatten mich einige vertrieben. Ich sei eine Zigeunerin, hatten sie gerufen. »*Buongiorno*«, wiederholte ich meine Worte im Spiegel und kippte meinen Kopf mit einem breiten Grinsen hin und her. Dann sprang ich vom Stuhl und lief zum weißen Wachturm.

Der Torre war leer. Keine aufgeregten Menschen mit blauen Hemden, karierten Blusen und großen schwarzen Sonnenbrillen. Als er neben mich trat, sah ich nicht auf, sondern blickte auf das glitzernde Meer.

»Was ist passiert, Tea? Ich habe einen Krankenwagen gesehen.«

»Meine Mama ist tot.«

»Tea, das tut mir so leid!« Giacobbe legte einen Arm um meine Schulter. »Wie ist das passiert?«

»Die *ricchi* haben sie umgefahren.«

Giacobbe schwieg, und ich bemerkte, wie seine Worte in seinem Hals steckten.

»Papa sagt, dass ich nach dem Sommer auch in die Schule gehe. Ich werde auch eine *ricca* werden, und dann gehe ich mit Papa von hier weg.«

»Das wird du ganz sicher, Tea. Und die Windreiter und die Schneehexen werden dir dabei helfen«, sagte Giacobbe, und ich bemerkte, wie er sich aus seiner Erstarrung löste und übertrieben siegessicher auf das Meer blickte.

»Wir werden dann nicht mehr viel Zeit haben, um Gespenster zu jagen.«

»Aber die Kinder auf den Milchbergen? Wir müssen sie retten.«

Ich blickte zur Sonne und schloss meine Augen. Ein schwarzer Ball trat an ihre Stelle, wie ein dunkler Planet.

»Du weißt, dass das nicht wahr ist«, flüsterte ich und schämte mich für meine Worte, als würde ich meine Kindheit verraten.

»Ich helfe dir, Tea, in der Schule und beim Haushalt. Ich kann auch einkaufen gehen, aber wir müssen die Kinder da oben doch retten. Das ist doch unsere Pflicht ...«

Ich drehte mich um, Tränen flossen über meine Wangen. Ich nahm seine Hände in meine. Sie schwitzten, und seine Ohren leuchteten rot. Giacobbe begriff nicht, was es bedeutete, eine Mutter zu verlieren. Er durfte weiter ein Kind bleiben, ich musste erwachsen werden.

»Aber die *poesia* ...?«

»Ich muss lernen, die Welt so zu sehen, wie sie ist.«

Giacobbe löste seine Hände aus meiner Umklammerung und sah mir in die Augen. Sein schüchterner Blick fand Halt in einer tiefen Überzeugung.

»Sei vorsichtig, Tea! Die Welt da draußen ist viel gefährlicher als die Welt unserer Gespenster. Aber wenn einmal jemand kommt, der dir wehtun will, dann versteck dich und denk daran, deinen Atem anzuhalten. So, wie ich es dir gezeigt habe. Du bist eine Atemkünstlerin. Und auch wenn du es jetzt nicht siehst: In der Welt deiner *poesia* kannst du dich immer verstecken und Hilfe holen. Immer, hörst du? Die *poesia* kann niemand kontrollieren, auch die *ricchi* nicht.« Giacobbe sah zu Boden und verschwand, bevor die ersten Touristen lautstark auf den Turm stiegen.

Die Glocken der Chiesa Maria Maddalena schlugen. Aus Amalfi und Atrani drang Kindergeschrei. Vom Meer strich sanfter Wind an den Torre und schaufelte salzige Luft über die Zitronenhaine. Wieder hörte ich die Glocken. Ich drehte mich um in Richtung Scala. Ich hatte mich geirrt, es war nicht die Chiesa Maria Maddalena, es war der Duomo di San Lorenzo in Scala. Es waren seine Glocken, deren mächtige Klänge mit dem Meereswind über die grünen Hügel wehten. Bevor ich zurück zu Papa ging, musste ich mich mit Giacobbe vertragen.

Sein plötzlicher Aufbruch steckte wie ein Schiefer in meinem Herzen. Warum war er plötzlich aufgebrochen? Ich lauschte den aufgeregten Schlägen der Glocken. Natürlich! Er musste zur Schule. Gab es heute nicht die Zeugnisse? Giacobbe hatte mir doch davon erzählt. Hatte er doch, oder? Wenn ich schnell genug über die Treppenwege lief, würde ich ihn bei der Scuola Elementare treffen und könnte ihm sagen, dass es mir schon gelingen würde, weiter mit ihm die Gespenster zu jagen. Ich konnte ihn doch nicht alleinlassen.

Ich war außer Atem, als ich den Dorfplatz in Scala erreichte. Die ersten Schülergruppen waren bereits dabei, sich wieder aufzulösen. Ich sah zur Grundschule, die – neben dem Rathaus und kleineren Geschäften – am mittelalterlichen Platz in Scala lag, wo der alte Glockenturm in den Himmel ragte. Stolze Eltern lasen Zeugnisse, und einige Jungen fuhren mit nagelneuen Fahrrädern mit Fahnen über den Dorfplatz. Ich kannte niemanden, suchte aber in der Menge Gesichter, die aussahen, als würden sie einem Lehrer gehören.

»Verzeihen Sie, Giacobbe, seine Klasse, wo ist die?«, fragte ich einen krummen Mann, der aussah wie ein durch starken Wind geformter dürrer Baum. Er trug eine kleine Brille auf der spitzen Nase und beugte sich wie ein dunkler Magier zu mir herunter. Kurz spielte ich mit dem Gedanken, wieder wegzulaufen, da mir der Mann Angst einjagte, aber als ich seine warme, verständnisvolle Stimme hörte, war ich froh, meinem Instinkt vertraut zu haben.

»Giacobbe? In welcher Klasse soll der sein?«

»Primo. Prima classe.«

»Du bist von hier, habe ich recht?«

Ich bemerkte, dass sich der Magier nach meinen Eltern oder anderen Erwachsenen umsah, in deren Obhut ich stand.

»Ich bin Tea aus Atrani. Mein Papa ist Fischer und Giacobbe mein Freund. Nach dem Sommer auch ich gehe in die Schule.«

»Atrani. Soso. Na, an deinem Italienisch müssen wir noch feilen«, sagte der große dunkle Mann. »Aber ich muss dich enttäuschen. Einen Giacobbe haben wir hier nicht. Wie heißt er mit Nachnamen?«

Mein Herz raste. Ich hatte Giacobbe nie nach seinem anderen Namen gefragt. Kinder brauchen nur einen Namen. Als ich dem Lehrer Giacobbe beschrieb und ihm erzählte, dass er aufgrund seiner rot leuchtenden abstehenden Ohren von den anderen Jungen verspottet würde, schüttelte der Mann abermals den Kopf.

»Hmm. So einen Jungen kenne ich nicht. Du musst dich irren. Und er hat gesagt, dass er hier in die Schule geht?«

Ich sah mich um. Suchte zwischen den vielen verschwitzten Köpfen der Kinder nach den roten Ohren. Aber nichts.

»Moment. *Giacobbe!*« Die Stimme des Lehrers klang mit einmal bestimmter. Wenig später lief ein großer Junge mit glatten blonden Haaren und dem Blick eines Sportlers zu uns.

»Ist das der Giacobbe, den du suchst?«

Ich verneinte. Und auch als der Lehrer bei den anderen Kindern fragte, ob ihnen ein schüchterner Junge mit einer roten Jacke aufgefallen war, erntete er nur Kopfschütteln.

»Vielleicht hast du dich ja geirrt, und dein Giacobbe geht gar nicht in die Schule, sondern er kommt mit dir diesen Herbst zu uns.«

Hatte ich mich tatsächlich geirrt? Vielleicht hatte mich aber Giacobbe auch belogen, und er ging noch gar nicht zur Schule. Ich verabschiedete mich von dem großen, gespenstischen Mann und zog enttäuscht zurück nach Atrani.

Die poesia kann niemand kontrollieren. Je öfter ich den letzten Satz von Giacobbe hörte, umso mehr ärgerte ich mich. Natürlich konnte sie niemand kontrollieren, weil es sie gar nicht gab. Ich versuchte, mich zu erinnern, ob Giacobbe bei unseren Spielen erwähnt hatte, wo das Haus seiner Eltern stand, aber vergeblich. Er hätte überall stecken können. Er hätte enttäuscht auf sein Zimmer gegangen sein können, wo er das Poster eines stolzen Ritters von der Wand riss. Vielleicht hatte der Lehrer recht, und Giacobbe würde im Herbst neben mir auf der Schulbank sitzen, bevor der Magier auf dem Pult sein dunkles, schweres Buch voller Staub aufschlug und mit einem spitzen Stab auf uns zeigte.

Papa war noch nicht zu Hause. Ich ging in mein Zimmer und riss – vermutlich wie Giacobbe – meine zerknitterten Poster, die Superheldinnen und Prinzessinnen zeigten, von der Wand. Unter dem Bett hatte ich eine kleine Sammlung von »Wonder Woman«-Heften. Da ich noch kaum lesen konnte, sah ich mir nur die Bilder an. Seit meine Mutter mir die Sammlung zum Geburtstag geschenkt hatte, war ich fasziniert von Wonder Woman. Bevor ich die Hefte in den Müll steckte, warf ich noch einmal einen kurzen Blick auf die erste Ausgabe. »Come back to me #1« stand darunter. Ich kannte nur die Buchstaben, ihre Bedeutung war mir fremd. Mich faszinierte der entschlossene Blick, mit dem Wonder Woman mit einer Peitsche in der Hand auf mich losstürmte. Hinter ihr waren Tiere auf der Flucht vor Männern mit Helmen und Äxten und einem großen Feuer. Am meisten faszinierte mich der große Hirsch hinter ihr. Er sah mich ebenfalls an. Ich hatte noch nie einen Hirsch gesehen, obwohl Papa gesagt hatte, dass er vor ein paar Jahren oben bei den Türmen einen gesehen hatte. Aber das war jetzt vorbei. Alles musste in den Müll.

An den Stellen, wo die Poster gehangen hatten, lagen nun helle Flecken, und ich dachte, dass mein niedriges Zimmer jetzt noch mehr einem Verlies ähnelte. Ich beschloss, die Wände zu streichen. Mutter hatte sicherlich irgendwo Farbe. Der Kloß in meinem Hals kam zurück, da ich in meiner Aufregung vergessen hatte, dass Mama mir nicht mehr sagen konnte, wo die Farbe war. Ich überlegte, ob ich mein Zimmer nicht in der Farbe des Fischerbootes meines Vaters bemalen sollte. Hellblau. Ich wollte ihn fragen, sobald er wieder hier war. Und ehe ich mich's versah, hatte ich begonnen, einen Plan zu fassen. Ich musste erwachsen werden. Musste mein Zimmer ausmalen, alles wegwerfen, was mich an die Kindheit fesselte, musste lernen, Essen zu kochen, musste Wäsche waschen, die Zimmer sauber halten, einkaufen, vor der Tür fegen, die Fenster putzen und lernen, viel lernen. Als ich nach unten ging, sah ich Mama vor meinem geistigen Auge. Sie lächelte mich an und sagte mir, dass sie mich lieb habe.

»Du wirst stolz auf uns sein, Mama. Papa und ich, wir kommen schon zurecht. Wir haben alles unter Kontrolle.«

In der nächsten Nacht fuhr Papa wieder aufs Meer und blieb zwei Tage draußen, und ich fand in den Kochbüchern ein Bild von Ndunderi. Der Einband war verschlissen, und viele Fettflecken hatten dem Buch übel zugesetzt. Ich entzifferte die Buchstaben unter dem Foto und mischte die Zutaten in einer großen Aluminiumschüssel. Da ich meinen Papa überraschen wollte, verglich ich jeden Buchstaben im Kochbuch mit den Buchstaben auf der Verpackung. Ricotta, Mehl, Eier, Salz, Pfeffer und Muskatnuss. Nirgendwo waren Eier zu finden, und ich wusste nicht, was eine Muskatnuss war. In der unteren Lade fand ich eine halbe Tüte Mehl und vermischte es mit dem Ricotta, den ich im Kühlschrank in einer schmutzigen Lade gefunden hatte. Ich schüttete Salz in die Schüssel und formte mit einer Gabel kleine Kügelchen. Ich hatte meine Mutter einmal beobachtet, wie sie mit dem Rücken einer Gabel Rillen in die Ndunderi gedrückt hatte. Dann stellte ich den Herd an, machte Wasser heiß und schüttete meine ersten Ndunderi ins kochende Wasser. Alle zerfielen. Und doch aß ich zum Frühstück, zu Mittag und am Abend die klebrige, salzige Pampe.

Am dritten Tag kam Papa zurück. Er stank und konnte sich vor Müdigkeit kaum mehr auf den Beinen halten. Er ließ sich aufs Bett fallen und gab ein tiefes Keuchen von sich.

»Hast du etwas gegessen?«

»Ich muss noch üben. Aber ich habe dir etwas übrig gelassen«, sagte ich nicht ohne Stolz und sah auf die restliche klebrige Masse im Topf.

»Ich war nicht so erfolgreich wie du«, sagte er.

»Kein Fisch?«

Papa richtete sich ächzend auf. Er hatte sich seit dem Tod von Mama nicht mehr rasiert und sah um zehn Jahre älter aus. Sein Blick fiel auf den Mülleimer, in dem meine Hefte von Wonder Woman und die zerrissenen Poster steckten.

»Was tust du? Du kannst das alles doch nicht wegwerfen!«

»Ich brauche die nicht mehr. Ich habe alles sauber gemacht, und alles, was wir nicht mehr brauchen, werfen wir auf den Müll.«

Papa sah sich im Zimmer um. Er sah die verschmierten Fensterscheiben, die ich mit dem Scheuerlappen versucht hatte, sauber zu bekommen.

Mit einem Mal schossen Tränen aus Papas Augen, und er wand sich in einem tiefen Schmerz.

»Du hast recht, meine Kleine. Wir sollten alles auf den Müll werfen, was wir nicht mehr brauchen.« Papa stand auf, hinkte nach oben in mein Zimmer und öffnete die Tür zu unserer Terrasse, wo ich für gewöhnlich seine nasse Kleidung zum Trocknen hinhängte. Mit einem Karton kam er zurück und stellte ihn krachend auf den Tisch.

»Was ist das?«, fragte ich ihn.

»Das war unsere Hoffnung. Aber die ist jetzt erloschen.«

Papa fiel auf den Stuhl und begann, bitterlich zu weinen. Ich ging zu ihm und sah in die Pappschachtel. Sie war voller Papiere, beschrieben mit einer feinen Hand.

»Hast du das geschrieben?«

»Wirf es in den Müll!«

»Hast du ein Buch geschrieben, Papa? Mama wäre stolz auf dich.«

Da explodierte Papa mit einem Mal, riss mir den Karton aus den Händen und lief aus dem Haus. Und ehe ich mich's versah, hatte er das handgeschriebene Manuskript auf der Straße angezündet. Er brüllte wie ein Verrückter, und in den Gassen begannen Hunde zu bellen und Menschen zu schreien.

Ich wusste nicht, was Papa da verbrannte, aber eine innere Stimme sagte mir, dass ich das Feuer löschen sollte. Doch als ich zurück ins Haus wollte, hielt Papa mich fest, und in seinen Augen sah ich zum ersten Mal blanke Wut. Er drückte meinen Arm so fest, dass mir die Tränen in die Augen schossen.

Als er mich losließ, lief ich, so schnell ich konnte, zum Torre, von wo ich den Rauch der verbrannten Blätter sehen konnte, der eine dünne schwarze Säule in den Himmel trug. Der Rauch sah aus wie ein Riss, der sich über Atrani zog und an dem meine ganze Welt zerbrechen würde.

Ich blieb am Torre, bis die Nacht kam. Als die Dunkelheit das Licht verschluckt hatte, schlich ich zurück in mein Zuhause. Papa war nicht da. Er hatte einen Zettel hinterlassen.

Ich konnte nicht lesen, was darauf stand. Aber ich wusste, dass er so lange auf dem Meer bleiben würde, bis er einen Fisch gefangen hatte, den wir gemeinsam zubereiten würden. Seit diesem Tag verstand ich, warum Mama so hart gearbeitet hatte. Und ich setzte mich an den Tisch und weinte.

Mein Papa stammte aus Sizilien. Meine Großmutter hatte ihn allein großziehen müssen, da mein Großvater im Ersten Weltkrieg sein Land verraten hatte. Ein Österreicher hatte ihn erschossen. Bevor der zweite große Krieg gekommen war, war meine Großmutter mit meinem Papa nach Atrani geflohen und hatte mit dem letzten Geld unsere Wohnung gekauft. Ich hatte meine Großmutter nie kennengelernt, sie war gestorben, bevor ich auf die Welt gekommen war. Mein Papa hatte meine Mama am Meer kennengelernt, hatte er mir einmal erzählt. Er war lange allein gewesen und hatte Glück gehabt, noch eine Frau abzubekommen, hatte er gesagt. Mit fünfzig wurden andere schon Großväter, dennoch war ich stolz auf meinen Papa.

Am nächsten Tag kam er zurück. Er hatte wieder nichts gefangen, kramte aber in seinen Hosentaschen und legte ein paar Lira-Scheine auf den Tisch.

»Ich habe das alte Boot verkauft. Eines reicht uns in diesen Zeiten. Ich habe dafür weniger bekommen, als ich erhofft hatte, aber ich denke, dass wir damit ein bis zwei Wochen über die Runden kommen.«

Am nächsten Morgen war Papa wieder auf dem Meer, und ich hatte großen Hunger. Ich verließ unser Haus und ging zur Piazza Umberto.

Der Platz sah aus, als hätte ihn jemand mit krummen Linien gemalt. Um den Brunnen lagen kleine duftende Restaurants, Cafés mit geflochtenen Stühlen und dazwischen viele weiße Treppen, die zu den Balkonen führten, von denen man den Platz betrachten konnte, als wäre es ein Bild auf einer Staffelei. Ein Tunnel führte wie ein steinerner Schlund nach Amalfi, in dem zitternd die dunstige Meeresluft steckte und das Tosen der Wellen verbarg.

Gut gelaunte und braun gebrannte Männer und Frauen saßen in den bequem aussehenden Stühlen. Tassen klapperten auf kleinen Tellern. Jemand rief in einem Ristorante nach einer Pizza, das Rattern von Motorrollern und Autos schwappte über die Treppen auf den Platz. Ich ging an die Stelle, wo Mama gestorben war. Jemand hatte eine Kerze hingestellt und das Bild eines Heiligen. Ich hockte mich davor und berührte mit der flachen Hand den warmen Steinboden, so als wollte ich Mama noch einmal berühren. Ich schrak hoch, als der Motorroller aus einer der Gassen raste und mit einem Halbbogen vor einem der Cafés stehen blieb. Zwei junge Männer stiegen lachend ab und begrüßten mit lauten Worten und Handbewegungen die Gäste der anderen Cafés und Ristorantes. Jeder schien sie zu kennen. Der eine groß, dunkel, gut geschnittene Haare und das Gesicht eines Schauspielers und der andere gedrungen, mit einem wachen, ständig kritischen Blick. Als mich seine starren Augen fanden, sah ich zu Boden, aber ich hörte, wie die beiden etwas über mich sagten.

»He, willst du das Bild klauen? Lass es mal lieber dort stehen!«, rief der mit dem Gesicht eines Schauspielers zu mir herüber. Ich lief auf die andere Seite des Brunnens, als sich der junge Mann mit dem strengen Blick auf mich zubewegte. Schnell begriff ich, dass ich in eine Welt eingedrungen war, in die ich nicht gehörte. Ich hatte mich zu weit aus dem Labyrinth von Dante hinausbewegt. Ich steckte meine Hand in die enge Seitentasche meines schwarzen Rockes, um die Lira-Scheine zu fühlen, als wären sie eine Art Passierschein, um die andere Seite von Atrani zu erreichen.

»Alfredo, Marco, lasst die Kleine in Ruhe! Das ist Tea.« Kaum schallten Gabriellas Worte über den Platz, ließ der mit dem strengen Blick, vermutlich Alfredo, von mir ab und ging pfeifend zurück zu Marco, der anscheinend sein Bruder war. Gabriella kam mit flachen Schuhen und duftenden Kleidern zu mir und lächelte mir ins Gesicht.

»Wie geht es dir, mein Kleines? Ich wollte schon oft nach dir und deinem Papa sehen. Wie geht es euch? Kommt ihr zurecht?«

Ich schob meine Hand tiefer in die Rocktasche, holte die zerknitterten Lira-Scheine hervor und streckte sie Gabriella entgegen. »Ich möchte Ndunderi kochen. Aber ich habe kein Mehl und keinen Ricotta.«

Gabriella legte ihre Hand auf meine Schulter und führte mich in ihren Laden. Ich konnte mich darin kaum sattsehen. Kleine Figuren aus Holz, dicht gewobene Decken in satten Farben, kleine Bilder, die Atrani zeigten mit seinen Fischerbooten. Dahinter duftete es nach Zitronen und frisch geriebenem Ricotta und aufgeschnittener Salsiccia.

»Also, Ndunderi sagst du? Das heißt: Mehl, Ricotta, Eier, Muskatnuss und Salz. Ich gebe dir noch ein gutes Olivenöl dazu und diese Tomaten. Den Fisch holt Papa, nicht wahr? Ach, Kleines, es tut mir so leid, was passiert ist. Am Sonntag komme ich zu euch und sehe, ob ich euch irgendwo zur Hand gehen kann.«

Die Opulenz des Ladens mit seinen vielen Gerüchen und Farben und kleinen Dingen, die es zu entdecken gab, verschlug mir die Sprache. Als mir Gabriella eine weiße Plastiktüte in die Hand drückte, streckte ich ihr erneut die Scheine entgegen.

»Das nächste Mal«, sagte sie und hockte sich vor mich hin. »Du gehst nach dem Sommer in die Schule, dort wirst du viel lernen. Und auch wenn jetzt alles sehr schwer ist: Es wird alles gut werden.«

»Kennen Sie Giacobbe?«, fragte ich Gabriella. Sie schien hier auf diesem Platz das Sagen zu haben. Vielleicht war ihr der kleine schüchterne Junge mit den abstehenden Ohren aufgefallen.

Doch Gabriella schüttelte nur den Kopf und sah durch die offene Tür nach draußen, wo Alfredo und Marco böse Blicke in den Laden warfen.

»Und wegen dieser doofen Jungs da draußen mach dir keine Sorgen. Das sind bloß Halbstarke.«

Ich nickte, bedankte mich und verließ den Laden. Schneller, als ich hergekommen war, ging ich über den Platz und versuchte, nicht zu den beiden jungen Männern zu sehen. Doch bevor ich die kleine Gasse erreichte, die zu meinem Labyrinth führte, wagte ich noch einen letzten Blick in die andere Welt. Dabei sah ich nicht zu den zwei Halbstarken, wie Gabriella sie nannte, sondern zu den beiden Tischen dahinter, wo mich zwei Familien mit ernsten Gesichtern und glatt gekämmten Haaren beobachteten. In ihren Augen lag eine Selbstsicherheit, wie ich sie weder bei Papa noch bei Mama je gesehen hatte.

Ich lief weiter und verschwand in den Gassen und war froh, wieder zu Hause zu sein. Ich holte einen Topf und füllte ihn mit Wasser. Ich wollte Papa neue Hoffnung machen. Schließlich hatte ich wieder alles im Griff.

DAS FEUER AM BERG. 2015.

Das zerfallene Mühlrad der alten Gaisschlager Mühle tauchte seine Schaufelblätter in das klare Wasser des murmelnden Kaltenbachs. Hunderte Jahre lang hatte es sich gedreht und das Getreide der Bauern am Semmering zu Mehl vermahlen, bevor die historische Mühle zum Anziehungspunkt für Wanderer geworden war. Jetzt steckte das Rad regungslos im kalten Wasser und folgte der Stille, die aus den Wäldern drang. Die Luft war kühl, aber auf den Wiesen der Berge lag schon das erste Versprechen des Sommers. Doch die Wärme verbarg sich, als die beiden Mountainbiker ihre Räder an die feuchte Wand der Mühle lehnten. Und für einen Augenblick schien es sogar, als würde das Wasser im Bach langsamer fließen. Irgendwo schrie eine Krähe, und ihr Schreien klang wie das Gelächter des Teufels.

»Siehst du etwas?«, rief Thomas Grundbauer seiner Frau zu, die vorne am Schaufelball hockte und in den Bach starrte. Das dunkle Moos zwischen den Steinen sah aus wie blaue Wälder einer im Bach versunkenen Welt.

»Ich bin mir nicht sicher, da ist etwas Weißes im Wasser, wie ein Tuch.«

Lena Grundbauer stieg in den Bach und beugte sich nach vorne.

»Siehst du etwas?«

»Oh mein Gott, ich glaube, das ist sie. Ich sehe ihr Gesicht.« Lena sprang aus dem Wasser und sah ihren Mann zitternd und mit weit aufgerissenen Augen an, als hätte sie in bitteres Obst gebissen.

»Ich glaube, sie ist tot.«

Thomas hielt die Hand vor den Mund und lugte über die Schulter seiner Frau ins Wasser. Das weiße Nachthemd der Toten zitterte darin wie ein Fisch.

»Wir müssen sofort die Polizei verständigen«, sagte Lena und zog ihr Smartphone aus ihrer türkisen Sportjacke.

»Irgendetwas ist anders heute«, sagte Thomas und sah sich um, als fürchtete er, dass etwas Unaussprechliches aus den Wäldern drang.

»Was meinst du?«, fragte Lena, während sie darauf wartete, dass jemand ihren Anruf entgegennahm.

»Ach, ich weiß nicht, es ist so ein Gefühl. Aber vielleicht ist es auch dieser Geruch. Es riecht doch heute anders, oder?«

Lena sah ihn an und zog ihre Brauen fragend nach oben. »Was meinst du?«

»Rosmarin. Es riecht nach Rosmarin …«

Jemand nahm den Anruf an. Thomas hörte eine Männerstimme aus dem Telefon.

»Lena Grundbauer. Wir sind hier an der Gaisschlager Mühle in Spital am Semmering. Hier ist eine Tote.«

Lena schwieg und hörte auf die Fragen am anderen Ende. Dabei hielt sie die Hand von Thomas, der nervös in die Wälder blickte.

»Wir waren uns am Anfang nicht sicher. Mein Mann meinte zu Beginn noch, dass es aussah wie ein Gespenst. Wenn der Nebel in den Tälern hängt, dann … bildet man sich so einiges ein …«

Thomas bemerkte, dass die Antwort dem Mann am anderen Ende der Leitung nicht gefiel.

»Nein, ich bin nicht verrückt, und ich weiß, dass es keine Gespenster gibt. Kommen Sie jetzt oder nicht? Hier liegt die Leiche einer alten Frau im Wasser.«

Vor Jahren war der Polizeiposten von Spital am Semmering nach Mürzzuschlag verlegt worden, einer kleinen Stadt in der nördlichen Steiermark. Verkehrsdelikte, Unfälle, Trunkenheit und Ehestreitigkeiten waren die Straftaten, mit denen das Polizeikommando normalerweise beschäftigt war.

Der Motor des Polizeiwagens war schon von Weitem zu hören. Auf der Schotterstraße knisterten die Reifen, kurz darauf stiegen zwei Männer aus dem Wagen und nickten stumm den beiden Radfahrern zu. Beide waren groß gewachsen, der ältere hatte breite Schultern, der jüngere einen gründlich getrimmten Oberlippenbart.

Ohne ein Wort gingen die Polizisten zur Mühle und stiegen in den Bach, wobei sie versuchten, auf den vom Wasser glatt polierten Steinen nicht auszurutschen. Beide starrten in die Augen der alten Frau, die ihrerseits unter Wasser mit aufgerissenem Mund in den Himmel starrte, der sich langsam mit dichten Wolken füllte.

»Und Sie sagen, dass die Tote zuvor im Wald herumspaziert ist?«

»Wir haben unsere Tour gemacht und dann eine weiße Gestalt gesehen«, sagte Lena und blickte zu ihrem Mann.

»Sie sah aus wie ein Gespenst«, ergänzte Thomas und drückte weiter die Hand seiner Frau.

»Und dann ist sie hier in den Bach gefallen und gestorben?«, fragte der jüngere der beiden Beamten.

»Wir haben sie aus den Augen verloren und dann hier gefunden, als wir auf dem Heimweg waren.«

Die Beamten nickten.

»Das ist doch die Mutter vom Leopold«, durchbrach der ältere der Polizisten das Schweigen und beugte sich weiter nach vorne, um das Gesicht der Toten besser sehen zu können.

Leopolds Mutter war eine Bäuerin und seit dem Tod ihres Mannes nach Ende des Zweiten Weltkrieges zu einer verbitterten Frau geworden. Sie sah Dunkelheit, wo es hell war, und Spinnweben, wo es keine Spinnen gab. Es hieß, dass sie früher mit ihrem Stolz und ihrer Schönheit den Männern im ganzen Dorf den Kopf verdreht hatte. Später hatten die Bitterkeit und die Verzweiflung ihr Leben vergiftet und sie zu einer bösartigen Frau gemacht, als hätte sie etwas Wertvolles in ihrem Leben verloren, das sie nun verbissen suchte. Ihrem Sohn, Leopold, war schließlich nichts anderes übrig geblieben, als sie von ihrem Hof nach Mürzzuschlag in ein Altenheim zu bringen.

»Wie kommt Leopolds Mutter vom Altenheim hierher? Das sind zu Fuß sicher sechs Stunden.«

Die beiden Beamten nickten einander zu, und der jüngere sprach in sein Funkgerät, um die Kriminalpolizei zu informieren.

»Wir müssen uns alles genau ansehen«, sagte der ältere Polizist, drehte seine breiten Schultern und stieg aus dem Wasser. »Sie beide müssen sich zur Verfügung halten. Die Kripo ist in gut einer halben Stunde hier und hat sicher einige Fragen.«

»Sie denken, dass es Mord war und dass wir …?«, stammelte Thomas Grundbauer und verschränkte seine dünnen Arme.

»Ich denke, dass eine alte, geistig verwirrte Frau am Ende ihres Lebens noch einmal ihr Zuhause sehen wollte. Das ist, was ich denke«, fügte er hinzu.

Als der junge Polizist ebenfalls aus dem Bach stieg, trug er ein besorgtes Gesicht.

»Aber der Hof der Alten ist am Hang auf der anderen Seite. Was wollte sie hier?«

»Ruf mal den Leopold an! Er soll herkommen. Sag ihm, dass wir seine Mutter gefunden haben.«

Der Polizist mit dem Oberlippenbart nickte, ging zum Auto und telefonierte, während der andere Beamte die beiden Radfahrer weiter befragte.

»Eure Tour, wie sieht die aus?«

»Wir fahren meist von Mürzzuschlag los und über die Pretul zum Stuhleck und dann hier herunter«, sagte Lena.

»Und dort habt ihr die Alte gesehen? Am Stuhleck? Wie soll sie denn dort hinaufkommen? Sie hatte ja nicht einmal richtige Schuhe an.«

Der Polizist drehte sich zur Toten und suchte im zitternden Wasser des Baches nach ihren Beinen. Sie war barfuß. Zwischen ihren verkrümmten Zehen schimmerte etwas Grünes. Wieder stieg der Polizist in den Bach und untersuchte mit seinen Blicken den ganzen Körper der Frau. Ihr Nachthemd hatte sich in ein nasses Leichentuch verwandelt, das unter dem strömenden Wasser zu atmen schien. Dabei entdeckte er, dass die Tote ihre rechte Faust fest verschlossen hatte.

»He, Karl, sie hat was in der Hand.«

Der jüngere Polizist beendete sein Telefonat und stieg ebenfalls in den Bach.

»Kannst du erkennen, was es ist?«

»Sieht aus wie eine …«

»… Blume«, sagte Lena vom Steg der Mühle. Sie meinte, farbige Blätter einer Blüte zwischen den geballten Fingern der Toten erkannt zu haben.

In der Ferne füllten neue Motorengeräusche das stille Tal, und wenig später parkte ein weißer Volvo neben dem Polizeiwagen. Leopold, ein siebzigjähriger Mann mit freundlich weichem Gesicht und dickem Bauch, sprang aus der Beifahrertür und lief zum Bach. Als er seine Mutter sah, erstarrten seine Züge, und es schien, als würde das Blut aus seinem Kopf weichen. Bevor Leopold in Pension gegangen war, hatte der leidenschaftliche Jäger als Polizist am später aufgelassenen Posten in Spital am Semmering gearbeitet. Leopolds Sohn, der ihn gefahren hatte, sperrte den Wagen ab und kam ebenfalls zum Fundort seiner Großmutter.

»Das ist … meine«, stammelte Leopold und starrte auf seine tote Mutter im Wasser.

»Herr und Frau Grundbauer haben auf ihrer Radtour deine Mutter entdeckt. Sie wollen sie zuvor oben gesehen haben. Am Berg.«

»Oben?«, fragte Leopold und sah zum Stuhleck, dessen Gipfel hinter den Wäldern zu erahnen war. Ein Schatten lief über sein Gesicht. »Was wollte sie dort?«

»Wir wissen es nicht.«

Leopolds Sohn, vierzig Jahre alt, trug ein kariertes Jackett aus Schurwolle, war groß gewachsen und sah ebenfalls in Richtung des Stuhlecks. Er kniff die Augen zusammen, als wollte er etwas erkennen. »Haben Sie auf Ihrer Tour irgendetwas Verdächtiges gesehen?«, fragte er die beiden Radfahrer. Er sprach deutlich und suchte in seinem Mund immer nach richtig gewählten Worten.

»Nichts.«

»Kommen Sie her!«, sagte der Enkel der Toten und winkte Lena Grundbauer zu sich. »Sehen Sie das dort oben? Ist das Nebel? Oder … was denken Sie?«

»Ich weiß es nicht.«

»Julian. Julian Leidemann«, stellte sich Leopolds Sohn vor und streckte Lena seine Hand entgegen, ohne den Blick vom vermeintlichen Gipfel zu nehmen.

»Lena. Lena Grundbauer.«

»Das ist kein Nebel. Ich sage ja: Etwas ist anders. Der Geruch«, sagte Thomas und stellte sich zwischen seine Frau und den gepflegten Fremden.

Lena nickte und sah wie ihr Mann nach oben.

»Das ist kein Nebel. Das ist Rauch. Und es riecht nach Feuer«, sagte Julian und reichte Thomas ebenfalls die Hand.

»Warum geht meine Großmutter wie ein Gespenst auf den Berg, um ein Feuer zu legen?«

Stille. Niemand wagte zu atmen, als hätten sie aus irgendeinem Grund Angst, entdeckt zu werden. Die Beamten und Leopold hoben die Köpfe und sahen ebenfalls zu der dünnen, hohen Rauchsäule, die sich vom Stuhleck hinter den Wäldern in den grauen Himmel zog.

Julian schwieg für einen Moment, sortierte sich und fuhr fort: »Mein Urgroßvater hatte sich einst in diesen Wäldern verirrt. Ich kenne das alles. Die alten Gespenster kommen wieder.« Wieder hielt er inne und sah zum Bach, wo seine Großmutter in ihrem nassen Grab lag. »Gabriel García Márquez hat es in seinem Roman ›Hundert Jahre Einsamkeit‹ richtig ausgedrückt: Es ist, als ob sich die Zeit im Kreis dreht und wir wieder am Anfang angekommen wären.«

In diesem Augenblick sank Leopold Leidemann auf die Knie und brach in Tränen aus.

GIACOBBE

Papa mochte mein Essen. Wir hatten in den letzten Wochen des Sommers eine stille Übereinkunft gefunden. Mein Vater sorgte für Geld und Fische, und ich kümmerte mich um den Haushalt und das Essen. Wir schwiegen viel in dieser Zeit, und wenn wir zum Abendbrot zusammensaßen, trafen sich manchmal unsere Blicke, und wir lächelten einander an.

»Der Sommer ist bald vorbei. Übermorgen beginnt die Scuola Primaria.« Vater hatte den Kopf über die Schüssel Ndunderi gebeugt und schmatzte laut, da er großen Hunger hatte. »Freust du dich?«

Ich nickte und spießte eine kleine Sardelle auf meine Gabel.

»Soll ich mitkommen? Ich meine, am ersten Tag?«

Ich schob die Gabel in den Mund. Der Fisch schmeckte salzig. »Wenn du magst.«

Papa sah mich an. »Bist du darauf vorbereitet? Du weißt, das ist ein großer Tag.«

»Was werde ich dort lernen?«

»Rechnen, Lesen, Schreiben und sogar Englisch.«

»Auch Deutsch?«

»Womöglich.« Papa richtete sich auf. »Zuerst wird der Maestro dein Italienisch verbessern. Das ist wichtiger.«

Ich nickte. »Hast du auch in der Schule gelernt, wie man so viel Papier vollschreiben kann?«

Papa schob den Teller weg und stand auf. Er sah aus dem Fenster, in dessen Scheibe die Nacht sein müdes Gesicht spiegelte.

»Ich sehe zu, dass ich dich am ersten Tag nach Scala begleite. Dann musst du allein zurechtkommen.«

»Ich weiß, Papa, ich muss viel lernen«, sagte ich und presste die Lippen zusammen, während draußen lautstark ein Mann mit seiner Frau stritt.

Die letzten Tage des Sommers schlichen durch die Gassen wie ängstliche Hunde. Bei dem Gedanken, bald in die Schule zu gehen, schnürte sich mir die Kehle zu. Ich war mir sicher, dass Papa eine Ausrede finden würde, nicht mit mir hinauf nach Scala in die Schule zu gehen. Ich nahm ihm das nicht übel. Er schämte sich. Nicht für mich, sondern für sich. Aber das war in Ordnung. Ich schloss die Augen und stellte mir vor, wie ich dort oben stehen würde, vor der Schule, wo der große, dürre Mann mit der kleinen Brille auf mich wartete. Mit seinen langen Händen würde er uns Kinder in die Schule schieben, eines nach dem anderen, wie ein Besen aus knochigen Ästen. Bald wäre ich an der Reihe. Doch bevor ich den Schubs in die Schule bekam, würde er innehalten und sich vom dunklen Himmel zu mir herabbeugen und sagen, dass ich nicht hineindurfte, da ich schmutzig war und nicht gut Italienisch sprach.

Ich riss die Augen auf. Mein Herz schlug bis zum Hals. Schmutzig. Natürlich. Kinder waren doch hübsch gekleidet an ihrem ersten Schultag, und ich hatte gehört, dass manche Rucksäcke mit Comicfiguren von ihren Eltern bekamen, in denen sie die Bücher, die sie brauchten, verstauen konnten. Ich dachte an Wonder Woman. Ob es auch einen Schulrucksack gab, auf dem Wonder Woman ihre Peitsche hob?

Ich konnte die ganze Nacht nicht schlafen, da ich mir Gedanken machte, was ich an meinem großen Tag anziehen sollte. Das Geld reichte gerade mal so für unser Überleben, und meine Weste und die Schuhe waren zerschlissen. Papa wollte ich nicht fragen, da er dann nur noch länger auf dem Meer bleiben würde und ich wieder allein am Tisch saß mit der Angst, dass er nie wieder zurückkäme. Also musste ich woanders Rat holen. Gabriella. Sie war immer so wunderschön gekleidet und konnte mir sicher helfen.

Es war der letzte warme Tag vor dem großen Regen. Die Tische der Cafés rund um die Piazza Umberto waren gefüllt und die Luft schwanger mit Gelächter und lauten, kräftigen Stimmen. Als ich am Brunnen vorbeiging, wo meine Mutter drei Monate zuvor gestorben war, strich ich mit den Fingern über den Stein. Er war feucht. Das Heiligenbild war verschwunden.

Ich kannte den Weg zu Gabriella, da ich einmal pro Woche zu ihr einkaufen ging. Dabei achtete ich darauf, dass ich zurück in Dante war, bevor die Touristen kamen. Ich hatte vor allem den einen Tisch im Blick, von dem die beiden Jungen aufgesprungen und auf mich zugelaufen waren. Marco, der aussah wie ein Schauspieler, und Alfredo, sein Bruder mit dem bösen Blick, vor dem ich solche Angst hatte.

Heute war ich später dran. Ich schämte mich, Gabriella nach Kleidern zu fragen, und hatte versucht, im Spiegel zu Hause etwas Ordentliches aus mir zu machen. Aber es war mir nicht gelungen, und als ich die zehn Glockenschläge der Chiesa Maria Maddalena hörte, wusste ich, dass ich mich beeilen musste. Schon als ich aus der dunklen, stickigen Gasse von Dante auf die sonnige Piazza getreten war, hatte ich ihre Blicke gespürt. Ich hielt den Kopf unten, ging dicht am Brunnen vorbei und schielte auf die vielen Tische, die sie umgaben. Ich hätte nur noch wenige Schritte bis zu Gabriellas Laden gebraucht, ich hätte nur noch wenige Augenblicke meinen Blick gesenkt halten müssen, doch da war etwas, was mich hatte innehalten lassen. War es der Ruf eines Vogels gewesen? Oder ein Junge, der nach seiner Mutter gerufen hatte? Ein Mädchen, das noch ein Eis wollte? Ich wusste es nicht. Aber zwei Armlängen vor dem sicheren Laden blieb ich stehen und starrte auf ihren Tisch.

Sie sahen aus, als wären sie aus einem Gemälde. Eine große Familie mit ihren Kindern. Sie waren gut gekleidet, hatten gekämmte Haare und braun gebrannte Haut. Zwei ältere Männer saßen am hinteren Ende des Tisches und beendeten ihre Unterhaltung, als ich sie anstarrte. Sie sahen mich an, mit ernster Miene. Der eine wirkte finster, als wollte er jeden Moment aufspringen und mit geballter Faust einen Blitz vom Gipfel eines Berges schleudern. Er hatte eine Halbglatze, trug einen schmalen Oberlippenbart und hatte einen dünnen Mund wie eine zornige Ratte. Der andere schien größer als der erste. Er hatte welliges, fülliges Haar, volle Lippen und einen warmen, aber kritischen Blick. Links und rechts von ihnen saßen ihre beiden Frauen, die sich mit zurückgelehnten Oberkörpern angeregt unterhielten. Beide trugen Schmuck, glitzernde Armbänder und ein fröhliches Lachen, das erstickte, als sie mich erblickten.

Am vorderen Ende des Tisches spielten ihre Kinder. Zwei Jungen und zwei Mädchen. Mit sauberen Schuhen, gescheitelten Haaren und geflochtenen Zöpfen. Sie waren vielleicht im selben Alter wie ich. Ich wollte schon wieder meinen Blick senken, als vier weitere Männer hinter die beiden älteren traten. Sie schienen auch zur Familie zu gehören. Zwei von ihnen waren Marco und Alfredo. Die anderen konnte ich kaum erkennen. Der eine war dünn, Mitte dreißig, stand ein wenig abseits im Schatten und lächelte abfällig hinter dem Rücken seiner Familie. Der andere war wohlgenährt, sanft und um die Gunst der Familie bemüht, mit einem weichen, aber verlorenen Gesichtsausdruck.

Obwohl die späte Sommersonne die Piazza aufheizte, lief es mir bei dem Anblick der Familie kalt über den Rücken. Ich konnte den Blick nicht abwenden von diesem düsteren Gemälde, dieser wohlhabenden Familie mit ihren sicheren, festen Blicken, den Blicken der *ricchi*.

»Tea. Du bist spät heute. Freut mich, dich zu sehen«, sagte Gabriella, und ich senkte endlich meinen Blick und folgte ihr in ihren sicheren Laden.

Ich weiß nicht, wie lange ich damals bei Gabriella geblieben war. Ich weiß nur, dass sie mir Kleider gab. Und dass sie mit einem breiten Lächeln in die Hände klatschte, als ich eines davon anprobierte. Ich nickte ständig und versuchte, zwischen den Regalen durch die Scheibe einen Blick auf die Familie zu werfen. Erst als mir Gabriella ein blaues Kleid in eine Tüte aus Papier legte und mir sagte, dass ich es ihr nicht wieder zurückgeben müsste, kam ich wieder zu mir.

»Kann ich noch ein wenig hierbleiben?«, fragte ich Gabriella.

»Was ist denn los, Kleines? Wovor hast du denn Angst? Es ist doch alles gut. Morgen ist dein großer Tag.«

»Ich habe Angst vor der Piazza.«

Gabriella hockte sich vor mich hin. Ich roch ihr süßes Parfüm. Sie sah über meine Schulter direkt zur Familie, die sich wieder angeregt unterhielt.

»Hast du Angst vor denen? Vor Marco und Alfredo?«

»Ich habe vor all denen Angst. Sie starren mich so an.«

»Sie starren dich an, weil du hübsch bist, mein Kleines.«

Ich nickte und spürte, dass Gabriella log.

»Weißt du was? Ich begleite dich über die Piazza. Ich bringe dich direkt vor deine Haustür. Machen wir's so?«

Ich nickte, schloss die Augen, hakte mich bei Gabriella ein und folgte ihr blind über die Piazza. Ich tauchte ein in das schaumige Rauschen des Meeres, das geduldige Surren der Sonne, das splitternde Lachen der Menschen, das aufgeregte Rufen der Vögel, das neugierige Wispern des Windes und schwamm mit verschlossenen Augen zurück in meine feuchte, verwinkelte Dunkelheit, wo die Katzen schrien und Augen aus toten Fischen kratzten. Und erst als Gabriella mir einen Kuss auf die Wange gab, öffnete ich meine Augen wieder.

Ich liebte das Kleid. Es war hellblau, hatte einen breiten Kragen und eine rote Schleife. Papa würde es auch gefallen. Ich sah jetzt aus wie eines von den Mädchen, die ihre Papas stolz machten. Ich drehte mich vor dem Spiegel und spürte, wie die Angst vor dem großen Tag der Freude wich. Ich hatte meinem Papa versprochen, gut und viel zu lernen, damit ich am Strand auf ihn warten konnte. Ich hob meinen Kopf und streckte das Kinn vor, als hätte ich eben mein erstes Zeugnis bekommen. Dabei blickte ich mir zum ersten Mal direkt in die Augen und sah ein trauriges kleines Mädchen. Das schöne Kleid, die weiche Schleife, all das wäre wertlos, wenn meine Augen nicht begannen zu funkeln, so wie bei den anderen Mädchen von Atrani. Ich dachte an die Familie, die mich auf der Piazza angestarrt hatte. In ihren Blicken lagen keine Schatten. Sie waren hell und fokussiert. Sie hatten mich angesehen. Direkt. Waren nicht ausgewichen.

»Anblicken. Nicht ausweichen«, sagte ich mir, schloss die Augen und sah mich im Spiegel erneut an.

»Ich sehe dich, Tea«, sagte ich, begann zu lächeln und bemerkte, wie ich mit einem Mal von einem hellen Glanz umgeben war, als hätte Mama im Himmel kleine funkelnde Sterne über Dante regnen lassen.

»Ist das meine Tochter?«, fragte Papa, der lautlos hinter mich trat. Er war früher vom Meer zurückgekommen und nahm mich in den Arm. »Gabriella ist eine gute Frau, und du bist ein gutes Kind.«

Ich drehte mich zu ihm um und drückte ihn zu mir, so fest ich konnte.

DER ERSTE SCHULTAG. 1976.

Der große Tag war gekommen. Ich hatte die ganze Nacht kein Auge zugetan. Meine Gedanken kreisten um Scala, das Dorf in den Bergen, wo meine Zukunft lag. Scala war das älteste Dorf der Amalfiküste und breitete sich über den ganzen Berghang aus. Ähnlich wie Atrani war Scala in verschiedene Ortsteile gegliedert, *frazioni*. Ob es dort auch ein Dante gab? Ein Armenviertel? Die Scuola Primaria lag gleich beim Duomo San Lorenzo, dem Herzstück des Ortes, von wo man wie ein Vogel auf Atrani hinuntersehen konnte.

Gabriella hatte mir erzählt, dass die Grundschule von Scala eine gute Schule war – für Kinder aus den guten *frazioni*. Erste bis vierte Klasse waren in einem zweistöckigen Steingebäude neben dem Rathaus untergebracht. Auf der engen Via Campodonico drängten sich kleine laute Autos, hatte Gabriella gesagt. Die Eltern hielten vor der Schule, um ihre Kinder mit Wangenküsschen abzugeben. Papa hatte kein Auto, also würde ich jeden Tag zu Fuß laufen müssen. Ich war das gewohnt.

Es war tiefe Nacht, als mein Papa ins Zimmer kam und mich auf die Stirn küsste. Er sagte leise, dass er stolz auf mich sei, und verließ dann leise meine Kammer, um aufs dunkle Meer hinauszufahren. Kurz darauf verließ auch ich das Haus. Ich konnte nicht mehr schlafen. Ich hatte mein blaues Kleid angezogen, die Schleife glatt gestrichen, meine Haare gekämmt und meine Schuhe, so gut es ging, sauber gerieben. Ich hatte keinen Rucksack und wusste auch nicht, was man am ersten Tag in die Schule mitnehmen musste. Also warf ich nur noch einen letzten Blick in den Spiegel, lächelte mich an und verließ Dante. Wenn ich als Erste in Scala war, dann würde ich einen guten Eindruck beim Magier machen, dachte ich und stieg den Berg hinauf.

Doch als ich den Glockenturm des Duomo immer näher

kommen sah, begriff ich, dass ich viel zu früh dran war. Die Sonne lag noch tief unter dem Meer, und ich hatte reichlich Zeit. Also beschloss ich, ein letztes Mal zu den Mühlen zu laufen. Dann würde ich den Kindern, die ich mit Giacobbe befreien wollte, erklären, dass ich sie nicht vergessen hatte. Ich würde sie später retten, wenn ich ganz viel gelernt hätte und selbst eine *ricca* wäre. Dann würde ich kommen und sie alle befreien.

Obwohl es stockdunkel war, konnte ich den Weg zu den Mühlen blind laufen. Ich kannte jeden Stein, jede Wurzel, jeden tief hängenden Zweig. Ich tauchte unter das dunkle duftende Blätterdach, wo der große Baum wie ein hölzerner Wachturm auf mich wartete. Ich nahm meinen ganzen Mut zusammen und ging ruhig über den verwunschenen Platz mit den verfallenen Ruinen, hinter denen sich die Kinder vor den Gespenstern versteckten. Ich versuchte, ruhig zu atmen, und als ich am Baum war, hielt ich den Atem an, bis meine Augen größer wurden und ich nicht mehr konnte.

»Es gibt keine Gespenster. Ich weiß das jetzt. Aber ich weiß, dass ihr trotzdem Angst habt. Ich werde euch nicht vergessen und euch retten. Versprochen«, sagte ich leise und unterbrach immer wieder meine Stimme, wann immer ich in der Dunkelheit einen schattigen Atem zu hören glaubte. »Ich gehe jetzt in die Schule«, fügte ich leise hinzu und setzte mich auf einen warmen dunklen Stein.

Die Morgensonne hatte längst ein feines leuchtendes Netz auf den welligen Boden der Mühlen gelegt, als ich hochschreckte. Der Ruf eines kleinen schwarzen Vogels, der nervös in den Wald flog, hatte mich geweckt. Ich sprang auf und versuchte, zwischen dem grün leuchtenden Blätterdach den Stand der Sonne zu finden, damit ich einschätzen konnte, wie lange ich weggenickt war. Ich durfte auf keinen Fall zu spät in die Schule kommen. Ich begann zu laufen und bemerkte, dass ich schrecklich hungrig war. Obwohl ich den Wald der Mühlen so gut kannte, stolperte ich beinahe und lief kopfüber in eine Touristenfamilie, die mit ihren beiden grimmig dreinblickenden Kindern eine Morgenwanderung unternahm. Als die Kinder sahen, wie ich aus dem Wald lief, versteckten sie sich hinter ihren Eltern, die sich schützend vor sie stellten.

»Ich habe Angst, Mama«, sagte das kleine Mädchen, das nicht viel älter war als ich. »Ist das ein Gespenst? Sie ist so schmutzig.«

Die Eltern ignorierten die Ängste ihrer Kinder und zogen sie stumm an mir vorbei. Schmutzig. War ich schmutzig? Ich sah auf mein Kleid. Der Atem des Waldes hatte darauf seine Spuren hinterlassen. Ich wischte die grünen und braunen Fasern und Kügelchen vom glatten blauen Stoff und zog mit den Fingerspitzen einen kleinen Dorn aus meiner Schleife. Bis ich bei der Schule war, würde ich das wieder hinbekommen, dachte ich. Doch als ich meine Schuhe sah, stieß ich einen kurzen Schrei aus. Bei meiner Flucht aus dem Wald hatte sich die Sohle meines rechten Schuhs vorne gelöst und hing wie die müde Zunge eines Maultiers nach unten. Was sollte ich jetzt nur tun? Alle würden sehen, dass ich arm war, eine *povera*, schmutzig.

»Bist du noch böse?«

Ich erschrak. Ich hatte ihn nicht kommen gehört. Als ich seine rot leuchtenden Ohren im Gegenlicht der Sonne sah, hätte ich aufspringen und ihn umarmen können.

»Ich bin nicht böse. Bist du denn böse?«

Giacobbe schüttelte den Kopf. »Heute ist dein erster Schultag. Habe ich recht?«, fragte er.

Ich nickte. »Ich habe Angst, dass ich zu spät komme.«

»Du hast noch Zeit. Die Fischer ziehen erst ihre Netze ein. Wollen wir Gespenster jagen?«

Ich sah zu Giacobbe. Er lächelte mich über beide Ohren an.

»Dadrinnen sind keine mehr, Giacobbe.«

»Doch, sie sind überall«, sagte er, und sein Gesicht verfinsterte sich.

»Nein, sind sie nicht. Aber die Kinder, die werden wir trotzdem retten, ja? Ich werde viel lernen und sie befreien. Und du kannst mir dabei helfen.«

»Aber in der Schule lernt man nichts über Gespenster.«

»Lass uns nicht wieder streiten, Giacobbe!«

»In der Schule lernst du nicht alles. Du lernst nichts über die Wirklichkeit.«

»Aber alles, was ich brauche, um reich zu werden. Und dann kann ich die Kinder retten.«

Ich ging an Giacobbe vorbei, wollte seine Hand berühren, aber fand sie nicht.

»Wollen wir uns nach der Schule am Torre treffen? Dort reden wir, ja?«

Giacobbe schwieg, und ich hörte die Vögel im Wald hinter ihm.

Die Geschichte der Scuola Primaria geht bis in die Mitte des vorigen Jahrhunderts zurück. Die Schule wurde von einfachen Bauern und Fischern gegründet, die sich gegen die zunehmende Industrialisierung und ihre reichen Zöglinge zur Wehr setzten. Dabei legten sie besonderen Wert auf Bildung und verfolgten jeden, der auch nur einen einzelnen Schüler ungerecht behandelte. Mein Papa hatte mir das erzählt. Und dass viele Familien viel Geld in die Förderung ihrer Kinder steckten, damit sie nicht auf der Strecke blieben. Wahrscheinlich waren deshalb so viele Kinder der guten *frazioni* auf der Schule, dachte ich. Ob die Familie, die ich auf der Piazza Umberto gesehen hatte, auch die Schule unterstützte?

»Du bist spät, *ragazza*«, sagte der große, krumme Lehrer, der an der Tür der Schule stand und mich mit einem freundlichen, aber bestimmten Blick begrüßte. »Aber Gott ist an deinem ersten Schultag gut gestimmt und vergibt dir«, sagte er und gab mir einen Stups. Schweiß stand auf meiner Stirn, und ich hörte, wie hinter mir die Tür zur Schule mit einem lauten Knall zufiel.

Augen von Kindern in hellblauen Röcken und braunen Hosen, gelb karierten Hemden und grünen Blusen starrten mich an. Es waren sicher zwanzig in der Klasse. Sie wisperten und lachten über meine Schuhsohle, die bei jedem Schritt auseinanderklaffte, als würde ein Frosch nach Insekten schnappen.

Der groß gewachsene Lehrer brachte mich ans hintere Ende des Klassenraums und setzte mich neben einen Jungen in einem Pullunder mit großen orangen Karos und kerzengerader Haltung. Als der Lehrer vorne an die Tafel trat, drehten sich auch die neugierigen Köpfe der anderen Kinder wieder nach vorne. Jetzt würde der Maestro das schwere staubige Buch aus dem Schrank holen und auf das Pult legen. Mit spitzen Fingern würde er es aufschlagen und einen tiefen Atemzug nehmen. Doch da war kein Buch und auch kein Pult. Der Maestro stellte sich vor die Tafel und schrieb seinen Namen mit quietschender Kreide darauf. Ich konnte ihn nicht lesen.

»Mein Name ist Professore Cervo«, sagte er mit fester Stimme. Er hatte denselben sicheren Blick wie die *famiglia* auf der Piazza Umberto. Sie waren sicher auch alle bei Professore Cervo in die Schule gegangen und hatten die Regeln gelernt.

»Ich würde euch nun gerne kennenlernen. Dabei ist es nötig, dass ihr euch von euren Plätzen erhebt und euch vorstellt. Euren Namen, woher ihr kommt, was ihr gerne macht und was ihr eines Tages werden möchtet. Habt ihr das verstanden?«

Wir nickten. Ein paar murmelten: »Ja, Herr Maestro.«

»Dann beginnen wir doch in der hintersten Reihe. Stehst du bitte auf?«

Ich spürte, wie mein Kopf rot anlief und sich mein Magen zusammenzog. Ich erhob mich und richtete meine Augen, so gut ich konnte, nach vorne.

»Ich bin Tea aus Dante in Atrani. Ich mag die Mühlen und will viel lernen, damit ich eines Tages eine *ricca* bin.«

Gelächter. Alle drehten sich zu mir um. Erst als der Maestro einen Stock hob – er war also doch ein Magier und hatte einen Zauberstab, dachte ich –, beruhigten sich die anderen Kinder wieder.

»Warst du nicht im Sommer hier und hast nach deinem Freund gesucht?«

Ich nickte. »Ja, Giacobbe.«

»Hast du ihn denn mittlerweile gefunden?«

Ich nickte wieder, und mein Blick begann, zu Boden zu wandern.

»Wie heißt du noch? Dein Nachname.« Der Magier holte nun auch ein Buch hervor, es war dünn und hatte einen glänzenden violetten Einband. Er schlug es auf und suchte darin etwas. Vermutlich eine Liste, auf der mein ganzer Name stand. Ich selbst kannte ihn nicht. Das heißt, ich erinnerte mich nicht genau daran. Mama nannte mich immer Tea oder Dorothea, wenn ich etwas angestellt hatte. Ich hatte Papa einmal beobachtet, als er mit einem Mann aus einem der anderen *frazioni* gesprochen hatte. Der hatte »Dante Alighieri« zu ihm gesagt. Vermutlich war das unser Name. Alighieri aus Dante.

»Alighieri. Tea Alighieri.«

Der Maestro hob seinen Blick aus dem Buch und sah mich verwundert an. »Ich denke wohl kaum, dass du nach dem großen Dichter Dante Alighieri benannt bist. Es ist wohl wahr, dass die *frazione*, aus der du kommst, nach dem Dichter benannt ist, aber dein Name ist nicht Alighieri. In meinen Büchern steht, dass du Dorothea Grigio heißt.«

»Die kennt nicht mal ihren Namen«, wisperten zwei Mädchen mit rosa Haarspangen vor mir.

Der Maestro schob seine kleine Brille näher an die Augen und kam auf mich zu. »Und du willst also eine *ricca* werden. Was meinst du damit?«

»Ich will, dass mein Papa nicht mehr jeden Tag aufs Meer fahren muss und dass wir immer warmes Essen haben. Die *ricchi* können immer essen, was sie wollen, und können sitzen auf der Piazza Umberto.«

Der Lehrer schwieg. »… und können auf der Piazza Umberto sitzen«, korrigierte er mich dann. »Dein Italienisch ist schlecht. Warum ist das so? Sprechen dein Papa und deine Mama nicht genug mit dir zu Hause?«

»Meine Mama ist im Himmel, und mein Papa hat gesagt, dass ich einen Unfall hatte, als ich noch kleiner war.«

Wieder drehten sich die Gesichter zu mir um. Diesmal wirkten sie betroffen, und die Mädchen mit den rosa Spangen lächelten mich an.

»Na, dann machen wir uns an die Arbeit«, sagte der Maestro und nahm wieder einen tiefen Atemzug.

Während sich die anderen Kinder vorstellten, dachte ich an Mama. Hätte sie mich an meinem ersten Schultag begleitet? Hätte sie mir vorher meinen ganzen Namen gesagt? Mir schönere Schuhe besorgt? Aber Mama war tot, und ich musste viel lernen, damit sie und Papa stolz auf mich sein würden.

»Grigio! Was ist das?«

Die Stimme des Magiers riss mich aus meinen Gedanken.

Ich stand auf und sah auf die Tafel. Der Maestro hatte mit der Kreide etwas daraufgeschrieben.

»Was ist das, Grigio?«

»Das Meer«, sagte ich und sah auf die Welle, die der Lehrer auf die Tafel gemalt hatte.

»Das Meer?«

»Ja, das ist eine Welle, die das Wasser am Strand von Atrani so blau macht.«

Der Maestro nahm wieder die Kreide und malte ein anderes Zeichen auf die Tafel. »Und das?«

»Die Schlangen in den Mühlen. Sie zischen, bevor die Gespe…«

»Die ›Gespe…‹? Was meinst du? Gespenster?«

Ich schwieg und sah wieder zu Boden.

»Glaubst du noch an Gespenster, Grigio?«

Ich schüttelte den Kopf. »Es gibt keine Gespenster mehr«, sagte ich.

»Hat es denn je welche gegeben?«

Ich konnte dem Lehrer die Frage nicht beantworten und starrte auf meine schmutzigen Finger, die vor mir auf dem Tisch lagen.

Den Rest meines ersten Schultages verbrachte ich in Stille. Ich saß mit gesenktem Kopf an meinem Tisch, während die anderen Kinder ihre Hände hoben und die Fragen des Lehrers eifrig beantworteten. Als ich als Letzte das Klassenzimmer verließ, um zurück nach Atrani zu gehen, hörte ich, dass jemand *»la pazza«* rief. Die Verrückte. Ich war nicht verrückt. Natürlich kannte ich den Unterschied zwischen einem C und einer Welle, und ich wusste auch, dass es sich bei einem S nicht um Schlangen handelte, die an meinen Beinen in der Mühle vorbeikrochen. Aber ich dachte, dass ich in der Schule mehr lernen würde als Buchstaben. Ich ging immer schneller, und als der Junge, der neben mir gesessen hatte, mit seinem Fahrrad mit laut knatternder Fahne an mir vorbeifuhr und »Buhuuuu!« rief, wie ein Gespenst in einem Comic-Heft, begann ich zu rennen.

Ich hätte nach Hause rennen können, um in den Armen meines Vaters Schutz zu suchen, aber ich lief zum Torre. Die Herbstsonne glitzerte auf dem Meer, und Möwen schwebten mit weiten Flügeln vor den Zinnen des Turmes und warteten auf mich. Ein älteres Touristenpaar verließ eilig die Sehenswürdigkeit, als ich tränenüberströmt über die steilen Treppen nach oben stürmte.

»Lass uns schnell gehen!«, sagte die Frau mit großen goldenen Ohrringen und abschätzigem Blick zu ihrem schüchternen Mann, der seinen Fotoapparat verkrampft festhielt, als fürchtete er, jemand würde ihn ihm aus den Händen reißen. Ich lief schluchzend an den beiden vorbei und lehnte mich über die verwilderten Mauern des alten Wachturms. Wütend warf ich einen Stein, so weit ich konnte, in die Wellen, die tief unter mir tosten. Meine Augen standen unter Tränen, sodass das Meer verschwamm, als wäre es ein Aquarell. Auch die Farben von Atrani, das wie ein unwirklicher Ort eingezwängt zwischen Felsen zu mir heraufsah, flossen ineinander.

»Hilf mir, Mama!«, wimmerte ich leise. »Hilf mir, große Königin …« Meine schöne Schleife war schmutzig, und ich bemerkte, dass das Kleid an der Brust aufgerissen war, als ich mich zu weit über die scharfen Mauern des Torre gelehnt hatte. Ich schloss langsam die Augen, da ich die Welt, in die sie sahen, nicht mehr ertrug. Meinen ersten Schultag hatte ich mir anders vorgestellt.

»Es ist anders, als du gedacht hast, nicht wahr?«, sagte Giacobbe, der plötzlich neben mir stand und seine Hand auf meinen Rücken legte, als wollte er mich aufrichten.

»Sie sind gemein. Die anderen Kinder, der Maestro Cervo, sie haben mich ausgelacht. Dabei will ich doch nur lernen.«

»Was haben sie denn gesagt?«

»Dass ich eine *pazza* bin. Dabei glaube ich doch nicht mehr an Gespenster. Es war doch nur ein Spiel, Giacobbe. Nur ein Spiel.« Ich drehte mich zu ihm um und suchte in seinen Augen nach Zustimmung. Aber er stand nur regungslos da und sah mich an, als wollte er mir ein Geheimnis verraten. Seine Ohren leuchteten in der warmen Herbstsonne wie rote fallende Blätter. Zu spät sah ich die Schatten dahinter.

»Mama, Mama«, äfften Alfredo und Marco mich nach und ahmten mit ihren Händen eine Mutter nach, die ihr Baby in den Schlaf wiegte.

»Lasst uns in Ruhe!«, sagte ich mit zitternder Stimme und versuchte, meinen Blick zu heben und beiden in die Augen zu sehen.

»Uns? Mädchen, was stimmt nicht mit dir?«, fragte Alfredo und ging einen Schritt auf mich zu.

»Wir haben euch nichts getan«, sagte ich, dabei hob ich den Kopf und sah Alfredo direkt in die Augen. Seine Pupillen wurden größer und pumpten wie ein Herz. Doch es war nicht meines, denn das hörte in diesem Moment vor Angst auf zu schlagen.

»Mädchen, du musst deinen Kopf klarkriegen. Sonst wird es böse enden mit dir in den dunklen Gassen von Dante«, rief Marco von hinten und näherte sich mir ebenfalls.

In diesem Augenblick stürmte Giacobbe auf die beiden zu. Marco wich aus und ließ Giacobbe ins Leere laufen. Der stolperte, fing sich aber wieder.

Benommen drehte er sich um und sah mir in die Augen. *Ich beschütze dich*, konnte ich darin lesen. Dann lief er los und warf das Gewicht seines Körpers gegen die beiden Halbstarken. Dabei übersah er, dass Marco ihm ein Bein stellte, und als er mit voller Wucht auf Alfredo zuflog, sprang dieser zur Seite und stieß ihn vom Turm.

Ich war eine Atemkünstlerin. Wenn ich die Atemzüge reduzierte, dann würden sie uns nicht finden, die Gespenster. Ich hielt die Luft an, schloss die Augen so lange, bis die Tränen wie Wellen aus meinen Augenwinkeln schossen und meine Welt fluteten. Ich kämpfte gegen die Strömung, verlor die Kraft und sank zu Boden, bis ich die blauen Wälder am Meeresboden sehen konnte, streckte meine Hand aus nach Giacobbe, der immer weiter in der Tiefe des Meeres versank. Bevor er im nassen Dunkel verschwand, streckte auch er die Hand aus, und aus seinem Mund kamen seine letzten Worte. »Vergiss die Kinder nicht … Lass die Gespenster nicht gewinnen …« Und dann verschwand Giacobbe.

Ich öffnete die Augen und starrte in den Abgrund. Marco und Alfredo lachten neben mir.

»Was ist los mit dir, Mädchen? *La mia pazza piccola!* Was ist los?«

»Ihr habt ihn getötet«, sagte ich und biss mir auf die Lippe, um nicht zu weinen.

»Wen haben wir getötet?«

Marco stellte sich neben mich und puhlte mit dem Zeigefinger eine Träne von meiner Wange, als wollte er einen kleinen Marienkäfer auf seine Hand klettern lassen.

»Wen haben wir getötet, *pazza*?«, wiederholte er.

»Giacobbe ... meinen Freund, meinen einzigen Freund.«

»Giacobbe? Wer ist Giacobbe? Außer uns dreien ist niemand hier auf dem Torre, Mädchen.«

Ich wusste nicht mehr, warum die beiden mit einem Mal von mir abgelassen hatten. Ich erinnerte mich nicht mehr. Vielleicht weil ich selbst vom Turm verschwunden war oder weil ich schreiend nach unten gelaufen war, um nach der Leiche von Giacobbe zu sehen. Oder weil ich geschrien hatte, unten, an der Stelle, wo Giacobbe mit dem Kopf aufgeschlagen und ins Meer gestürzt war, wo er für immer verschwand. Oder als ich das Blut gesucht hatte, an den Steinen, Giacobbes Blut. Ich wusste es nicht mehr.

Ich ging nach Hause. Ohne Rucksack, mit zerrissenem Kleid, einer kaputten Schuhsohle, einer schmutzigen Schleife und einer verschwommenen Welt. Ich stieg zurück in das triste Gemälde meiner dunklen Gänge von Dante, zurück in meine Unterwelt, die mit düsteren nassen Farben auf mich wartete. Mein Name war Tea Grigio. Heute war mein erster Schultag gewesen. Der Tag, an dem ich begriffen hatte, dass ich eine *pazza* war.

DER ATEM DES MEERES. 1976.

Papa war früher nach Hause gekommen, da er neugierig gewesen war, was ich über den ersten Schultag erzählen würde. Ich konnte nicht darüber sprechen, nickte nur, sagte, dass alles gut sei. Papa hatte jedoch bemerkt, dass etwas nicht stimmte. Als er sah, dass meine Augen voller Tränen standen, nahm er mich in den Arm und hörte auf, mir Fragen zu stellen.

Ich ging früh ins Bett, fand aber keinen Schlaf. Ich starrte auf die Stelle, wo früher mein Poster von Wonder Woman gehangen hatte. Es sah aus, als hätte jemand mit frischem Weiß ein Fenster auf die Wand gemalt. Ich hatte die Tür zur Terrasse offen stehen lassen, da ich das Gefühl hatte, kaum Luft zu bekommen.

Meine Gedanken waren wie Wasser in einem Abfluss, das sich im Kreis drehte. Ich hatte Giacobbe gekannt, seit ich denken konnte. Ich hatte seine Art zu gehen gekannt, sanft, als hätte er ungehört bleiben wollen, seine Art zu sprechen, überlegt, leise, bedacht. Ich hatte seine Art zu lachen gekannt, immer ein wenig traurig, als hätte er ein Geheimnis in sich getragen. Und wenn seine abstehenden Ohren rot geleuchtet hatten, hätte ich ihn am liebsten in den Arm genommen, um ihn zu beschützen. Vor den Jungs, die ihn verspottet hatten. Aber ich hatte es nie getan. Vielleicht weil ich gespürt hatte, dass es Giacobbe nur in meinem Kopf gegeben hatte.

Ich drehte mich in meinem durchwühlten Bett auf die Seite und sah durch die Terrassentür nach draußen. Das Meer brachte mit seinem salzigen Rauschen warmen Wind in meine Kammer. Er spielte mit den Ärmeln meines zerrissenen Kleides, das an der Tür hing. Ich war eine *pazza*. Und ich konnte nie wieder in die Schule gehen.

Papa öffnete leise die Tür. Ich presste die Augen zusammen. Sie brannten. Er schlich an mein Bett und beugte sich über mich. Er zog die Decke über meine Schulter und strich mir über die feuchte Wange. Ich spürte, dass ihn etwas bedrückte. Er schlich durch mein Zimmer wie ein besorgter Bote, der Angst hatte, eine bittere Wahrheit zu überbringen.

»Ich weiß, dass du nicht schlafen kannst«, sagte er. Ich hielt den Atem an und hatte das Gefühl, dass für einen Moment die Wellen erfroren, die unten über den Strand trieben. »Ich höre es an deinem Atem.«

Ich öffnete die Augen und sah ihn an. Er stand neben meinem zerschlissenen Kleid.

»Hallo, Papa.« Ich stellte mir vor, wie er oft nächtelang an meinem Bett gestanden hatte, um mich im Schlaf zu beschützen und meine Atemzüge zu zählen.

»Was bedrückt dich, mein kleiner Liebling?« Er hatte mich schon lange nicht mehr »mein kleiner Liebling« genannt. Er ahnte etwas. Und als das Meer draußen wieder einen tiefen Atemzug machte, beschloss ich, mich zu öffnen.

»Bei dem Unfall damals … Was ist da genau passiert?«, fragte ich ihn.

»Du warst wieder einmal ausgerissen und oben am Torre. Du warst auf die Turmmauer geklettert und hattest das Gleichgewicht verloren. Du kannst von Glück reden, dass du noch lebst«, sagte Papa und setzte sich zu mir ans Bett.

»Bin ich mit dem Kopf aufgeschlagen?«

Papa nickte. »Als wir dich fanden, sahst du uns mit großen leeren Augen an, als hättest du etwas Schreckliches gesehen. Du wolltest es uns erzählen, aber du konntest nur stammeln. Seit dem Unfall hast du Schwierigkeiten mit dem Sprechen. Mama hat mit dir wieder von vorne begonnen und dir alle italienischen Wörter beigebracht. Aber jetzt ist alles gut.«

Ich nickte und suchte Papas Hand. »Was habe ich gesehen, Papa? Hab ich etwas gesagt?«

Er atmete schwer aus, stand auf und ging zurück zur Terrassentür, wo er aufs Meer hinausblickte.

»Du hattest diese Träume. Es waren schlimme Träume. Du hast jedes Mal geschrien. So laut, dass uns die anderen Familien in Dante fragten, ob bei uns alles in Ordnung wäre.«

»Hatte ich Alpträume? Was träumte ich?«

»Das weiß ich nicht. Du hast immer nur geschrien. Und Mama und mich mit großen Augen angesehen. Wie damals nach dem Unfall. Du hattest Schwierigkeiten zu atmen, als wäre deine Luft begrenzt gewesen und du wärst jeden Moment erstickt.«

Ich setzte mich im Bett auf. »Ich erinnere mich nicht an diese Träume.«

Papas Stimme veränderte sich plötzlich. Als würde Hoffnung in ihm sprießen. »Wir dachten, dass du vielleicht von einer inneren Unruhe getrieben wärst, deshalb beschloss ich, dich mit aufs Meer zu nehmen. Dort solltest du die Ruhe finden, die dich schlafen lassen würde. Ohne Träume.«

»Und hat es funktioniert?«

Papa nickte. »Wir waren jede Nacht draußen. Ich wickelte dich fest in eine Decke. Du schliefst neben mir im Boot. Das Flüstern der Wellen hat dich geheilt.«

»Wo sind die Träume hin?«

»Ich denke, draußen auf dem Meer hast du gelernt, die Bilder aus deinem Kopf zu lassen. Du hast ihnen eine neue Heimat gegeben. In deiner Phantasie.«

»La poesia …«

Papa nickte. »Auch wenn Mama dagegen war, habe ich dich immer spielen lassen. Du warst so glücklich in deiner Welt, die du dir vorgestellt hast. Deshalb ließ ich dich immer zu den Mühlen gehen, damit du deine Phantasie ausleben konntest. Denn sie war es, die dich geheilt hat. Die *poesia* in dir ist stark.«

Ich dachte an die Jagd auf die Gespenster, an die Schneehexen, die Erdfrauen, Windreiter und Waldläufer, an die Königin und ihr großes Heer: All das gehörte zu meiner *poesia*. All das und Giacobbe. Waren das meine Träume gewesen? Hatte ich auch in den Alpträumen Gespenster gejagt? Hatte ich auch die Kinder retten wollen? Hatte ich deshalb geschrien?

»Heute ist Giacobbe vom Torre gestürzt. Halbstarke haben ihn gestoßen.«

»Giacobbe war eine Einbildung. Immer wenn du dich am Strand bei mir entschuldigt hast, weil du wieder zu lange bei den Mühlen gewesen warst, und du mir diese kleine Blume als Wiedergutmachung entgegengestreckt hast, sprachst du von Giacobbe. Aber da warst immer nur du am Strand. Du und ich. Aber ich wollte dir nichts sagen, weil ich glücklich war, dass du aufgehört hattest, in der Nacht zu schreien.«

Plötzlich schoss ein Gedanke durch meinen Kopf. Wenn es Giacobbe nur in meiner Einbildung gegeben hatte, wie konnte er dann tot sein? Wie konnte jemand sterben, der nie gelebt hatte?

»Weißt du, wo Giacobbe jetzt ist?«

Papa schwieg, und ich spürte seine Angst, dass meine Träume zurückkehrten.

»Nimmst du mich heute mit aufs Meer?«, fragte ich ihn.

Er fasste sich an die Nase und säuberte mit einem Räuspern seine Stimme. »Du musst in die Schule.«

»Ich gehe dort nicht mehr hin.«

Papa antwortete mir nicht, ging zur Tür und stieg die Treppen nach unten. Ich hörte, wie er unten suchte. Kurz darauf kam er zurück und warf mir einen schweren Mantel mit einer Kapuze auf mein Bett. Er war aus Leinen und stank nach Öl.

»Was ist das?«

»Man nennt es Ölzeug. Damit fuhr man früher zur See. Es gehörte einmal mir. Heute passt es mir nicht mehr. Ich habe wohl zugelegt.« Papa klopfte sich auf den Bauch und versuchte zu lächeln. »Komm, zieh dich an!«

Ich stand auf und hielt den großen, schweren Mantel vor mich hin. Er reichte bis zum Boden, und seine Oberfläche war glatt und schmierig und roch wie das alte Olivenöl, in dem ich Ndunderi schwenkte. Ich ging zu Papa und umarmte ihn. Und in dieser Nacht fuhren wir ein letztes Mal aufs Meer hinaus.

Das große Wasser war schwarz und schnappte mit kleinen Wellen nach unserem Boot. Wir waren weiter hinausgefahren als sonst. Die Lichter von Atrani waren längst versunken. Ich saß auf der Bank und fror. Das Ölzeug war viel zu groß, aber es schützte mich vor den scharfen Böen, die aus dem dunklen Wasser sprangen. Ich hatte die Kapuze tief ins Gesicht gezogen und hörte, wie Papa unter großer Kraftanstrengung immer wieder das Netz aus dem Wasser zog.

»Warum willst du nicht mehr in die Schule gehen?«

»Weil ich eine *pazza* bin und die Buchstaben nicht kenne.«

»Ich kann dir helfen.«

Wütende Wellen schlugen gegen den Rumpf unseres Bootes.

»Sie haben mich ausgelacht, als ich gesagt habe, dass die Wellen aussehen wie ein C.«

»Lass sie lachen! Dann siehst du eben mehr als die anderen. Die *poesia* in dir ist stark. Unterdrück sie nicht!«

»Was mache ich, wenn ich Giacobbe wiedersehe? Ich weiß doch, dass es ihn in Wirklichkeit nicht gibt. Was, wenn er aus dem Totenreich zurückkommt?«

Warme Tränen flossen über meine eisige Wange.

»Ich weiß es nicht«, sagte Papa, und ich hörte, wie er das Netz mit einem Peitschenknall wieder ins Meer warf.

»Damals, als ich diese Träume hatte, bist du doch auch mit mir rausgefahren. Was tatest du damals, damit es aufhört?«

Papa verankerte das Netz am Boot und setzte sich auf die nasse Bank gegenüber. Er hatte seine Fischermütze tief ins Gesicht gezogen, da das stürmische Wasser immer wieder ins Boot spritzte.

»Ich fahre seit über dreißig Jahren aufs Meer hinaus. Das Meer war meine Schule. Ich habe viel von ihm gelernt. Vieles, was ich gar nicht aussprechen kann. Aber ich habe vor allem gelernt, dass man es nicht kontrollieren kann. Du weißt nicht, wie die Nacht wird, du weißt nie, wie viele Fische du fängst. Das Meer unterwirft sich nicht. Du musst dich unterwerfen.«

Ich sah zu Papa. Im schwachen Mondlicht, das zwischen unruhigen Wolken auf uns niederfiel, sah ich seinen Mund zittern.

»Damals, als du hier lagst, eingewickelt in eine Decke, schriest du so schrecklich, dass ich dachte, es wäre vorbei. Du hast um jeden Atemzug gekämpft, und ich wusste nicht, was ich tun sollte. Da machte ich es wie mit dem Meer. Ich hörte auf, gegen das Schreien zu kämpfen, ich nahm es hin und unterwarf mich. Du kannst das Leben nicht kontrollieren.«

»Was passierte dann?«

»Du warst mit einem Mal still.«

Das unruhige Meer kam für einen Moment zur Ruhe und lauschte Papas Schweigen.

»Und was soll ich jetzt tun? Warten?«

»Ich weiß es nicht. Damals haben die Träume einfach aufgehört. Vielleicht ist es mit Giacobbe auch so … Alles wird gut. Irgendwann. Du musst nur dem Leben vertrauen. Das ist das, was mich das Meer gelehrt hat.«

Enttäuscht sah ich auf das weite Feld aus schwarzem Wasser. In meiner Phantasie bogen sich die Wellen und sahen aus wie das C, das der Maestro an die Tafel gemalt hatte. Doch die Buchstaben wuchsen heran und wurden zu durchsichtigen Pferden mit wilden Mähnen. Aus ihnen formten sich im Wind schäumende Reiter, die die nassen Zügel ihrer Rösser hielten und mit einem Mal ihre Bogen spannten und scharfe Pfeile aus spitzen Wassertropfen in den Himmel schossen. Vor meinem geistigen Auge sah es aus, als würde es regnen. Nur dass der Regen nach oben fiel.

»Ich kann doch nicht einfach warten, Papa. Ich will keine *pazza* sein.«

»Das bist du auch nicht. Viel Phantasie zu haben, heißt nicht, dass man verrückt ist.«

Papa stand auf und zog das Netz zurück ins Boot. Wieder keuchte er. Das Netz war leer. Ich spürte seine Verzweiflung, dass er schon wieder mit leeren Händen zurück nach Hause fahren musste. Doch er vertraute dem Meer, da es stärker war als er.

Die Farben von Atrani tauchten am Horizont auf. Papa und ich schwiegen, als wir das Boot zurück an den Strand zogen. Ich warf noch einen letzten Blick aufs Meer. An einigen Stellen schien sich das Wasser zu bewegen, als würde es zu kochen beginnen. Doch es waren Fische. Warum fuhr Papa nicht dorthin, wo die Fische waren? Ich sah zu ihm. Er schämte sich, dass er mir nicht helfen konnte. Aber ich wollte mich nicht unterwerfen wie mein Papa. Ich wollte eine *ricca* werden. Und wenn ich mich beeilte, könnte ich es noch rechtzeitig schaffen, dem Maestro zu zeigen, dass ich wusste, was ein C war. Und dass es in Wahrheit Windreiter waren, die über die Wellen flogen, musste er ja nie erfahren.

DIE ZEIT, DIE SICH IM KREIS DREHT. 2015.

In den Tannen hießen aufgeregte Meisen die Sonnenstrahlen willkommen, die wie Lichtspeere aus dem Wald schossen. Überall im Dickicht raschelte und knisterte es im blitzenden Licht des Waldes.

Der Notarzt stand mit breiten Beinen im sprudelnden Bach der Mühle, beugte sich über die Leiche der alten Frau und untersuchte ihren Hals. Die andere Hand hielt er vor die blendende Sonne.

»Sieht nach einem natürlichen Tod aus, nicht wahr?«, rief der Polizist mit dem Oberlippenbart.

»Und sie soll von Mürzzuschlag auf das Stuhleck gegangen sein?«, fragte der Arzt, ohne den Kopf zu heben.

»Die beiden Radfahrer wollen sie gesehen haben«, sagte der Polizist und blickte auf das Paar, das besorgt auf die Nebelfäden sah, die hinter den Waldkronen in den Himmel ragten.

»Wie alt war deine Mutter, Leopold? Wann ist sie geboren?«, rief der Notarzt zum alten Leidemann, der unbeholfen an der Mühle stand.

Er rang mit den Tränen. »1923.«

»Deine Mutter war zweiundneunzig. Ich würde sagen, dann war das ein tapferer Marsch in diesem Alter.«

Leopold suchte einen lockeren Spruch, um den Notarzt zu kontern. Er kannte ihn noch aus der Zeit, als der seinen ersten Einsatz gefahren war und Leopold bei der Dorfpolizei als Gendarm gearbeitet hatte. Doch seine Stimme ertrank in Tränen. Sein Sohn, Julian, ging zu ihm und umarmte ihn. Dabei stellte er fest, dass er seinen Vater noch nie fest an sich gedrückt hatte. Aus dem Wald blitzte die Sonne, als hätte sie lange darauf gewartet.

»Auf den ersten Blick sehe ich keine Anzeichen von Fremdeinwirkung. Aber mein Gefühl sagt mir, dass etwas nicht stimmt«, sagte der Notarzt und stieg aus dem Bach. »Wissen wir schon, wovon dieser Rauch da oben kommt und ob sie ein Feuer gelegt hat?«, fragte er und ging mit tröstenden Worten zu Leopold, der Mühe hatte, sich auf den Beinen zu halten.

Der junge Polizist zückte sein Smartphone und rief den Kollegen an, der mit dem Polizeiwagen auf das Stuhleck gefahren war, um die Ursache für den Rauch auszumachen. Die Meisen eroberten die Stille zurück, die sich über die Mühle gestülpt hatte.

»Aber warum sollte sie dort oben ein Feuer legen und dann zur Mühle gehen? Das ergibt doch keinen Sinn«, sagte Lena Grundbauer und hakte sich bei ihrem Mann ein. »Gruselig ist das Ganze«, ergänzte sie und murmelte ihrem Mann unverständliche Worte zu.

»Wir werden die Wahrheit schon herausfinden. Wir müssen jetzt erst einmal klären, ob wir die Kripo hinzuziehen müssen, oder …« Die Stimme des Polizisten brach ab. Er nickte, sah zur Rauchsäule, die sich über den windigen Himmel der Berge zu einer bizarren Gestalt verbog.

»Warum hast du deine Mutter ins Altenheim gesteckt?«, fragte der Polizist Leopold, der wie ein geschlagener Hund zusammenzuckte.

»Ich … Wir, es war nicht so leicht –«, stammelte er, als ihn Julian unterbrach.

»Sie wollte den Hof anzünden.«

Der Polizist nickte. Kurz darauf ließ das Martinshorn der Feuerwehr einen Krähenschwarm hochsteigen.

»Wir brauchen hier noch eine Weile, ruf mich an, wenn du oben fertig bist!«, schnaubte der Polizist ins Telefon, da er eine Menge Arbeit befürchtete. »Trockene Latschen. Sie brennen. Vermutlich war sie das«, sagte er dann zu den Umstehenden und strich mit dem Zeigefinger den Oberlippenbart zurecht. Er steckte das Telefon in die Hosentasche und zog sein Hemd straff nach unten.

»Auf den ersten Blick sieht es aus wie der Unfall einer verwirrten Frau«, folgerte er und ging zum Notarzt.

»Und wo ist sie hineingestürzt? Gibt es Spuren?«, fragte der Arzt.

Der Polizist nickte und stieg in den Bach. Er fluchte, als das Wasser bis zu seinen Oberschenkeln spritzte. »Dort hinten dürfte sie ausgerutscht sein«, sagte er und zeigte auf die Stelle, an der das mit hohem Gras bewachsene Bachbett eine erdige Wunde aufwies.

»Für mich ist es eindeutig. Die Alte wandelt in den letzten Stunden ihres Lebens durch die Wälder. Geht noch einmal auf die Berge, zündet verwirrt dürre Latschen an, verirrt sich auf dem Rückweg und fällt in den Bach. Was meinst du, Dottore?«

Bevor der Notarzt antworten konnte, ließ Julian seinen Vater los und stellte sich an den Bach.

»Was hat sie da in der Faust?«

Neugierig folgten alle der Frage des jungen Leidemann und starrten auf die geballte Hand der Toten, die im klaren kalten Wasser des Baches bleich zitterte.

»Sag ich doch, die hat eine Blume«, fauchte Lena ihrem Mann ins Ohr.

»Vermutlich hat sie sich beim Sturz am Hang festhalten wollen. Ich sehe da nichts Verdächtiges«, sagte der Notarzt und rieb mit der Hand seine Lenden, da ihn der Rücken vom langen Stehen im Bach schmerzte.

»Was tun wir? Kripo?«, fragte der junge Polizist, der mit einem großen Satz wieder aus dem Bach sprang.

»Ich denke, nicht. Sieht nach natürlichem Tod aus. Zweiundneunzig. Verwirrt. Ich sehe auch kein Motiv oder Spuren, die auf ein Verbrechen hinweisen.«

»Sehe ich auch so«, sagte der Beamte erleichtert.

»Darf ich mich noch ein wenig umschauen?«, fragte Julian Leidemann.

Zwei Stunden später waren alle verschwunden außer dem alten Leidemann und seinem Sohn. Unter Ächzen und Raunen hatten der Arzt und die beiden Polizisten die Leiche aus dem Wasser gehievt und in den Krankenwagen geschoben. Die beiden Radfahrer hatten ihre Daten dem jungen Polizisten gegeben, und der Notarzt hatte sich beim alten Leopold Leidemann mit einem Klaps auf die Schulter verabschiedet. Die Rauchsäule über den Wäldern war ebenso verschwunden wie der Polizeiwagen.

»Ich hätte nicht gedacht, dass sie mal so gehen wird«, murmelte Leopold vor sich hin und stellte sich an das raue Holzgeländer der Mühle. Der Bach wirbelte wieder klar durch die Mühlenblätter, und die aufgewirbelte Erde sank langsam zurück ins tiefe Wasser, wo eine Forelle zaghaft aus ihrem Versteck schwamm.

»Sie haben schon recht. Es war ein Unfall. Sie war verwirrt«, sagte Leopold dann laut zu seinem Sohn, der hinter ihm aufgetaucht war. »Wer hätte sie auch hier töten sollen?«

Julian schwieg und sah auf die kleine blasse Blume, die auf dem Wasser schwamm. Sein Vater hatte ihm früher beigebracht, wie die Blumen und Gräser hießen. Er hatte es vergessen, da er sich lieber mit Literatur beschäftigt hatte.

»Weißt du, was sie dort oben wollte?«, fragte Julian seinen Vater und sah der Blume zu, wie sie von den kleinen Wellen des Baches weggespült wurde.

»Sie hat immer geglaubt, dass dein Großvater dort oben gefallen ist. Es war in den letzten Tagen des Krieges. Sie ist darüber nie hinweggekommen«, sagte Leopold. Julian hörte in der Stimme seines Vaters eine nie gekannte Tiefe.

»Du hast mir nie davon erzählt.«

»Wir hatten es nie leicht. Warum sollst du dich mit den alten Zeiten belasten? Du bist ja auch weggegangen.«

Julian nahm seinen Vater in den Arm, fester als zuvor. Er küsste ihn auf die Wange und flüsterte ihm ins Ohr. »Ich habe dich lieb, Papa.«

Und als die Zeiten sich zu drehen begannen, hörte Julian in der Ferne den Ruf eines fremden Vogels. Er kannte weder sein Gefieder noch seinen Namen, aber er wusste von Wanderungen mit seinem Vater, dass alles, was in der Natur verging, am Ende doch wiederkam.

DAS MEER. 1976.

Papa und ich sprachen die nächsten Tage kaum miteinander. Er kam jede Nacht in mein Zimmer, küsste mich auf die Wange und fuhr aufs Meer hinaus. Ich lag dann meist noch wach, bis die Schatten kamen und der Morgen graute. Dann zog ich mich an, band meine Haare zu einem ordentlichen Zopf und blieb so lange vor dem Spiegel stehen, bis ich den Mut fand, wieder aufzusteigen nach Scala, in die Schule.

Ich hatte mir von Gabriella zeigen lassen, wie man nähte und wie man Schuhe flickte. Sie half mir, lieh mir Zwirn und Nadel und lehrte mich, wie man beides verwendete. Dann sprach sie beim Schuster von Atrani vor – einem ängstlichen kleinen Mann mit großen Augen. Für wenig Geld schlug er die Schuhsohle zurück in das Leder. Die Kinder in der Klasse bemerkten nichts davon. Aber immerhin ließen sie mich in Ruhe, da keine lose Sohle und kein Riss in meinem Kleid verrieten, dass ich dagegen ankämpfte, eine *pazza* zu sein.

Der späte Herbst zog mit stürmischen Böen über die Amalfiküste und raschelte mit seinen bunten papierenen Blättern unter meinen Schuhen. Auf dem Weg in die Schule lernte ich immerzu. Ich sagte das Alphabet in meinem Geiste auf und malte die einzelnen Buchstaben in die von Tag zu Tag kühler werdende Luft.

Eine neue Phase begann. Professore Cervo hatte schon in der ersten Stunde eine grimmige Stimmung und reagierte auf jedes noch so kleine Geräusch mit scharfem Fauchen, das er durch die Zähne blies. Er ermahnte uns, eine ordentliche Sitzhaltung einzunehmen und Ruhe zu bewahren. Dann wandte er uns den Rücken zu und schrieb im Staub einer quietschenden Kreide die Buchstaben des Alphabets auf die Tafel. Aber er hatte die Reihenfolge verdreht und geschickt die einzelnen Buchstaben vertauscht. Kaum war er damit fertig, drehte er sich um und sah in die Klasse. Alle hielten die Luft an und zogen ihre Köpfe ein, da sie befürchteten, nach vorne an die große grüne Tafel geholt zu werden.

»Grigio.«

Als ich meinen Namen hörte, spürte ich das Blut in meinen Kopf steigen. Schnell wischte ich die Schuhe über die Wade, um sie zu säubern, bevor ich mich erhob.

»Dorothea Grigio. Ich hoffe, du hast geübt und bist nun bereit, uns deine Lernfortschritte zu demonstrieren«, sagte der Maestro, kreuzte seine Hände hinter dem Rücken und ging mit seinen langen dürren Beinen vor der Tafel auf und ab.

Ich nickte und ging nach vorne. Ich spürte die Blicke meiner Klassenkameraden auf mir. Niemand sagte etwas. Und als ich glaubte, jemand zische *»la pazza«*, schloss ich für einen Moment die Augen und öffnete sie wieder, bevor ich mit dem festen und sicheren Blick einer *ricca* nach vorne trat.

Ohne Fehler benannte ich alle Buchstaben. Höflich wies ich den Maestro sogar darauf hin, dass sich das F schwer lesen ließ, da es nicht sauber an die Tafel geschrieben worden war. Aber ich hatte es dennoch erkannt und wandte mich zum Professore, der mit dem Rücken zu mir aus dem Fenster blickte.

»*Brava*, Grigio.«

Ich lächelte und unterdrückte ein glucksendes, lautes Lachen, das aus mir herausbrechen wollte wie die erste eilige Milch, die man aus einer frischen Flasche in ein Glas goss.

Gleich nach der Schule musste ich Giacobbe davon erzählen, musste ihm erzählen, wie ich den dunklen Magier mit einem Zauberspruch aus verdrehten Buchstaben besiegt hatte. Bei dem aufkeimenden Gedanken an meinen verschwundenen Freund verdunkelte sich mein Gesicht, und mein Lachen erstarb.

»Grigio, Grigio, Grigio«, erhob Professore Cervo seine Stimme und drehte sich mit einem mahnenden Blick zu mir.

»Du hast gut gelernt, anders, als ich es erwartet hatte. Aber der Weg, eine *ricca* zu werden, wird dir wohl immer versperrt bleiben. Auch wenn du deine Sohlen hast reparieren und dein Kleid hast flicken lassen, so wohnt die Armut deiner Herkunft in dir. Man kann sie riechen, man kann sie hören, man kann sie schmecken. Auch wenn du die Buchstaben gut gelernt hast, so bist und bleibst du eine Grigio. Die Tochter deines Vaters, die *pazza* des ehrlosen Vittorio Grigio.«

Meine Zunge wurde trocken, und mein Mund fühlte sich an, als wäre er voller Sand. Die Worte des dunklen Zauberers durchstießen mich wie lange spitze Fingernägel eines Vampirs, die sich in mein Herz bohrten. Das Klassenzimmer ertrank unter dem nassen Pinsel meiner Tränen, und ich lief schluchzend und so schnell ich konnte aus der Schule.

Ich stolperte über die steilen Treppenwege nach Atrani. Dabei musste ich so laut geheult haben, dass die Zitronenbauern auf ihren steilen Feldern ihre Arbeit einstellten und zu mir herübersahen.

Wie eine Ratte auf der Flucht rettete ich mich in das dunkle Labyrinth von Dante. Ich polterte ins Haus. Vor dem Spiegel blieb ich stehen und sah mir in die Augen. Der kleine Mut, der mich jeden Morgen hatte in die Schule gehen lassen, war gestorben. Wie ein toter Vogel lag er mit gebrochenem Genick vor dem großen Schatten einer schwarzen Katze. Ich fasste an die genähte Stelle meines Kleides und zerriss es mit einem lauten Schrei. Dann zog ich die Schuhe aus und zerrte mit aller Kraft an der Sohle, um sie abzureißen. Doch der kleine Schuster hatte gute Arbeit geleistet, sodass mir nichts anderes übrig blieb, als sie wütend gegen den Spiegel zu werfen, dass dieser in der Mitte mit einem lauten Knacken zerbrach.

»*La pazza!*«, schrie ich mein zerbrochenes Spiegelbild an. »*La pazza!*« Erst als mein Vater an der Tür stand und mir mit besorgten Blicken zu helfen versuchte, beruhigte ich mich.

»Warum sind sie alle so gemein? Du bist doch nicht ehrlos, Papa, nur weil du arm bist. Und ich bin keine *pazza*. Warum sind denn alle so gemein?«, rief ich immer wieder, und Papa nahm mich in den Arm und strich mir sanft über den Hinterkopf, wie Mama es früher immer getan hatte.

»Schhhh. Schhhh. Schhhh«, machte er, und ich spürte, dass etwas an ihm zu nagen begann.

Ich konnte die ganze Nacht kein Auge zutun. Die Worte des Maestros drehten sich immer und immer wieder in mir im Kreis wie ein schiefes, knarrendes Karussell. Ich starrte durch die Terrassentür nach draußen in die dunkle Luft von Dante. Die Streitereien der Betrunkenen hörte ich nicht, auch nicht die lauten Motorroller übermütiger Touristen, die wie gespenstische Nachtschwärmer durch die engen Gassen rasten. Dort, wo früher mein blaues Schulkleid gehangen hatte, hing jetzt das Ölzeug, der große, schwere Mantel, den mir mein Vater bei unserer letzten Fahrt auf das Meer geliehen hatte.

Über dem Wasser braute sich ein großer Sturm zusammen, brachte erste Böen nach Atrani und ließ die langen Ärmel des Ölzeugs wie eine Marionette tanzen. Meine Augen brannten, und ich hatte keine Kraft mehr, sie offen zu halten. Im Schatten des öligen Fischermantels schlief ich ein und dachte an die tröstenden Worte meines Vaters, die er mir auf dem Meer schuldig geblieben war. Ich drehte mich zur Seite und rollte mich ein wie ein zitterndes Embryo, das im Bauch seiner Mutter nach Schutz suchte. Ich spürte meinen Herzschlag und fühlte, wie die kühle Nachtluft in meine Lungen kroch und wie die dunklen Gestalten meiner alten Träume wieder meine Kammer betraten.

Ich lief, so schnell ich konnte. Meine Füße bluteten, da ich sie auf dem schroffen Felsen des Gebirgspasses aufgerissen hatte. Meine Lungen brannten, und erste Schneeflocken flogen mir wie winzige Nadeln ins Gesicht. Ich drehte mich nicht um, da ich Angst hatte, dass sie mich dann einholen würden. Sie waren schneller als ich. Mit ihren großen schwarzen Stiefeln sprangen sie über Unebenheiten wie Steinböcke, während ich ständig stolperte und hinfiel und mir die eiskalte Haut aufriss. Ich hörte ihre Stimmen, ihre schrecklichen Stimmen. Sie wollten meine Mutter töten, riefen sie, und meinen Vater und meine süße kleine Schwester mit ihrem Stoffeselchen.

Als sich vor mir ein dunkler Schatten auf dem Weg auftat, erkannte ich darin eine Felsspalte. Ich ließ mich fallen und rollte seitlings in die klamme Kluft. Ich schlug hart auf, und die kleinen Felsspitzen trieben sich in mein Fleisch. Der Himmel drehte sich über mir, und ich blickte auf ein großes, weites Meer aus Sternen. Ich war unsicher, ob es sich um den tatsächlichen Himmel handelte oder ob mein Kopf durch den Sturz benommen war. Ich drehte mich wieder auf die Brust, fand eine kleine dunkle Röhre und zwängte mich mit aller Kraft hinein, bis die Schwerkraft mich in eine Höhle fallen ließ. Mit einem Schlag war es völlig dunkel, und ein tiefes Grollen erfasste den Berg. Der Verwesungsgeruch faulen Laubes kroch in meine Nase. Ich streckte meine Arme aus und suchte in der Finsternis nach Orientierung. In der Ferne fiel ein Wasserfall. Die Luft war feucht und stank. Ich hatte Mühe zu atmen. Ich führte das auf den Sturz zurück. Ich rieb meine Brust, um besser Luft zu bekommen, aber es wurde immer schlimmer. Ich begann zu keuchen, suchte mit meinen Händen nach Licht, nach Luft, nach einem Weg. Meine Atemzüge waren begrenzt.

»Er ist da unten, bring ihn zu den anderen.«

Der laute Knall einer Handgranate zerriss die finstere Kuppel über mir. Ein Regen aus Licht und Luft fiel mit schrillem, lautem Pfeifen auf mein Gesicht. Wie ein vor dem Ertrinken Geretteter japste ich nach Luft. Zwei Männer mit langen Mänteln und Helmen sprangen zu mir in die Tiefe. Zuerst dachte ich, es wären Fischer, bekleidet mit schwarzem Ölzeug und einer tief ins Gesicht gezogenen Kapuze. Aber es waren keine Fischer, es waren Soldaten. Soldaten, die den Letzten von uns gefunden hatten.

»Tea, um Himmels willen. Atme! So atme doch!«, schrie Papa und schüttelte mich am ganzen Körper. Ich riss die Augen auf. Papas Gesicht war bleich, sein Blick geweitet und seine Augen rot umrandet.

»Papa, ich habe geträumt … Ich habe Angst …«

Papa setzte sich zu mir und wartete, bis ich mich wieder beruhigt hatte. Ohne ein Wort zu sagen, ging er zur Terrassentür, um sie zu öffnen. Dabei fiel ihm auf, dass das Ölzeug, das er mir gegeben hatte, auf dem Boden lag.

»Was hast du geträumt?«, fragte er mich.

»Von den Gespenstern. Sie jagten die Kinder. Da war ein kleiner Junge …«

Ich bemerkte, dass mir das Atmen schwerfiel, wenn ich an den Traum dachte.

»Von einem Jungen?«

Ich nickte. Als Papa regungslos vor dem Ölzeug stand, spürte ich, dass etwas nicht stimmte.

»Du hast mir auf dem Meer nicht alles erzählt, habe ich recht?«

Papa ging zur Tür. »Ich denke, es wird Zeit, dass du die Wahrheit erfährst«, sagte er dann und stieg nach unten.

»Wo gehst du hin, Papa?«, rief ich ihm nach. Aber er hörte mich nicht mehr.

Ich sprang aus dem Bett und flog förmlich die Treppen hinunter. Draußen bellte ein Hund. Ein stürmischer Mond zog schattige Figuren durch Dante. Papa musste am Strand sein, wenn ich laufen würde, könnte ich ihn noch erreichen. Ich ließ die Tür offen und rannte barfuß und nur mit meinem Nachthemd bekleidet durch die Gassen bis zum Meer.

Papas Boot war schon weit draußen. Ich schrie, so laut ich konnte, aber Papa reagierte nicht.

»Was willst du mir noch sagen, Papa?«, rief ich und fiel auf die Knie. Sie bohrten sich in den kühlen Sand des Strandes. Das Meer rollte seine Wellen über meine nackten Beine. Das Rauschen des Wassers beruhigte mich. Papa würde sicher bald wiederkommen. Er wollte sicher allein sein. Ich hatte ihm versprochen, dass ich hier am Strand auf ihn warten würde.

Der Sturm, der das Meer in der Nacht aufgewühlt hatte, zog weiter. Hinter den beiden Felsen, die Atrani umklammerten, schimmerte ein neuer Morgen. Die ersten Fischer kamen vom Meer zurück. Sie warfen mir einen Blick zu, wollten sich aber wohl nicht in Dinge einmischen, die sie nichts angingen und die sie nicht verstanden. Die Autobrücke, die über Atrani hinwegführte, empfing die ersten Wagen. Eine Frau rief nach ihrem Mann, Kinder liefen über den Strand und wurden von ihren Eltern zu sich gerufen, als sie mir zu nahe kamen. Ich hörte sie flüstern. *»La pazza«*, zischelten sie. Das verrückte Mädchen aus Dante.

Aber ich war nicht verrückt. Ich wartete hier am Strand, bis Papa wiederkommen würde. Er hatte gesagt, dass ich dem Leben vertrauen müsste. Ich hatte dem Leben vertraut. Als Mama gegangen war, hatte ich beschlossen zu lernen und dem Leben vertraut.

Und als Giacobbe fort war und alle mich »la pazza« *nannten, habe ich nicht aufgegeben und noch mehr gelernt, wie ich es dir versprochen hatte, Papa. Aber wenn du jetzt auch gehst, Papa, wie kann ich dem Leben dann noch vertrauen? Was soll dann noch kommen?*

Wieder kam die Nacht, und im Dunkeln fuhren die Fischer aufs Meer hinaus. Mein Papa war auch da draußen. Vielleicht kam er am nächsten Tag wieder. Oder am übernächsten.

Es waren Touristen, die die Polizei gerufen hatten. Sie waren in einem kleinen Fiat gekommen und über den weichen Strand gelaufen. Sie hatten mich angesehen und mich Dinge gefragt, aber ich hatte sie nicht gehört. Immer mehr Menschen mit bunten Kleidern waren auf den Strand gekommen, um mich zu sehen. Sie hatten einen Halbkreis um mich gebildet, und manche hatten mich fotografiert, andere hatten mich sorgenvoll angesehen, so, wie sie meine Mutter damals angesehen hatten, auf der Piazza Umberto, als sie vor ihren Augen für immer fortgegangen war. Als Gabriella sich vor mich hinhockte und meine Hände in ihre legte, lief eine Träne über meine Wange.

»Papa hat gesagt, dass man das Meer nicht unterwerfen kann. Stimmt das?«

Gabriella lächelte mich an. Hinter ihr stand die Sonne und ließ ihre Ohren ein wenig rot schimmern. »Dein Papa hat immer nur das Beste für dich gewollt. Ich schlage vor, du kommst jetzt mit zu mir, und ich mache dir eine schöne Tasse heißen Kakao. Und dann koche ich dir etwas Gutes zum Essen. Ndunderi. Was hältst du davon?«

Ich sah weiter auf den blauen Horizont und wartete, dass das kleine Boot meines Papas auftauchte.

»Glauben Sie auch, dass ich eine *pazza* bin?«, fragte ich Gabriella und sah in ihr braun gebranntes Gesicht mit der glatten Haut.

»Wer sagt das? Du bist keine *pazza*. Aber wenn du magst, können wir gemeinsam einen Arzt aufsuchen. Er kann dir sicher helfen.«

»Einen Arzt? Ich habe mir nichts gebrochen.«

Gabriella lächelte, und ich sah in ihren Augen, dass sie lieber geweint hätte.

»Es gibt auch Ärzte, die kümmern sich um das, was da oben ist«, sagte sie und klopfte mit dem Zeigefinger auf die Stirn.

»Kann der Arzt auch machen, dass das Meer meinen Papa wieder zurückgibt?«

»Das Meer ist so groß, mein kleiner Schatz.«

»Wenn ich erwachsen bin, dann werde ich dem Meer sagen, dass es meinen Papa wieder hergeben soll.«

Gabriella nahm mich in den Arm. »Wir müssen jetzt gehen. Du musst morgen wieder in die Schule. Professore Cervo macht sich schon Sorgen.«

Ich stand auf. Meine Knie taten weh, und ich hatte Mühe zu laufen. Gabriella stützte mich, und wir gingen unter dem Applaus der Fremden zurück nach Atrani. Noch ein letztes Mal drehte ich mich um und blickte aufs Meer.

»Wenn ich eine *ricca* bin, unterwerfe ich das Meer und warte am Strand, bis du wiederkommst, Papa.«

JOSEF

»*Viele Jahre später, vor dem Erschießungskommando, sollte Oberst Aureliano Buendía sich an jenen fernen Nachmittag erinnern, als sein Vater ihn mitnahm, das Eis kennenzulernen*«, sagte der Arzt, Dottore Rifiuto. Der groß gewachsene Mann, Mitte sechzig, hatte weiße Haare und trug einen kurz geschnittenen Vollbart, ebenfalls in strahlendem Weiß. Mit seiner runden Hornbrille sah er aus wie ein gelehrter Professore an einer Universität. Während er meinen Puls maß und meinen Hals untersuchte, blickte er unentwegt auf das üppige Bücherregal in Gabriellas Wohnzimmer. Warmes Herbstlicht tauchte den weitläufigen Raum, der über Gabriellas Laden lag, in ein goldenes Licht und spiegelte sich in Buchtiteln auf den ordentlich aneinandergereihten Buchrücken.

»Wie fanden Sie das Buch?«, fragte Rifiuto Gabriella, die besorgt vor dem Sofa stand.

»Was meinen Sie?«

Sie tauchte aus ihrer Versunkenheit und folgte den wissbegierigen Blicken des Arztes zu dem einen Buchtitel, der besonders stark in der Sonne glänzte.

»›Hundert Jahre Einsamkeit‹ meinen Sie? Von Márquez?«

»Ja, was für ein Beginn. Was für ein Prachtwerk«, schwärmte Rifiuto und bat mich, die Zunge aus dem Mund zu strecken.

»Ich fürchte nur, es wird sich nicht gut verkaufen. Die Menschen wollen nur Krimis und Leichtes. Die Zeit der großen Werke ist vorbei.«

Rifiuto wandte sich wieder zu mir und leuchtete mir mit einer kleinen silbernen Lampe in die Augen. Das Licht blendete mich so, dass ich versuchte, an ihm vorbeizusehen. Er roch nach Minze und einem scharfen Rasierwasser. Was musste er über mich denken? Ich war schmutzig und stank wie ein in der Meeresluft gefaulter Fisch, in dem die Larven von Fliegen steckten. Aber ihn schien es nicht zu stören, und er sprach weiter mit Gabriella über Bücher. Als er den Kopf drehte und ein anderes silbernes Gerät in mein Ohr steckte, suchte ich mit meinen Blicken im großen Bücherregal den Buchtitel, den Gabriella gerade erwähnt hatte. Ich hatte noch nie so viele

Bücher gesehen und gar nicht gewusst, dass Gabriella sich mit Literatur beschäftigte.

»Wie es aussieht, fehlt dir nur ein wenig Schlaf«, sagte der Dottore zu mir und packte seine Gerätschaften in eine große Ledertasche, die er vor das karierte Sofa gestellt hatte. Erleichtert steckte ihm Gabriella ein paar Lire zu und bedankte sich bei ihm für sein schnelles Kommen.

»Es tut mir leid um deinen Papa«, sagte Dr. Rifiuto im Gehen. »Kannst du denn schon schreiben, Kleines?«

Ich schüttelte den Kopf.

»Wenn du es kannst, musst du das, was dich beschäftigt, aufschreiben. Auch den ganzen Kummer, den das Leben so bringt. Das haben alle so gemacht. Schreib alles auf, auch wenn die anderen es nicht verstehen«, sagte er, zwinkerte mir zu und blickte abermals zum Bücherregal, als suchte er darin Zustimmung.

»Die Welt war so neu, dass viele Dinge noch keinen Namen hatten, und wer von ihnen sprechen wollte, musste mit dem Finger auf sie zeigen«, schien der Dottore Rifiuto erneut jemanden zu zitieren, vielleicht wieder aus dem Buch dieses Márquez, und verabschiedete sich bei Gabriella mit einem Kuss auf die Wange und bei mir mit einem Nicken.

»Ich mache dir jetzt erst einmal noch eine schöne heiße Tasse Kakao, und dann schläfst du, so lange du kannst. Und danach überlegen wir, wie wir weitermachen, ja? Mach dir keine Sorgen, ich habe da schon eine Idee.«

Ich sah Gabriella an und lächelte. Sie war eine gute Frau. So anmutig und schön. Sie war so alt wie meine Mama, aber in der Art, wie sich ihre Haut spannte und wie sie selbst sich bewegte, wirkte sie, als wäre sie zehn Jahre jünger.

Während sie mir die Tasse Kakao holte, blickte ich mich im Zimmer um. Neben dem Regal mit den Büchern hingen auch viele große bunte Bilder an den Wänden. Auf einigen waren Menschen zu sehen, auf anderen sah ich Formen und Farben und Linien. Ich verstand nichts davon.

Gabriella war sicher eine *ricca*. Wer sich so viele Bücher kaufen und Bilder an die Wand hängen konnte, musste eine *ricca* sein. Aber sie war eine gute *ricca*. Sie kümmerte sich um

Kinder. Wenn ich einmal eine *ricca* wäre, würde ich auch eine gute sein.

»Sie sind sehr nett. Und sehr klug«, sagte ich zu Gabriella, als sie mit der heißen, duftenden Tasse Kakao zurück ins Zimmer kam.

»Ich liebe Kunst und Literatur«, sagte sie, als sie bemerkte, dass ich neugierig meine Blicke auf diese fremde Welt gerichtet hatte.

»Was ist so gut daran?«, fragte ich sie.

»Die Kunst öffnet die Türen und geht über Grenzen. Sie ist ungezähmt und wild. Und oft kann nicht einmal der Künstler selbst sie bändigen.«

»Kann ein Künstler das Leben kontrollieren?«, fragte ich und setzte meine Lippen an die heiße Tasse.

Gabriella spürte offenbar, dass ich einen Weg suchte, mit dem Schmerz meines Verlustes umzugehen.

»Ich denke, nicht«, sagte sie.

»Kann Dottore Rifiuto das?«

»Du solltest jetzt schlafen. Morgen sieht die Welt anders aus.«

»Aber wenn Dottore Rifiuto das Leben nicht kontrollieren kann, wer dann? Er ist doch Arzt!«

»Lass uns ein anderes Mal darüber reden, ja?«

»Was muss ich lernen, damit ich Arzt werden kann?«, fragte ich, nachdem ich kurz auf die Möwen gesehen hatte, die vor dem Fenster der Wohnung in einem stillen Moment in der Luft gestanden hatten.

Gabriella merkte, dass ich nicht lockerließ. Sie ging zum Fenster, das zur Piazza Umberto führte, und klappte die grünen Fensterläden zu.

»Du musst Medizin studieren. Und zuvor musst du das Diploma di Maturità Classica machen. Und davor musst du noch zwölf Jahre in die Schule gehen. Das ist ein weiter Weg.«

»Kann ich das schaffen, Signora Gabriella?« Ich setzte mich auf und sah sie an, während ihr Blick auf die Piazza gerichtet war. Ich hörte Stimmen von vielen Menschen. Vielleicht waren es auch die Stimmen der Familie, die mich angestarrt hatte, als ich das blaue Kleid von Gabriella geschenkt bekommen hatte.

»Jeder Mensch ist für etwas geschaffen. Ob du das Zeug hast, Ärztin zu werden, musst du selbst herausfinden.«

Ich legte mich wieder auf das Sofa. Meine Augen brannten. Der Kakao hatte mich müde gemacht.

»Ich denke, du solltest zu mir ziehen«, sagte Gabriella. Ihre Stimme klang, als würde sie in einem weichen Kissen versinken. Sie sprach weiter, aber ich konnte ihr nicht mehr folgen, da sich der Schlaf mit seinem warmen Körper zu mir legte.

Ich schlief drei Tage und drei Nächte. In der Zwischenzeit hatte Gabriella Maestro Cervo Bescheid gegeben, dass ich meinen Papa an das Meer verloren hatte und ein paar Tage von der Schule fernbleiben würde, und mir sein »Beileid« ausgerichtet. Ich wusste nicht, was das bedeutete. Mein Magen krampfte, wenn ich an die Schule dachte.

Ich hob meine Beine vom Sofa und blinzelte zu dem zugeklappten Fensterladen des Wohnzimmers. Sonnenstrahlen zwängten sich durch einen schmalen Spalt. Der Fußboden war aus Holz und fühlte sich unter meinen nackten Füßen warm und weich an. Ich trat ans Fenster, drückte den grünen Fensterladen vorsichtig nach draußen und sah hinaus. Die Piazza war gefüllt und steckte in dem üblichen nach Zitronen und Meer duftenden Trubel.

Gabriella wollte, dass ich bei ihr blieb. Ob ich das auch wollte, wusste ich nicht. Aber was hatte ich für eine Wahl, jetzt, da Mama und Papa fort waren? Ich kannte sonst niemanden, außer Giacobbe, und den konnte ich auch nicht mehr fragen. Ich schob die Holzläden noch weiter zur Seite und stellte mich auf die Zehenspitzen, um zu sehen, ob ich das Haus, in dem unsere Wohnung lag, von hier aus sehen konnte. Aber ich überblickte nur die wie gemalt wirkenden Fassaden kleiner Häuser, die eingepfercht zwischen den beiden Felsen steckten. Von hier sah Atrani anders aus als von unserer Terrasse. Selbst die Armut, die einen Steinwurf von hier lebte, verschwand, wenn man aus dem Fenster einer *ricca* sah. Ich beugte mich vor, um Gabriella zu finden, die meist vor ihrem Laden das Treiben der Piazza beobachtete.

Mein Herz pochte schneller, als ich meinen Kopf nach rechts drehte und von oben die Familie sah, wie sie wieder in angeregten Gesprächen versunken die letzten warmen Tage des Herbstes genoss. Würde sie es für möglich halten, dass ich Dante verlassen hatte und bald eine von ihnen würde? Eine *ricca*? Aber als ich die Mädchen sah, die herumtollten und sangen und lachten, begann ich zu zweifeln. Würde ich je aus Dante entkommen? Würde man in meinen Augen nicht den Eingang in das Labyrinth meiner Herkunft finden, wo in Wahrheit ein zitterndes Mädchen in einer feuchten Ecke kauerte und sich davor fürchtete, dass die Träume wiederkamen? Oder dass Giacobbe aus einer Gasse heraustrat und es zurück in die alte Wohnung zerrte, weil er es von den *ricchi* retten wollte, die die armen Kinder auf den Straßen fingen wie Ratten? Zurück in die dunklen Kammern, wo es nach kaltem Fisch roch und die Wände schmutzig waren, außer an der einen Stelle, an der früher ein Poster gehangen hatte, mein Poster von Wonder Woman.

»Ich habe deine Sachen geholt«, sagte Gabriella, die mit einem Mal in der Tür hinter mir stand. Ich erschrak und klappte die Fensterläden so schnell wieder zu, dass sie laut krachten.

»Lass doch offen, es ist so schön draußen«, sagte sie und stellte einen Karton an das Kopfende des Sofas. »Es ist nicht viel. Das meiste hast du ja bei dir. Es ist nur Papier, das du vielleicht zum Malen brauchst, und das zerrissene Poster. Wir können es kleben und hier aufhängen, was meinst du?«

Woher hatte Gabriella das Papier? Waren das die Blätter, auf denen Papa geschrieben hatte? Hatte er es an einer Stelle versteckt, an der er auch mein aus dem Müll gefischtes Poster von Wonder Woman aufbewahrt hatte? Tränen flossen über meine Wangen. Ich dachte an Papa und sein Ringen nach den richtigen Worten, als wir zum letzten Mal gemeinsam draußen auf dem Meer gewesen waren.

Mit einem Kloß im Hals bedankte ich mich bei Gabriella und zog ein leeres Blatt Papier aus dem Karton. Es war feucht und wellig. »Wenn ich schreiben kann, dann schreibe ich das alles auf, was dadrinnen ist. Wie Signor Márquez«, sagte ich und klopfte mit dem Zeigefinger auf meine Stirn, um Gabriella zu zeigen, dass ich den Rat des Dottore befolgen wollte.

»Wichtig ist, dass es dir wieder besser geht. Soll ich Maestro Cervo sagen, dass du morgen wieder in die Schule kommst?«

Ich sah auf das Papier und nickte. »Sagen Sie ihm, dass ich jetzt nicht mehr in Dante wohne und dass es aus meinem Mund bald nach Minze riechen wird.«

Gabriella kippte den Kopf, da sie nicht wusste, was ich damit meinte. Dann aber lächelte sie, kam zu mir und nahm mich in den Arm, während ich zu weinen begann. Doch als der Lärm eines Motorrollers wie eine schreiende Motorsäge von der Piazza ins Wohnzimmer schwappte, sah ich aufgeregt in Gabriellas Augen.

»Und Sie meinen wirklich, dass wir das Poster wieder zusammenkleben können?«

Atrani war eine kleine Stadt. Gabriella hatte mir gesagt, dass man es in tausend Schritten ganz durchlaufen konnte. Ich wusste nicht, ob das viel war oder wenig. Wenn ich über die Piazza Umberto lief, zählte ich zwanzig Schritte. Weiter konnte ich nicht zählen. Aber ich wusste, dass hinter dem zwanzigsten Schritt der Eingang zu Dante lag. Die Piazza Umberto war der Mittelpunkt von Atrani. Sechs kleine Ristoranti klammerten sich an den Platz, der von drei- und vierstöckigen Häusern eingemauert war. Ihre Fassaden wechselten die Farben von hellem Rosa zu sanftem Gelb. Und dazwischen drängten sich weiße Häuser, schmal und wie alle anderen mit dunkelgrünen länglichen Fensterläden und kleinen Balkonen, die unter kleinen Bögen über die Piazza wachten. Überall standen Blumen und Topfpflanzen auf dem mit großen Steinplatten ausgelegten Platz und lockten unzählige surrende Insekten an.

Von der Piazza führten sechs Wege aus der Stadt. Der erste verlief über die Stufen zur Chiesa, wo frisch verheiratete Paare Fotos machten und Blumen in den Himmel warfen. Der zweite führte zu einem kleinen Tunnel, durch den Touristen in wenigen Minuten in das Nachbarstädtchen Amalfi gelangen konnten. Ich hatte Angst vor dem Tunnel, da er stank und dunkel war. Der dritte Weg verlief durch einen kleinen Torbogen zum Strand. In dem kleinen Ristorante vor dem Bogen tranken Fischer ihre Espressi, wenn sie vom Meer kamen. Papa war nie dort gewesen. Der vierte und der fünfte Weg führten in die beiden anderen *frazioni* von Atrani. Es waren Bezirke der *ricchi*. Wie sie hießen, wusste ich nicht. Es sei schön dort, hatte mir Gabriella erzählt, heller als in Dante, zu dem der sechste und schattigste Weg führte.

Gabriellas Haus war das in Rosa. Es hatte vier Stockwerke und steckte zwischen einem gelben und einem in schmutzigem Weiß mit der Treppe zur Kirche. Gabriella hatte das Haus von ihrem Vater geerbt, hatte sie mir erzählt. Früher hatte es einmal einem großen Künstler gehört. Den Namen hatte ich leider vergessen. Dieses Haus atmete Kunst, hatte Gabriella gesagt, und dass die wahren Tugenden des Künstlers in jeder Ritze dieses Hauses zu spüren seien. Obwohl keine kreative Ader in Gabriella floss, setzte sie diese Tradition fort und umgab sich mit schönen Dingen. Und wenn die Tage warm und trocken waren, stellte sie eine Malstaffelei mitten auf die Piazza. Vielleicht verspürte ja ein Fremder den Drang, nach dem Pinsel zu greifen.

Gleich neben Gabriellas Laden war das Ristorante Destino. Dort gab es so viel zu essen, dass mir das Wasser im Mund zusammenlief, wenn die Kellnerinnen volle Teller aus dem kühlen Gewölbe an die Tische der Gäste trugen. Die Familie, die mich seit meinem Einzug bei Gabriella kritisch beobachtete, aß jeden Tag im Destino. Die Kellnerinnen in weinroten Schürzen lachten viel, wenn sie an die zusammengestellten Tische kamen, und bedankten sich mit einem Knicks, wenn ihnen jemand ein paar Lire zusteckte.

Für die nächsten Jahre meines Lebens war die Piazza Umberto der Mittelpunkt der Welt. Immer mehr Touristen wagten sich durch den Fußgängertunnel von Amalfi nach Atrani und freuten sich, wenn sie sich unter den Einheimischen wähnten. Sie genossen die augenzwinkernde Freundlichkeit der Kellnerinnen, die Leidenschaft der Besitzer der Ristoranti, die mit lauten Rufen ihr Personal auf Trab hielten, und die Ruhe der

Fischer, die mit einer geheimnisvollen Gelassenheit aus ihren kleinen Tassen tranken.

Was sie nicht sahen, waren die Blicke der Familie, die jeden Weg, der nach Atrani führte, im Blick hatte, jede Regung der Ladenbesitzer besprach und mit Handbewegungen Zeichen gab, wenn bestimmte Touristen die Piazza betraten oder wie aus dem Nichts Bettler aus Dante mit hungrig singenden Mündern auf sie zukamen. Und sie sahen auch nicht Gabriellas Gesicht, wenn sie voller Stolz und mit der Sicherheit einer Königin die Piazza betrat und die Malstaffelei in die Mitte des Platzes stellte. Sie war jeden Tag die Erste, die die Piazza betrat, und die Letzte, die sie verließ. Und obwohl sie sonst nicht rauchte und ich den Qualm auf ihrer Haut und in ihren Haaren nie roch, steckte sie sich eine Zigarette an und rauchte sie mit der Zufriedenheit, als kniete die Welt in diesem Augenblick vor ihr nieder. Ich hatte Gabriella niemals davon erzählt, dass ich sie dabei beobachtete, wenn sie ihre beiden Zigaretten am frühen Morgen und in der späten Nacht rauchte. Obwohl ich mir sicher war, dass es ihr gleichgültig gewesen wäre, wollte ich ihr diese beiden Momente der Unbefangenheit nicht nehmen, in denen ein für mich unbekannter, dunkler Zauber lag.

Seit ich bei Signora Gabriella wohnte, änderte sich auch meine Beziehung zu Maestro Cervo. Er war freundlicher zu mir und hielt mir sogar, wenn ich zu spät zur Schule kam, die Tür zum Klassenzimmer auf.

Als ich wieder in die Schule ging, zog ich zwei Stockwerke höher. Gabriella hatte mir das Zimmer mit dem Balkon zugewiesen und richtete es ein wie eine Studierstube. Sie hatte das Poster von Wonder Woman geklebt und in einen schwarzen Rahmen mit Glas gesteckt. Es hing über dem Schreibtisch, von dem aus ich über ganz Atrani sehen konnte. Wenn die beiden Balkontüren offen standen, sah ich das Meer und konnte die Wellen suchen, während ich die Buchstaben auf die weißen Blätter malte.

Im letzten Stockwerk des Hauses lag eine weitere Wohnung, mit einer weitläufigen Terrasse. Der große Felsen ragte von dort bis hoch nach Scala. Und wenn ich mich auf die Zehenspitzen stellte, konnte ich die Monti Lattari sehen. Aber ich war nur einmal in der Wohnung über mir gewesen. Gabriella hatte Angst, dass ich mich von dort zu weit über die Brüstung lehnen und auf die Piazza stürzen könnte. »Wenn du groß bist, wer weiß, vielleicht ziehst du dann nach oben«, sagte die Signora und verschloss die Tür.

In den nächsten Monaten füllte sich mein Schreibtisch. Die leeren Blätter wurden bunter. Ich versuchte mich am Malen und suchte mit verschiedenen Stiften meine Handschrift. Der Stapel meiner Schulhefte wuchs, und die roten Kommentare von Maestro Cervo wurden mit jedem Mal weniger. Nach den Buchstaben lernte ich die Zahlen und fand heraus, dass die Zahl Zwanzig nicht das Ende war. Anfangs musste Gabriella einmal pro Woche meinen Schreibtisch ordnen und mein Zimmer sauber machen. Aber nachdem sie mir gesagt hatte, dass zwei der Tugenden eines Künstlers Ordnung und Disziplin seien, begann ich, mich danach zu richten. Und so fing ich an, auf jedes Blatt das Datum zu schreiben und die Buchstaben in einer geraden Linie zu führen. Ich war zufrieden mit mir und Maestro Cervo auch. Meine Hefte füllten sich. Nur die Blätter auf dem Nachtkästchen neben meinem Bett blieben leer. Ein schwarzer Bleistift sollte die Träume auf Papier bringen, wenn sie meinen Schlaf quälten. Ich wollte es machen, wie Dottore Rifiuto es mir gesagt hatte und wie es alle großen Künstler machten. Aber das Blatt blieb leer, und ich war glücklich. Schließlich wollte ich auch keine Künstlerin werden, sondern Ärztin, sobald ich groß war.

Ich lernte jeden Tag. Auch am Samstag und Sonntag. Wenn die Fischer in der Nacht aufs Meer fuhren, stand auch ich auf, knipste die Schreibtischlampe mit dem grünen Lampenschirm an und beugte mich über meine Hefte. Danach ging ich hinauf nach Scala und wiederholte im Kopf meine Morgenlektionen, und wenn der Unterricht begann, hatte ich schon mehr gemacht als die anderen. Maestro Cervo würdigte das und nannte mich auch nie wieder *la pazza*. Auch die anderen hörten auf, hinter vorgehaltener Hand über mich zu tuscheln. Denn aus *la pazza* wurde die *prima della classe*, und selbst die Mädchen mit den Zöpfen brachten mir Kuchen mit, damit ich ihnen half in den Fächern, die ihnen Mühe bereiteten.

In der Zeit, in der ich nicht lernte, half ich Signora Gabriella im Laden. Ich begann, die Touristen zu beraten, lernte, Lieferungen in roten Kisten entgegenzunehmen und so zu rechnen, dass am Ende so etwas wie ein Gewinn übrig blieb. Geld, mit dem wir einmal im Monat nebenan im Ristorante Destino aßen, so viel wir wollten.

Doch trotz meiner Erfolge in der Schule lag ein klammes Gefühl in meinem Magen. Denn jedes Mal, wenn ich das Haus verließ, um nach Scala zu gehen, oder am Wochenende, wenn ich mit Gabriella vor dem Laden stand und auf die Fremden wartete, fühlte ich mich von der Familie beobachtet. Dachte ich zu Beginn noch, dass ich es mir einbildete, so stellte ich bald fest, dass es keine Tageszeit gab, zu der nicht mindestens ein Familienmitglied auf der Piazza war. Meistens waren es Alfredo und Marco. Hatten sie am Anfang noch über mich gespottet und Grimassen von Verrückten geschnitten, so wurden ihre Züge immer ernster und bedrohlicher, als würde ich in ihre Welt eindringen.

Als ich die Zahl »1981« auf das Deckblatt meines letzten Schulheftes schrieb, bemerkte ich, dass sich die Blicke der Familie weiter veränderten. Ich war elf geworden und hatte die Abschlussprüfung der Grundschule mit Auszeichnung bestanden. Gabriella hatte mir als Belohnung ein neues Kleid gekauft. Es war hellgrau und hatte feine schwarze Nähte. Ich sähe darin aus wie eine kleine Französin, hatte ein deutscher Familienvater im Laden zu mir gesagt und mir einen seltsamen Spitzmund zugeworfen. Obwohl ich noch ein Kind war, begannen meine Brüste zu wachsen, und bald sprach ich mit Gabriella über die Veränderungen, die eine Frau einmal im Monat durchleben musste. Ich konnte gut damit umgehen, und als ich in die Scuola Media ging, war ich nicht nur von einer *pazza* zur *prima della classe* gereift, sondern auch von einem schmutzigen Mädchen zu einem selbstbewussten jungen Teenager.

Mit der Scuola Media veränderte sich auch mein Tagesablauf. Statt des Weges nach Scala musste ich den Fußgängertunnel nach Amalfi nehmen. Als ich zum ersten Mal in den dunklen Tunnel trat, dachte ich an das Unbehagen meines ersten Schultages in Scala. Inzwischen waren meine Schuhsohlen neu, und mein Kleid wurde von festen Nähten zusammengehalten. Nach wenigen Tagen hatte ich mich an den Weg gewöhnt und hörte auf, die Luft anzuhalten, wenn ich in den Tunnel trat. Ich atmete frei und konzentrierte mich auf die Schule.

Ich beendete auch die Scuola Media mit Auszeichnung. Mein Italienisch, Englisch und Deutsch waren mittlerweile so gut, dass die Touristen nicht glauben konnten, dass ich eine Einheimische war, geboren in den dunklen Gassen von Dante wie eine graue streunende Katze. Ich hatte mich sogar freiwillig dazu verpflichtet, Latein zu lernen, und las jede Nacht in den großen Büchern der alten Römer.

Als die Blicke der Fischer verträumter wurden, wenn ich an ihnen vorbeiging und sie ihre Espressi tranken, und als die Touristen aufdringlicher wurden und die Mienen der Familie dunkler, endete mit vierzehn Jahren meine Schulpflicht, und ich klappte spätnachts das letzte Heft meiner Scuola dell'Obbligo zu.

Ich ging zum Balkon und nahm einen tiefen Zug einer warmen Brise. Das Meer war ruhig, und über Atrani wartete ein großer Mond. Die Piazza Umberto war leer. Nur Signora Gabriella stand dort mit verschränkten Armen und rauchte ihre Zigarette. Ich hatte sie all die Jahre nicht in ihrer Ruhe am Platz gestört, aber in dieser Nacht beschloss ich, nach draußen zu gehen und mich neben sie zu stellen.

»Du kannst stolz auf dich sein«, sagte Gabriella, ohne mich anzusehen.

»Danke«, sagte ich zu ihr und verschränkte ebenfalls meine Arme. »Danke für alles.«

»Du hast allen bewiesen, dass du keine *pazza* bist. Dein Papa wäre stolz auf dich.«

»Aber es liegt noch ein weiter Weg vor mir.«

Ich bemerkte, wie Signora Gabriella stärker an der Zigarette zog und dass sich ihre Stimmung veränderte.

»Was willst du jetzt tun?«

Ich wunderte mich über ihre Frage und entließ meine Hände aus der Verschränkung.

»Ich will doch Medizin studieren«, sagte ich leise und spürte den unsicheren Geschmack von Dante in mir.

»Da musst du auf das Liceo. Wer soll das Gymnasium bezahlen? Und dann das Studium? Da musst du nach Salerno oder Neapel. Wie stellst du dir das vor?«

Ich schloss die Augen, und der Wind des Meeres brachte meine Tränen zurück.

»Dann gehe ich eben arbeiten.«

»Du? Wo willst du arbeiten?«

»Kann ich noch bei uns … im Laden …?«

Gabriella warf die Zigarette auf den Boden und drückte sie mit der Sohle auf dem warmen Steinboden aus.

»Ich mochte deine Mutter, und ich mag dich. Ich habe dich unterstützt. Aber jetzt bist du vierzehn und musst lernen, auf eigenen Beinen zu stehen.«

»Muss ich zurück nach Dante?«

Gabriella schüttelte den Kopf. »Du kannst bleiben. Aber ich werde beginnen, Miete von dir zu verlangen. Nicht viel. Aber wenn du es dir leisten willst, musst du jemanden finden, der dich für deine Arbeit bezahlt. Du musst dir das Liceo aus dem Kopf schlagen.«

»Ich habe meinem Papa versprochen, dass ich eine *ricca* werde und am Strand auf ihn warte …«

»Kind, du bist vierzehn! Niemand wird einfach so eine *ricca*. Und dein Papa wird nicht wiederkommen.«

»Aber Sie sind doch eine?«

Gabriella sah mich mit einem Blick an, als hätte ich etwas Verbotenes ausgesprochen. Ich las in ihrem Gesicht die Spuren eines Geheimnisses, das sie mir unter keinen Umständen verraten wollte.

»Ich werde im Ristorante Destino arbeiten, dort, wo diese Familie jeden Tag zusammentrifft.«

Gabriella klappte die Staffelei zusammen, die wie jeden Tag auf der Piazza stand. Kein Tourist hatte versucht, darauf zu malen.

»Marco und Alfredo sind keine Halbstarken mehr. Es sind junge Männer geworden«, sagte Gabriella, und in ihren Worten lag die Warnung einer besorgten Mutter.

»Ich werde gleich morgen mit der Arbeit beginnen. Wie viel verlangen Sie für die Miete?«

»Ach, Kleines. Ich will doch nur, dass du dich nicht in etwas verrennst. Du kannst ja bleiben und musst auch nichts zahlen. Ich habe genug Platz. Es läuft eben nicht immer alles nach Plan. Aber die Welt der *ricchi* ist für ein Mädchen aus Dante nicht der richtige Ort.«

Die Worte von Maestro Cervo drangen wie ein Echo aus einer fremden Zeit in meinen Kopf. Draußen schwoll das Meer an und brachte ungeduldigen Wind.

»Ich weiß, dass ich die Tochter von Vittorio Grigio bin. Und auch wenn er ehrlos war, ich bin es nicht. Ich werde auf der besten Universität Italiens Medizin studieren. Und dann werde ich eine *ricca* sein und am Strand auf meinen Papa warten. Ich unterwerfe mich nicht. Nicht Maestro Cervo, nicht der *famiglia*, nicht dem Meer und nicht Ihnen, Signora Gabriella.«

Ich wartete nicht auf eine Antwort und ging zurück in meine Studierstube. Noch in derselben Nacht wollte ich zurück nach Dante in die kalte, leere Wohnung meiner Eltern.

Die Nacht war wärmer als die anderen zuvor. Die ersten Fischer schlichen bereits wie Schatten durch die Gassen von Dante, um in See zu stechen. Mit einem einzigen Karton und dem gerahmten Bild von Wonder Woman schlich ich durch das schwüle, stickige Labyrinth von Dante. Niemand sollte sehen, wie ich verstoßen von der anderen Welt wieder zurückkroch in den armen Schoß meiner Herkunft. Unter Tränen stieg ich zur Wohnungstür hinauf und steckte den kleinen rostigen Schlüssel in das verrottete Schloss. Ich musste ihn kräftig hineindrücken und hatte Angst, dass er abbrach.

»Ich muss nach dem Schloss sehen lassen«, sagte Gabriella, die mit einem Mal hinter mir stand. Wie eine listige Katze hatte sie mich verfolgt.

»Lassen Sie mich in Ruhe!«, sagte ich und rüttelte am Schloss, das sich nach wie vor nicht öffnen ließ.

»Es tut mir leid«, sagte Gabriella.

Ich hielt inne und hörte meinen Herzschlag und das Schluchzen der Wellen.

»Und was glauben Sie, dass ich jetzt mache? Zurücklaufen zu Ihnen? Wie ein Hündchen?«

Gabriella antwortete nicht auf meine Frage.

»Mein Vater war auch Fischer«, sagte sie stattdessen mit ruhiger Stimme und suchte in den verwinkelten Gassen von Dante den Blick aufs Meer. »Er war arm wie dein Papa. Aber mein Vater hatte früh verstanden, dass er es allein nicht weit bringen würde in dieser Welt. Also hat er sich mit anderen zusammengeschlossen. Zuerst mit den Fischern, dann mit den Bauern und später auch mit den Arbeitern. Sie waren füreinander da. Wie eine große *famiglia*. Sie passten aufeinander auf und folgten einem heiligen Schwur, der sie immer daran erinnern sollte, woher sie gekommen waren.«

»Warum erzählen Sie mir das?«

»Weil es wichtig ist, dass du nie vergisst, woher du kommst. Aber es ist auch wichtig, dass du verstehst, dass ich dir helfen will. Du bist nicht allein.«

Ich drückte den Schlüssel mit einem weiteren kräftigen Ruck in das Schloss und öffnete endlich die Tür.

Der Geruch von Moder und fauligem Fisch drang mir entgegen.

»Ich überlege, die Wohnung zu sanieren. Vielleicht kann ich sie an Touristen vermieten.«

»Was wollen Sie von mir?«, fragte ich wütend und drehte mich zu Gabriella um.

»Ich will, dass du deinen Weg gehst. Ich will dir helfen.«

»Dann lassen Sie mich Medizin studieren, dann lassen Sie mich eine *ricca* werden.«

»Aber warum Medizin? Bleib doch bei mir und hilf mir auf der Piazza.«

»Bevor mein Papa auf dem Meer verschwand, sagte er, dass es Zeit wäre, die Wahrheit zu erfahren. Er konnte mir nicht mehr sagen, was diese Wahrheit ist. Aber ich weiß, dass er Angst hatte vor meinen Träumen. Was ist, wenn diese Träume wiederkommen? Wenn ich wieder eine *pazza* werde?«

»Du warst nie eine *pazza*.«

Ich blickte hoch zum Torre, der im Mondlicht wie ein schattiger Wächter auf dem Felsen über Atrani hockte, und dachte an Giacobbe. Ich hatte Gabriella nie davon erzählt. So wie meine Träume war auch er verschwunden.

»Ich war bei Dottore Rifiuto. Er hat mir erzählt, dass es etwas gibt, was Neurologie heißt. Das will ich studieren.«

EINSAME SCHMETTERLINGE. 1988.

Ich lief, so schnell ich konnte, zum Torre. Vom Liceo Classico E. Marini war ich in weniger als zehn Minuten dort. Ich zwängte mich durch die engen Gassen bis zur Via Comunale S. Sebastiano und stolperte über den unebenen Wanderpfad an schaulustigen Touristen vorbei. Verwirrt traten sie zur Seite, und einige machten sogar Fotos von mir, als ich wie von Sinnen auf den Torre stieg. Das letzte Mal hatte ich mich so unbeschwert gefühlt, als ich mit sechs Jahren von den Mühlen gekommen war. Gemeinsam mit Giacobbe hatte ich in meinem Spiel die armen Kinder der *poveri* aus ihren Verstecken befreit. Ich war damals nach oben auf den Turm gestürmt und hatte ein unsichtbares Schwert in die Luft gestreckt und siegestrunken in das ewige Blau des Meeres geschrien.

»Wir, die Völker der *poveri*, der Schneehexen, der Windreiter, der Erdfrauen, haben uns vereint!«, hatte ich geschrien. Ich hatte nach der großen Königin gerufen, damit sie uns zur Seite stand mit ihrem großen Heer. »Lasst uns gemeinsam die Gipfel erstürmen!«, hatte ich mit heiserer Stimme in damals schlechtem Italienisch gerufen: »Vereinen wir uns, und gegen die bösen Reichen wir kämpfen!«

Jetzt hielt ich kein Schwert in der Hand, jetzt war es das Diploma di Maturità Classica. Ich hatte es geschafft. Ich hatte das Abitur in meinen Händen. Und ich war kurz davor, selbst eine *ricca* zu werden. Ich rief in Gedanken den armen Kindern in den versteckten Gassen von Atrani zu, dass sie niemals aufgeben dürften und lernen sollten. Lernen wie ich. Dass sie von ihren Tellern mit kalten, mehligen Ndunderi aufblicken und aus den schattigen Winkeln ihrer Wohnungen nach draußen gehen sollten, wo die warme, würzige Meeresluft ihnen den richtigen Weg zeigen würde. Sobald ich eine *ricca* war, wollte ich für Gerechtigkeit sorgen und die anderen *ricchi* überzeugen, dass wir alle zusammenhalten müssten. Die *ricchi* und die *poveri*. Hier in Atrani. Dort in Amalfi und sogar dahinter in Salerno oder in Neapel, weit hinter den Milchbergen.

»*La pazza, la pazza, la pazza.*«

La pazza. Das Wort wog schwer wie ein Stein, der meine Freude zerbrach wie dünnes Glas. Ich schloss die Augen, da ich diese Stimme kannte. Es war Alfredo. Ich spürte, wie sich seine strengen Blicke in meinen Rücken bohrten.

»Sieh an, was aus dem schmutzigen Mädchen aus Dante geworden ist«, sagte jemand anderes. Ich erkannte im abfälligen Klang der Stimme Alfredos Bruder Marco.

Ich nahm einen tiefen Atemzug und umfasste den Mut in mir wie einen festen Stock.

»Was treibt euch hier herauf? Habt ihr keine Angst, so ganz allein ohne eure große Familie?« Ich drehte mich um und sah die beiden an. Aus den Halbstarken von einst waren junge Männer geworden. Marco hatte es sogar zu einem ansehnlichen Äußeren gebracht, während Alfredo mit seinen starren, nach vorne tretenden Augen nach wie vor aussah wie ein aggressiver Straßenhund, der nur darauf wartete, einem ins Gesicht zu beißen.

»Vor wem sollen wir Angst haben? Ich sehe hier niemanden. Nicht einmal deinen Freund. Wie hieß er noch einmal? Giacobbe. Giacobbeeee.« Alfredo äffte den Namen nach, als wäre er ein blökendes Schaf.

»Ich frage mich nur, wie es eine *pazza* schaffen kann, ein *liceo* zu bestehen«, sagte Marco und legte die Hand an das Kinn. »Also entweder die Schlauen in den Schulen sind ebenso *pazzi* wie du, oder du hast für alle die Beine breit gemacht.«

Ich schluckte. Der Stock meines Mutes zerbrach. Auf dem Torre war niemand. Das Kleid, in dem ich mein Diploma entgegengenommen hatte, war rot. Tiefrot. An diesem besonderen Tag wollte ich auffallen und hatte sogar gewagt, etwas Dekolleté zu zeigen. Als Gabriella das Kleid gesehen hatte, hatte sie gelacht und den Kopf geschüttelt. Ich würde noch allen den Kopf verdrehen, hatte sie gesagt. Jetzt bereute ich, dass ich mich durchgesetzt hatte.

»Komm schon! Willst du uns nicht auch einmal zeigen, wie es eine *pazza* macht?«, sagte Alfredo und zog behutsam den Reißverschluss seiner Hose nach unten.

»Ich werde es eurer Familie erzählen, wenn ihr mich nicht in Ruhe lasst«, sagte ich und suchte mit der Hand nach meiner kleinen schwarzen Tasche, die ich mir passend zum Kleid im Laden von Gabriella ausgesucht hatte.

»Du glaubst wohl, du bist etwas Besseres. Nur weil Signora Gabriella dich aushält und dich bei sich wohnen lässt und dir das *liceo* bezahlt hat.«

»Ich lebe nach wie vor in Dante.«

»In der Wohnung eines Hauses, das auch Gabriella gehört. Sie hat dir doch alles gegeben, was du gebraucht hast. Es war doch nur dein Stolz, der dich hat in Dante leben lassen. Gabriella hat dir doch alles ermöglicht.«

Während Marco sprach, kam Alfredo immer näher auf mich zu, und ich sah, wie er mit seinen Fingern im offenen Hosenstall kramte. Mir ekelte, und ich bekam es immer mehr mit der Angst zu tun.

»Du bist und bleibst die schmutzige Tochter des ehrlosen Vittorio Grigio. Eine dreckige *pazza.*«

Wind kam auf, gefüllt mit den Stimmen der Vergangenheit. Unbemerkt gelang es mir, meine Hand in die Tasche zu stecken und nach einem geeigneten Gegenstand zu suchen, mit dem ich mich verteidigen konnte. Ich fasste meinen ganzen Mut zusammen, als ich das schwere Buch umfasste, dessen Blätter ich wieder und wieder gelesen hatte und seit Jahren immer bei mir trug.

»Ach, mein Sohn«, sagte ich mit einem großen vorgetäuschten Seufzen. *»Mir würde es schon genügen, wenn ich sicher wüsste, dass du und ich in diesem Moment existieren.«*

Während ich den beiden dieses Zitat aus »Hundert Jahre Einsamkeit« entgegenschleuderte, blickte ich für einen Moment in leere Augen. Ich nutzte diesen Augenblick und schlug mit all meiner Kraft Alfredo das Buch gegen die Schläfe. Er zuckte mit einem schrillen Schrei zusammen und fluchte in derbem kampanischem Dialekt. Ich nutzte die Gelegenheit, sprang an ihm vorbei und warf mich gegen Marco, der vor

Überraschung sein Gleichgewicht verlor. Doch er war schnell wieder auf den Beinen und setzte mir nach. Erst als ein Mann mit schlanker Statur, einem lockeren hellbraunen Leinenanzug und einem verträumten Blick vom Weg aus beobachtete, was auf dem Torre geschah, ließ Marco von mir ab. Ich lief, so schnell ich konnte, an dem Mann, der mich gerettet hatte, vorbei. Nur einmal drehte ich mich noch um und sah zum Torre, wo mir die beiden Söhne der größten und einflussreichsten Familie von Atrani giftige Blicke zuwarfen, die mir versicherten, dass sich unsere Wege bald wieder kreuzen würden.

»Congratulazioni«, rief Gabriella schon von Weitem, als ich über die Treppe von der Chiesa auf die Piazza stürmte. Sie senkte das Glas Wein, da sie merkte, dass etwas Dunkles geschehen war. Ohne ein Wort zu sagen, schloss mich Signora Gabriella in die Arme. Sie drückte mich so fest an sich, wie sie es noch nie getan hatte, und legte ihre Hand schützend in meinen Nacken. Aus den nahen Gassen von Dante spielte jemand traurig mit einer Trompete »Vivere Ancora«, und ich begann, so stark zu weinen, als würde ein großer Damm in mir bersten, der sich seit meiner Kindheit mit trübem Wasser gefüllt hatte.

»Ich habe ein Geschenk für dich«, flüsterte Gabriella mir ins Ohr. »Weil ich so stolz auf dich bin, so unendlich stolz.« Ihre Brust zitterte, und ich wusste, dass auch sie weinte. »Hier«, sagte sie und überreichte mir eine kleine Schachtel, die nicht größer war als eine Briefmarke. »Es ist Zeit, dass du nach Hause kommst.« Ich wischte die Tränen weg und hob den dunkelblauen Deckel mit meinen gespitzten Fingern an.

»Was ist das?«, fragte ich Signora Gabriella mit großen Augen und hob den Schlüssel aus dem hellblauen Samt.

»Der Künstler, dem früher dieses Haus gehört hat, hat dort gearbeitet.«

Ich starrte Gabriella ungläubig an. War das tatsächlich der Schlüssel zur Wohnung oberhalb meines alten Studierzimmers? Nachdem ich aus dem Haus gezogen war, um in der alten Wohnung meiner Eltern Gabriella zu zeigen, dass ich auch ohne sie zurechtkam, hatte sich ihre Einstellung zu mir geändert. Sie war jeden Tag zu mir gekommen und hatte nach dem Rechten gesehen. Dann hatte sie Handwerker geschickt, die die knarrende Treppe repariert und die Fenster abgedichtet hatten, damit ich mich im Winter nicht in der kalten Meeresluft erkältete.

In dieser Zeit hatte sie mir das ganze Mobiliar von der Piazza nach Dante bringen lassen. Als Dank hatte ich ihr weiter im Laden geholfen. Signora Gabriella hatte auf die Miete verzichtet, auch wenn sie oft davon gesprochen hatte, das Haus in Dante komplett zu renovieren, damit Fremde dort das Leben der Einheimischen spüren konnten. Dank dieser Übereinkunft war ich über die Runden gekommen und hatte mich auf das Lernen konzentrieren können.

Um die Stelle als Kellnerin im Ristorante Destino hatte ich mich nie bemühen müssen, obwohl ich, immer wenn ich im Laden gewesen war, mit dem Besitzer freundliche Worte gewechselt hatte. Ich hatte diese Tür nicht zuschlagen wollen und gespürt, dass er meine Nähe gesucht hatte, als hätte er sich von mir – und so indirekt von Gabriella – Schutz erhofft. Obwohl ich mich in Dante arrangiert und im Grunde dort nur gelernt und geschlafen hatte, war diese Zeit von einer bleiernen Beschaffenheit gewesen. Nach und nach hatte ich alles, was mich an meine Eltern erinnert hatte, weggegeben. Selbst das schrecklich stinkende Ölzeug, das lange vor der zugigen Terrassentür gebaumelt hatte wie ein Gehängter, hatte ich eines Morgens nach einem unruhigen und traumlosen Schlaf in die Mülltonne vor dem Haus gestopft.

Die Träume, die mich in meiner Kindheit gequält hatten, waren nicht mit mir nach Dante zurückgekehrt. Obwohl ich mich nur an einen erinnern konnte, hatte auch dieser einfach aufgehört, wie Papa es damals auf dem Meer gesagt hatte. Und so waren die Blätter Papier, die ich auch in Dante auf mein Nachtkästchen gelegt hatte, über all die Jahre leer geblieben.

»Und Sie wollen, dass ich dort oben lebe?«, fragte ich die Signora. »Aber ich kann mir das doch nicht leisten.«

»Es ist ein Geschenk und kostet dich nichts. Ich war lange nicht oben, aber ich denke, mit deinem Händchen und meinen Kontakten machen wir daraus ein kleines Penthouse für dich.«

Ich stellte mir vor, dass ich wie eine Schauspielerin in einem dieser Filme auf die Skyline von New York sah. Ich trug Perlen um den Hals, hatte die Haare hochgesteckt, und ein gut aussehender Mann schenkte mir Champagner ein.

»Auf dich und deinen Erfolg!«, sagte Gabriella und hob wieder das Glas. Sie drückte mir auch eines in die Hand, und wir tranken süßen Wein aus Sizilien, während ich im Augenwinkel sah, wie sich Marco und Alfredo unbefangen auf den großen leeren Tisch des Ristorantes nebenan setzten.

Mein Herz pochte wieder wie wild, während ich den Wein mit großen Schlucken trank. Ich bedankte mich bei Gabriella und sagte, dass ich gleich mein Geschenk ansehen wollte. Gabriella spürte anscheinend, dass ich allein sein wollte, um die Dinge, die mir am Torre zugestoßen waren, zu verarbeiten. Ich sprang in den schattigen Hauseingang und rannte mit großen Schritten nach oben.

Meine neue kleine Wohnung lag direkt über meinem alten Studierzimmer. Als ich den obersten Stock betrat, war ich völlig außer Atem. Der Schlüssel zitterte in meiner Hand. Ich steckte ihn in das Schloss und drehte ihn um.

»Verzeihen Sie, ich denke, das gehört Ihnen«, sprach eine Stimme hinter mir, und mein Herz sprang vor Schreck fast aus meiner Brust.

Er war groß gewachsen, hatte einen hellbraunen Leinenanzug an, wie ihn die Männer aus besserem Hause in Norditalien trugen, wenn sie im warmen Süden nach Sommerfrische suchten. Seine Augen waren dunkel, aber sanft, und über ihnen lag etwas Zerbrechliches. Sein brünettes Haar war an den Seiten kurz rasiert. Auf seinem Kinn hockte ein kleines Grübchen, und sein Mund war zart geschwungen und von einem Dreitagebart umgeben.

»Das gehört doch Ihnen, nicht wahr?«, wiederholte der Mann und streckte mir mein abgenutztes Buch entgegen. Ich erkannte in dem Unbekannten den Mann, an dem ich auf der Flucht vor Marco und Alfredo am Torre vorbeigelaufen war. Er war zehn, vielleicht fünfzehn Jahre älter als ich. Ohne ein Wort zu sagen, nahm ich das Buch entgegen.

»Ich will Sie nicht ängstigen, aber ich dachte, Sie würden das Buch vielleicht vermissen.«

Ich stammelte und suchte nach passenden Worten. Dabei bemerkte ich, dass mich die Anwesenheit dieses Mannes verlegen machte. Mein Mund wurde trocken und meine Hände feucht. Als er sich schließlich umdrehte und zurück auf die Piazza wollte, rief ich ihm nach: »Wollen Sie vielleicht etwas trinken, ich meine, als Dank für das Buch und …«

Ich ärgerte mich über mein tölpelhaftes Gestammel und bemerkte, wie sich mein Mund in ein Lächeln verwandelte, als ich hörte, dass der Mann, der bereits ein Stockwerk tiefer war, stehen blieb. Ich sperrte die Tür zu meiner neuen Wohnung auf, und obwohl ich mein Penthouse noch nie betreten hatte, träumte ich davon, Champagner zu trinken und über New York zu sehen.

Gabriella hatte mich angelogen. Hinter meinem Rücken hatte sie meinen Schreibtisch, meine Bücher und Kleider in die Wohnung bringen lassen. Alles war ordentlich und sauber, und auf den Tisch vor dem Sofa hatte sie sogar eine Vase mit frischen Tulpen gestellt. Die Tür zur Terrasse war offen, und ein warmer, nach Zitronen duftender Wind floss sanft herein. An der rechten Seite lehnte ein Bücherregal mit den großen Klassikern der Literatur. Vor der Terrasse stand ein runder Holztisch mit zwei Stühlen. In einem silbernen Eimer steckte eine Flasche Champagner in Eis. Und davor ein Zettel mit Gabriellas Handschrift. »Congratulazioni« stand darauf. Am hinteren Ende lag das kleine Schlafzimmer mit Blick auf die großen Felsen, die von hier übermächtig in den Himmel ragten. Das Zimmer beherbergte ein Doppelbett mit zwei Nachtkästchen. Auf einem lag ein Stift über leeren Papierblättern, und der Duft von Minze klebte in der Luft. Wandte man sich vom Schlafzimmer mit dem Blick auf das Bergpanorama zurück zur Terrasse, sah man das Bild von Wonder Woman, dass Gabriella mitten auf die rechte große weiße Wand des Wohnzimmers gehängt hatte. Der schwarze Rahmen funkelte wie ein Kristall und war umringt von vielen anderen Bildern, die Gabriella dort ordentlich hatte anbringen lassen. Davor stand eine Staffelei mit einer Palette, Pinseln und Tuben in den schönsten Pigmentfarben.

»Was darf ich Ihnen anbieten?«, fragte ich mit versucht

fester Stimme und suchte die Küche, die sich hinter der Wand der Bücher versteckte.

»Erwarten Sie Besuch?«, fragte der Mann, der zurückhaltend in die Wohnung trat und den Champagner mit zwei Gläsern sah.

»Nein, ich, äh, das ist von Signora Gabriella, sie hat mir gratuliert, weil –«

»Natürlich, herzlichen Glückwunsch zum Diploma! Ich habe Sie unabsichtlich belauscht, als ich Sie vor dem Laden habe stehen sehen – mit Frau Gabriella, nehme ich an.«

Ich nickte, schwenkte unsicher meine Blicke über den Boden und bedankte mich.

»Also, wenn Sie wollen … als Dank für das Buch … Ich meine, wir können ein Glas Champagner …?«

»Sehr großzügig von Ihnen. Warum nicht? Bei diesem fabelhaften Ausblick. Darf ich?«, fragte der Mann und ging auf die Terrasse, wo ihn das Meer mit leuchtendem Blau und still rollenden Wellen empfing. Als ich zu ihm trat und auf das Wasser sah, bemerkte ich, wie zwei Schmetterlinge vor uns tanzten.

»Eines Abends, als Meme im Bad war, ging Fernanda zufällig in ihr Zimmer, und da waren so viele Schmetterlinge, dass kaum Luft zum Atmen blieb«, sagte der Mann zu meiner Überraschung. Er zitierte aus dem Buch, das ich verloren hatte. Also kannte er es.

Ich blickte ihn an und fügte hinzu: *»Es waren die Schmetterlinge. Meme sah sie, als seien sie plötzlich in der Luft entstanden, und ihr Herz machte einen Satz.«*

Der Mann lächelte, dann reichte er mir die Hand und stellte sich vor. »Josef Almer. Dr. Josef Almer. Es freut mich, Sie kennenzulernen.«

Ich nahm seine Hand und schüttelte sie. Sie war warm und weich. Ich hatte Angst, ihm in die geheimnisvollen Augen zu sehen, und da ich mich nicht darin verlieren wollte, zog ich meine Hand aus seiner, ging zurück ins Wohnzimmer und hob den Champagner aus dem Eiskühler. Ich sah verstohlen zu dem Fremden. Der Name klang nicht italienisch. War er ein Tourist aus Deutschland, Österreich? Sein Italienisch war makellos, ebenso wie seine Haltung.

»Sie kennen Márquez?«, suchte ich den Beginn eines Gesprächs und goss Champagner in die zwei Gläser mit hohem Stiel.

»Dieser Roman ist für mich eines der wunderbarsten Bücher, die ich je gelesen habe. Obwohl ich zugeben muss, dass ich Mühe hatte, dem Autor von Beginn an zu folgen. Aber seine Sprache lockte mich in seine Welt, in der Magie wichtiger war als logische Abläufe.«

Ich trat auf den Balkon und reichte Josef Almer ein Glas, das er dankend annahm und erhob.

»Auf Ihren großen Erfolg, Signorina …«

»Dorothea Grigio«, sagte ich, und mit dem Klirren der Gläser standen so viele Schmetterlinge um uns, dass ich hätte schreien können vor Glück.

»Glauben Sie an Magie, Signorina Grigio?«

Ich trank einen Schluck. Der Champagner schmeckte bitter und knisterte in meinem Mund. Am Meer verwandelten sich die Wellen in nasse Körper, die sich aneinanderschmiegten.

»Glauben Sie daran?«, konterte ich und fasste meinen ganzen Mut zusammen, um Josef Almer in die Augen zu sehen. War er verheiratet? Trug er einen Ring?

»Ich glaube an die *poesia*. Und an die Liebe«, sagte er mit weicher Stimme.

Mein Herz sprang, und ich führte verlegen mein Glas wieder an meine Lippen. Mir wurde ein wenig schwindelig, und ich glaubte, dass die warme Sommerluft immer mehr Schmetterlinge gebar, die uns mit ihren leise knatternden Flügeln umgaben.

»Darf ich Sie etwas fragen? Ich will Ihnen auch nicht zu nahe treten«, sagte der Mann auf meinem Balkon. Sein Gesicht wurde mit einem Mal ernster, und die Flügel der Schmetterlinge begannen, langsamer zu schlagen.

»Die beiden, die Sie auf dem Torre dello Ziro bedrängt haben, haben Sie eine *pazza* genannt.«

Die vielen kleinen Flügel erfroren in der Luft, und wie Steine fielen die Schmetterlinge tot auf den Boden.

»Ich bin keine *pazza*«, sagte ich forsch und spürte, wie der warme Frühling der Liebe dem eisigen Winter der Wut wich.

Dr. Almer entschuldigte sich und begann, sich zu erklären.

»Mein Interesse ist rein beruflicher Natur. Ich bin österreichischer Neurologe und arbeite an meinem neuen Buch über komplexe Krankheitsbilder. Dabei bin ich immer auf der Suche nach Menschen, die mir Geschichten darüber erzählen.«

»Und Sie glauben, dass ich krank bin? Eine *pazza*? Eine Verrückte?«

»Mitnichten. Es war nur ... Es war ein Fehler. Es tut mir leid, Signorina Grigio. Es ist wohl besser, wenn ich jetzt gehe.«

Josef Almer trank sein Glas aus und verließ ohne ein weiteres Wort den Balkon. An der Wohnungstür wandte er sich noch einmal um, bedankte sich für die Einladung und warf mir einen letzten beschämten Blick zu.

»Sie sind Neurologe?«

Ich stand wie eine Salzsäule an der offenen Balkontür und fühlte mich wie damals, als ich mit sechs Jahren Giacobbe an die Kälte der Wirklichkeit verlor.

»Ich habe mehrere Bücher über die Untiefen des menschlichen Bewusstseins veröffentlicht und leite ein Institut in Südtirol, wo ich spezielle Patientengruppen in Einzelfallstudien behandle.«

Ich schwieg. Die Spannung in meinen Muskeln wurde weicher, und ich suchte nach einem Weg, die Unterhaltung fortzuführen. War dieser neue Bekannte der Weg aus Atrani?

»Ich finde Neurologie sehr interessant«, sagte ich und klang wie eine Schülerin, die einen auswendig gelernten Text vortrug.

»Hören Sie, ich wollte Ihnen wirklich nicht zu nahe treten vorhin«, sagte Dr. Josef Almer und kam wieder einen Schritt auf mich zu. »Ich habe zu vorschnell bei dem Begriff *pazza* reagiert. Und natürlich sind Sie keine. Sie sind eine adrette Frau mit klarem Verstand. Wie sonst hätten Sie auch das Diploma di Maturità Classica absolvieren sollen?«

Mit einem Mal trug Dr. Almer dieselbe Unsicherheit in seiner Stimme wie ich, und so beschloss ich, ihm zu verzeihen.

»Dieses Institut, das sie leiten – muss man da studiert haben, um dort zu arbeiten?«

Der Neurologe lächelte. »Nicht alle brauchen zwangsläufig

ein Studium. Im Sanatorio haben wir neben Ärzten auch viele Pfleger.«

»Kann ich Sie vielleicht einmal dort besuchen?« Ich biss mir auf die Lippen und schämte mich für meine überfallartigen Worte.

»Ich fürchte, das ist nicht so ohne Weiteres möglich. Ohne entsprechende Ausbildung ist der Besuch befremdend. Sie würden starke Nerven brauchen.«

»Ich habe starke Nerven.«

»Das menschliche Bewusstsein ist wenig erforscht. Für viele ist das, was sie dort sehen, sehr irritierend. Aber wenn Sie wollen, können Sie eines meiner Bücher lesen. Dort habe ich viele Wirte und Wirtinnen interviewt, die ihre Geschichten erzählen.«

Er nannte die Patienten »Wirte«. Ich wollte ihn nicht fragen, warum, da ich ihm nicht den Eindruck vermitteln wollte, dass ich nichts über dieses Gebiet wusste. Ich trug nur das starke Bedürfnis in mir, tiefer in die Welt der Neurologie einzudringen. Wenn ich Dr. Almer bat, mit mir und Signora Gabriella im Ristorante Destino zu Abend zu essen, dann könnte ich ihn fragen, ob er mir einen Studienplatz in Mailand besorgen könnte. Das wäre nicht weit von Südtirol. Die Anwesenheit von Signora Gabriella würde ihm zeigen, dass ich es ernst meinte. Und auch Marco und Alfredo würden sehen, dass ich keine Angst mehr vor ihnen hatte, da ich bereit war, wegzugehen. Nach Mailand, wo ich später in einem Sanatorio, einer Heilstätte, arbeiten und gemeinsam mit der österreichischen Koryphäe, Dr. Almer, Bücher schreiben würde über gelbe Schmetterlinge, die in der Abenddämmerung von den Bergen zu uns herunterkamen, da sie den hundert Jahren Einsamkeit entkommen waren. Ja, so sollte es sein. Das war mein Weg aus Atrani, mein Weg, eine *ricca* zu werden.

»Ich werde Ihnen ein Buch zukommen lassen. Dann können Sie sich schon einmal mit dem Thema näher beschäftigen.«

Ich nickte und setzte bereits an, meine Einladung auszusprechen, als der Mann mit den geheimnisvollen Augen mir die Hand zum Abschied reichte. »Ich muss leider aufbrechen und den Zug in Salerno erreichen. Ich muss an der Uni in Mailand ein neues Semester vorbereiten.«

Und kurz darauf war der Fremde so schnell verschwunden, wie er gekommen war. Wie benommen ging ich zurück auf den Balkon meines Penthouses. Die Schmetterlinge waren verschwunden, und hinter dem Meer zogen Wolken auf. Die Ereignisse dieses Tages waren über mich gekommen wie ein Orkan, der mein Haus davonwirbelte. Ich blickte auf die Piazza, um Dr. Almer noch einmal zu sehen, aber er war längst in der Menge der Menschen verschwunden, die den Platz geflutet hatten. Kraftlos sank ich auf den weißen Stuhl und sah hinaus aufs Meer, wo Papa seit Jahren Fische suchte. Auf dem Stuhl neben mir lag »Hundert Jahre Einsamkeit«. Der Einband war zerschlissen, die Seiten eingerissen. Ich hob das Buch auf und strich über den Einband. Er hatte es berührt. Mit seinen warmen, weichen Händen. Ich hatte vergessen zu schauen, ob ein Ring auf seinem Finger steckte. Wie oft hatte ich das Buch gelesen und versucht, es zu verstehen! Und obwohl es sich mir nie richtig erschlossen hatte, spürte ich seine Magie.

Glauben Sie an Magie, Signorina Grigio? Seine Worte wiederholten sich in meinem Kopf. Immer wieder.

Dann stand ich auf und sah erneut auf das Meer. Die *poesia* hatte mir alles geraubt, was ich je geliebt hatte. Wie konnte ich da je wieder an sie glauben?

Glauben Sie an Magie, Signorina Grigio?

»Nein«, rief ich und warf das Buch in weitem Bogen in die stickige Luft, in der verborgen der Duft des Regens hing. Ich ging zurück in meine Wohnung, um sie kennenzulernen. Und als die Nacht kam und ich in meinem neuen Bett die Ruhe suchte, prasselte der Regen auf das nahe Dach über mir.

»Ja, so ist es«, sagte ich, »ich warte nur darauf, dass der Regen aufhört, um zu sterben.«

DER MAST DES ODYSSEUS. 1988.

In den nächsten Wochen spannten die Götter einen seidig blauen Himmel über die Amalfiküste und lockten mit tief fliegenden Möwen die vereinzelten Fischerboote auf das offene

Meer. Sie fuhren mit neugierigen Touristen über die türkisen schluchzenden Wellen an den Rand des Horizonts, wo sich die Möwen in Sirenen verwandelten und ihnen mit betörenden Gesängen zuriefen, weiterzufahren, weiter bis hinter die Grenze des Sichtbaren, hinaus bis zu den Inseln Li Galli, wo einst Odysseus auf seiner Reise um ein Haar an den Klippen zerschellt war. Nach ihrer Rückkehr auf den kleinen Strand von Atrani trugen die Fremden dieses Leuchten in den Augen, als hätten sie selbst Athene gesehen, die sich vor ihren Augen in die Gestalt eines Mentors verwandelt hatte. Wenn sie beseelt vom Duft des Meeres durch den Torbogen zurück auf die Piazza Umberto kamen und im Ristorante Destino darauf warteten, dass ihnen die Kellnerinnen in ihren weinroten Schürzen die Speisekarten reichten, lehnten sie sich für einen Augenblick auf den hölzernen Stühlen zurück. Sie schlossen die Augen in der prallen Sonne, atmeten die nach Zitronen duftende Luft von Atrani und träumten von einer anderen Welt, die sie auf dem Meer in ihren Herzen gesehen und die ihnen die Sirenen im Verborgenen zugeflüstert hatten.

Über einen Monat war es her, dass Josef Almer Atrani verlassen hatte. Nachdem er fort war, wollte ich mich um meine neue Wohnung kümmern. Ich hatte Gabriellas Geschenk angenommen und begonnen, alle Dinge, die noch in Dante gewesen waren, in mein Penthouse zu bringen. Es war nicht viel gewesen. Eine alte Pfanne, in der Mutter ihre Ndunderi geschwenkt hatte, und die drei Teller, die Mama, Papa und ich auf den Frühstückstisch gestellt hatten. Gabriella hatte mir dabei geholfen, die restlichen Kartons durch die Gassen über die Piazza zu tragen. Ohne ein Wort zu sagen, hatte sie die Pappkisten hinauf in mein Penthouse gebracht. Selbst als der nach Fisch riechende Ärmel vom Ölzeug meines Papas aus einem Karton hing, hatte Gabriella mich nicht einmal mit einem fragenden Blick bedacht. Schon Jahre zuvor hatte ich den alten Mantel mit seiner unheimlichen Kapuze weggeben wollen, aber der Müllmann, der einmal pro Woche nach Dante kam, hatte ihn nie mitgenommen. Schließlich hatte ich es nicht übers Herz gebracht, das Ölzeug in der leeren Wohnung zurückzulassen. Selbst wenn mir der Anblick der öligen Haut nach all den Jahren noch immer einen Stich gab, gehörte sie doch zu mir, als wäre sie Papas Vermächtnis.

Ich war mir sicher, dass Gabriella bemerkt hatte, dass mit mir etwas nicht stimmte, aber sie hatte mich nie danach gefragt. Weder, was auf dem Torre passiert war, noch, was es mit der Begegnung mit Josef Almer auf sich gehabt hatte. Wenn sie gesprochen hatte, hatte sie immer kurze Pausen gemacht, um mir die Gelegenheit zu geben, davon zu erzählen, wenn ich wollte. Aber ich wollte nicht. Ich dachte, dass diese Leere in meinem Herzen verschwinden würde, wenn die Tage vergingen, aber ich hatte mich geirrt.

Nachdem die Wohnung fertig bezogen war, hatte ich begonnen zu lesen. Gabriella hatte über einen bekannten Buchhändler in Salerno Bücher über Medizin bestellt. Auch wenn wir beide in dieser Zeit nicht über meinen Wunsch zu studieren gesprochen hatten, hatte mich Gabriella dabei unterstützt, meinen Wissensdurst zu stillen. Josef Almer hatte mir auf dem Balkon gesagt, dass er selbst Bücher geschrieben hatte und mir eines zukommen lassen wollte. Also hatte ich seinen Namen verschwiegen, wenn Gabriella mich nach neuen Autoren von neuen Büchern gefragt hatte, die sie besorgen wollte. Er hatte mir versprochen, mir ein Buch zu schicken, und jeden Morgen, wenn der Postbote über die Piazza fuhr und auf seinem Fahrrad aussah wie ein viel zu schnell gewachsener kleiner Junge, schlug mein Herz schneller, wenn er unten am Laden hielt.

Ende Juli 1988, gegen sechs Uhr früh, kurz bevor Gabriella die Staffelei auf die Piazza stellte, radelte der ungelenke Postbote aus einer dämmrigen Gasse von Dante heraus. Ich war seit vier Uhr wach und las ein großes, schweres Buch der Medizin. »Anatomia« stand in großen hellblauen Buchstaben darauf. Meine Augen brannten, als ich das Ausklappen des Fahrradständers hörte. Ich sprang auf und lief nach unten. Ich war mir sicher, dass sich hinter dem Morgennebel, der über den beiden Felsen von Atrani hing, erste Schwärme gelber Schmetterlinge versteckten.

Tatsächlich hatte er das Buch geschickt. Es war klein und hatte einen hellblauen Leineneinband. Auf dem Buchrücken stand in einem schwarzen Feld sein Name. Josef Almer. Darunter: »Halluzinationen. Geschichten über eine andere Welt«. Auf der ersten Seite hatte er mit einem Füllfederhalter eine Widmung geschrieben: *»Per la mia cara Dorothea«*. Jeden Tag, wenn ich in dem Buch las, strich ich mit dem Finger über die Widmung und küsste sie, bevor ich das Buch wieder zuschlug. *La mia cara Dorothea …* Für meine liebe Tea … *Mi manchi tanto, Josef …* Ich vermisse dich sehr, Josef.

Ich las das Buch drei Mal. Nach all den Jahren des Schweigens las ich endlich darüber, dass es auch andere Menschen gab, die Dinge sahen, die in Wahrheit nicht da waren. Dabei hatte ich noch Glück, da das Bild von Giacobbe seit seinem Sturz vom Torre nicht mehr in meinen Kopf aufgetaucht war. Und auch die Träume, von denen Papa mir erzählt hatte, waren ausgeblieben, bis auf den einen, bevor Papa verschwunden war. Mein Leben lang hatte ich immer insgeheim geglaubt, ich wäre eine *pazza*, nach all dem, was geschehen war. Aber ich war keine mehr, weil ich mich von der *poesia* abgewandt hatte. Und obwohl ich geheilt war, wie es schien, zogen mich die Geschichten von Josef Almer in ihren Bann, so als flüsterten sie mir zu wie die Sirenen, die mich zu einer fernen Insel locken wollten. Ich las das Buch noch drei weitere Male, und mit jeder Seite festigte sich mein Wunsch, Medizin zu studieren und Neurologin zu werden wie Josef. Wie er wollte ich Patienten interviewen, die von ihren Halluzinationen erzählten, und ihnen helfen, wieder gesund zu werden wie ich.

Der Sommer war fast vorüber, als Gabriella zu mir in mein Penthouse kam. »Wir müssen reden«, sagte sie, und ich bemerkte an ihren zögerlichen Bewegungen, dass etwas nicht stimmte. »Ich kann den Laden nicht mehr allein führen. Ich muss vielleicht in der nächsten Zeit öfter weg.«

Ich verstand, worauf sie hinauswollte. Ohne etwas zu sagen, ging ich auf den weitläufigen Balkon und blickte auf das Meer. Orange Punkte leuchteten auf den Wellen in der Abendsonne. Ich stellte mir vor, wie ich am nächsten Morgen die Malerstaffelei auf die Piazza stellte und mir eine Zigarette in den Mund steckte. Im Laden würde vielleicht mein Ehemann warten, vielleicht der groß gewachsene Postbote, der mir immer so schöne Augen machte, wenn er mit dem Rad an mir vorbeifuhr. Oder Marco oder Alfredo, wenn ich zuließ, dass mich einer von ihnen besitzen dürfte. Dann würde ich vielleicht nicht im Laden stehen, sondern am großen Tisch vor dem Ristorante Destino sitzen, gemeinsam mit der großen Familie, und würde die kleinen Mädchen anstarren, die verängstigt von den dunklen Gassen von Dante auf die Piazza Umberto sahen, die Piazza der *ricchi*.

»Ich werde nach Mailand gehen. Dr. Almer unterrichtet dort auf der Università degli Studi. Ich werde Medizin studieren und Neurologin werden.«

»Ich habe dir geholfen. Jetzt musst du mir helfen«, sagte Gabriella und hob ihr Kinn.

»Ich *muss* das tun, Signora Gabriella, das ist mein Weg«, antwortete ich und drehte mich zu ihr. Dabei sah ich, wie sie abfällig auf das Buch von Josef sah.

»Du spielst mit dem Feuer, Tea.«

»Ich weiß, was ich tue, ich habe das im Griff.«

»Deine Mutter hat mir von deinen Träumen erzählt. Es war eine schlimme Zeit. Sie hätte dir viel früher die Wahrheit erzählen sollen.«

Ein Knoten schlang sich um meinen Hals. *Die Wahrheit?* Bevor Papa verschwunden war, hatte er auch davon gesprochen.

»Was meinen Sie? Welche Wahrheit?«

»Du bist nicht gesund, Tea. Du wirst es nie sein. Das musst du hinnehmen. Hier fehlt es dir an nichts. Hier wird es dir gut gehen.«

»Ich kann das kontrollieren. Ich bin gesund. Josef ... Dr. Almer kennt sich damit aus. Und wenn ich erst einmal studiert habe, dann wird es mir auch in Mailand gut gehen.«

Gabriella ging an mir vorbei auf die Terrasse und sah auf das Meer. Sie hatte geraucht, ich roch es an ihren Haaren.

»Dr. Almer kennt sich aus? Mit diesen anderen Welten? Mit diesen wirren Phantasien? Wer weiß, wozu diese Verrückten imstande sind. Das ist gefährlich, Tea.«

»Wenn diese Bilder in meinen Kopf wiederkommen oder die Träume, so werde ich sie unterwerfen.«

Gabriella lachte. »Unterwerfen. So, wie du das Meer unterwerfen willst? Tea, werde endlich erwachsen!«

»Als Odysseus von den Sirenen gerufen wurde, ließ er sich von seiner Mannschaft an den Mast binden, damit er das Schiff nicht auf die gefährlichen Klippen zusteuern konnte, zu denen ihn die verführerischen Sirenen hinlockten.«

»Ich habe dich ins Herz geschlossen, Tea. Wie eine eigene Tochter. Das Meer ist groß und wild. Niemand kann es unterwerfen. Du bist nicht Odysseus und hast auch keine Mannschaft, die dich an den Mast bindet. Du hast nur mich. Und es würde mir das Herz brechen, dich zu verlieren. Wie deinen Vater.«

Die Farben des Meeres verblassten, und die letzten Fischerboote kamen mit Touristen zurück an den Strand von Atrani. Doch diesmal leuchteten ihre Augen nicht, sie waren leer, als hätten sie in einen Abgrund gesehen.

»Halluzinationen. Geschichten über eine andere Welt« war ein Buch, das von Menschen erzählte, die unter Wahnvorstellungen litten. Neben seiner Tätigkeit als Dozent an der Mailänder Eliteuniversität für Medizin arbeitete Dr. Almer als Leiter des Sanatorio Uno. Einer Art Heilstätte, wo Menschen mit Halluzinationen behandelt wurden, von einfachen Trugbildern bis zu komplexen Vorstellungen, bei denen sich Patienten in anderen, verschachtelten Welten wiederfanden. Dr. Almer nannte die Patienten in seinem Buch »Wirte«. Er war der Meinung, dass Wahnvorstellungen in Menschen lebten wie Viren.

In seinem Sanatorio Uno hatte er jedem »Wirt« einen Psychotherapeuten zur Seite gestellt, der ihm wie ein Diener half, mit seiner Krankheit umzugehen. Wirte wie Diener folgten einer genauen Therapie, die Almer »Das Sehen, das Lernen und das Siegen« nannte. Dabei bezog er sich beim »Sehen« auf das Anerkennen des Trugbildes. Danach folgte das »Lernen«, bei dem die Diener den Wirten halfen, die oft unbewussten Botschaften dieser Wahnvorstellung zu deuten und daraus zu lernen. Am Ende stand das »Siegen«, bei dem sich der Wirt von der Wahnvorstellung befreite, indem er von der Halluzination lernte und sich somit selbst heilte. Dies war aber der kritischste Moment, da viele Wirte diesen letzten Schritt scheuten und am Ende die Krankheit über den Wirt siegte. In den vielen Interviews, die Dr. Almer mit seinen Patienten geführt hatte, zeigten sich auch mehrere Ursachen, wie Halluzinationen im Gehirn des Menschen entstanden.

Dabei stand der Verlust der Sinne für Almer als erste Ursache fest. Wenn jemand langsam erblindete, gaukelte das Gehirn den Patienten Bilder vor, die für diese real schienen. Charles Bonnet hatte dieses Syndrom erkannt und dem Phänomen auch seinen Namen verliehen. Dabei sahen Patienten oft Fabelwesen, Hexen, Feen, aber auch eine große Anzahl von schweigenden Menschen. Dr. Almer sprach in diesem Zusammenhang oft vom »dunklen Theater«, das sich in den Köpfen der Wirte abspielte.

Doch auch Krankheiten wie Parkinson, Alzheimer oder Epilepsie lösten Halluzinationen aus. Dabei verdoppelte sich die Welt der Patienten oft, und viele glaubten, sie würden in einem Nachbau ihrer alten Welt leben. Weitere Ursachen konnten aber auch emotionale Stresssituationen sein. Die Wirte sahen dann oft Menschen, die erst kürzlich verstorben waren. Bei Drogen wie LSD oder Pflanzengiften wiederum tauchten die Wirte in ein buntes Meer aus bestimmten Gerüchen und Farben, die sich nach und nach zu einer bizarren Wahnwelt formten. Am Ende standen Schlafstörungen, bei denen sich oft beängstigende Wahnvorstellungen etwa von behaarten Menschen abzeichneten, die neben dem Wirt im Bett lagen und unzusammenhängende Worte brüllten.

Es regnete seit Stunden. Ich gab vor, krank zu sein, und hatte seit drei Tagen mein Penthouse nicht verlassen. Nur als Signora Gabriella ihre Abendzigarette auf der Piazza geraucht hatte, hatte ich mich in den Laden geschlichen und beim Verlag von Josef Almer angerufen, um zu erfahren, wo er wohnte. Eine Frau mit einer alten Stimme und gutem Italienisch hatte mir die Adresse nicht verraten wollen, mir aber gesagt, als ich in Tränen ausgebrochen war, wann Dr. Almers Vorlesungen an der Università in Mailand stattfanden. Seit dem Gespräch mit

Gabriella hatten mich Marco und Alfredo nicht mehr aus den Augen gelassen. Ich wusste nicht, in welchem Verhältnis die *famiglia* mit Signora Gabriella stand. Ich hatte nie den Mut gehabt, Gabriella danach zu fragen.

An dem Tag, als ich aufbrach, war der Regen besonders stark und die Tropfen schwer. Unbemerkt hatte ich mit dem Ölzeug das Haus verlassen und war im Dunkeln über die Piazza gegangen. Mit tief ins Gesicht gezogener Kapuze steuerte ich durch die engen Gassen von Dante bis zum Meer. Ich hatte denselben Weg gewählt, den ich als Kind mit Papa gegangen war. Der heftige Regen gab mir das Gefühl, über schwarzen Teer zu gehen, als ich den Strand betrat. Die Wellen tosten mit voller Wucht gegen das Ufer, und ich hatte große Mühe, das Fischerboot von den Leinen zu lassen und ins Wasser zu schieben. Ich würde es dem Fischer erklären und ihm Geld für das Boot geben, wenn ich zurückkam an den Strand.

Ich fuhr gegen die peitschende Nässe in die Dunkelheit, und vor mir erhoben sich die Wellen, als würde die Welt aus Wasser Berge formen.

Nach einer Stunde erreichte ich das Nachbardorf Minori. Papa hatte immer gesagt, dass dieser Ort das Paradies sei. Ich war noch nie dort gewesen und froh, dass sich das Meer ein wenig beruhigt hatte, als ich den Strand erreichte. Die anderen Fischer auf dem Meer hatten nicht bemerkt, dass eine junge Frau unter dem schweren Ölzeug steckte. Und so war ich auch sicher, dass es Marco und Alfredo nicht aufgefallen war, dass ich mich aus Atrani fortgestohlen hatte. Von Minori wollte ich per Anhalter nach Salerno kommen. Dort fuhren die großen Züge in Richtung Norden. Nach Mailand.

DIE ZEIT, DIE RÜCKWÄRTS LÄUFT. 2015.

Nachdem Julian Leidemann mit seinem Vater die Mühle verlassen hatte, begleitete er ihn in das Senioren- und Pflegeheim in Mürzzuschlag, um in einem überraschend modernen Ein-Bett-Zimmer die letzten Habseligkeiten seiner Großmutter zu holen. Eine junge Pflegerin mit schwarzem Haarreifen und einem blonden geflochtenen Zopf führte die beiden durch das weitläufige Areal des schlichten Gebäudes, in dem achtundneunzig Zimmer Platz fanden. Vor dem Raum der alten Leidemann blieb sie stehen und wippte ungeduldig mit ihren hellblauen Crocs.

»Wir sind von der Polizeistelle Mürzzuschlag schon informiert worden. Wir hätten Ihnen auch alles zuschicken können. Wenn Sie fertig sind, kommen Sie bitte noch in unser Büro. Vorne, zweiter Gang links, ja?«

Julian Leidemann nickte und bedankte sich mit einem müden Lächeln. Sein Vater ging unbeholfen durch einen kleinen Vorraum in das helle Zimmer, von dem ein in Beige gehaltener Sanitärbereich abging. Auf einem Wandheizkörper hingen frische weiße Handtücher, die Toilette und die Dusche waren sauber und rochen nach Minze. Vor dem Spiegel über dem Waschbecken stand ein Glas mit einer Zahnbürste, und in der Dusche standen ein Naturpflegeshampoo und ein Duschbad mit Lavendelgeruch. Als Julian einen Blick in die Nasszelle warf, hätte er mit einem anderen Geruch gerechnet. Er hatte seine Großmutter jahrelang nicht gesehen, aber wenn er sie am Hof besucht hatte, hatte sie am Ende immer nach Urin und Kot gerochen. Der frische Duft und die Sauberkeit irritierten ihn.

Leopold Leidemann torkelte weiter ins Zimmer und sah vom kleinen Balkon, der mit einem Blick auf die Berglandschaft der steirischen Alpen lockte. Neben der Tür zum Balkon stand ein kleiner Tisch mit zwei Stühlen mit blau gemusterten Bezügen. Das Bett war in hellem Braun gehalten, breit und überzogen mit weißer Bettwäsche. Das Zimmer war ebenso sauber wie das Bad und durch die großen Fenster, die bis zum Boden reichten, sicher auch an dunklen Wintertagen angenehm hell.

»Wie lange war Großmutter hier?«, fragte Julian seinen Vater, der wie angewurzelt aus der Balkontür starrte, als wartete er auf scheues Wild, das aus den nahen Bergwäldern kam.

»Sieben Jahre.«

»Warst du oft hier?«

Der alte Leidemann schüttelte den Kopf.

»Ich habe es mir ganz anders vorgestellt. Nicht so … hell und rein«, sagte Julian.

Leopold Leidemann drehte sich zu seinem Sohn. Julian sah, dass sein Vater geweint hatte, da seine Augen rot unterlaufen waren.

»Ich glaube, es hat ihr hier gefallen«, murmelte der alte Leidemann und begann, in den Laden des Nachtkästchens und in dem kleinen Kleiderschrank gegenüber dem Bett nach persönlichen Dingen zu sehen.

»Da ist wenig, was wir mitnehmen können«, sagte Julian. »Ist es denn das richtige Zimmer?«

Leopold Leidemann nickte und reichte Julian ein in einem goldenen Rahmen eingeschlossenes bräunliches Foto. Es zeigte Julians Großmutter mit zu einem Kranz geflochtenen Haaren und einem Brautstrauß in der Hand. Daneben ein Mann in einer Uniform aus dem Zweiten Weltkrieg. Er trug hinter eng sitzenden Augen einen festen, aber warmen Blick, hatte eine hohe Stirn und einen kleinen freundlichen Mund. Das Lächeln von Julians Großmutter war voller Stolz.

»Ist das Großvater?«

Leopold nickte und legte ein altes Blumenkleid seiner Mutter auf das weiße Bett. Es sah aus, als wäre es aus den vierziger oder fünfziger Jahren. So wie die schwarzen Lederschuhe mit hohem Absatz am Boden des Schrankes.

»Warum hat sie die aufgehoben? Die können ihr doch nicht mehr gepasst haben«, sagte Julian und hielt ein Kleid mit ausgestreckten Armen vor sich hin. Vor seinem geistigen Auge schlüpfte der junge Körper der Frau auf dem Bild hinein und drehte sich lächelnd vor ihm.

»Darin hatte sie Großvater kennengelernt. Oben auf der Alm. Am Stuhleck.«

Julian legte das Kleid zurück. Hatte sie sich deshalb noch einmal aufgemacht, um auf die Berge zu gehen? Wollte sie zurück an den Ort, wo sie ihren Mann getroffen hatte?

»Hier«, sagte Leopold und stellte einen großen Karton auf das Bett, den er vom oberen Fach des Schrankes mit einem lauten Ächzen heruntergehoben hatte. Die beiden zogen den vergilbten Deckel von der Pappkiste und fanden ungeordnete Fotos darin sowie ein kleines Buch mit ockerfarbenem Ledereinband. Julian griff nach dem Buch und war enttäuscht, als er nur leere Seiten darin fand. Er hatte ein Tagebuch erwartet.

Als er das Buch durchblätterte, fielen gepresste Blumen aus den Seiten, die über die Jahrzehnte den farbigen Schatten der Blütenblätter angenommen hatten. Die Blumen waren so zerbrechlich wie getrocknetes Herbstlaub und sahen aus wie die Flügel von Schmetterlingen, die in unwirklichen Farben leuchteten. Einige hatten einen Violettton, in dessen Tiefe Purpur hockte mit sanften Rottönen. Dann gelb: nach sonnigem Chrom schimmernd wie helle Erde, durchsetzt mit Ocker. Andere waren rot wie Wüstensand oder weiß, samtig wie ein Edelweiß. Und dann diese blauen Blumen. Wie das Blau auf ägyptischen Mumienmasken oder kräftig wie Preußischblau. Julian war sicher, dass sein Vater die Namen der Blumen kannte und ihre Farbe exakt bestimmen konnte. Behutsam legte Julian die gepressten und spröden Blumen wieder zurück in das Buch und hatte Angst, dass sie sich zwischen seinen Fingern in Staub verwandeln würden.

»Ist das unsere Familie?«, fragte er und warf einen kurzen Blick auf die Fotos, die in unterschiedlichen Größen in der Kiste lagen, bevor er das Buch mit den Blumen wieder darauflegte.

»Das ist sie. Du kannst sie ja durchsehen.«

Julian faltete das Kleid zusammen und legte es wie die Schuhe auf den alten Karton. Das Erbe eines ganzen Lebens in zwei Händen, dachte er und rief nach der blonden Frau.

Vier Tage später aß Julian Leidemann mit seinen Eltern im alten Bauernhof unweit des österreichischen Semmering. Er wollte am nächsten Tag, nach dem Begräbnis, wieder zurück nach Potsdam fahren. Seine Stimmung war gereizt, da ihm seine Mutter einen stundenlangen Vortrag gehalten hatte, wie unerträglich das Leben mit seinem Vater geworden sei, nachdem er, Julian, weggegangen war. Die ständige Jagd, der viel zu große Hof: Wie sollte sie das alles allein bewältigen, ohne dabei verrückt zu werden? Julian kannte dieses Verhalten seiner

Mutter, die mit Mitte siebzig noch wache Augen und kräftige Hände hatte. Hatte er sich früher auf Streitigkeiten eingelassen und seinen Hang zu Literatur und Kunst verteidigt, so zog er es mittlerweile vor zu schweigen. So wie an diesem Tag, als sein Vater im Zimmer nebenan hockte und fernsah, während seine Mutter auf Julian einredete. Der nickte geduldig und sah sich die Bilder im Karton seiner Großmutter an.

Als seine Mutter wieder ausholte und seinen Vater als Nichtsnutz bezeichnete, zog Julian ein kleines, sehr altes Bild aus der Kiste.

»Wer ist das?«, fragte er seine Mutter und tippte mit dem Zeigefinger auf den Kopf eines kleinen Mannes, der – mit grimmigem Blick – vor Julians Urgroßmutter auf einem Stuhl saß, umgeben von mehreren Kindern.

»Das ist Franz. Dein Urgroßvater.«

»Ich habe ihn noch nie auf einem Foto gesehen.«

»Der war auch nicht ganz in Ordnung da oben«, sagte Julians Mutter und wischte ihre vom Abwasch nassen Hände an der Schürze ab. »Als er einberufen wurde, floh er in den Wald. Dort verlief er sich und ist abgestürzt. Gespenster wollte er gesehen haben und Blumen und eine dunkle Horde, angeführt von einer schwarzen Frau.«

»Das hast du mir nie erzählt.«

»Dieser Franz war ein Nichtsnutz wie dein Vater. Als er wieder auftauchte, wollte er sich noch einmal vor dem Krieg drücken, und dann haben sie ihn erschossen, in Graz.«

»Und das Foto? Von wann ist das?«

Julians Mutter kam zum großen Tisch aus altem Holz, auf dem das durch dicke Fensterläden gestreifte Licht zäh in das Zimmer floss. »Kurz bevor er sich verlief. 1914, denke ich.«

»Es muss später gewesen sein. Nach dem Krieg«, sagte Julian und sah seine Mutter an, als würde sie ein Geheimnis vor ihm verbergen.

»Kann nicht sein, der liebe Franz wurde 1914 erschossen. Großmutter hat uns sein Tagebuch gezeigt mit der Todesurkunde darin.«

»Armbanduhren wurden erst nach dem Ersten Weltkrieg erfunden. Und wenn das mein Urgroßvater, Franz Leidemann, ist, dann ist er wohl von den Toten auferstanden. Denn er trägt eine Armbanduhr.«

Julians Mutter beugte sich über das Foto und sah auf die Stelle, auf die Julian mit seinem Finger zeigte. Als sie den kleinen Armreif erkannte, der tatsächlich aussah wie eine Uhr, sprang sie angewidert nach hinten und kehrte zu ihrem Abwasch zurück.

»Der war nicht ganz richtig da oben. So wie alle Leidemanns. Wirf das Foto am besten weg! Wenn man sich mit den Spinnereien solcher Leute beschäftigt, kommen oft Dinge zutage, die wir hier nicht brauchen können.«

»Wo haben meine Urgroßeltern gelebt? Steht der Hof noch?«

Julians Mutter schwieg und ärgerte sich über ihren Mann, dass er diese verfluchte Schachtel der alten Teufelin nicht im Altenheim hatte verrotten lassen.

CHIRON

Der Zug fuhr mit einem ohrenbetäubenden Kreischen am Bahnhof Milano Centrale ein und hielt unter einer von turmhohen Stahlbögen getragenen Glasröhre, durch deren farbige Scheiben majestätisches Licht fiel. Ich stieg aus dem Waggon, in dem ich fast zehn Stunden gesessen hatte, und tauchte in ein Stimmengewirr aus Lautsprecherdurchsagen. Am Ende des Bahnsteiges umfing die aus dem Zug strömenden Menschen der Duft von Panini und süßem Gebäck.

»Devi sorridere, Signorina!«, rief mir ein junger Mann in grauem Anzug und hellblauem Hemd zu, nachdem er mich an der Rolltreppe angerempelt und sich für seine Eile entschuldigt hatte. »In Mailand ist es verboten, die Stirn zu runzeln. Sie müssen lächeln, Signorina. *Devi sorridere!*«, sagte er augenzwinkernd und verschwand am Ende der Treppe in einer Gruppe grölender Fußballfans, die große Fahnen mit blauen und schwarzen Streifen schwenkten. »Inter« stand in goldener Schrift darauf. Ich folgte dem Treiben, bis drei Polizisten der Gruppe etwas zuriefen, was ich nicht verstand. Hinter mir drängten sich wieder Menschen, und ich ließ sie mit einem freundlichen Nicken vorbei.

Ich trug weite Jeans, weiße Sneakers und eine bis zum Hals zugeknöpfte weiße Bluse mit Schulterpolstern. Das Ölzeug hatte ich auf dem Boot am Strand von Minori zurückgelassen, ich wollte nicht auffallen, aussehen wie ein gewöhnliches Mädchen. In einem Leinenrucksack hatte ich nur das Nötigste mitgenommen, was ich für den Neustart als Studentin in Mailand benötigte. Unterwäsche zum Wechseln, das graue Kleid mit den schwarzen Nähten und etwas Geld, das ich in den letzten Monaten beiseitegelegt hatte, wenn mir die Touristen im Laden für meine freundliche Bedienung heimlich Lire zugesteckt hatten. Meine Haare, die nach der Fahrt über das Meer feucht und wellig geworden waren, hatte ich zu einem Zopf nach hinten gebunden.

Wieder hastete jemand an mir vorbei. Diesmal waren es Mädchen in meinem Alter. Sie waren grell geschminkt und voller Selbstvertrauen. Viele trugen bauchfreie Shirts, Hosen in knalligen Farben. Die Jungs, die ihnen folgten und sie mit großen Gesten umwarben, trugen enge Shirts unter rosa und weißen Sakkos. Sie rochen nach Parfüm, und als sich einer der jungen Männer, mit einer schwarzen Lederkrawatte ausstaffiert, mit einem *»Scusi«* bei mir vorbeischob, senkte ich den Kopf.

In der Haupthalle veränderte sich das Bild des Mailänder Bahnhofes. Ich fühlte mich, als hätte ich eine monumentale Kathedrale aus Marmor betreten. Durch das Gewölbe aus Glas, das in schwindelnder Höhe über der großen Halle schwebte, strömte Tageslicht, als wäre es aus zu Boden rieselndem Goldstaub. In den prachtvollen Mauern waren Geschäfte eingelassen, die Schmuck, teure Uhren und Mode verkauften. Männer in sandbraunen Schuhen, akkurat gebügelten Anzügen und mit ledernen Aktenkoffern standen neben Frauen mit rubinroten Lippen, goldenen Halsketten und hohen Schuhen mit gemusterten Absätzen und plauderten mit ihnen.

Ich war wie benommen. Noch nie hatte ich so viele Menschen auf einmal gesehen. Aus Lautsprechern drangen energische Stimmen von Frauen, die die Abfahrten und Ankünfte von Zügen aus ganz Italien ausriefen. Zum ersten Mal hörte ich auch andere Städtenamen und las nicht nur in Büchern darüber. Zürich. Paris. Wien. Berlin. Ich konnte kaum atmen, und mir wurde schwindelig. Ich folgte den blau-schwarzen Fahnen der Fußballfans in eine andere Halle. Sie war kleiner als die erste und umringt von hohen Säulen, auf denen erhabene Lampen im Stil des Art déco saßen, des Stils der Reichen, wie Gabriella einmal gesagt und mir dazu eine Zeitschrift aus dem Norden gezeigt hatte. Ich hatte die Welt der *ricchi* betreten. Alles, was ich in der Schule darüber gelernt hatte, war nun in mein Leben getreten: stolz, glitzernd, lockend mit mächtigen, süß duftenden Figuren aus Marmor und leuchtenden Mosaiken an den Wänden und Böden, die aussahen wie gemalt, und mit indigoblauen in Stein eingelassenen seltenen Blumen, beschützt von geometrischen Formen.

Ich suchte den Ausgang und stolperte unsicher durch die prächtige Halle, die aussah wie ein antikes Theater aus einer längst vergangenen Zeit.

Kurz vor dem Ausgang verkaufte ein kleiner versteckter Laden Getränke und Panini. Ich hatte um fünf Uhr morgens in Salerno den Zug bestiegen und seitdem nichts getrunken. Mein Mund fühlte sich an, als wäre er aus Watte. Nach der Hälfte der Fahrt hatte ich mich im völlig überfüllten Zug zum Speisewagen vorgekämpft. Doch beim Anblick der Preise für eine Flasche Wasser war ich zurückgegangen auf meinen Platz und hatte versucht, mit dem Speichel meinen Mund zu befeuchten.

Als mir jetzt ein junger Mann mit breitem Lächeln eine kalte Flasche aus Plastik reichte, zögerte ich, da die Preise in Mailand noch höher waren als im Speisewagen. Aber ich musste etwas trinken, schließlich musste ich mit fester Stimme bei Josef vorsprechen. Ich kramte die Lire aus der Seitentasche meiner Jeans und bezahlte. Der Mann wollte mir das Wechselgeld geben, doch ich verzichtete großzügig mit einem ebenfalls breiten Lächeln. In Mailand war es verboten, die Stirn zu runzeln.

»Via Festa del Perdono 7 – 20122 Milano? Wie komme ich dorthin?«, fragte ich den Verkäufer und verstaute die Flasche in meinem Rucksack neben Josefs Buch, in dem mein Diploma in einem Umschlag steckte.

»Links die Via Vitruvio bis zum Corso Buenos Aires. Dort biegst du rechts ein und gehst immer geradeaus. Ist aber ein Stück, wenn du zu Fuß läufst.«

»Ich bin das Laufen gewohnt«, sagte ich und bedankte mich mit einem breiten Grinsen.

»La Statale?«, fragte der junge Mann und sah mich mit großen sehnsüchtigen Augen an. Ich wusste nicht, was er meinte, und tat so, als hätte ich ihn nicht gehört.

»Du willst zur Università?«

»Università degli Studi di Milano«, sagte ich stolz.

»Du kommst aus dem Süden, habe ich recht?«, sagte der Mann mit breitem Grinsen, und ich merkte, dass er das Gespräch in eine andere Richtung lenken wollte.

»Ich muss leider los«, antwortete ich ihm, bedankte mich für seine Hilfe und verließ den gedrungenen Laden. Woher wusste er, dass ich aus dem Süden kam? Sah man mir das an? Oder war es der Klang meiner Sprache? Ich hatte Mühe, mein

Lächeln aufrechtzuerhalten, und verließ gedankenversunken den Bahnhof Milano Centrale, als würde ich durch einen Vorhang auf eine monumentale Bühne treten. Tosender Straßenlärm empfing mich, und zum ersten Mal atmete ich die nach Zucker riechende Luft Mailands. Ich war angekommen, und die Stadt der *ricchi* richtete ihre glitzernden Augen erwartungsvoll auf mich.

In Mailand lebten anderthalb Millionen Menschen. Viele nannten es die heimliche Hauptstadt Italiens, da hier das Herz der Wirtschaft und Finanz schlug. In keiner anderen Stadt Italiens sprach man mehr Englisch als in Mailand, das mit seiner Offenheit viele Ausländer aus aller Welt anzog. Wer nach Mailand ging, der wollte arbeiten und erfolgreich werden, hieß es. Und obwohl das Wetter im Norden Italiens alles andere als sonnig war und sich der Nebel und eine trügerische Kälte oft monatelang in der Stadt hielten, pulsierte das Leben. Neben Bankern und Wirtschaftstreibenden zog Mailand aber auch immer mehr Künstler an, vor allem aus der Welt der Mode. Überall kroch das Leben nach draußen auf die Straßen.

Wenn es nur irgendwie möglich war, versorgte man sich mit kleinen Snacks, die man auf dem Weg zur Arbeit oder in die Universität an jeder Ecke kaufen konnte. Eine kleine Pizzaschnitte oder ein Panzerotto, ein Gebäck, geformt wie ein Halbmond und gefüllt in unterschiedlichen Geschmacksrichtungen. In vielen Ristoranti fand man für eine bestimmte Summe den Zugang zu einem offenen Büfett mit einem passenden Aperitif, ein Anziehungspunkt für die zahlreichen Geschäftsleute. Die Studenten sammelten sich eher in den Kolonnen von San Lorenzo, wo sie um römische Ruinen das Nachtleben mit Bier willkommen hießen.

Mailand war in zwanzig Bezirke unterteilt, die Zonen genannt wurden. Das Herz bildete der historische Stadtkern mit dem berühmten Dom, der mit seiner gotischen Fassade aussah wie ein gebogener Kamm, dessen steinerne Zinken in den Himmel über Mailand stachen. Rechts davon lag die Galleria Vittorio Emanuele II., ein prachtvoller Arkadengang, der majestätischen Luxus und feine Caffè und Ristoranti beheimatete. Unweit von der Galleria befand sich auch die Scala, die

Mailänder Oper. Neben dem Königspalast und dem Museum des 20. Jahrhunderts war die Università degli Studi eine weitere Sehenswürdigkeit für die vielen Touristen, die Jahr für Jahr in die Metropole strömten.

Nördlich davon lag das historische Brera-Viertel mit seinen engen und gemütlichen Gassen, geprägt von Künstlern, die sich in Bars und Literaturcafés trafen, aßen und tranken und zwischen exklusiven Boutiquen, Kunstgeschäften und Straßenhändlern über die Welt und das Leben philosophierten.

Hinter der klassizistischen Porta Garibaldi im Norden der Stadt lag Porta Nuova, eine brachliegende Zone, die durch die Entstehung eines neuen Finanzzentrums mit Hochhäusern und Wolkenkratzern Mailand eine neue Kulisse für das internationale Bühnenbild der Hochfinanz liefern sollte.

Ich ging durch die Via Ventruvio, eine von alten fünfstöckigen Wohnhäusern gesäumte Straße. Sie trugen dieselben Farben wie in Atrani, nur waren sie größer, höher und schmutziger. Lautes Hupen von Autos und beißende Benzinwolken von schnellen Motorrollern zogen sich bis zum Corso, wo ich rechts einbog. Es bot sich mir ein Bild mit großen Schildern von Läden, die ich nicht kannte und durch die sich Menschentrauben schoben. Und so beschloss ich, eine Parallelstraße zu wählen, um der aufgeregten Straße auszuweichen. Eine gute Entscheidung, die mich durch die Porta Venezia führte, zwei Gebäude, die aussahen, als wären sie das Tor einer alten Stadtmauer, auf einem orientalisch anmutenden Platz. Ich zog weiter durch Babila und Borgogna mit ihren geduckten Kirchen, verdrehten Säulen und Häusern, die aussahen wie große Kuchenstücke. Und dann glaubte ich, rechts einen Blick auf den Mailänder Dom zu erhaschen, der sich geduldig hinter kühlen Häuserfronten an mir vorbeistahl.

In fünfzehn Minuten musste ich die Università erblicken, dachte ich und übersah beinahe eine hellblaue Vespa, die mit überhöhter Geschwindigkeit aus einer der Gassen stieß. Mailand erinnerte mich an das Labyrinth von Dante, nur größer und verworrener und irgendwie angeschwollen. Überall rollten Motoren wie metallene Wellen durch die Schluchten aus stolzen Häusern, klirrten kleine silberne Kaffeelöffel neben weißen, ordentlich gefalteten Servietten auf Espressotassen, rückten Stühle vor appetitanregenden Restaurants, drängten neugierige Schaulustige vor alten, schattigen Kirchen und glitzernden Passagen, versehen mit großen Bildern von Gesichtern der *ricchi* und erfüllt vom Rauschen großer quadratischer Einkaufstaschen aus Papier, die an weißen Kordeln hingen.

Je tiefer ich in den Irrgarten von Mailand eindrang, desto mehr musste ich feststellen, dass – anders als in Atrani – kein heimlicher Ausgang auf mich wartete, der mich zum Meer brachte oder zur Piazza Umberto. Alles führte überallhin, an jeder Kreuzung warteten große historische Gebäude, die unermüdlich ihre Geschichten in den kühlen Wind der Stadt raunten, oder versprachen monumentale Betonbauten eine erhabene und kostspielige Zukunft, in der Geld keine Rolle spielte.

Die Renaissance stand für Italien. Ich hatte in der Schule davon gelernt. Doch als ich die Umrisse der Universität langsam aus der Stadt tauchen sah, lief ein Schauer über meinen Rücken. Eine nicht enden wollende Fassade aus Säulen empfing mich, hinter denen Torbögen in Schatten saßen, als verbärgen sie darin die großen Denker und Dichter Italiens. Ich malte mir aus, wie die Universität einen riesigen quadratischen Grundriss hatte, in dem vier große Höfe, umsäumt von Arkaden und Kreuzgängen, Platz finden mussten. Und in dessen Innenhöfen wunderbare Parks lagen mit großen, saftig grünen Bäumen, unter denen sich Dichter und Künstler aus ganz Italien trafen und über ihre Werke sprachen.

Alle mussten dort gewesen sein, Michelangelo, Leonardo da Vinci, Raffael, Dante Alighieri. Und sobald ich den Haupteingang gefunden hätte, würde ich mich zu ihnen gesellen und meinen Beitrag zur Göttlichen Komödie leisten. Betrunken von der Übermacht des Gebäudes, nahm ich mir vor, den Vitruvianischen Menschen zu vollenden, den da Vinci mit Feder und Tinte vor fünfhundert Jahren auf Papier gemalt hatte und dessen Arme und Beine einen makellosen Kreis berührten. Dieser war von einem Quadrat umgeben, das ich in Gedanken über die Università degli Studi legte.

Der Abend goss bereits sein Licht über die Stadt, als mehrere

Gruppen von Studenten das Gebäude verließen. Ich steuerte auf das größte Rudel zu, da ich dort den Haupteingang vermutete. Ich zog meine Mundwinkel nach oben und ging mit großer Erwartung auf die Studenten zu. Die Gruppe löste sich langsam auf und zerfiel. Ich hob meinen Kopf, prüfte mein Lächeln und ging mit sicherem Blick auf die vermeintlichen Studienkollegen zu. Ich wollte so schnell wie möglich zu ihnen gehören. Die meisten trugen Jeans. Aber sie sahen anders aus als meine. Als die ersten an mir vorbeiliefen, las ich »Armani« auf den Lederetiketten oder »Levi's«. Die Stulpen waren aufgekrempelt, und Karosocken steckten in Mokassins von Timberland oder in Cowboystiefeln. Niemand trug eine weiße Bluse wie ich. Ich sah Karohemden, die von Ledergürteln gehalten wurden, Jeansjacken und Daunenjacken von Moncler, wie eines der Mädchen laut lachend einem anderen wie selbstverständlich zurief, als es nach der Marke gefragt wurde.

Eine Gruppe junger Männer kam aus dem Haupteingang und ging rauchend zu einem Parkplatz, auf dem zwanzig Vespas oder mehr neben Zündapps und Enduros standen. Die Studenten hoben ihre Roller, die wie wehendes Gras schräg auf tief liegenden Ständern darauf warteten, durch Mailand zu fahren. Die ersten starteten ihre Maschinen, drückten die Knie breit zur Seite und warteten, bis ihre Mädchen auf der Rollerbank dicht zu ihnen rutschten und sich an ihnen festhielten. Mit einem lauten Geheule starteten die vielen bunten Roller und übertönten die Musik, die aus irgendeinem tragbaren Radio vor der Universität drang. Zwischen Synthesizer-Wänden sangen distanzierte Männerstimmen mit großem Echo: *»Paninaro«*. Ich kannte weder das Lied noch das Wort »Paninaro«.

Ich wartete im Abseits, bis die meisten verschwunden waren, und ging zögerlich auf eine junge Frau zu, die sorgfältig ihren Helm vom Lenker ihrer türkis-schwarz karierten Vespa hob. Sie hatte rötliche kurze Haare und Sommersprossen und wirkte im Vergleich zu den anderen wie eine Außenseiterin.

»Wo ist die Vorlesung von Dr. Josef Almer?«, fragte ich sie und achtete darauf, meinen süditalienischen Akzent zu verbergen.

Die junge Frau sah mich abfällig an und musterte mich von oben bis unten. »Welche Fakultät?«

»Medizin. Ich will Medizin studieren und später Neurologin werden.«

Die junge Frau lachte, schob den Sturzhelm über den Kopf und startete ihre Vespa mit einem kurzen Tritt auf den Kickstarter.

»Du willst? Du bist noch nicht einmal eingeschrieben?«

Ich schüttelte den Kopf. »Wo muss ich hin? Ich kenne mich hier nicht aus.«

»Haupteingang. Immatrikulation. Aber du bist spät dran. Ist begehrt, die Ca'Granda. Aber jeden können wir auch nicht aufnehmen«, sagte sie gedämpft unter ihrem Helm und fuhr dicht an mir vorbei.

Mein Magen verkrampfte sich, und zum ersten Mal seit meinem Aufbruch spürte ich, wie sich die Angst um mich legte wie ein eisiges Korsett. Der Himmel färbte sich und bereitete sich auf die Nacht vor, und ich hatte weder eine Unterkunft noch etwas Ordentliches gegessen. Ich musste zusehen, dass ich so schnell wie möglich Josef in dem großen Gebäude fand, das die Frau geheimnisvoll »Ca'Granda« genannt hatte.

Der Haupteingang der Universität sah mich mit seinem offen stehenden Maul an, und ich dachte an den Tunnel, der Atrani mit Amalfi verband. Als ich zum ersten Mal den unterirdischen Gang betreten hatte, hatte ich allen Mut zusammengenommen und meinen Blick entschlossen nach vorne gerichtet. Schließlich wollte ich eine *ricca* werden und keine *povera* bleiben. Ich schluckte den Knoten in meinem Hals hinunter und ging durch das Portal.

An den Seiten hingen Plakate, die von vielen Veranstaltungen und Konzerten erzählten. Aber auch Aufrufe zu Demonstrationen gegen den aufkeimenden *fascismo*, der sein Gedankengut, so das Plakat, in Mailand versteckte und bekämpft werden musste. Weiter hinten fand ich ein Schild mit einem Pfeil. Darunter stand »Immatricolazione«. Ich folgte dem Wegweiser, drückte eine große alte und schwere Tür auf und fand mich in einem übervollen Foyer wieder.

Der Raum war kahl und hoch und voller angehender Studenten. Sie waren anders gekleidet als die Studenten von vorhin und unsicher wie ich. Manche sprachen Englisch, und einige hatten sogar eine andere Hautfarbe. Da es nur einen Tisch gab, hockten die meisten auf dem Boden, füllten auf ihren gekreuzten Beinen Formulare aus, schrieben Nummern aus ihren Reisepässen ab und übertrugen Daten aus ihren Zeugnissen. Wieder durchdrang ein Schauer meinen Körper. Musste ich auch ein Formular ausfüllen? Woher bekam ich das? Brauchte ich einen Reisepass? Hatte ich je einen besessen? Hatte Signora Gabriella mir je einen besorgt? Ich musste so schnell wie möglich Josef finden, er unterrichtete hier und würde mir helfen. Und wenn er Signora Gabriella anrief und ihr erklärte, dass es mir gut ging hier in Mailand, dann würde sie ihm sicher den Reisepass schicken oder mir zumindest einen besorgen.

Ich drängte mich durch die jungen Menschen und stieg vorsichtig über die vielen Beine, bis ich mich zu einem grimmigen Aufseher durchkämpfte, der mit kleiner, auf der Nasenspitze sitzender Brille auf die wartende Meute starrte. Als er mich auf sich zustolpern sah, sagte er mir in undeutlichem Italienisch, dass ich mich nicht vordrängen dürfe und die Formulare vorne um die Ecke lägen und es einfach zu viele seien, die sich an der Uni ein besseres Leben erhofften.

»Ich suche Dr. Josef Almer. Er unterrichtet hier. Wo ist das Klassenzimmer?«

»Das *Klassenzimmer*?« Der Mann nahm seine Brille ab und sah mir ins Gesicht. Ich fürchtete, dass er mich wie früher Maestro Cervo zurechtweisen würde, doch er schüttelte nur den Kopf und drückte mir ein dickes Buch mit dem Titel »Vorlesungsverzeichnis« in die Hand.

»Wir haben hier nur ein einziges Klassenzimmer. Das große Haus hier. La Casa Grande.«

»Ca'Granda«, sagte triumphierend ein auf dem Boden hockender Student, der sich durch seinen Kommentar anscheinend einen Vorteil bei der Aufnahme an der Università degli Studi erhoffte.

Ich lächelte, bedankte mich bei dem Brillenmann und nickte dem auf dem Boden sitzenden Studenten zu, als wären wir im Verborgenen verbündet.

»Dr. Almer unterrichtet dieses Semester nicht«, sagte eine warme, raue Männerstimme hinter mir. Mir fiel das Herz zu Boden. Ein würziger Geruch hohen Grases umfing mich. Ich suchte die Stimme, drehte mich um und sah einen älteren Mann, der aus der Tür eines dahinterliegenden Büros trat. Er hatte einen grauen Mantel mit wolfsfarbigem Pelzkragen über den Arm geworfen und trug einen gut sitzenden hellbraunen karierten Anzug mit Krawatte über einem azurblauen Hemd mit einem modischen Haifischkragen, dazu handgenähte Schuhe aus braun glänzendem Leder. Sein dunkles Haar war grau meliert und gescheitelt und passte zu seinem sicheren Ausdruck mit klaren Augen und hohen Wangenknochen. Er war groß, sah aus, als käme er aus dem Norden, vielleicht aus Finnland, mit unterkühlten Zügen und einem seltenen Lächeln.

»Sie kennen Dr. Almer?«, fragte der Mann mit dem Rücken zu mir, während er die Tür verschloss. Er schien älter, als ich zunächst gedacht hatte, vielleicht siebzig.

»Dr. Almer hat mir ein Buch geschickt, sehen Sie hier …«, sagte ich, kramte das Buch über Halluzinationen aus dem Rucksack und hielt es aufgeklappt vor den Mann, der ruhig auf die Widmung blickte, die ich ihm entgegenstreckte.

»Dorothea? Ist das Ihr Name?«, fragte er und drehte sich zu mir um. Wieder berührte mich der würzige Atem hoher Gräser, in die kräftiger Wind fasste.

»Dorothea Grigio«, sagte ich, machte einen Knicks und streckte ihm die Hand entgegen. Der Mann blieb stehen und sah mich von oben bis unten an, als würde er in mir lesen. Seine Gegenwart verunsicherte mich, es fühlte sich an, als könnte er durch seine Blicke alles über mich herausfinden. Ich versuchte, standhaft zu bleiben, hielt meinen eigenen Blick, so gut ich konnte, oben. Doch als aus Sekunden gefühlt Stunden wurden, fiel meine Sicherheit zu Boden, und meine Blicke zerbrachen wie Glas.

»Sie brauchen keine Angst zu haben, kleines Fräulein«, sagte der Mann und hob mit seiner Hand mein Kinn nach oben. »Mein Name ist Dr. Merten, und ich werde zusehen, dass ich meinem Kollegen eine Nachricht von Ihnen zukommen lasse.«

Sein Gesicht wurde klarer, und in seinen blassblauen Augen lag ein ruhiger See tiefen Wissens.

»Aber ich muss ihn jetzt sprechen. Ich möchte Medizin studieren und bin den ganzen Weg hierhergekommen, um ihn zu sehen.«

»Sie kommen aus dem Süden?«

Ich nickte ertappt und steckte meine weiße Bluse fester in die Jeans. »Ich komme aus Atrani an der Amalfiküste und möchte Neurologin werden. Dr. Almer hat mich bei seinem Besuch Anfang dieses Sommers dazu inspiriert«, sagte ich. Ich hatte meinen ganzen Mut zusammengenommen, um aus den zerbrochenen Scherben meiner Selbstsicherheit ein neues Bild zu bauen. Als Dr. Merten keine Reaktion zeigte, fügte ich hinzu, dass ich die *prima della classe* war und mein Diploma di Maturità Classica bei mir hatte und dass es viele gebe, die mein Wissen und meinen Fleiß bezeugen würden, darunter Maestro Cervo und –

»Leiden Sie an Halluzinationen?«

Ich war wie vom Blitz getroffen und rang nach Worten. Ich war keine *pazza*. Nicht mehr. Nicht jetzt.

»Nein … Ich meine … Was meinen Sie?«, stammelte ich.

»Ich war Dr. Almers Doktorvater und bin der Vorsitzende der Società Italiana di Neurologia, kurz: SIN. Im Laufe meiner langjährigen Lehrtätigkeit und aufgrund meiner wissenschaftlichen Forschungen habe ich ein Gespür dafür entwickelt, ob jemand an neurologischen Störungen leidet oder nicht.«

Mein Gesicht wurde warm, und ich war mir sicher, dass ich rot anlief.

»Jeder ist im Laufe seines Lebens mehr oder weniger mit Einbildungen konfrontiert, wenn uns unser Bewusstsein kleine Streiche spielt. Machen Sie sich keine Gedanken, kleines Fräulein. Ich wollte Ihnen nicht zu nahe treten. Und jetzt sehen wir zu, dass wir Ihnen helfen können.«

»Wenn Sie mich vielleicht zu Dr. Almer bringen könnten?«, sagte ich leise und kämpfte mit dem Gleichgewicht, da sich hinter mir immer mehr Studenten drängten.

»Ich befürchte, das ist nicht möglich. Dr. Almer ist im Sanatorio und muss ein paar Dinge in Ordnung bringen.«

»Ist etwas passiert? Ist er … Geht es ihm gut?«

Dr. Merten legte seinen Kopf schräg. »Schau an, schau an! Empfinden Sie am Ende etwas für meinen Kollegen? Ich muss zugeben, mit seinem Auftreten und seiner österreichischen Nonchalance hat er schon einigen jungen Damen den Kopf verdreht.«

Wieder wurde ich rot. Nur bohrte sich diesmal auch ein spitzer Pfahl in mein Herz.

»Nein, es geht Dr. Almer gut«, fuhr Merten fort. »Er muss nur lernen, was es heißt, Grenzen zu respektieren, und was es bedeutet, mit den Konsequenzen zurechtzukommen, wenn man dies nicht tut. Aber nun zu Ihnen: Sie wollen also studieren. Haben Sie die Aufnahmeprüfung bestanden und Ihre Dokumente vollständig dabei? Vielleicht finde ich einen Weg, wie wir schneller zur Zulassung kommen«, sagte er mit verschwörerischer Stimme und zwinkerte mir zu.

»Ich habe mein Diploma«, sagte ich leise und streckte es Merten entgegen wie eine Schülerin einem Lehrer eine schlechte Klassenarbeit.

»Sie haben keine Aufnahmeprüfung absolviert?«

Wieder schüttelte ich den Kopf und schämte mich, dass ich mich nicht besser auf mein Studium in Mailand vorbereitet hatte.

»Dann befürchte ich, dass Sie es nächstes Jahr wieder versuchen müssen. Wo sind Sie in Mailand untergekommen? Wenn Sie wollen, kann ich sie dorthin bringen. Mein Wagen steht draußen. Dann können Sie mir noch von der fabelhaften Amalfiküste erzählen. Ich war als junger Mann dort, mein Gott, ist das lange her!«

Als Dr. Merten mein versteinertes Gesicht sah, verschwand das Leuchten in seinen Augen, und er beugte sich zu mir.

»Sie wollen mir nicht sagen, dass Sie mit dem Zug nach Mailand gefahren sind, um Ihren Dr. Almer zu sehen, der Sie an die Università degli Studi einschreibt, wo Sie Medizin studieren, um am Ende Neurologin zu werden und – wer weiß? – Dr. Almer vor den Traualtar zu schleppen? War das Ihr Plan? Und jetzt stehen Sie ohne Studium und Wohnung – und vermutlich auch ohne Geld – da und verstehen nicht, warum Dr. Almer nicht auf Sie gewartet hat?«

Ich schloss die Augen und schmeckte das Salz kindlicher Tränen.

»Kommen Sie. Ich bringe Sie in ein Hotel. Sie können nicht die Nacht allein in Mailand verbringen. Morgen früh sehen wir weiter. Haben Sie etwas gegessen?«

Meine Welt verschwamm vor meinen Augen, und ich erkannte erst jetzt, wie töricht und naiv ich gewesen war. Hatte ich tatsächlich geglaubt, dass Josef hier in Mailand mit offenen Armen auf mich warten würde?

Als Dr. Merten mich am Arm nahm und durch das völlig überfüllte Foyer führte, fühlte ich mich, als wäre ich mit Papa am Meer, wo die Wellen gegen unser Boot schlugen und wir nicht wussten, hinter welchem Horizont der Strand verschwunden war.

Ich werde zurückkommen, Papa, wenn ich eine *ricca* bin, und ich werde am Strand auf dich warten. Das verspreche ich dir, sagte ich mir und stieg in Dr. Mertens Wagen.

THE YELLOW BRICK ROAD. 1988.

Das Hotelzimmer war klein und dunkel, mit geschmacklosen Tapeten. Kalter Zigarettenrauch brannte in meinen Augen, und im Zimmer über mir schrie eine Frau. Ich lag auf dem harten Bett und dachte an den Abend.

Bevor mich Dr. Merten vor dem Hotel abgesetzt hatte – es gehörte einer guten Freundin von ihm, die ihm noch einen Gefallen schuldig war –, hatte ich mit ihm in einer Trattoria gegessen. Die blauen Tischdecken und die schiefergrauen Fliesen hatten mich an das Ristorante Destino in Atrani erinnert. Ich hatte langsam eine große, dünne Pizza gegessen, obwohl ich am liebsten Riesenstücke davon in meinen Mund gestopft hätte. Dr. Merten hatte mir die Unterlagen zur Aufnahmeprüfung für die Università auf den Tisch gelegt. Und dann hatte er mir erzählt, dass jenseits des Triumphbogens, dessen dunkle Umrisse hinter dem trüben Fenster der Trattoria auszumachen waren, die Stadt endete.

»Auf der anderen Seite der Porta Garibaldi beginnt das Niemandsland. Es ist hässlich und verkommen. Und gefährlich. Das Hotel meiner Freundin liegt gleich hinter der Porta Garibaldi, am Beginn des Corso Como. Sie setzen in der Nacht keinen Fuß vor das Hotel, bis ich Sie morgen früh abhole«, hatte Dr. Merten mit gestrengem Blick gesagt. »Doch in ein paar Jahren wird dieses verwahrloste Viertel einen neuen Glanz erhalten. Der Corso Como wird sich in eine glamouröse Einkaufsstraße verwandeln, in der die Modeeliten von morgen einkaufen werden, und dahinter wird eine neue Skyline entstehen mit silbernen Hochhäusern, den höchsten in Italien. In zwanzig, dreißig Jahren wird Mailand das neue Zentrum der Wirtschaft werden. Revolutionär, reich und extravagant. Hinter der Porta Garibaldi wird eine neue Ordnung entstehen«, hatte er hinzugefügt, als er mich ins Hotel Chiron gebracht hatte, wo mir die Besitzerin, eine ängstliche zarte Frau mit einem kleinen Buckel, den Zimmerschlüssel in die Hand gedrückt und mich willkommen geheißen hatte, als wäre ich eine lange vermisste Bekannte.

Ich erhob mich vom Bett, stellte mich ans Fenster meines Zimmers und sah in die Richtung, in der die Hochhäuser in den Himmel wachsen sollten. Jetzt war da nichts außer einem schmutzigen Himmel über schmutzigen Häusern mit gebrochenen Menschen. Die wenigen Lichter, die versuchten, der Nacht zu entkommen, ertranken nach und nach in der Finsternis wie kleine Fischerboote im Sturm. Ich dachte an Dante, und das Gefühl ewiger Einsamkeit legte sich um meinen Hals. Wie nah die *poveri* den *ricchi* doch immer waren! Wie Ratten duckten sie sich aus dunklen Gassen und liefen über die Piazza Umberto oder schlüpften durch die Porta Garibaldi in eine Stadt, die ihnen nicht gehörte, da sie nie gelernt hatten, unentwegt zu lächeln.

Der Gedanke, dass Dr. Merten mich am nächsten Tag zurück zum Bahnhof bringen würde, ließ mich nicht schlafen. Auf dem Bett lagen die Unterlagen, die ich ausfüllen musste, um die Aufnahmeprüfung abzulegen. Nach den ersten Zeilen hatte ich aufgehört zu lesen. »IMAT« stand in der Kopfzeile der Bögen. International Medical Admissions Test. Dazu Fragen aus den Fächern Biologie, Chemie, Mathematik und Physik und Aufgaben, bei denen ich mein logisches Denken und mein Allgemeinwissen unter Beweis stellen sollte. Zudem wurde mein Englisch überprüft. Hätte ich mich sorgfältiger auf diesen Schritt vorbereitet, hätte ich diese Hürde leicht meistern können. Doch jetzt, da ich allein war und nicht wusste, wie ich Josef um Hilfe bitten sollte, erkannte ich erst den Weg, der hinter dem IMAT wartete. Jährliche Studiengebühren, die Miete einer Wohnung, Essen und Trinken in einer Stadt, die so unverschämt teuer war, dass selbst die *poveri* in der Porta Nuova auf dem Torre in Atrani als *ricchi* angebettelt worden wären.

Merten hatte mir erzählt, dass das Medizinstudium sechs Jahre dauerte, unterteilt in drei vorklinische und drei klinische Jahre. Danach der Abschluss, die Laurea. Und später die Promotion. Eine unsichtbare Hand legte sich um meinen Hals.

Aber jetzt, da ich diesen Weg kannte, durfte ich auch nicht aufgeben. Ich konnte arbeiten. Vielleicht sogar in dem Hotel, unten an der klammen Rezeption? Ich konnte Merten fragen, ob er mich vermitteln würde. Vielleicht konnte ich dann in diesem Zimmer bleiben? Vorerst? Mit seinen gestreiften Tapeten, die übersät waren mit kleinen Abbildungen des Fabelwesens Chiron, des Mischwesens aus Mensch und Pferd mit seinem gezückten Bogen. Und wenn ich den Anmeldebogen bis zum nächsten Morgen ausfüllen und Merten bitten würde, in der Università vorsprechen zu dürfen, um die Prüfung nachzubringen? Ich würde Tag und Nacht dafür lernen!

Der Knoten in meiner Kehle rutschte in den Magen, doch ich setzte mich wieder auf das Bett und begann, den Bogen auszufüllen. Mein Name: Tea. Dorothea Grigio. Meine Adresse: Atrani. Piazza Umberto. Der Name meiner Eltern …

Als ich den Bogen ausgefüllt hatte, erwachten draußen die Klagen der *poveri*, und gespenstisches Licht erhellte den Horizont, wo später einmal die Türme der *ricchi* leuchten würden. Frauen in aufreizenden Kleidern warteten auf dem Corso. Geduckte Gestalten verkauften im Schatten Geheimnisse. Die Frau im Zimmer über mir weinte. Schritte liefen über Treppen.

Ich hatte mein graues Kleid mit den schwarzen Nähten aus

dem Rucksack geholt und es auf einen Drahtkleiderbügel vor das Fenster gehängt, damit die zerdrückten Stellen bis zum Morgen verschwanden. Ich wollte gut aussehen, wenn Merten mich abholte, und ihn überzeugen, dass ich eine Chance verdiente. Und vielleicht würde ich auch über Márquez sprechen, das Buch, das Josef so liebte, und ich könnte ihm auch die neue Übersetzung aus einer der Buchhandlungen in Mailand besorgen, wenn mich Merten vielleicht ins Sanatorio zu ihm bringen würde.

Es war Morgen, und ich verließ das Hotel mit einem besorgten Gesicht. Ich hatte die ganze Nacht kein Auge zugetan, da ich meinen neuen Plan wieder und wieder in Gedanken vor mir ausgebreitet hatte. Im Vorbeigehen steckte ich der Frau an der Rezeption ein paar Lire zu und verschwand aus dem übel riechenden Hotel.

Merten wartete davor mit seinem Wagen – einem dunkelgrünen Jaguar. Er saß am Steuer und unterhielt sich bei heruntergelassenem Fenster mit einem jungen Mann, der aussah wie ein Schläger. Ich stieg schweigend zu ihm ins Auto. Er warf dem Mann am Fenster noch ein paar Wörter zu, die wie stille Anweisungen klangen. Zum ersten Mal spürte ich ein gewisses Unbehagen. Ich glaubte, in ihm eine unbekannte Wildheit zu erkennen. Ich wusste nicht, ob es das Blitzen in seinen Augen war oder ob es an den Lederhandschuhen lag, die er jetzt trug, oder an diesem anderen Duft – nach Erde oder nassen Steinen. Kaum hatte er das Fenster wieder nach oben gefahren, verwandelte sich sein Ausdruck, und er machte mir Komplimente für mein Kleid und meinen Gang, der womöglich sogar für den Laufsteg reichen würde. Dann wendete Merten den Wagen und fuhr in Richtung Mailänder Hauptbahnhof. Ich würde nicht viel Zeit haben, ihn zu überzeugen.

»Sie hatten recht. Ich hatte Halluzinationen«, sagte ich und begann, flach zu atmen.

»Sie *hatten*?«, fragte Merten und hielt vor einer roten Ampel, ohne mich anzusehen.

»Als Kind. Ich war sechs Jahre alt. Ich hatte einen Freund. Mit abstehenden Ohren. Wenn die Sonne hinter ihm stand, leuchteten sie rot. Er hieß Giacobbe.«

»Was ist mit Ihrem Freund geschehen?« Mertens Stimme klang vertrauensvoll wie die eines Arztes, der mich untersuchte.

»Er wurde von einem Turm gestoßen. Vom Torre. Es waren Marco und Alfredo. Zwei Halbstarke aus Atrani.«

»Von einem Turm? Beschreiben Sie den Turm.«

Ich drehte meinen Kopf zu Merten. Warum wollte er wissen, wie der Turm aussah?

»Es ist ein alter Turm. Aus dem Mittelalter. Man hielt dort Ausschau nach Piraten.«

»Also ein Wachturm.«

Ich nickte und fühlte mich mit einem Mal unwohl, als hätte ich etwas Falsches gegessen.

»Sie sprachen von Halluzination*en*. Gab es weitere?«, fuhr Merten fort.

»Da waren diese Träume. Mein Papa hat gesagt, dass ich geschrien hätte im Bett und nach Luft gerungen. Ich kann mich kaum mehr an sie erinnern.«

»Kaum?«

»Nur an einen. Kurz bevor Papa …« Ich glaubte für einen Moment, Papa auf dem Gehweg zu sehen. Er ging schnell an den Menschen vorbei, die auf dem Weg zur Arbeit waren.

»Besorgt Sie etwas?«, fragte Merten, der meine Beobachtungen bemerkte. Ich schüttelte den Kopf und erzählte Merten von meinem Traum, dem Jungen, der auf der Flucht vor Soldaten in eine Höhle gestürzt war.

»Diese Flucht, wo war das? Erinnern Sie sich?«

»Eine Art Pass. Wie eine Alm, aber schroff. Über der Waldgrenze.«

»Haben Sie auch Hirsche gesehen oder von ihnen geträumt?«

Die Fragen von Dr. Merten beunruhigten mich immer mehr. Papa hatte einmal erzählt, dass er am Torre einen Hirsch gesehen hatte. Ich hielt es aber für besser, es Dr. Merten nicht zu erzählen.

Wir hielten vor dem Bahnhof, und Merten parkte den Wagen. Er steckte die Hand in sein Jackett aus karamellfarbener Schurwolle und zog ein Bündel Lire heraus.

»Das dürfte reichen für die Fahrt nach Salerno. Damit können Sie sich auch im Speisewagen den Magen vollschlagen. Signora Gabriella wird Sie dort am Bahnhof abholen.«

Ein Blitz fuhr durch meinen Körper. Merten hatte herausgefunden, wo ich lebte, und mit Signora Gabriella gesprochen.

»Ich kann nicht zurück, ich will Medizin studieren, ich kann nicht noch ein Jahr warten. Sprechen Sie mit Dr. Almer, er wird Ihnen recht geben, dass ich talentiert bin und auch viel lese und alles mache, um …«

Dr. Merten starrte auf den Anmeldebogen, den ich ihm zitternd hinhielt.

»Kennen Sie Dr. Almer näher? Ich meine, außer dass Sie, wie es scheint, seine Bücher gelesen haben?«

Ich drehte in Gedanken die Zeit zurück und sah in Josefs verträumte Augen.

»Ich will doch nur eine Chance«, sagte ich und bemerkte zu spät, dass meine Stimme zerfloss und in Tränen ertrank.

»Ich habe mich mein ganzes Leben lang mit Halluzinationen und Bewusstseinsstörungen beschäftigt. Bei meinen Forschungen und Experimenten sind mir im Laufe der Jahrzehnte immer wieder dieselben Motive begegnet. Ein Muster, wenn Sie so wollen.«

Ich nickte wie eine eifrige Studentin, die alles aufsaugen wollte wie ein Schwamm.

»Ich wollte dieses Muster wissenschaftlich untersuchen. Dafür gründete ich das Sanatorio, wo ich Menschen mit ähnlichen – sagen wir – Bildern im Kopf behandelte. Ich wollte herausfinden, ob mehr hinter diesem Muster steckt als Zufall.«

Dr. Merten hielt inne und sah mich an. Dabei schob sich seine Oberlippe nach vorne, als würde er guten Wein kosten.

»Ich stellte aber bald fest, dass bei älteren Patienten die persönlichen Erfahrungen die ursprünglichen Bilder überlagerten. Bei jungen Menschen war das anders. Hatten sich bei ihnen einmal die Bilder festgesetzt, gediehen diese prächtig und gaben uns tiefe Erkenntnisse. Dr. Almer, der damals mein vielversprechendster Schüler war, war von meiner These überzeugt, dass die wiederkehrenden Bilder einem Muster folgten.

Er entwickelte ein neues Forschungskonzept. In seinem Buch spricht er von Wirten und ihren Dienern. Ein sehr erfolgversprechender Ansatz.«

Wieder brach Merten ab, und ich unterdrückte meinen Atem, als wollte ich unsichtbar werden, damit er nicht auf die Idee kam, mich in den Zug in Richtung Süden zu setzen.

»Doch was Dr. Almer nicht in seinen Büchern erzählt, ist, dass er ebenso an die These glaubt, dass der Schlüssel zum Muster in den Köpfen junger Erwachsener liegt. Allerdings warten jüngere Menschen lange, bis sie sich mit ihren Leiden an Ärzte wenden. Sie sind in der Forschung also eine Art Mangelware. Dennoch hatten wir vereinbart, dass niemals ein Mensch gegen seinen Willen im Sanatorio festgehalten würde. Eine Regel, die Dr. Almer leider missachtet hat.«

Mir stockte der Atem. War das der Grund, warum Dr. Almer das kommende Wintersemester nicht an der Statale unterrichtete?

»Vor drei Tagen ist ein Mädchen im Sanatorio gestorben. Vier Jahre alt.«

»Kinder? Sie halten dort Kinder gefangen?«, rief ich entsetzt.

»Nein, da müssen Sie etwas falsch verstanden haben. Niemand ist gegen seinen Willen dort, und wir behandeln keine Kinder. Laut Dr. Almer war es ein Unfall. Ein Kind aus der Nachbarschaft. Es soll Angst vor Gespenstern gehabt haben und eines Nachts ausgerissen und in einen Abgrund gestürzt sein.«

»Gespenster?« Mein Herz schlug bis zum Hals, und mein Mund war trocken.

»Ich will wissen, was da vorgeht. Also werde ich Ihnen ein Angebot machen: Sie arbeiten für Dr. Almer und erzählen mir, was dort hinter den Kulissen geschieht, und ich garantiere Ihnen, dass Ihnen der Weg zu einer Laufbahn als Neurologin geebnet ist. Der Weg zu den *ricchi*.«

Wieder verformte Dr. Merten seine Lippen und fletschte dabei die Zähne, als wollte ein wildes Tier aus ihm herausspringen.

»Dr. Almer ist ein guter Mensch. Seine Neugier lässt ihn

aber oft über die Grenze gehen. Ich will ihm dabei helfen, dass er sich nicht darin verliert. Haben wir einen Pakt?«

Dr. Merten streckte mir die Hand entgegen. *Einen Pakt.* Ich sollte Josef Almer bespitzeln und bekam dafür die Eintrittskarte in die Welt der *ricchi*. Ich wusste nicht, was mich erwartete, und konnte auch nicht glauben, dass Josef tatsächlich ein böser Mensch war, der Kinder gefangen hielt und Experimente an ihnen durchführte. Nein, das tote vierjährige Mädchen war sicher ein Unfall gewesen, ich würde es beweisen. Es gab schließlich keine Gespenster.

Zögerlich legte ich meine Hand in die von Dr. Merten, und schwarze Finger aus Leder umschlossen sie.

»Und wenn Josef keine Grenzen überschreitet, wenn es ein Unfall war? Was, wenn es nichts gibt, was ich Ihnen erzählen kann, nichts, was Sie nicht schon wissen?«, fragte ich und war bereit, meine Hand zurückzuziehen.

»Dann haben wir trotzdem einen Pakt. Ich stehe zu meinem Wort.«

Ich nickte und schloss das Bündnis.

Dr. Merten ließ den Wagen wieder an und wendete, anschließend fuhren wir vorbei an den glitzernden Schaufenstern teurer Modeboutiquen, die unseren Weg ausleuchteten, als wäre er aus goldgelben Pflastersteinen – einen Weg, der zu den Bergen im Norden Mailands führte, die aus der Ferne aussahen wie die Monti Lattari, die Milchberge über den Ruinen meiner Kindheit. Ich zog mein in die Jahre gekommenes graues Kleid über die Knie und glaubte, in den müden Fasern den salzigen Atem meines alten Meeres zu riechen.

»Wohin bringen Sie mich jetzt?«, fragte ich Dr. Merten und wischte den Staub der engen Gassen von Atrani von meinen Schenkeln.

»Sie brauchen etwas Vernünftiges zum Anziehen. Ich kenne da ein paar hervorragende Ausstatter.«

Mein Herz sprang, und das ewige Lächeln von Mailand fand mich wieder.

Der Duft von Wildblumen und Sonnencreme verwandelte den Laden in einen Strand. Seemannstruhen und Liegestühle standen auf einem weiß bemalten Holzboden. An einem Schiffsmast, der mitten im Laden bis zur Decke ragte, war ein großes Netz befestigt, auf dem Hosen in vielen Farben und glitzernde Oberteile wie kleine Segel hingen. Die Musik war so laut, dass ich die Verkäuferin, die mit verschränkten Armen und in einem grasgrünen Rollkragenpullover mit Goldkette vor dem Schiffsnachbau stand, kaum verstehen konnte.

»Schick, schick«, sagte sie immer wieder zu mir und lächelte Dr. Merten zu, der zufrieden ein wenig abseits stand. Ich drehte mich vor einem großen Spiegel, und als aus den Lautsprecherboxen das Lied schallte, das ich am Vortag vor der Universität gehört hatte, begann ich, mich wohlzufühlen und mich sogar im Rhythmus der Synthesizer-Beats zu bewegen. *»Paninaro«*, sang ich immer wieder in meinem Kopf. *»Paninaro.«* Und ich drehte mich in meiner stahlblau leuchtenden Jacke von Moncler, meinen Jeans von Armani, meiner Karobluse von Naj Oleari, meinen Socken von Burlington und meinen Stiefeln von Durango mit dem Namen »Apple of Eden«.

»Schick, schick«, wiederholte die Verkäuferin, und das Lied wechselte. Diesmal erkannte ich die Band. Pet Shop Boys. »It's a Sin«. Wieder drehte ich mich und war glücklich und bereit.

»Schick«, sagte ich und wandte mich zu der jungen Frau, die leise mit den Pet Shop Boys mitsang, während sie meine alten Klamotten in eine dieser großen Papiertüten steckte, die ich am Vortag überall in Mailand gesehen hatte. Dr. Merten bezahlte, und ich konnte mich nicht von meinem eigenen Spiegelbild trennen. Ich strich meine Haare nach hinten, spitzte die Lippen und übte einen entschlossenen Blick, der meine Augen aussehen ließ, als würden sie eine venezianische Maske tragen.

Es hatte zu regnen begonnen, als wir in den Wagen stiegen. Ich bedankte mich mehrmals bei Dr. Merten, der mich die ganze Zeit während meiner Verwandlung mit seinem kühlen

Blick beobachtet hatte. Bevor er den Wagen startete, streckte er mir ein kleines Fläschchen Parfüm entgegen. »Poison« von Dior.

»Passend, dachte ich«, sagte Merten und bat mich, es aufzutragen. Ich schloss mit einem tiefen Atemzug die Augen und ließ den verführerischen Duft in die tiefsten Winkel meiner Lunge eindringen. Doch als ich die Augen wieder öffnete, hatte sich Mertens Ausdruck verändert.

»Ich werde Sie jetzt zu Josef bringen. Ins Sanatorio. Aber zuvor muss ich Sie etwas fragen.« Seine Augen sahen aus, als lägen sie in einem klaren Bergsee, und seine Oberlippe schob sich wieder langsam nach vorne. »Wovor haben Sie am meisten Angst?«

Meine Stimmung änderte sich, als hätte jemand mit großer Wut die Nadel von einer Schallplatte gestoßen. Mein Hals fühlte sich an, als hätte ich eine bittere Pille geschluckt.

»Sie müssen diese Angst kennen. Denn dort docken die Wahnbilder an. Diese Angst müssen Sie so gut kennen, dass Sie darüber sprechen können, sonst werden Sie in der Heilstätte untergehen und selbst verrückt werden. Und das wollen Sie doch nicht, oder? Eine *pazza* werden?«

Die bittere Pille keimte wie ein giftiger Samen. Die Wellen des Meeres von Dante schlugen zornig an mein Inneres. Aus den dunklen Gassen meiner Kindheit drangen Gestalten mit zwielichtigen Gesichtern. Vor dem Fenster meiner Erinnerung hing das Ölzeug und flüsterte mir mit der Stimme meines Vaters etwas zu. Ich stellte mich den alten Bildern und sah zu Dr. Merten, den mein fester Blick überraschte.

»Es ist Papa. Dass sie ihn eines Tages finden. Dass seine Leiche am Strand liegt und ich begreifen muss, dass er wirklich fort ist.«

Warme Tränen liefen über meine Wangen, und Dr. Merten fasste meine Hände, die mit einem Mal eiskalt waren.

»Das ist gut. Sie dürfen diese Angst niemals verdrängen. Sich ihrer bewusst zu sein, wird Sie retten und Ihnen den Weg zurück zum Strand zeigen, wenn die Welt sich wie Wellen zu bewegen beginnt.«

Ich schluckte meine Tränen.

»Waren Sie schon einmal in den Bergen?«, fragte mich Dr. Merten und startete den Wagen. Und als sein zuvorkommendes Wesen erneut ans Licht trat, glaubte ich, meinen Papa auf dem gestrandeten Schiff hinter dem Schaufenster des Modeladens zu sehen.

VERSCHWUNDENE SPUREN. 2015.

Julian Leidemann saß in der ersten Wärme des Sommers auf einer hellgrau gestrichenen Bank im Flur des Gemeindeamtes von Spital am Semmering und wartete darauf, dass die Tür des Bürgermeisters aufsprang. Die Armbanduhr an dem Handgelenk seines Urgroßvaters hatte Julian bis in die Träume verfolgt. Um vier Uhr morgens war er mit hohem Puls aus dem Schlaf hochgeschreckt und hatte sich seitdem in seinem alten Bett im Hof seiner Eltern hin- und hergewälzt. Gleich um acht Uhr wollte er beim Gemeindeamt vorsprechen, um Nachforschungen über den Tod seines Urgroßvaters anzustellen. Wenn der tatsächlich 1914 in Graz als Deserteur erschossen worden war, dann musste die Sterbeurkunde im Gemeindeamt vorliegen. Da seine Mutter weder das von ihr erwähnte Tagebuch noch die Urkunde besaß, musste der Bürgermeister für Klarheit sorgen.

Julian Leidemann war im Winter 1971 in Mürzzuschlag geboren worden, einer Kleinstadt, zehn Kilometer südlich von Spital am Semmering, seinem Heimatort. Er hatte seine ganze Kindheit in dem kleinen Dorf in der nördlichen Steiermark verbracht, das umschlungen war von den bergigen Ausläufern der Alpen, an denen von allen Seiten dunkle Wälder in das Tal hineinhingen. Erst als Julian die Volksschule im Dorf beendet hatte und ihn die Bahn – sie hielt unterhalb des elterlichen Bauernhofes an einem alten Gebäude aus Stein – nach Mürzzuschlag brachte, begriff er, dass es eine lichte Welt außerhalb dieses engen dunklen Kessels seiner Kindheit gab.

Julian stand auf und sah nach draußen. Rote Blumen wucherten aus Kästen und schmückten die hohen Fenster des Rathauses, das in blassem Rosa und Weiß im Stil der Gründerzeit erbaut worden war. Die kleine Straße, die, auf beiden Seiten flankiert von acht älteren Häuserpaaren, den Dorfkern von Spital bildete, war leer. Außer dem weißen Golf des Bürgermeisters war kein anderes Fahrzeug zu sehen. Auch auf der Schnellstraße, die einen Steinwurf entfernt durch das Dorf führte, pilgerte die Stille. Die Läden waren verlassen und die Häuser leer, da die Alten gestorben und die Jungen längst weggegangen waren. Geblieben war nur, wer zu müde fürs Leben war oder wer in der Stille warten wollte, bis eine große Krankheit über das Land kroch. Alle hatten sich längst an den Tod gewöhnt, der in Spital seit Jahrhunderten in den Wäldern hockte.

»Nichts, Julian. Keine Urkunde von deinem Großvater«, sagte Andreas Bockstein, der Spitaler Bürgermeister, ein kleiner, gedrungener Mann mit Spitzbauch und einem Kopf voller blonder Locken.

Julian stand auf und ging zu Andreas, der ihn in sein Büro bat. Ein kleiner Raum mit einem alten Computer, einem riesigen Monitor und einer Tastatur, die laut klapperte. Dahinter Kalendersprüche und winterfeste Zimmerpflanzen, betäubt durch den typischen Mief einer Amtsstube.

»Aber dann müsst ihr ihn im alten Melderegister haben«, sagte Julian und schob das vergilbte Foto, das seinen Urgroßvater mit einer Armbanduhr zeigte, über die Schreibunterlage des Bürgermeisters.

»Um diese Uhr geht es? Aber das ist doch nichts. Was soll das beweisen?«, fragte der Bürgermeister und ließ sich mit einem tiefen Seufzen in den Bürostuhl fallen, der ebenfalls tief seufzte.

»Armbanduhren wurden erst nach dem Ersten Weltkrieg erfunden. Mein Urgroßvater kann also nicht 1914 erschossen worden sein.«

Andreas Bockstein schwieg und blickte auf den Monitor, auf dem ein altes Programm flimmerte.

»Der alte Leidemann war nicht ganz richtig im Kopf. Er soll Dinge gesehen haben, die nicht da waren.«

»Aber die Uhr ist doch da.«

»Es ist ein altes Foto. Was beweist das?«

»Meine Großmutter war vor ihrem Tod auf dem Stuhleck und hat ein Feuer angezündet. Warum hat sie das getan? Ich war mit meinem Vater im Pflegeheim, dort hat sie nichts aufbewahrt außer einem Buch mit gepressten Blumen und Fotos. Unter anderem dieses Foto.«

Andreas hielt das Bild dicht vor seine Augen und drehte es, als würde es dann mehr von sich preisgeben.

»Wie geht es deinem Vater? Dem alten Leopold?«

Julian Leidemann zog das Foto von den Fingern des Bürgermeisters und steckte es zurück in sein Jackett. »Wie soll es ihm gehen? Man hat seine Mutter tot im Kaltenbach gefunden.«

»Sie war verwirrt und alt.«

Julian wandte sich verärgert der Eingangstür des Büros zu. Was hatte er auch erwartet? Es gab keine Hinweise auf Fremdeinwirkung und kein Motiv.

»Du solltest nicht so viel grübeln«, sagte Andreas, hob sich mit einem Schwung aus dem Stuhl und streckte Julian die Hand entgegen. »Wann kommst du wieder zurück aus Deutschland? Deine Eltern würden sich freuen. Wir brauchen hier jetzt Leute, die anpacken können. Studiert hast du ja schon genug.«

Julian warf Andreas einen abfälligen Blick zu. Seit er denken konnte, hatte er sich in Spital wie ein Außenseiter gefühlt, der lieber über Büchern saß, als im Wald Bäume zu fällen und Kühe auf die Weide zu treiben oder in einem nahen Werk der Schwerindustrie mit schweren Hämmern auf Stahl zu schlagen.

»Geh doch mit dem alten Leopold wieder einmal in den Wald! Da kommst du auf andere Gedanken. Er erzählt beim Wirt noch heute davon, wie gerne du mitgegangen bist, als du noch ein Kind warst. Und die Trophäe von dem Rehbock, den du damals geschossen hast, die hat er heute noch.«

Julian Leidemann verabschiedete sich wortlos und verließ das Rathaus. Der Kaltenbach gurgelte zwischen den beiden Straßen. Julian überquerte die Schnellstraße. Die Fußgängerampel war rot, kein Auto weit und breit. Er wollte zur Mühle, vorbei an der Kirche, der Volksschule, die aussah wie ein großer gelber Würfel mit einer schwarzen Binde auf dem Kopf: das erste Opfer der Architektur der achtziger Jahre in Spital.

Auf der kleinen Kreuzung zwischen Kirche und Schule, wo auch ein Weg zur Talstation einer stillgelegten Gondelbahn führte, blieb er stehen und drehte sich um. Der Ruf eines Falken stand in der Luft. Julian sah auf den dunklen Wald hinter der Wiese, die sich hinter den roten Dachziegeln des Rathauses wegduckte. Er konnte das niedrige Bauernhaus seiner Eltern von hier aus sehen. Es stand mitten auf der Wiese, und nur ein schmaler Spazierweg führte daran vorbei. Direkt dahinter begann der Wald, und der Boden wurde immer steiler, bis man nach einem Aufstieg von dreißig Minuten die Bärenwand erreichte, einen frei stehenden spitzen Felsen, der weitere dreißig Gehminuten unter dem steilen Bergkamm lag.

Dort oben war Julian als Kind immer mit seinem Vater gewesen. Dort oben hatte der kleine schüchterne Knabe immer von seinem Vater gehört, dass es nichts Schöneres gäbe als die Natur. Sie bestimmte, wie es im Leben lief. In ihr läge die Wahrheit, nicht in den Büchern.

Julian Leidemann war nach der österreichischen Matura nach Wien gezogen, wo er Literaturwissenschaft studiert hatte. Dort hatte er seine Frau kennengelernt, eine Ärztin mit kühlem Blick und Verstand. Bald war Julian auch Wien zu eng geworden und somit auch Österreich, und er war dem Ruf nach Deutschland gefolgt, wo er an der Universität in Berlin als Literaturprofessor unterrichtete.

Als Julian mit sechs Jahren beinahe an einer Kehlkopfentzündung gestorben war, hatte er die Welt der Bücher entdeckt. Die chemischen Zusatzstoffe in den Spanplatten seiner Kindermöbel hatten begonnen ihn zu vergiften, sodass er eines Tages Atemnot und hohes Fieber bekommen hatte. Er hatte klein angefangen. Die »Schatzinsel«, später »Moby Dick«. Dann Homer, Dante, Cervantes, Kafka, Flaubert, Thomas Mann, Dostojewski, Flann O'Brien und später Márquez und Murakami. All diese Künstler hatten Welten erschaffen, die – auch wenn sie vom Tod erzählten oder von Leid oder der Einsamkeit – besser waren als die, in denen Julian gelebt hatte.

Als ihn seine Frau, mit der er zwei Söhne hatte, verlassen

wollte, wenn er nicht endlich das Schöne und Positive im Leben zuließ, hatte Julian entschieden, selbst Schriftsteller zu werden. Doch dieser Entschluss hatte alles noch schlimmer gemacht. Er war in seiner Arbeit versunken, und während draußen die Jahreszeiten hinter zugezogenen Vorhängen verschwunden und seine Söhne herangewachsen und fortgegangen waren, hatte ihn auch seine Frau verlassen, da sie das, was sie einst an ihm geliebt hatte, nicht mehr fand.

Julian, der das Leben fortan verfluchte, da es ihm all das genommen hatte, was er früher zu lieben geglaubt hatte, klammerte sich noch mehr an seine Arbeit. Er arbeitete verbissen an der Universität, wurde ein von den Studenten gefürchteter Professor und ein erfolgloser Schriftsteller, der seine Werke vermaß wie einst Humboldt die Welt, aber ohne Mut, sich fallen zu lassen, mitten ins Abenteuer, das ihn wegspülen würde über von Wasser glatt polierte Steine, dorthin, wo er das Eis finden und anstarren würde mit den großen Augen eines kleinen Jungen, der am Ende begriff, dass es nichts gab, was man kontrollieren und für immer halten konnte. Nichts außer der Wahrheit des Augenblicks.

Julian kam spät nach Hause. Die Nacht hatte den Regen aus den Wäldern gebracht. Seine Mutter machte den Abwasch, und sein Vater saß in seinem Zimmer und sah fern. Schweigend setzte sich Julian zum Vater, der ein Glas Weißwein mit Wasser verdünnt trank. Seine Augen waren feucht, und sein kariertes Flanellhemd roch nach Rosmarin. Sein Gesichtsausdruck verriet Julian, dass Mutter und er wieder gestritten hatten.

»Wollen wir morgen nach dem Begräbnis von Oma in den Wald? Wie früher?«, fragte Julian.

»Fang nicht wieder mit diesem Blödsinn an!«, keifte seine Mutter, die plötzlich mit einem Geschirrtuch in der Tür stand. »Diese Jagd hat uns allen nur Unheil gebracht. Nie wieder würde ich einen Jäger heiraten.«

»Ich will nur mit Papa hinausgehen, nichts weiter«, antwortete Julian forsch. Obwohl Julians Vater mit dem Gehalt eines Gendarmeriebeamten für ein gutes Auskommen gesorgt hatte, entzündete sich an seiner Leidenschaft für die Jagd Tag für Tag ein Streit. Warum Mutter die Jagd so sehr hasste, wusste Julian nicht.

»Und hör auf, in den alten Dingen herumzustöbern! Die alten Leidemanns sind tot, und ihr Hof ist abgebrannt. Und das ist gut so.«

»Und aus den Kellern riechen die Leichen«, zitierte Julian aus einem Drama des Schriftstellers Henrik Ibsen.

»Du fängst schon an zu spinnen wie alle Leidemanns und siehst irgendwelche Gespenster durch den Wald laufen. Komm zurück und fang hier ein richtiges Leben an. Du siehst ja, was passiert ist in Deutschland. Deine Frau ist dir weggelaufen, und deine Kinder siehst du auch nicht.«

»Ich arbeite, Mutter. Ich arbeite und schreibe.«

»Dinge, die keiner versteht und die keinem etwas bringen! Werde endlich vernünftig, sonst endest du wie dieser Nichtsnutz hier!«, sagte seine Mutter und ging zurück in die Küche.

Julian blieb regungslos an der Tür stehen und überlegte, ob er nicht sofort nach Potsdam zurückfahren sollte oder zumindest gleich nach dem Begräbnis tags darauf um vierzehn Uhr.

Doch plötzlich durchbrach sein Vater die Stille. »Morgen früh, wenn du magst. Bevor die Sonne aufgeht, können wir los. Dann sind wir rechtzeitig auf der Bärenwand, und du siehst, wie sich die goldenen Farben über die Berge ziehen. Vielleicht sehen wir auch noch ein paar Spuren von Hirschen, bevor sie verschwinden. Wann warst du eigentlich zum letzten Mal in den Bergen?«

WEGE EINER FAMILIE

Wir fuhren in Richtung Norden, und Mailand wechselte sein Gesicht. Die Häuser standen dichter beieinander, als drängten sie sich um ein wärmendes Feuer. Dazwischen steckte eine unebene, mit schiefen Kopfsteinen gepflasterte Straße, über die kleine rote, blaue und weiße Autos durch ölige Wasserpfützen spritzten.

Ich zog die neue Daunenjacke enger um meine Brust und kroch in meinen weichen Duft von Dior. Als wir durch diese deprimierende Gegend von Mailand fuhren und ich hinter den tristen Häuserfronten die Armut der Menschen wie einen Stachel spüren konnte, war ich froh, für einen Augenblick diesem Schicksal entronnen zu sein. Sicher, vor mir lag ein weiter, unbekannter Weg, und ich würde viel lernen müssen, um Dr. Merten nicht zu enttäuschen. Aber wenn ich erst einmal bei Josef war, würde er mir helfen, und ich würde nach und nach auf eigenen Beinen stehen.

Die Mittagssonne blitzte auf der Windschutzscheibe eines entgegenkommenden Fiat, als Dr. Merten zwischen zwei rechteckigen Betontöpfen hindurchfuhr und bei einer Tankstelle hielt. Da unser Ziel vier Stunden entfernt lag, wollte Dr. Merten an der letzten Möglichkeit vor der Autobahn tanken. Er füllte Benzin nach, reinigte die Scheiben seines Wagens und ging in Richtung eines Schnellimbisses, um zu bezahlen. Auf halbem Weg rief er mir zu, ob ich etwas essen wollte, aber ich schüttelte nur den Kopf und fühlte mich mit einem Mal unwohl, als hätte mir jemand im Schlaf die Decke weggezogen.

War es die Vorstellung, dass ich mit einem Mann, den ich im Grunde überhaupt nicht kannte, allein vier Stunden im Auto sitzen würde? Die männlichen Touristen, die in Atrani in unserem Laden ihre Souvenirs gekauft hatten, hatten oft Anspielungen gemacht und mir ein schönes Leben im Norden versprochen, wenn sie mich nur einmal berühren dürften. Viele waren älter gewesen. Würde Dr. Merten auf der Fahrt auch die Hand auf meinen Schenkel legen? Ich blickte zur Straße, auf der sich überraschend ein Stau gebildet hatte und einige Autofahrer begonnen hatten, ungeduldig zu hupen. Nein,

Dr. Merten würde mich ins Sanatorio bringen und sich an unsere Abmachung halten, so wie ich.

Aber was, wenn wir dort waren? Hatte ich ihm zu viel verraten? Von mir und Giacobbe? Und von meiner Angst, dass sie Papa finden würden? Sah er in mir etwas anderes als eine angehende Studentin? Sah er in mir eine Patientin? Warum hatte er sich nach der Beschaffenheit des Torre erkundigt? Und nach den Hirschen? Mein Puls begann zu rasen. Noch hatte ich Zeit und konnte aus dem Wagen springen und zum Bahnhof laufen. Wenn ich Gabriella erzählte, was geschehen war, würde sie mich verstehen. Ich könnte ein Jahr im Laden arbeiten und mich auf die Statale vorbereiten. Wenn ich Geld sparte, könnte ich vielleicht eine Wohnung mieten, am Stadtrand, vielleicht hier, irgendwo hinter einem dieser dicht gedrängten Häuser. Aber wie würde Dr. Merten auf meine Flucht reagieren? Er würde jedem Professore zuflüstern, mir schlechte Noten zu geben, da ich undankbar sei und mich nicht an Vereinbarungen hielte. Und Josef? Er würde sich eine andere nehmen. Er würde mit ihr spazieren gehen, eng umschlungen, und ihr erzählen, dass er ein guter Mensch sei. Mein Gesicht glühte, und ich beschloss, aus dem Wagen zu steigen. Dr. Merten würde meine Unsicherheit sofort bemerken und mir Fragen stellen.

Ich öffnete die Tür. Benzingeruch machte die Luft schwer, sodass ich Mühe hatte, tief einzuatmen, ohne zu husten. Von der Straße kamen Lärm, Hupen, Schreie. Die Häuser starrten mich an und umringten mich. Ich fühlte mich wie ein Mädchen in einem amerikanischen Film, das drauf und dran war, in einer finsteren Gasse überfallen zu werden. Ich schloss die Augen, versuchte, ruhig zu atmen. Alles würde gut. Irgendwann. Ich musste nur dem Leben vertrauen. Ich dachte an die Worte, die mir mein Papa gesagt hatte, als wir zum letzten Mal auf das Meer hinausgefahren waren.

»Principessa!«

Stimmen schrien. Lauter als die Hupen. Dr. Merten würde jeden Augenblick zurückkommen, und wir würden diesen fürchterlichen Ort endlich wieder verlassen.

»Principessa!«

Jemand rief *»Principessa!«*. Dazwischen wucherte wildes

Fluchen verärgerter Männerstimmen, vermengt mit schrillem wütenden Hupen, als wäre ein Wagen stehen geblieben und würde den Verkehr behindern.

»*La pazza!*«

Mein Blut gefror. *La pazza.* Die Rufe galten mir. Ich riss die Augen auf und blickte zur Straße, wo Alfredo vor einem kleinen hellblauen Fiat stand und wie wild mit den Armen fuchtelte. Er lächelte breit, als würde er eine alte Freundin nach Jahren wiedersehen. Auf dem Beifahrersitz saß Marco, still, abwartend und gefährlich.

»*La pazza!* Wir haben dich überall gesucht. Komm zurück zu uns! Mailand ist zu gefährlich, *Principessa.*«

Als ich Alfredo vor dem Auto wild gestikulieren sah, war mir, als würde ich Gespenster sehen. Ich konnte nicht glauben, dass er und Marco mir gefolgt waren und mich in Mailand gesucht hatten. Und sie hätten mich auch nie mehr gefunden, wäre ich nicht aus dem Wagen gestiegen und wären sie nicht genau zu diesem Zeitpunkt durch diese fürchterliche Straße gefahren. Mein Mund wurde trocken, und ich ging langsam zum Wagen zurück.

Das Hupen schwoll an, als sich Alfredos Gesicht verdunkelte und er direkt auf mich zukam. Ich wollte schreien, doch der Benzingeruch steckte in meiner Kehle, sodass ich nur nach hinten stolperte, um mich in den Wagen zu retten. Doch Alfredo war schneller als ich, schnappte mich am Ärmel und zog mich mit einem festen Ruck zu sich.

»Lässt du dich aushalten von einem der *ricchi*?«, fluchte er und warf einen verächtlichen Blick auf Dr. Mertens Jaguar. Sein Griff wurde stärker, und ich hörte, wie die Nähte meiner Jacke nachgaben.

»Lass sie los!«, rief Dr. Merten mit lauter Stimme.

Ich nutzte die Gelegenheit, zog meinen Arm aus Alfredos Umklammerung und sprang wie eine aufgescheuchte Ratte ins Auto. Als Dr. Merten auf Alfredo zukam, plusterte der sich auf und war bereit für einen Schlagabtausch. Dr. Merten ließ sich davon nicht beeindrucken, sondern ging selbstbewusst auf Alfredo zu. Eine Handbreit vor Alfredos Gesicht blieb er stehen und sah ihm direkt in die Augen. Ich bemerkte, wie

Alfredo unsicher wurde und Marco, der immer noch im Fiat saß, Blicke zuwarf. Auch Marco schien nervös zu werden, wirkte aber dennoch wie ein eingesperrtes Raubtier, bis er Alfredo ein Zeichen gab, abzubrechen.

»Wo auch immer du sie hinbringst, wir werden sie finden«, sagte Alfredo und nahm seinen ganzen Mut zusammen. Dann spuckte er vor Dr. Merten aus und ging zurück zu Marco, bei dem bereits ein Mann aus dem Wagen hinter ihm stand. Noch einmal schlug Alfredo auf das Dach des Fiat, zeigte mit dem Finger zu mir und rief mit lauter Stimme. »Wir werden dich finden! Egal, wo du dich versteckst. Niemand verrät Signora Gabriella, niemand!«

Dr. Merten blieb so lange vor dem Auto stehen, bis die beiden verschwunden waren und sich der Stau und die Aufregung gelöst hatten.

»Wer war das?«, fragte er, als er in den Wagen stieg.

»Halbstarke.«

Er nickte, und ich war froh, dass er nicht weiter nachfragte. Dann reichte er mir ein Kaubonbon und sagte, dass wir das Sanatorio noch vor dem Abend erreichen würden. Ich nickte, während ich nach Worten suchte, um ihm zu danken, steckte letztlich aber nur den Kaugummi in meinen Mund und war erleichtert, als wir die Tankstelle verließen. Ein letztes Mal blickte ich zurück und beschloss, Dr. Merten zu vertrauen.

»Wollen Sie Musik hören während der Fahrt?«, fragte Dr. Merten. Ich nickte und genoss den frischen Minzgeschmack des Bonbons. Zudem war ich erleichtert, neben Dr. Merten im Wagen zu sitzen. Und wenn ich an die Ereignisse an der Tankstelle zurückdachte, war ich sogar ein wenig stolz, ihn an meiner Seite zu haben, auch wenn ich wusste, dass ich nie wieder nach Atrani zurückkehren konnte.

SIGNOR CASCONE. 1988.

Am Horizont brachen ozeanblaue Regenfälle aus satten Wolken. Mit einem Mal war die Sonne hinter einem dunkelgrauen

Himmel verschwunden, es schüttete in Strömen. Unter den Wagenreifen zischte das Regenwasser, der Scheibenwischer begann, wie das Pendel eines Metronoms in hohem Takt zu schlagen. Ich sah im Augenwinkel, wie Dr. Merten die Lippen spitzte. Seine Blicke wurden wachsam und sprangen zwischen den Spiegeln im Wagen hin und her. Er suchte einen Sender, der Verkehrsnachrichten brachte. Ein Sprecher mit unerschütterlicher Fröhlichkeit versprach die Rückkehr der Sonne nach Como.

Ich sah zur Seite. Neben uns verschwanden die anderen Autos hinter dampfenden grauen Wellen. Wir fuhren schneller als sie. Ich schloss die Augen, hob meine Knie nach oben und umklammerte sie mit meinen Armen. Dabei rutschte ich nach vorne und zog meinen Kopf ein, als hätte ich Angst, dass uns jemand von hinten durch die Scheibe erschießen würde. Warum dachte ich das? Waren Alfredo und Marco dazu fähig? Gabriella? Ich schielte auf den Tacho des Wagens. Hundertfünfzig Kilometer pro Stunde. Ob die beiden mit ihrem Kleinwagen mithalten konnten?

Ich war mir sicher, dass Dr. Merten meine Angst spürte. Aber er schwieg und achtete darauf, den Jaguar auf der regnerischen Straße zu halten. Nach anderthalb Stunden erreichten wir Como. Ich hatte den Namen schon einmal gehört, erinnerte mich aus meiner Schulzeit, dass die Stadt dem Comer See seinen Namen gab. Vor meinem geistigen Auge sah ich einen glitzernden See, in dessen Wasser sich die prachtvollen Häuser der *ricchi* spiegelten, umgeben von Bergen in blauen Schattierungen und Hängen mit frischem Grün. Ich blickte nach rechts, wo der See auftauchen musste mit den vielen Ausflugsbooten, fand aber lediglich die Leitplanken der Strada Provinciale mit mannshohem Sichtschutz. Nur der Himmel dahinter begann, sich rosa zu färben, um sich darauf vorzubereiten, dass die Sonne in wenigen Stunden hinter den nassen Wolken hervorkommen würde, um im Westen im warmen orangen Licht zu versinken.

Dr. Merten wechselte die Verkehrsspur und fuhr auf die Strada Statale, die weiter in Richtung Norden führte. Ich hatte das Gefühl, dass es einen kürzeren Weg zum Sanatorio geben musste als diesen. Vermutlich wollte Dr. Merten sichergehen, dass uns niemand folgte. Er und ich hatten in der Zeit, als wir durch den Regen gefahren waren, kein Wort gesprochen und nur den neuesten italienischen Hits aus dem Radio gelauscht, die immer wieder von der gut gelaunten Stimme des Verkehrsdienstes unterbrochen wurden. Und als hätte das Wetter auf das eine Lied gewartet, das mit verklärter Stimme aus dem Radio kam und von der Schönheit Italiens sang, klarte es auf, und ich bemerkte, wie Dr. Merten den Griff um das Lenkrad lockerte.

»Durch den Regen haben wir Zeit verloren«, sagte er und streckte mir noch eine Kaugummipackung entgegen.

»Wo ist dieses Sanatorio?«, fragte ich und rutschte auf dem Sitz wieder höher, da ich überzeugt war, dass niemand mit dem Tempo von Dr. Mertens Jaguar mithalten konnte.

»In Livigno. Ein kleines Dorf in den italienischen Alpen. Livigno ist ein beliebter Wintersportort. Fahren Sie Ski?«

Ich schüttelte den Kopf und sah an Dr. Mertens gepressten Lippen, dass er die Frage für töricht hielt, da es an der Amalfiküste keine Möglichkeit gab, Wintersport zu treiben. Aber ich spürte, dass er ein Gespräch beginnen wollte, also fügte ich hinzu, dass ich die Berge liebte und gern Ski fahren lernen würde.

»Das Sanatorio ist in Trepalle, einer *frazione* von Livigno, die in einem hohen Tal in den Alpen liegt.«

Wieder nickte ich erwartungsvoll und beschloss, noch einen weiteren Kaugummistreifen aus Dr. Mertens Packung zu ziehen.

»Trepalle ist der höchste Ort in ganz Europa. Das Sanatorio liegt noch ein Stück höher.«

Wie aus dem Nichts tauchte der Comer See plötzlich auf meiner rechten Seite auf. Der Ausblick verschlug mir die Sprache. Eingebettet in eine Vegetation aus gewaltigen Bäumen und umgeben von Blumenwiesen in sanftem Gelb, lagen Villen mit vielen Stockwerken und weitläufigen Parks, aus denen Stege bis weit übers Ufer ins Wasser des Sees hineinragten. Vogelschwärme und ein silbernes Glitzern lagen wie ein geheimnisvoller Dunst darüber.

»Das hier ist wie das Paradies«, sagte ich und starrte weiter aus dem Fenster, ärgerte mich jedoch sofort über meine kindliche Wortwahl.

»Ja, es ist schön hier. Viele reiche Familien und sogar Schauspieler aus Hollywood haben sich dort niedergelassen.«

Ich blickte neidisch auf die strahlenden Villen und stellte mir vor, wie mein Leben verlaufen wäre, wenn ich hinter den Fenstern eines dieser Häuser aufgewachsen wäre. Als Dr. Merten einen Lastkraftwagen überholte, der mir die Sicht auf diese wunderbare Welt raubte, umklammerte ein neuer Zweifel meine Kehle.

»Das Sanatorio ist mehrere Stunden von Mailand entfernt. Wie soll ich jeden Tag hin- und herfahren, ich meine, ohne Auto, ohne Wohnung ... ohne Geld?«

Ich schämte mich für meine Frage, doch ich war froh, sie gestellt zu haben.

»Wir treffen uns einmal im Monat im Hotel Chiron. In Ihrem Zimmer, das ich dort für Sie reserviert habe.«

Ich lächelte, und doch fühlte ich mich nicht wohl bei dem Gedanken, wieder zurückzukehren in das stinkende Zimmer mit den schrecklichen Tapeten. Aber ich musste nehmen, was ich bekommen konnte, und war Dr. Merten dankbar, dass er mir in Mailand zumindest ein Dach über dem Kopf verschafft hatte.

»Sie werden im Sanatorio arbeiten und versuchen müssen, Fahrgemeinschaften zu bilden. Im Sanatorio arbeiten viele Ärzte und Pfleger, die immer wieder nach Mailand fahren, weil sie dort Familie haben oder selbst noch studieren.«

Wieder nickte ich. Enttäuscht, doch dankbar.

»Im Sanatorio selbst werden Sie sicher ein Zimmer im Personaltrakt finden. Wenn wir uns einmal im Monat im Chiron treffen, erzählen Sie mir, was Sie im Sanatorio gesehen haben, und ich gebe Ihnen Geld, so lange, bis Sie für Ihre Tätigkeiten im Sanatorio selbst Gehalt beziehen oder einfach im Chiron aushelfen.«

Ich sah zu Dr. Merten und bedankte mich. Als er den Schatten in meinem Blick bemerkte, fügte er hinzu, dass er sich um die Aufnahmeprüfung kümmern werde. Natürlich müsste ich die Nächte im Sanatorio dafür verwenden, um zu lernen, aber was den Abgabetermin betraf, sollte ich mir keine Sorgen machen, sagte er und legte seine Hand auf meinen Oberschenkel. Ich sah wieder über den See, und kurz darauf zog er die Hand wieder zurück. Ich war erleichtert und wollte gleich nach unserer Ankunft in Trepalle mit dem Lernen beginnen.

Zu beiden Seiten wuchsen die Hügel zu Bergen heran, an ihren Gipfeln mit schroffen Felsen und Schneefeldern. Ich malte mir aus, wie ich mehrmals pro Woche diese Strecke zurücklegen würde. Auf der harten Rückbank eines kleinen Fiat oder vorne auf dem Beifahrersitz, bis ich nach Jahren selbst wüsste, welcher Weg der beste war. Oder vielleicht würde ich bald ein eigenes Auto fahren, einen kleinen Franzosen oder ein deutsches, wenn alles gut lief.

In Gedanken fuhr ich mit einem BMW zur Università in Mailand und überholte auf der Via Festa del Perdono die vielen Motorroller der Studenten, die mit olivgrünen Parkas mit Pelzkragen und nach außen gedrückten Knien in die Ca'Granda einbogen, wo sie in den schattigen Innenhöfen im Verborgenen mit dem Stoff kämpften, den ihnen die strengen *professori* mit ihren kleinen Brillen auf ihren spitzen, krummen Nasen vermittelt hatten. Verlegen würden mir die sonst so selbstsicheren Jungen und Mädchen aus reichem Hause zuwinken, hinter den alten Renaissancesäulen hervortreten und mich auf ihrem Weg zur Spitze der Neurologie um Rat fragen, mich, die *prima della classe*. Und sie würden mich beneiden mit meinen Stiefeln von Buffalo, meiner Lederjacke und meinem schwarzen Rollkragenpullover und der Perlenkette, die mir Josef schenken würde, wenn ich meine erste Auszeichnung erhielt. Und auch wenn ich in Zukunft zur Porta Garibaldi fahren würde, um mich im Hotel Chiron mit Dr. Merten zu treffen, und ich ihm immer wieder sagen würde, dass Josef sich korrekt an alle Vorschriften hielt, hätte ich nicht mehr das Gefühl, in Mertens Schuld zu stehen, sondern an seiner Seite, am Expertengipfel der Neurologie.

Ich sah zu Dr. Merten. Sein Jackett saß trotz der langen Autofahrt noch korrekt und war ohne Sitzfalten. Würde ich mich tatsächlich eines Tages mit ihm auf Augenhöhe als Kollegin über Neurologie unterhalten können? Würde ich ihn und seine Frau – war er verheiratet, hatte er Familie? – in meine von einem Ensemble aus Bäumen umgebene Villa am Comer See einladen, um bei einem guten, aber schweren Rotwein aus Sizilien über die neuesten Forschungsergebnisse sprechen zu können? Oder darüber, wie ich als neue Vorsitzende der SIN meine Antrittsrede halten sollte vor den wohlwollenden Augen der Mitglieder der Società Italiana di Neurologia, der klügsten Frauen und Männer aus ganz Italien?

Als Dr. Merten die Spur wechselte, bemerkte ich, wie draußen die Luft kälter wurde.

»Wer waren diese beiden an der Tankstelle?«, fragte Merten plötzlich und reihte sich nach einem Überholvorgang vor einem deutschen Reisebus ein.

Meine Phantasiewelt stürzte ein, während in meinen Gedanken Alfredo und Marco an der Rezeption des Hotel Chiron auftauchten und von der ängstlichen Frau meine Zimmernummer erhielten.

»Atrani ist ein kleines Dorf. Signora Gabriella hat sich nach dem Tod meiner Mutter und dem Verschwinden meines Vaters um mich gekümmert. Sie hat mich bei sich wohnen lassen und mir ermöglicht, dass ich das Diploma mache. Aber da war auch diese *famiglia*. Wir lebten an der Piazza Umberto, und diese Familie war immer da und hat im ›Destino‹ gegessen. Diese Leute haben mich immer angestarrt, schon als Kind. Und als ich älter wurde, wollten Alfredo und Marco mehr von mir, als mich bloß anzustarren.«

Es fühlte sich gut an, über die Vergangenheit zu reden, als wäre sie ein ausgelesenes Buch.

»Ich habe mit Signora Gabriella gesprochen«, sagte Dr. Merten. »Als ich Sie auf der Universität sah, fürchtete ich, dass Sie die Nacht allein in Mailand verbringen müssten. Also musste ich handeln. Ihr Hinweis, dass Sie aus Atrani kamen, reichte aus, um Ihre genaue Adresse herauszufinden.«

»Und was hat Sie gesagt?«, fragte ich mit der Stimme eines kleinen Kindes, das hoffte, seiner Strafe zu entgehen.

»Sie wollte, dass ich Sie zurück in den Zug nach Salerno

setze«, sagte Dr. Merten und zwinkerte mir zu, als wären wir Bonnie und Clyde.

Nach einer kurzen Stille fuhr er fort: »Aber Sie glauben doch nicht, dass Signora Gabriella diese beiden Halbstarken, wie Sie sie nannten, geschickt hat, um Ihnen etwas anzutun? Der Stimme nach zu urteilen, halte ich Signora Gabriella für gebildet und fürsorglich. Und diese *famiglia*, von der Sie mir erzählt haben: Warum sollte sie hinter Ihnen her sein und Ihnen drohen?«

»Ich weiß es nicht«, sagte ich mit einer fast flüsternden Stimme und spürte, wie die Angst nach wie vor wie eine kalte Schlange in meinem Magen lag.

»Vielleicht war es ein gebrochenes Herz, das die beiden nach Mailand hat aufbrechen lassen. Und ein Zufall hat sie an der Via Leoncavallo vorbeikommen lassen«, sagte Dr. Merten und sah mich an, als wollte er mir Mut machen.

Ich lächelte, fühlte mich aber keineswegs ermutigt.

»Sie haben *la pazza* zu Ihnen gesagt. Leiden Sie noch immer an Wahnbildern? Ist das der Grund, warum Sie Neurologin werden wollen?«

Dr. Mertens Frage traf mich wie ein Schlag, sofort verlor die Welt draußen ihre Farben. Während die Straße anhob und ich spürte, dass die Luft dünner wurde, stellte er mir weitere Fragen. Ob ich wüsste, was sich hinter dem Begriff »Neurologie« verbarg. Oder ob ich das Zusammenspiel mit den anderen Wissenschaften verstand und was ich mit dem Studium für einen Zweck verband.

»Neurowissenschaft ist ein Fach der Naturwissenschaft, das sich mit dem Aufbau und der Funktionsweise des Nervensystems des Menschen beschäftigt«, dozierte Dr. Merten. »Dabei ist es unabdingbar, dass auch andere wissenschaftliche Disziplinen zur Forschung herangezogen werden. Physiologie, Psychologie, Medizin, Biologie, aber auch Mathematik und Informatik.«

Informatik. Diesen Begriff hatten wir im Zusammenhang mit Datenverarbeitung in der Schule verwendet. Aber für mehr als den Aufbau der Programmiersprache Basic hatte es nicht gereicht. Auch was die Mathematik betraf, war ich verwundert – welche Verbindung hatte die abstrakte Darstellung von Zahlen mit dem menschlichen Bewusstsein?

»Die Neurowissenschaft ist der Schlüssel zur Zukunft. Ich spreche von künstlicher Intelligenz, Robotik und der Möglichkeit, eines Tages unser Bewusstsein in einen Speicher hochzuladen und für immer zugänglich zu machen.«

Dr. Mertens Gesicht veränderte sich, und ich sah in seinen Augen wieder das Funkeln wie bei einem Wolf, der sich an einem Knochen festgebissen hatte.

»Sie werden viel lernen müssen, Dorothea Grigio«, sagte er und fügte mehrere englische Fachbegriffe hinzu. *Biotechnologies and Nanomedicine, Clinical Neuroscience, Cognitive and Behavioral Neuroscience, Computational and Systems Neuroscience, Molecular and Cellular Neuroscience, Neuroimaging and Methodological Research.*

Dr. Merten wollte mich testen, wollte mich herausfordern, aber auch wenn ich wenig verstand, gab es für mich kein Zurück mehr, also begann ich, die Begriffe in meinem Kopf abzuspeichern. Und als die Straße begann, steiler zu werden und erste Kurven zu bilden, schob ich stolz mein Kinn nach vorne und betrachtete die beeindruckende Bergwelt, die sich vor mir auftat und die verlorenen Farben der letzten Stunden wiederbrachte.

Der Herbst hatte mit seinen leuchtenden Blättern die hoch gelegenen Täler bemalt. Im stahlblauen Himmel tauchte die Herbstsonne die Schneegipfel, die aussahen wie steinerne Wellen mit schaumigen Kronen, in ein goldenes Licht. Von ihnen fielen prächtige Wälder in Weinrot, Zitronengelb und Apfelgrün herab. Der Wind, der wie eine rührende Mutter durch die Wälder fegte, wirbelte das bunte Laub in die Höhe, und es sah aus, als würden Tausende Schmetterlinge in allen Farben der Erde in Schwärmen über den Bäumen wirbeln.

»Auf diesen Bergen ist Tre… das Sanatorio?«, fragte ich Dr. Merten und konnte es kaum erwarten, in eine weite Ferne zu sehen, über laubbefallene Waldböden zu laufen und die klare, frische Luft der mir fremden Berge nach der langen Auffahrt tief in meine Lunge zu ziehen.

»Trepalle«, vervollständigte Dr. Merten und bremste kurz

vor einem Straßenschild, auf dem »Bormio« stand, um eine alte Frau über die Straße zu lassen. Ich nahm die Frau kaum wahr, da ich mich vollständig in dieser farbenprächtigen Welt verlor. Als wir weiterfuhren, sah ich in der Ferne einen mittelalterlichen Turm aus einem safrangelben Wald tauchen.

»Werden Sie mich auch unterrichten?«, fragte ich Dr. Merten und dachte an das »Muster«, von dem er mir in Mailand erzählt hatte.

»Das bezweifle ich«, erwiderte er, wobei sich eine Falte auf seiner Stirn wölbte, und sagte dann: »Jetzt sind wir bald da.«

Mit einem Mal wurde die Straße immer enger, sodass ich fürchtete, entgegenkommende Autos würden den Seitenspiegel des Jaguars abreißen. Ich ließ das Seitenfenster nach unten, um die Weite der Landschaft in die Enge des Wagens zu lassen. Die Berge schoben sich wie Theaterkulissen ineinander. Am Himmel standen Raubvögel, vielleicht Adler, und die Bäume verschwanden in den Tälern unter uns. Wir folgten einer langen Straße bis zu einem länglichen dreistöckigen Hotel mit klobigen kastanienbraunen Balkonen und einem Dach, das aussah, als hätte man es mehrfach auseinandergefaltet.

Unweit vom Hotel wartete eine kleine weiße Cappella. Ein Holzkreuz schmückte die Fassade des Gottesbaus, und ich hatte das Gefühl, als würde es die Durchreisenden vor der Weiterfahrt segnen. Links tauchte ein seichter in Türkis leuchtender Bergsee unterhalb der Straße auf. Die rostige Leitplanke durchkreuzte immer wieder meine Sicht auf das glasklare Gewässer. Dahinter erhoben sich graubraune felsige Hügel, gemasert mit herabhängenden Schneeresten. Immer wieder schoben sich satte grüne Wiesen an uns vorbei, spielten mit Felsen, auf denen vereinzelt Bäume wuchsen, wie Wächter vor einer unbekannten Schwelle. Wir stießen in einen kleinen Tunnel, der sich durch Gestein bohrte und an der linken Seite mit Säulen abgestützt war. Die Abendsonne glitzerte auf dem hellgrünen See, der sich außerhalb des Tunnels vorbeizog, und warf ein durch die Steinsäulen zerrissenes hellgrünes Licht auf Dr. Mertens Gesicht, das wie unter einem Stroboskop gespenstisch blitzte.

Als wir aus dem Tunnel schossen, wurde die Straße auf

der rechten Seite von einer mittelalterlichen Mauer begleitet, als bewahrte sie den dahinterliegenden bedrohlich wirkenden Felsen davor, wie eine steinerne Welle auf die Straße zu fallen. Auf der anderen Seite ragten Lawinengitter wie übergroße Holzkämme aus den immer steiler werdenden Hängen, bevor am Ende der Straße mehrere Häuser auftauchten.

Dr. Merten bremste den Wagen und blieb vor den Schranken einer Zollstation stehen. »Passo Foscagno« stand auf einem ockerfarbigen großen Haus hinter der Zollstation. Dr. Merten erklärte mir, dass Livigno eine zollfreie Zone war, da das Dorf an der Grenze zur Schweiz lag, in die man über den engen dunklen Munt-la-Schera-Tunnel gelangte. Von Italien gab es keinen anderen Weg nach Livigno und zur *frazione* Trepalle.

Zwei Beamte kamen in Uniformen aus dem kleinen Steinhäuschen, das mitten auf der Straße hockte. Ein dritter kam auf mich zu und nickte freundlich, aber bestimmt. Hinter ihm las ich das Wort »Caserma« auf einem weiteren Haus. Ich fragte mich, ob in dieser Höhe eine Kaserne lag. Der Passo Foscagno lag auf über zweitausenddreihundert Metern über dem Meer. Hielten sich hier Soldaten bereit? Wozu?

Ich blickte besorgt zu Dr. Merten, der mit den Beamten ein schwieriges Gespräch zu führen schien. Plötzlich schwiegen die Männer, und nach einer kurzen Pause gaben sie dem dritten Beamten, der bei mir am Fenster stand und von außen den Innenraum unseres Wagens begutachtete, einen Befehl, den ich nicht verstehen konnte. Kurz darauf verschwand er in einem rötlichen Haus, dessen Erdgeschoss mit grauem, verwittertem Holz eingefasst war und deutlich machte, mit welcher Wucht der Winter hier in den dunklen Monaten wütete.

Wenig später kam der Beamte in Begleitung eines älteren Mannes zurück. Er schien etwa in Dr. Mertens Alter zu sein. Unter einem hellblauen abgetragenen Mantel aus robustem Leinen trug er ein ebenfalls blaues Hemd mit kleinen Karos. Sein Bauch war geschwollen und drückte das Hemd aus dem Bund seiner fleckigen Jeans. Auf seinem Kopf saß ein zerdrückter Filzhut in sandigem Gelb. Er wirkte ein wenig überrascht, als er auf uns zukam, und ich bemerkte erst jetzt sein ungepflegtes Gesicht, in dem eine dicke Nase über einem üppigen Schnauzbart hing. Mit seinen schmutzigen Händen sah der Mann aus wie ein Bauer, der von seiner Arbeit weggeholt worden war, um mit uns zu sprechen, und ich glaubte sogar für einen Moment, in der kühlen Luft Kuhglocken zwischen dem Gezwitscher von Vögeln zu hören. Er ging zu Mertens Fahrerseite. Ich sah weiterhin nach draußen und wollte die beiden nicht belauschen.

Erst als Dr. Merten sich zu mir wandte, sah ich in seinem Gesicht, dass etwas nicht stimmte. »Wir können hier nicht weiter. Das heißt, *ich* kann hier nicht weiter.«

»Und was bedeutet das?«, fragte ich und fürchtete, dass meine ganze Zukunft im Angesicht des alten Bauern in sich zusammenfiel.

»Signor Cascone wird so nett sein und dich ins Sanatorio bringen. Es ist jetzt nicht mehr weit.«

Ich zögerte, beschloss aber dann, auszusteigen. Mir war schwindelig, als ich meine Füße auf die unebene Straße setzte. Die Höhenluft machte mir zu schaffen. Ich kniff meine Augen zu einem kleinen Spalt zusammen, da mich die Sonne blendete, die sich hinter einem hohen Gipfel erhob. Ich holte meinen Rucksack vom Rücksitz und bedankte mich bei Dr. Merten für die Fahrt. Gefühle des Zweifels wühlten sich durch mein Herz, während ich nach den richtigen Worten rang. Warum ließ er mich jetzt allein mit den drei Beamten und diesem alten Mann? Lag hinter dem Passo Foscagno wirklich das Sanatorio? Ein Ort, an dem die Zukunft entstand?

Der Bauer streckte mir die Hand entgegen und murmelte etwas, das ich nicht verstand. Seine kleinen nassen Augen blitzten hinter den Tränensäcken, aber sie waren freundlich und offen. Ich schüttelte seine Hand, sie war warm und rau und deutlich größer als die von Merten. Der Bauer zeigte zu einem kleinen grauen Haus hinter dem roten, wo ein hellgelber alter Fiat auf uns wartete.

Bevor ich dem Bauern in eine unbekannte Welt folgte, bat mich Dr. Merten mit einem Wink noch einmal zu sich. Er ersuchte mich, den Kopf dicht an seinen Mund zu halten, damit Signor Cascone uns nicht belauschen konnte, der geduldig zehn Schritte abseits stand und sich mit den Zollbeamten unterhielt.

»Wir sehen uns exakt in einem Monat im Hotel Chiron. Fünfter November, achtzehn Uhr fünfzehn. Denken Sie an unseren Deal und sprechen Sie mit niemanden darüber!«

Zum ersten Mal sah ich in Dr. Mertens Augen so etwas wie Angst. Kalter Wind blies essigrotes Laub von den Tälern über den Pass. Ich fror und zog meine Daunenjacke enger.

»Fünfter November. Achtzehn Uhr fünfzehn. Chiron. Wir haben eine Abmachung«, sagte ich und gab Signor Cascone ein Zeichen, dass ich jeden Augenblick zu ihm kommen würde.

»Eines noch«, sagte Dr. Merten. »Wenn Sie sich in Josef verlieben, sollten Sie sich das ganz genau überlegen. Er ist Teil einer sehr großen Familie. So einfach kommen Sie da nicht wieder heraus.« Dr. Merten hielt noch einen Moment inne, als würde er auf eine Antwort von mir warten, dann wendete er den Wagen, und ich war mit dem Bauern und den drei Beamten allein. Aus den Tiefen erklangen wieder die Kuhglocken, während auf dem Gipfel aufgeregter Wind den ersten Schnee ankündigte.

DIE ALP DES SCHLAFES. 1988.

Kaum hatten sich die Beamten in ihr Gebäude zurückgezogen, begann Signor Cascone, mir von seinem Leben zu erzählen. Ich hatte Mühe, ihn zu verstehen, da sein Italienisch völlig anders war als das im Süden, aber auch anders als das, das ich in der Schule gelernt hatte.

»Die Menschen hier stehen jeden Morgen um fünf Uhr auf. Dann treiben wir die Kühe auf die Weide und stellen Käse her. Am Sonntag gehen wir in die Chiesa di Sant'Anna in Trepalle. Sie werden sie mögen. Sie ist alt, aus Holz, überall. Wenn wir Zeit finden, dann treffen wir uns mit unseren Freunden oder den Nachbarn und erzählen einander Geschichten. In Trepalle kennt jeder jeden, und wir sind füreinander da.«

Ich lächelte dem alten Bauern zu, der mir nach und nach die Angst vor dem Unbekannten nahm.

»Wir leben hier ein einfaches Leben. Aber wir sind selbstbestimmt. Nicht so wie in der Stadt. Hier erfahren wir, worum es im Leben wirklich geht. Hier finden wir die Wahrheit«, sagte er stolz und öffnete den kleinen Fiat.

Ich stieg ein, und es roch nach Rosmarin und faulem Obst. Die Sitze waren durchgesessen und quietschten.

»Sie werden hier schnell wieder auf die Beine kommen«, sagte Signor Cascone und startete den Motor, der mit einem hohen Surren ansprang. Wir verließen den Pass und folgten der Straße, die wieder abwärtsführte. Wusste der Bauer, dass ich zum Sanatorio wollte? Oder glaubte er, dass ich in den Bergen ein Leben auf dem Bauernhof suchte, um das Leben zu finden? Ich war die Tochter eines Fischers und wusste nur zu gut über ein einfaches Leben Bescheid. Hatte ihn meine stahlblaue Daunenjacke getäuscht und ließ ihn glauben, ich sei eine Studentin von Dr. Merten, die in der Ruhe der Berge ihre Konzentration für das lange Studium finden wollte? Als ein mittelalterlich wirkender Wachturm an der linken Seite vorbeizog, dachte ich an Dr. Merten und seine Forschungen.

»Trepalle wird die Alp des Schlafes genannt«, sagte der Bauer und lachte mich vollmundig an. »Oder das Tal der Stille.«

Und in diesem Moment geschah es: Wir fuhren die Straße nach unten, und hinter einer sanften Kurve breitete sich mit einem Mal ein weites Tal aus, auf dem überall vereinzelte Häuser in kleinen Gruppen standen, als wären sie Spielfiguren eines großen Monopoly-Spiels. Die Sonne schenkte dem Tal ihre kräftigsten Farben und übergoss es mit einem goldenen Staub aus Licht. Signor Cascone erzählte mir weiter von seinem Dorf, aber ich konnte ihm nicht mehr folgen, denn ich starrte auf den Horizont, an dem so viele Berge standen, dass ich dachte, ich würde in Atrani stehen und auf das Meer hinaussehen. Eine derart erhabene Schönheit hatte ich noch nie erblickt, und es lief mir warm über den Rücken, denn so weit das Auge reichte, sah ich nur weiße Gipfel. Ein Meer aus Stein und Schnee war durchflutet vom ewig blauen Licht eines

Himmels, der so klar und rein war, dass ich das Gefühl hatte, zum ersten Mal in meinem Leben richtig atmen zu können.

»Es kann jetzt ein wenig hin- und herschaukeln«, sagte der Bauer und schaltete einen Gang nach unten, der laut krachend in das Getriebe sprang.

Und als ich das Straßenschild sah, auf dem das Zeichen eines schleudernden Autos zu erkennen war, wusste ich, was Signor Cascone meinte. Die abfallende Straße stürzte in Serpentinen in das Tal, sodass ich mich zur Sicherheit am Seitengriff der Beifahrertür festhielt. Ich sah zu meinem Fahrer und strahlte ihn an. Obwohl ich nichts über ihn wusste, hatte er mich über die Schwelle in ein neues Leben gebracht, und während ich auf die vielen kleinen verstreuten Häuser blickte und überlegte, in welchem Josef auf mich warten würde, sagte ich zu meinem Fahrer, dass ich bereit sei. Bereit, die Wahrheit zu erfahren.

»Woher kennen Sie Signor Josef Almer?«, fragte der Bauer plötzlich, und die Art, wie er den österreichischen Namen aussprach, ließ mich schmunzeln. Mein Herz sprang, denn zum ersten Mal in meinem Leben wusste ich, dass ich alles richtig gemacht hatte.

DIE VERLORENEN FARBEN. 2015.

In Spital am Semmering lebten knapp tausendfünfhundert Menschen. Die meisten waren alt. Der Ort kauerte auf der steirischen Seite des Semmeringpasses. Er lag auf der halben Strecke zwischen Wien und Graz und war schon im Mittelalter eine bevorzugte Raststätte gewesen, auch wenn die Durchreise oft mit Überfällen der in Höhlen versteckten Räuber blutig geendet hatte. Den Namen »Spital« hatte der Ort von einem Hospital, einer Pilgerherberge, die seit dem 12. Jahrhundert an der Stelle gestanden hatte, wo sich nun das weite Pfarrgehöft der alten Kirche befand.

Die Sage um eine heilende Quelle hatte dem Dorf früh den Ruf eines Kurortes verliehen. Der Ort hatte aber nicht nur großen Seuchen wie der Pest getrotzt, die am Ende des Mittelalters über das Land hinweggefegt war, sondern auch den Türkenkriegen, die schwere und zum Teil noch immer sichtbare Schäden an den Gebäuden hinterlassen hatten. Berühmt war der Semmering aber vor allem wegen der über märchenhafte Viadukte sowie durch verwunschene Wälder und versteckte Tunnel führenden Semmeringbahn geworden, die inzwischen zum UNESCO-Welterbe gehörte. Die Bahn war im 19. Jahrhundert erbaut worden und hatte dem Gebiet den Ruf als »Balkon von Wien« eingetragen, wo wohlhabende Adelige aus der Residenzstadt ihre Sommerfrische gesucht und den Ort zum Cannes der untergehenden österreichisch-ungarischen Monarchie gemacht hatten.

Mittlerweile standen die vielen Villen der Gründerzeit leer und verfielen im Schatten der dunklen Wälder des Semmeringgebiets. Nach dem Zweiten Weltkrieg hatte der Wintersport aber zumindest die Gäste zurück auf den Semmering gebracht. Zahlreiche Lifte und Gondelbahnen hatten sich durch die Wälder gefräst und nicht nur den Hirschenkogel erobert, den höchsten Berg des Semmerings, sondern auch das Stuhleck, den Hausberg von Spital am Semmering.

Julian wusste um die Geschichte seiner Heimat. Neben den Informationen, die in den Tourismusprospekten standen, kannte er auch die Sagen und Legenden des Ortes. Etwa die, dass unter dem Stuhleck in Wahrheit ein großer See lag, oder jene, dass Diebe eine Marienfigur aus der Kirche gestohlen hatten und bei einer Kapelle im Wald tot aufgefunden worden waren. Oder jene von den Räubern im Cerewald, die über drei Eingänge Zugang zu einem riesigen Höhlensystem gehabt hatten, das der Legende nach ganze Ortschaften verband. Weiße Türme hätten in den Wäldern gestanden, um Ausschau nach Reisenden zu halten.

Als Kind hatte Julian es geliebt, in den Wäldern nach den Spuren der alten Geschichten zu suchen, und war in die gefährlichen Höhlen geklettert. Aber er hatte kein Labyrinth gefunden, nur zugemauerte Höhlenteile oder tote Rehe, die in die Höhle gestürzt waren. Im Krieg hatten sich angeblich Juden vor den Nazis in den Höhlen versteckt, hieß es in einer anderen Geschichte, die die Bevölkerung von Spital mit demselben Schweigen strafte wie die der Schwarzen Frau, die mit einem Nachtvolk durch die Wälder zog, auf der Suche nach Sündern.

Julians Vater liebte die Wälder von Spital. Er fand darin die Stille und Ruhe der Jagd. Früh war der kleine Julian mit seinem Vater in den Wald gegangen, um nach dem Wild zu sehen oder es im Winter mit Heu und Trestern – zerstampften Obstschalen – zu versorgen. Der alte Leopold Leidemann sah in der Jagd einen Dienst an der Natur. Das Töten gehörte für ihn zur Wiederherstellung des natürlichen Gleichgewichts, das der Mensch schon vor Jahrtausenden zerstört hatte. Leopold erfreute sich nie am Tod eines Tieres, er beugte sich nach dem tödlichen Schuss zu dem toten Wild hinunter, steckte ihm als letzten Bissen einen gebrochenen Zweig in das aufgerissene Maul und kniete sich auf den Waldboden, um Gott um Verzeihung für seine Tat zu bitten.

Als Julian elf Jahre alt gewesen war, hatte ihn sein Vater auf ein weibliches Reh schießen lassen. Julian war neugierig gewesen und hatte das Tier mit dem ersten Schuss getroffen. Aber es war nicht das Tier gewesen, das auf der Stelle tot zusammengesunken war, sondern das unschuldige Kind, das bis dahin in Julians Innerem gespielt hatte. Fortan hatte Julian Heilung in der Literatur gesucht. Die Welt der Kunst war jener der Natur entgegengesetzt, denn der Tod fand sich darin als Metapher wieder und nicht als endgültiges Ende mit Blut, aufgerissenen Augen und zuckenden Gedärmen.

Als Julian an diesem Morgen mit seinem Vater von der Bärenwand, dem Felsvorsprung inmitten des auf der Kampalpe liegenden Cerewaldes, auf seine alte Heimat hinabblickte, empfand er nichts mehr. Die Heilung, die er nach dem Ende seiner Kindheit gesucht hatte, war einer Gleichgültigkeit gewichen. Die Schuld, die er als Kind auf sich geladen hatte, war bedeutungslos geworden. So wie der Ort, der vor ihm lag. Selbst die Natur schien sich entschlossen zu haben, sich aus diesem Dorf zurückzuziehen und nur noch farblose Bäume und saftlose Wiesen zurückzulassen wie die Alten und Kranken, die der Krieg vergaß, wenn er weiterzog.

Früher, als Julian seine Schulzeit hier verbracht hatte, hatten

Arbeiter und Bauern in Spital ihr Glück gesucht und gehofft, im Tourismus ihr Auskommen zu finden. Doch als die Arbeit weniger geworden und in die Städte gezogen und der Tourismus nach und nach zum Erliegen gekommen war, war auch die Hoffnung auf Heilung gestorben. Und so war die einstige Heilquelle unter den Fundamenten der Volkschule verschwunden, in der immer weniger Kinder nach Wissen suchten. Aus dem ehemaligen Kurort mit der großen heilenden Quelle war ein leeres Dorf ohne Identität geworden. Nur sein Vater sah von dort oben auf der Bärenwand noch jemanden, der sich in den leeren Straßen von Spital am Semmering bewegte oder die Äcker bestellte oder die Gaststätte bewirtschaftete. Doch es waren Gespenster der Erinnerung. Gespenster einer toten Welt ohne Farben.

»Spürst du diesen Wind? Er riecht nach Blumen«, sagte Leopold, lehnte sich auf seinen alten Wanderstock und blickte über das Dorf. Julian spürte nur den Wind, riechen konnte er nichts. Dann zeigte ihm sein Vater eine Gebirgsstelze, einen kleinen Vogel, der auf dem felsigen Boden neben ihnen landete, und erklärte Julian den Unterschied zur Bachstelze, der in einem weißen statt gelben Federkleid lag. Kurz darauf schob er mit der Spitze des Stockes kleine braune Kügelchen zur Seite, die ihm verrieten, dass sich ein Dachs in der Nacht hierher verirrt hatte. Julian nahm alles zur Kenntnis, achtete jedoch nicht auf die Welt, die ihm sein Vater zeigte.

»Der Ort, an dem ich damals das Reh geschossen habe, war das dort drüben?«

Julian zeigte auf einen gegenüberliegenden Hang, der mit Nadelwäldern bewachsen war und in der Mitte einen hellen grünen Streifen trug. Doch Leopold hörte nicht auf seinen Sohn und zeigte in die entgegengesetzte Richtung. Neben der Bärenmauer verlief ein steil abschüssiger baumfreier Hang, über den ein schmaler Weg führte. An der Stelle, an der sich der Steig im Schatten des Waldes verlor, wuchs ein Gestrüpp mit staubig verdorrten Blüten.

»Dort hinten steht Wasserschierling. Er zieht sein Wasser aus einer Quelle, die ganz unten liegt. Es hat lange nicht geregnet, deshalb ist jetzt alles am Verblühen. Aber wenn es regnet, müsstest du hier sein. Alles blüht, alles ist voller blauer Blumen.«

»Können wir dort hingehen, wo ich das Reh geschossen habe?«, fragte Julian und sah seinen Vater an.

»Dort ist nichts mehr.«

Leopold blickte über das Dorf und sah Schwalben dabei zu, wie sie tief über dem Boden unter der Bärenwand vorüberglitten.

»Morgen wird es Regen geben. Endlich. Die Blumen brauchen es.«

Die Vormittagssonne wärmte die Luft, als Julian und sein Vater die Hube erreicht hatten, eine muldenartige Wiese, an deren Ende ein alter Hochstand an einem Baum klebte.

»War es dort?«, fragte Julian und zeigte auf den Hochstand.

Leopold nickte und sah auf das alte Bauernhaus, das am anderen Ende der Wiese stand und auf dessen Dach Schatten der Bäume im Sonnenlicht tanzten.

»Lebt der alte Castor noch?«, fragte Julian.

»Das ist nicht sein Haus. Das steht auf der anderen Seite des Grabens. Er war ein guter Mann, der Castor. Ein guter Jäger.«

»Du hast mir als Kind gesagt, dass der Castor mit seiner Frau hier gelebt hat.«

»Du irrst dich, das habe ich nicht.«

Julian löste sich von seinem Vater und ging zum alten Hof. Altes Holz stapelte sich an den Wänden, die Fensterläden waren verzogen und geschlossen. Auf der Rückseite des Hofes war eine Tanne auf das Dach gestürzt.

»Wo gehst du hin?«, rief Leopold, der mit einem Mal ungeduldig klang. Doch Julian ließ ihn am Waldrand stehen und lief über die unebene Wiese. Er hatte Mühe, nicht umzuknicken, da Wühlmäuse ihre unterirdischen Wege durch die Erde gezogen hatten. Kaum hatte Julian das Haus erreicht, sah er, wie sein Vater ihm über die Wiese mit großen Schritten folgte.

»Was war das hier?«

»Der Wiener, der hier einmal in den fünfziger Jahren das Haus gekauft hatte, denke ich.«

Julian spähte durch die schmalen Schlitze der Fensterläden.

Staub drängte sich in seine Nase und der Geruch von Moder. Er ging zur Tür und drückte die Klinke nach unten. Sie war versperrt. Julian sah zu seinem Vater, als wollte er sich die Erlaubnis holen, die Tür aufzubrechen. Im Berufsleben war sein Vater Landpolizist gewesen – oder »Gendarm«, wie es früher geheißen hatte.

»Da war doch auch ein Weg damals«, sagte Julian und sah in den Wald, der sich neben dem Haus ausstreckte.

»Da war kein Weg. Das sind die Spuren des Sturms vom letzten Winter.«

Julian blickte auf die Bäume, die niedriger waren als die übrigen. Die Natur hatte sich ihre Welt zurückerobert, doch überall blinzelten noch Spuren früheren Lebens hindurch.

»Wo geht es denn dorthin? Das ist doch der Dunkelwald, oder?«

Julian ließ nicht locker. Aber er spürte, dass ihm sein Vater etwas verheimlichte. Schon auf der Bärenwand hatte er bemerkt, dass sein Vater ihn davon abhalten wollte, Fragen zu stellen, in der Angst, er wäre einem Gespenst auf der Spur, womöglich demselben Gespenst, dem auch seine Großmutter gefolgt war.

»Du hast mich angelogen. Schon als Kind. Du hast mir immer gesagt, dass hier die Castors gelebt haben. Wer hat hier tatsächlich gelebt? Was verheimlichst du mir?«

Leopold schwieg. Auch als Julian die Tür aufbrach und in das staubige Gebäude eindrang. Nach wenigen Minuten kam er zurück, da es leer war. Drei längliche Räume. Kein Keller. Keine Spuren.

»Vater, so rede doch! Was kann so schlimm sein, dass du es mir nicht sagst? Heute Nachmittag wird Großmutter beerdigt, und ich fahre wieder zurück. Warum redest du nicht?«

Leopold schien wie vom Blitz getroffen. Er hatte den Blick für die Natur verloren und starrte in ein großes dunkles Loch vor sich. Erst als Julian wütend in den Dunkelwald ging und dem Weg folgte, den er zwischen den Bäumen zu sehen meinte, begann Leopold zu sprechen.

»Dort hinten sind Falken. Du musst aufpassen, dass du nicht abstürzt.«

Julian blieb stehen und sah zu seinem Vater, dessen Knie nachgaben, sodass er auf die Wiese niedersank. Gleich war Julian bei ihm und half ihm wieder auf.

»Lass die Vergangenheit ruhen, ich bitte dich.«

»Liegt in den Wäldern der Grund, warum Mutter die Jagd so verflucht?«

Leopolds Augen wurden feucht.

»Du kennst das Haus. Und den Weg in den Wald. Was war dort?«

»Eine Hütte. Nur der alte Leidemann kannte sie.«

»Der alte Leidemann? Großvater?«

»Nein. Dein Urgroßvater. Franz Leidemann. Nachdem er zurückgekommen war, hatte er hier gelebt.«

Julian lief ein Schauer über den Rücken. Er hatte recht gehabt. Die Uhr hatte ihn auf die richtige Spur gebracht. Sein Urgroßvater war nicht als Deserteur erschossen worden.

»Warum habt ihr mir das nie erzählt?«

»Es gibt eine Schwelle, über die du nie gehen solltest. Franz war drüben.« Dann schluckte der alte Leopold und sagte: »Und ich.«

LEONORA

Der Abend hatte uns erreicht. Signor Cascone schaltete die Scheinwerfer des Wagens ein und murmelte etwas in einem mir fremden Italienisch. Ich sah nach draußen. Das Ortsschild »Trepalle« schob sich an der rechten Straßenseite an mir vorbei. Daneben kauerten zwei Häuser im Zwielicht. Die untergehende Sonne hatte der Welt die Farben gestohlen. Ein beklemmendes Gefühl betrat mich. Es ähnelte dem, das mich oft überkommen hatte, wenn ich mit Papa auf dem Meer gewesen war und wir für einen Augenblick die Orientierung verloren hatten, da der Strand am Horizont nicht mehr zu finden gewesen war.

Auf einem bei Tageslicht vermutlich gelben Haus stand »Duty-Free Profumeria, Casa della Formaggio«. Rechts ging eine Brücke ab und führte zu einer Tankstelle im Schatten, mit kläglichen Lichtern beleuchtet. Wir folgten einem kleinen Bach, der durch weitere Häusergruppen floss. Signor Cascones Wagen holte zu einer langen Rechtskurve aus, die in einem Tunnel endete. Dieser war auf meiner Seite mit kantigen Steinsäulen versetzt und verstärkte mein klammes Gefühl. Bevor wir im Tunnel verschwanden, hatte ich einen tiefen Luftzug genommen, als würde ich der langen düsteren Betonröhre das Atmen überlassen. Kaum waren wir wieder draußen, bremste der Bauer den Wagen ab und lenkte ihn auf einen kleinen Parkplatz vor mehreren Häusern. Sie waren weiß, dreistöckig und in der obersten Etage mit dunklem Holz und breiten Balkonen eingefasst. »Albergo La Colombina« stand darauf, und ich hatte zum ersten Mal das Gefühl, in einem Tourismusort in den Bergen zu sein.

»Wir sind hier«, sagte Signor Cascone und stieg mit einem schweren Seufzen aus dem Wagen. Durch eine kleine Hütte, die mit dem Hauptgebäude verbunden war, folgte ich ihm ins Hotel. Eine blasse zierliche Frau mit langen, leblos blonden Haaren empfing uns mit übertriebener Freundlichkeit. Ich spürte ihr Unbehagen, als Signor Casone ihr ein paar Worte zurief, deren Bedeutung ich nicht verstehen konnte. Aber als sie nickte und kurz darauf die Rezeption in Richtung der Gästezimmer verließ, begann mein Herz, wie wild zu pochen.

Die nächsten Minuten waren grausam. Ich tauschte wartende Blicke mit Signor Cascone aus, sah mich in dem mit hellem Holz und sandbraunen Fliesen beschlagenen Empfangsraum um, der in einen eingedeckten Speiseraum mit geblümten Vorhängen überging, und lauschte dem regulierenden Rauschen einer großen silbernen Kaffeemaschine.

»Verzeihen Sie, wen darf ich noch melden?«, fragte die schüchterne Frau, die still von den Zimmern zurückgekehrt war, mit ängstlicher Stimme. Dabei sah sie mich mit großen, weiten Augen an und bemühte sich dennoch, freundlich und einladend zu wirken.

»Dorothea – Tea – Grigio«, sagte ich und wiederholte meinen Namen sogar mit etwas lauterer Stimme, da ich annahm, dass Josef im ersten Stock an der geöffneten Zimmertür lauschte. Ich versuchte zu lächeln und bereitete mich auf eine große Erklärung vor, da ich jeden Moment damit rechnete, dass Josef über die gefliesten Stufen herunterkam.

»Ich komme in ein paar Minuten«, rief er aber nur und forderte die blasse Frau auf, ein üppiges Abendessen vorzubereiten. »Ich bin davon überzeugt, dass Signorina Grigio nach der langen Reise vor Hunger umkommt.«

Ich nickte und konnte kaum glauben, dass ich Josef bald wieder gegenübertreten würde, hier in dieser verlassenen Gegend, Tausende Meter über meinem Meer, irgendwo zwischen eisigen Bergen und versteckten Tälern. Und doch glaubte ich, dass einer der vielen Schmetterlinge, in deren Mitte wir damals gestanden hatten, als wir von meinem Penthouse in Atrani aufs schäumende Meer geblickt hatten, mir hierher gefolgt war und auf einen der Tische im Speiseraum zuflog, wo er auf einem Teller sitzend mit gelben, knisternd schlagenden Flügeln auf uns wartete.

»Signorina Grigio?« Cascone riss mich aus meinen Gedanken und streckte mir seine raue Hand entgegen. »Ich wünsche Ihnen einen schönen Aufenthalt. Wenn Sie etwas benötigen, dann wissen Sie, wo Sie mich finden«, sagte er und verschwand im nächsten Augenblick.

Während ich auf Josef wartete, hörte ich, wie der Motor von Cascones Wagen ansprang und das Geräusch langsam in der weiten Dunkelheit der Berge verschwand. Und ich stellte mir vor, wie ich den weiten Weg zurück zum Pass laufen würde, um hilfesuchend an Signor Cascones Haustor zu hämmern. Verwundert über meine Ängstlichkeit, schüttelte ich den Kopf.

»Tea. Was für eine Überraschung!«, sagte Josef, der sich seit unserem letzten Treffen in Atrani nicht verändert hatte. Er trug ein blaues weiches Hemd und hatte die Ärmel hochgekrempelt. In seiner wüstenbraunen Bundfaltenhose steckte ein dunkler Gürtel, der teuer aussah. Ob er ihn in Mailand gekauft hatte? In demselben Laden, in dem auch ich gewesen war?

»Sie sehen gut aus, Signorina Grigio«, sagte Josef.

Als er mir mit sanfter Miene die Hand reichte, gebar sein weicher Mund ein unwiderstehliches Lächeln. Und in seinen Augen lag noch immer diese Stille eines dunklen Geheimnisses, eine Stille, die mit dem Geklimper aus einer fernen Küche verschmolz. Ich spürte das Beben in meiner Brust, so langsam und sanft wie der Flügelschlag eines verletzten Vogels.

»Ich hoffe … Sie sind nicht böse auf mich … dass ich Sie hier so überfalle«, stotterte ich und ärgerte mich gleichzeitig über meine ersten plumpen Worte, die klangen, als wäre ich ein unbeholfenes Mädchen.

»Sie müssen einen weiten Weg hinter sich haben. Von … Atrani? Richtig?«

Er hatte vergessen, wo er mich zum ersten Mal gesehen hatte und was am Torre geschehen war! Und die Schmetterlinge, die über dem Meer aufgestiegen waren, als wir auf der Terrasse gestanden hatten? Hatte er sie nicht gesehen? Hatte er andere Frauen getroffen? An anderen Orten? Aber er hatte mir ein Buch geschickt. Mir! Mit meinem Namen darin.

»Sie müssen mir alles erzählen, aber bitte, setzen wir uns doch erst einmal.«

Ich nickte und folgte seiner Handbewegung zu einem der gedeckten Tische im angrenzenden Speiseraum. Ich hatte Mühe, meinen Blick nicht schüchtern zum Fliesenboden zu senken, und als ich mich auf den mit hellblauem Muster gepolsterten Stuhl setzte, wölbten sich meine Lippen trocken nach innen.

Die schüchterne Frau von der Rezeption erlöste mich und brachte mit einem geübten Lächeln ein duftendes Gericht. Pasta

Ragout, ähnlich einer Bolognese. Dazu stellte sie eine Platte mit Salami, handgeschnittenem Käse sowie Polenta und Gnocchi in zwei kleinen Schüsseln.

»Sie werden dieses Ragout lieben«, sagte Josef, der nur zu einem Stück Käse griff, da er anscheinend schon vorher gegessen hatte. »Signora Morselli lässt es gefühlt hundert Stunden kochen. Signora Morselli liebt die traditionelle und regionale Küche. Sie hat auch ein Kochbuch über sie geschrieben. Sie will nicht, dass diese Gerichte in Vergessenheit geraten. Ich kann Ihnen eines mitgeben, wenn Sie wollen. Kochen Sie gerne?«

»Ndunderi mit Sardellen in Olivenöl und mit Zitronen. Darin bin ich recht gut«, stammelte ich und stopfte mir die Pasta in den Mund. Josef hatte recht, sie war köstlich. Ich merkte erst jetzt, wie ausgehungert ich war.

»Signora Morselli hat mir erzählt, dass die Alten in Trepalle, aber auch in Livigno ihre Kindheitserinnerungen aufgeschrieben und gemeinsam gekocht haben. Sie haben auf ihre alten Tage experimentiert, haben mehr Salz dazugegeben, weniger Butter, mehr Käse, bis es so war wie früher.«

Ich nickte und brach ein Stück von demselben Käse ab, den Josef zuvor berührt hatte.

»Viele haben geweint, als sie das Gericht ihrer Kindheit wieder geschmeckt haben«, sagte Josef und sah mir plötzlich tief in die Augen, als wüsste er von Mama, Papa und mir, als wir in Atrani zum letzten Mal Ndunderi mit Brot gegessen hatten. »Früher gab es hier nicht viel. Brot, Milch, Mehl und Fleisch, keinen Fisch. Auch kein Gemüse, keine Früchte, nur Steckrüben. Und trotzdem haben die Menschen hier improvisiert und eine beachtliche Vielfalt an Kulinarik hervorgebracht. Fragen Sie doch beim nächsten Mal nach Pinsa: wie eine kleine Pizza mit Sauerteig, knusprig, mit einem zauberhaften Belag.«

Wieder nickte ich und goss Wasser von einer Flasche in ein kleines Glas, aus dem man üblicherweise Wein trank.

»Haben Sie mein Buch gelesen?«

Der schnelle Themenwechsel überraschte mich. Ich atmete die letzten Düfte des hervorragenden Essens und konzentrierte mich auf das Gespräch, das auf mich zukam. Ich musste Josef von mir überzeugen.

»Natürlich«, platzte ich heraus und fing meine aufgebrachte Stimme, so gut ich konnte, wieder ein. »Mehrfach. Ich habe es sogar dabei«, sagte ich voller Aufregung und wollte mich schon zu meinem Rucksack beugen, der zwischen meinen Füßen lag wie ein müder Hund.

»Was wollen Sie hier?«, fragte Josef plötzlich mit anderer Stimme. Sie klang besorgter, väterlicher.

»Ich will Neurologie studieren. Ich habe Ihr Buch gelesen und bin mit dem Boot nach Minori und dann mit dem Zug von Salerno bis nach Mailand, zur Università. Ich wollte mit Ihnen reden.«

Josef lehnte sich zurück und sah aus dem Fenster, wo die Schatten der Berge in der Dunkelheit verschwanden.

»Sie wollten inskribieren?«

Ich vermied, Josef davon zu erzählen, dass ich weder eine Aufnahmeprüfung für die Statale hatte noch inskribiert war.

»Ich wollte Sie sehen«, sagte ich mit gebrochener Stimme und merkte, dass sich meine Augen mit einem Mal mit Wasser füllten.

»Signorina Grigio, geht es Ihnen nicht gut? Was ist geschehen? Sie müssen mir alles erzählen. Was genau führt Sie hierher?«

Ich wischte meine Tränen weg und rang mit den Worten.

»Ich möchte gerne im Sanatorio arbeiten. Sie haben gesagt, dass man nicht unbedingt Arzt sein muss, weil es auch viele Pfleger hier gibt.«

»Aber ich habe Ihnen doch gesagt, dass eine Arbeit hier ohne Ausbildung befremdlich sein kann.«

»Dann bilden Sie mich aus!«

Josef stand plötzlich auf, ging zum Fenster und kreuzte die Hände hinter dem Rücken. »Woher kennen Sie Dr. Merten?«

Ein Kloß schob sich in meinen Hals. Signor Cascone musste Josef von Dr. Merten erzählt haben. Also musste ich jetzt genau auf meine Wortwahl achten, schließlich wollte ich die Abmachung mit Dr. Merten nicht aufs Spiel setzen.

»Ich habe ihn in der Universität kennengelernt. Er hat mir gesagt, dass Sie dieses Semester nicht unterrichten, und … Er war so nett, mich zu Ihnen zu bringen, um –«

»Um was?« Josef wirkte plötzlich gereizt. »Was hat Ihnen Dr. Merten über mich erzählt? Hat er Ihnen etwas angeboten? Einen Deal, einen Pakt? Irgendetwas? Sie müssen aufpassen, Signorina Grigio.«

Josef sah mich an, als würde er mich im nächsten Moment aus dem Haus werfen. Doch als er sah, dass Tränen über meine Wangen liefen, beruhigte er sich.

»Ich bringe Sie erst einmal ins Bait Nof. Dort schlafen Sie sich aus, und wir reden morgen in der Früh weiter, ob wir hier Verwendung für Sie haben.«

Ich nickte schluchzend und konnte meinen Blick nur mit Mühe vom Boden heben.

»Aber Sie haben keine Abmachung mit Dr. Merten? Sie spionieren uns hier nicht aus? Und er hat Ihnen nichts versprochen? Keine große Karriere? Nein?«

Ich starb. Ich konnte Josef nicht die Wahrheit sagen, da meine ganze Zukunft auf dem Spiel stand. Später ja, wenn sich die Gemüter beruhigt hätten, würden wir alle reden, und ich würde alles in Ordnung bringen, später.

»Dr. Merten hat mich nur hierhergebracht. Es gibt keine Abmachung.«

Josef nickte, und schon im nächsten Moment war die Wärme in seine Miene zurückgekehrt.

»Wir stehen morgen früh auf. Fünf Uhr. Dann müssen Sie das Roggenbrot probieren. Roggen wuchs hier bis ins Jahr 1910. Danach ist er verschwunden. Signora Morselli hat es aber geschafft, ihn mit einem österreichischen Saatgut hier wieder heimisch zu machen.«

Wir gingen zu Fuß über die Via Presot zum Bait Nof. Es war Nacht geworden, und nur vereinzelt steckten Lichter in der Dunkelheit. Die Luft war dünn und kalt. Obwohl es laut Josef nur knapp fünfzehn Minuten bis zum Chalet waren, hatte ich Mühe, nicht außer Atem zu kommen.

Auf dem Weg zu meiner neuen Unterkunft erzählte mir Josef von Trepalle. Der verschlafene Ort war mit seinen gut zwei Kilometern über dem Meer der höchstgelegene Ort Italiens. Die sechshundert Einwohner lebten ein beschauliches Leben, das nur im Winter hektischer wurde, wenn Touristen den Weg über die drei Täler nach Trepalle fanden. Trepalle hieß eigentlich Trevalle. Die drei Täler. Val Trela, Val di Foscagno und Vallaccia. Aber durch einen Übersetzungsfehler – vermutlich aus dem Mittelalter – verschwand das v und wurde zu einem p. Obwohl das Dorf lange von der Außenwelt abgeschnitten gewesen war, war es seit dem Jahre 1160 dauerhaft bewohnt. Ich dachte daran, wie Signor Cascone Trepalle »die Alp des Schlafes« genannt hatte, und stellte mir vor, wie im Winter meterhohe Schneewände die Zugangstäler unpassierbar machten.

Als Josef sah, dass ich meine Daunenjacke gegen die Kälte über das Kinn zog, berichtete er mir, dass im Winter hier bis zu minus fünfundvierzig Grad gemessen wurden. Dann erzählte er mir davon, dass sich der damalige Pfarrer, Pater Alessandro Parenti, in den fünfziger Jahren dafür eingesetzt hatte, dass Trepalle Zugang zu Wasser und elektrischem Strom erhalten sollte. Dieser Pater war später Vorbild für die literarische Figur des Don Camillo geworden, der in Filmen und Büchern für eine bessere Welt kämpfte.

Über die Via Presot erreichten wir das auf einem Abhang stehende kleine Chalet mit flachem Satteldach. An der Außenseite führte eine Holztreppe zum unteren Teil des Häuschens mit stark verwitterter dunkler Holzverschalung, wo man durch eine knarrende Tür in die niedrigen Wohnräume gelangte. Bevor ich Josef in das Gebäude folgte, blickte ich über das dunkle Tal, das mich still und kalt beobachtete. Eine nahe Kirche schlug eine volle Stunde, und ich fragte mich, warum sich ausgerechnet an diesem versteckten Ort ein Sanatorio befand, das bei einem Wetterumschwung unmöglich zu erreichen war. Oder wollte man das? Ich zog den Kopf ein und folgte Josef in den klammen Vorraum.

Das Chalet war bewohnt. Aus den Schuhen direkt hinter dem Eingangsbereich schloss ich, dass es sich um zwei Frauen handeln musste. Josef verabschiedete sich an der Tür und erinnerte mich daran, dass in Trepalle die Menschen um fünf Uhr morgens aufstanden und die Kühe auf die Weiden trieben oder begannen, Käse herzustellen. Auch wir – Josef sagte »wir«, als wollte er, dass ich bleibe – würden unseren Tag um fünf Uhr beginnen. Aber alles Weitere würden mir Alessandra und Veronica erzählen, die beiden angehenden Ärztinnen, mit denen ich von nun an das Bait Nof teilen musste. Er sei sicher, dass wir gut miteinander auskämen, auch am Sonntag, dem einzigen freien Tag, an dem es in die Kirche Santa Anna ging und es Zeit gab für ein Schwätzchen mit Freunden oder anderen Bewohnern von Trepalle. Am Abend aber, wenn wir vom Sanatorio zurückkämen, könnten wir uns austauschen über die Geschichten, die wir im Laufe der Zeit von den Patienten zu hören bekämen.

Bevor er zurück in das Albergo ging, brachte Josef sein Gesicht nah an meines und sagte, dass hier alle füreinander da seien. Er fasste meine Hand und hielt sie einen Augenblick länger, als es für einen Abschied nötig gewesen wäre.

»*Buonanotte,* Signorina Grigio. Und falls ich es mir überlege und Sie sich wirklich hier längerfristig nützlich machen sollten, könnten Sie drei sicher eine Fahrgemeinschaft bilden. Alessandra und Veronica fahren dreimal pro Woche mit dem Wagen von Signor Cascone nach Milano auf die Università. Wir sind hier wie eine große Familie«, sagte er und zwinkerte mir zu.

Nachdem ich die Tür geschlossen hatte, suchte ich in der Stille Josefs Schritte, die über die Via zurück in sein Hotel führten. Doch bald hörte ich nichts mehr außer dem Knarren des sich in der Kälte zusammenziehenden Holzes und dem schlafenden Atem meiner beiden neuen Studienkolleginnen. Ich lächelte bis über beide Ohren, suchte in der Kammer nebenan ein freies leeres Bett und fiel erschöpft in einen tiefen kalten Schlaf.

Alessandra war kleiner als ich, hatte ein konzentriertes asiatisch anmutendes Gesicht und glänzendes, kastanienbraunes Haar, das sie zu einem Pony geschnitten hatte. Sie war vor dem Weckerklingeln aufgewacht und machte vor dem geöffneten Fenster Atemübungen. Ich zog die Decke über meinen Kopf, da die eiskalte Luft der Berge meine Nase verklebte, und beobachtete Alessandra. Sie atmete fünf Sekunden ein, stoppte zehn Sekunden die Bewegung ihrer Lungen und blies die gewärmte

Luft zwanzig Sekunden langsam durch ihre Nase. Als sie die Übung fünfmal wiederholt hatte, hörte ich die ersten Glocken der Kühe, die im trüben hellgelben Licht des Morgens ihren Weg auf die Alm suchten. Kurz darauf klingelte der kleine rote Plastikwecker mit den im Dunkeln leuchtenden Zeigern auf Veronicas Nachtkästchen.

Veronica stand ohne Murren auf, raffte ihre langen roten Haare und knotete sie über ihren Kopf. Sie war dünn, groß und hatte verständnisvoll wirkende Augen. Auf den ersten Blick sah sie aus wie ein Mannequin. Als sie mit Alessandra ein paar Worte wechselte, erkannte ich ihren leichten Unterbiss, der ihre Schönheit mit einer kantigen Bestimmtheit unterstrich.

Die beiden hatten wohl nicht bemerkt, dass ich in der Nacht in das Chalet geschlüpft war. Ich wollte nicht warten, bis sie mich entdeckten, also streckte ich mich ächzend unter der Decke, um die beiden am Fenster nicht zu erschrecken, setzte mich dann mit einem neugierigen Lächeln im Bett auf und wünschte ihnen einen guten Morgen.

»Buongiorno. Sono Tea Grigio.«

Die erstaunten Blicke amüsierten mich, und ich erzählte von meiner nächtlichen Ankunft. Und schon im nächsten Augenblick fühlte ich mich willkommen.

Alessandra, die in ihrer Morgenroutine streng und diszipliniert wirkte, entpuppte sich als zarte junge Frau, die ihre Zerbrechlichkeit mit Eifer wettzumachen versuchte. Veronica hingegen war scheu und zuvorkommend, und obwohl sie durch ihre Schönheit arrogant wirkte, war sie das genaue Gegenteil davon.

Erleichtert erzählte ich den beiden von meiner Herkunft, meinen Zielen und davon, wie ich Dr. Almer in Atrani kennengelernt hatte. Natürlich verriet ich den beiden nicht, was ich für Josef empfand. Dafür war es noch zu früh. Auch von Dr. Merten erzählte ich noch nichts, sondern ich setzte lediglich den Rahmen, in dem unsere Freundschaft langsam wachsen konnte. In dieser neuen Welt brauchte ich Freunde, Verbündete, Weggefährten.

Während sich die beiden anzogen, erzählten sie in kurzer Fassung ihre Geschichten. Alessandras strenger Vater stammte aus Japan und war Diplomat. Als sie fünf Jahre alt gewesen war, war sie mit ihrer Familie überraschend in die Heimatstadt ihrer Mutter, nach Rom, gezogen. Dort war die Ehe ihrer Eltern zerbrochen. Als ihre Mutter an einem Gehirntumor starb, hatte Alessandra, obwohl erst elf, beschlossen, Ärztin zu werden. Dieser Entschluss hatte sie nach Mailand geführt, wo sie von den Arbeiten von Josef Almer gehört hatte. Sie wollte Menschen helfen, gesund zu werden, vor allem in ihrem Kopf. Deshalb sei sie hier.

Veronica war in Neapel geboren und kam – ähnlich wie ich – aus ärmeren Verhältnissen. Doch ihrem Vater war es gelungen, sich hochzuarbeiten und dank einer Stelle beim italienischen Fernsehen als Auslandskorrespondent seine Familie aus dem Armenviertel der süditalienischen Hafenstadt zu holen. Zuerst hatten sie in Mailand gelebt, später in Berlin und Paris. Als Kind hatte Veronica Sängerin werden und Lieder über Blumen singen wollen, die vom Himmel fielen, aber sie war dem Rat ihres Vaters gefolgt, der sie überzeugt hatte, dass Ärzten die Welt offenstünde. Sie war wie wir anderen ein Einzelkind und wollte ihren Vater, der so hart für die Familie gearbeitet hatte, nicht enttäuschen.

Nachdem wir uns näher kennengelernt hatten, zeigten mir die beiden die Welt, zu der ich nun gehörte. Natürlich kannte ich weder Josefs Entscheidung, ob ich in Trepalle bleiben durfte, noch hatte ich eine offizielle Zulassung für das Studium in Mailand, um die sich Merten kümmern wollte. Also sog ich in der Zwischenzeit alles, was mir Alessandra und Veronica zeigten und erzählten, auf wie ein ausgetrockneter Schwamm.

Wir aßen im vorderen Trakt des Chalets, einem niedrigen Raum mit einer kleinen Küche mit blauen Schubladen. Die zugezogenen Vorhänge vor den kleinen Fenstern verdüsterten das schlichte Zimmer. Alessandra stellte einen dritten Teller auf den Tisch, und Veronica bereitete ein Frühstückstablett vor, auf das sie geschnittenes Roggenbrot, handgeschöpfte Butter, Bresaola und einen in Heu getrockneten und lange gereiften Käse legte. Dann begannen die beiden, mir vom Sanatorio zu erzählen, während gurgelnder Kaffee durch eine Filtermaschine lief.

Das Hauptgebäude des Sanatorio lag im Val Trela, einem der drei Täler, denen Trepalle seinen Namen verdankte. Umgeben von einem Meer aus Blumen, war das Malga Trela ein Komplex aus alten Berghütten und bildete das Hauptgebäude des Sanatorio. Dieses lag auf einer der schönsten Hochalmen der Alpen. Viele Wanderwege führten von dort in die unberührte Natur der Berge. Unweit vom Sanatorio lagen die Cancano-Stauseen mit ihrem strahlenden türkisen Wasser. Aber auch das stürmische Stilfser Joch war vom Sanatorio direkt zu erreichen.

Wenn Patienten ins Sanatorio kamen – alle kamen freiwillig oder auf Anraten ihres Arztes –, meldeten sie sich im Malga Trela an. Allein der Weg durch das Tal auf die Hochebene veränderte die Patienten, da sie gleich einen unmittelbaren Eindruck von der Kraft wilder, unverfälschter Natur erhielten. Oft wurden sie begleitet von Angehörigen, die die an neurologischen Störungen leidenden und oft völlig verzweifelten Kranken auf ihrem schweren Weg zur Heilung stützten. Nach der Anmeldung wurden die Patienten, die »Wirte«, in eines der vielen verstreuten Chalets gebracht, die in Campaccio, Trepalle Sant'Anna, Gembré und Stefan, den *frazioni* von Trepalle, lagen. Aber es gab auch andere, weiter außerhalb angesiedelte, darunter das drei Stunden Fußmarsch entfernte Baita Luleta.

In diesen speziellen Chalets lebten die Wirte mit ihren Psychotherapeuten, die sich rund um die Uhr um sie kümmerten. Deshalb nannte man sie auch die »Diener«. In den anderen Chalets, die sich bis nach Livigno erstreckten, lebten die Ärzte und Pfleger, aber auch Studenten in kleinen Gemeinschaften zusammen. Somit war das Sanatorio kein herkömmlicher Ort im Sinne eines Krankenhauses, sondern so etwas wie ein weit verstreutes Dorf, das sich über hohe Gipfel, verträumte Täler und farbenprächtige Hochalmen zog. Der Tourismus, der vor allem im Winter über Livigno und Trepalle hereinbrach, wurde durch den Heilbetrieb nicht beeinträchtigt.

Alessandra und Veronica erzählten mir, dass gegenwärtig zweiundsiebzig Wirte und Wirtinnen gemeinsam mit ihren Dienern und Dienerinnen in den Chalets lebten. Hinzu kamen zwölf Ärzte, fünfzehn Pfleger und elf Studenten und Studentinnen.

Veronica half im Malga Trela bei der Anmeldung aus, nahm die Patienten in Empfang und kümmerte sich um die Formalitäten. Im Anschluss folgte die pflegerische Aufnahme im Diagnostikraum, einem dunkelgrauen länglichen Zimmer, wo das Licht des Tages nur in Streifen durch enge Fenster drang. Danach half Veronica bei der Einteilung der Diener und Dienerinnen, die sich unmittelbar danach um ihre Wirte kümmerten.

Alessandra war ebenfalls im Malga Trela und unterstützte die Ärzte bei den ersten diagnostischen Maßnahmen wie einer Blutentnahme, der Durchführung einer Urinprobe oder der Erstellung eines EKGs. Bei den neurologischen und radiologischen Untersuchungen durfte sie nur zusehen, versprach sich aber für das nächste Semester mehr Beteiligung.

Der Tagesablauf folgte einem strengen Zeitplan. Standen die Ärzte, Pfleger und Studenten um fünf Uhr auf und gingen ihren Morgenroutinen nach, so wurden die Wirte um sechs Uhr dreißig geweckt. Ihre Diener maßen ihren Blutdruck, ermittelten Puls und Körpertemperatur und unterstützten sie – wenn nötig – bei der Körperpflege. Im Anschluss folgte das Frühstück. Von acht Uhr dreißig bis zwölf Uhr fanden die Arztvisiten statt. Dabei begaben sich die Ärzte in die Chalets, die ihnen zugewiesen wurden, und wiesen die Wirte – falls nötig – in neurologische, neurophysiologische und radiologische Untersuchungs- und Behandlungsabläufe ein. Obwohl die Untersuchungsräume im Malga Trela hochwertig ausgestattet waren, wurden die Wirte für aufwendigere Untersuchungen nach Mailand gebracht. Abhängig von der Art der Erkrankung, wurden sie von ihren speziell geschulten Dienern physiotherapeutisch, logopädisch oder ergotherapeutisch behandelt. Im Anschluss begannen – je nach Behandlungsplan – die Therapien wie Ergotherapie, geführte Entspannungen, Gesprächsgruppen, Bewegungstherapien, Theatergruppen und Musiktherapien.

Nach der Mittagspause startete das spezielle Behandlungsprogramm, das nach dem Prinzip des Sehens, Lernens und Siegens aufgebaut war, der Philosophie des Sanatorio.

Das Sanatorio in Trepalle kümmerte sich vorrangig um Patienten mit dem Charles-Bonnet-Syndrom – einer Wahnvorstellung, die die Patienten oft aufgrund einer chronischen Sehverschlechterung und bei normalem Bewusstsein heimsuchte. Nach Meinung des Leiters des Sanatorio, Dr. Almer, mussten Patienten, bevor sie nachhaltig geheilt werden konnten, erst verstehen, was in ihren Köpfen tatsächlich vorging. Hierfür unternahmen sie gemeinsam mit ihren Dienern und Dienerinnen stundenlange Wanderungen und führten Gespräche. Dabei sollten die Wirte im nächsten Schritt erkennen, was ihnen ihre Krankheit die ganze Zeit über sagen wollte. Als letzter Schritt sollten sich die Wirte selbst heilen, indem sie sich über ihre Krankheit erhoben und so die Bilder in ihrem Kopf besiegten. Diesen dreischrittigen Prozess nannte Dr. Almer das »Sehen, Lernen und Siegen«.

Abzeichen in Form von drei kleinen, nach oben gerichteten weißen Pfeilen auf schieferfarbigem Hintergrund zeigten dem übrigen Personal im Sanatorio an, auf welcher Stufe sich der Wirt zum aktuellen Zeitpunkt gerade befand. Trug man ein Abzeichen mit drei Pfeilen, war man geheilt, hatte sein seelisches Gleichgewicht wiedergefunden und konnte Trepalle verlassen und wieder zurückkehren in das alte Leben, das hinter den Bergen auf die Patienten wartete.

Trotz des strengen Ablaufes gab es auch viele Pausen, in denen die Wirte in der Abgeschiedenheit der Natur genügend Zeit hatten, über ihre Leben nachzudenken, sich kreativ oder sportlich zu betätigen oder sich einfach nur zu entspannen. Nach dem Abendessen fand die Abendpflege statt. Dabei halfen die Diener wenn nötig bei der Körperpflege und dem Zubettgehen.

Ich folgte den Ausführungen der beiden mit wachem Blick. Dabei vergaß ich zu essen und trank nur eine Tasse schwarzen Kaffee. Als Alessandra begann, den Tisch abzuräumen, und Veronica mit einem Blick auf ihre Armbanduhr darauf hinwies, dass es an der Zeit sei, zum Malga Trela aufzubrechen, einem anderthalb Stunden dauernden Fußmarsch, erfasste mich eine neue Unruhe. Wollte Josef nicht mit mir sprechen, um Pläne für meinen Aufenthalt im Sanatorio festzulegen? Oder sollte ich mit den beiden einfach mitgehen? Ich sah durch das Fenster und fand eine im Nebel versunkene graue Bergwelt. In Gedanken fror ich, wenn ich daran dachte, dass ich den beiden weit über eine Stunde durch ein nebeliges Tal ins Sanatorio folgen musste.

Als ich sie fragte, wann sie Zeit finden würden, um für ihr Studium zu lernen, klopfte es plötzlich, und meine beiden Bewohnerinnen veränderten ihre Haltung. Alessandra schien den Abwasch des Frühstücksgeschirrs schneller voranzutreiben, und ich hatte den Eindruck, dass Veronica rot anlief, als sie die Tür des Chalets öffnete und Josef mit gesenktem Blick hereinbat.

Ich begrüßte ihn mit einem breiten Lächeln und nahm ebenfalls eine aufrechte Haltung ein, um ihm zu zeigen, dass ich bereit war für die harte Arbeit, die auf mich wartete. Doch Josef wirkte verstimmt und verärgert. Er gab den beiden zu verstehen, dass sie spät dran waren und er gerne für einen Augenblick mit mir unter vier Augen sprechen wollte.

Kurz darauf waren Alessandra und Veronica in den Nebel vor dem Chalet entschwunden.

»Die beiden sind sehr nett. Ich denke, wir werden uns gut verstehen«, sagte ich zu Josef und versuchte, ihn mit meiner Zuversicht in eine bessere Stimmung zu bringen, doch vergeblich.

»Ich habe mich über Sie erkundigt. Sie haben keine Aufnahmeprüfung an der Universität abgelegt.«

Ich suchte nach Worten, als Josef deutlicher wurde.

»Signor Cascone holt Sie in einer Stunde ab und bringt Sie zurück. Wir haben hier keine Verwendung für Sie.«

Wir sahen uns an. Der Boden unter meinen Beinen zitterte, und die Welt um mich herum verschwand.

»Ich kann nicht zurück«, stammelte ich.

»Machen Sie die Prüfung und gehen Sie denselben Weg wie alle Studenten! Es gibt keine Abkürzung. Auch wenn ich Sie nett finde: Sie müssen sich an die Regeln halten.«

Ich schloss die Augen. Er fand mich nett. Tränen liefen über mein Gesicht. Meine Finger tasteten blind nach ihm. Könnte ich ihn nur berühren, ihn umarmen, ihn küssen, er würde mich nicht zurückschicken, er würde verstehen, dass ich zu ihm gehörte.

»Als ich ein Kind war, hatte ich einen Unfall. Ich bin von einem Felsen gestürzt. Ich fiel auf den Kopf und verlernte zu sprechen, hatte schreckliche Träume von Türmen und Männern, die mich verfolgten und … von Hirschen. Weißen Hirschen. Ich schrie immer in der Nacht. Papa fuhr dann mit mir aufs Meer hinaus, zog mich zu sich und umarmte mich ganz fest. Es war so kalt. Aber ich spürte das Meer und Papas Tränen. Er weinte immer so viel. Ich wollte, dass er aufhörte. Also beschloss ich, nicht mehr zu träumen, und dann beruhigte sich das Meer, und Papa fuhr mit mir wieder zurück. Ich kämpfte mich zurück, lernte wieder zu sprechen, richtiges Italienisch. Es war nicht leicht, auch wenn die Träume weg waren. In dieser Zeit war ich viel in den Wäldern und im Tal der Mühlen. Gemeinsam mit Giacobbe jagte ich Gespenster. Sie suchten Kinder und brachten sie auf die Monti Lattari. Dort war ein Palazzo der *ricchi*, der zu dem Weg der Götter führte. Dort hielten sie die Kinder gefangen. Giacobbe und ich verbrachten viel Zeit in den Wäldern, wir hielten die Luft an und schlichen uns an die Gespenster heran, weil sie sonst unseren Atem gehört hätten. Aber sie fanden uns nie, weil wir wahre Atemkünstler waren. Aber Giacobbe und ich waren zu jung, um auch nur ein einziges Kind zu befreien. Wir brauchten Hilfe. Also liefen wir jeden Tag in unserer Kindheit auf den Torre, einen alten Wachturm, und warteten auf die Königin, dass sie uns helfen würde. Sie hatte eine große Armee und hätte es mit der bösen Familie aufnehmen können, die dort oben auf den Bergen hockte. Und auch all die anderen Gestalten, die unsere kindliche Phantasie bevölkerten, hätten sich uns angeschlossen im Kampf gegen das Böse, da wir sie alle vereint hätten.«

Josef stand regungslos vor mir und hörte mir aufmerksam zu.

»Und haben Sie am Ende gemeinsam mit dieser Königin und Ihrem Freund die Bösen geschnappt und die Kinder befreit?«, fragte er schließlich.

Ich sah zum Fenster. Neuer Nebel zog in Schwaden am Chalet vorbei. Frühes Sonnenlicht leuchtete darin wie nasse Flammen.

»Eines Tages lauerten uns zwei Halbstarke aus Atrani auf

dem Torre auf«, fuhr ich fort. »Sie wollten mir wehtun. Aber Giacobbe stellte sich ihnen entgegen. Da stießen sie ihn, und er fiel vom Turm. Für mich brach eine Welt zusammen. So schnell ich konnte, lief ich vom Turm, um nach Giacobbe zu sehen. Aber er war nicht da. Ich suchte ihn überall, und die Halbstarken riefen immer wieder von Turm herunter. *La pazza! La pazza!* Das riefen sie und machten sich über mich lustig. Da begriff ich, warum ich meinen Freund nicht finden konnte: weil er nicht da war. Weil er nie da gewesen war. Die ganze Zeit über hatte ich mir eingebildet, in Giacobbe einen Freund gefunden zu haben. Aber so wie die Gespenster, die wir gejagt hatten, war auch er ein Gespenst gewesen und nicht real. Ich fuhr dann wieder mit Papa aufs Meer und lernte, dass es keine Gespenster gab. Ich war endlich geheilt.«

Ich beendete meine Geschichte und sah in Josefs Gesicht, dass ich ihn berührt hatte. Er verlagerte sein Gewicht, dabei bewegten sich seine Finger, als suchten sie etwas, was die ganze Zeit direkt vor seinen Augen lag.

»Es freut mich sehr, dass es Ihnen wieder gut geht, und ich verstehe auch, dass Sie Neurologin werden wollen, aber es gibt Regeln, die –«

Ich unterbrach ihn, da ich in seiner Stimme hörte, wie er in seiner Haltung wankte. Ohne dass wir beide es gemerkt hatten, waren wir einander immer näher gekommen.

»Bevor mein Papa auf dem Meer verschwand, hatte ich ihm versprochen, eine *ricca* zu werden und am Strand in Atrani auf ihn zu warten. Ich will nie wieder die Kontrolle über meine Gedanken verlieren. Ich bin angetreten, um das Meer zu unterwerfen. Ich will nicht mehr zulassen, dass Menschen sich darin in den wilden Stürmen verlieren. Ich will ihnen helfen. Egal ob Papa, der hinter dem Horizont in seinem Boot auf mich wartet, oder den Kindern, die mittlerweile erwachsen sind und sich davor fürchten, dass die Gespenster sie in ihren Betten finden und ihnen schreckliche Bilder in die Köpfe malen. Dafür bin ich angetreten. Ich will nie mehr zulassen, dass ein Kind von einem Felsen stürzt. Niemand soll mehr fallen. Weder Giacobbe noch ich noch sonst jemand.«

Josef blinzelte.

Und mit einem Mal spürte ich seinen Atem auf meiner Haut. Seine Finger suchten meine. Draußen schmolz der Nebel in einem gelben Meer aus leuchtenden Schmetterlingen.

»Lass mich nicht gehen, bitte«, sagte ich leise, und als ich die Poesie im Klang meiner Stimme bemerkte, berührte ich seine Hand.

»Vielleicht gibt es da eine Möglichkeit«, sagte Josef sanft, ungewohnt zerbrechlich. »Gestern ist eine neue Patientin angekommen. Vielleicht versteht ihr euch.«

Ich lächelte und spürte, dass Josef etwas ganz anderes sagen wollte. Seine Hände glitten an meinen Armen hoch und erreichten meine Schultern, währenddessen schlüpften seine Blicke in meine Seele. Mit einem Mal war das Chalet wieder voller Schmetterlinge, und es war kaum möglich, darin zu atmen.

»Sie heißt Leonora Khalberg. Pass auf, wenn du mit ihr sprichst, und verlier deinen Strand nicht aus den Augen.«

»Ich werde das Meer unterwerfen«, flüsterte ich wieder und wieder, und dann küssten wir uns zum ersten Mal.

FASANENARTIGE VÖGEL. 1989.

Seit unserem ersten Kuss hatte sich meine Welt verändert. Aus allen Richtungen waren leuchtende und glitzernde Farben in mein Leben geflossen, und Schmetterlinge hatten begonnen, mich mit ihren sanften Flügelschlägen zu begleiten.

Zuerst hielt Josef unsere Beziehung noch geheim. Er wollte vermeiden, dass wir im Sanatorio ins Gerede kamen. Josef war um siebzehn Jahre älter als ich. Er wollte nicht, dass die Menschen im Dorf und im Sanatorio dachten, er würde seine Position ausnutzen und sich an jungen Frauen vergehen, indem er ihnen eine große Zukunft versprach, um sie ins Bett zu locken. Josef war ein zurückhaltender und besonnener Mensch und wollte diesen Ruf nicht aufs Spiel setzen.

Also trafen wir uns in den ersten Wochen heimlich. Jeden Morgen, nachdem Alessandra und Veronica zum Malga Trela aufgebrochen waren, wartete ich unter dem Vorwand, mich auf meine neue Wirtin vorzubereiten, im Chalet auf Josef. Heimlich lauerte er hinter dem Nebel und schlüpfte vorsichtig ins Bait Nof zu mir unter meine Decke.

Dabei hatten wir einige Tage gewartet, bevor wir uns nähergekommen waren. Er hatte mir gesagt, ich sei für ihn wie eine wertvolle zerbrechliche Blume und er wolle nicht, dass ein wilder Sturm mich knicken würde. Ich hatte noch nie zuvor mit einem Mann geschlafen und war froh, dass Josef nichts überstürzte, obwohl sich mein Körper nach ihm verzehrte.

Also sprachen wir an diesen ersten Tagen viel, hielten uns an den Händen und küssten uns. Ich erzählte ihm von meinem Leben in Atrani. Vom Tod meiner Mama und dem Verschwinden von Papa. Und von Gabriella und wie sie mich aus Dante gerettet hatte. Dabei bemerkte ich, dass ich sie vermisste. Ich fühlte mich schlecht, da ich mich weggeschlichen hatte wie ein Vogel, der sein Nest verließ, sobald seine Mutter ihm beigebracht hatte, die Flügel zu benutzen.

Josef bemerkte, wie ich mit meinem Gewissen kämpfte, und versprach, mit mir eines Tages zurück nach Atrani zu fahren, wo ich Gabriella um Verzeihung bitten könnte. Ich würde sie ins Ristorante Destino einladen, zusammen mit Josef – und vielleicht mit unseren Kindern. Wir würden dann am Tisch neben der großen Familie sitzen und Ndunderi essen. Marco und Alfredo würden aufstehen und zu uns kommen und sich bei mir entschuldigen, dass sie mir dort an der Tankstelle in Mailand solche Angst eingejagt hatten.

Aber auch Josef erzählte mir von seiner Vergangenheit. Er war ein Nachfahre von Alberto Cascone und Annamaria Almer. Seine Urgroßeltern hatten 1885 in Österreich den Arzneimittelhersteller CasCalm gegründet. Die Firma befand sich noch im Familienbesitz und hatte den Hauptsitz nach dem Zweiten Weltkrieg von Wien nach Mailand verlegt. Im Laufe der Jahrzehnte war das Unternehmen zu einem internationalen Konzern herangewachsen, und die Familie Cascone-Almer war zu einer der reichsten Familien Europas geworden.

Dann erzählte Josef noch von seinem Onkel, der mich zu ihm ins Hotel gebracht hatte. Er hatte sich aus dem Geschäftsleben zurückgezogen und in Trepalle in der Einfachheit neues

Glück gesucht, indem er sich der Produktion von Käse widmete. Josef selbst hatte wenig Kontakt zu seiner Familie, da er sich ganz dem Sanatorio verschrieb und selten nach Mailand fuhr.

Doch als er fortfuhr und mir erzählte, dass seine Familie auch mit anderen großen Unternehmerfamilien verwandt war, wurde mir schwindelig. Immer wieder nahm ich seinen Kopf zwischen meine Hände und fragte ihn, ob er tatsächlich die Wahrheit sagte, denn ich konnte nicht glauben, dass der Mann, den ich so sehr liebte, Teil der reichsten Familien Europas war, ein *ricco*. Doch je mehr er mir erzählte von den anderen Familien und ihren Unternehmen, die ihr Geld mit Mode, Petrochemie und in der Nahrungsmittelindustrie verdienten, desto trauriger wurde sein Gesicht. Und am Ende gestand er mir, dass er sein ganzes Leben nach dem Augenblick gesucht hatte, in dem sich ihm der Sinn des Lebens offenbaren würde. Er hatte immer gedacht, ihn in der Abgeschiedenheit der Berge zu finden, hier in Trepalle. Und er gestand mir, dass er ihn endlich in dem Moment unserer ersten Begegnung gefunden hatte.

An dem Tag dieser Offenbarungen schliefen wir auch zum ersten Mal miteinander. Ich, die *povera*, mit ihm, dem *ricco*, umschlungen im Meer des leuchtenden Nebels unter den Gipfeln des Sanatorio, wo Alessandra und Veronica begannen, über Josefs Beziehung mit einer Studentin zu sprechen.

Die Gerüchte über die neue Frau in Dr. Almers Leben flogen wie jene neugierigen fasanenartigen Vögel mit ihrem langen blauschwarzen Gefieder durch die verstreuten Häuser von Trepalle. Als wollten sie mit ihrem kirschgroßen knallroten Fleck über dem Auge und ihrem lauten, kullernden Rufen jedem Bewohner ein Geheimnis kundtun. Und wer dem Flug der seltenen Vögel folgte, die wie mythologische Phönixe über die Welt des Sanatorio wachten, fand in einer Mulde am Boden eines ihrer gut versteckten Nester.

Wenn Josef und ich einen dieser Vögel sahen, sagten wir, dass das unser Glücksvogel war, ein Symbol für Licht und Wohlstand. Und wenn es uns gelang, ihm bis zu seinem Nest zu folgen, waren wir ganz still und beobachteten mit gesenktem Kopf und leisem Flüstern die Henne, die ihren warmen Bauch auf die gelb-braun gefleckten Eier drückte. Wir fühlten uns dann wie Kinder, die ein großes Geheimnis entdeckt hatten und einander versprachen, bis zum Ende ihres Lebens niemandem davon zu erzählen.

Dann kam der Winter, und die Vögel plusterten ihre Federn auf und hielten die Luft als Schutz vor der Kälte in ihrem Gefieder. Aus ihren Nasenlöchern wuchsen Federn, die aussahen wie Fäden, die die Luft bei der Atmung erwärmten, und selbst die Krallen waren mit dicken Federn bedeckt, um das Einsinken im Schnee zu verhindern. Als wir beobachteten, wie manche Vögel begannen, im Schnee einen Tunnel zu graben, um sich darin ähnlich wie in einem Iglu zu wärmen, träumten wir davon, dass unsere Chalets mit unterirdischen Tunneln verbunden wären.

Sechs Monate hielten wir unsere Beziehung geheim. Während Josef seiner Arbeit als Leiter des Sanatorio nachging, freundete ich mich endgültig mit Alessandra und Veronica an und begleitete sie bei ihrer Arbeit. So wie ein Schneehase, der im Winter die Farbe seines Felles von Braun auf Weiß wechselte, um in der verschneiten Landschaft nicht gesehen zu werden, nahm auch ich mich in dieser Zeit zurück und folgte den beiden wie ein Schatten und nahm alles auf, was ich bei ihnen lernen konnte.

Aber ich konnte den beiden nicht nur bei der Arbeit zusehen, ich durfte auch mit ihnen nach Mailand fahren. Wir liehen uns von Signor Cascone zweimal pro Woche den Wagen aus und machten uns auf den Weg dorthin. Jedes Mal wenn wir in das alte kleine Auto mit den durchgesessenen Sitzen stiegen, fragte ich mich, ob es sich bei Signor Cascone tatsächlich um Josefs Onkel handelte. Ich liebte die Fahrten nach Mailand. Wir sprachen über die Arbeit, die Geschichten, die uns die Patienten erzählten, die Blicke, die uns die Ärzte zuwarfen, und über die neuen Designerstücke in den glitzernden Auslagen von Mailand. Doch immer wenn die Modestadt am Horizont zu erkennen war, zog sich mein Magen zusammen, da ich wusste, dass ich einmal im Monat unter einem Vorwand ins Hotel Chiron gehen musste, um Dr. Merten Bericht zu erstatten.

Beim ersten Mal, es war genau einen Monat nach meiner Ankunft in Trepalle, war es noch einfach, einen Grund zu finden. Ich bat die beiden, im Wagen in der Nähe der Porta Garibaldi zu warten, da ich noch eine Rechnung in einem Hotel offen hätte, die ich begleichen wollte. Und während ich mich wie eine Flüchtende ins Hotel schlich und von der Frau an der Rezeption hörte, dass »er schon oben« war, schlug mein Herz bis zum Hals.

Doch die regelmäßigen Treffen mit Dr. Merten waren am Ende einfacher, als ich erwartet hatte, und liefen im Grunde immer gleich ab. Er fragte mich, ob ich etwas Außergewöhnliches im Sanatorio entdeckt hätte, gab mir im Gegenzug Geld und sicherte mir seine weitere Unterstützung zu. Hatte ich beim ersten Mal noch Angst, dass er mich über Josef ausfragen und mich in einen Konflikt stürzen würde, so war diese Angst bald unbegründet. Ob Dr. Merten spürte, dass Josef und ich ein Paar waren, wusste ich nicht.

Vermutlich aber schon, und zwar seit unserem ersten Treffen, als er mir meine Inskriptionsbestätigung entgegengestreckt hatte. Denn als er auf meine Frage, ob ich keine Aufnahmeprüfung mehr machen müsste, den Kopf schüttelte, gluckste ich vor Freude.

»Dann kann ich Josef ja sagen, dass ich jetzt offiziell im Sanatorio arbeiten darf«, sprudelte es aus mir heraus, und Dr. Merten warf mir einen wissenden Blick zu.

»Er verdreht Ihnen doch nicht den Kopf?«, fragte er, während er sich vom Stuhl, auf dem er gesessen hatte, erhob und mich zur Tür begleitete. Worauf ich nur mit verlegenen Gesten verneinte, darum bemüht, die Hitze mit ruhigen Atemzügen aus meinem Gesicht zu vertreiben.

Erst als ich wieder zu Alessandra und Veronica in den Wagen stieg, ließ meine Aufregung nach. Ich umklammerte die Inskriptionsbestätigung mit einer Hand und erzählte den beiden, ich hätte mich eben von meinem alten Freund getrennt, der mir in Atrani nachgestellt habe.

Als die beiden beim zweiten Mal an derselben Tankstelle halten wollten, an der ich zwei Monate zuvor auf Marco und Alfredo gestoßen war, täuschte ich vor, dass ich mit diesem Ort die Trennungsszene mit meinem Ex-Freund verband. Und obwohl ich außer Josef noch nie einen Menschen geliebt hatte, begannen wir, über die ehemalige Beziehung zu sprechen, und beschlossen, Mailand künftig über eine andere Stadteinfahrt anzufahren.

Und so vergingen die ersten sechs Monate wie im Flug. Ich absolvierte meine ersten Vorlesungen auf der Università und bestand das erste Semester mit gutem Erfolg, arbeitete mich in die Regeln des Sanatorio ein, erstattete Merten regelmäßig bedeutungslos Bericht, träumte mit Josef im Verborgenen von einem warmen Frühling, in dem wir wieder den Vögeln folgen und unter monumentalen Weißtannen ihre versteckten Nester finden wollten.

Als das Frühjahr 1989 die Schneeschmelze einleitete, kam Josef wie jeden Morgen zu mir ins Chalet. Doch diesmal war etwas anders. Er blieb an der Tür stehen, sprach ein paar Worte mit Alessandra und Veronica und bat mich, mich mit ihm an den Tisch unserer kleinen Küche zu setzen. Mein Mund wurde trocken, aus Angst, er würde etwas sagen, was ich nicht hören wollte.

»Wir können so nicht weitermachen«, sagte er und bat mich, einen Kaffee aufzusetzen, da das Gespräch, das er mit mir führen wollte, vermutlich länger dauern würde. Ich nickte und fühlte mich unsicher und verlegen wie bei unserer ersten Begegnung.

»Wir müssen einiges ändern«, verkündete er in sachlichem Ton und sah aus dem Fenster, wo erste Kuhglocken in der neuen Sonne auf der Straße über dem Bait Nof läuteten.

»Die Leute im Dorf beginnen zu reden. Im Rathaus, in den Läden, in der Kirche, selbst in der Schule. Der alte Cascone hat mir erzählt, dass selbst die Soldaten am Passo darüber sprachen, dass eine gewisse Tea Grigio jedes Mal, wenn sie aus Mailand kommt, mit einem breiten Grinsen auf der Rückbank sitzt und ungeduldig auf die Weiterfahrt wartet.«

Ich schluckte, faltete den Kaffeefilter auseinander und streute gemahlenen Lavazza hinein.

»Ich will, dass du meine Frau wirst.«

Meine Hände begannen zu zittern, gleichzeitig konnte ich mich nicht rühren. Aus dem Augenwinkel glaubte ich zu sehen, dass ein Vogel mit goldenem Gefieder am Fenster vorbeiflog.

»Tea Grigio. Willst du meine Frau werden?«

Ich drehte mich um. Josef hatte sich vor mich hingekniet und hielt mir ein kleines dunkelblaues Schmuckkästchen mit einem auf weißem Samt gebetteten Verlobungsring entgegen. Ich konnte nicht atmen, da ich das Gefühl hatte, all unsere Schmetterlinge, die wir über die letzten sechs Monate gesehen hatten, flatterten in meiner Lunge. Ich nickte, meine Augen versanken in Tränen, meine Knie gaben nach, und ich schluchzte.

Ja, ja, ich will, Josef! Mio caro, sì, io voglio, ich will!

»Willst du, Tea Grigio? Willst du meine Dorothea Almer werden?«

»Ich bin zu dir gekommen, weil ich immer zu dir kommen wollte«, antwortete ich mit einem Zitat aus »Hundert Jahre Einsamkeit«.

»Also ja?«

»Ja, Dr. Josef Almer. Ja. Hundert Jahre lang ja.«

Und während Josef mir den Ring an den Finger steckte und verkündete, dass er nun hinausgehen und es jedem im Dorf sagen werde, da dachte ich an Papa, bevor er hinter dem Meer verschwunden war. Und an mein Versprechen, das ich ihm gegeben hatte, das Versprechen, eine *ricca* zu werden. Die Wellen schlugen in meinen Gedanken an den Strand von Atrani, und in ganz Dante hörte man die Glocken der Kirchen, die an der ganzen Amalfiküste zu schlagen begannen, und ich war sicher, dass man sie weit über die Milchberge bis nach Neapel hören konnte. Aber ich sah auch Gabriella, als sie am Morgen aus dem Laden kam, die Malstaffel auf die Piazza Umberto stellte und eine Zigarette rauchte. Ob sie sich mit mir freuen würde? Mit mir und Josef?

»Wir heiraten im Herbst 1989. Wir werden eine große Hochzeit ausrichten. Zunächst eine hier in Trepalle, im Sanatorio, und dann mit der Familie am Comer See. Wir haben da ein Haus. Alle sollen kommen. Alle Zweige. Mit unserer Hochzeit werden wir den Zwist in der Familie ein für alle Mal beenden.«

Ich nickte wie benommen und dachte an die verträumten Villen, an denen Merten und ich vorbeigekommen waren, als er mich nach Trepalle gebracht hatte, umgeben von duftenden farbigen Wiesen und dem leuchtenden Grün des Wassers.

»Und jetzt, da du das erste Semester auch so gut bestanden hast, habe ich noch eine Überraschung für dich«, sagte Josef und überreichte mir eine hellgraue längliche Schatulle mit einer weiß glitzernden Perlenkette darin.

»Du bist auf dem besten Weg, eine hervorragende Neurologin zu werden. Die Kette soll dich immer daran erinnern, dass du etwas ganz Besonderes bist.«

Der Kaffee gurgelte, und Josef schenkte uns zwei Becher ein. »Heute Abend feiern wir mit allen im Albergo. Aber zuvor müssen wir wieder an die Arbeit, und bevor ich es vergesse, muss ich dir noch etwas geben.«

Josef streckte mir eine Patientenakte entgegen. »Leonora Khalberg« hatte jemand mit Füllfederhalter daraufgeschrieben. Schon ein halbes Jahr zuvor hatte Josef mir die Wirtin Khalberg zuweisen wollen, sich dann aber kurzfristig anders entschieden. Kurz darauf reiste Leonora wieder ab, da sie sich besser fühlte, und Josef beschloss, dass ich erst einmal das erste Semester Medizin absolvieren sollte, bevor ich den ersten direkten Kontakt zu Wirten bekam.

Nun aber hatte Leonoras Mann sie wieder ins Sanatorio gebracht, und es sei Zeit für meine ersten Erfahrungen. Da ich noch keine Ärztin war, sollte ich als ihre Dienerin mit ihr zunächst im Baita Luleta in Livigno wohnen, einem großen Chalet mit phantastischem Ausblick, gut drei Stunden Fußmarsch vom Malga Trela entfernt, aber dafür mit einem wunderbaren Wanderweg zum Ponte delle Capre, direkt am Lago di Livigno. Ein idealer Weg für das erste gemeinsame »Sehen«.

»Bist du echt?«, fragte ich Josef, nahm wieder seinen Kopf zwischen meine Hände und sah ihm tief in die Augen. »Oder bist du eine dieser Halluzinationen, die du hier behandelst?«, fragte ich lachend und küsste ihn. Und von überall kamen die fasanenartigen Vögel und warteten nur darauf, dass wir endlich nach draußen traten und der Welt verrieten, dass sie mit dem heutigen Tag eine neue war.

Leonora Khalberg hieß in Wahrheit Leonora Landsberg. Sie war kleiner als ich und trug ein süßes Parfüm. In ihrem matten sandfarbenen, gewellten Haar wartete ein roter Schimmer, unscheinbar wie das Gefieder einer Lerche. Sie hatte ihre Lippen mit einem grellen Rot geschminkt, trug enge Röhrenjeans, ein weißes T-Shirt mit silbernen Glitzersteinen, die einen Aufdruck formten, und rote hochhackige Stöckelschuhe.

Laut Patientenakte war Leonora Landsberg um ein Jahr jünger als ich. Sie war bei ihrer Tante in Graubünden in der Schweiz aufgewachsen. Immer wieder war Leonora durch auffälliges Verhalten in Kontakt mit dem Jugendamt gekommen, eine große Belastung für ihre aufopfernde Tante, die nach dem frühen Tod von Leonoras Eltern das Sorgerecht übernommen hatte. Es waren Vorstrafen wegen Ladendiebstahls, Drogenbesitzes und Prügeleien an der Schule mit Körperverletzung gefolgt.

Dank vieler Gespräche mit geduldigen Lehrern hatte Leonoras Tante ihre widerspenstige Nichte mit Ach und Krach durch die Volksschule gebracht, die Leonora dennoch kurz vor dem Ende mit einem »Was kümmert mich das Wissen anderer Leute?« abgebrochen hatte. Dabei hatten ihr die Lehrer trotz oder wegen ihres ausufernden Temperaments eine große Karriere vorhergesagt. Vor allem ihre künstlerischen Fähigkeiten waren früh aufgefallen. Doch Leonora hatte nicht viel von den Ratschlägen der Lehrer gehalten.

Nach dem Abbruch der Schule hatte ihre Tante versucht, eine Lehrstelle für Leonora zu finden, doch beim Vorstellungsgespräch hatte sie behauptet, eine »Mongolenlerche« zu sein, in Wahrheit seit den zwanziger Jahren in einem engen Käfig auf einem Vogelmarkt in Peking zu sitzen und dort in ihrer Gefangenschaft das »Lied der hundert Melodien« zu singen. So waren viele Absagen gefolgt, noch mehr Drogen und bleierne Tage voller Weinkrämpfe in verschlossenen Zimmern, in denen Leonora immer weiter abgemagert war.

Als ihre Tante mit ihr einen Arzt aufsuchte, stellte dieser fest, dass Leonora Landsberg seit ihrer Kindheit an Halluzinationen litt. Darüber gesprochen hatte Leonora zuvor aber nie, sondern – so das Protokoll des Arztes – die Bilder in ihrem Kopf als Verlängerung der Wirklichkeit wahrgenommen, die sie als Zeichnungen oder mit seltsam zusammengebauten Konstrukten darzustellen versucht hatte. Sie hatte diese »Ausdrucksformen ihres kaputten Geistes« vor ihrer Tante geheim gehalten und in einer alten Waschküche eines verlassenen Hauses in der Nachbarschaft versteckt.

Im Jahr 1987, anderthalb Jahre vor dem Tod ihrer Tante, hatte Leonora ihre erste Arbeit als Künstlerin abgeliefert. Sie hatte Fotos von berühmten Sehenswürdigkeiten wie dem Eiffelturm in Paris, dem Kolosseum in Rom oder der Berliner Mauer gemacht und mit einem dicken schwarzen Stift so lange übermalt, bis das Foto an der Stelle eingerissen und nur noch ein schwarzes, ausgefranstes Loch übrig geblieben war. Danach hatte Leonora die so zerstörten Bilder auf die Rückseite eines schwarz bemalten Bilderrahmens geklebt. Somit war eine Art Hohlraum entstanden, in den man durch das entstandene Loch sehen konnte. An die Rückwand des Bilderrahmens hatte Leonora Zündköpfe abgerissener Streichhölzer geklebt. Hätte man diese entzündet, so wären viele kleine flatternde Flammen entstanden, die nach und nach wie kleine leuchtende Feuervögel von hinten das Bild in Brand gesetzt hätten. Und die Welt um das schwarze Loch hätte sich rot glühend und nach Hunderten stillen Gesängen tanzend in Asche verwandelt, bis sie verschwunden war.

»Feuerlerchen zerstören die Welt« hatte die seinerzeit nicht einmal siebzehnjährige Leonora dieses hilflose kindliche Machwerk genannt. Durch einen Bekannten ihrer Tante hatte sie es geschafft, ihr Werk in einer Galerie in Chur auszustellen, der Hauptstadt von Graubünden. Prompt war sie von einem internationalen Galeristen entdeckt worden, dem US-Amerikaner Charles Nicolas Van Dyke. Trotz unermüdlicher Bemühungen war es Van Dyke nicht gelungen, Leonora Landsberg auf der internationalen Kunstbühne unterzubringen, doch er hatte sie auf Reisen mitgenommen, zu mondänen Partys gebracht, ihr empfohlen, sich den Künstlernamen »Khalberg« zuzulegen, und am Ende – trotz ihrer Minderjährigkeit und eines

Altersunterschiedes von mehr als fünfundzwanzig Jahren – um ihre Hand angehalten. Leonora, die in jener Zeit voller Ausschweifungen gelebt hatte und im Konsum der Partydrogen versunken war, hatte um Bedenkzeit bis zu ihrem achtzehnten Geburtstag gebeten, da sich ihr Gesundheitszustand immer mehr verschlechterte. Als Van Dyke sie eines Nachts mit dem Notarzt von einer New Yorker Party abholen ließ, da sie über plötzlichen Sehverlust geklagt hatte, wurde bei ihr das Charles-Bonnet-Syndrom diagnostiziert.

Van Dyke brachte sie zurück nach Europa und wies sie ins Sanatorio ein. Doch gleich nach ihrer Ankunft ereilte Leonora die Nachricht, dass ihre Tante in Graubünden von einem Auto überfahren worden war und im Krankenhaus lag. Noch bevor die Behandlung im Sanatorio begonnen hatte, reiste Leonora unter dem Vorwand ab, dass die durch das Charles-Bonnet-Syndrom hervorgerufenen Bilder in der Stille der Alpen – wie durch Zauberhand – verschwunden seien.

Ein Vierteljahr später starb ihre Tante, und Leonora, gerade volljährig geworden, heiratete Van Dyke in Paris. Charles Nicolas hätte es gerne gesehen, wenn sie den Namen Van Dyke angenommen hätte, aber sie lehnte es ab und nannte sich lieber weiterhin Leonora Khalberg. An ihren ersten kleinen Erfolg auf der internationalen Bühne der Kunst hatte sie nicht anzuknüpfen vermocht und seitdem ihre Stimme als Künstlerin gesucht. Diesmal war nun sie es gewesen, die ihren Mann nur wenige Wochen nach der Hochzeit überredete, sie zurück ins Sanatorio zu bringen, um dort mit der Innenschau ihres Lebens fortzufahren, da ihr wieder schreckliche Wahnvorstellungen aufgelauert hatten.

Als ich Leonora im Malga Trela treffen wollte, sagte mir Veronica, dass Signora Khalberg noch in Valdidentro sei, einem Fünftausend-Seelen-Dorf in der Nähe von Bormio. Dort war sie mit ihrem Mann im Grand Hotel Bagni Nuovi untergekommen. Also stellte ich mich auf einen längeren Fußmarsch ein. Wenn ich zügig ging, konnte ich mit meiner Wirtin am frühen Nachmittag wieder im Malga Trela sein.

Ich kannte das Grand Hotel von Josef. Er hatte mich zum

Jahreswechsel dorthin eingeladen. Der herrliche Tanzsaal mit Kamin und Orchesterbalustrade sang noch heute das Lied von der Pracht und Atmosphäre großer vergangener Zeiten. Als wir frühmorgens betrunken und zu Fuß durch dichte Schneeflocken, tanzende Feuerwerksfontänen, gebogene Tannen mit schweren Schneeästen und unterbrochen durch lange Küsse zurück nach Malga Trela gewankt waren, hatte Josef lallend mit dem Gedanken gespielt, unsere Hochzeit nicht am Comer See, sondern hier im Hotel zu feiern.

Das beeindruckende Jugendstilgebäude war von einem riesigen Park umgeben und lange Zeit ein beliebter Treffpunkt der großen Künstler und Persönlichkeiten der Belle Époque gewesen. Aufgrund zahlreicher Renovierungen und Erweiterungen war das in einen steil abschüssigen Berghang geschlagene Hotel immer wieder geschlossen gewesen und hatte nur besondere Menschen auf einer erlesenen Gästeliste in die prachtvollen Gemächer geladen.

Oberhalb des Hotels befanden sich die »Bagni Vecchi«. Die Bäder waren Jahrhunderte alt und lagen an der Straße zum Braulio-Tal und zum Stilfser Joch. Das Herzstück des alten Steingebäudes war die Grotte: ein dreißig Meter tiefes, in den Felsen geschlagenes Bad. Daneben waren auch die klassischen römischen Bäder untergebracht. Eine weitere Höhle mit Außenzugang unterhielt zwei große Wasserbecken und war Plinius und Cassidorus gewidmet, den Verfassern der ersten schriftlichen Aufzeichnungen über die Bäder. 1826 schließlich waren die Bäder zu einem Hotel umgebaut und um ein Freibad ergänzt worden. Dort konnte man auch bei Temperaturen von minus vierzig Grad im Freien baden und im warmen Thermalwasser einen spektakulären Blick auf die umliegende Bergwelt genießen.

Die Vorstellung, dass ich Josefs große Familie, die mir kaum bekannt war, badend in den Felsgrotten oder Außenbädern kennenlernen würde, ließ mich schmunzeln. Wie einst die alten Römer, die hier im Tepidarium, Caldarium oder Frigidarium mit ihren Vertrauten über geheime Geschäfte gesprochen hatten, würde ich vielleicht auch bald mit meiner neuen Familie über diese Dinge sprechen, die Geschäfte der *ricchi*.

Als ich die zierliche Leonora Khalberg mit ihren roten Stöckelschuhen vor dem Bagno Vecchio unter dem übergeworfenen Mantel ihres Mannes stehen sah, begriff ich, dass wir den Weg zurück ins Malga Trela nicht zu Fuß gehen konnten. Sie hatte etwa mein Alter, sah aber aus, als wäre sie Ende zwanzig.

Ich stellte mich vor, bat für meine Verspätung um Verzeihung und reichte Van Dyke, einem gesitteten Mann mit schmalem Bärtchen und charmantem Lächeln, die Hand. Mit fester Stimme versicherte ich ihm, dass wir uns gut um seine Frau kümmern würden. Als ich Leonora die Hand reichte, bemerkte ich, dass sie am ganzen Körper zitterte, obwohl der Frühling bereits seinen warmen Atem über die Berge gelegt hatte.

»Wie lange, denken Sie, wird der Aufenthalt hier vonnöten sein?«, fragte Van Dyke und warf einen besorgten Blick auf seine Frau.

»Wir machen hier keine Zeitangaben. Es ist wichtig, den ...«, ich zögerte, da ich das Wort »Wirte« nicht aussprechen wollte, »... den Patienten die Zeit zu geben, die sie brauchen, um sich in der Welt zurechtzufinden und ihr seelisches Gleichgewicht wiederzuerhalten.«

Van Dyke nickte und fügte hinzu, dass er während des Aufenthaltes seiner Frau im Hotel zugegen sei. Dann sagte er, dass er Dr. Almer und dessen Vater gut kenne und sicher sei, dass es keinen besseren Ort für Leonora gäbe als diesen hier.

»Ich vertraue Ihnen. Aber bringen Sie diese Bilder aus ihrem Kopf! Die Welt wartet auf die große Kunst, die in meiner wunderbaren Frau schlummert.«

Ich nickte und überlegte, woher Van Dyke Josefs Vater kannte. Warum hatte er mir nichts davon erzählt? Dabei fiel mir auf, dass ich so gut wie gar nichts über Josefs Eltern wusste.

Von den schneebedeckten Gipfeln brach eine kühle Morgenbrise auf und versteckte Raubvögel darin. Ich überlegte, wie ich Leonora ins Malga Trela befördern könnte, um die Formalitäten der Erstaufnahme zu erledigen. Und danach musste ich es irgendwie bewerkstelligen, sie in unser Chalet Baita Luleta zu bringen. Ich ärgerte mich, dass ich bei unserem Telefongespräch – wir bereiteten unsere Patienten immer zunächst telefonisch auf unsere Zusammenarbeit vor – nicht auf vernünftiges Schuhwerk und wetterfeste Kleidung hingewiesen hatte. Als ich Van Dyke fragte, ob seine Frau andere, festere Schuhe mithabe, verneinte er, sicherte mir aber zu, in Bormio oder gegebenenfalls auch in Mailand alles Nötige zu besorgen.

Da Leonora meine erste Wirtin war, wollte ich jeden weiteren Fehler vermeiden. Dennoch war ich verärgert, dass ich schon jetzt improvisieren musste. Solange Van Dyke seiner Frau keine vernünftigen Kleider und Schuhe besorgt hatte, konnte sie unmöglich zu Fuß weitere Strecken laufen. Ich brauchte ein Auto oder besser einen Traktor, der uns ins Malga Trela und dann weiter in unser Chalet, das Baita Luleta, brachte.

Van Dyke durfte nichts von meiner Improvisation merken, also begann ich, ein paar oberflächliche, professionell wirkende Fragen zu stellen, während ich in den Erinnerungen mit Josef nach Personen suchte, die ein Auto oder etwas Ähnliches hatten. Ich hätte in der Rezeption Signor Cascone anrufen und ihn bitten können, uns zum Malga Trela zu bringen. Aber sein Auto hätte den unebenen Weg wohl kaum unbeschadet überstanden. Zudem war er Josefs Onkel und schließlich kein *picciotto*. Seit ich mit Josef zusammen war, verwendete ich dieses Wort, wenn wir jemanden brauchten, der uns helfen sollte. Josef sagte es oft – vielleicht auch unbewusst –, und so war es auch in meinen Wortschatz übergegangen. *Picciotto.* Gab es einen in Bormio? Hier an den Quellen? Natürlich, Signor Vittorio Scarselli, den Kellner, der uns unsere Silvesternacht mit diesem wundervollen Essen und dem phantastischen Wein verschönert hatte. Josef hatte erzählt, dass Signor Scarselli in der Nähe einen Bauernhof betrieb und sich mit einem Nebenjob im Hotel über Wasser hielt. Onkel Cascone kannte Scarsellis Vater, hatte mir Josef erzählt, und hatte dessen Sohn den Job verschafft. Vielleicht konnte er mir helfen?

Ich sprang ins Hotel und fragte die Frau hinter der Rezeption nach Signor Scarselli, dem *picciotto* des Sanatorio. Gleich verfinsterte sich der Blick der Frau, und ihre wachen Blicke begannen, Schatten zu jagen. Und als hätte ich ein Wort ausgesprochen, das sie nicht hören wollte, verschwand mit einem Mal auch ihre Freundlichkeit, und sie griff widerwillig zum

Telefon. Sie sprach in einem Italienisch, das ich nicht verstand, in den Hörer – vermutlich mit Signor Scarselli – und warf mir abfällige Blicke zu.

»Signor Scarselli wird in fünfzehn Minuten hier sein, Signora«, sagte sie in ablehnendem Tonfall, nachdem sie aufgelegt hatte, und forderte mich mit ihren strengen Blicken auf, vor dem Hotel zu warten. Ich konnte ihr Verhalten nicht verstehen und fragte mich, ob ich etwas falsch gemacht hatte. Ich zögerte für einen Moment und wollte die Frau fragen, warum sie so ablehnend reagierte, beschloss dann aber doch, draußen zu warten, um einen Konflikt zu vermeiden. An meinem ersten Tag mit meiner ersten Wirtin musste ich fokussiert bleiben. Doch dann hörte ich, wie die Frau begann, still zu fluchen. Auch wenn sie dachte, ich würde es nicht hören, verstand ich sie doch ganz genau.

»Pazza!«, murmelte sie, und dass wir wieder zurückgehen sollten. Leute wie uns bräuchte man hier nicht.

Ich blieb stehen, und die Frau hinter meinem Rücken beendete ihr giftiges Zischen.

»Verzeihen Sie, was haben Sie gesagt?«, fragte ich und drehte mich zu ihr um. Der Leiter des Sanatorio, Dr. Josef Almer, hatte um meine Hand angehalten und mich in kurzer Zeit mit den wichtigsten Menschen von Trepalle bekannt gemacht. Vielleicht wusste die Frau nicht, wer ich war. Natürlich, Valdidentro war nicht Trepalle. Aber viele der Patientinnen und Patienten stiegen hier ab, bevor wir sie nach Malga Trela und dann in die Chalets brachten. Hatte man dieser unmöglichen Frau nicht gesagt, dass ich Signora Khalberg abholte? Ich wollte die Rezeptionistin gerade mit einem empörten Blick zur Rede stellen, als Signora Bianchi lautstark auf mich zugestürmt kam.

»Signorina Grigio, Tea, was für eine Überraschung! Ich sehe, du bist bei der Arbeit, ich will dich auch gar nicht stören.«

Ich kannte Signora Bianchi von der Verlobungsfeier im Albergo La Colombina. Sie war Ende dreißig, hatte glatte platinblonde Haare und kleine kreisrunde Augen. Sie war drahtig und »konnte anpacken«, wie Signora Gabriella über Frauen gesagt hatte, die sich selbstsicher in einer von Männern dominierten Welt behaupteten. Signora Bianchi betrieb den Lebensmittelladen in Trepalle und verkaufte vorrangig regionale Produkte.

Ich erinnerte mich an sie, da sie sich mit Pfarrer Don Di Dio darüber gestritten hatte, warum sie sonntags nie in die Kirche ging. Sie finde Offenbarung in der Betrachtung der Welt, nicht im Glauben, hatte sie gesagt. Don Di Dio hatte sich damals beschämt von ihr abgewandt und zu der Gruppe gesellt, die sich um den Bürgermeister von Trepalle, Signor Occhionero, gebildet hatte, einen großen Mann mit üppigen grauen Locken, breiten Hosenträgern und sicherer Haltung. Daraufhin war Signora Bianchi zu mir gekommen und hatte mich gefragt, ob ich vorhatte, Josef kirchlich zu heiraten. Bevor ich hatte antworten können, war mir Signor Gasser ins Wort gefallen, der geduldige Lehrer einer Prima Elementare mit Halbglatze und kurzem weißen Bart. »Alles andere wäre für die Familie ein Frevel«, hatte er gesagt. »Schließlich ist Josef halber Italiener, wenn auch österreichisches Blut in seinen Adern fließt.«

Wir hatten uns weiter zu dritt unterhalten, Signor Gasser hatte meinen Fleiß gelobt, und Signora Bianchi hatte betont, dass sie in mir eine Freundin sähe, jetzt, da ich bald zur Familie gehören würde. Doch immer wieder schielte sie zu Signor Cazzaniga, dem Betreiber einiger Hotels und Skilifte in Trepalle und Livigno, der mit stürmischem Blick und dem spitzen Gesicht eines Wolfes am hintersten Tisch des Festsaales des Albergos kauerte. Angriffslustig warf er mir und den Ärzten und Pflegern des Sanatorios, die Josef ins Hotel geladen hatte, misstrauische Blicke zu. Alessandra und Veronica hatten mir im Vorbeigehen zugeflüstert, dass Signor Cazzaniga im ewigen Kampf mit Signor Occhionero um die Wahl des Bürgermeisters stehe und seine Ablehnung gegen dessen auf Erhalt ausgelegte Politik nicht anders ausdrücken könne. Im Grunde aber sei auch er ein freundlicher und offener Mensch, hatte Alessandra für ihn geschwärmt.

Ich sprach an jenem Abend mehr mit Signora Bianchi als mit Josef, der in ein tiefes Gespräch mit Signora Morselli verwickelt war, der Eigentümerin des Albergos. Sie erinnerte mich an Signora Gabriella, war in deren Alter, trug ein kastanienbraunes Kostüm und goldenen Schmuck. Als ich klein gewesen war, hatte ich mir reiche Menschen so vorgestellt, und vermutlich war Signora Morselli auch reich. So wie Josef. Als ich Signora Morselli beobachtete, wie sie mit Josef das Hotel verließ, um draußen eine Zigarette zu rauchen, geriet sie mit ihm in Streit. Mein Herz schlug damals bis zum Hals, da ich fürchtete, sie sprächen über mich und Signora Morselli habe vielleicht Einwände gegen die Hochzeit, die in einem halben Jahr stattfinden sollte.

Würde ich der Familie gerecht werden? Was würde Josefs Mutter sagen, wenn ich sie kennenlernte? Sein Vater? Würden sie den fauligen Geruch von Dante an mir riechen? Würden sie an meiner Aussprache den Süden in mir finden? Was, wenn sie gegen die Hochzeit waren?

Während mir Signora Bianchi erzählt hatte, dass sie gute Beziehungen zu den Bauern der Gegend unterhielt, allen voran zu Signor Scarselli, hatte ich durch das Fenster gesehen, wie Signora Morselli ihre verschränkten Armen gelockert, die Zigarette ausgedämpft und Josef umarmt hatte. Mir war augenblicklich ein Stein vom Herzen gefallen. Vielleicht hatte sie ihm nur ihren Segen erteilt. Ich hatte mein freundlichstes Lächeln aufgesetzt, mich wieder dem Gespräch mit Signora Bianchi gewidmet und ihre Unterstützung für die regionale Landwirtschaft begrüßt.

»Warum sagst du mir nicht Bescheid, dass du Vittorios Hilfe brauchst?«, fragte sie mich nun fast vorwurfsvoll.

Ich suchte nach den richtigen Worten, bevor Signora Bianchi fortfuhr.

»Ich sehe schon. Mit den Schuhen wird es schwer, zu Fuß ins Sanatorio zu gelangen«, sagte sie zu mir, als sie die blasse Leonora Khalberg mit ihren roten Stöckelschuhen und halb erfroren unter dem Mantel ihres Mannes sah. »Du kümmerst dich um sie, ich regle das mit Vittorio und dem Transport«, schloss Signora Bianchi – die darauf bestand, dass ich sie Margherita nannte, was so viel bedeutete wie »Perle« – und warf mir einen verschwörerischen Blick zu.

Ich bedankte mich bei ihr, dabei zeigte sie auf ihre platinblonden Haare, schüttelte den Kopf, lächelte und neigte sich plötzlich so dicht zu mir, dass ich ihren Atem riechen konnte.

Sie sah mich mit weit aufgerissenen Augen an, als wollte sie mir ein großes Geheimnis verraten.

»*Picciotto* ... Das sagt man hier nicht. Nicht alle finden gut, dass es hier ein Sanatorio gibt«, flüsterte sie und blickte zu der Frau an der Rezeption, die bei ihrem Anblick gefühlt einen Schritt nach hinten trat. Ich wusste nicht, worauf Margherita hinauswollte, war aber dankbar, dass sie mir mit Signora Khalberg helfen wollte.

Kurz darauf kam Signor Scarselli mit einem großen weißen Traktor angefahren. »Lamborghini« stand auf dem Kühler neben dem Logo eines Bullen, der zu einem Angriff überging. Wir entschieden, dass es besser war, mich und Signora Khalberg zunächst auf das Baita Luleta zu bringen, wo wir uns fürs Erste einrichten konnten, bis Signor Scarselli die versprochene Kleidung nachbringen würde. Margherita schlug vor, uns zum Baita Luleta zu begleiten. Ich wägte kurz ab, und da ich sie nicht vor den Kopf stoßen wollte, willigte ich ein, denn schließlich hatte sie mir geholfen.

Leonora Khalberg ertrug die Aufregung geduldig und setzte sich neben Signor Scarselli, einen dünnen stillen Mann Mitte vierzig mit ängstlichen Augen, kurzen, stumpfen Haaren und durch Sonne und Wind gegerbter Haut. Margherita und ich fuhren auf dem Kotflügel mit, wo wir uns an einem eigens angebrachten Bügel anlehnten.

Die Fahrt dauerte knapp eine Stunde, und ich bemerkte, wie Leonora Khalberg beim Anblick der Landschaft immer ruhiger wurde. Der Duft von Kräutern und das Raunen von Wäldern empfingen uns ebenso wie ein Chor an Vogelstimmen, als hießen sie Leonoras im Käfig gefangene Lerche willkommen. Der Traktor war so laut, dass es uns unmöglich war, uns zu unterhalten, wollten wir nicht schreien. Also nickten wir einander zu und lächelten und genossen den kühlen Wind auf unserer Haut.

Wir verließen die Forststraße und nährten uns einer Anhöhe, die hinter halsbrecherischen Serpentinen lag. Als die Erhebung mit jeder Kurve näher kam, erkannte ich plötzlich zwei mittelalterliche Türme. Mir stockte der Atem, da sie dem Torre dello Ziro zum Verwechseln ähnlich sahen. Waren es ebenfalls

Wachtürme? Aber was bewachten sie? Hier gab es weit und breit kein Meer!

»Torri di Fraele«, schrie Margherita und zeigte mit geübter Begeisterung auf die beeindruckenden Bauwerke, die auf spitzen stolzen Hügeln standen, als wachten sie über das von einem Sonnenfächer verzauberte steinerne Meer hinter ihnen.

Ich hatte schon jahrelang nicht mehr an Giacobbe gedacht, aber als ich die beiden Türme erblickte, sah ich mich als Kind nach oben auf die Spitze stürmen und meine Hand gegen den Himmel strecken. Der Anblick der Torri wirkte aber auch auf Leonora. Ich sah, wie sich ihr Gesicht verfinsterte und sie ihre Beine anzog, als wollte sie sich vor etwas schützen. Selbst Signor Scarselli wirkte mit einem Mal steif, als hätte er auf den Türmen ein Gespenst gesehen.

Anscheinend fiel auch Margherita seine Unsicherheit auf. Ich bemerkte in ihren Augen den Blick, den mir Gabriella zugeworfen hatte, als meine Mama auf der Piazza Umberto gestorben war. Gab es eine Verbindung zwischen den beiden? Hatte Signor Scarselli hier jemanden verloren und kümmerte sich Margherita seitdem um ihn? Sein Kind? Sein vierjähriges Kind? Ein Schauer lief über meinen Rücken, und ich war froh, als wir die Türme hinter uns ließen und auf die beiden Cancano-Stauseen zufuhren. Zwei mächtige Staumauern hielten große Seen unter einem hellblauen Dunst gefangen. Auf der rechten Seite wölbten sich neue Erhöhungen, und ich suchte in Gedanken hinter den einzelnen Waldresten Malga Trela, das über einen Weg von den Stauseen erreichbar war.

In den letzten sechs Monaten hatte ich mit Josef unzählige verzauberte Wege gefunden. Wir waren dem Wind gefolgt, den fasanenartigen Vögeln, hatten geschwiegen, wenn die Murmeltiere gepfiffen hatten, und uns an ihre Bauten herangeschlichen, um auf die Rücken von Adlern zu springen und die in allen Farben leuchtende Welt von oben zu betrachten. Dann waren wir durch Laub regnende Wälder getaucht, blau glitzernden Insektenschwärmen gefolgt und hatten uns darin versteckt, um an den vielen verborgenen Kraftplätzen die Welt mit Gedichten zu beschreiben, die uns der Augenblick zugeflüstert hatte.

Ich hatte auf diesen Wegen mein Glück gefunden und war mir sicher, dass auch meine Wirtinnen bald mit offenen Augen die Welt erkennen konnten, so wie ich gelernt hatte, sie zu entdecken. Eine echte Welt. Keine durch Wahnbilder gefärbte.

Wir fuhren auf den Passo di Fraele und bogen dann nach links ab, wo der Lago di Livigno die prächtige Bergwelt in seinem Wasser mit dunkelblauen Wäldern und golden leuchtenden Gipfeln spiegelte. Ein paar Minuten später erreichten wir das Baita Luleta. Rosarote und weiße Blumen quollen aus den Fenstern und umschlossen den zweistöckigen Steinbau. Ein Labrador räkelte sich unter einer Tanne in der späten Vormittagssonne.

Signor Scarselli stellte den Traktor neben den Holzzaun an der Straße und half Signora Khalberg vom wackeligen Sitz. Ich sprang ebenfalls nach unten und spürte, wie meine Beine von der Fahrt kribbelten. Ich holte den Schlüssel zum Baita Luleta hervor, bedankte mich bei dem Bauern und Margherita und erwartete in etwa drei Stunden die Rückkehr von Signor Scarselli, wenn er die nötige Bekleidung für Leonora Khalberg für ihren Aufenthalt im Sanatorio brachte. Als der schweigsame Bauer wieder auf seinen Traktor stieg und Margherita an der Hand nach oben hievte, bemerkte ich wieder, dass zwischen den beiden eine verborgene Verbindung hervorschimmerte. Doch das hatte mich nicht zu interessieren, dachte ich und wollte mich endlich um Leonora kümmern, die noch immer hilflos am ganzen Leib zitterte und vor dem verschlossenen Baita Luleta auf mich wartete. Was andere Menschen machen, hat mich nicht zu interessieren, wiederholte ich und warf noch einen letzten Blick auf den langsam verschwindenden Traktor. Dabei glaubte ich zu sehen, wie Margherita ihren Arm um den wortkargen Signor Scarselli legte.

Obwohl wir die Anmeldeformulare im Malga Trela noch ausfüllen mussten, wollte ich die Zeit nutzen, um Leonora näher kennenzulernen. Wir bezogen unser Zimmer, einen niedrigen holzvertäfelten Raum mit tief hängenden Dachschrägen und zwei Betten mit weichen Matratzen, die nebeneinander vor einem Fenster standen und einen Blick auf das Bergpanorama warfen. Unterhalb der Straße lauerte ein dichter grauer Wald, in dem sich die Farben des Frühlings noch versteckten.

Obwohl Leonora noch kein Wort gesprochen hatte, begann ich mit der Anamnese. Im Rahmen dieses Gespräches erhoffte ich mir, dass mir Leonora ihre Krankheitsgeschichte persönlich erzählen würde. Vor allem aus der Zeit, bevor das Charles-Bonnet-Syndrom diagnostiziert wurde. Ich wollte alles wissen: Operationen, Vorerkrankungen, aktuelle Beschwerden. Da Leonora meine erste Wirtin war, wollte ich besonders gründlich vorgehen. Schließlich lieferte dieses Gespräch Hinweise auf eine zusätzliche Diagnose und gab Ansatzpunkte für weitere Untersuchungen. Obwohl ich noch keine Ärztin war, hatte ich mich wochenlang mit gezielten Fragen auf die Beschwerden und Merkmale meiner Wirtin vorbereitet und mit Alessandra und Veronica geübt. Ich war nervös, als ich begann, und bemerkte, dass nun auch ich am ganzen Körper zitterte. Als ich hinter Leonora trat, die vor dem Fenster stand, nach draußen starrte und auf die Rückkehr von Signor Scarselli wartete, umklammerte mich eine seltsame Angst, die mir fremd war.

»Bevor wir später im Malga Trela die neurologischen Untersuchungen beginnen, würde ich gerne damit starten, dass wir –«

»Ich will das nicht«, sagte Leonora, verschränkte die Arme und legte die Hand auf den Mund. Ich vermutete, dass sie eine Zigarette rauchen wollte, aber diese anscheinend im Mantel ihres Mannes vergessen hatte.

»Es wird Ihnen guttun. Vor allem nach dem Tod Ihrer Tante ist es gut, wenn Sie hier Ihre Ruhe und Ihr Gleichgewicht finden«, sagte ich hölzern.

Aber Leonora schüttelte den Kopf. »Ich will sofort hier raus«, sagte sie und stürmte mit einem Mal aus dem Zimmer. Ich hatte Mühe, ihr zu folgen, konnte sie aber, kurz bevor sie auf die Straße lief, einholen. Da sie mit ihren Schuhen umgeknickt war, streifte sie sie wütend von den Füßen und warf sie laut schreiend über den Zaun in die im grünen Dunst stehende Wiese. Ich wartete, bis sie sich beruhigt hatte, und erst als wir die Kuhglocken hörten, die aus der Ferne zu uns herüberdrangen, begann ich wieder, den Faden aufzunehmen.

»Ich werde für Sie da sein. Mein Name ist Dorothea Grigio,

und ich weiß, dass die Bilder, die in Ihrem Kopf sind, nicht leicht zu verstehen sind.«

»Ach, die Bilder. Darum geht es nicht. Wo bin ich hier? Darum geht es! Was geht hier vor?«, fragte mich Leonora und fauchte mich mit einem Mal an, als würde ein ausgehendes Feuer noch einmal eine gefährliche Flamme gebären.

»Wir helfen Menschen«, sagte ich, bemüht, sie nicht mit einer steifen oder gar kontrollierenden Körperhaltung zu provozierte.

»Macht ihr hier Experimente? Oder setzt ihr eure ›Wirtinnen‹, wie ihr sie nennt, unter Drogen, damit ihr Material für euren Menschenhandel habt? Was treibt ihr hier?«

Ich verstand kein Wort und wusste nicht, was Leonora meinte. Ich hatte von ihrer Drogenabhängigkeit gelesen und wusste, dass Verfolgungswahn Teil eines Entzuges sein konnte. Dennoch fragte ich mich, was Leonoras Ärger ausgelöst hatte.

»Dr. Josef Almer leitet das Sanatorio. Er ist anerkannt auf dem Gebiet. Wir machen hier keine Experimente und auch sonst nichts von dem, was Sie befürchten«, sagte ich schüchtern und war sicher, rot anzulaufen. »Da es Ihre Entscheidung war, hierherzukommen, steht es Ihnen natürlich immer frei, zu gehen.«

»Damit mich eure *picciotti* kurz danach in einen Wagen zerren und dann irgendwo im Wald verscharren?«

Signora Khalberg litt eindeutig unter Verfolgungswahn. Ich musste einen Weg finden, sie zu beruhigen, und Josef um Hilfe bitten, da ich mit dieser Art von Gesprächen noch keine Erfahrung hatte.

»Wo gehen Sie hin?«, rief ich meiner Wirtin hinterher, als sie begann, barfuß die Straße hinabzulaufen.

»Weg von euch Freaks. Charles soll mich abholen. Sofort!«, kreischte sie plötzlich und fiel auf die Knie.

Ich näherte mich langsam und hockte mich vor sie hin. Dann suchte ich ihre Hand. Sie war eiskalt, und ihr Puls raste. Aber ich musste sie beruhigen.

»Hier wird Ihnen nichts geschehen. Hier werden Sie geheilt. Niemand tut Ihnen etwas. Nicht ich, nicht Signora Bianchi und auch nicht Signor Scarselli.«

»Der *picciotto.*«

Ich wusste nicht, was *picciotto* genau bedeutete. Mich hatte auch gewundert, warum Margherita mich im Hotel darauf aufmerksam gemacht hatte, das Wort leise auszusprechen. *Picciotto* war doch nur ein Wort für einen Gehilfen. Josef hatte es doch auch immer offen ausgesprochen.

Plötzlich veränderte sich Leonoras Gesicht, und ich fühlte mich mit einem Mal in vertauschten Rollen. Als wäre ich die Patientin und sie die Ärztin. In ihren braunen Haaren entzündete die Sonne einen roten Schimmer, als würde sie zu glühen beginnen.

»Du weißt nicht, was ein *picciotto* ist, habe ich recht? Du bist gänzlich neu hier, oder?«

Ich nickte zaghaft.

»*Picciotto* ist ein Rang. Der niedrigste Rang der Familie«, sagte Leonora, und in ihren Augen leuchtete etwas Dunkles.

»Welche Familie?«

»Kindchen, wie naiv bist du? Du kommst doch aus dem Süden, hat mir mein Mann erzählt. Da weiß man doch so etwas.«

Ich hatte keine Ahnung, wovon sie sprach.

»Ein *picciotto* ist der niedrigste Rang einer sehr großen und mächtigen Familie. Mächtiger als alles, was du dir vorstellen kannst. Es ist eine dunkle Familie, eine Schwarze Familie.«

Mein Atem stockte. Und obwohl ich nicht mehr an Gespenster glaubte, hatte ich mit einem Mal das Gefühl, als würde sich der Wald bewegen und zwischen den Bäumen würden Schatten huschen.

Ich wollte nichts mehr hören und sprang auf. Als Leonora weitersprechen wollte, schloss ich die Augen und legte die Hände auf die Ohren. Ohne ein Wort zu sagen, ging ich ins Baita Luleta, wo ich mich genau dort hinstellte, wo Leonora zuvor gestanden hatte, und starrte in die Ferne, wo ein fasanenartiger Vogel aus den Wäldern flog. In wenigen Stunden würde Signor Scarselli wiederkommen. Bis dahin musste ich eine Entscheidung getroffen haben.

Ostern kroch glockenläutend heran. Josef mochte es nicht, wenn er polierte Schuhe, gestärktes Hemd und einen feinen Anzug anziehen musste. Signora Morselli hatte auf sein Brummen stets dieselbe Antwort: »Das italienische Osterfest Pasqua hat eine lange Tradition. Es ist ja nur ein Mal im Jahr.« Als würde sich die Arbeit im Sanatorio dadurch von selbst erledigen.

Pasqua war ein Fest, bei dem die Familien zusammenkamen und gemeinsam nach Bormio fuhren. Dort hieß seit Jahrhunderten das Osterritual den Frühling willkommen. Während der Feier wurden fünf Lämmer auf jeweils einem geschmückten Holzwagen gesegnet und traten im historischen Viertel von Bormio im halsbrecherischen Wettkampf gegeneinander an. Jede Gegend schickte ihren Wagen und trat unter den lauten Schreien der Schaulustigen zum erbitterten Wettstreit der Contraden an. Danach traf sich die Familie wieder in Trepalle, um Don Di Dio in der Chiesa di Sant'Anna predigen zu hören.

Josef und ich waren mit Onkel Cascone mitgefahren. Als wir endlich einen Parkplatz gefunden hatten, füllte sich die weiße Kirche bereits. Wir gingen durch den harzigen Geruch zu den vorderen Bänken der Kirche und setzten uns. Die Chiesa bestand vollständig aus Holz und war prächtig beleuchtet. Don Di Dio begrüßte jeden am Eingang, segnete ihn mit Weihrauch und schüttelte ihm die Hände.

Die Chiesa di Sant'Anna war eine charakteristische Kirche, die aufgrund ihrer geringen Größe jeden Sonntag gut gefüllt war. Da zu Ostern auch Touristen das Fest in Trepalle feiern wollten, setzte sich der Bürgermeister, Signor Occhionero, dafür ein, dass die Kirchenfassade stets neu getüncht und das Unkraut per Hand vor dem Gebäude gezogen war.

Obwohl Don Di Dio es gerne sah, wenn die Männer auf der rechten und die Frauen auf der linken Seite saßen, blieb Josef an meiner Seite. Er hatte bemerkt, dass ich die letzten Tage über betrübt gewesen war und kaum ein Wort gesprochen hatte. Er führte es auf den Wetterwechsel zurück, der nach ein paar ersten warmen Sonnentagen wieder Kälte und Frost in die Alpen gebracht hatte. Er hatte vermutlich auch erfahren, dass Signora

Khalberg Hals über Kopf abgereist war. Ich hatte damit gerechnet, dass er mich damit konfrontieren würde, mich fragen würde, was geschehen war, aber er sagte nur, dass er mir vertraue und ich ihm jederzeit alles sagen könne, was mich bedrückte.

Als Signora Bianchi als Letzte in die Kirche stöckelte, stieß sie bei meinem Anblick einen lauten Freudenschrei aus und drängte sich durch die erste Sitzreihe, um neben mir zu sitzen. Ich erwiderte ihre Freundlichkeit, gab ihr drei Küsschen auf die Wange, fürchtete jedoch gleichzeitig, dass sie mich nach Signora Khalberg fragen würde. Als Signor Scarselli mit dem Traktor zurückgekommen war, war Leonora Khalberg nur auf den Sitz gesprungen und hatte den Bauern in schweizerischem Italienisch befohlen, sie sofort zu ihrem Mann zu bringen. Ich vermutete, dass sie Signor Scarselli nichts erzählt hatte von ihrem Verdacht, wir alle seien eine dunkle Familie. Zu absurd war doch der Vorwurf. Ich blickte zur Seite der Männer und suchte Signor Scarselli. Er war nicht hier. Hatte sein Fernbleiben etwas mit der Abreise von Signora Khalberg zu tun? Oder zog er es vor, in Valdidentro Ostern zu feiern?

»Ich halte ja nichts von diesem Gotteskram, aber zu Ostern bin ich ein frommes Lamm«, sagte Margherita und zwinkerte mir zu. Dabei beugte sie sich über mich und klopfte Josef auf die Knie, da er sie trotz ihres ungestümen Auftritts nicht bemerkt hatte. Als er sie sah, begrüßte er sie auch mit drei Küsschen. Ich lehnte mich zurück und bemerkte, dass beide die Augen offen hielten und sich besorgt anblickten, als hätten sie etwas zu verbergen. Als ein Zischen von den anderen Bänken kam, beugten sie sich wieder zurück, und die Predigt begann.

Ich hörte nicht zu und war in Gedanken versunken. Leonoras Vorwürfe waren so schrecklich gewesen, dass ich sie zunächst als Verfolgungswahn abgetan hatte. Dennoch klebten ihre Worte in meinem Alltag, und ich stellte mir bei jedem Menschen, der mir über den Weg lief, die Frage, ob er einer kriminellen Vereinigung angehörte. Alessandra mit ihrer Morgenroutine, ihrem Fleiß und ihrer Schwärmerei für Signor Cazzaniga? Oder Veronica, die heimlich sang, wenn sie glaubte, im Chalet allein zu sein, und jeden neuen Patienten mit einem breiten warmen Lächeln im Malga Trela empfing?

Waren sie an Experimenten an Menschen beteiligt? An Menschenhandel? Oder die Ärzte und Pfleger, die sich mit sanften Blicken, weichen Händen und geduldigen Bewegungen über die Fortschritte ihrer Patienten unterhielten? Oder Bürgermeister Occhionero, der sich am liebsten um jedes Anliegen seiner Bürger selbst gekümmert hätte? Oder Signor Gasser und Signora Morselli mit ihrer Leidenschaft für die regionale Küche und schöne Kleidung?

Nicht einmal Signor Cazzaniga traute ich diese Laufbahn zu, auch wenn sein stürmisches Temperament immer wieder zu Streitigkeiten zwischen ihm und dem Bürgermeister führte. Und Onkel Cascone? Machte ihn der Umstand, dass er sich aus dem Familienunternehmen in Mailand nach Trepalle zurückgezogen hatte, um ein einfaches Leben zu führen, zu einem schlechten Menschen? Und was war mit Josef? *Mio caro?* War er der Kopf einer Verbrecherbande? Ich musste schmunzeln, als ich sah, dass er scheinbar unbeobachtet in der Nase popelte, während ich aus ihm in Gedanken einen gefährlichen Verbrecherboss machte.

Ich war erleichtert, als Don Di Dio uns alle bat, uns zu erheben und zu beten. Und während Josef seinen Kopf senkte und sich still an Gott wandte, beugte ich mich zu ihm und flüsterte ihm ins Ohr: »Du hast zu Signor Scarselli immer gesagt, dass er ein *picciotto* sei. Was ist das, ein *picciotto*?«

Josefs Gebet stürzte wie ein Kartenhaus zusammen, und ich spürte, dass sich etwas mir Unbekanntes in ihm ausbreitete. Als uns Don Di Dio wieder Platz nehmen ließ, war meine Zuversicht verschwunden, und ich fühlte mich mit einem Mal unwohl.

»Habe ich das gesagt?«, fragte Josef und achtete darauf, dass niemand unser Tuscheln bemerkte.

»Ja, als wir das neue Jahr feierten und Signor Scarselli eine neue Flasche Wein holen sollte, hast du gesagt, er sei ein *picciotto*.«

»Ich war betrunken.«

»Aber was bedeutet *picciotto*, ist das ein böses Wort? So etwas wie ein Rang?«

Josefs Miene verfinsterte sich, und während Don Di Dio aus

der Bibel las, öffnete sich knarrend die Kirchentür. Im weißen Gegenlicht des Tages betrat Signor Dalmasso die stickige Holzkirche. Signor Dalmasso war bei der Polizia Provinciale. Er war Ende vierzig, hatte einen weißen Spitzbart und ein wanderndes linkes Auge, das gruselig aussah, wenn man ihn anstarrte. Er trug wie alle männlichen Kirchgänger seinen Sonntagsanzug und hatte – anders als bei der Verlobungsfeier im Albergo – auf seine Uniform verzichtet. In gebückter Haltung ging Dalmasso mit großen Schritten zu Occhionero, immer einen um Vergebung bittenden Blick auf Don Di Dio werfend, der seinen Bibelvers mit scharfem Ton würzte, um den zu spät kommenden Störenfried zu maßregeln. Kaum war Dalmasso beim Bürgermeister, flüsterte er ihm hinter vorgehaltener Hand etwas ins Ohr.

Onkel Cascone, der neben Occhionero saß, folgte ebenfalls den Ausführungen des Polizisten. Don Di Dio hielt kurz inne und wartete, bis sich Dalmasso endlich an die Regeln des Gotteshauses hielt und sich auf einen freien Platz vier Reihen hinter dem Bürgermeister setzte. Seine Blicke sprangen aufgeregt durch die Bänke und suchten um Vergebung für sein Verhalten. Überall raunte und zischte es, und erst als sich die Gemeinde wieder beruhigt hatte, fuhr Don Di Dio fort. Josef schien davon unbeeindruckt und streifte nur kurz den Blick seines Onkels, der seine Unterlippe ein wenig nach vorne schob und die Augen für einen Moment schloss.

»Ist etwas geschehen?«, fragte ich Josef, der mit der flachen Hand über seine Oberschenkel strich, um sein Hosenbein zu glätten, bevor er sie wieder zur Andacht faltete. Doch er schwieg und sah zum Pfarrer, der die Ruhe in seinen Worten wiedergefunden hatte. Josefs Schweigen entfachte ein neues Feuer des Zweifels in mir. War Josef der Mann, für den ich ihn hielt? Ich faltete ebenfalls die Hände, lehnte mich zurück. Nachdem Don Di Dio die Lesung beendet hatte, war die Ruhe wieder in die Kirche zurückgekehrt, und Margherita sah regelrecht zufrieden aus. Daher fragte ich mich, ob ich die Einzige war, die nach wie vor mit dieser Unruhe kämpfte.

Als wir wieder aufstehen mussten, um Gott zu preisen, beschloss ich, meinen Zweifel zu zerstreuen. Warum hörte ich auf die Worte einer von Drogen zerfressenen Wirtin? Es gab kein Anzeichen, dass auch nur ein einziges ihrer Worte der Wahrheit entsprach.

»Ein *picciotto* ist jemand, der unserer Familie nahestehen möchte und alles tut, um zu uns zu gehören«, sagte Josef. »Der Begriff ist abfällig. Er bedeutet so etwas wie Lehrling oder Gehilfe. Ich hätte Signor Scarselli nicht so nennen dürfen. Es tut mir leid.«

Ich spürte Josefs Hand an meinem Oberschenkel. Er strich langsam darüber. Ich war erleichtert und lächelte vermutlich sogar.

»Unsere Familie ist sehr groß. Du wirst sie erst nach und nach kennenlernen. Das hier ist nur ein kleiner Teil. Spätestens wenn wir heiraten, wirst du sie alle kennenlernen. Und du wirst sie alle lieben, auch wenn sie alle ein wenig seltsam sind.«

Josef äffte den wandernden Blick von Signor Dalmasso nach und lächelte mich verschwörerisch an. Dafür erntete er gleich böse Blicke von Signora Morselli, die ihn von der Bank hinter uns zurechtwies, dass eine Kirche kein Ort für Kichereien sei. Ich presste die Lippen zusammen, entschuldigte mich bei ihr für das Verhalten meines Verlobten und hatte Mühe, die Grimasse, die Josef gemacht hatte, aus meinem Kopf zu bekommen.

»Ich freue mich auf deine Familie«, flüsterte ich und folgte wieder den Anweisungen von Don Di Dio.

»Wir alle folgen Regeln, das hat uns immer so stark gemacht. Vor allem Mutter legt besonderen Wert darauf, dass wir die alten Werte nicht vergessen. Aber du wirst sie mögen, sie ist ihrer Schwester sehr ähnlich, vielleicht noch ein wenig traditioneller«, sagte Josef und nickte in Richtung Signora Morselli, die ernste Blicke über die Kirchengemeinde schweifen ließ.

»Wir sind solide und loyal. Und wir respektieren Regeln und Hierarchien in der Familie. Ich kümmere mich zum Beispiel nicht um die große Unternehmenspolitik. Sie wird an anderer Stelle entschieden. Aber wir übernehmen Verantwortung für unsere Leute, sind aufgeschlossen für neue Ideen und stellen niemanden öffentlich bloß.«

»Das klingt doch gut«, sagte ich und fühlte mich mit jedem Wort von Josef wohler.

»Für die neoliberalen Emporkömmlinge, die an den Universitäten glauben, mit ihrer stromlinienförmigen Art Karriere in den großen multinationalen Konzernen machen zu können, ist das nicht der Weg. Wir sind eine Gemeinschaft. Keine Einzelkämpfer. Wir halten zusammen.«

Papa war Einzelkämpfer gewesen. Am Ende war er daran zugrunde gegangen. Ich dachte an Gabriella. Sie hatte mir erzählt, dass auch ihr Vater Fischer gewesen war. Er habe früh verstanden, dass er es allein nicht weit bringen würde in dieser Welt, hatte Gabriella gesagt. Also hatte er sich mit anderen zusammengeschlossen. Zuerst mit den Fischern, dann mit den Bauern und später auch mit den Arbeitern. Sie waren füreinander da gewesen. Wie eine große Familie. Sie hatten aufeinander aufgepasst und waren einem großen Schwur gefolgt, der sie immer daran erinnern sollte, woher sie gekommen waren.

»Gibt es auch so etwas wie einen Schwur?«, fragte ich ein wenig spöttisch und dachte an Fischer, Bauern und Arbeiter, die sich in dunklen Gassen mit Fackeln trafen.

Josef ging nicht darauf ein. »Vertrauen und Verlässlichkeit, das ist es, was uns stark macht«, erwiderte er. »Das ist unser Schwur, wenn du so willst.«

Ich war zufrieden. Der Frühlingswind, der von den Bergen nach Trepalle fasste, nahm meine Ängste mit. Josef und ich sprachen vor der Kirche noch mit Margherita und Signora Morselli über das tölpelhafte Verhalten von Dalmasso und lobten die passenden Worte, die der Priester gefunden hatte. Unweit von uns hatte sich um den Bürgermeister eine kleine Gruppe Kirchgänger gebildet. Dalmasso malte dabei mit seinen Händen eine Geschichte in die Luft, die anscheinend so aufregend war, dass die kleine Gruppe aufmerksam an seinen Lippen hing, unter ihnen auch der Dorflehrer Gasser und Cazzaniga, der anscheinend auf Alessandras Annäherungsversuche angebissen hatte und ihr – und auch Veronica – immer wieder zweideutige Blicke zu warf.

Erst als Onkel Cascone – obwohl Josef und ich noch nicht verheiratet waren, nannte ich ihn so – in die Hände klatschte, löste sich die Gruppe auf, als würde jeder einem stillen Befehl folgen. Onkel Cascone zog seinen zerdrückten Hut über den

Kopf und warf mir einen kurzen Blick zu. Ich war nicht sicher, ob er lächelte oder besorgt wirkte, da er wegen der grellen Sonne die Augen zusammengekniffen hatte. Mir gefiel Onkel Cascones Entscheidung für ein einfaches Leben in den Bergen. Was für ein Leben er an der Unternehmensspitze wohl zurückgelassen hatte? Als er den Kirchplatz verließ und vermutlich trotz des Feiertages zurück zu seiner Arbeit ging, konnte ich mir nicht vorstellen, dass er je einen großen Konzern geleitet hatte.

Nach Ostern verbrachte ich die Ferienzeit mit Lernen. Mein gescheiterter erster Versuch, mich als Dienerin einer Wirtin nützlich zu machen, hatte an meinem Selbstwertgefühl genagt. Immer wieder spielte ich in Gedanken die einzelnen Augenblicke durch und fragte mich, wie ich die Kontrolle über die Situation hatte verlieren können. Josef hatte mich gewarnt und gesagt, dass man starke Nerven brauche, wenn man mit Patienten arbeitete, die an Halluzinationen litten. Und ich hätte nie geglaubt, dass mich schon der erste Kontakt in eine Krise stürzen und an der Aufrichtigkeit meines Mannes zweifeln ließe. Ich musste stabiler werden. Vertrauen und Verlässlichkeit, das waren die Werte der Familie, zu der ich bald gehören würde. Werte, die ich noch verinnerlichen musste.

Als die Ferien vorbei waren, fuhr ich mit Alessandra und Veronica wieder nach Mailand. Wir bekamen eine Liste von Prüfungen, für die wir rund um die Uhr lernen mussten, genossen die warmen Tage in der Stadt, tranken Kaffee in historischen Vierteln, probierten Designerklamotten an, die wir uns nicht leisten konnten, und liehen uns drei Vespas, mit denen wir durch die Porta Garibaldi fuhren und uns vorstellten, dass dort am Ende der Stadt bald große Hochhäuser stünden.

Bevor wir die Motorroller zurückbringen wollten, hielt ich noch am Hotel Chiron und sprang mit einem Siegeslächeln an der Rezeptionistin vorbei. Ich lief zum Zimmer, wo Dr. Merten auf mich wartete. Ich fragte ihn, wie er die Osterfeiertage verbracht hatte, und sprach ihn auf das schöne Wetter an, doch seine Stimmung war dunkel. Er hatte schon geschwiegen, als ich das Zimmer betreten hatte. Er bat mich, Platz zu nehmen, und wartete, bis meine Aufregung verzogen war.

»Es freut mich, dass es Ihnen gut zu gehen scheint, aber bevor ich Sie mit einer Sache konfrontieren muss, die vermutlich Ihr Missfallen finden wird, muss ich Sie fragen: Gibt es etwas Außergewöhnliches aus dem Sanatorio zu berichten?«

Ich überlegte, ob ich Dr. Merten von meinem gescheiterten ersten Treffen mit Leonora Khalberg erzählen sollte. Aber würde ihn der Verfolgungswahn meiner ersten Wirtin nicht misstrauisch machen? Er würde Fragen stellen, auf die ich womöglich keine Antworten hatte.

»Nichts Besonderes. Aber ich bin wachsam«, sagte ich und fühlte mich mit einem Mal wie ein kleines Mädchen, das sich unter dem strengen Blick seines Vaters dafür rechtfertigen musste, dass es sein Zimmer nicht aufgeräumt hatte.

Merten nickte, und ich spürte, dass er meine Lüge durchschaut hatte. Dann streckte er mir eine Zeitung entgegen und tippte mit dem Zeigefinger auf einen Artikel. »Dann seien Sie mal wachsam, Signorina Grigio, und lesen Sie!«

Toter auf der Alp des Schweigens

Schrecklicher Selbstmord in Valdidentro/Trepalle. Der Bauer Signor S. hat sich auf einem der Torri Fraele erhängt. Touristen, die in den Bagni in Bormio nach Erholung suchten, fanden den Toten, als sie einen Tagesausflug zu den Türmen unternahmen. »Es sah aus wie eine schaurige Warnung, wie man sie aus dem Mittelalter kennt, wenn man die Verräter von den Mauern hängen ließ, um den Feind damit abzuschrecken«, sagte die junge Frau, die den Toten von ihrem Fahrzeug aus entdeckt hatte. Obwohl die Polizei nicht von Fremdeinwirkung ausgeht, fürchten die umliegenden Orte um eine Schädigung des Rufes. »Die Gegend um Livigno, Trepalle und Bormio ist ein Erholungsgebiet. Auch wenn wir mit Signor S. mitleiden und uns fragen, warum wir ihm nicht helfen konnten, bleibt es doch ein Einzelfall«, sagte der Bürgermeister von Trepalle, Signor Occhionero, zur Presse.

Meine Welt lag in Scherben. Dr. Merten nahm die Zeitung wieder an sich und beugte sich zu mir.

»Nichts Besonderes also? Signor S. – oder besser Signor Vittorio Scarselli – war ein verzweifelter Mann. Nachdem seine vierjährige Tochter genau auf diesem Turm zu Tode gekommen ist, erhängt er sich an genau derselben Stelle. Aus Gram? Wie seine Frau? Was denken Sie, Signorina Grigio? Aber warum haben Sie und Ihr Josef das nicht kommen sehen und ihm geholfen, wenn Sie ja so wachsam sind? Oder wollten Sie es gar nicht sehen? Weil Sie mit anderen Dingen beschäftigt sind?«

Ich schwieg. Mein Mund war staubtrocken, und ich wusste nicht, was ich sagen sollte.

»Signorina Grigio. Wir haben einen Pakt. Ich muss Ihnen vertrauen können, und Sie müssen verlässlicher werden.«

Ich nickte und spürte, dass Dr. Merten Mühe hatte, die Wut zu unterdrücken, die in ihm kochte. Tausende Gedanken flogen durch meinen Kopf.

»Ich gebe Ihnen einen Monat Zeit, um herauszufinden, ob sich der arme Signor Scarselli tatsächlich selbst den Strick um den Hals gelegt hat oder es ein anderer für ihn erledigte.«

Mein Herz schlug wie wild. »Aber warum sollte das jemand tun?«, stammelte ich und verdrängte die Vorstellung, dass jemand, den ich kannte, dazu fähig sein könnte.

»Vielleicht war Signor Scarselli wachsamer, als sie es waren. Vielleicht hatte er etwas herausgefunden, was das Sanatorio in einem anderen Licht hätte erscheinen lassen. Etwas, was seiner Tochter dort passiert ist.«

Ich spürte den Wind vom Meer auf meiner Haut und dachte an den Torre dello Ziro, der wie ein Schatten aus der Vergangenheit in meine Welt hereinragte. Ich hielt den Atem an und stand auf.

»Ich werde es herausfinden, und ich werde Ihnen beweisen, dass es ein Selbstmord war und der Tod seiner Tochter ein Unfall«, sagte ich entschlossen. Meine plötzliche Selbstsicherheit überraschte mich, aber so, wie ein in die Enge getriebener Löwe zur Bestie wird, verwandelte auch ich mich und dachte an die Chiesa di Sant'Anna, wo ich jeden Sonntag mit meiner Familie zusammen sein wollte und wo uns Don Di Dio darauf einschwor, nicht allein zu sein.

Als ich mich zum Gehen anschickte und Dr. Merten zusicherte, dass ich in einem Monat Gewissheit hätte, folgte er mir zur Tür.

»Wissen Sie, was das Problem derer ist, die unbedingt nach oben wollen?«, fragte er mich. »Sie begeben sich blind in die Gesellschaft von Menschen, denen sie normalerweise aus dem Weg gehen würden. Mit den *picciotti* ist es das Gleiche. Immer wenn sie denken, sie könnten aussteigen, folgen ihnen die Schatten der Vergangenheit wie Gespenster, bis sie eines Morgens aufwachen. Erhängt an der Mauer eines Wachturms.«

Ich blieb an der Tür stehen, das Zwielicht des Flurs legte sich auf mein Gesicht. Ich musste standhaft bleiben. Es gab keine Beweise für Dr. Mertens Anschuldigungen.

»Und bevor Sie gehen: Hier ist ihre Adresse.«

Ich sah auf die Visitenkarte in Mertens Hand.

»Das ist die Adresse der jungen Frau, die sich an die Presse gewandt hat. Sie verließ Bormio Hals über Kopf, nachdem sie den Toten an der Mauer gesehen hatte.«

Ich schloss die Augen, der Boden unter meinen Füßen wankte, und als ich die raue Visitenkarte zwischen meinen Fingern spürte, wusste ich, welchen Namen ich darauf lesen würde.

Leonora Khalberg.

LUCIA

Vier Stunden bevor Julian Leidemann von seiner Großmutter am Friedhof von Spital am Semmering Abschied nehmen sollte, drang er in den Dunkelwald vor, in den ihm sein Vater folgte.

Hohe Tannen füllten den Forst, hinter denen sich schmale Säulen aus Sonnenlicht versteckten, als wären sie längliche, hochgewachsene lebendige Gestalten, die durch das zwitschernde Dach des knisternden Nadelwaldes fielen. Sie verströmten ein Licht, das auf dem weichen, pilzbewachsenen Boden weiß schimmerte wie Satin. Mit dreckigen Schuhen schritt Julian Leidemann voran und schob mit verkniffenem Blick seine Haare mit der Hand nach hinten, da die feinen, spitzen Äste des Waldes immer wieder heimtückisch in sein Gesicht wischten, als wollten sie ihn vom Weg abbringen. Sein alter Vater, Leopold, folgte ihm mit einigen Metern Abstand, leiser als sein Sohn, da er den Wald kannte und wusste, wo er sich durch die tief hängenden Zweige ducken musste.

Ohne ein Wort miteinander zu sprechen, gelangten die beiden über einen unebenen Boden, der auch von hüfttiefen, teils felsigen Gräben mit morschem Geäst durchzogen war, zur Spitaler Waldkapelle. Ein sakraler Bau, der in der Architektur der siebziger Jahre aussah wie ein großes A und in dessen Innerem ein Steinsockel mit dem verblassten Bild der Heiligen Mutter Maria vor drei erloschenen Grablichtern stand.

Als Kind war Julian oft bei der Waldkapelle gewesen, hatte von dort einen Blick in den Dunkelwald gewagt und nach Spukgestalten Ausschau gehalten. In seiner Phantasie hatten sich in diesem Wald seltsame Dinge zugetragen. Vor seinem kindlichen geistigen Auge hatte er nackte Menschen mit langen grauen Haaren gesehen, die pfeilschnell wie das Wild durch die schattigen Tannen gehuscht waren. Sie hatten in Hütten aus Sträuchern gewohnt und Tierfelle von Füchsen, Wölfen oder Bären getragen. Sie hatten seit dem Mittelalter unentdeckt im Dunkelwald gelebt, indem sie Fliegenpilze, Pestwurz und Sumpfporst gegessen hatten, um ihre Feinde im Rausch leichter besiegen zu können.

In den Geschichten von Julian hatte es ganze Clans gegeben, die je nach Zugehörigkeit ihre Gesichter mit Blumenfarben bemalt hatten, in Gelb, Grün oder Blau. Über die Jahrhunderte waren die Waldläufer von diesem Wald ausgeschwärmt und hatten ihre Blutfehden in die stummen Geschichtsbücher von Julians unstillbarer kindlicher Phantasie geschrieben. Dort waren sie auf andere Geschichten getroffen, die bisweilen sogar ineinandergeflossen waren. Dazu hatten die Geschichten der Stüppnester gezählt, wolfsähnlicher Horden, die im bleichen Mondlicht nach Menschen gesucht hatten, oder Schneehexen, die in den kalten Monaten wie Eissirenen verirrte Wanderer auf stürmische Berggipfel gelockt hatten, wo sie über sie hergefallen waren und ihnen die Wärme in ihren Körpern gestohlen hatten.

Als sich Julian Leidemann umdrehte und an der Waldkapelle auf seinen keuchenden Vater wartete, dachte er an diese Geschichten und daran, dass die Bücher, in denen sie geschrieben standen, in seinem Kopf für immer verschlossen waren. Selbst an die Geschichte des Nachtvolks, an der er am längsten festgehalten hatte, glaubte er nicht mehr.

Hunderte Menschen waren schweigend durch den Wald gezogen, mit gesenkten Häuptern, zuckersüßem Atem und fauligen Kleidern, die auf wunden Häuten gekratzt hatten. Es waren Aussätzige und Schuldgeplagte gewesen, die verzweifelt in ihren Hütten und Häusern gesessen hatten, bis die Schwarze Frau eines Nachts an ihre Türen geklopft und sie zu sich geholt hatte. Stumm und ängstlich hatten sie sich den anderen angeschlossen, die schweigend der Schwarzen Frau gefolgt waren. Und bald hatten auch sie sie Königin genannt, weil sie für sie gesorgt und den geplagten Seelen in ihrem Herz aus Asche eine neue Heimat geschenkt hatte. Der Gestank verwesender Tiere hatte sie verfolgt, und wenn man das Nachtvolk von der Ferne erblickte, war es, als wäre schwarzer rauchiger Nebel über die Erde gezogen.

An Julians Zimmertür hatte die Schwarze Königin nie geklopft. Als er nach Deutschland gegangen war, um Literatur zu studieren, hatte er das Geschichtsbuch der Erinnerungen zugeklappt und nie wieder an die Sagen gedacht. Weder an die Waldläufer noch an die Stüppnester oder Schneehexen. Nur manchmal, wenn er an das Schweigen seiner Eltern in seiner Kindheit und Jugend gedacht hatte, hatte er gebangt, dass eines Nachts die Schwarze Königin vor dem Hof seiner Familie stehen und auf sie warten würde.

Zu Beginn seines Literaturstudiums hatte er erwogen, die Sagen seiner Kindheit schriftstellerisch zu verarbeiten und einem Verlag anzubieten. Etwa die von einem alten Mann, der einem weißen Hirsch gefolgt war und sich in einer anderen Welt verirrt hatte. Als der Mann zurückgekommen war, war er geläutert gewesen und hatte begriffen, dass die andere Welt nichts weiter gewesen war als Bilder einer verdrängten Schuld, die er mit den Erinnerungen an die Sagen der Gegend gemalt hatte.

Julian hatte von der Idee Abstand genommen, da ein paar seiner Freunde in Kontakt mit Verlegern standen. Und diese glaubten nur so lange an einen Autor, solange er ihnen Geld brachte. Es ging schon lange nicht mehr um Ideen und Literatur, das Verlagsgeschäft war, so dachte Julian, ein Dienstleistungsgeschäft geworden. Deshalb hatte er die Idee nicht weiterverfolgt, da er seine Freude an der Sprache und der Literatur nicht begraben wollte.

Nur ein Mal, als ihn ein junger, eifriger Student nach einer Vorlesung gefragt hatte, was er von einem Exposé über die letzten Jahre von Gertrud von Babenberg halten würde, die angeblich in der Gegend rund um den Semmering im historischen Hospital in den Wahn gefallen war, hatte Julian kurz daran gedacht, die Geschichte selbst aufzugreifen. Doch nach den ersten Skizzen in seinem Kopf, zu denen eine geheimnisvolle Kapelle im Dunkelwald gehört hatte, in der sich die Herzogin mit ihrer Dienerin auf der Flucht vor den Truppen des Kaisers versteckt gehalten hatte, um über unterirdische Gänge zu entkommen, hatte Julian eine düstere Angst empfunden, sich selbst in den dunklen Winkeln seiner Phantasie zu verstricken. Also hatte er auch dieses Kapitel geschlossen und sich auf das Bewerten und Beurteilen von Literatur konzentriert, was deutlich einfacher war, als fortgerissen zu werden in eine Welt, die anders funktionierte als seine.

»Wo ist Urgroßvaters Hütte, von der du erzählt hast?«, fragte Julian seinen Vater, der mit hochrotem Kopf den schnellen Schritten seines Sohnes gefolgt war.

»Das ist doch hundert Jahre her. Vermutlich ist die Hütte längst verfallen.«

Julian sah zu seinem Vater und wusste nicht, ob er ihm trauen konnte.

»Warum ist Urgroßvater in den Dunkelwald geflohen und hat sich in dieser Hütte versteckt?« Er ließ nicht locker und bedachte seinen Vater mit einem anklagenden Blick.

»Ich weiß es nicht. Ich weiß überhaupt nichts.«

»Und diese Schwelle, von der du gesprochen hast? Wo ist die? Du hast gesagt, dass du auch über diese Schwelle gegangen bist. Was hast du gemeint?«

Leopold schwieg und sah unbeholfen an seinem Sohn vorbei in Richtung eines Forstweges, der hinter der Waldkapelle aus dem Dunkelwald nach Sonnwinkel führte, einem dunklen Graben von Spital am Semmering. Eine kleine Siedlung von Bungalows für Feriengäste, meist aus Wien, kauerte darin im ewigen Schatten.

»War dort die Hütte?«, fragte Julian, der den Blicken seines Vaters folgte. »Dort, wo jetzt die Bungalows stehen?«

Als dieser Julians Vermutung abstritt, betrat Julian den Forstweg und folgte den Schildern, denn er hatte das Gefühl, dass er dem Geheimnis seines Urgroßvaters immer näher kam.

»Mutter hat mir von einem Tagebuch von Urgroßvater erzählt. Kennst du das?«, fragte er, ohne sich umzudrehen.

Leopold Leidemann antwortete nicht und sah stattdessen nach oben, wo Turmfalken über dem immer dunkler werdenden Himmel warteten.

Julian folgte schweigend dem leicht abschüssigen Forstweg. Und obwohl er den Weg aus seiner Kindheit kannte, erwartete er hinter jeder Kurve eine Überraschung, ein Geheimnis, etwa einen weißen Turm, der in einen in den Abgrund ragenden Felsen gehauen war. Mit großen weißen Hirschgeweihen auf seiner Spitze, von wo aus man einen weiten Blick über die Welt werfen konnte, bis an deren Ende, bis ans Paradies, das weit außerhalb von Spital lag.

Der Sohn von Julians Grundschullehrerin hatte dem kleinen neugierigen Buben eines Tages davon erzählt, dass es hier in der Gegend weiße Türme gebe, die aber so versteckt seien, dass man sie nicht finden könnte, wenn man nicht bereit sei, die Augen zu öffnen. Und obwohl Julian kein Junge mehr war, hoffte er doch insgeheim, hinter der nächsten Kurve einen dieser Türme zu erblicken, mit einer kleinen Hütte an seinem unteren Ende, aus der es nach Tannenharz duftete, und mit prachtvollen Geweihen und den brennenden Feuern auf der Turmspitze, als wollte man etwas bewachen.

Doch als Julian eine lange nach links gezogene Kurve beschritt und durch den lichten Wald die ersten Dächer der Bungalows des Sonnwinkels sah, blieb er enttäuscht stehen und wartete auf seinen Vater, der weiter Mühe hatte, mit seinem Sohn Schritt zu halten. Mit rotem Kopf und schmutzigen Schuhen humpelte der alte Mann auf Julian zu. Hinter ihm hingen durch einen alten Wind geschundene Tannenstämme aus dem Himmel und legten sich wie ein Gitter vor eine rote Bank, die am nahen Waldesrand einen Blick auf Spital zuließ. Julian sah resigniert in den tiefen schattigen und kühlen Graben, wo die Bungalows hockten, und entschied, seinem Vater entgegenzugehen und auf der Bank ein wenig auszuruhen. Dankbar hob Leopold die Hand und ließ sich auf der Bank nieder, deren rote Farbe wie dürres Laub zu Boden fiel und morsches graues Holz freigab.

Julian stellte sich hinter seinen Vater und blickte auf Spital. Sie hatten den Ort im Halbkreis umrundet und sahen nun direkt darauf. Hinter dem Dorf erhob sich die Kampalpe mit ihrer stürmischen Höhe und der felsigen Bärenwand. Ein dichter Forst zog sich wie nadeliger Schlamm ins Tal. Im Cerewald, wie die Einheimischen ihn nannten – was so viel bedeutete wie Zirbenwald –, hatten einst berüchtigte Räuber in ihren Höhlen ihr Unwesen getrieben. An den Rändern des Waldes wagten sich verfallene Villen ans Sonnenlicht.

Als Leopold Leidemann nach der kurzen Pause wieder Kraft geschöpft hatte, riet er seinem Sohn, zurückzugehen, um sich für das Begräbnis zurechtzumachen. Doch Julian wollte nicht einfach zurückgehen, da er im Tonfall seines Vaters spürte, dass ihn etwas bedrückte. Er hatte ihm gesagt, dass er – so wie Julians Urgroßvater – über eine Schwelle gegangen war. Aber über welche Schwelle? Der Dunkelwald war von felsigen Gräben und niederträchtigen Ästen und listigen Mückenschwärmen durchzogen, verbarg aber sonst keine Geheimnisse. Das Einzige, was darin versteckt war, waren Erinnerungen einer vergilbten Kinderphantasie.

Als sich Julians Urgroßvater nach Graz aufgemacht hatte, um dort den Einberufungsbefehl entgegenzunehmen, war er da durch den Dunkelwald gegangen? Hatte er Angst gehabt und sich in seine Phantasie zurückgezogen? In die Welt der Schneehexen, Waldläufer und des Nachtvolkes? War er aus Furcht vor der realen Welt in eine Phantasiewelt geflohen?

Da Julian nicht allein durch den Sonnwinkel und seine Wochenendhäuser gehen wollte – ein Weg, der über einen großen Bogen am Ende auch nach Spital führte –, entschied er, sich neben seinen Vater auf die Bank zu setzen und auf das kleine Dorf seiner Kindheit zu starren.

»Semmerick ist slawisch und bedeutet ›das Unwirtliche‹«, sagte Julian, nachdem er Platz genommen hatte. »Oder Cerminik, ›der Berg bei der Blume‹.«

Leopold schloss die Augen. Sie waren rot und wässrig.

»Wovor hast du Angst, Vater?«, fragte Julian mit weicher Stimme und legte ihm die Hand auf den Oberschenkel.

»Wir sollten zurückgehen. Sonst kommen wir zu spät«, sagte Leopold, und Julian spürte, wie sein Vater gegen alte Gespenster kämpfte.

»Leben heißt, dunkler Gewalten / Spuk bekämpfen in sich, / Dichten, Gerichtstag halten / über sein eignes Ich.«

Julian setzte hinter das Gedicht von Ibsen eine kurze Pause und hoffte, dass sein Vater darin den stillen Ruf des Friedens hören und beginnen würde, seinem Sohn zu erzählen, von welcher Schwelle und welcher Hütte er zuvor gesprochen hatte. Doch er schwieg. Und mit ihm die Vergangenheit.

Julian zog die Hand vom Bein seines Vaters und beugte sich seufzend nach vorne. Seine Blicke zogen mit den tief fliegenden Schwalben über die sanft abfallende Wiese, bis sie an den alten Fassaden der am anderen Hang liegenden Villen einkehrten. Der

Wiener Architekt, Stadtbaumeister und Kommunalpolitiker Ludwig Dioska hatte um die Jahrhundertwende an der Oberen Bahnstraße von Spital am Semmering Gründerzeit-Villen erbaut. In einer davon hatte er kurz vor seinem Tod selbst gelebt.

Als der Frühlingswind mit einem unsichtbaren Pinsel über das Tal strich, fiel dem jungen Leidemann auf, dass von einer Villa ein weißer, heute verfallener Turm emporragte. An dessen Spitze klebte ein kleiner Holzverschlag, der aussah wie eine winzige Hütte. Hatte der Sohn von Julians Grundschullehrerin diesen Turm gemeint, als er von den »weißen Türmen« gesprochen hatte?

Als Julian sich noch der Schriftstellerei hatte widmen wollen und über die Geschichte von Spital am Semmering zu recherchieren begann, stieß er auf die Arbeiten eines Historikers, der die Ansicht vertrat, ein unbekannter Ritter habe einst bei den im Cerewald verborgenen Höhlen eine Höhlenburg geplant, die später zu einer Fluchtburg, einem Tabor, ausgebaut werden sollte. War dieser Turm der Rest dieser Höhlenburg?

»Als wir beim Haus waren, in dem Urgroßvater gelebt hat, hast du gesagt, dass ein Wiener es in den fünfziger Jahren gekauft hat. Weißt du, wer das war?«

Julian roch die Aufregung, die mit einem Schlag wieder aus den Poren seines Vaters stieg. Bevor er zurück nach Potsdam fahren würde, musste er herausfinden, warum sein Urgroßvater im Verborgenen in diesem Haus gelebt und warum sein Vater von einer geheimnisvollen Hütte hinterm Dunkelwald gesprochen hatte.

»Wir müssen aufbrechen. Es wird sonst zu spät«, sagte Leopold und erhob sich ächzend von der Bank.

»Die Bungalows im Sonnwinkel. Sie gehörten auch Wienern. Als du von der Hütte gesprochen hast, hast du da einen Bungalow gemeint?«

Leopold Leidemann erstarrte.

»Vater, was verheimlichst du?«

Als Leopold weiter schwieg, zog Julian sein Smartphone und tippte den Namen »Ludwig Dioska« in die Suchmaschine ein. Bevor der erste Wikipedia-Eintrag erschien, begann Leopold endlich zu erzählen.

»Ludwig Dioska erbaute um die Jahrhundertwende nicht nur diese Villen hier. Auch in Wien errichtete er einige Wohnhäuser. Er war ein erfolgreicher Architekt. Aber er mischte auch in der Politik mit. Dabei griff ihn ein radikaler Abgeordneter an und warf ihm vor, öffentliche Aufträge zu beeinflussen. Der damalige Bürgermeister von Wien, Lueger, ernannte sogar eine Untersuchungskommission. Dioska wurde freigesprochen. Doch unter der Hand erhielt sein damaliger Konkurrent Grundstücke und Häuser. Auch hier in Spital.«

»Das Haus, in dem Urgroßvater gelebt hat?«, fragte Julian und folgte mit dem Blick einem roten Falter, der zwischen seinen Beinen flatterte.

»Seine Tochter interessierte sich so sehr für die Jagd …« Leopolds Stimme stockte, und Julian hielt den Atem an. Die Tochter von Dioskas Konkurrenten hatte Leopold Leidemann gekannt? Julian sah erschrocken zu seinem Vater. Hatte er ein Verhältnis mit ihr gehabt? Hatten sie sich in einem Bungalow heimlich getroffen? Julian dachte an die abfälligen Bemerkungen seiner Mutter über die Jagd. War das der wahre Grund?

»Wie hieß der Mann, der die Häuser von Dioska geschenkt bekam?«, fragte Julian, der nicht glauben wollte, dass in seinem schwachen Vater ein leidenschaftlicher Liebhaber steckte.

»Marius«, sagte Leopold leise, und sein Sohn spürte, wie die Schuld seine Brust verließ wie eine letzte Taube einen Baum, bevor die Nacht kam. »Marius Khalberg.«

Schnell tippte Julian den Namen in sein Smartphone und überflog den ersten Artikel. Doch je länger er las, umso stärker strömte der Wind der alten Wahrheit aus dem Dunkelwald und verfinsterte Julians Gesicht.

»Wir müssen jetzt los«, sagte Leopold und betrat die Wiese. Sie war noch feucht vom nächtlichen Regen, weshalb die Erde darunter ein wenig nachgab und die Schuhe schmutzig machte.

»Kommst du?«, fragte er. Und als er bei Julian war, legte er seinen Arm um dessen Schulter und drückte ihn wie einen verlorenen Sohn fest an sich.

»Ich habe meinen Vater nie kennengelernt, weil er in den letzten Kriegstagen hier auf dem Semmering fiel. Aber ich habe mir immer gewünscht, dass er mich eines Tages in den Arm nehmen und mir sagen würde, dass er mir vergibt.«

Julian sah zu seinem Vater. Er wunderte sich über die Tiefe in dessen Worten und hatte Mühe zu antworten, denn seine Gedanken kreisten um Marius Khalberg und die Welt, die er jetzt betreten hatte.

»Fährst du gleich nach dem Begräbnis nach Potsdam?«, fragte Leopold Leidemann seinen in Gedanken versunkenen Sohn, während sich beide aufmachten, immer tiefer in das Tal hinabstiegen und in den Klang von Kirchenglocken tauchten, die zum Abschied von Leopolds Mutter und Julians Großmutter riefen.

»Nein, ich fahre nach Graz. Ich denke, ich weiß, warum sie Franz Leidemann nicht als Deserteur erschossen haben. Nicht nur Ludwig Dioska verfolgte neben seiner politischen Karriere andere Ziele. Im Internet steht, dass der K.u.k.-Leutnant Marius Khalberg Nervenarzt an der Pflegeanstalt Am Feldhof in Graz war. Ich denke, dieser Marius hat Urgroßvater vor dem Erschießen gerettet.«

VERLÄSSLICHKEIT UND VERTRAUEN. 1989.

Am 17. September 1989 gegen zehn Uhr vormittags, kurz vor dem Ablegen, schlüpfte ich mit meinem weißen Brautkleid unter die rote Plane des Batel, eines kleinen Fischerbootes, das die entfernten Ufer des Comer Sees miteinander verband. Die Abdeckung war über drei Bögen des kleinen Bootes gespannt und aus einem ähnlichen Material wie das Ölzeug, das ich getragen hatte, als ich ein Jahr zuvor Atrani über das Meer verlassen hatte. Ich rutschte nach vorne, damit Alessandra und Veronica auf der schmalen Holzbank des Fischerbootes Platz fanden.

Leute kamen gerannt, außer Atem, winkten mir mit lachenden Gesichtern zu und riefen ihre Glückwünsche über die schluchzenden Wellen des Sees. Ich hatte meinen Schleier vor das Gesicht gezogen – ein traditionelles Symbol für meine

Unschuld. Eines der Zimmermädchen im Grand Hotel Tremezzo hatte mir gesagt, dass das Zerreißen des Schleiers Glück brachte, natürlich nur, wenn ich damit einverstanden war.

Margherita stieg als Letzte ins Boot und startete den Motor. Signora Bianchi, die mir in den letzten Monaten bei der Hochzeitsvorbereitung wie eine gute Freundin beigestanden hatte, legte viel Wert auf Tradition und Brauchtum. Also überprüfte sie mit schnellem Blick, ob ich auf Goldschmuck verzichtet hatte, ein Zeichen des Unglücks. Zudem gestand sie, dass sie Josef noch das Stück Eisen geben müsste, damit er es während der Trauung in seiner Hosentasche tragen konnte, um böse Geister zu vertreiben.

Ich dachte, dass Margherita in diesen Tagen aufgeregter war als ich. Sie hatte alles in die Hand genommen, Schneider nach Trepalle kommen lassen, mit dem zuständigen Bürgermeister von Varenna am Comer See telefoniert, um die standesamtliche Trauung in der Villa Monastero zu organisieren, die Einladungen an die Familien vorbereitet und mich hinsichtlich des Blumenschmucks sowie des zehngängigen Festmahls beraten. Sie sorgte auch dafür, dass mich Josef in der Nacht vor der Hochzeit nicht zu Gesicht bekam. Eigentlich war das die Rolle meines Vaters, aber Papa und sein Boot waren ja noch immer verschwunden.

Margherita erzählte mir, dass es bei der Familie Brauch sei, dass alle Hochzeitsgäste – und natürlich auch die Braut und der Bräutigam – mit einer Lucia über den Comer See fuhren.

»All unsere Vorfahren waren früher arm und kämpften als Fischer ums Überleben«, sagte Margherita. »Aber unsere Großväter und Urgroßväter haben früh verstanden, dass sie es allein nicht weit bringen würden in dieser Welt. Also haben sie sich mit anderen zusammengeschlossen. Zuerst mit den anderen Fischern, dann mit den Bauern und später auch mit den Arbeitern. Sie waren füreinander da. Wie eine große *famiglia*. Sie passten aufeinander auf und folgten einem großen Schwur, der sie immer daran erinnern sollte, woher sie gekommen waren. Und da eine Hochzeit auch ein großer Schwur ist, kommen wir alle mit den Booten, mit der Lucia.«

Am Comer See war jedes Boot unter dem Namen »Lucia«

bekannt. Das ging auf den berühmten Roman von Manzoni zurück: »I Promessi Sposi«, »Die Brautleute«. Darin erzählte Manzoni die Geschichte von Renzo, dem Seidenspinner, und Lucia, dem Bauernmädchen aus Lecco am Comer See. Sie sind einander versprochen und planen ihr Aufgebot. Doch der Pater, der sie trauen soll, lässt sich vom tyrannischen Landadeligen Don Rodrigo so sehr einschüchtern, dass er den beiden die Trauung verwehrt. Während sie gemeinsam mit Lucias Mutter zunächst versuchen, die Trauung durch eine List zu erwirken, erkennen sie bald, dass nur eine Flucht Lucia vor dem Tyrannen schützen kann, und beide fliehen – in einem Boot – gemeinsam mit der Mutter nach Monza, wo Lucia in einem Nonnenkloster Schutz findet.

Mir gefiel die Geschichte, auch wenn mich das Ende traurig machte. Als Margherita den Motor anwarf und unsere Lucia ablegte, beugte ich mich vor, um aus der Plane über das Wasser zu sehen. Hunderte kleine Boote mit Planen in allen Farben füllten den See. Wie einem stillen Befehl folgend, hatten sie sich aufgemacht, das andere Ufer zu erreichen, das Dorf Varenna mit der Villa Monastero, dem Ort meines Aufgebotes. Und als Alessandra und Veronica meine vor Aufregung kalten Hände hielten und vor Freude Tränen über ihre Wangen liefen, bemerkte ich, dass auch ich weinte.

»Josef ist ein guter Mann«, sagte Alessandra, und ihr Blick verriet, dass auch sie von einer Hochzeit träumte.

Die Wellen des Sees schlugen an unser Boot, und Margherita steuerte uns mit aufrechtem Oberkörper über das Wasser. Wieder sah ich nach draußen und konnte kaum glauben, wie viele kleine Boote unterwegs zu meiner Hochzeit waren. Und überall saßen Mitglieder von Josefs großer Familie. Ich hatte zwar mit Margherita die Einladungen verschickt, aber schon bald den Überblick verloren.

Josef hatte mir nie viel von seiner Familie erzählt, nur, dass sein Vater gestorben war. Wenn ich Margherita oder Signora Morselli darauf ansprach, ob Josefs Mutter mich mögen würde, hatten sie genickt, dann aber ein gewisses Unbehagen ausgestrahlt, sodass ich – obwohl ich Josefs Mutter nicht kannte – Angst vor der ersten Begegnung hatte. Dass es genau der Tag der Hochzeit war, dass ich meine Schwiegermutter zum ersten Mal sehen würde, machte es für mich nicht leichter. Josef hatte mir nur einmal ein Foto gezeigt. Ihre Haut war hell, fast weiß geschminkt, sie trug einen knallroten, breit aufgetragenen Lippenstift und hatte halblanges, blond gewelltes Haar. Obwohl ihre Augen groß und sanft waren und fast ein wenig gelangweilt wirkten, lag in ihnen etwas Starres, Besessenes. Sie sah ihrer Schwester, Signora Morselli, kaum ähnlich. Nur wenn Signora Morselli fluchte, wenn ihr in der Küche des Albergos ein Rezept misslang und sie mit feurigen Augen in den Speiseraum stürzte, glaubte ich, eine gewisse Ähnlichkeit zu erkennen.

»Ich freue mich, Signora Morselli-Almer kennenzulernen«, log ich, da in Wahrheit die Angst jegliche Vorfreude erdrückte.

»Khalberg-Morselli«, korrigierte mich Margherita. »Sie hat nach dem Tod von Josefs Vater Enrico Khalberg geheiratet.«

»Khalberg?« Ich sprach den Namen aus, als wäre es der Name des Teufels. Denn nach meinem gescheiterten ersten Versuch, mit einer Wirtin zu arbeiten, hatte sich der Name Leonora Khalberg tief in mein Gedächtnis gegraben. Sofort wurde mein Mund trocken, und ich überlegte, ob sich Leonora Khalberg auf einem der vielen Boote befand, da vielleicht auch sie zur Familie gehörte.

Ich hatte Dr. Merten seit unserem letzten Treffen vor einem halben Jahr im Hotel Chiron nicht mehr gesehen. Er hatte mir damals einen Monat Zeit gegeben, um herauszufinden, ob sich Signor Scarselli tatsächlich selbst den Strick um den Hals gelegt oder jemand nachgeholfen hatte. Als ich das Hotel an jenem Abend verlassen hatte und zu Alessandra und Veronica in den Wagen gestiegen war, hatten die beiden bemerkt, dass etwas mit mir nicht stimmte. Ich hatte gelogen und behauptet, ich hätte eine alte Beziehung nun endgültig beendet. Die Visitenkarte von Leonora Khalberg, die mir Dr. Merten gegeben hatte, hatte sich in meiner Hand angefühlt wie ein Fremdkörper. Laut Dr. Merten hatte Leonora den toten Scarselli bei ihrer Abreise aus Bormio erhängt auf dem Turm entdeckt.

Ich dachte damals an ihre Vorwürfe, ihre Nervosität, ihre

Krankheit, die in ihrem Kopf wütete, und überlegte, ob ich mit ihr normal sprechen könnte, wenn ich sie anriefe. Was hätte sie mir erzählt? Hätte mir irgendjemand etwas über den Tod von Scarselli verraten? Wie sollte ich vorgehen, um die Wahrheit über Scarsellis Tod herauszufinden? Als wir auf halber Strecke zurück nach Trepalle waren, warf ich die Visitenkarte von Leonora Khalberg aus dem Wagen. Ich wollte Mertens Forderungen nicht nachkommen.

Warum hätte jemand von der Familie Scarselli töten sollen? Wer sollte dazu fähig sein? Margherita Bianchi? Sie war nach dem Tod des Bauern betroffen gewesen, hatte aber bald den Weg zurück in ihr Leben gefunden. Oder einer der Ärzte oder Pfleger? Alessandra und Veronica? Wie töricht diese Gedanken waren. Dann glitten meine Gedanken in die Chiesa di Sant'Anna, wo ich vor meinem geistigen Auge die Bewohner von Trepalle wie Angeklagte in die Reihen setzte. Niemandem von ihnen traute ich einen Mord zu. Am ehesten Signor Cazzaniga, aber auch nur, weil er ein verschlagenes Gesicht hatte. Ich dachte damals an den Polizisten Dalmasso, als er in die Kirche gestürmt war und dem Bürgermeister unter dem Zischen der Gläubigen etwas zugeflüstert hatte. Hatte er vom Tod Scarsellis erfahren? Vermutlich. Er war Polizist. Nachdem Leonora den Toten gefunden hatte, war auch Dalmasso informiert worden. Aber machte das einen der Familie verdächtig? Als ich als Kind vom Torre dello Ziro gestürzt war, hatte sich Papa große Sorgen um mich gemacht. Wäre ich gestorben, hätte er sich nicht auch das Leben genommen, um bei mir zu sein?

Obwohl ich mir sicher war, dass niemand den Bauern getötet hatte, hatte ich die Augen zunächst offen gehalten. Ich hatte die Gespräche der Ärzte im Malga Trela belauscht, Alessandra und Veronica in Gespräche verwickelt, mich mit Margherita ausgetauscht und nach Wortfetzen gesucht, die mir irgendeine Spur für eine Straftat hätten liefern können. Aber nichts. Selbst als eines Abends Onkel Cascone und Signora Morselli über den Selbstmord von Scarselli gesprochen hatten und Josef die Gefahren von Depressionen erklärt hatte, hatte ich geschickt Fragen in das Gespräch eingestreut, aber kurz darauf lieber das hervorragende Ossobuco alla Milanese von Signora Morselli in meinen Mund gestopft, als weiter die Menschen um mich zu verdächtigen. Und doch hatte ich Klarheit gesucht und begonnen, die Krankenakten der Wirte zu entwenden und darin zu lesen, wenn Josef geschlafen hatte. Aber da war nichts Auffälliges gewesen.

Als das Ende der Monatsfrist, die mir Dr. Merten gesetzt hatte, näher rückte, beschloss ich, nicht mehr ins Chiron zu gehen. Dr. Merten hatte mir einen Platz auf der Statale besorgt und mich im Gegenzug gebeten, die Augen im Sanatorio offen zu halten. Aber die Situation hatte sich verändert, und sein Verdacht, den er gegen Josef und die Menschen in Trepalle hegte, machte es mir unmöglich, mich weiter an die Abmachung zu halten. Was sollte Dr. Merten auch tun? Ich war an der Universität eingeschrieben, hatte hervorragende Noten und war der Liebling der Professoren. Welchen Einfluss könnte Dr. Merten noch haben? Und wenn alles schiefginge, würden Josef und seine Familie mir nicht zur Seite stehen? Schließlich waren sie alle *ricchi*!

Als ich jetzt, am Tag meiner Hochzeit, unter der Plane des Bootes auf den See starrte und die unzähligen Schiffe sah, die immer mehr zu werden schienen, je weiter wir in den See hinausfuhren, wusste ich, dass meine Entscheidung, den Pakt mit Dr. Merten zu brechen, richtig war.

»Verlässlichkeit und Vertrauen, das ist für Donna Frida Khalberg-Morselli das Wichtigste«, sagte Margherita und holte mich aus meiner Erinnerung.

»Ich freue mich schon, sie kennenzulernen«, sagte ich und schüttelte die Gedanken an Dr. Merten mit einem Blinzeln ab. Noch ahnte ich nicht, wie sich der schönste Tag meines Lebens bald verändern würde. Noch funkelte die Sonne auf dem Comer See, als würden wir über einen Teppich aus Diamanten fahren. Noch schien alles perfekt, und ich konnte es kaum erwarten, endlich wieder in den Armen von Josef zu versinken.

»Donna Khalberg-Morselli wird weder der standesamtlichen Trauung noch der kirchlichen Zeremonie beiwohnen.

Aber sie ist gekommen, und darauf kannst du dir schon etwas einbilden, Tea Grigio«, sagte Margherita und sah mich mit ihren großen runden Augen an. Ich war verwundert und suchte in den Gesichtern von Alessandra und Veronica nach Antworten. Doch sie wichen meinen Blicken aus und waren jedes Mal wie erstarrt, wenn sie den Namen von Josefs Mutter hörten.

»Warum? Wo ist sie?«, fragte ich und hörte den kindlichen Klang meiner Stimme, den ich nach der Zeit in Atrani nach und nach abzulegen versucht hatte.

»Sie ist dort oben. Am Castello di Vezio.«

Margherita zeigte auf den Berg, der sich neben Varenna am Ufer erhob. Auf dem Gipfel stand eine Burgruine, deren Mauern mit dem Dorf verbunden waren. Die Burg war im 12. Jahrhundert erbaut worden und unzugänglich für die Öffentlichkeit. Der Bürgermeister würde aber eine Greifvogelschau mit Falken planen und die Burg zu einem Anziehungspunkt für Touristen ausbauen wollen, erzählte mir Margherita.

Während sie erzählte, lehnte ich mich ein wenig nach vorne, als wollte ich Josefs Mutter in der Burg entdecken. Dabei sah ich aber etwas gänzlich anderes, was mir einen kalten Schauer über den Rücken jagte. Rätselhafte weiße Gestalten starrten regungslos von der Burg auf den See. Umhüllt von weißen Laken, bevölkerten sie das alte Gemäuer.

»Was um Himmels willen ist das?«, rief ich und blickte besorgt zu Margherita, die das Boot zielstrebig zum anderen Ufer führte.

»Das sind die Gespenster vom Comer See. Es heißt, es sind die ruhelosen Seelen langobardischer Krieger, die ihre Königin beschützen.«

Margheritas Gesicht verfinsterte sich, und sie versuchte, so geheimnisvoll wie möglich dreinzusehen. Dann wechselte sie aber wieder die Stimmung und sagte, dass es sich bei den Gespenstern vom Castello di Vezio um von Menschen erschaffene Skulpturen handele. Da der Wind und das Wetter die Figuren aber mit der Zeit zerstörten, ließen Künstler die Geister jedes Jahr wiederauferstehen. Dabei umwickelten sie sich in allen möglichen Posen mit Gaze, verharrten eine Stunde völlig regungslos und befreiten sich dann vorsichtig aus der fest gewordenen Hülle. Was blieb, waren Gespenster. Die Gespenster des Comer Sees.

Ich versuchte zu lächeln, hielt aber für einen Moment den Atem an und dachte an Giacobbe und die Jagd nach den Gespenstern meiner Kindheit.

»Wieso kommt Signora Khalberg-Morselli nicht zu uns?«, fragte ich wieder mit diesem kindlichen, naiven Glucksen in meiner Stimme.

»Es ist zu gefährlich für sie. Auch wenn es zurzeit keinen Krieg der Familien gibt, geht die Donna auf Nummer sicher. Verlässlichkeit und Vertrauen. Da ist die Donna konsequent wie niemand anders.«

Die Worte von Margherita Bianchi trafen mich wie die Kugeln eines Scharfschützen. *Krieg der Familien. Zu gefährlich. Verlässlichkeit und Vertrauen.* Ich konnte meine Augen nicht von der Burg lassen und glaubte sogar für einen Moment, dass sich eines der Gespenster bewegte und mich mit großen schwarzen Augen anstarrte.

»Geht es dir gut?«, fragte mich plötzlich Alessandra in ihrem schwarzen engen Kleid mit Netzstrümpfen und beugte sich besorgt zu mir. Gleich war auch Veronica bei mir – sie hatte sich für ein schlichtes cremefarbenes Kleid im Stile der fünfziger Jahre entschieden.

»Nein, es sind nur die Gespenster, ich hatte für einen Moment das Gefühl, sie würden sich bewegen«, sagte ich und suchte Halt in der Sicherheit, die Margherita in ihrem smaragdgrünen Kleid ausstrahlte. Dabei sah sie mich an, als würde sie in mir lesen, als hätte sie mich schon beobachtet, als ich mit Giacobbe Gespenster gejagt hatte. Als würde sie die *pazza* in mir erkennen, die sich kurz in mir aufgerichtet hatte, um nach den Gespenstern auf dem Berg zu sehen. Aber nein, ich war keine *pazza*, ich würde eine *ricca*. Wie ich es Papa versprochen hatte.

Für einen Augenblick waren nur das Rauschen des Sees und das geduldige Knurren des Bootsmotors zu hören, und ich zwang mich, den Blick von den Gespenstern auf der Burg abzuwenden. Ich musste jetzt wachsam sein, jetzt, kurz vor dem Ziel. Dabei dachte ich immer wieder an den Schwur der Familie. Verlässlichkeit und Vertrauen. Was, wenn Josefs Mutter eines Tages dahinterkommen würde, dass ich mich über Merten an die Universität geschummelt und selbst Josef nie davon erzählt hatte? Würde sie mir je vertrauen? Würde sie einen Krieg gegen mich führen? So nannte meine neue Familie offensichtlich ihre Streitigkeiten. Bevor ich mit Josef vor den Altar trat, musste ich für Klarheit sorgen, musste beweisen, dass ich verlässlich war und man mir vertrauen konnte.

Das Boot hatte gut zwei Drittel der Überfahrt hinter sich, als ich begann, mich zu öffnen und meinen drei Begleiterinnen von Dr. Merten zu erzählen. Ich erzählte ihnen alles. Von der Flucht aus Atrani, von Marco und Alfredo. Von Gabriella und meinem Wunsch nach einem besseren Leben. Von meiner Ankunft in Mailand und meinem ersten Treffen mit Dr. Merten und von dem Pakt, den ich mit ihm eingegangen war. Als ich fertig war und wir fast das Ufer erreicht hatten, sah ich in drei überraschte Gesichter. Ich wartete auf die Reaktionen meiner Freundinnen und war erleichtert, als mich Margherita zu sich zog und mich umarmte. Sie hatte Tränen in den Augen und dankte mir für meine Offenheit.

»Josef ist ein ehrenwerter Mann, wir sind eine ehrenwerte Familie«, sagte sie, und ich spürte in ihrer Stimme die Wut über Dr. Mertens Verdacht. Auch Alessandra und Veronica dankten mir mit einem zerbrechlichen Lächeln.

Und obwohl ich erleichtert war und beschloss, auch Josef gleich nach unserem Wiedersehen die Wahrheit zu sagen, bemerkte ich, dass Margherita den Motor drosselte.

»Verlässlichkeit und Vertrauen«, erhob sie ihre Stimme, die fester und schärfer klang als zuvor.

»Wenn du ehrlich bist, wollen wir es auch sein. Signor Scarselli liebte seine Tochter. Wenn sie nachts Alpträume hatte und schrie, dann legte er sich zu ihr und drückte sie ganz fest an sich. So fest, dass sie nicht weglaufen konnte. Er küsste sie und legte die Hand auf ihren Mund, damit sie endlich aufhörte zu schreien. Als die Alpträume schlimmer wurden und die Schreie lauter, floh Scarsellis Tochter. Sie lief mitten in der Nacht barfuß bis zum Malga Trela, wo wir sie fanden. Sie war einige Zeit bei uns, und wir begannen, ihr zu helfen. Wir wollten ihre Alpträume finden und ihr helfen, sie zu beenden. Josef kümmerte sich in dieser Zeit viel um die kleine Scarselli, weil er glaubte, in ihren Träumen eine Art Muster zu erkennen. Als Signor Scarselli zu Josef kam und ihm versprach, nie wieder seine Hand auf ihren Mund zu legen, glaubte ihm Josef. Wenig später lief die Kleine wieder von zu Hause weg. Doch diesmal verirrte sie sich und stürzte vom Turm.«

Tränen füllten meine Augen, und ich fühlte mich schlecht, dass ich auch nur einen Moment an Josef gezweifelt hatte.

»Jetzt kennst du die Wahrheit. Die Wahrheit des *picciotto* Scarselli.«

Margherita warf den Motor wieder an und wechselte die Farbe ihres Gemütes. »Aber das ist vorbei. Jetzt gilt es, eine Hochzeit zu feiern!«

Ich stand auf, duckte mich durch die Plane und wankte über das schaukelnde Boot zu Margherita. Sie hatte das Kinn nach vorne geschoben und steuerte entschlossen auf die Villa Monastero zu. Nachdem wir alle an Bord die Wahrheit wussten, fühlte ich mich erleichtert.

Als ich ein Jahr zuvor im Dunkeln und in Ölzeug auf das Fischerboot gestiegen war, um Atrani zu verlassen, hatte ich unsichtbar sein wollen. Im Schatten tiefschwarzer Nacht hatte ich gehofft, nicht entdeckt zu werden. Nicht enttarnt zu werden als eine, die aus Dante kam und sich davongeschlichen hatte, weil sie hoffte, ein besseres Leben auf der anderen Seite des Meeres zu finden. Dieses Gefühl hatte mich das ganze Jahr begleitet. Das Gefühl, nicht dazuzugehören, das große Glück nicht verdient zu haben, da man dem Schicksal, eine *povera* zu sein, nicht so einfach entkommen konnte. Auch am Bahnhof von Mailand, wo mich die glucksenden Mädchen zur Seite gestoßen hatten, oder vor der Universität, wo mir die Paninari auf ihren Vespas mit ihren Blicken gezeigt hatten, wo mein staubiger Platz war auf dieser Welt. Selbst in Trepalle oder als ich Leonora Khalberg im Grand Hotel abgeholt hatte, hatte dieses Gefühl, wertloser als andere zu sein, nur geduldet zu werden, tief in mir gehockt.

Erst jetzt, nachdem ich die Wahrheit ausgesprochen und so offen von meinem mutigen Weg aus Atrani erzählt hatte, als wäre es ein gewöhnlicher Weg, spürte ich, dass ich dazugehörte. Verlässlichkeit und Vertrauen. Ich war kein kleines Mädchen mehr, das mit gesenkten Blicken über die Piazza Umberto schlich, ich war Dorothea Grigio, die kurz davorstand, die Liebe ihres Lebens zu heiraten und zu einer Familie zu gehören, die viel größer und reicher war als die Familie vor dem Ristorante Destino.

Die Zeit war reif, den Blick zu heben. Und all jenen, die nicht wollten, dass kleine Mädchen ihre Augen nach oben richteten und ihren Schmutz aus den Kleidern schüttelten und schluchzend auf Türme kletterten, wo sie mit der dunklen Königin einen Schwur eingingen, damit sie ihnen zur Seite stand mit ihrem großen Heer, all jenen zu sagen, dass sich niemand in Zukunft gegen sie stellen sollte, denn sie hatten einen Schwur vor allen anderen Mädchen und vor allem vor sich selbst abgelegt. Einen Schwur, der niemals und von niemandem gebrochen werden durfte. Verlässlichkeit und Vertrauen. Signor Scarselli hatte diesen Schwur nicht ernst genommen und die Konsequenzen zu tragen gehabt.

»Hast du eine Zigarette?«, fragte ich Margherita, und nach einem kurzen Gekicher an Bord rauchten wir vier unsere Zigaretten, dabei stand ich vorne am Bug der Lucia und blickte über den See voller Boote, als wäre es die Piazza Umberto. Ich nahm einen tiefen, zufriedenen Zug, und obwohl es meine erste Zigarette war und ich am liebsten gehustet hätte, hielt ich den Atem an und sah auf den östlichen Strand des weiten Sees, wo die Villa Monastero wie ein Palast auf mich wartete.

Die Villa war mit ihrem Zusammenspiel aus unterschiedlichen Baustilen eines der beeindruckendsten Bauwerke am See. Das längliche Gebäude war geschützt von einem rötlichen Dach, unter dem Fensterbögen und Balkone einander über zwei Stockwerke spielerisch abwechselten. Über dem Bootsanlegeplatz führten breite Treppen zum prunkvollen Eingang. Umgeben war die Villa – die vom See betrachtet aussah wie eine die Zeiten überdauernde geheime Schaltzentrale der

Welt – von einem weitläufigen Garten, der terrassenförmig angelegt war. Zu jeder Jahreszeit blühten und dufteten dort Blumen aus aller Welt.

Viele renommierte Institutionen, Universitäten und Unternehmen nutzten die Villa als internationales Konferenzzentrum. Um die Freitreppe zwischen dem Erdgeschoss und der ersten Etage verteilten sich diverse atmosphärische, magisch wirkende Räume. Beeindruckend war das breite Spektrum deren Interieurs: So trafen in ihren Schatten deutscher Barock und Rokoko auf Neorenaissance, Neorokoko auf Jugendstil und Manierismus.

Margherita hatte mir von den vielen Räumen erzählt, und ich konnte es kaum erwarten, mit Josef durch diese geheimnisvollen Zimmer zu schweben, umgeben vom tosenden Jubel meiner neuen Familie, umhüllt vom Knallen der Champagnerkorken in der Sala del Consiglio, von glitzerndem Konfetti in der Sala Kennedy und vom Takt einer Tarantella in der Sala delle Conferenze. Wenn alles vorbei war, wollten wir uns zurückziehen und uns im alten Wohnzimmer Salottino Mornico unter der Bibliothek lieben, im roten Raum des Rokoko küssen wie von Sinnen und uns in der Sala Nera ewige Liebe schwören, im Herzen des schwarzen Raums der Villa Monastero.

Als wir am Steg der Villa anlegten, ließ ich meinen drei Freudinnen den Vortritt. Zwei Männer mit ernsten Gesichtern und gut sitzenden Anzügen halfen ihnen aus dem wild schaukelnden Boot. Dahinter stand eine junge Frau und kontrollierte die Namen der Gäste. Aus der Villa drangen bereits Festgeräusche, und ich hörte erste »Aaaahs« und »Oooohs«, die vermutlich meinem Kleid galten. Als ich an der Reihe war und mir die beiden Männer aus dem Boot halfen, bemerkte ich, dass beide Waffen trugen. Das habe ich mir sicher nur eingebildet, dachte ich jedoch und ging wie betrunken zu der Frau, die auch meinen Namen mit der Liste abgleichen wollte.

»Tea Grigio«, sagte ich stolz und suchte in den Menschengruppen erste vertraute Gesichter.

»Es tut mir leid, aber Sie sind nicht auf der Liste«, sagte die junge Frau und legte ihren Kopf schräg.

Bevor ich antworten konnte, drängte sich ein Mann vor mich und erklärte der Bürokratin, dass ich die Braut sei und er selbst die Bürgschaft für meine Sicherheit übernehme.

Ich kannte die Stimme, und als der Mann sich umdrehte, hörte die Welt auf, sich zu drehen.

Dr. Merten lächelte mich an, küsste mich auf die Wange und meinte, dass er an meinem Jubeltag doch nicht ohne eine Überraschung habe kommen können. Und bevor ich meine Stimme wiederfand, tauchte Signora Gabriella aus einer der Menschengruppen auf, begleitet von Marco und Alfredo.

»Signor Merten ist der ehemalige Consigliere von Donna Khalberg-Morselli. Er ist so nett und führt dich zum Altar«, sagte Margherita hinter mir und begrüßte Dr. Merten mit einem tiefen Knicks.

Meine Welt verschwand und mit ihr der schönste Tag meines Lebens.

DIE BRAUTLEUTE. 1989.

Mit einem gequälten Lächeln schritt ich die Steintreppe vom Steg hinauf zur Villa Monastero. Ich warf Signora Gabriella einen flüchtigen Blick zu und sah aus dem Augenwinkel, dass sie Dr. Merten folgte, der dicht hinter mir war. Als wir durch ein Steintor schritten, hakte er sich bei mir ein und sah mich mit sanfter Miene an. Er nahm mir mein weißes Bouquet mit den langen Callas ab, um mein Brautkleid leicht anzuheben, damit es an den alten Steinstufen nicht schmutzig wurde. Die Vormittagssonne brannte mein Gesicht zu einer Maske mit gekünsteltem Glückslächeln. Überall tauchten auf den weiten Terrassengärten Menschen auf, die mich ansahen, ihr Glas feierlich hoben und die Köpfe zusammensteckten.

»Ich habe Sie davor gewarnt, sich in Josef zu verlieben. Seine Familie ist groß, wie Sie sehen«, sagte Dr. Merten und grüßte die vielen verteilten Grüppchen mit einem andächtigen Nicken. Unter meinen Schuhen knirschte der Kies, und ich nutzte das Geräusch, um Luft zu holen.

Der Weg zur Kirche, der Chiesa San Giorgio, die unweit der Villa Monastero lag, führte vorbei an malerischen Ausblicken auf den See, verzauberten Arkadenloggien und schattigen mittelalterlich wirkenden Säulen und Wegen. Doch die Schönheit dieses Ortes verschwand in mir hinter einem dunklen Vorhang, und ich war froh, dass man hinter meinem Brautschleier meine Tränen nicht sehen konnte.

Obwohl ich wusste, dass ich Josef erst unter dem großen hölzernen Kruzifix der Kirche sehen würde, suchte ich sein Gesicht in der Menge fremder Menschen. Margherita hatte die ganze Zeit über gewusst, dass Dr. Merten mich vor den Altar führen würde. Warum hatte sie mich nicht gewarnt, als ich ihr über meine Beziehung zu Merten erzählt hatte? Als ich mich umdrehte, um zu sehen, ob mir Margherita und meine beiden anderen Freundinnen folgten, blickte ich direkt in das Gesicht von Signora Gabriella. Aber zu meiner Überraschung war es nicht feindselig oder enttäuscht, sondern verständnisvoll und weich, als wollte sie sagen: Ich verzeihe dir, Tea. Doch als ich Marco und Alfredo sah, die in weißen Anzügen neben Gabriella gingen, spürte ich wieder die Bitterkeit in mir, und ich war sicher, dass es nicht das Sonnenlicht war, das in ihren Augen funkelte, sondern Eifersucht. Alessandra und Veronica gingen weiter hinten und sprachen mit Signor Cazzaniga. Von Margherita fehlte jede Spur.

»Sie können stolz auf sich sein, Signorina Grigio. Es kommt nicht alle Tage vor, dass die ganze Familie zusammentrifft«, sagte Dr. Merten und forderte mich mit einem strengen Blick auf, die freundlichen Glückwünsche, die mir zugerufen wurden, mit einem sanften Nicken zu erwidern.

»Sogar die Vorsitzende ist zugegen, Donna Frida Khalberg-Morselli. Ich werde sie Ihnen in wenigen Minuten vorstellen, gleich, wenn wir bei der Kirche sind.«

Ich nickte und lächelte und suchte in den vielen Gesichtern nach Bekannten. Während wir die letzten Meter zur Kirche gingen – einem frühmittelalterlichen Bauwerk mit drei Schiffen und einem majestätischen Kirchturm, der sich wie eine einsame steinerne Nadel in den azurblauen Himmel bohrte –, erzählte mir Dr. Merten von den Familienzweigen, die nach

Varenna gekommen waren. Schließlich heiratete der Sohn der Vorsitzenden nicht alle Tage.

Dr. Merten sprach von der Familie Khalberg, deren Wurzeln in Österreich lägen. »Die Khalbergs lagen oft im Streit mit der Familie Cascone, deren Oberhaupt, Antonio, Sie ja bereits seit Längerem kennen. Die Familie Almer ist erst seit hundert Jahren Teil der Familie, durch die Heirat mit den Cascones. Die Familie Morselli schließlich stammt aus dem Süden wie Sie«, sagte Dr. Merten und warf mir einen verschwörerischen Blick zu. »Im Laufe der letzten Jahrzehnte wuchs die Familie um zwei weitere Zweige rund um den Kunst-und-Mode-Mäzen Aurelio de Salazar-Cascone und den Industriellen Khalberg Adachi-Turner. Sechs Zweige, eine große Familie.«

Mir schwindelte. Waren all die Menschen, die ich sah, Teil dieser sechs Zweige? In einer kleinen Gruppe direkt vor der Kirche sah ich Bürgermeister Occhionero. Waren auch die Menschen in Trepalle Teil davon? Cazzaniga, Pater Don Di Dio, der Lehrer Gasser, der Polizist Dalmasso? Und Margherita Bianchi? Ein Schauer lief mir über den Rücken.

Als wir die Chiesa di Giorgio betraten, war die Welt um mich herum wie in einem Traum versunken. Die Kirche bestand aus drei Schiffen mit zylindrischen Säulen und hohen Gewölben. Als Dr. Merten mit mir nach vorne zum Hauptaltar aus Marmor trat, erhoben sich die Menschen in ihren festlichen Roben zu beiden Seiten. Khalberg, Cascone, Almer, Morselli, de Salazar, Adachi-Turner. Ihre Oberhäupter waren gekommen, und ich senkte den Kopf hinter meinem Schleier.

Josef trug einen Anzug aus marineblauem, weichem Stoff. Er reichte mir seine Hand. Sie war feucht, und durch meinen Schleier sah ich, dass er genauso aufgeregt war wie ich. Immer wieder drehte er sich um und sah vermutlich zu seiner Mutter, die sich sicherlich unter den Gästen befand und die ich bald mit einem höflichen Knicks begrüßen würde.

Als das Streichquartett gleich neben dem Altar begann, den Hochzeitmarsch zu spielen, verschwand jede Erinnerung in mir. Ich nahm nur noch den Schatten des Priesters wahr, der zu uns sprach, und den Hochzeitszelebranten mit seiner Schleife in den Farben Italiens und die Mädchen, die Blumen streuten, und Dr. Merten dicht hinter mir sowie Signora Morselli auf Josefs Seite. Und dann bewegte sich mein Mund, und ich hörte, wie ich »*Sì*« sagte und wie Josef »*Sì*« sagte. Dann nahm er meine Hand und steckte einen goldenen Ring an meinen Finger. Wir waren jetzt Mann und Frau.

»*Bacio! Bacio! Bacio! Bacio!*«, riefen plötzlich alle, während das Streichquartett eine italienische Tarantella zu spielen begann.

»*Bacio! Bacio! Bacio! Bacio!*«

»Wir müssen uns jetzt küssen«, sagte Josef mit Tränen des Glücks in den Augen und beugte sich zu mir. »Ich liebe dich«, sagte er und küsste mich so lange, dass die ganze Kirche Zeit hatte, aufzuspringen und zu jubeln.

Wie benommen gingen wir durch die tanzenden Spaliere nach draußen und tauchten in einen Regen aus Reis, der uns Glück bringen sollte. Und immer wieder riefen sie: »*Bacio! Bacio!*«

Plötzlich trat Signora Gabriella zu mir. Sie wandte sich zuvor an die feiernde Menge und rief ihr etwas in süditalienischem Dialekt zu, was von den Gästen bejubelt wurde. Anscheinend wollte sie, dass ich den Brautschleier zerriss. Es sollte Glück bringen, doch als ich mich wehrte und mit großen Gesten damit warten wollte, bis meine Augen getrocknet waren, fand ein neuer Brauch jubelnden Zuspruch. Ausgerufen wurde er von Margherita, die in ihrer Feierlaune das Brautpaar aufforderte, ein Glas auf den Boden zu werfen. Die Anzahl der Scherben würden dann zeigen, wie viel Jahre des gemeinsamen Glücks das Paar zu erwarten hatte. Da ich Margherita vorhin aus den Augen verloren hatte, war ich froh, sie wiederzusehen, und willigte in ihren Vorschlag mit einem lauten »*Certo*« ein. Schnell wurde ein Glas gereicht, Josef und ich umfassten es, warfen es in die Höhe – und die Zeit fror ein.

Denn in dem Augenblick, als wir das Glas warfen, flüsterte Dr. Merten Josef etwas ins Ohr. Und trotz der ausgelassenen Stimmung konnte ich jedes Wort verstehen.

»Eure Mutter, Donna Khalberg-Morselli, kommt nicht.«

Josefs Gesicht verdunkelte sich, und das Glas fiel. Ohne einen Kratzer krachte es heil auf den Boden und rollte vor

Margheritas Füße. Und mit einem Mal erstarb auch die Musik aus dem Kircheninneren. Es vergingen Sekunden der Stille, sodass ich für einen Moment glaubte, das Meer aus Atrani hören zu können.

Dr. Merten war der Erste, der seine Stimme wiederfand. Er gab die Anordnung, dass die Bomboniera verteilt werden sollte, ein kleines, hübsch verpacktes Gastgeschenk, das für jeden Gast bereitstand. Darin befanden sich in einem kleinen Döschen aus Glas Hochzeitsmandeln. Dann unterrichtete Merten die Gäste über das weitere Programm, das zehngängige Dinner im Festzelt vor der Villa Monastero und die Büfetts in den einzelnen Räumen, wo in den späten Abendstunden auch die Möglichkeit zum ausgelassenen Tanz bestand. Dabei sollten, fuhr er fort, über tausend kleine Glühbirnen, die wie ein unsichtbares Dach über den Terrassengärten der Villa angebracht worden waren, die Nacht in einen leuchtenden Sternenhimmel verwandeln.

Alessandra und Veronica hingen in Cazzanigas Armen und zwinkerten ihm beide zu. Als Alessandra sah, wie ich sie völlig verzweifelt und hilfesuchend anstarrte, lief sie rot an.

»Es ist nur ein dummer Brauch«, sagte Josef zu mir. Doch als er in meine Augen sah, begriff er, dass es mir nicht um das heil gebliebene Glas ging, sondern um seine Mutter.

»Ich werde mit ihr reden«, flüsterte er und rang mit einem Lächeln, während die Gäste wieder lautstark zu rufen begannen.

»Bacio! Bacio! Bacio! Bacio!«

Nach der Trauung gingen wir zurück in die Villa Monastero. Trotz der Enttäuschung über das Fernbleiben seiner Mutter kam Josef scheinbar müheloser wieder in Feierstimmung als ich. Ich hakte mich bei ihm ein, straffte meinen Schleier vor dem Gesicht und folgte stumm seinen kurzen Konversationen mit den unzähligen Gästen, die uns mit erhobenen Gläsern gratulierten.

Nachdem ein Hochzeitsfotograf Bilder von uns gemacht hatte – Josef und ich küssend vor der Seekulisse, Josef und ich auf einer Steinmauer, Josef und ich auf einer Wiese liegend,

Josef, ich und die Oberhäupter der Familie –, aßen wir in der Sala delle Conferenze. Männer und Frauen mit langen schwarzen Schürzen trugen große und schwere Teller durch ein hohes kirchenähnliches Gewölbe, das dem italienischen Nobelpreisträger Enrico Fermi gewidmet war. Er hatte vor Jahrzehnten in der Villa Monastero gearbeitet. Ich aß geduldig, lobte die Küche und lauschte den kurzen Beschreibungen der wichtigsten Familienmitglieder, die mir Josef zwischen den Gängen nach und nach zuflüsterte. Immer wieder verwechselte ich die Namen und suchte Merkmale in ihren Gesichtern, ihrer Haltung, die mir im Gedächtnis bleiben würden, wenn ich sie vielleicht später draußen in den Gärten traf.

»Im Grund musst du dir nur sechs Namen merken«, sagte Josef, wobei er sich kauend zu mir beugte. »Enrico Khalberg ist das Oberhaupt der Khalbergs. Nach dem Tod meines Vaters hat er meine Mutter geheiratet, die die Vorsitzende der gesamten Familie ist.«

Enrico Khalberg sah aus wie Bürgermeister Occhionero, zu groß gewachsen, hochwirbelndes Haar, aber ein offenes, zuversichtliches Gesicht. Im Gespräch kreuzte er meist die Arme hinter dem Rücken wie ein Feldherr.

»Die Khalbergs sind führend in der Finanzwirtschaft. LAM. Liquid Asset Management. Alles, was mit Geld auf diesem Planeten zu tun hat, geht durch die Hände der Khalbergs. Sie wollen in Mailand hinter der Porta Garibaldi neue Büros bauen.«

Ich nickte Josef zu und dachte an die schmutzige Straße hinter der Porta Garibaldi, wo ich mich im schattigen Hotel Chiron mit Dr. Merten getroffen hatte. Er hatte mir erzählt, dass dort eines Tages »eine neue Ordnung« entstünde. Wusste er von den Plänen der Khalbergs? Natürlich! Dr. Merten wusste alles.

»Onkel Cascone kennst du ja«, sagte Josef weiter und zeigte mit der Gabel auf den alten Bauern, der mich mit seinem Auto nach Trepalle gebracht hatte. Jetzt trug er einen Anzug, hatte das schüttere Haar nach hinten gekämmt und sah aus, als beobachtete er alle Gäste. Alle schienen sich innerlich vor ihm zu verbeugen, als hätten sie Angst oder eine dunkle Ehrfurcht vor ihm. »Sie nennen Onkel Cascone gerne den ›Duce‹. Wie den einstigen Führer der Faschisten, Mussolini. Onkel Cascone hat sich aus den Aufsichtsräten aller Unternehmen zurückgezogen, ist aber noch äußerst gut vernetzt in der Politik. Trotz seines Alters ist er ein Rebell. Wie Cazzaniga.«

Wieder nickte ich und suchte Alessandra und Veronica, die vermutlich in einem anderen Raum aßen.

»Der Familie Almer steht Onkel Cascones Bruder Enzo vor. Er ist gut vernetzt in der Pharmabranche. Nachdem meine Vorfahren CasCalm gegründet hatten, ein Unternehmen für Arzneimittelherstellung, hat Enzo unser Netzwerk weit über die Grenzen Europas ausgedehnt.«

Enzo Cascone sah aus wie ein zerstreuter Wissenschaftler, ungezügeltes Hemd, enge Augen, zerrüttetes Haar, spitzer Mund. Hatte er die Gründung des Sanatorio vorangetrieben? Warum war dann nicht er in Trepalle, sondern sein Bruder Antonio? Der Duce? Der Name machte mir Angst.

»Federico Morselli, Nahrungsmittelkonzern. Weltweit führend. Bruder meiner Mutter und von Signora Morselli. Aber die kennst du ja. Ein weicher Charakter mit hartem Kern. Signora Bianchi hat einen guten Draht zu ihm.«

Margherita. Ich suchte nach ihr. Vermutlich war sie bei Alessandra und Veronica. Sie kannte das Oberhaupt der Morsellis? Ich sah zu dem Mann mit Oberlippenbart, runden Brillengläsern und einem zweifelnden, fast eingeschüchterten Blick.

»Da drüben sitzt Aurelio de Salazar-Cascone. Er diktiert von Mailand aus die Mode- und Kunstwelt überall auf diesem Planeten. Und daneben siehst du Khalberg Adachi-Turner. Bauwirtschaft, Petrochemie.«

Ich blickte zu den beiden Männern, die tief in ein Gespräch versunken waren. Sie sahen einander ähnlich, gepflegt, groß gewachsen, und wirkten in einer seltsamen Art und Weise wie Zwillinge, aber mit entgegengesetzten Interessen.

»Unser Consigliere war bis zum großen Streit Dr. Merten. Er ist ein tiefreligiöser und gottbegnadeter Neurologe. Und mein Doktorvater. Wir haben leider unterschiedliche Ansichten, was ich persönlich sehr bedaure. Aber auf jeden Fall freut es mich, dass er uns die Ehre erwiesen hat, dich zum Altar zu führen. Vielleicht trägt unsere Hochzeit zur Beendigung des Streits bei. Wie stehst du zu Dr. Merten?«

Ich schluckte und griff nach dem Glas Rosé, das neben meinem noch fast vollen Teller stand. Wusste Josef von meinem Pakt, den ich mit Dr. Merten hatte? Hatte ihm Margherita schon davon erzählt? Aber wann hätte sie dazu die Zeit finden sollen? Ich musste Josef die Wahrheit erzählen, so schnell wie möglich. Am besten draußen, wenn die Nacht kam und der Glühbirnenhimmel zu leuchten begann. Er würde es verstehen. Denn ich war verlässlich, und er konnte mir vertrauen. Bis an sein Lebensende.

»Verzeiht, dass ich störe, aber ich wollte Tea nur sagen, wie umwerfend sie aussieht«, sagte plötzlich eine Stimme, die ich seit über einem Jahr nicht mehr gehört hatte. Es war Signora Gabriella. Als ich noch in Atrani gelebt hatte, war Signora Gabriella für mich die reichste und bestgekleidete Frau der Welt gewesen. Hier aber, wo alle Gäste die teuersten, farbenprächtigsten Stoffe und besten Schnitte trugen, verblasste das Bild, das ich von ihr hatte.

»Oh, das ist nett«, sagte ich und fügte hinzu, dass ich mich gleich nach dem Essen zu ihr setzen würde. Dann hätten wir die Gelegenheit, über die alten Zeiten zu reden. In ihrem Blick sah ich, dass mir Signora Gabriella tatsächlich verziehen hatte. Aber was hätte sie auch anderes tun können, schließlich hatte ich in jener Nacht, als ich mit dem Boot Atrani verlassen hatte, alles auf eine Karte gesetzt und gewonnen.

»Ich sitze im roten Saal. Marco und Alfredo freuen sich auch, dich zu sehen.«

Ich nickte verstimmt und trank einen weiteren Schluck Wein.

»Signora Gabriella hat zu dir gestanden, als dein Papa verschwunden war. Du darfst sie nicht wegstoßen«, sagte Josef und griff nach meiner Hand.

»Ich stoße sie nicht weg, es ist nur ... Sie ist aus einem alten Leben.«

»Aber sie gehört zur Familie.«

Die Abenddämmerung senkte sich über den Comer See, als ich Josef auf die Wange küsste und ihn bat, mich für einen Moment zu entschuldigen. Ich wollte zu Signora Gabriella, schwindelte ich und suchte mit gespielt glucksendem Lachen zwischen all den Menschen den Zugang zum roten Salon. In Wahrheit wollte ich zu Dr. Merten. Ich musste mit ihm reden, bevor ich Josef die Wahrheit erzählte.

»Sie suchen mich?«, hörte ich plötzlich eine bekannte Stimme sagen, dazu klopfte mir eine Hand auf die Schulter. Ich drehte mich erschrocken um und sah Dr. Merten direkt ins Gesicht. »Der schwarze Raum steht uns für einen Augenblick zur Verfügung. Wenn Sie mir folgen wollen?«

Die Sala Nera hatte ihren Namen am Ende des 19. Jahrhunderts aufgrund der dunklen Ausstattung und der üppigen, ebenfalls düsteren Polstermöbel erhalten. Als Dr. Merten den Raum betrat, der sich im Erdgeschoss der Villa befand, wies er zwei junge Männer an, die beiden Eingänge für einen Moment im Auge zu behalten, da er sich mit der Braut ungestört unterhalten wolle.

Dr. Merten bat mich, Platz zu nehmen, und setzte sich mit dem langen Seufzer eines Vaters in den Stuhl, der die überfällige Beichte schlechter Schulnoten erwartete.

Und ich begann zu erklären. Ich verteidigte mich, Josef, die Familie, das Sanatorio. Ich erzählte von Scarselli und dessen Unzucht mit seiner Tochter und ihrer Flucht. Und ich erzählte von dem Unfall und dem Gram von Signore Scarselli, der zu seinem, wie ich meinte, verdienten Selbstmord geführt hatte. Dann bat ich um Vergebung, dass ich bei ihm nicht wie vereinbart vorgesprochen hatte, aber die Hochzeit und meine Liebe zu Josef hätten mich immer wieder abgelenkt.

Dr. Merten hörte mir aufmerksam zu und spitzte nur das eine oder andere Mal die Lippen, als ich von Josefs Unschuld sprach.

»Tea Grigio. Das Mädchen, das das Meer unterwerfen will.«

Mein Atem stockte. Vor meinem inneren Auge tauchte plötzlich das Meer auf, auf das ich tagelang gestarrt hatte, um auf Papa zu warten.

»Wer hat Ihnen diese hübsche Geschichte erzählt?«, fragte Dr. Merten. »Signora Bianchi? Die Gespielin von Don Federico Morselli?« Dann beugte er sich zu mir und nahm meine beiden Hände. Er drückte sie fest und sah mich an wie Papa kurz nach dem Tod von Mama auf der Piazza Umberto. »Sobald es dunkel wird, nehmen Sie ein Boot und fahren mit Signora Gabriella zurück nach Atrani. Sie wird Sie beschützen. Sie sind dem allen nicht gewachsen.«

»Warum?«, fauchte ich ihn an. »Weil ich ein schmutziges Mädchen aus Dante bin? Weil ich eine *povera* bin? Eine *pazza*?«

»Was wissen Sie schon?«

»Ich studiere auf der Statale und werde Neurologin, ob Ihnen das passt oder nicht. Und dass ich jetzt auch eine *ricca* bin, konnten Sie ebenfalls nicht verhindern.«

»Sie erinnern sich an Ihre größte Angst? Dass man Ihren Papa findet? Dass seine Leiche am Strand von Atrani angespült wird? Dass die *poesia*, die Bilder, die in Ihnen schlafen, wieder aufwachen? Dass die große Familie sieht, wer Sie wirklich sind?«

»Wer bin ich wirklich? Sagen Sie es mir? Haben Sie den Mut dazu!«

»Nun gut«, sagte Dr. Merten finster und fletschte beinahe die Zähne, als beruhigte er einen Wolf, der in ihm wohnte. »Hören Sie mir jetzt gut zu! Die Khalbergs. Sie waschen das Geld. International. Sie bauen das Business, das sich nur um eines dreht. Drogen. Hier wären wir bei Cascone. Dem Duce. Dem ›weißen Führer‹, wie sie ihn nennen wegen seines Riechers für Kokain. Aber da ist auch noch Enzo, der andere Cascone. Menschenhandel, Prostitution. Und machen wir gleich weiter: Morselli. Schutzgeld, Erpressung. Oder Aurelio de Salazar Cascone. Glücksspiel, Markenfälschung, das Geschäft mit der Müllabfuhr. Und am Ende der Linie das große Finale: Adachi-Turner. Waffen. Jetzt, wo Sie das hören, Signorina Grigio, oder soll ich sagen: Dorothea Almer … Wer sind Sie? Ein Teil dieser Familie. Das sind Sie.«

Ich starrte Dr. Merten an, regungslos, mit toten Augen.

»Und nun, meine liebe Tea, erzähle ich Ihnen vom großen Streit oder vom ›Krieg‹, wie Margherita Bianchi ihn gerne nennt. Wissen Sie, was ein Horrortrip ist?«

Ich schwieg, als würde Dr. Merten in einer fremden Sprache sprechen, die ich nicht verstand.

»Seit die Kolumbianer und Mexikaner den Drogenmarkt immer mehr dominieren, hatte ihr Onkel Cascone die Idee der synthetischen Drogen. LSD und so weiter. Kein Transport, kein Schmuggel, keine Anteile. Die Erzeugung und der Vertrieb sind in einer Hand. In der Hand der Familie. Doch was nützt das beste Zeug, wenn Kunden Gefahr laufen, einen Horrortrip zu erleben? Niemand kauft mehr, da die Angst, auf synthetischen Drogen hängen zu bleiben, größer ist als der Kick. Doch was, wenn es gelänge, diesen Horrortrip aus den Drogen zu filtern? Was, wenn in einem Sanatorio herausgefunden werden soll, wie diese Trips entstehen, um die Ergebnisse in der Erzeugung der Drogen zu berücksichtigen? Und wie wir wissen, sind die Gehirne von Kindern und jungen Menschen am wenigsten von anderen Ereignissen in ihrem Leben überlagert.«

»Sie wollen mir damit sagen, dass im Sanatorio Experimente an Kindern und an von Halluzinationen geplagten Menschen vorgenommen werden, um die perfekte Droge zu entwickeln?«, fragte ich mit schwacher Stimme.

»Genau das sage ich. Und ich war der Einzige, der sich dagegen aufgelehnt hat, da wir hier eine Grenze überschreiten, die ich nicht überschreiten will. Keine Experimente an Kindern. Und die Vorsitzende selbst hat mir ihre Rückendeckung gegeben und mir versichert, dass diese Experimente der Geschichte angehören. Ich habe ihr geglaubt, bis zum Tod der kleinen Scarselli.«

Ich stand auf, meine Knie gaben nach. Ich suchte mit der Hand nach Halt, als einer der Männer, die Dr. Merten und mich vor den anderen Gästen bewachten, in den Raum stürmte. Er hatte versucht, Josef, der auf der Suche nach mir war, aufzuhalten, doch der hatte ihn zur Seite gedrängt und war in den dunklen Raum gestürmt. Als er Dr. Merten sah, verdüsterte sich sein Gesicht, und erst als Merten seinem Wächter mit einem kurzen Blick befahl, sich zurückzuziehen, verwandelte sich Josefs Miene wieder.

»Du wirst es nicht glauben, Schatz, ich habe eben mit ihr gesprochen. Sie will dich sehen. Du sollst zu ihr kommen. Jetzt.«

»Was für eine Ehre, Signora Almer. Donna Frida Khalberg-Morselli und Sie werden sich sicher blendend verstehen«, sagte Dr. Merten, während eine große Traube von Menschen vor der Tür erneut zu einem Jubelruf ansetzte.

»Bacio! Bacio! Bacio! Bacio!«

GEISTERWELTEN. 1989.

Giacomo Puccinis Arie »O mio babbino caro« verzauberte das glitzernde Meer aus blauen Glühbirnen über Varenna. Ich ging an zwei Männern mit seitlich kurz geschorenen Haaren vorbei zum Schlossturm des Castello di Vezio. Im gelben Schimmer der untergehenden Sonne kauerten überall die Gespenster, die ich vom Boot aus gesehen hatte. Obwohl die meisten von ihnen aus leeren, erstarrten weißen Hüllen bestanden, hatte ich den Eindruck, dass in manchen von ihnen immer noch ein Mensch hockte und die Gefahren beobachtete, die der dunkle Abendwind brachte. Ich hielt den Atem an, als ich an den Gestalten vorbeiging, damit sie mich nicht hören konnten, wie damals mit Giacobbe bei den Ruinen. Nur, jetzt waren die Gespenster real und hockten mit angezogenen Beinen regungslos auf Steinmauern, kauerten vor Bäumen oder standen in den leeren alten Fenstern der Ruine.

Mit flachem Atem stieg ich in den Schlossturm hinauf, wo ein kleiner grün gestrichener Klapptisch mit zwei Stühlen stand. Donna Frida Khalberg-Morselli saß mit dem Rücken zu mir und sah auf den von Bergen umschlungenen See. Sie lauschte der Arie und trank ein Glas Wein. Auf den Zinnen saßen zwei Gespenster, und ich war sicher, dass es sich dabei um die Leibwächter der Donna handelte, die mit ihren in der vorgezogenen Kapuze versunkenen Gesichtern jeden meiner Schritte beobachteten.

»Setzen Sie sich, Signorina Grigio«, sagte die Vorsitzende der Familie, ohne ihren Blick von den ruhigen Wellen des Sees zu nehmen.

»Wissen Sie, dass der Saal, in dem Sie mit meinem Sohn Ihre

Hochzeit feiern, früher der Ort war, an dem der Nobelpreisträger Enrico Fermi seine Physikkurse abgehalten hat?«

Ich nickte still, nahm lautlos auf dem Stuhl neben der Donna Platz und ärgerte mich über den abfälligen Ton, mit dem sie das Wort »Hochzeit« ausgesprochen hatte.

»Mein Sohn meint, dass Sie ein junges, kluges und aufgeschlossenes – wenn auch armes – Mädchen seien. Wenn dem so ist: Haben Sie eine Antwort auf die Fermi-Frage?«

Ich suchte auf dem See inneren Halt, wie ich es damals in Atrani getan hatte, wenn ich aus meiner Wohnung in Gabriellas Haus auf die Terrasse getreten war und auf das ewige Blau des Meeres geblickt hatte.

»Sie schweigen? Ist Ihnen die Fermi-Frage unbekannt?«, fragte die Donna und sah mich prüfend an. Über ihrem blass geschminkten Gesicht lag ein unheimlicher bläulicher Schimmer, der von Varenna heraufwehte wie der Duft einer geheimnisvollen Blumenwiese. Ihre Lippen trugen ein dunkles Rot, und obwohl sie sicher an die siebzig Jahre alt war, trug sie einen schwarzen Schönheitsfleck auf der Wange.

Als Kind war die Donna ein Star an der Mailänder Scala gewesen. Unter tosendem Applaus hatte sie die großen Opernbühnen betreten, doch als ihr Stimmbruch eingesetzt hatte, waren die schweren roten Vorhänge für immer gesunken. Josef hatte mir die Geschichte einmal erzählt, als wir bei Signora Morselli in Trepalle gegessen hatten und die Ouvertüre von »Tosca« aus der Küche gedrungen war. Seine Mutter hatte diesen Schmerz nie verwunden, hatte Josef mir erzählt, und in ihrem Inneren sehnte sie sich nach den glorreichen Tagen ihrer Kindheit. Nun, da ich die Donna zum ersten Mal in meinem Leben sah, spürte ich ihren tiefen Kummer und starrte in ein Gesicht, das aussah wie eine vergessene Puppe aus Porzellan mit müden, großen, stark geschminkten Augen.

»Im Universum gibt es unzählige Galaxien, die wiederum unzählige Sterne und Planeten beinhalten. Allein unsere Galaxie, die Milchstraße, ist hunderttausend Lichtjahre breit und besteht aus rund dreihundert Milliarden Sternen, wovon zwanzig Milliarden unserer Sonne ähneln. Schätzungen von Wissenschaftlern zufolge haben mindestens vier Milliarden dieser Sonnen mindestens einen erdähnlichen Planeten in der Ökosphäre. Das ist der Bereich in einem Sternensystem, in dem Leben wie auf der Erde möglich wäre. Die Milchstraße ist dreizehn Milliarden Jahre alt. Außerirdisches Leben hätte also genügend Zeit gehabt, sich zu entwickeln. Aufgrund des Alters der Milchstraße und der zahlreichen bewohnbaren Planeten in unserer Galaxie sollte Leben außerhalb der Erde demnach weit verbreitet sein. Wir hätten außerirdisches Leben also schon längst mitbekommen sollen oder zumindest Hinweise auf seine Existenz.«

Während die Donna sprach, drehte ich die Augen nach oben und sah in den tiefen schwarzen Himmel, wo sich das Sternendach wie eine große Kuppel über den Comer See schob. Warum sprach Josefs Mutter über Sterne? Wollte sie mich testen?

»Und jetzt stelle ich Ihnen eine Frage. Eine einzige«, sagte sie plötzlich und sah mich mit ihren dunklen, stark geschminkten Augen an. »Wo sind sie alle?«

Ich erwiderte ihren Blick, konnte ihn aber nicht ertragen und sah zu Boden.

»Die Tatsache, dass wir bis heute noch keinen Beweis für außerirdisches Leben gefunden haben, scheint widersprüchlich. Und wird als Fermi-Paradoxon bezeichnet. Also: Wie ist Ihre Antwort?«

»Die Distanzen sind zu groß«, stammelte ich und suchte nach einer Antwort. »Wir Menschen können uns nicht mit Lichtgeschwindigkeit fortbewegen. Eine Kommunikation mit anderen Lebewesen ist somit so gut wie ausgeschlossen.«

»Weiter. Was noch?«

»Vielleicht verstehen uns auch die außerirdischen Wesen nicht? Unsere Art zu kommunizieren ist ihnen unbekannt. Oder die Außerirdischen haben bereits Kontakt zu uns aufgenommen, und wir verstehen sie nicht.«

»So wie ich Sie kaum verstehe mit Ihrem stümperhaften Italienisch, als hätten sie es in einer heruntergekommenen Gasse eines Fischerdorfes von einem schmutzigen, ehrlosen Nichtsnutz gelernt.«

Ich begann, am ganzen Körper zu zittern. Meine Schwiegermutter, die mit dem heutigen Tag auch für mich die Donna war, versuchte, mich mit wenigen Sätzen bloßzustellen und mein Selbstbewusstsein, das ich über all die Jahre mühsam aufgebaut hatte, zu zertrümmern.

»Und weiter?«

»Oder wir sind ganz allein. Da ist sonst niemand außer uns.«

»Interessant. Die Rare-Earth-Theorie. Dr. Merten ist auch der Meinung, dass Gott nur diesen einen Planeten für uns vorgesehen hat.«

Ich nickte wie eine Schülerin, die mit Mühe den kritischen Fragen des Lehrers an der Tafel entkommen war und sich wieder zurück in ihre Reihe setzte.

»Oder wir leben in einer großen Simulation. In einer Matrix. Und das Fermi-Paradoxon ist der Beweis. Haben Sie darüber einmal nachgedacht, Signorina Grigio?«

»Signora Almer«, sagte ich, nahm meinen ganzen Mut zusammen und sah zu der boshaften alten Frau, die wie eine dunkle verbitterte Königin auf dem Schlossturm hockte und über ihr Reich herrschte.

Sie schloss die Augen, als würde sie den warmen Abendwind genießen. »Ich möchte, dass Sie gehen. Sie sind nicht gut genug für meinen Josef.«

Tränen liefen hinter meinem Schleier stumm über meine Wangen. Wie erstarrt saß ich auf meinem Stuhl und wagte nicht, mich zu bewegen.

»Ich möchte, dass Sie gehen«, wiederholte die Donna ihre Anordnung.

»Als mein Papa nicht mehr vom Meer zurückkam, setzte ich mich an den Strand von Atrani und wollte bis zu seiner Rückkehr warten. Und auch wenn ich heute nicht dort am Strand stehe und die Wellen belausche und frage, ob sie Papa gesehen haben, weiß ich im Inneren genau, dass er eines Tages wiederkommt. In meinem Herzen habe ich mich keinen Tag von dem Strand wegbewegt. Ich bin geblieben.«

Donna Frida Khalberg-Morselli öffnete die Augen und richtete sie wie ein Raubvogel auf mich.

»So, wie ich auch hier bleiben werde.«

»Du bist eine *pazza*. Du hast hier nichts verloren.«

»Und was wollen Sie jetzt tun?« Obwohl die Donna auf das Du gewechselt war, blieb ich höflich, auch wenn es mir schwerfiel. »Wollen Sie mich wegsperren und Experimente mit mir machen?«

»Ah, Dr. Merten hat dir reinen Wein eingeschenkt und vom Krieg erzählt und vom Duce und seiner ewigen Gier nach Macht.«

Ich wusste nicht, woher ich den Mut nahm, plötzlich aufzustehen und mich vor die mächtige Frau zu stellen. Aber ich spürte, dass ich keine andere Wahl hatte außer der Flucht nach vorne.

»Sie können keine Kinder gefangen halten und dulden, dass an ihnen Experimente gemacht werden, nur um bessere Drogen herzustellen.«

Trotz meines stürmischen Auftritts blieb die Vorsitzende ruhig und schenkte Wein in ihr mittlerweile leeres Glas.

»Und was willst du dagegen tun? Die Polizei rufen?«

»Das Sanatorio bietet so viele Möglichkeiten. Der menschliche Geist ist der Schlüssel für alle Fragen. Es geht doch um viel mehr als um … als um Drogen und Geld.«

»Und worum geht es dann, Signorina Grigio?«

Ich ging einen Schritt zurück und sah auf Varenna, das unter dem Meer der blauen Glühbirnen versank.

»Es geht darum, das Meer zu unterwerfen.«

»Die *poesia* ist stark in dir. Und der Mut. Wie weit bist du bereit, zu gehen, um deinen Papa wiederzusehen?«

Wieder schossen Tränen aus meinen Augen.

»Du willst also das Meer unterwerfen. Das Meer und den Tod«, sagte die Alte mit einem abfälligen Grinsen auf den Lippen. Dann erhob sie sich und bat mich erneut, zu gehen.

Aus dem Augenwinkel bemerkte ich, dass die Gespenster begannen, sich zu bewegen.

»Meine Geister werden dich nach unten begleiten und in eine Lucia setzen und zurück nach Atrani bringen. Wenn Josef nach dir fragt, werde ich ihm sagen, dass du mit den Machenschaften der Familie nicht zurechtgekommen bist.«

Ich bebte am ganzen Körper, als eines der Gespenster hinter mich trat und mir die Hand auf die Schulter legte.

»Ich werde nicht gehen.«

»Dann lass es mich anders ausdrücken. Wenn die Sonne wieder hinter den Bergen hervorkommt, wirst du Josef verlassen haben. Oder die Kinder, um die du dich sorgst, werden sterben.«

Kinder. Der Boden unter mir bebte. Es gab also Kinder. Irgendwo im Sanatorio. Ich lebte unbemerkt unter ihnen. Und während ich mit Josef lachte und dem Wind folgte, kämpften sie um ihr Leben, irgendwo verborgen in einem dunklen Labyrinth, dessen Eingang ich nicht kannte.

Plötzlich fiel feiner Regen und zerschnitt mit tausend Strichen die fahle Bergkulisse des Comer Sees. Vor meinem inneren Auge verwandelten sich die Berge in die Monti Lattari meiner Kindheit. Ich dachte an Giacobbe, der mir damals erzählt hatte, dass hinter den milchigen Bergen meiner Heimat der Weg der Götter verlief, der zum Palazzo der *ricchi* führte. Einem großen und mächtigen unheimlichen Hof. Dort würden alle Kinder hingebracht, wenn sie von den Gespenstern in den Wäldern meiner Kindheit entdeckt wurden. Wer einmal dort war, käme nie wieder, hatte mir Giacobbe erzählt. Es hieß, dass dort oben eine böse Familie wohnte, die die gefangenen Kinder quälte, um ihnen ihre Gedanken zu stehlen. Und wenn der letzte Gedanke des letzten Kindes verschwunden war, wollte sie die ganze Welt verdunkeln, so, wie es einst die Asche des Vesuvs mit Pompei getan hatte.

Die Welt meiner Kindheit war verschwunden, und so wie damals verdunkelte sich heute meine Welt unter den feurigen Augen der Donna Frida Khalberg-Morselli. Und in allem Rauch und Qualm fanden in meinem Inneren die Flügel eines fasanenartigen Vogels Halt, der wie ein Phönix vom Turm des Castello di Vezio hinabflog in die Nacht, trunken von italienischen Arien. Unbemerkt suchte der Vogel seinen Weg durch die rauschenden Gäste meines Hochzeitsfestes und flog über die bläulich schimmernden Terrassengärten bis zu der Mauer, an der Josef, ein Glas Rotwein in der Hand, still mit Dr. Merten sprach, als er plötzlich innehielt und zum Turm des Castellos blickte, als wäre es der Wachturm eines dunklen Geisterreiches.

»Tea sollte längst zurück sein«, hörte ich ihn wohl flüstern und glaubte zu sehen, dass er zu mir aufbrach.

DER STRAND. 1989.

Zuerst waren es nur eilig gesetzte Schritte, die Josef zurück zu mir brachten, dann rannte er, und am Ende war er außer Atem, als er den Schlossturm erreicht hatte. Merten war ihm gefolgt und mit ihm Gabriella, die mit besorgtem Gesicht nach oben sah, zu mir. Es war derselbe Blick, mit dem sie mich damals vom Strand geholt hatte.

Die Geister brachten mich nach unten. Ohne ein Wort zu sagen, trat ich aus dem Turm. Als Josef mich sah, bemerkte er sofort, dass etwas nicht stimmte. Ich sah es an seinem Gesicht, aus dem das Leben trat wie aus einem Kranken, der noch ein letztes Mal seine Liebe sah.

Immer mehr Gäste waren Josef gefolgt, da sie gespürt hatten, dass etwas nicht in Ordnung war, und umringten uns in kleinen Grüppchen. Er umarmte mich und drückte mich so fest an sich, dass ich sein wildes Herz auf meiner Brust spürte. Der Regen wurde stärker. Der Schleier, den ich die ganze Zeit nicht abgenommen hatte, wurde nass, sodass er wie eine zweite Haut auf meinem Gesicht klebte. Vorsichtig zog ihn Josef nach oben und sah mir in die Augen.

»Ich liebe dich, was auch immer passiert ist, ich werde dich immer lieben.«

Ich konnte ihm nicht antworten. Und obwohl ich Josef mehr liebte als alles andere auf der Welt, schwieg ich. Auch wenn ich mir nichts mehr wünschte, als wegzulaufen und mit ihm die versteckten Nester der geheimnisvollen Vögel zu suchen. Weglaufen, dorthin, wo wir den im Wind wirbelnden bunten Herbstblättern folgen würden, die mit farbigen Pinselstrichen eine neue Welt in die Luft malten, wie Gemälde, in die wir eintauchen könnten. In die wir fliehen könnten.

»Ich kann nicht«, sagte ich mit in Tränen ertrunkener Stimme.

In Josefs Augen lag dieselbe Angst wie bei Papa, als er zum

letzten Mal aufs Meer hinausgefahren war und mir noch einmal in die Augen gesehen hatte.

»Ich werde auf dich am Strand warten«, sagte ich und umarmte Josef noch einmal und drückte ihn so fest an mich, dass ich kaum atmen konnte.

»Wir können die Familie besser machen. Du kannst das. Aber bitte bleib!«

Wir hörten Marcos Gegröle zu spät. Nach dem Essen hatte er sich in den Salottino Mornico zurückgezogen, das alte Wohnzimmer der Villa Monastero mit seiner großen Bibliothek aus dem 18. Jahrhundert und einer gut gefüllten Bar. Auf den Polstermöbeln hatte er die ganze Zeit getrunken, und selbst als Alfredo ihn nach draußen bringen wollte, hatte er sich gewehrt und gebrüllt, dass er mich nicht gehen lassen könne. Ich würde zu ihm gehören, ich würde nach Atrani gehören. Er habe sich in mich verliebt, rief er, vom ersten Moment an, als er mich gesehen hatte, wie ich über die Piazza Umberto gegangen war und Angst gehabt hatte, den Blick zu heben und ihn anzusehen.

Marco stürmte aus dem immer stärker werdenden Regen und prallte mit voller Wucht gegen uns. Er stieß Josef das Messer so schnell und tief ins Herz, dass Josef keine Zeit mehr fand, sich von mir zu verabschieden.

Der große Regen kam. Und mit ihm die Gespenster. Die Donna trat zwischen den Geistern hervor, die sich schützend um sie stellten, und kniete sich vor ihren toten Sohn. Der Regen zog dunkle Striche über ihr weiß geschminktes Gesicht. Sie sprach kein Wort, hob nur den Kopf ihres Sohnes und legte ihn in ihren Arm. Im Schatten wimmerte Marco und rief meinen Namen, bevor drei Schüsse der Gespenster ihm zum Schweigen brachten. Danach war es wieder still, und niemand wagte, zu sprechen oder zu atmen, und auch ich war erstarrt und blickte in die unwirkliche Welt.

Gabriella stand plötzlich vor mir. »Josef hat immer nur das Beste für dich gewollt. Ich schlage vor, du kommst jetzt mit zu mir, und ich mache dir eine schöne heiße Tasse Kakao. Und dann koche ich dir etwas Gutes zu essen. Ndunderi. Was hältst du davon?«

Ich hörte ihre Stimme, obwohl ich nicht wusste, ob die Worte aus ihrem Mund kamen oder aus meiner Erinnerung.

Ich sah weiter auf die Leiche von Josef, dessen Kopf in den Armen seiner Mutter lag. Gabriella lächelte wie eine Mutter, die ihr Kind nicht verlieren wollte, und ich sah in ihren Augen, dass sie lieber geweint hätte.

»Es tut mir so leid, Tea«, sagte sie.

»Kann der Arzt auch machen, dass das Meer meinen Papa wieder zurückgibt?« Teilnahmslos sagte ich die Worte, die ich als Kind zu Signora Gabriella gesagt hatte, als sie mich zu sich nach Hause genommen hatte, nachdem mein Papa verschwunden war.

»Das Meer ist so groß, mein kleiner Schatz.«

»Wenn ich erwachsen bin, dann werde ich dem Meer sagen, dass es meinen Papa wieder hergeben soll.«

Gabriella nahm mich in den Arm.

»Wir müssen jetzt gehen. Morgen fahren wir zurück nach Hause.«

Meine Knie taten weh, und ich hatte Mühe zu laufen. Gabriella stützte mich. Noch ein letztes Mal drehte ich mich um und sah zu Josef. Ich konnte nicht einfach gehen. Ich trat zu meiner Schwiegermutter, die mich mit einem anderen Blick ansah als zuvor. Es war der Blick einer Mutter, die das tiefe Leid teilte, das durch meine Adern floss wie Teer. Sie ließ mich Josef noch einmal berühren, über seine Stirn streichen und seine Augen schließen mit der offenen Hand.

Signora Gabriella stellte sich mitfühlend hinter mich, und ich hörte, wie sie wieder von Atrani sprach und davon, dass das Leid vergehen werde. Ich spürte ihre Hand auf meiner Schulter.

»Warum lassen Sie mich nicht los, Signora Gabriella?«

Doch sie ließ ihre nasse Hand auf meiner Schulter.

»Wenn Sie nicht gekommen wären, wäre Josef noch am Leben.«

Ich hörte Gabriellas Atem sterben.

»Lassen Sie mich los«, sagte ich und zog mit letzter Kraft das Messer aus Josefs Brust und stieß es Signora Gabriella in das Herz, das mir meines für immer geraubt hatte.

»Ich kann Ihnen nicht mehr vertrauen, Signora Gabriella«, sagte ich und hörte die Wellen von Atrani, als Signora Gabriella lautlos starb.

Stunden später waren die Lichter von Varenna erloschen. Die Donna und ich sahen noch einmal auf den Turm des Castello di Vezio, der mit wilden nassen Strichen im Regen verschwand. Wir duckten uns unter die trommelnde Plane der Lucia und lauschten dem Motor, den Margherita ruhig über den See steuerte und der mich gemeinsam mit der Donna an einen Ort brachte, an dem ich wieder zu Kräften finden würde. Und im kalten Regen spürte ich zum ersten Mal die Hand meiner Schwiegermutter, die sich um meine legte, da sie wusste, dass ich verlässlich war und sie mir vertrauen konnte. Der Tod ihres Sohnes war gerächt. Durch die Hand einer *pazza*, die ich in ihren Augen nun nicht mehr war.

MACONDO

Von dem Moment an, als ich den Comer See verließ, tauchte ich, ohne es recht zu merken, in eine schemenhafte, ja märchenhafte Welt ein, die mir nicht nur die Wahrheit über die Gespenster einflüsterte, sondern auch die Wahrheit über mich selbst. Das Schemenhafte trübte meine Wahrnehmung, mein Bewusstsein, meine Sprache, während gleichzeitig das Märchenhafte all dies zu beleuchten, ja bis in den hintersten Winkel auszuleuchten schien. Betrat ich ein gänzlich anderes Leben? Und war dieses Leben schon die ganze Zeit unsichtbar neben mir her verlaufen?

Auf den schluchzenden Wellen des Sees stiegen die Gespenster aus ihren Booten. Margherita gab ihnen kurze Befehle und sah immer wieder besorgt zu mir, da sie wohl Angst hatte, ich würde zusammenbrechen. Wir überquerten eine Straße und verteilten uns auf drei weiße Limousinen, die mit laufenden Motoren unter Bäumen unweit der Anlagestelle auf uns warteten, als hätte dort jemand Fluchtwagen geparkt.

Noch einmal blickte ich auf die Villa Monastero, die mir meine Liebe gestohlen hatte und im bläulichen Funkeln auf der anderen Uferseite in der Nacht versank. Meine Augen fielen zu, als die Kraft des Motors mich in die Rückbank drückte, wo ich zusammengesunken neben der Donna saß, die regungslos aus dem Fenster starrte.

Schweigend fuhren wir zurück in die Berge, und die Wagen der Gespenster folgten uns. Hinter den hohen Gipfeln der Ostalpen brannte das erste Licht eines neuen Morgens. Über den felsigen Spitzen irrte der Wind mit seinen Schneeschleiern umher wie eine alte, einsame Frau, die auf dem höchsten Schlachtfeld des Ersten Weltkrieges seit hundert Jahren nach den Gebeinen ihres gefallenen Geliebten suchte.

Meine Gedanken waren verschwunden wie die Hand der Donna, die ich im kalten Regen auf dem Boot gespürt hatte. Doch als wir Bormio erreichten und sich ein goldenes Sonnenvlies über den noch schlafenden Fünftausend-Seelen-Ort legte, atmete ich kurz auf, da es nicht mehr weit war bis Trepalle, wo ich Josef in seinem Zimmer im Albergo in die Arme fallen und ihm alles erzählen wollte, was in Varenna passiert war. Von Dr. Merten und Gabriella, von Marco und dem Messer. Ich konnte nicht akzeptieren, dass Josef tot war.

Wir fuhren an einer jungen Bäuerin vorbei, die Kühe über die Straße auf eine nahe Heide trieb. Sie bemerkte uns und blickte zur Seite, und als wir an ihr vorbei waren, sah ich aus dem Augenwinkel, wie sie zu laufen begann. Josef hatte sich immer darüber lustig gemacht, dass die Leute hier in der Gegend zu unterwürfig waren, wenn sie jemanden von der Familie zu erkennen glaubten. Damals verstand ich nicht, warum. Heute war das anders.

Unser Wagen stieg hinter dem Ortsausgang von Bormio über die Südrampe und querte den Westhang des hohen schattigen Cima di Reit. Das Bergmassiv sah im frühen Morgenlicht aus wie eine hohe bronzene Steinmauer. Als wir die kleine Ortschaft Molina passierten, die weggeduckt in einem Tal hockte, begriff ich, dass wir nicht zurück zu Josef nach Trepalle fahren würden. Wir hielten uns rechts und stachen bald in den ersten Tunnel, hinter dem sich der runde Gipfel des Monte Solena erhob. Der sah aus wie ein erloschener Vulkan, wie einer der Monti Lattari. Josef hatte mir erzählt, dass dieser Weg zum Passo dello Stelvio führte und Teil des Nationalparks war. Er hatte mir versprochen, mir nach der Hochzeit das Wollgras zu zeigen, das die hoch gelegenen Almen wie ein magischer weißer Schleier überzog.

Margherita drehte sich zu mir um. Sie hatte mir wohl im Rückspiegel angesehen, dass ich an ihn dachte. Als ich ihre nassen Augen sah, schloss ich meine und stellte mir vor, wie ich mit Josef über eine unendliche Weite voller Blumen lief, die bis zu den Knien reichten, und wie wir mit einem sanften Pinselstrich unseren Weg in das Meer der weißen Blüten malten. Josef hatte mir gesagt, dass dort oben sein Macondo sei, der fiktive Ort aus dem Roman »Hundert Jahre Einsamkeit« von Gabriel García Márquez, dem Buch, das uns zusammengeführt hatte. Sein Macondo mit den versteckten Hütten und Wegen. Sein Macondo, das er mir zeigen wollte, wenn wir erst einmal verheiratet wären und ich zur Familie gehörte.

Wir fuhren weiter nach Nordosten, tauchten in eine schaurig wirkende Schlucht. Ich spürte am Druck in meinem Kopf, dass wir immer höher stiegen, und bald erreichten wir über mehrere Kurven fünf Lawinengalerien. Enge Spitzkehren führten uns immer höher, bis wir ein Hochtal erreichten. Ich glaubte, mich daran zu erinnern, dass Josef einmal von diesem magisch wirkenden Tal gesprochen und es Brocca del Braulio genannt hatte. Es begann, leicht zu nieseln. Im Wagen wurde es kälter. Das Hochtal lag in einem düsteren Lichtspiel, in dem dunkelblaue Nachtschatten in weite ockerbraune Felder griffen. Obwohl es nur wenige Kilometer waren, die Trepalle von diesem Ort trennten, sah diese Gegend hier anders aus. Die Hügel waren weicher und schmiegten sich dichter an die Hänge der steil aufsteigenden Berge wie dem Piz Umbrail, der neben den anderen Gipfeln der Umbrailgruppe wirkte, als wäre er der Wächter eines versteinerten Riesenheeres.

Wir fuhren weiter, folgten der Stilfserjochstraße in das weitere Hochtal, die Malga di Bormio, wie ich an einem kleinen Schild auf einem Wegweiser lesen konnte. Ich sah für einen Moment den höchsten Pass Italiens, den Passo dello Stelvio, das Stilfser Joch, das unter einer dichten dunklen Wolkendecke hervorragte. Würden wir dort die Sache in Ordnung bringen, und würde sich dort herausstellen, dass Josef gar nicht tot, sondern nur verletzt war? Und auch Signora Gabriella würde sich wieder erholt haben und mir verzeihen, und wir würden gemeinsam von dort oben über das Meer aus Steinen in Richtung Süden blicken, bis nach Atrani, bis an den Strand?

Die Malga di Bormio sah aus wie eine verlassene Steppe, ein einsam-idyllisches Motiv einer Postkarte, mit einer kleinen Kapelle auf der linken Straßenseite, dem Oratorio di San Ranieri, und einem Mahnmal für die Gefallenen des Ersten Weltkrieges auf der rechten. Das Ossario della Guerra ähnelte im Stil einem römischen Torbogen, der in der Nähe eines kleinen Friedhofes stand, auf dem die sterblichen Überreste der Soldaten beigesetzt waren. Verstreute kleine Chalets, die teilweise tief in die Hügel gegraben waren, verliehen der Malga di Bormio den Hauch der Einsamkeit, als würden die letzten Atemzüge der Soldaten im Kessel dieses schaurigen Hochtals gefangen gehalten, die seit damals als Gespenster durch dieses Tal spukten. Als ich bemerkte, dass ich selbst begann, die Luft anzuhalten, erhob die Donna das Wort.

»Die Alpenstraße über den hohen Passo dello Stelvio wird die ›Königin der Straßen‹ genannt. Der Italiener Carlo Donegani, ein Vorfahre von Signor Morselli, erbaute im 18. Jahrhundert im Auftrag der österreichischen Kaiserarmee die fünfzig Kilometer lange Straße über das Stilfser Joch, um die Reichsteile zu verbinden. Zweihundert Arbeiter arbeiteten fast sechs Jahre an dieser Straße. Die größte Herausforderung fand Donegani allerdings in der Auffahrt von Bormio, vorbei an den Bagni Vecchi. Im Winter war die Schlucht von Braulio durch den Abgang tosender Lawinen besonders gefährlich. Insgesamt sechs Tunnel sollten die Straße sichern. Sechs Tunnel, die eine bautechnische Herausforderung waren, da das Gestein an vielen Stellen nachgab. Ständig drohte die Straße in eine der unzähligen Höhlen einzubrechen, durch die still die vielen heißen Quellen im Dunkeln ihren Weg nach draußen suchten.«

Ich wusste nicht, was ich sagen sollte. Aber ich bemerkte, dass ich Mühe hatte, frei zu atmen, wenn die Donna sprach. Mir war, als würde sie mir die Luft rauben. Ob ich mich daran je gewöhnen würde? Schließlich war die Vorsitzende der Familie jetzt meine Schwiegermutter. Und sie würde sicher bald verstehen, dass sich Josef in mir nicht geirrt hatte und ich keine *pazza* war und ihr eines Tages alle Fragen beantworten konnte. Sie würde sich auf mich verlassen und mir vertrauen können. Und auch Josef würde ihr immer wieder sagen, dass ich eine kluge, gute junge Frau war.

Ich sah auf die Berge und stellte mir die vielen Arbeiter vor, die die Straße in den Felsen geschlagen hatten. Doch dann stockte ich. Wollte mich die Donna erneut prüfen? Warum hatte sie mir vom Bau der Straße erzählt? Erwartete sie eine Antwort? Aber bevor ich etwas sagen konnte, bremste Margherita den Wagen ab. Sie hielt neben dem Ossario della Guerra, und mein Herz begann, wie wild zu schlagen.

Ich bekam plötzlich Angst. Zu dieser Tageszeit befuhr niemand diese einsame Straße, niemand wäre Zeuge eines Verbrechens, niemand würde meine Schreie hören. Und selbst die Vögel, die fasanenartigen, würden an diesem schattigen Ort nicht vorbeikommen, da die Einsamkeit längst alle verborgenen Nester besetzt hatte.

Ich blickte verloren nach draußen und bemerkte, dass ich zitterte. »Dein Versteck liegt da oben«, sagte die Donna und sah über das ausgebreitete und in schattigen Falten liegende Tuch dieser Hochalm, wo im Hintergrund ein knochiger Berg im Schatten wartete. Dann hob sie den Kopf und drehte sich zu mir. Ihre Augen waren feucht, ihr Make-up zerlaufen. Die tiefe Trauer über den Verlust ihres Sohnes hatte ihr puppenhaftes Gesicht zerrissen und noch verbitterter gemacht, als es ohnehin schon gewesen war. Mit einem tiefen, zähen Seufzer erhob sich die Donna und stieg aus dem Wagen, wo die Gespenster – ihre Leibwächter hatten ihre Umhänge längst gegen gut sitzende Anzüge aus weichem hellgrauen Stoff getauscht – die Gegend sicherten.

»Wenn du von hier in Richtung Osten emporsteigst, kommst du zu den Laghi di Scorluzzo. Die Seen liegen unterhalb des Monte Scorluzzo. Er ist über dreitausend Meter hoch. Über die alten Militärpfade kommst du von hier, vom Braulio-Tal, gut hinauf. Der Monte Scorluzzo war mit seinem guten Blick auf den Passo dello Stelvio während des Ersten Weltkrieges ein strategisch wichtiger Ort direkt an der Grenze zwischen Österreich-Ungarn und Italien. Die Überreste der italienischen und österreichischen Stellungen mit ihren Tunnelsystemen und Schützengräben kann man noch heute sehen. Dort ist auch der Eingang zu deinen versteckten Räumen. Signora Bianchi wird so nett sein und dir den Weg dorthin zeigen.«

Margherita stand neben dem Auto, hatte andächtig die Hände vor dem Schoß gekreuzt und nickte pflichtbewusst wie eine Soldatin.

»Glauben Sie, dass die Polizei mich suchen wird?«, fragte ich mit so naiver Stimme, dass ich mich schämte. Auch dafür, dass ich nicht den Mut hatte, der Donna in die Augen zu sehen und sie zu duzen, so, wie sie es bei mir tat.

»Die Polizei ist nicht das Problem, Kindchen. Wir wissen nicht, wie die Zweige auf die Ereignisse reagieren«, sagte die

Donna und blickte auf den Nebel, der vom Joch herunterzog. »Du solltest dich bis zum Frühling versteckt halten. Ich lasse dir zwei meiner Männer hier, die auf dich aufpassen und dir bringen, was du brauchst.«

Ich war erstaunt, wie nüchtern die Donna über die Trauer sprach. Als wäre es eine notwendige Gewohnheit in ihrem Leben geworden. Wie konnte ich Josef je vergessen? Ich schwieg und wusste nicht, was ich sagen sollte. Die Leere in meinem Kopf hatte alles weggespült. Dennoch spürte ich, dass ich meine Dankbarkeit zeigen sollte. Ich ging zur Donna, fasste ihre Hand und küsste sie.

»Ich danke Ihnen, Mutter«, sagte ich mit den leeren Hülsen eines alten Mutes und sah in die Richtung, in die die Donna vorhin geblickt hatte.

»Darf ich denn zurück ins Sanatorio? Ich kenne die Menschen dort, die Familie, sie waren immer … gut zu mir.« Mein Atem stockte, da ich an die Ausführungen von Dr. Merten dachte und an die Geschäfte, die die Familie unterhielt.

»Zurück ins Sanatorio? Das alles hier ist ein Teil des Sanatorio«, sagte die Donna.

Hinter dem schattigen Berg, wo mein Versteck sein sollte, schob sich die Sonne in den Himmel und brannte in meinen Augen.

»Und was geschieht jetzt mit den Kindern?«, fragte ich kleinlaut.

Die Donna zog ihren roten Mund in die Breite, und hätte ich nicht gewusst, dass sie versuchte zu lächeln, hätte ich Angst bekommen.

»Die Phantasie ist der Realität weit voraus«, sagte sie, und ich verstand nicht, was sie damit meinte. Aber ich spürte, dass sie ihre Drohung fallen gelassen hatte, die Kinder nach Sonnenaufgang zu töten, wenn ich Josef nicht bis dahin verlassen hätte. Ich zog es vor, nicht weiter nachzufragen. Meine Welt war in den letzten Stunden komplett aus den Fugen geraten. Der Vorstellung, dass in diesen Bergen irgendwo versteckt Labore lagen, in denen an Kindern und jungen Menschen experimentiert wurde, um den Nebenwirkungen einer Superdroge auf die Spur zu kommen, fühlte ich mich nicht gewachsen.

»Die Thermalquellen von Bormio sind ein wahres Wunder der Natur. Sie entspringen in den Ortler-Alpen und erreichen eine Temperatur zwischen siebenunddreißig und einundvierzig Grad. Trotz der eisigen Kälte des ewigen Schnees. Es gibt insgesamt neun Quellen: Pliniana, San Martino, Arciduchessa, Cassiodra, Zampillo dei Bambini, Ostrogoti, Nibelungi, San Carlo und Cinglaccia.«

Nach diesem kleinen Vortrag nickte die Donna und genoss sichtlich ihr Wissen. Bevor meine Schwiegermutter in einen der Wagen der Gespenster stieg, um zurückzufahren, wandte sie sich noch einmal zu mir und musterte mich in meinem blutigen Hochzeitskleid von oben bis unten.

»Und vergiss nicht: Du bist jetzt eine von uns.«

Ich sah nach oben zum schattigen Gipfel des Berges, dorthin, wo ich mein Macondo finden und das Wollgras kennenlernen würde, und erneut liefen Tränen über mein Gesicht.

»Wir sollten uns umziehen«, sagte Margherita und öffnete den Kofferraum ihres Wagens, während die anderen Fahrzeuge in Richtung des Stilfser Jochs fuhren, wo ich einen steinernen Hof auf einer Bergspitze zu sehen meinte.

Im glasklaren Wasser der Laghi di Scorluzzo lagen die glatt polierten weißen Steine wie die Eier der fasanenartigen Vögel, als hätten diese sie vor langer Zeit unter ein glitzerndes nasses Tuch gelegt. Schroffe staubbraune Hügel umarmten die Seen wie einen Vulkankrater und öffneten nur an einer Stelle das Tor auf das Bergpanorama meines neuen Meeres. Das Meer, das mir meinen Papa genommen hatte, war zu Stein geworden. Im stummen Grau des Monitors reichten die felsigen schneebedeckten Gipfel wie erfrorene Wellen tief in den Horizont. In meinen Gedanken bemalte ich den Himmel in einem Blau, das immer blasser wurde, je tiefer er an das Steinmeer reichte.

Mein Macondo lag verborgen hinter einer Welt aus sechs Kameras, deren Bilder ich in meinem Unterschlupf auf zwei Monitoren beobachten konnte. In Márquez' Buch war Macondo ein Dorf von zwanzig Häusern aus Lehm und Pfählen am Ufer eines Flusses. Die Häuser meines Macondo waren verlassene Schützengräben und verfallene Festungsanlagen auf dem Gipfel des Monte Scorluzzo. Sie erinnerten mich an das Tal der Mühlen, wo ich als Kind mit Giacobbe gespielt hatte. Nur waren die grün leuchtenden Bäume und die Gerüche der Zitronen abhandengekommen. Ebenso wie der Eselspfad, der Nussbaumwald oder die Via Paradiso, die ich auf meinen sechs farblosen, im dichten über meinen Kopf hinwegtosenden Schneegestöber allmählich verschwindenden Kamerabildern vergeblich suchte. Nur die Gespenster waren geblieben und sahen einmal in der Woche nach mir. Sie brachten mir Lebensmittel und ab und zu sogar etwas zum Lesen, damit ich die Welt, die ich verloren hatte, nicht ganz vergaß.

Am Datum der Zeitungen, die sie mir manchmal zusammengerollt in den Essenskorb steckten, sah ich, dass ich schon über sechs Monate hier war. Jeden Tag rechnete ich damit, dass der Frühling auf der anderen Seite der Kameras die Berge am Horizont in ein zartes Gelb tauchen würde, das er mit seinem Pinsel von den Flügeln vergessener Zitronenfalter genommen hatte.

Es gab vier Phasen der Trauer, hatte es im Psychologieunterricht geheißen. Das Nicht-wahrhaben-Wollen, die aufbrechenden Emotionen, das Suchen nach vergangener Zeit und am Ende der neue Selbst- und Weltbezug. Ich erinnerte mich nicht mehr daran, ob ich nach dem Tod meiner Mama auf der Piazza Umberto die vier Phasen durchgelebt hatte. Oder bei Giacobbe, der gegangen war, obwohl er nie wirklich hier gewesen war. Ich erinnerte mich nur daran, dass ich tagelang am Strand gesessen und auf Papa gewartet hatte. Und an das Leeregefühl im Magen, die Klammer um die Brust, das Rasen des Herzens, die Kehle, die ein unsichtbarer Faden zugeschnürt hatte. Oder das kurze Atmen, die Schwäche der Muskeln.

An all das erinnerte ich mich. Denn all das war zurückgekehrt. Nur saß ich diesmal nicht am Strand, sondern in einer Kammer tief unter der Erde. Und diesmal durchschritt ich jede einzelne Phase, regungslos im Bett liegend, meinen Kopf versenkt im blauen weichen Kissen, oder stundenlang duschend im weiß gefliesten Nassbereich mit eiskaltem Wasser aus der Tiefe. Oder indem ich am Tisch, auf dem die Monitore standen, jede einzelne Zeile in den Zeitungen mit dem Zeigefinger berührte, um im surrenden grellen Neonlicht einen Beweis für die dunkle Existenz meiner neuen Familie zu finden.

Am 20. Mai 1990 allerdings fand ich mich und begriff, was geschehen war. Ich hatte die Frau, die mich als Kind vom Strand geholt und mir die Hand gereicht hatte, getötet. Weil sie mich, nachdem sie mich aufgerichtet hatte, nicht gehen lassen wollte. Sie hatte die beiden Halbstarken, die mir schon als Kind Böses gewollt hatten, wieder zu mir gebracht. Und einer von ihnen hatte die Liebe meines Lebens erstochen. Vor meinen Augen.

Der Tod war in mein Leben zurückgekehrt, und wie damals, als er mich als Kind besucht hatte, hatte er mich auch diesmal verändert. Damals hatte ich Papa versprochen, eine *ricca* zu werden und auf ihn am Strand zu warten. Ich hatte mir geschworen, Neurologin zu werden, um mit der Erforschung des menschlichen Bewusstseins dem Leben sein Geheimnis zu entreißen, damit der Tod darin keinen Platz mehr fand. Das war damals mein Ziel gewesen.

Doch jetzt, da der Tod wieder in mein Leben getreten war, wartete ich in meiner Kammer darauf, dass ich das Wollgras sah, das hinter den Monitoren an den Ufern der Laghi di Scorluzzo kniehoch spross und durch das der Wind, den Josef aus einer anderen Welt schickte, mit der flachen Hand strich, um mir einen Weg zu einer neuen Hoffnung zu zeigen. Einer Hoffnung, die irgendwo am anderen Ende des Meeres lag, irgendwo hinter den Wellen verschneiter Gipfel.

Vielleicht waren es die ersten Vögel, die ich sah, die Tannenhäher, die über meine Einsamkeit hinwegflogen, oder der viele Regen, der meine Trauer in der Todeszone nach und nach wegspülte und in einen neuen Willen verwandelte, der in mir keimte. Dr. Merten hatte mir versprochen, aus mir eine Neurologin zu machen, zu der alle Experten der Welt aufschauen würden, da sie das Geheimnis entdeckt hatte, das hinter dem menschlichen Bewusstsein steckte. Er hatte es mir versprochen, wenn ich im Gegenzug herausfände, ob Josef im Sanatorio Grenzen überschritt. Ja, ich hatte den Pakt gebrochen, aber fest stand auch, dass Dr. Merten recht gehabt hatte und dass Josef und seine Familie diese Grenzen weit überschritten hatten.

Bevor Josef gestorben war, hatte er mich um meine Mithilfe gebeten, seine Familie zu einer besseren zu machen. War das meine neue Aufgabe? Würde Dr. Merten mir dabei helfen? Würde ich die Donna dazu bringen, die ganze Familie neu auszurichten? Doch während sich im warmen Frühlingssturm mein neuer Wille formte, drängte sich mir eine bittere Frage auf. Sie umwarb mich, schlich um mich herum wie ein Geist. Sie flüsterte mir die innere Gewissheit ins Ohr, dass es Krieg in der Familie gab. Einen Krieg, vor dem mich die Donna beschützen wollte. Hier in Macondo. Doch vor wem beschützte sie mich? Warum hatte sie mich vor einem halben Jahr in diesen Unterschlupf auf den Bergen gesteckt?

Ich ärgerte mich, dass ich mir diese Frage nicht viel früher gestellt hatte. Sobald die Gespenster wiederkamen und mir den Korb mit den Lebensmitteln vor die Tür stellten, wollte ich sie fragen und sie bitten, mich zur Donna zu bringen. Doch als das Funkgerät, das auf meinem Nachtkästchen neben dem Bett lag, um mir die Ankunft der Gespenster zu verraten, mit einem lauten Zischen ansprang, spürte ich, dass etwas anders war.

Mein Herz raste, als ich das Funkgerät an mein Ohr hielt und immer wieder das Passwort sagte. Erst wenn das Gespenst das Richtige erwiderte, sollte ich den Stahlriegel meiner Tür zur Seite schieben. Immer wieder wiederholte ich das auffordernde Losungswort. Wir hatten es zusammen mit der Erwiderung mit Margherita vereinbart, als sie mich hierhergebracht hatte.

»Márquez«, sagte ich. Immer wieder. Doch immer wieder empfing ich Stille.

»Márquez.«

Macondo, antwortete ich schließlich selbst in Gedanken, und mit einem Mal wusste ich, dass ich fliehen musste. So schnell ich konnte. Denn der Krieg hatte mich gefunden.

Ich griff nach einer grauen Weste, die über dem Stuhl vor dem Tisch hing, durchsuchte mit schnellen Blicken meine Kammer nach nützlichen Dingen, die ich auf meiner Flucht gebrauchen konnte, und stolperte zur Nasszelle. Im matten Spiegel über dem Waschbecken sah ich mich noch einmal an. Ich sah müde aus. Meine Haut war grau geworden. *Grigio.* Zudem waren meine Haare strohig und mein Blick leer. Ich suchte das kleine Mädchen in mir, das damals in Atrani allen Mut zusammengenommen hatte, um über die Piazza Umberto zu gehen, mit erhobenem Haupt, sich den musternden Blicken der Familie an den Tischen des Ristorante Destino stellend.

Hinter mir im Spiegel hing eine schwarze Lederjacke am Haken. Margherita hatte sie mir zugeworfen, als ich mein blutiges Brautkleid in den Kofferraum des Wagens gestopft hatte. Ich schlüpfte hinein und setzte mich neben die Toilette. Es stank nach Moder, nach kalter schlammiger Luft. Ich drückte mich, so fest ich konnte, mit dem Rücken gegen die Wand und presste meine Beine gegen die Toilette, die mit einem kratzenden Klicken langsam nachgab und sich zur Seite drehte. Dort, wo die Toilette gestanden hatte, sah mich ein dunkler kalter Schacht an, in dem eine schmale Metallleiter neben dem rostigen Abflussrohr in die feuchte Tiefe führte. Ich fädelte mich in die schmale Öffnung und stieg die Sprossen hinab. Auf halbem Wege fasste ich nach einem roten Griff, drückte ihn mit aller Kraft nach unten und zog somit die Toilette wieder an ihren ursprünglichen Ort. Ich stieg weiter nach unten in ein schauriges grünes Licht. Als ich den Boden erreicht hatte, war er so weich, dass ich mit meinen Absätzen tief darin einsank. Die Stiefel hatte ich ebenfalls von Margherita bekommen. Sie waren bei unserem Abschied vor über einem halben Jahr in der Tasche gewesen, die sie mir gegeben hatte.

Über drei Steinstufen erreichte ich einen niedrigen Gang. Es stank fürchterlich nach Fäule und Verwesung. Ich folgte dem engen Tunnel und berührte dabei mit den Schultern immer wieder die gemauerten Wände – vermutlich ein Fluchtweg aus Kriegstagen. Am Boden lagen Stromkabel wie gelbe dicke Schlangen. Als der Gang enger wurde, musste ich mich sogar zur Seite drehen und die Luft anhalten, um mich durch die Steinwände zu schieben. Ich vermutete, dass ich direkt unter den Laghi di Scorluzzo durchlief, um wohl auf die andere Seite zu gelangen, dorthin, wo der Wind im hüfthohen Wollgras auf mich wartete. Doch ich irrte mich.

Die Explosion zerriss die Stille, und ich hörte mit einem Mal nur noch ein unerträglich lautes Pfeifen in meinem Kopf. Steinstaub rieselte von der Decke. Ich wandte mich um. Vermutlich hatte jemand die Stahltür zu meinem Versteck aufgesprengt. In Gedanken sah ich Soldaten, die sich in langen öligen Mänteln und tief sitzenden Stahlhelmen in der mondlosen Nacht von der Malga di Bormio über die alten Pfade zu den Seen hinaufgeschlichen hatten. Ich blickte wieder nach vorne, wo eine der grünen Lampen flackerte, als würde sie mir aufgeregt zuzwinkern und mir sagen, dass ich mich beeilen sollte. Dass ich laufen sollte, so schnell ich konnte.

Ich rannte und glaubte, Stimmen zu hören. Von Männern. Sie suchten mich. Wie aus dem Nichts tauchte plötzlich eine weitere blaue Metallleiter auf, gegen die ich mit voller Wucht krachte. Ich fluchte, griff nach den eiskalten Sprossen und stieg empor. Die Leiter nach oben war gut zehnmal länger als die erste, auf der ich aus meinem Verlies in den Untergrund gestiegen war. Es wurde dunkler, das grüne warnende Licht verschwand im finsteren Meer unter mir. Als ich das Ende der Leiter erreicht hatte, war ich in vollkommener Dunkelheit. Ich sah nichts mehr. Keine Schatten, keine fahlen Lichter, die über die Metallsprossen strichen. Ich musste mich nun auf meinen Instinkt verlassen. Aber ich musste weiter.

Es roch nach Schnee, und ich glaubte, zwischen dem Donnern meines Herzens das Peitschen des Windes zu hören, der mit seinen haushohen Wellen oben auf mich wartete. Als ich das Ende der Leiter erreicht hatte, stieß ich mit dem Kopf gegen eine verschlossene Luke. Ich hielt den Atem an, tastete in der Finsternis nach einer Vorrichtung über mir, die mich ins Freie bringen würde. Doch ich fand nur Eis und etwas, was sich anfühlte wie dürres Gras. Ich dachte an die Donna. Sie war kleiner als ich und in einer gewissen Art zierlicher und zerbrechlicher. Wenn dieses Versteck für sie gebaut worden war, dann musste es doch einen Weg geben, damit sie aus dieser dunklen Welt entkommen konnte. Würde sie die Kraft haben, über ihrem Kopf nach einer Öffnung zu suchen, oder gab es an der Seite einen Mechanismus, wie … eine Eisenkette? Ein unsichtbares Lächeln spannte sich über mein Gesicht, als ich die Glieder der Kette in meiner Hand spürte. Mit einem kräftigen Ruck zog ich sie nach unten und öffnete damit die Luke über mir.

Meine Lungen brannten, und Schneeflocken flogen mir wie winzige Nadeln ins Gesicht. Ich hievte mich aus der Röhre und verschloss die Luke wieder. Sie war von außen nicht zu sehen, da sie sich als Stufe eines alten Militärpfades tarnte.

Ein scharfer Wind richtete mich auf. Ich zog die Jacke dicht um mich und sah mich um. Und als ich begriff, wo ich war, stockte mir der Atem. Ich stand am Gipfel des Monte Scorluzzo. Verfallene Festungen und schaurige Bunker stemmten sich wie ein monumentales Bollwerk gegen die Wucht des Windes, der aus dem ewigen Meer der Berge in Monsterwellen auf mich zurollte. Ich stellte mich gegen die Böen und kämpfte, um nicht das Gleichgewicht zu verlieren.

Noch nie hatte ich eine derartige Aussicht gehabt, und es fühlte sich an, als stünde ich am höchsten Punkt der Erde. Ich drehte mich um, da ich glaubte, zwischen den verlassenen Ruinen des Krieges einen Schatten gesehen zu haben. Und tatsächlich. Sie waren hier. Ich duckte mich. Sie hatten mich nicht gesehen. Mit großen schwarzen Stiefeln sprangen sie über Unebenheiten wie Steinböcke. Ich hielt meinen Kopf unten und duckte mich in einen Felsspalt, wo ich mir die eiskalte Haut aufriss.

Ich hörte ihre Stimmen, ihre schrecklichen Stimmen. Sie riefen meinen Namen. Im Dunkeln sahen sie aus, als würden sie das Ölzeug tragen, mit dem ich aus Atrani entkommen war. Ein Schauer lief durch meinen Körper. Denn für einen Moment dachte ich, dass einer der Soldaten einen kleinen Esel aus Stoff in der Hand hielt. Wie in meinem Traum, den ich als Kind gehabt hatte. Ich presste die Augen und die Lippen zusammen und hielt den Atem an. Dann zählte ich. Bis zehn. War es eine Einbildung, eine Halluzination? Lag ich in Wahrheit noch immer im Verlies unter dem See und wartete darauf, dass die Gespenster die Tür öffneten und mich zu Margherita führen, die mir erzählte, dass nun alles wieder in Ordnung sei?

Ich öffnete die Augen. Die Gespenster standen direkt vor mir. Sie trugen Masken. Aber sie sahen mich nicht, da ich regungslos in einer Felsspalte lag. Ich sah an den Schuhen, dass es keine Gespenster waren und dass ich keine Halluzinationen hatte, denn es waren Militärstiefel. Die Männer, die Dr. Merten und mich am Pass aufgehalten hatten, bevor ich zu Onkel Cascone ins Auto gestiegen war, hatten ähnliches Schuhwerk getragen.

Die Soldaten gingen weiter. Es waren sicher an die zehn. Meine Augen hatten sich mittlerweile an die Dunkelheit gewöhnt, und ich erkannte, dass ich direkt neben einem Schützengraben lag. Ich drehte die Augen und spähte hinein. Altes Geäst und Müll lagen dort unter einer dünnen Schneedecke. Als der Wind erneut eine donnernde Welle gegen den steinernen Strand schickte, hielt ich wieder den Atem an und ließ mich fallen. Ich krachte auf den Boden und rollte seitlings in die klamme Kluft, die neben dem Schützengraben wie ein schmaler Schatten lag. Ich schlug hart auf, und die kleinen Felsspitzen trieben sich in mein Fleisch.

Der Himmel drehte sich über mir, und ich sah auf ein großes, weites Meer aus Sternen. Ich war nicht sicher, ob es sich tatsächlich um den Himmel handelte oder ob mein Kopf durch den Sturz benommen war. Ich drehte mich wieder auf die Brust, fand eine kleine dunkle Röhre und zwängte mich mit aller Kraft hinein, bis die Schwerkraft mich in eine Höhle fallen ließ. Mit einem Schlag umfing mich vollständige Finsternis, und ein tiefes Grollen erfasste den Berg. Es war wieder das Geräusch einer Handgranate. Der verwesende Geruch faulen Laubes kroch in meine Nase. Ich streckte meine Arme aus und suchte in der Dunkelheit nach Orientierung. In der Ferne fiel ein Wasserfall. Die Luft war feucht und stank. Ich hatte Mühe zu atmen. Ich führte das auf den Sturz zurück. Ich rieb meine Brust, um besser Luft zu bekommen, aber es wurde immer schlimmer. Ich begann zu keuchen, suchte mit meinen Händen nach Licht, nach Luft, nach einem Weg.

Der laute Knall einer weiteren Handgranate zerriss die finstere Kuppel über mir. Ein Regen aus Licht und Luft fiel mit schrillem, lautem Pfeifen auf mein Gesicht. Wie ein vor dem Ertrinken Geretteter japste ich nach Luft. Zwei Männer mit langen Mänteln und Helmen sprangen zu mir in die Tiefe. Wieder dachte ich, es seien Fischer, bekleidet mit schwarzem Ölzeug und tief ins Gesicht gezogenen Kapuzen. Aber es waren keine Fischer, es waren Soldaten mit Gasmasken.

»Unten war sie nicht. Sie muss entkommen und irgendwo auf dem Berg sein. Wenn ihr sie seht, erschießt sie sofort!«, rief eine Stimme in schlechtem Italienisch vom stürmischen Gipfel herab.

Die beiden Männer standen regungslos vor mir und richteten ihre Waffen auf mich. Da blitzte die Klinge eines Messers zwischen den Mantelfalten des einen Soldaten auf, und bevor ich begriff, was geschah, stieß er das Messer seinem Kameraden in den Hals. Ohne Schrei, nur mit einem unheimlichen Gurgeln, sank der Mann zusammen, und seine Maske füllte sich mit Blut.

»Geh nach Trepalle zu Signora Morselli ins Albergo La Colombina. Sie wird dir helfen. Wir haben Krieg.«

Ich nickte und sah den Mann mit dem langen Mantel und der Gasmaske mit weiten Augen an.

»Der Duce hat der Donna den Krieg erklärt.«

Ich suchte nach Worten, wollte mich bedanken, aber ich wusste, dass ich laufen musste, laufen, so schnell ich konnte.

Als ich mein Macondo verließ und durch das weiße Feld des Wollgrases schlich, hörte ich Schüsse vom Gipfel. Und Geschrei. Es hieß, ich hätte einen der Männer erstochen und sei verschwunden. Wie ein Gespenst.

ZWERGWEIDEN. 1990.

Als ich ein Jahr zuvor mit Josef kurz vor Ende des Winters den fasanenartigen Vögeln zu ihren Brutplätzen gefolgt war, waren wir weit über die Baumgrenze auf die Berge gestiegen, und er hatte mir zum ersten Mal den Gletscher gezeigt. Wir hatten eng umschlungen auf einem der Gipfel gesessen, während er von den Überlebensstrategien der Gebirgspflanzen erzählte. Anders als Tiere, die beweglich waren und weiterziehen konnten, wenn der Ort mit einem Mal lebensfeindlich wurde, waren Pflanzen, die Sprossen in die Erde trieben, an die Stelle gebunden, an der sie gewachsen waren. Schonungslos waren sie den tiefen Temperaturen der Luft ausgesetzt, dem strengen Bodenfrost, den peitschenden Wellen des Windes, dem intensiven ultravioletten Licht der Sonne und der zunehmenden Trockenheit der Erde.

»Die Pflanzen, die du hier siehst, leben am Limit, sie sind Grenzgänger und Überlebenskünstler«, hatte Josef mir auf dem stürmischen Gipfel erklärt, und an seinem Blick hatte ich bemerkt, dass er sich ähnlich gefühlt hatte.

Er hatte mir von den winzigen Bäumen erzählt, die er Zwergweiden genannt hatte und die mit meterlangen Ausläufern miteinander verbunden und damit fester im Boden verankert waren, sodass der Wind, so scharf er auch vom Steinmeer herüberwehte, sie nicht biegen oder brechen konnte. Und er hatte vom Gletscher-Hahnenfuß erzählt mit seinen weißen Blütenblättern, die aussahen, als hätte man sie in Blut getaucht. Seine Blätter enthielten Alkohol, das ihn wie ein Frostschutzmittel gegen die tiefen Temperaturen des klirrenden Winters schützte. Dann hatte er von den Pflanzen gesprochen, die ihre ledrigen Blätter einrollten, um das Wasser bei sich zu halten, damit es nicht verloren ging im starken Licht der Sonne. »Die Pflanzen hier sind im Grunde wie eine Familie«, hatte er immer wieder betont. Sie waren miteinander verbunden, schützten sich wie der Alpen-Mannsschild mit dichter Behaarung und festen Polstern vor der Kälte und sicherten ihr Überleben, indem sie sich aufeinander verließen und füreinander da waren.

»Verlässlichkeit und Vertrauen. Das ist ihr Kodex«, hatte Josef gesagt und plötzlich aufgeregt mit ausgestreckter Hand auf einen Vogel gezeigt, der über ein schmales Schneeband auf sein verstecktes Nest unter den tief hängenden Zweigen einer Tanne zugeflogen war. Ein Jahr später waren diese zauberhaften Geschöpfe im ewigen Winter verschwunden, wie Josef.

Ich folgte dem Wind, der mir in den wolligen weißen Büschen des kniehohen Wollgrases meinen Weg zeigte. Die winzigen

Samen stiegen wie Glitzerstaub hoch und kitzelten in meiner Nase. Ich war außer Atem, als ich mich umdrehte, um zu sehen, ob mir einer der Soldaten gefolgt war, aber ich sah nur den rosa Himmel der Morgendämmerung, der wie der Rahmen eines Gemäldes am Horizont befestigt war.

Das aufblühende Altrosa der Rhododendren lockte mich weiter in Richtung Trepalle. Ich nutzte die letzten Schatten der Nacht, duckte mich durch vereinzelte Bäume, die aussahen wie Zirben, und folgte den neugierigen Vögeln in Richtung Malga Trela ins Tal. Immer höher stieg die Sonne und verwandelte geduldig die letzten Schneefelder in kleine Seen, aus denen bunte Blumenteppiche entsprangen. Im lauten Surren der Insekten streckten sich die lilafarbenen Blüten der Alpenglöckchen, und Mehlprimeln lockten mit ihrer betörenden Farbe das Leben aus der hoch gelegenen Region, als hätte ein Maler seinen Pinsel tief in überquellende Töpfe aus Pigmentfarben getaucht und diese lustvoll auf seiner Palette verteilt.

In der Ferne sah ich die Torri di Fraele. Mir schauderte, als ich die stummen Wächter aus den Wäldern ragen sah. Hinter den großen Seen lag im wärmer werdenden Wind das Malga Trela. Von dort war es nicht mehr weit zum Albergo.

Meine Füße taten weh, und mein Magen krümmte sich, als ich nach dem langen Weg durch die Berge im nahen Dunkel des neuen Abends das Albergo am Ortseingang von Trepalle sah. Ich war wie benommen durch die blühende Bergwelt gelaufen. Immer wieder hatte ich mich versteckt, war einen Teil des Weges gebückt über Wiesen geschlichen, hatte nach Verfolgern Ausschau gehalten. Doch ich hatte Glück gehabt und schien entkommen zu sein. Aber ich kannte auch die vielen geheimen Wege, die mir Josef gezeigt hatte und die jetzt nur ich kannte. Ich und die verschwundenen Vögel.

Der Duce hat der Donna den Krieg erklärt, hatte das Gespenst auf der Bergfestung gesagt. *Geh nach Trepalle zu Signora Morselli ins Albergo La Colombina. Sie wird dir helfen. Wir haben Krieg*, hallte es erneut in meinem Kopf, und als ich den Weg hinunter zum Albergo stieg, blickte ich zum Pass, wo die Soldaten einst Merten an der Weiterfahrt gehindert hatten. *Wir haben Krieg.*

Bevor ich in das Hotel ging, sah ich mich noch einmal um. Dabei überfiel mich ein mulmiges Gefühl. Während des Tagesmarsches von den Laghi di Scorluzzo bis nach Trepalle hatte ich keinen Menschen erblickt. Keine Diener, keine Ärzte und keine Therapeuten, die geduldig neben ihren Wirten hergingen, mit den Händen am Rücken gekreuzt oder mit gesenktem Kopf, versunken in die Erzählungen der Kranken. Ich hatte überhaupt niemanden gesehen. Auch keine Bauern oder Touristen, die im nahen Livigno oder Bormio den letzten Schnee für eine Skitour nutzten. Und auch als ich einen Blick auf die Kirche von Trepalle warf, um nach Don Di Dio zu sehen, wie er das Gras aus dem Straßenrand zupfte, war dort niemand. Selbst das Chalet, wo ich mit Alessandra und Veronica für die Statale gelernt und mich auf meine Arbeit im Sanatorio vorbereitet hatte, schien verlassen.

Und für einen Augenblick glaubte ich, dass ich allein war auf der Welt. War der Krieg, von dem das Gespenst gesprochen hatte, bereits durch Trepalle gezogen? Oder war es die Ruhe vor dem Sturm? Dabei nagte immer mehr ein hartnäckiger Zweifel an mir. Konnte ich dem Gespenst überhaupt trauen? Was, wenn es mich in eine Falle lockte? Wäre Signora Morselli tatsächlich hier? Was würde sie sagen, wenn sie mich sah? Hungrig, mit faserigen Haaren, schmutziger Lederjacke und weit aufgerissenen, ängstlichen Augen. Auferstanden von den Toten? Würde sie mir erzählen, was vorging, während ich ihre Pinsa aß und mit den Fingern den Teller sauber wischte wie damals in Atrani, als mir Mama Ndunderi gemacht hatte, wenn ich vom Spielen mit Giacobbe von den Ruinen zurückgekommen war und mit leuchtenden Augen erzählt hatte, dass ich eines Tages ein Gespenst fangen und die Welt retten würde wie Wonder Woman?

Das dreistöckige Hotel war unbeleuchtet. Mit seiner dunklen Holzeinfassung und den breiten Balkonen wirkte es im Abendlicht bedrohlich, als würde es mich beobachten. Nur in der kleinen Hütte, die dem Hauptgebäude vorgelagert war, brannte gelbes Licht. Ich zog an der Eingangstür, doch sie war verschlossen. Ich überlegte, um das Hotel herumzuschleichen, um einen anderen Weg hineinzufinden, entschied dann aber, kurz zu klingeln. Vermutlich würde mir die blasse zierliche

Frau von der Rezeption mit ihren langen, leblos blonden Haaren aufsperren und mich zu Signora Morselli bringen. Wenn Josef und ich von unseren langen Wanderungen oft spätnachts zurück ins Hotel gekommen waren, hatte sie uns auch immer mit einem verschmitzten Lächeln geöffnet, da Josef gerne den Schlüssel auf seinem Arbeitstisch hatte liegen lassen. Doch jemand anderes öffnete die Tür.

Margherita trug einen Kapuzensweater und hatte ihr blondes Haar eilig nach oben zu einem Knoten gesteckt. Unter ihren großen runden Augen hingen Schatten und die Reste alter Wimperntusche. Als sie mich sah, umarmte sie mich, ohne ein Wort zu sagen, zog – während sie vorsichtige Blicke auf die Straße warf – die Tür hinter uns zu und begleitete mich zum Empfangsraum.

Aus dem Inneren roch es nach gemahlenem Kaffee, und aus der dahinterliegenden Küche schlüpfte ein Geräusch, als würde jemand Eier mit einem Schneebesen in einer Glasschüssel schlagen.

»Hat dich jemand verfolgt?«, fragte mich Margherita und strich über meine Arme, als wollte sie mich zurechtmachen für Signora Morselli.

»Was geht hier vor?«, flüsterte ich und spürte eine Träne über meine Wange laufen.

»Kein Wort, dass ich dich mit der Donna zu den Laghi di Scorluzzo gebracht habe, okay? Das bleibt unser Geheimnis«, sagte Margherita und versuchte, ihre Angespanntheit hinter einem ständigen Nicken zu verbergen. Steckte Margherita hinter dem Rettungsmanöver, und hatte sie das Gespenst, das mich gerettet hatte, bestochen? Spielte sie ein doppeltes Spiel? Ich musste vorsichtig sein.

Während Margherita in der Küche verschwand, sah ich zum angrenzenden Frühstücksraum. Die Tische waren mit roten Tüchern bezogen, aber nicht eingedeckt. Vor den Fenstern hingen sumpfgrüne Vorhänge. Jemand hatte sie ausgetauscht, vermutlich, weil sie blickdichter waren als die geblümten.

»Signora Morselli?«, sagte ich vorsichtig und bemerkte, dass ich meine Stimme verloren hatte. Ich räusperte mich und rief erneut ihren Namen.

Als Signora Morselli mit einem blau karierten Geschirrtuch, mit dem sie ihre mehligen Hände säuberte, aus der Küche kam, erstarrten ihre Gesichtszüge. Sie sah abgekämpft aus, als hätten sie lange Zeit Sorgen geplagt. Obwohl ihr karamellbraunes Kostüm wieder wie angegossen saß und sie mit ihren schweren goldenen Ohrringen aussah wie ein einst gefeierter Filmstar aus den sechziger Jahren, wirkte sie doch ein wenig heruntergekommen. Als Margherita neben ihr aus der Küche kam, konnte ich kaum glauben, dass diese beiden Frauen Teil einer großen kriminellen Organisation waren, Teil der großen dunklen Familie. Alles war wie ein verworrener, unwirklicher Traum.

Die Worte von Dr. Merten, die er in der Sala Nera der Villa Monastero in Varenna erzählt hatte, drangen wieder in mein Gedächtnis. Wie bei einer Schallplatte, auf der die Nadel immer wieder zur selben Stelle zurücksprang, hatten sich die Worte in meinem Kopf wiederholt. Und selbst als ich im Versteck der Donna oben bei den Laghi di Scorluzzo gesessen hatte, hatte ich seine Worte immer wieder wie ein Mantra heruntergebetet. Doch je mehr Zeit verstrichen war, umso abstrakter, unwirklicher waren diese Worte geworden. Aber jetzt, da ich Signora Morselli mit ihren mehligen Händen, ihren strengen mütterlichen Zügen und ihrem vornehmen Blick direkt und leibhaftig in die Augen sah, klangen Dr. Mertens Worte echt und bedrohlich.

Hören Sie mir jetzt gut zu! Die Khalbergs. Sie waschen das Geld. International. Sie bauen das Business, dass sich nur um eines dreht. Drogen. Hier wären wir bei Cascone. Dem Duce. Dem »weißen Führer«, wie sie ihn nennen wegen seines Riechers für Kokain. Aber da ist auch noch Enzo, der andere Cascone. Menschenhandel, Prostitution. Und machen wir gleich weiter: Morselli. Schutzgeld, Erpressung. Oder Aurelio de Salazar-Cascone. Glücksspiel, Markenfälschung, das Geschäft mit der Müllabfuhr. Und am Ende der Linie das große Finale: Adachi-Turner. Waffen. Jetzt, wo Sie das hören, Signorina Grigio, oder soll ich sagen: Dorothea Almer … Wer sind Sie? Ein Teil dieser Familie. Das sind Sie.

Für einen langen Moment stand Signora Morselli regungslos

an der Küchentür. Dann ließ sie das Tuch fallen. »Tea!«, sagte sie wie eine Mutter, die glaubte, ihr Kind im Krieg verloren zu haben, und umarmte mich schluchzend lange und fest. »Ich dachte, du wärst tot«, sagte sie schließlich, fasste mit beiden Händen meine kalten Finger und rieb sie besorgt.

»Die Donna«, begann ich zu erzählen und warf einen kurzen Blick zu Margherita, die ein wenig abseits im Inneren der Küche stand, »hatte mich in ein Versteck gebracht, wo ich bleiben sollte, bis der Winter vorbei war. Aber dann kamen Männer und stürmten das Versteck. Sie sahen aus wie Soldaten. Ich floh, aber zwei Männer erwischten mich oben am Monte Scorluzzo bei den Steinfestungen. Ich habe Glück, dass ich noch am Leben bin. Denn einer der beiden hat mich gerettet und mir gesagt, dass Sie mir helfen können.«

»Warst du das?«, fragte Signora Morselli und wandte sich mit einem besorgten Blick zu Margherita, die kaum sichtbar nickte.

»Ich wollte Sie nicht hineinziehen, aber ich habe einen Kontakt bei Cascones Männern. Er hat mir von dem Einsatz erzählt.«

»Und jetzt bringst du sie zu mir?«, fragte Signorina Morselli, und ihr Ton und Blick wurden schärfer.

»Was geht hier vor, Signora Morselli?«, fragte ich und wollte Margherita von Morsellis Blicken befreien.

»Setz dich erst mal. Ich bringe dir etwas zu trinken. Ich mache gerade eine Pinsa«, sagte Signora Morselli. Und obwohl es ihr Hotel war und sie wissen musste, wer in den Zimmern in den oberen Stockwerken wohnte, blickte sie besorgt zur Seite und senkte ihre Stimme.

Dann verschwand sie in der Küche, brachte mir Wasser und Tee und bat Margherita, den Tisch zu decken. Dabei sprach Signora Morselli von den schrecklichen Ereignissen auf meiner Hochzeit. Und davon, dass sie Verständnis habe für meine Tat. Niemals hätte man Dr. Merten zur Hochzeit einladen dürfen, niemals hätte er Kontakt zu Signora Gabriella aufnehmen und sie mitbringen dürfen. Und als Signora Morselli die duftende Pinsa aus der Küche holte und auf den Tisch stellte, sagte sie, dass die ganze Familie mit mir fühle und niemand mir Vorwürfe machen würde wegen des Todes von Signora Gabriella. Erst als ich Signora Morselli fragte, warum mich dann die Donna – dass Margherita uns begleitet hatte, verschwieg ich – noch am selben Tag in das unterirdische Versteck gebracht hatte, verdunkelte sich ihr Gesicht, als würden sich ihr gewisse Schlussfolgerungen erst jetzt offenbaren.

»Ich denke, du solltest die Wahrheit erfahren«, sagte Signora Morselli, setzte sich zu mir an den Tisch und begann zu erzählen, nachdem sie Margherita gebeten hatte, ihr einen Espresso zu machen. Ich hörte zu, aß, stellte keine Fragen und versuchte, auch ihr so wenig wie möglich in die Augen zu blicken, da ich sie in ihrem Redefluss nicht ablenken wollte.

»Der Duce, Antonio Cascone, unterstützt das Sanatorio, da er dort auf Basis der neurologischen Erkenntnisse eine neuartige Droge entwickeln will. Ich halte nichts davon. Eine künstliche Droge, ähnlich wie LSD, nur ohne einen gefährlichen Horrortrip. Das Ziel von Antonio ist klar und einfach: Er will alles aus einer Hand. Herstellung und Vertrieb. In der Hand der Familie. Keine Abhängigkeit von Kolumbien oder Mexiko. Alles in der Hand des Duce. Doch das ist es nicht allein. Es geht um viel mehr. Es geht um Politik. Um Macht. Niemand ist gieriger nach Macht als der Duce.«

»Die Männer, die mich töten wollten, waren die Männer von … Cascone?«, fragte ich und konnte nicht glauben, dass der in sich gekehrt wirkende Mann, der Alessandra, Veronica und mir sein Auto für die Fahrt nach Mailand geliehen hatte, in Wahrheit ein machtbesessener Killer war.

»Von 1953 bis spät in die siebziger Jahre betrieb der amerikanische Geheimdienst ein umfangreiches geheimes Forschungsprogramm über die Möglichkeiten der Bewusstseinskontrolle in Zusammenhang mit LSD. Zu Beginn stand das Ziel im Vordergrund, eine Art Wahrheitsserum zu entwickeln, das im Kalten Krieg gegen Sowjetspione angewendet werden sollte. Doch bald weiteten sich die Forschungsarbeiten aus und führten zu anderen geheimen US-Programmen bis hin zu biologischen Waffen. Das Programm hieß M-K-Ultra. Nach Beendigung des Programms hatte die CIA stets jeglichen Kontakt zu Organisationen wie der unseren abgestritten. Aber das war eine Lüge. Ich weiß, dass Antonio Mitte der Siebziger Kontakt mit Vertretern des amerikanischen Geheimdienstes hatte und in deren Auftrag ein Sonderprogramm mit dem Namen ›Spektrum‹ betrieb.«

»Ein Sonderprogramm? Mit welchem Zweck?«

»Das weiß ich nicht. Sicher ist nur, dass der Duce hohen Vertretern der Politik die Forschungsergebnisse, die hier im Sanatorio gemacht wurden, verkauft hat.«

»Durch Experimente an Frauen und Kindern …« Mir schauderte, als ich diesen Satz aussprach.

»Die Donna stellte sich immer offen gegen die Beziehung von Antonio zur Politik. Aber auch Antonio bezog immer öfter Stellung gegen die Vorsitzende. Von den Fragen rund um das Fermi-Problem – die Donna hat dir sicher davon erzählt – hält er wenig. Ihm geht es nur um Geld und Macht. Nicht um irgendwelche philosophischen Erkenntnisse rund um das menschliche Bewusstsein.«

Ich bemerkte, wie ich immer tiefer in mich zusammensank. Erst als Margherita den Espresso brachte, fing ich mich wieder.

»Sie sagten, dass dieses Programm M-K-Ultra eingestellt wurde? Meinen Sie, dass der Duce immer noch Beziehungen zum Geheimdienst hat?«

»Davon können Sie ausgehen. Denn das Programm Spektrum wurde offiziell nie eingestellt.«

»Aber warum will Onkel Cascone mich dann töten lassen?«

»Der Bruder des Duce, Enzo Cascone, stellte sich immer klar gegen das Sanatorio. Er war stets gegen Experimente an Frauen und Kindern. Er war von der alten Ausrichtung der Familie überzeugt. Von den Ideen der Donna, durch die Erforschung des menschlichen Geistes ein neues Zeitalter einzuleiten, hielt auch er wenig. Die Meinung der Donna, dass in einer digitalen Welt der Schlüssel zum neuen Menschen liege, tat er als Spinnerei ab.«

»Aber wieso gibt es Krieg? Wieso will man mich töten? Ich habe doch nichts mit diesem Spektrum zu tun.«

Signora Morselli führte ihre Espressotasse an den Mund und hielt plötzlich inne. Wir hörten Wagen vor dem Hotel halten. Mit einem strengen Blick gab die Signora Margherita die Anweisung, nach draußen zu sehen. Als Margherita aufsprang und zur Tür ging, bemerkte ich, dass sie einen Revolver im hinteren Hosenbund stecken hatte. Signora Morselli sammelte sich und fuhr fort.

»Dr. Merten war der Consigliere der Donna. Doch so wie Enzo Cascone lehnte auch er – obwohl oder gerade weil er Neurologe ist – jede Form von unmoralischen Experimenten an Menschen ab.«

Ich dachte an die Blicke von Onkel Cascone, als er Dr. Merten am Pass mit mir gesehen hatte. Deshalb musste Dr. Merten also umkehren. Aber warum durfte er dann zur Hochzeit?

»Und Josef? Hat er …?«

»Die Experimente unterstützt? Ja, aber sein Interesse war rein wissenschaftlich. Er glaubte wie seine Mutter, dass man durch die Erforschung des Geistes den Menschen aus seinem natürlichen Gefängnis aus Leben und Tod befreien könnte. Er wollte das Leben unterwerfen.«

Schlagartig spürte ich wieder, wie sehr ich Josef vermisste, und sah mich wieder auf der Terrasse meiner Wohnung in Atrani stehen, wo wir verschwörerisch über das Meer blickten, um es eines Tages untertan zu machen.

»Und die anderen drei Zweige? Wie stehen die dazu?«

»De Salazar und Turner sind Mitläufer. Wie Söldner. Wer sich am Ende auch durchsetzt, die beiden werden dem Gewinner dienen.«

»Und Sie?«

Signora Morselli sah mich an. Das Mütterliche aus ihren Augen war verschwunden, und ich sah die Kälte einer skrupellosen Geschäftsfrau.

»Es geht ums Geschäft. Um das gute alte Geschäft der Familie.«

»Erpressung und Schutzgeld.«

»Wenn du es so hart nennen willst … Aber wir wenden uns nicht gegen Unschuldige. Niemals. Und seit Margherita unser Portfolio um die wunderbare Welt der Lebensmittel erweitert hat, floriert das Geschäft. Auch ohne Experimente und Beziehung zur Machtpolitik.«

Ich fragte mich, warum Margherita mich mit der Donna

zum Versteck begleitet hatte. Anscheinend glaubte sie mehr an die neue Ausrichtung der Familie, als Signora Morselli lieb war.

»Margherita ist also auch gegen das Sanatorio?«, fragte ich listig.

Signora Morselli schwieg und beantwortete nach einem kurzen Moment meine Frage mit einem Ja. Dann fügte sie hinzu, dass sie Josef habe bekehren wollen. Josef, der wie besessen an der Idee des Sanatorio festgehalten hatte, war laut Signora Morselli eine große Gefahr gewesen, da er blind gewesen war für die Auswirkungen seiner Arbeit.

»Er hat, ohne es zu wissen, einen Keil in die Familie getrieben und sich am Ende nur noch mit Verrückten abgegeben.«

»Ich bin keine *pazza*«, sagte ich so ruhig und leise, dass Signora Morselli es kaum hören konnte. Doch ich spürte, dass sie an meinem Ton erkannte, dass sie künftig auf ihre Worte achten sollte, schließlich sprach sie mit Josefs Frau, Dorothea Almer.

»Warum will man mich töten?«, fragte ich und erhob mich vom Tisch, während ich Morsellis Augen suchte, die immer wieder nervös zum Fenster sprangen. Sie rief nach Margherita, die nicht wieder zurückgekommen war.

»Das weiß ich nicht«, antwortete sie dann fast ein wenig schnippisch und wich meinen Blicken aus.

»Natürlich wissen Sie das. Sie erzählen mir die Geschichte von M-K-Ultra und dem Spektrum und wollen mir weismachen, dass Sie nichts wissen? Warum hat mich die Donna in ihr Versteck gebracht? Warum will mich Onkel Cascone töten?«

Ich war selbst erstaunt, wie meine Stimme mittlerweile klang – erstarkt wie das lange müde Segel eines Bootes, das endlich satten Wind in sich spürte. Oder wie die Zwergweiden, die sich mit ihren langen Ausläufern so fest an den Boden krallten, dass kein Wind der Welt sie je hätte brechen können. Ich war wie eine dieser Pflanzen geworden, die am Limit lebten, ich hatte mich zu einer Überlebenskünstlerin entwickelt.

»Josef hat den Kodex gebrochen«, sagte Signora Morselli trocken. »Deshalb hat die Donna ihn ermorden lassen.«

Der Boden brach unter meinen Füßen weg. Vor meinem inneren Auge schlichen dunkle Gestalten an den Tisch vor dem Ristorante Destino auf der Piazza Umberto und säten flüsternd Missgunst und Eifersucht in Marcos Kopf.

»Seine eigene Mutter?«, schrie ich. »Josef hätte sich niemals gegen die Familie gewandt!«

»Seit Jahren beschäftigt sich die deutsche Staatsanwaltschaft mit dem Verschwinden von Kindern und Frauen. Sie war dem Spektrum auf die Spur gekommen. Lange hatte sie im Dunkeln getappt, bis sich Josef kurz vor eurer Hochzeit an den Generalstaatsanwalt wandte.«

»Das ist eine Lüge! Er hätte mir davon erzählt«, sagte ich und bemerkte, wie der Wind aus meinen Segeln wich und meine Wurzeln Halt im steinigen Gebirgsboden suchten.

»Die Donna ließ Josef töten, bevor dein Onkel Cascone, wie du ihn nennst, es getan hätte.«

»Aber er war ihr eigener Sohn«, schrie ich Signora Morselli an.

»Ein Sohn, der den Kodex der Familie verraten hat.«

»Und warum hat sie mich nicht getötet? Oben, als ich bei ihr am Turm war? Warum hat mich nicht eines ihrer Gespenster ermordet? Oder wollte sie, dass ich den Tod meines Mannes mit ansehe?«

»Die Donna wollte dich wegsperren, um zu sehen, ob es noch andere Verräter gibt. Du warst ihr Lockvogel. Sie war der Meinung, dass du Josef zu einem Verräter gemacht hast. Und sie wollte sehen, wen du noch beeinflusst hast. Denn er oder sie würden kommen, um dich zu retten.«

Margherita. Sie war es, die mich gerettet hatte. Stand sie nun wie ich auf der Abschussliste?

»Aber warum herrscht dann Krieg?«

Signora Morselli zog die Augen zu einem gefährlich aussehenden Schlitz zusammen, während sie weiter nach Margherita rief. Dann fügte sie hinzu: »Der Duce glaubt, dass die Vorsitzende ebenso eine Verräterin ist wie ihr Sohn. Und wie du. Der Duce will einen Putsch, er will eine neue …«

Plötzlich unterbrach sie ihren Satz und befahl mir, so schnell wie möglich über die Treppe nach oben zu gehen.

»Versteck dich in Josefs Zimmer, bis ich dich hole!«

Ich gehorchte und lief zum Treppenaufgang bei der Rezeption. Doch als ich die Stimme der Donna hörte, blieb ich stehen, kauerte am ersten Halbstock der Treppe und schielte durch das Geländer in das Frühstückszimmer. Margherita stand mit gesenktem Blick neben der Donna und suchte so unauffällig wie möglich nach ihrem Revolver.

»Sie fördern den Krieg, Signora Morselli«, sagte die leise Stimme der Donna. Die Donna sah aus wie eine gespenstische Marionette, die mit langen unsichtbaren Fäden auf der Bühne eines Puppentheaters erschienen war. Sie war umgeben von fünf Männern mit kurzen Haaren, entschlossenen Gesichtern und Maschinenpistolen.

»Donna Khalberg-Morselli«, sagte Signora Morselli, erhob sich vom Tisch und ging in leicht gebückter Haltung zur Vorsitzenden. »Ich weiß nicht, wovon Sie reden.«

»Was soll Antonio bloß denken, wenn Sie die kleine Verräterin unterstützen?«

»Ich weiß wirklich nicht, wovon Sie reden.«

»Wenn jemand diese kleine, unnütze *pazza* schützen kann, dann bin ich das. Ich werde dem Duce beweisen, dass Josef uns nur verraten hat, weil ihm dieses schmutzige Mädchen den Kopf verdreht hat. Und dass sein Verdacht, dass ich etwas damit zu tun habe, unbegründet ist. Verlässlichkeit und Vertrauen. Ich würde diesen Kodex niemals brechen. Denn ich bin der Kodex. Ich habe die Konsequenz für den Verrat meines Sohnes gezogen. Und ich werde jetzt diesen Krieg beenden, den mein Sohn angezettelt hat. Aber nun sagen Sie mir: Wo ist Tea Grigio? Ich werde sie dem Duce ausliefern, damit bald wieder Frieden herrscht.«

Signora Morselli schwieg.

»Verräter müssen bestraft werden. Sie sind wie Frost. Wir erfrieren, wenn wir nicht zusammenstehen und uns an den Kodex halten. Sind Sie eine Verräterin, Signora Morselli?«

Wieder schwieg Signora Morselli und hob selbstsicher ihr Kinn.

»Es tut mir leid, aber wenn Sie nicht sprechen wollen …«

Dann schloss die Donna die Augen und gab das Zeichen, auf das die Männer gewartet hatten. Und kurz darauf starb Margherita im Kugelhagel.

Signora Morselli wurde bleich im Gesicht, zeigte aber keine Regung.

Als die Donna die Augen erneut öffnete, sah sie die Morselli mit einem giftigen Blick an.

»Wo ist Tea Grigio? Die kleine *pazza*.«

»Ich bin hier«, sagte ich und verließ mein Versteck. Ich ging an Margheritas blutüberströmtem Körper vorbei, und obwohl mir danach war, mir die Seele aus dem Leib zu schreien, blieb ich stark. Aus Margheritas Mund quoll Blut, und mir war, als würden sich aus ihrem letzten Atem Blasen bilden, als würde sie mir noch etwas sagen wollen, bevor sie starb. Doch dann verließ sie die Kraft, und das Leben schwand aus ihr.

Der Tod hatte eine große Armee am Horizont aufmarschieren lassen und stellte sich gegen mich. Er spuckte mir ins Gesicht und lachte mich aus, da ich in seinen Augen noch immer dieses kleine Mädchen war, das am Strand saß und auf seinen Papa wartete. Aber er hatte sich geirrt. Denn ich hatte mich erhoben und war ausgezogen, das Leben zu unterwerfen. Und der Tod hatte darin keinen Platz.

Mit sicheren Schritten ging ich auf die überraschte Donna zu und stellte mich direkt vor sie hin. Mit festem Blick sah ich ihr in die Augen.

»Ich sage es Ihnen ein letztes Mal: Ich bin keine *pazza*.«

»Oh, der Tod macht dich mutig, Tea Grigio.«

»Tea Grigio ist tot. Mein Name ist Almer. Dorothea Almer.«

DAS LABYRINTH DER QUELLEN. 1990.

1874 eröffnete Arthur Lasenby Liberty, der Sohn eines Tuchmachers, in London den Liberty Department Store. Auf der Suche nach ständig Neuem importierte er Stoffe, Ornamente und obskure Kunstgegenstände, vor allem aus dem Fernen Osten. Seine Sammlungen setzten sich aus einer Vielzahl von Stilen zusammen. Doch im Laufe der Zeit fand sich in der Vielfalt künstlerischer Gestaltung ein eigenständiges Muster, das alle Stilrichtungen vereinte. Dieses Muster gebar die neue ästhetische Bewegung der 1890er Jahre, die sich »Die neue Kunst« nannte, besser bekannt unter dem Begriff »Art Nouveau« oder »Jugendstil«. In Italien hieß diese neue Kunstrichtung bald »Stile Liberty«, benannt nach dem neugierigen Händler aus London, der mit seiner Leidenschaft viele Designer in Turin und Mailand beeinflusste.

Aber nicht nur die Kunstwelt orientierte sich neu: Auch die Mode folgte den Visionen Libertys. So wurden zwischen 1890 und 1920 in den Metropolen Europas zunehmend bedruckte und gefärbte Stoffe aus Seide und Satin des Unternehmers getragen, die sich durch ihre subtilen und doch kraftvollen Farben auszeichneten. Doch Liberty verstand sich auch im Handel von sogenannten Objets d'Art. Dabei handelte es sich um kleine Arbeiten dekorativer Kunst wie Schnitzereien, Statuetten und Plaketten, die aus unterschiedlichen Materialien wie Emaille, Elfenbein oder Edelsteinen hergestellt und mit Gravuren verziert waren. Zu diesen Kunstobjekten gehörten auch die Fabergé-Eier. Diese Schmuckgegenstände wurden in der Form eines Ostereies hergestellt und waren meist aufklappbar, um eine im Inneren verborgene Überraschung zu präsentieren.

Der ehemalige Ballsaal des Grand Hotel Bagni Nuovi bei Bormio war spärlich beleuchtet. Unter dem hohen Jugendstilgewölbe fanden mehrere Dutzend Tische Platz, die mit bodenlangen weißen Tüchern überzogen und von jeweils vier roten Samtstühlen umgeben waren. Obwohl der Salone dei Balli zu einem üppigen Speisesaal umgewandelt worden war, wirkte er durch seinen Kristallluster und seine blumigen Jugendstilornamente an den Wänden fürstlich.

Ich saß mit der Donna allein an einem Tisch, der durch das Flackern eines Kamins in einem zittrigen Zwielicht lag. Es roch nach warmem Reis und Kräutern. Drei Kellner mit langen Schürzen kamen aus dem Dunkel auf uns zu und stellten uns schweigend warme Teller mit Risotto und Pesto in kleinen Glasschüsseln auf den Tisch. Auf den schattigen Balustraden des Saales standen die regungslosen Gespenster, die selbst ruhig blieben, als einer der Kellner eines der Weingläser durch ein Missgeschick klirrend und mit betroffenem Blick zu Boden fallen ließ.

Die Donna und ihre Männer hatten mich in den Salone dei Balli des Grand Hotels gebracht. Ich kannte den Saal. Ich war mit Josef zum Silvesterball hier gewesen. Und Signor Scarselli hatte uns damals bedient. Auch er hatte ein Glas zerbrochen und war von Signora Bianchi, die am Tisch gegenüber gesessen hatte, mit strengen Blicken zurechtgewiesen worden. Damals hatte überall sattes Leben im Saal gesprudelt. Allenthalben waren Gelächter, erregtes Gewisper und fröhliches Glucksen zu hören gewesen, und aufgewühlte Menschen hatten prustend die Sekunden bis Mitternacht gezählt. Jetzt war es still, und das Leben war dem Tod gewichen.

»Essen Sie!«, sagte die Donna und sah mich mit geübter Höflichkeit an. Das Make-up war grell und zu dick, die Lippen übertrieben rot geschminkt. Da ich in Gedanken bei Margherita war, brachte ich keinen Bissen hinunter. Während ich mit der Gabel im Risotto herumstocherte, starrte mich die Donna mit ihren großen Puppenaugen an.

»Iss, Dorothea Almer! Du brauchst Kraft, wenn Antonio Cascone uns die Ehre gibt. Leider isst der Duce zu dieser Zeit nicht mehr. Aber ich dachte, es wäre gut, dir noch einmal die Vorzüge unserer Küche zu zeigen«, sagte die Donna und spülte ihre Worte mit einem großen Schluck Weißwein hinunter.

Ich achtete darauf, aufrecht zu sitzen und den Blicken der Donna standzuhalten, als sie wieder ihre Stimme erhob.

»Kennst du das Gatschina-Palast-Ei? Vermutlich nicht. Es ist ein Objet d'Art, ein wertvolles Fabergé-Ei.«

Ich hatte in der Schule von diesen Eiern gehört, die im Auftrag der russischen Zaren gefertigt worden waren, wusste aber nicht, warum mir die Donna davon erzählte.

»Das Ei besteht aus reinstem Gold, opaleszenter weißer Emaille, undurchsichtiger roter, gelber und grüner Emaille, Diamanten, Perlen und einem Samtfutter. Es ist umgeben von grünen und goldenen Blättern, rosa Rosen und roten Bändern. Der Miniaturpalast als Überraschung im Inneren des Eis ist aus Vierfarbgold gefertigt. Bis ins kleinste Detail ist dieser Palast dem Gatschina-Palast bei St. Petersburg nachempfunden. Jedes Detail, wie Kanonen, die Flaggen, sogar eine Statue von Zar Paul I., ist zu erkennen und dahinter weite Teile der Landschaft.«

»Warum erzählen Sie mir das?«

»Weil das Ei unserem Kopf ähnelt. Klappt man es auf, findet sich darin eine Überraschung. Es gibt viele Fabergé-Eier, jedes ist anders. So wie jeder Mensch andere Gedanken in seinem Kopf hat. Und doch hängen sie alle auf eine geheimnisvolle Art zusammen. Wenn ich deinen Kopf aufklappe, was finde ich darin? Einen Palast? Eine Engelsstatue? Oder etwas anderes? Das Meer? Einen Turm? Den Torre dello Ziro?«

Ich ertrug den starren Blick der Donna nicht mehr und sah zur Seite. »Was wollen Sie von mir? Wenn Sie mich erschießen wollen, dann machen Sie jetzt Schluss! Sagen Sie Ihren Gespenstern, dass sie es beenden sollen! Ein für alle Mal.«

Die Donna lachte. Dabei fletschte sie mit blitzenden Augen die Zähne.

»Weißt du, dass auch wir ein Objet d'Art in unserem Besitz haben? Allerdings ist es kein Ei. Es ist eine Schatulle. Kunstvoll verziert mit der Schnitzerei einer blauen Blume.«

Mein Herz schlug bis zum Hals, aber ich musste weiterhin stark bleiben und zwang mich, einen Bissen vom Risotto zu essen. Die Donna sollte die Angst, die in mir hockte, nicht sehen.

Während ein Mann den Kamin neu anfachte, begann die Donna, von der Familie zu erzählen und von ihrer Geschichte. Sie reichte viele Jahrhunderte zurück.

»In der Mitte des 13. Jahrhunderts, im Kriegsnebel einer kaiserlosen Zeit, lag eine sterbende österreichische Monarchin im Schatten eines krummen Baumes am Fuße der Alpen im Sterben. Mit ihren letzten Atemzügen überreichte sie ihrer pflichtbewussten Dienerin eine geheimnisvolle Schatulle. Darin lag ein Geheimnis, das die ganze Menschheit in einem einzigen Wimpernschlag unterwerfen konnte. Die Legende um dieses Geheimnis war so groß, dass selbst der Mongolensturm, der um diese Zeit die halbe Welt in Schutt und Asche gelegt hatte, vor diesem krummen Baum innehielt. Die Dienerin musste ihrer Herrin versprechen, eine Familie zu gründen, die diese Schatulle durch die Jahrhunderte beschützen würde, damit das große Geheimnis nicht in falsche Hände käme.«

In Gedanken sah ich über das steinerne Meer der Alpen, wo hinter dem Horizont ein krummer Baum stehen musste. Ich war noch nie hinter dem steinernen Meer gewesen. Am anderen Ende der Alpen, die sich nahe Wien mit einem tiefen Seufzer erheben mussten. Als die Donna bemerkte, dass ich mich in Gedanken verlor, schärfte sie ihre Stimme.

»Doch die Dienerin hinterging die Monarchin. Sie spionierte für die politischen Widersacher ihrer Herzogin und überreichte ihnen nach deren Tod die Schatulle. Doch als sie die Büchse vor ihnen öffnete, um das Geheimnis zu lüften, war darin nichts weiter als die Reste einer verwesten Ratte. Das Zeichen für Verrat.«

»Verlässlichkeit und Vertrauen«, sagte ich monoton, als wollte ich mich insgeheim vom Betrug der Dienerin distanzieren.

»Der Kodex der Familie. Verlässlichkeit und Vertrauen. Und die erste Vorsitzende der Familie hat ihn offenbar gebrochen.«

Stille kroch knisternd durch den Saal.

»Doch die Auftraggeber der Dienerin konnten nicht glauben, dass das Geheimnis der mit einer blauen Blume verzierten Schatulle nichts weiter war als die Leiche eines Nagetiers. Sie verbannten die Dienerin und begriffen nicht, dass sie damit den Grundstein für die große Familie gelegt hatten. Denn in Wahrheit war die Ratte keine gewöhnliche Ratte. In ihrem toten Körper befanden sich Erreger, die nur darauf gewartet hatten, eine dunkle Zeit anbrechen zu lassen. Der Schwarze Tod kam über die Welt, und die Pest erhob sich wie ein großer Schatten und vernichtete mit einem einzigen Wimpernschlag Millionen von Menschen.«

Ich starrte die Donna an und spürte, wie die Haare auf meiner Haut aus Furcht zu Berge standen.

»Die Monarchin hatte recht behalten. Sie hatte die Menschheit unterworfen. Und ihre Dienerin hatte ihr Werk pflichtbewusst beendet und sich an den einstigen Unterdrückern der Monarchin gerächt, dem Kaiser, dem Papst und den Mördern ihrer Familie. Verlässlichkeit und Vertrauen. Bald entstanden mehrere geheime Orden, die begannen, sich der Kirche und dem Staat zu widersetzen. Im Zeichen der blauen Blume wollten sie die Bürger und Bauern schützen, wenn sich der Staat oder die Kirche gegen sie wandten. Immer mehr schlossen sich diesen Zirkeln an, die über die Jahrhunderte zu sechs großen Häusern heranwuchsen. Zu sechs Stämmen. Und der Glaube an die Legende von der blauen Blume vereinte alle, da alle wussten, dass die Mächtigen der Welt jeden Tag davor Angst haben mussten, dass sie in einer Schatulle eine tote Ratte finden würden.«

Ich musste die Donna so angestarrt haben, dass sie sich unwohl fühlte. Also befreite sie sich mit einem kurzen, gekünstelten Lächeln, beugte sich über den Tisch und umfasste meine Hände.

»Keine Sorge, wir schicken keine Ratten mit Pesterregern durch die Welt.«

»Was wollen Sie von mir?«

Die Donna ließ meine Hände wieder los und fuhr fort, während sie sich zurücklehnte wie eine Monarchin auf ihren Thron, nachdem sie ein Todesurteil gefällt hatte.

»Im Laufe der Jahrhunderte entstanden viele Großreiche und verschwanden wieder. Mitglieder unserer Familie saßen stets an den Hebeln der Macht, und ihre Aufgabe war es immer, Zweifel in den Köpfen der Mächtigen zu säen, damit wir am Ende unsere eigenen Vorstellungen und Geschäftsinteressen vorantreiben konnten. Unsichtbar. Sie sollten im ständigen Zweifel leben, ob nicht doch einer von uns eines Tages eine kleine Schatulle öffnete.«

Draußen tauchten die ersten Lichtkegel auf und schwappten über die hohen Wände des Salone dei Balli. Irgendwann glaubte ich, das Schlagen einer Fahrzeugtür gehört zu haben. Doch die Vorsitzende fuhr fort und schien die Bewegungen vor dem Hotel nicht bemerken zu wollen. Dabei war es offensichtlich: Wir bekamen Besuch, und die Donna erwartete ihn.

»Im 18. Jahrhundert gewann mit der Aufklärung die Wissenschaft an Bedeutung und stürzte Gott und all die anderen Legenden vom Thron. Auch die der geheimnisvollen Büchse mit der blauen Blume, die bald das Sinnbild der nach Gerechtigkeit suchenden Unterdrückten wurde. Die Aufklärung spaltete aber den Bund der Familie. Glaubten die einen weiterhin an die Kraft der Legenden, die außerhalb des Verstandes lag, so zweifelten andere daran. Dabei gingen die Separatisten so weit, dass sie begannen, selbst den Machtanspruch zu stellen. Basierend auf Vernunft und Verstand. Sie wollten nicht länger im Dunkel die Fäden ziehen, sie wollten selbst ans Licht.«

Ich hörte Stimmen. Aufgeregte Männer sprachen in einem italienischen Dialekt. Ich hörte meinen Namen. Eine der Simmen erkannte ich. Es war die von Onkel Cascone. Doch die Donna blieb davon weiterhin unbeeindruckt und erzählte weiter, verdunkelte aber die Farbe ihrer Stimme.

»Anfang des 20. Jahrhunderts waren die Separatisten zum stärksten Zweig der Familie herangewachsen und stellten die neunte Vorsitzende Hanna Khalberg, die sich offen zum Faschismus bekannte. Nach dem Ende des Zweiten Weltkrieges wendete sich das Blatt, und weitere geistige Strömungen teilten die Familie, die am Ende unsere sechs den Stämmen entwachsenen Zweige herausbildete. Unter dem Mantel der Vielfalt und Demokratie bin ich es nun, Frida Khalberg-Morselli, die Tochter von Hanna Khalberg, die alle Zweige zusammenhält und darauf achtet, dass sich keine Ratte in unseren eigenen Reihen befindet.«

»Sie sind eine widerliche Verräterin«, rief Antonio Cascone, der mit einem Dutzend schwer bewaffneter Männer in den Saal stürmte. Ich ließ meine Gabel fallen und hob langsam die Hände. Onkel Cascone hatte sich verändert. Sein Kopf war rot, und in seinen Augen flackerte unzähmbare Wut. Ich erinnerte mich an unsere erste Autofahrt, als er mir erzählt hatte, dass die Menschen in Trepalle ein einfaches Leben führen würden. Selbstbestimmt. »Hier finden wir die Wahrheit«, hatte er gesagt und Trepalle »die Alp des Schlafes« und »das Tal der Stille« genannt. Und seine Augen waren mir so sanft erschienen.

»Ich habe Josef seiner gerechten Strafe zugeführt«, sagte die Donna und erhob sich, während zur selben Zeit die Gespenster auf den Balkonen und Balustraden ihre Waffen hoben.

»Und seine *pazza* schützen Sie?«, rief Cascone, ging zum Tisch, nahm das Glas Weißwein der Donna und trank es bis zum letzten Tropfen aus.

»Was uns gezeigt hat, wo sich weitere Verräter befanden, wie wir am Beispiel von Signora Margherita Bianchi gesehen haben«, sagte die Donna mit leiser, aber bebender Stimme.

»Warum werde ich den Gedanken nicht los, dass Sie es waren, die uns an die Staatsanwaltschaft verraten hat? Mit einem Schlag wären Sie einen Zweig der Familie los, der Ihnen zu stark geworden ist.«

»Ich bin keine Verräterin!«, schrie die Donna plötzlich mit so lauter Stimme, dass selbst der Duce für einen Moment zusammenzuckte. Dann fasste er nach hinten, zog seinen Revolver aus dem Hosenbund und legte ihn auf den Tisch.

»Dann erschießen Sie die *pazza*! Beweisen Sie, dass Sie es verdienen, unsere Vorsitzende zu sein!«

Mein Herz blieb stehen, gleichzeitig raste das Adrenalin durch meinen Körper. Ohne ein Wort zu sagen, nahm die Vorsitzende ihre Waffe und hielt sie an meinen Kopf.

»Verlässlichkeit und Vertrauen. Das ist unser Kodex«, sagte sie, und ich sah in ihren Zügen einen stillen Zweifel. Aber ich hatte keine Zeit mehr zu überlegen, ich musste handeln, jetzt.

»Ich habe das Fermi-Problem gelöst«, sagte ich.

Der ausgestreckte Arm der Donna zitterte.

»Worauf warten Sie, Donna?«, keifte der alte Cascone.

»Es liegt im Muster«, setzte ich nach und merkte, dass die Donna schwankte.

»Hat dich Josef deshalb hier aufgenommen? Sind es die Türme? Was ist die Verbindung?«

»Was soll der Mist?«, rief Cascone immer ungeduldiger und warf das leere Glas wütend zu Boden.

»Hat uns Josef deshalb verraten? Weil er sich tatsächlich in dich, die kleine *pazza*, verliebt hat und nicht wollte, dass wir dich untersuchen? Vielleicht hast du ihm etwas erzählt, was uns zum Muster geführt hätte?«

Mir wurde schwindelig. Ich erinnerte mich, wie ich Josef von meinen Träumen als Kind erzählt hatte und von Giacobbe. Hatte die Donna recht? War er deshalb bei der Staatsanwaltschaft gewesen, um mich vor den drohenden Experimenten zu retten? War ich die ganze Zeit über eine Wirtin gewesen, ohne es zu bemerken? Hatte sich Josef gegen die ganze Familie gestellt, nur weil er mich retten wollte?

Tränen liefen über meine Wangen, als die ersten Schüsse fielen. Wie in Zeitlupe nahm ich wahr, dass Cascones Männer aus dem Saal stürmten und sich verbarrikadierten. Selbst die Gespenster verließen ihre Positionen und liefen zum Eingang, wo sie den Angriff erwiderten.

Josef hatte sterben müssen, weil er mich gerettet hatte. Der Gedanke hallte so stark in meinem Kopf, dass ich es kaum bemerkte, wie die Donna mich am Arm nahm und zu einem kleinen Seiteneingang des Salone dei Balli zerrte, wo eine schmale Treppe aus Stein nach unten führte, während der Saal im ohrenbetäubenden Lärm des Kugelhagels zersplitterte.

1836 war das Grand Hotel Bagni Nuovi mit großem Pomp eröffnet worden. In den nächsten Jahrzehnten waren dem italienischen Vorbild weitere Hotels gefolgt, darunter das österreichische Panhans am Semmering oder das Bijou, das Grand Hotel in Locarno, das ebenfalls im Stil der Belle Époque stolz sein Haupt erhoben hatte. Restaurants und Veranstaltungsräume, ausgestattet mit Verzierungen aus Stuck und Liberty-Fresken, hatten einst die oberen Zehntausend nach Bormio gelockt, wo sie im Prachtbau der venezianischen Gotik erlesene Feste und Treffen abgehalten hatten. Nach dem Zweiten Weltkrieg war das Hotel immer wieder über Jahrzehnte geschlossen gewesen und langsam zum Geisterhotel verkommen, in dem sich zwielichtige Gestalten versteckt und in den heruntergekommenen Parks herumgetrieben hatten.

Frida Khalberg-Morselli hatte den Prachtbau mit seinem malerischen Blick auf den eleganten Kurort Bormio in den siebziger Jahren als eine gute Investition betrachtet. Vordergründig hatte sie eine groß angelegte Renovierung des Hotels vorangetrieben, die vorgesehen hatte, dass jedes der sechsundvierzig Zimmer einen einzigartigen Charakter erhalten sollte. Zudem war die Aussicht aus den Zimmern unterschiedlich. So blickte man von den Balkonen oder Terrassen auf der einen

Seite auf das breite Tal von Bormio, sah weite Gärten oder verlor sich auf der anderen Seite in den abfallenden Hängen des schattigen Stilfser Jochs mit dem steinernen Wall der Alpen im Hintergrund.

Nach der Wiedereröffnung hätten elitäre Bankette, Kongresse und Veranstaltungen stattfinden sollen, bei denen die Teilnehmer Entspannung in den großzügigen Jugendstilthermalbädern von Bormio gefunden hätten, die das Areal des Grand Hotels umgaben. Schon im 1. Jahrhundert hatten die Römer diesen Ort genutzt, um im heißen Dampf der Quellen, die unter dem Hotel brodelten, die Geschicke des Reiches zu lenken. Eine Tradition, die im Mittelalter von Mönchen fortgesetzt und bis 1900 von Adeligen mit ehrgeizigen Plänen vorangetrieben worden war. Doch die Donna hatte die Renovierung hinausgezögert und nur einen Teil für die besonderen Gäste des Sanatorio geöffnet, Gäste, die zum Dunstkreis der Familie gehörten. Der andere Teil blieb der Öffentlichkeit vorenthalten. Andere Besucher dürften aus Sicherheitsgründen nicht ins Hotel, wie die Donna dem Bürgermeister von Bormio immer wieder versicherte.

Doch der wahre Grund, warum sich die Donna für dieses Grand Hotel eingesetzt hatte, lag darin, dass im dunklen Bauch des aus Fels errichteten Prachtbaus die neun Quellen von Bormio aufeinandertrafen. Für die Donna war dies ein Ort der Heilung, ein idealer Ort, um die Sonderfälle des Sanatorio unbemerkt zu behandeln.

Fünf Gespenster jagten vorbei an uns die nassen Steinstufen nach oben, um das Hotel zu verteidigen. Die Donna peitschte sie mit giftigen Worten aus der steinernen Unterwelt des Hotels. Je weiter wir nach unten stiegen, umso tiefer tauchten wir in den grünen Nebel aus schaurigem Licht. Der tosende Donner von Wasser dröhnte durch das weitverzweigte Labyrinth aus schmalen Gängen, die mit Leitern verbunden waren und mehrere Stockwerke unter der Erde lagen. Die Donna zerrte mich am Arm durch die felsigen Schächte, trieb mich über Eisenleitern immer weiter nach unten, wo mich der Geruch von schwefelhaltigem Fango zunehmend betäubte.

Als wir unten angekommen waren, sperrte die Donna eine Eisentür auf und stieß mich in einen kreisrunden Raum in Form eines Panoptikums. In der Mitte lag ein tiefer Abgrund, der von einem Geländer gesäumt war. Über der Kluft hingen neun Rohre, aus denen das Wasser der Quellen mit ohrenbetäubendem Lärm in den Abgrund schoss. Die Donna trieb mich weiter, und als ich über das Geländer nach unten sah, erkannte ich darin den grünlich blauen Schimmer eines Sees, genährt von den neun Quellen. Der Schwefelgeruch legte sich wie ein dicker kratziger Wollhandschuh über meinen Mund. Die Donna hetzte hinter mir, und ich vermutete, dass sie mich zu einem Versteck führen wollte, das dem Unterschlupf bei den Laghi di Scorluzzo ähnelte. Betört von dem Donnern des Wassers und dem stechenden Geruch in meiner Nase, sah ich erst jetzt, dass an der äußeren Wand des kreisrunden Ganges, der um den See lag, kleine Kammern lagen, wie Zellen. Doch anstelle von Gittern war eine Glaswand eingelassen.

Ich begriff erst spät, was es mit den Zellen auf sich hatte. Aber als ich die Männer mit ihren weißen Kitteln darin sah, die sich mit Gasmasken über Stahlwannen beugten, verlangsamte ich meine Flucht. Die abgetrennten Räume schienen von der Innenseite schall- und blickdicht zu sein, denn keiner der Ärzte schien uns zu bemerken.

Als die Donna sah, dass ich näher an den Glaswänden der Zellen vorbeilief, um einen Blick auf die mysteriösen Wannen zu erhaschen, schlug sie mir mit der flachen Hand auf den Kopf und herrschte mich an, voranzugehen. Doch beim Anblick dessen, was sich in den Wannen befand, ertrug ich die Schläge und blieb vor einer Zelle stehen.

Es waren nackte junge Frauen. Manche waren noch Kinder. Sie schwebten darin, als lägen sie in Salzwasser. Auf ihren Köpfen klebten Kabel, rote und grüne, die zu Apparaten führten. Neben den Wannen standen seltsame Gebilde, die aussahen wie Modelle von Landschaften. Nur seltsam verdreht und verkrümmt. Als ich mir ausmalte, wobei es sich bei den dreidimensionalen Gebilden handeln könnte, lief mir ein Schauer über den Rücken.

Ich dachte an die Worte der Donna, als sie mir von den

Fabergé-Eiern erzählt und mich gefragt hatte, was sich wohl in meinem Kopf befinden würde, würde man ihn öffnen. Mir wurde übel. Wieder schlug mir die Donna auf den Kopf und brüllte mich an, ich solle weiterlaufen. Aber ich konnte nicht, denn ich sah die kleinen Nachbildungen von mittelalterlichen Türmen. Sie standen wie Miniaturen in den verdrehten Landschaften. Doch es waren nicht nur die Türme, die mich in Angst und Schrecken versetzten, es waren die vielen Skizzen und Zeichnungen, die die Ärzte an den Wänden befestigt hatten. Auch dort waren Abbildungen von Landschaften zu sehen, von Bergen und Tälern, die mit Pfeilen und Linien mit anderen Tälern verbunden waren.

Wollten die Ärzte in den Glaskammern eine Karte zeichnen? Wollten sie die offensichtlichen Wahnbilder, die sie über Gespräche und Beobachtungen aus den Köpfen der Wirtinnen geholt hatten, miteinander verbinden? Wie einzelne Puzzlesteine? War meine Welt, in der ich mit Giacobbe gespielt hatte, auch ein Puzzlestück? Der Torre del Ziro?

»*Pazza*, beweg dich!«, brüllte die Donna hinter mir und schlug auf mich ein wie ein Bauer auf ein Maultier. Doch ich blieb stehen. Die Türme zogen mich an, und als ich näher zur Scheibe trat und der Arzt hinter dem Glas meinen Schatten spürte und mich mit der Maske anstarrte wie ein gefährliches Insekt, stockte mein Atem. Aber es war nicht der Arzt, der mich mit seinen leeren Augen unter der Gasmaske erschreckte, es waren auch nicht die Schläge der Donna – es war die Frau, die im Becken neben dem Arzt im Salzwasser schwebte. Ich kannte sie. Es war Leonora Khalberg. Sie hatte das Sanatorio nie verlassen.

»Der Duce hätte dich töten sollen, als du in sein Auto gestiegen bist«, schrie die Donna wie von Sinnen. »Verdammte dreckige *pazza*.«

»Ich bin keine *pazza*«, sagte ich leise, bevor ich explodierte. Ich drehte mich um und stieß die Donna mit aller Kraft über das Geländer in den tiefen See. Das donnernde Wasser aus den Rohren verschluckte ihren Schrei. Doch als ich mich über das Geländer beugte, um zu sehen, wohin die Vorsitzende gefallen war, hörte ich, dass hinter mir die Glaswand mit einem Fauchen aufging. Anscheinend hatte der Arzt den Fall der Donna bemerkt. Als das weiße Rieseninsekt auf mich zukam, trat ich nach hinten, verlor das Gleichgewicht und stürzte ebenfalls in die Tiefe.

Wie eine tollkühne Abenteurerin drang ich in die Welt ein, die die Erwachsenen vor mir geheim gehalten hatten. Ich tauchte hinab in die Tiefen der blauen Wälder unter Wasser, die sich auftaten, wenn ich ein wenig weiter hinausschwamm, als es mir meine Eltern erlaubt hatten. Ich folgte dem schmalen Steig, der in ein enges Tal führte, wo die Gespenster wohnten, die sich in der Nacht aus ihren Hütten unter der Erde schlichen, um Kinder zu jagen. Die aber vor mir flohen, wenn ich laut schreiend mit einem abgebrochenen Ast auf den rostigen Stahldeckel eines Küchentopfes schlug, um mir meine Angst nicht anmerken zu lassen. Ich stieg auf den weißen Turm über der hohen Klippe und lehnte mich ganz weit vor, breitete dann die Arme aus und flog mit dem Wind davon, weit weg in andere Länder, in denen noch nie jemand gewesen war.

»Wo ist sie?«, fragte ich mich, während ich im sprudelnden blauen Wasser nach der Donna suchte. Doch niemand antwortete mir, und ich tauchte weiter, hielt den Atem zurück, denn ich war eine Atemkünstlerin.

Ich tauchte durch einen langen Tunnel und folgte dem kleinen Licht. Als ich aus dem Wasser stieß, fand ich mich in einem zimmergroßen Becken wieder, das in einer alten Höhle lag. Ich rang nach Atem und schwamm zu dem kleinen Fenster, gut einen Meter über dem Wasser. Das Becken war desolat und sah aus wie das alte römische Bad des Grand Hotels. Als ich das steinerne Fenstersims erreichte, zog ich mich mit aller Kraft hoch. Vor mir tauchte der Horizont meiner Kindheit auf, als ich mich mit Giacobbe zum Torre dello Ziro gerettet hatte, um Hilfe zu holen.

»Wir, die Völker der *poveri*, der Schneehexen, der Windreiter, der Erdfrauen, haben uns vereint! Große Königin, erhebe dich aus dem ewigen Blau und stehe uns zur Seite mit deinem großen Heer. Lasst uns gemeinsam die Gipfel erstürmen! Vereinen wir uns, und gegen die bösen Reichen wir kämpfen!«

Meine Arme zitterten. In meiner Phantasie sah ich am Horizont die ersten Rauchsäulen der großen Armee der Königin. Sie erstreckten sich vom Ende des Meeres, wo die Fischerboote in der Vormittagssonne blitzten, bis in den dunstigen Himmel wie dünne schwarze Seidenfäden. Sie saßen mit gesenktem Blick und hatten die Kapuzen des Ölzeuges tief ins Gesicht gezogen. Das Nachtvolk der Königin hatte sich erhoben und kam über das Meer, um mich zu retten, malte ich mir in meinen verzweifelten Gedanken aus, als die Kraft in meinen Armen versagte und ich zurück ins Wasser fiel.

Ich muss es weiter versuchen, dachte ich und suchte nach einer anderen Möglichkeit. Auf der gegenüberliegenden Seite des Fensters befand sich eine kleine Tür. Warum hatte ich sie vorher nicht gesehen? Ich stieg über eine kleine Treppe hinauf. An mehreren Wandhaken hingen lange dunkle Bademäntel. Ich legte mein Ohr an die Tür. War die Schießerei vorbei? Würde es mir gelingen, das Grand Hotel unbemerkt zu verlassen? War die Tür überhaupt offen? Doch bevor ich die Hand auf die Klinke legte, um zu überprüfen, ob die Tür versperrt war, hörte ich ein Blubbern aus der Tiefe des römischen Beckens. Wie ein großer weißer Fisch trieb die Donna aus einem Tunnel in das zitternde Wasser des großen Steinbeckens.

Die Vorsitzende tauchte mit letztem Atem aus dem Wasser auf. Sie hatte die Maske ihrer Schminke verloren und stieg schwerfällig über die Treppe nach oben. Sie sah älter aus als vorher. Tiefe Falten gruben sich in ihre nasse Haut. Sie keuchte wie ein nicht sterben wollendes Tier und kroch auf allen vieren völlig erschöpft zur verschlossenen Tür. Als sie sich aufrichtete, bemerkte ich, dass sie wankte, und beinahe hätte ihre nach Halt suchende Hand mein Versteck zwischen den hängenden Mänteln neben der Tür gefunden. Ich hatte mich mit beiden Händen an den Kleiderhaken hochgezogen und hielt die Beine angewinkelt über den Boden. Den Kopf hatte ich gesenkt und schielte wie durch einen Vorhang vorsichtig zur Donna, die mit einem lauten Ächzen die verschlossene Tür mit einem Schlüssel aufsperrte.

»Du schmutzige *pazza*, ich werde dich unterwerfen wie alle anderen«, fluchte sie und wollte ins Freie wanken.

»Niemand unterwirft mich«, sagte ich und fühlte mit einem Mal die Kraft einer ganzen Armee in mir. Die Donna erschrak und verlor auf dem rutschigen Grund das Gleichgewicht. Sie fiel zu Boden wie ein schwerer Sack, und ich sprang mit einem Satz auf sie und grub meine Finger tief in ihre Kehle.

»Mein Papa ist über dreißig Jahre lang aufs Meer hinausgefahren. Er hat mir erzählt, dass das Meer seine Schule gewesen sei. Er sagte, dass er vieles von ihm gelernt habe, vieles, was er nicht aussprechen konnte.«

Die Vorsitzende kämpfte unter meinen überraschend kräftigen Händen gegen den Tod.

»Aber er sagte, dass er vor allem gelernt habe, dass man das Meer nicht kontrollieren könne. Du weißt nicht, wie die Nacht wird, du weißt nie, wie viele Fische du fängst. Das Meer unterwirft sich nicht. *Du* musst dich unterwerfen.«

Die Augen der Donna schwollen an, und ihre Zunge quoll bläulich aus ihrem Mund.

»Aber ich glaube das nicht«, sagte ich. »Es ist umgekehrt. Nicht ich bin es, die sich unterwirft, es ist das Meer, das sich mir unterwirft.«

Und als der letzte Atemzug aus dem Hals der Donna geflossen war, dachte ich an den Strand von Atrani und wartete auf die Wellen, die für einen Moment ihren Atem anhielten, da der Tod den Strand betreten hatte.

»Niemand unterwirft mich«, sagte ich und sank kraftlos nach hinten.

Nachdem Dr. Merten die Tür geöffnet hatte, sagte er kein Wort. Als er schließlich sprach, verstand ich nicht, was er sagte. Der Duce tot, erschossen von seinem Bruder? Als er mich aus dem Bad holte und wir zurück ins Grand Hotel gingen, war es, als liefe ich durch ein großes Gemälde voller Blut und voller Leichen. Es sah aus wie das morbide Kunstwerk eines alten Meisters, in dem einige Männer erschöpft mit der Waffe in der Hand auf weichen Sofas saßen und auf Steintreppen benommen eine Zigarette rauchten. Sie starrten mich an, schweigend, so wie Signora Morselli, die sich an der Rezeption mit Enzo Cascone unterhielt und mir einen flüchtigen Blick zuwarf. Ich hatte die Vorsitzende der Familie getötet. Ich hatte bewiesen, dass ich verlässlich war und dass man mir vertrauen konnte.

Als mich Dr. Merten zurück nach Macondo brachte, wo ich bleiben sollte, bis der Staatsanwalt den Fall zu den Akten legen würde, fasste ich ihn am Arm und bat ihn, die Kinder und Frauen freizulassen. Er nickte und versprach mir, jemanden zu schicken, der die Tür zu meinem Versteck unter den Laghi di Scorluzzo wieder reparierte. Und dass Signora Morselli Leute schicken würde, die auf mich aufpassen würden.

Als Merten ging und ich auf den beiden Monitoren sah, dass er sich wie ein Gespenst durch das Wollgras bewegte, begriff ich, dass nicht er das Gespenst war, sondern ich.

Ich legte mich aufs Bett und schloss die Augen. Ich sah den Strand, wo ich auf Papa und Josef warten wollte. Als im Traum Josef aus dem Boot stieg und mit einem breiten dankbaren Lächeln zu mir kam, begann ich, bitterlich zu weinen.

»Warum weinst du?«, fragte er mich und ließ eine Träne auf seinen Finger laufen.

»Weil du gegangen bist, wie Papa.«

»Wir sind nicht gegangen, wir sind nur am anderen Ende des Horizonts.«

»Dann werde ich euch finden.«

Josef verschwand, und ich fiel in einen tiefen Schlaf.

DAS MEER

Julian Leidemann verehrte Sigmund Freud. Seit er in den achtziger Jahren im Gymnasium von Mürzzuschlag zum ersten Mal vom österreichischen Arzt und Neuropsychologen gehört hatte, hatte er sich tief in dessen Gedanken versenkt. Es war vor allem die Schrift »Das Ich und das Es«, die es dem stürmischen Julian angetan hatte. Darin hatte Freud postuliert, dass die menschliche Psyche aus drei Ebenen bestehe. Dem Ich, dem Über-Ich und dem Es.

Für Julian waren diese drei Ebenen wie drei verschiedene Welten. Die eine – die Welt des Ich – war für Julian die Welt der Wahrheit, die Welt, in der er lebte: mit kritischem Verstand, ständig um Ausgleich bemüht und bestrebt, nicht vorschnell zu urteilen und sich festzulegen. Diese erste Welt verglich Julian gerne mit einem Strand, der mal steinig sein konnte, dann wieder sandig und auf dem man immer auf der Hut sein musste vor den hungrigen Wellen der zweiten Welt.

Als Julian vier Jahre alt gewesen war, waren seine Eltern mit ihm nach Jugoslawien gefahren. Dort hatte er zum ersten Mal das Meer gesehen und nicht glauben können, wie schön die Welt außerhalb des kleinen, von trägen Bergen umschlossenen Tals seiner Heimat war. Stundenlang hatte er hinausgestarrt und dort seine Phantasie und seine Träume entdeckt, die am Horizont auftauchten und sich, je näher sie kamen, in kleine Fischerboote verwandelten oder in große Ozeandampfer. Alles, was der kleine Julian vom Strand aus beobachtet hatte, hatte seinen Ursprung an einem Ort, den er nicht fassen konnte, einem Ort, der ihm unbewusst war.

Später, als Julian als Student öfter ans Meer gefahren war, um mit Liebschaften am Strand Marihuana zu rauchen und Wein aus der Flasche zu trinken, hatte er das Meer noch einmal getrennt: in einen oberen und einen unteren Teil. Oben lebten seine Ideale, seine Moral und seine Werte, die hinter dem Horizont ihre Flotten aufgezogen hatten. Auf dem hölzernen Thron saß dort das Über-Ich, kommandierte die Schiffe, die Julian seine Bilder und Ideen von der Zukunft brachten.

Unter den Wellen des Meeres allerdings kauerte für Julian

im dunklen Nass das Es, die Triebe, die rohen Bedürfnisse. Die Bestie, die unter der Phantasie hockte, das unaussprechliche und unkontrollierbare Wilde, das hinter der Maske des Künstlers hervorbrach, wenn das Wetter am Meer umschlug. Das war seine dritte Welt. Die Finsternis, der Ort, wo die Gespenster wohnten.

Als Julian nun an diesem Sommertag des Jahres 2015 auf dem Parkplatz der Landesnervenklinik Sigmund Freud in Graz aus seinem Wagen stieg, dachte er an den Strand, das Meer und das Dunkle. Die Klinik des Krankenhauses trug nicht nur den Namen des großen österreichischen Begründers der Psychoanalyse, sondern auch seine Handschrift: Die Fassade des Hauptgebäudes war mit dem Faksimile eines Briefes von Freud geschmückt und wirkte neben den letzten rosafarbigen Blütenwolken des abklingenden Flieders, der sich vor dem Gebäude üppig ausgebreitet hatte, wie ein großes Theater.

In der siebenhundertachtzig Betten großen Klinik wurden Patienten mit psychischen, psychosomatischen und neurologischen Erkrankungen behandelt. Die Geschichte des Hauses reichte bis ins Jahr 1788 zurück, als Kaiser Joseph II. in der Paulustorgasse 13 das erste »Irrenhaus« in der Steiermark hatte erbauen lassen. Als die Anstalt zu klein geworden war, war sie sukzessive erweitert worden. 1872 war allerdings ein eigenständiger Neubau am Feldhof errichtet worden, dem heutigen Standort. Die Klinik hatte zwei Weltkriege überdauert und war zu einem großen Komplex mit mehreren Fachbereichen herangewachsen.

Ein mit roten Ziegeln hochgezogener Wasserturm mit einem achteckigen weißgrauen Aufbau überwachte das weitläufige Areal, zu dem neben einer Miniaturgartenbahn auch eine sanft anmutende Parkanlage gehörte. Zahlreiche Patienten nutzten diese dankbar, gingen mit ihren Therapeuten spazieren, unterhielten sich auf den schattigen Wegen oder zogen sich in die Stille der Natur zurück, wo sie einander – oft aus sicherem Abstand – mit Respekt, besonderer Rücksichtnahme und tiefem Verständnis begegneten.

Als Julian Leidemann das kühle Foyer über den Haupteingang betrat, suchte er den Portier, der gleich neben dem Eingang seinen abgegrenzten Raum bezogen hatte. Er bemühte sich, einen geordneten Eindruck zu machen, da er sich ausmalte, dass viele verlorene Seelen diesen Eingang verzweifelt betraten und mit verwirrten Blicken nach Hilfe suchten. Er beschloss zu warten, bis der Portier zurückkam, und blätterte in einem Folder, der zur freien Entnahme auslag. »Die Seele des Ortes« stand darauf, und Bilder erzählten von der Kraft der Elemente und dem »Garten der Sinne«. Er hatte vor Jahren von einer Studentin vom Begriff der »Geomantie« gehört, der vom »Gespür der Erde« erzählte. Dabei sollten vor allem geschichtsträchtige Orte, Kultstätten oder mystische Relikte aus vergangenen Zeiten eine besondere Anziehungskraft auf Menschen ausüben. Dazu zählten aber auch Wasseradern, Anomalien, Magnetfelder oder andere Besonderheiten, die die Phantasie und den Glauben der Menschen anregten – auch bei kranken Menschen, bei denen die gesunde Vorstellungskraft einem Wahn gewichen war.

Julian legte den Folder zurück. Der K.u.k-Leutnant Marius Khalberg hatte während des Ersten Weltkrieges als Nervenarzt in der Pflegeanstalt Am Feldhof gearbeitet. Julian dachte an seine Recherchen im Internet und hielt in der großen, düster wirkenden Empfangshalle Ausschau nach einer Schautafel über die historischen Ereignisse, die an diesem Ort stattgefunden hatten. Doch er entschied, sich nicht von der Stelle zu bewegen, da ihn ein mulmiges Gefühl betrat, wie eine kleine unruhige Welle, die über seinen Strand schwappte. War sein Urgroßvater hier gewesen? Hatte er hier mit Khalberg gesprochen? Hatte dieser ihn tatsächlich vor der Hinrichtung als Deserteur gerettet? Julian schüttelte innerlich den Kopf und überlegte, ob es nicht besser gewesen wäre, zuerst zur Kaserne zu fahren, wo Khalberg damals stationiert gewesen war.

Eine aufgeregte Männerstimme beschimpfte eine Ärztin. Sie wirkte nervös und gestresst. Der Mann, der sich vor ihr aufbäumte, war heruntergekommen, hatte fettiges Haar und trug ein speckiges Flanellhemd, unter dem ein dicker Bauch herausstach. Er sprach von einer fehlenden Krankenversicherung. Bald kamen zwei weitere Ärzte und ein Pfleger dazu –

vermutlich ein Zivildiener – und versuchten, den Mann zu beruhigen. Als einer von ihnen dem aufgebrachten Obdachlosen beibringen wollte, dass man hier keine Sozialhelfer beschäftige und man ihm bestenfalls medikamentös helfen könne, zog dieser den Gürtel aus der Hose, die mit einem leisen Schluchzen zu Boden fiel. Aus Scham wandte sich Julian um und blickte in die müden Augen einer plötzlich hinter ihm stehenden Frau.

»Julian?«

Er nickte verlegen und zögerte für einen Moment, da er das Gesicht der Mittvierzigerin nicht gleich einordnen konnte.

»Gruber, Astrid. Wir haben zusammen maturiert«, sagte die Frau, die offensichtlich als Pflegerin in der Klinik arbeitete, und strahlte ihn an. Julian verzog sein Gesicht zu einem Lächeln und legte das Bild der um fünfundzwanzig Jahre jüngeren Frau vor sein geistiges Auge. Er wollte sie schon überschwänglich begrüßen, als eine alte Erinnerung in ihm emporkroch, die ihn mit Astrid eng umschlungen am Strand von Kreta zeigte – dem Ort der Maturareise der damaligen Abschlussklasse. Er hatte ihr damals ewige Liebe geschworen, da er in ihren stark geschminkten Augen und strähnigen Haaren eine tiefe, künstlerische und gleichzeitig exzentrische Seele vermutet hatte. Doch trotz ihres gemeinsamen Hanges zu New Wave und den Einstürzenden Neubauten war Astrid ein ängstliches Wesen gewesen, das zwar gemeinsam mit ihm am Strand von neuen Horizonten geträumt hatte, aber niemals einen Fuß ins Wasser gesetzt hätte. Jetzt war Astrid verblüht, und Julian fühlte sich um zehn Jahre jünger als sie.

»Du hast mich am Strand verlassen«, sagte sie zu Julian, da sie ihm das Grübeln ansah. »Aber das ist vorbei. Ich bin glücklich verheiratet und habe einen sicheren Job.«

»Freut mich sehr, dich zu sehen, ja, lange her und … schön, dass du deinen Weg gefunden hast«, stammelte Julian und ärgerte sich über seine Unsicherheit.

Dann erzählte er seiner erloschenen Flamme gespielt überschwänglich und in Überschriften von seiner Lehrtätigkeit in Potsdam, seinen schwierigen Beziehungen und dass er den Traum, je ein Buch zu schreiben, aufgegeben hatte, was ihm die Seele zerrissen habe.

Astrid unterbrach ihn, und ein kleines Licht blitzte in ihren dunklen Augen, als würde ein Autoradio The Cure spielen.

»Was machst du hier? Besuchst du jemanden? Du bist doch gesund, oder?«

Julian fasste sich. »Meine Großmutter ist gestern begraben worden, und ich betreibe so etwas wie Ahnenforschung.«

»War sie hier Patientin?«

»Nicht direkt. Ich suche nach meinem Urgroßvater. Franz Leidemann. Oder nach einem gewissen Marius Khalberg. Er war hier während des Krieges Nervenarzt.«

Astrids Gesicht verdunkelte sich mit einem Mal.

»Du weißt, was das für ein Ort ist?«, fragte sie und schlüpfte wieder in ihre alte Rolle. Als Julian den Kopf schüttelte und sich umsah, als hätte er einen verborgenen Hinweis übersehen, half ihm Astrid auf die Sprünge.

»Den Feldhof kennst du nicht?«

Wieder schüttelte Julian den Kopf, frustriert darüber, dass er nicht umfangreichere Recherchen zu diesem Ort angestellt hatte.

»Die ›Kinderfachabteilung‹ sagt dir nichts?«

Julians Herz schlug schneller. Der schattige Ton, mit dem Astrid das Wort »Kinderfachabteilung« ausgesprochen hatte, ließ ihn erschaudern.

»Kinderfachabteilungen waren im Dritten Reich besondere Einrichtungen der Psychiatrie in Krankenhäusern sowie Heil- und Pflegeanstalten. Dort dienten sie der sogenannten ›Kindereuthanasie‹, das heißt der Forschung und späteren Ermordung von Kindern und Jugendlichen, die körperlich oder geistig behindert waren.«

Julians Welt stand still. War Marius Khalberg ein Naziverbrecher gewesen? Und sein Urgroßvater am Ende auch?

»Kannst du mir sagen … ob mein Urgroßvater auch hier … gearbeitet hat«, kramte Julian nach Worten.

»Ich weiß nicht viel darüber.«

Julian versuchte, sich seine Aufregung nicht anmerken zu lassen.

»Aber hier gibt es doch sicher ein Archiv oder Daten, die ich einsehen kann, oder?«

»Es gibt immer noch Regeln, Julian. Damals wie heute.«
»Und wenn wir beide essen gehen?«

Astrid verstand, worauf Julian hinauswollte, und nach einem kurzen Zögern willigte sie ein. Schließlich gab es viel zu erzählen, und Angst vor dem Meer hatte sie nach all den Jahren auch nicht mehr.

Julian hatte Astrid in ein kleines Lokal eingeladen, in dessen Schatten in den Achtzigern dunkle New-Wave-Gestalten über die Verkommenheit der Gesellschaft diskutiert hatten. Obwohl das Lokal wegen Umbauarbeiten monatelang geschlossen gewesen war, hatte es überlebt, sich aber auch den Vorlieben der wenigen zahlenden Kunden angepasst. Vereinzelt drangen noch alte Songs aus einer längst vergangenen Welt durch das niedrige Gewölbe und machten die schlabbrige Pizza Quattro Stagioni erträglicher.

Die beiden unterhielten sich über die Schulzeit, die heimlich trinkende Mathematikprofessorin, deren Whiskyvorräte Astrid und Julian vor der Matura hinter alten Schulbüchern entdeckt hatten, die noble Grandezza ihrer Italienischprofessorin, vor der alle außer Julian Angst gehabt hatten, und die Professorin für Englisch, die Julians Liebe zum Schreiben als Tarnung entlarvt hatte, mit der er nur Schülerinnen beeindrucken und abschleppen wollte. Schülerinnen wie Astrid. Obwohl die beiden nie miteinander geschlafen hatten, verband sie doch das Geheimnis, dass es damals jederzeit hätte passieren können.

Nach dem Essen zogen Astrid und Julian weiter in eine Bar am Grazer Jakominiplatz, wo sie durch ein großes Fenster den Straßenbahnen zusahen, wie sie in der Nacht verschwanden. Und als Julian begann, von der Literatur zu erzählen und davon, dass der Wunsch, einen Roman zu schreiben, im Grunde noch immer in ihm loderte, war alles wie früher. Nur war er jetzt der Professor, vor dessen Grandezza sich einige fürchteten, mit dem manche Studenten auf dem Campus alten Whisky tranken und dem manche aus dem Weg gingen, da sie nicht verstanden, warum er sich nicht selbst auf das Meer der Kreativität hinauswagte.

»Du bist wie eine Ente, die Angst vor dem Wasser hat«, sagte Astrid und hatte Mühe, im Nebel des Alkohols ihre Worte zu finden. Als sie später entgegen ihrer früheren Behauptung von ihrem tristen Leben und ihrem gewalttätigen Mann erzählte, den sie vor Jahren verlassen hatte, begann Julian, in ihr das zerbrechliche dunkle Mädchen von einst zu sehen, das sich nichts sehnlicher wünschte als ein einfaches gesichertes Leben, aus dem man sich ein- bis zweimal pro Jahr im Urlaub hinausträumte.

Die beiden fuhren mit dem Taxi zu Astrids Erdgeschosswohnung, wo sie allein zwischen vielen Büchern lebte. Dort schliefen sie zum ersten und einzigen Mal miteinander. Und als die ersten Straßenbahnen klingelnd die Sonne in die geduckte Wohnung brachten, dämpfte Julian die Zigarette aus und zog ein großes gebundenes Buch aus dem weißen Bücherregal von Ikea.

»Wusstest du das wirklich nicht mit dem Feldhof?«, fragte Astrid und schielte mit verschlafenem Gesicht aus dem zerwühlten Bettlaken. Julian drehte sich um und rang sich ein Lächeln ab, während er den Bildband über die Landesnervenklinik Sigmund Freud wieder zurück ins Regal schob.

»Warum bist du wirklich hier?«, fragte Astrid und spürte, dass der vergangene Abend nie wieder zurückkommen würde.

»Das mit meinem Urgroßvater beschäftigt mich«, raunte Julian und überlegte bereits, mit welchem Vorwand er sich von Astrid verabschieden könnte.

»Magst du mir davon erzählen?«

Julian zögerte kurz, entschied dann aber, sich ihr anzuvertrauen.

»1914 bekam mein Urgroßvater, Franz Leidemann, einen Einberufungsbefehl. Aber er wollte sich drücken und verirrte sich im Wald. Dann hieß es lange, er wäre als Deserteur erschossen worden. Hier in Graz. Aber ich habe herausgefunden, dass er nach dem Krieg unerkannt in einem Haus am Ortsrand vom Spital am Semmering lebte. Der K.u.k.-Leutnant und Nervenarzt Marius Khalberg rettete ihm damals offensichtlich das Leben und ließ ihn auch in seinem Haus wohnen.«

»Und jetzt willst du wissen, warum?«, fragte Astrid. Dann,

ohne eine Antwort abzuwarten, fuhr sie fort: »Sagt dir die Aktion T4 etwas?«

Julian schüttelte den Kopf. Als Astrid zu erzählen begann, wurde sein Gesicht immer blasser und fahler, und obwohl er kein regelmäßiger Raucher war, zündete er sich eine Zigarette nach der anderen an.

»Aktion T4 steht für die systematische Ermordung von bis zu zweihunderttausend Menschen mit körperlichen, geistigen oder seelischen Behinderungen während der Nazidiktatur. Diese Ermordung wurde koordiniert von der Zentraldienststelle T4: einer Villa in Berlin mit der Adresse Tiergartenstraße 4. T4.«

Julian blickte aus dem Fenster auf die nasse Straße. Ein unsichtbarer Regen hatte Graz in der Nacht erfasst. Er hatte Angst davor, dass Astrid weitererzählte.

»*Euthanasia*«, fuhr Astrid fort, »ist altgriechisch, und das ›*eu-*‹ steht für ›gut, leicht, schön‹. ›*Thanatos*‹ steht für den Tod. Gemeint ist also ein leichter Tod ohne langwierige Krankheit. Die Nazis waren besessen von der Euthanasie, der gezielten Herbeiführung des Todes bei unheilbar Kranken. Im Sinne der ›Rassenhygiene‹ und der Züchtung des ›arischen Herrenvolks‹ passten Kranke nicht ins Bild. Diese Vorstellungen gehen auf Ideen zurück, die schon um die Jahrhundertwende entwickelt worden waren. Heilen oder Vernichten, das war die neue Ordnung der nationalsozialistischen Ideologie.«

Julian drehte sich mit betroffenem Gesicht zu Astrid um. Noch wusste er nicht, ob sein Urgroßvater Opfer oder Täter war.

»Auch die Euthanasie folgte dieser Ordnung. Erfassung und Begutachtung der Opfer, Abtransport und anschließende Tötung und Verbrennung. Danach erfolgte die Fälschung der Sterbeurkunden und die Ablieferung des Zahngoldes. In Anstalten und Heimen wie dem Feldhof erfassten Gutachter und Nervenärzte die Personen, die mit Bussen in Zwischenanstalten – meist staatliche Psychiatrien – abtransportiert werden sollten. So wurden oft ganze Anstaltsteile von ›Heil- und Pflegeanstalten‹ nach dem Abtransport in die Gaskammern geschickt. Die Kranken kamen dann in die Aufnahmebaracken der Tötungsanstalten, wurden entkleidet, gemessen, gewogen und fotografiert. Dann wurden sie den Ärzten vorgeführt, ihre Personaldaten überprüft und nach auffälligen Kennzeichen in ihrer Krankenakte gesucht, die für die angebliche Todesursache von Bedeutung sein konnten.«

Julian widerten die Ausführungen von Astrid an, da sie sie in einem solch monotonen Ton erzählte, als wollte sie die Schicksale dahinter nicht erkennen.

»An die Anstalten waren Standesämter angeschlossen. Sie stellten die Todesurkunden mit den erfundenen Krankengeschichten für natürliche Todesursachen aus. Ein eigener Kurierdienst tauschte die Akten aus, sodass die Angehörigen oft glaubten, dass ihre Lieben in einer entfernten Anstalt eines natürlichen Todes gestorben wären.«

»Wurde am Feldhof auch getötet?«, fragte Julian und ertrug die Darstellungen von Astrid nicht mehr, da sich in die Bilder, die in seinem Kopf heranwuchsen, immer wieder das Gesicht seines Urgroßvaters mischte.

»Am Feldhof diagnostizierten die Nervenärzte das Krankheitsbild und meldeten es direkt der Kanzlei des ›Führers‹. Ihr Gutachten entschied, ob ein Kind getötet werden sollte oder nicht. Im Grazer Feldhof starben zweihundertsiebzig Kinder und Jugendliche. Die Tötungen erfolgten mittels Verabreichung von Barbituraten oder anderen Schlafmitteln in Überdosierung. Doch nicht alle Kinder wurden so ermordet. Viele ließ man einfach verhungern oder bei offenem Fenster mit nasser Kleidung liegen. Es gibt viele Krankenakten, in denen man lesen kann, dass die Kinder immer weniger spielten, immer stiller wurden und dann plötzlich tot waren. Aber dennoch war der Feldhof ein Zwischenlager. Die meisten brachte man mit Bussen in die Tötungsanstalt im Schloss Hartheim bei Linz.«

»Wie viele dieser ›Heilstätten‹ gab es?« In Julians Gesicht spiegelte sich das Verlangen, endlich die Wahrheit über seinen Urgroßvater zu erfahren.

»Im ganzen Deutschen Reich gab es mindestens dreißig dieser Einrichtungen. Aber die Amtsärzte meldeten dem Reichsausschuss nicht nur kranke Kinder, sondern auch ehemalige

Soldaten des Ersten Weltkrieges, die wegen schwerer psychosozialer Störungen in den Heilstätten lebten und schließlich auch gemäß der Aktion T4 deportiert wurden.«

»Auch Soldaten aus dem Ersten Weltkrieg?«, wiederholte Julian und steckte sich eine neue Zigarette an, obwohl ihm schon übel war. Astrid nickte und holte ein Buch aus dem Regal.

»Diese Forschungsarbeit ist erst vor wenigen Jahren herausgekommen. Da kannst du alles nachlesen. Auch das mit den Soldaten aus dem Ersten Weltkrieg. Mehr habe ich nicht. Hier spricht niemand gerne darüber.«

Julian nahm das schwere Buch mit einem unauffällig in blassem Grün gehaltenen Einband in die Hand und schlug den Index auf. Sein Zeigefinger glitt über die Namen. Marius Khalberg. Tatsächlich. Dort stand eindeutig »Dr. Marius Khalberg«. Sein Herz begann, schneller zu schlagen. Der Mann, der seinem Urgroßvater eine Uhr geschenkt und ihn in seinem Haus am Semmering hatte leben lassen, war einer dieser Todesärzte. Julian klappte das Buch auf der Seite auf, die neben dem Namen von Dr. Marius Khalberg stand. Dreihunderteinundvierzig. Auf einer Seite mit klein geschriebenem Text war ein Foto. Es zeigte drei Menschen. Eine Frau und zwei Männer. Die Frau sah hübsch aus, hatte einen neugierigen, aber kalten Blick, und die beiden Männer waren offenbar von unterschiedlichem Charakter. Einer wirkte schüchtern, gebückt, der andere forsch, aufstrebend. Doch beide schienen auf eine gewisse Weise um die Frau in der Mitte zu buhlen.

Die Bildunterschift lautete: »Dr. Barbara Pollux. Leitende Nervenärztin am Grazer Feldhof, folgte den Rassenthesen von Dr. Marius Khalberg. Auf der Suche nach der reinen Ideologie quälte die ›Teufelin‹ über hundert Kinder zu Tode. Hier mit dem Sohn von Dr. Marius Khalberg, Konrad Khalberg (rechts).«

Julian hielt den Atem an. Er kniff die Augen zusammen, zog das Buch an sich heran, um das Gesicht der Teufelin besser sehen zu können. Es wirkte unschuldig und auf eine besondere Weise anziehend, ja lüstern. Julian beschloss, sich ein Hotelzimmer zu nehmen, wo er das Buch ausführlich lesen konnte. Doch bevor er es schloss, blieb sein Blick an dem schüchternen Mann neben der Teufelin hängen. Er wurde mit keinem Wort unter dem Bild erwähnt. Doch Julian kannte die Augen, die Zurückhaltung und das feine Gespinst vor seinem Blick. Es glich seinem eigenen. Aber es war nicht Franz Leidemann, es war nicht sein Urgroßvater. Es war dessen Sohn. Julians Großvater.

»Was ist los? Geht es dir nicht gut?«, fragte Astrid.

Julian hatte den sicheren Strand seiner Psyche verlassen. Das Wetter in ihm war umgeschlagen, und unter den zornigen Wellen zog eine längst vergessene Strömung durch blaue Wälder am Grund des Meeres, dort, wo die Gespenster wohnten.

»Ich muss zurück nach Spital am Semmering«, sagte er und verschwand wenig später für immer aus Astrids Leben. Wie eine verirrte Ente, die zurück ans Wasser flog.

SECHSUNDZWANZIG EINSAME JAHRE NACH JOSEFS TOD. BORMIO. 2015.

»Das Leben ist nicht das, was man gelebt hat, sondern das, woran man sich erinnert und wie man sich daran erinnert – um davon zu erzählen«, sagte ich und winkte den Kellner an unseren Tisch. Tom und Nicolas nickten fast synchron und leerten den Rest ihrer Weingläser.

»Sie kennen das Zitat?«, fragte ich und wandte mich wieder meinen Gästen zu.

»Nein«, sagte Tom, zeigte aber umgehend Interesse, indem er sein Handy zückte und eine App für Notizen öffnete. Tom war blass, hatte kleine, nervöse Augen und einen straffen Kurzhaarschnitt. Unter seinem Jackett von Armani trug er ein schwarzes Shirt, dazu dunkle Jeans und Sneakers. Wenn er sprach, sprudelte es nur so aus ihm heraus, und ich musste ihn zu Beginn mäßigen, langsamer mit mir zu sprechen. Schließlich war ich mit fünfundvierzig kein Teenager mehr.

»Es ist aus ›Leben, um davon zu erzählen‹, den Memoiren von Gabriel García Márquez, dem Autor von ›Hundert Jahre Einsamkeit‹. Kennen Sie den Roman?«

Tom verneinte und tippte den Titel in seine App, während Nicolas mich beinahe ein wenig teilnahmslos ansah.

»Márquez gewann damit 1982 den Literaturnobelpreis und verkaufte dieses Meisterwerk dreißig Millionen Mal. Interessieren Sie sich für Literatur?«

»Mein Fokus liegt auf unserem Unternehmen«, sagte Tom. »Da bleibt wenig Zeit.«

Diesmal nickte ich und sah zu Nicolas. Er hatte noch kein einziges Mal gelächelt. Er war groß, gut einen halben Kopf größer als Tom, hatte eine dunkel gefasste Brille, schütteres braunes Haar und ein längliches, ovales Gesicht. Auch er trug ein Jackett, aber aus weichem Stoff, ozeanblau, und darunter ein hellgraues Hemd. Sowohl das Jackett als auch das Hemd hatte er aufgekrempelt. Obwohl Nicolas' spitzer Mund, der aussah wie der eines Vogels, ihm Arroganz verlieh, mochte ich ihn lieber als Tom. Nicht, dass ich Tom nicht mochte, er war ein hervorragender Unternehmer und hatte mich mit seinem Pitch vollends überzeugt, aber ich vermisste bei ihm eine Tiefe, die ich bei Nicolas vorzufinden meinte.

»Ich lese viel. Natürlich auch Márquez, wobei mir jedoch dieses Zitat nicht mehr geläufig war«, meinte er nun.

»Das freut mich«, sagte ich und warf dem Kellner einen strengen Blick zu, da er andere Gäste im Salone dei Balli des Grand Hotel Bagni Nuovi bevorzugt hatte.

»Die Kunst öffnet die Türen und geht über Grenzen. Sie ist ungezähmt und wild. Und oft kann nicht einmal der Künstler selbst sie bändigen«, sagte ich und erntete von Tom eifriges, wenn auch verständnisloses Kopfschütteln. Beide, sowohl Tom als auch Nicolas, waren Anfang zwanzig, wirkten aber in ihrem Auftritt und ihrer Selbstsicherheit deutlich älter. Ich erinnerte mich daran, mit welcher Befangenheit ich mich in ihrem Alter durchs Leben geschlagen hatte. Nach dem Tod der Donna hatte ich diese Befangenheit abgelegt, weil sie nicht mehr nützlich war.

»Das Zitat über die Kunst ist von Ihnen?«, fragte Tom.

»Nein, eine Frau in einem kleinen Fischerdorf namens Atrani hat es mir einmal gesagt, nachdem mich der Kinderarzt untersucht hatte. Seinen Namen kenne ich noch. Dottore

Rifiuto. Ich hatte mich damals gefragt, ob ein Künstler tatsächlich die Grenzen überschreiten könnte. Ich meine: alle Grenzen. Auch die des Todes. Und ob er damit das Leben unterwerfen könnte.«

Toms Augen leuchteten, da ihm meine Anspielung auf den Inhalt seines Pitches gefiel.

»Dottore Rifiuto hatte mir damals geraten, alles aufzuschreiben, was mich belastete oder beschäftigte, denn dann würde ich auch zu diesen Grenzen vorstoßen. Aber ich überlasse das Schreiben anderen und habe einen eigenen Weg gefunden.«

Diesmal grinste Tom und nickte so eindringlich, als ob ich ihm die Zusage meiner Finanzierung bereits erteilt hätte.

»Aber kommen wir zurück zum Geschäft«, sagte ich und nahm einen tiefen Atemzug. »Mich haben Sie beide ja überzeugt …« Ich genoss den kurzen Augenblick der Stille. »… das heißt: *fast* überzeugt«, fügte ich hinzu und sah, wie die Gesichter der beiden innerlich zerbrachen.

Dann winkte ich abermals dem Kellner, der diesmal deutlich schneller bei uns war als vorhin.

»Signor Iannaccone ist ein begnadeter, aber leider erfolgloser Schriftsteller. Ich greife ihm mit diesem Job hier ein wenig unter die Arme«, sagte ich und stellte so den Kellner den beiden vor.

Signor Iannaccone war um die fünfzig und stand sichtlich unter Druck. Mit glänzender Stirn verbeugte er sich vor uns und zeigte ein breites gezwungenes Lächeln.

»Zu seiner Schande muss ich verraten, dass Signor Iannaccone ein *picciotto* ist. Wissen Sie, was das ist?«, fragte ich die beiden Jungunternehmer. Ich erwartete keine Antwort und lehnte mich tief ausatmend an die rote Samtlehne des Stuhls.

»Wenn Signor Iannaccone versteht, was Sie beide machen, dann investiere ich in Ihr Unternehmen«, sagte ich und schenkte Tom und Nicolas Wein nach.

»Dann wollen wir also beginnen?«, fügte ich hinzu und fragte Signor Iannaccone: »Glauben Sie an die Seele?«

Das war das Zeichen für Tom. Er räusperte sich und erzählte uns erneut, was er mir in der letzten Stunde mit aufwühlenden Gesten präsentiert hatte. Dabei sah er immer wieder zu

Signor Iannaccone, bedachte mich aber in der Konversation mit wohlwollenden Blicken.

»Der Begriff der ›Seele‹ ist alt und verstaubt, die Wissenschaft, etwa die Neurologie, spricht ihr sogar die Existenz ab. Kaum jemand in der breiten Masse nimmt heute das Wort ›Seele‹ in den Mund. Heute wird es durch ein anderes Wort ersetzt. Durch das Wort ›Bewusstsein‹. Das ist leichter. Denn das Bewusstsein lässt sich durch Hirnströme messen. Dabei bleibt die Frage offen, ob ein Mensch, der hirntot im Koma liegt, auch seine Seele verloren hat. Im Grunde steht die Seele für das, was sich im Inneren des Menschen verbirgt. Hinter den Äußerlichkeiten, hinter dem Verhalten, hinter seiner Sprache. Die Seele steht für die Sehnsucht, für das Potenzial, für unsere Liebe, für das, was wie ein Fels in der Brandung steht, wenn die Welt in Flammen versinkt. Für das Unverrückbare in uns. Doch geht es nach der Hirnforschung und Neurologie, so gibt es da nichts Unverrückbares. Der Mensch besteht aus einem komplexen System aus biochemischen, elektronischen und neuropsychologischen Prozessen. Er besteht aus Hormonen und Hirnströmen, festgenagelt in der Welt, die uns umgibt. Rein wissenschaftlich gibt es da weder die Liebe – eine Mischung aus Dopamin, Serotonin und Oxytocin – noch den freien Willen und erst recht keine Seele. Und dennoch glauben wir alle insgeheim, obwohl wir das Wort nicht mehr verwenden, dass es sie gibt, die Seele.«

Ich unterbrach Tom mit einem Räuspern. »Lieben Sie jemanden, Signor Iannaccone?« Er nickte, und ich sah, dass er Mühe hatte zu schlucken. »Ich habe auch einmal geliebt. Josef Almer, meinen Mann. Er ist leider zu früh gestorben, hat aber den Grundstein für unsere Forschungen gelegt.«

Tom starrte mich an und wartete, dass er fortfahren konnte. Doch ich wollte ihn noch länger auf die Folter spannen.

»Aber war es denn Liebe, was ich empfand? Oder war es nur der Anstieg des Dopaminspiegels? Was meinen Sie, Signor Iannaccone?«

»Es war Liebe«, stammelte er, schüchtern, gebrochen.

»Liebe. Also mehr als bloß ein Meer aus Dopamin«, sagte ich und gab Tom ein Zeichen, fortzufahren.

»In vielen Studien wird festgehalten, dass die große Mehrheit der Menschen genau an diese Liebe glaubt. Das macht den Menschen aber zu mehr als der Summe seiner Teile. Dieses Mehr wurde früher eben Seele genannt. Ein großes Geschäftsmodell für die Kirche und andere Glaubensrichtungen, die sich dem Seelenheil verschrieben haben. Nun aber, im Zeitalter der Digitalisierung, sind die Gotteshäuser leer, und wir vertrauen hauptsächlich Daten und Fakten. Oder dem, was wir dafür halten. Gleichzeitig glauben wir auch an die Liebe, daran, dass es mehr gibt als Daten und Fakten. Mehr als den Dopaminspiegel. Aber wenn es die Seele – auch unter anderem Namen – gibt, wer beschäftigt sich mit ihr? Wer gibt ihr hier auf unserer Welt ein Zuhause? Und noch brennender ist doch die Frage: Wenn es eine Seele gibt, ist sie dann sterblich?«

Nicolas hatte regungslos neben Tom gesessen. Erst nachdem Tom mit seinem ersten Teil des Vortrags fertig war, holte er einen Laptop aus seiner Ledertasche, die am Fuße des Tisches stand, klappte ihn auf und schob ihn zu Signor Iannaccone. Ein Video sprang an und zeigte einen trauernden Vater, der zum ersten Mal sein vor vier Jahren verstorbenes Mädchen wiedersah. Da ich das Video bereits kannte, beobachtete ich die Reaktionen von Signor Iannaccone, die sich von ersten Zeichen des Mitgefühls bald zur tiefen Bestürzung wandelten.

Das Video zeigte ein verstörendes Experiment. Morgan Lewis, der alleinerziehende Vater, traf seine tote Tochter am Strand in Südkalifornien in der Nähe von Palo Alto, dem sogenannten Silicon Valley. Morgan ging allein zum Strand, der nur wenige Meter von seiner Wohnung entfernt war und den er so oft mit seiner Tochter besucht hatte. Im morgendlichen Kreischen der Möwen hörte Morgan, wie ein Mädchen ein trauriges Kinderlied sang. Es war die Stimme seiner Tochter. Plötzlich sprang das sechsjährige Mädchen hinter einem alten Fischerboot hervor und lief mit weit geöffneten Armen auf seinen Vater zu.

»Papa, du hast auf mich am Strand gewartet!«

Morgan Lewis fiel auf die Knie und begann, bitterlich zu weinen. Als seine Kleine auf ihn zustürmte, wollte er sie umarmen, ganz fest, wie er es früher immer getan hatte. Aber da war nichts, was er umarmen konnte. Es war eindeutig sein kleines Mädchen mit den glücklichen Augen, dem überquellenden, lauten Lachen und den aufgeschlagenen Knien. Die Locken der Kleinen waren wie immer wild verknotet, und oft hatte Morgan eine kleine blaue Blume aus ihren Haaren gezogen, die sich im Spielen darin verfangen hatte. Sein Mädchen lachte ihn mit leuchtenden Augen an und wollte seinen Papa mit seinen kleinen schmutzigen Händen ebenfalls umarmen. Aber so, wie die Arme der Kleinen ins Leere fassten, fassten auch Morgans wartende Arme ins Nichts. Denn seine kleine Tochter war eine Simulation, täuschend echt.

Morgan wusste, dass seine Tochter tot war und dieses Mädchen nur ein Avatar. Denn Morgan stand hundert Meter vom Strand entfernt in einem kleinen Filmstudio mit Greenscreen. Er trug eine VR-Brille und hatte Handschuhe an, die seine Bewegungen simulierten. Obwohl Morgan das alles wusste, wollte er seine Tochter wiedersehen und nicht wahrhaben, dass alles eine virtuelle Realität war. Morgan versuchte immer wieder, seine Tochter zu fassen, sie zu berühren, sie in den Arm zu nehmen und ganz fest an sich zu drücken, doch immer wieder griff er ins Leere. Hinter Morgan standen sein Vater und die Leute aus dem Studio, die mit Tränen in den Augen beobachteten, wie Morgan wie ein Gespenst durch das Studio geisterte.

»Lass mich dich nur ein Mal umarmen«, flehte Morgan bitterlich, als er sein totes Mädchen so lebensecht vor sich sah. Morgans Vater schluchzte herzzerreißend, als er seinen Sohn so hilflos im Studio umherirren sah. Er war vier Jahre zuvor mit dem Mädchen aufs Meer hinausgefahren. Obwohl der Strand immer in Sichtweite gewesen war, war er in Seenot geraten. Der Sturm war wie aus dem Nichts gekommen, und die Wellen hatten so lange nach dem kleinen Boot geschnappt, bis es gekippt und das kleine Mädchen ins Meer gefallen war. Der Großvater war ins eiskalte Wasser des Pazifiks gesprungen und hatte versucht, die Kleine zu retten. Stundenlang war er nach unten getaucht, bis das Wasser schwarz geworden war und seine Augen und Lungen gebrannt hatten. Dann hatte er am Strand im strömenden Regen gestanden und auf seinen Sohn gewartet. Tagelang hatten sie kein Wort miteinander gesprochen und gewartet, dass das Meer das kleine Mädchen wieder zurückgeben würde. Erst als das Wetter sich gebessert hatte und die weißen Schmetterlinge über dem Wasser gestanden hatten, waren sie zurückgegangen in ihre verschwundene alte Welt.

»Sieh mal, Papa, die vielen Schmetterlinge!«, rief das kleine Mädchen seinem Vater in der künstlichen Realität zu. Noch einmal streckte Morgan seine Hand zu seiner toten Tochter aus, als die Schmetterlinge begannen zu glühen und ein weißes Licht Morgan in die Wirklichkeit zurückbrachte. Alles verschwand im gleißenden Licht, als er mit ausgestrecktem Arm seiner Tochter nachrief: »Ich habe dich lieb, mein Mädchen. Ich bin immer hier am Strand und lasse dich nie mehr allein.«

Nicolas stoppte das Video.

Signor Iannaccone starrte regungslos auf den schwarzen Bildschirm des Monitors. »Wie ist das möglich? Sie ist doch tot?«, stammelte er und suchte seine Stimme.

Nicolas räusperte sich, streckte seinen Hals und erklärte ihm, wie er und Tom in einem Jahr die Stimme der Sechsjährigen nachgebildet hatten.

Sie hatten rund um die Uhr gearbeitet und ihr Gesicht und ihren Körper bis ins kleinste Detail rekonstruiert. Dabei hatten sie diese Daten mit den Bewegungen eines lebendigen Kindes abgeglichen, die sie über Motion Capturing gesammelt hatten – eine digitale Form der Bewegungserfassung. Die Worte, die das tote Kind gesprochen hatte, hatte ein anderes, ebenfalls lebendes Kind gesprochen, allerdings hatte der Computer sie mit der Stimme von Morgans toter Tochter versehen. Den Charakter des ertrunkenen Mädchens hatten sie aus Handyvideos, Fotos und Erinnerungen anderer zusammengetragen und damit den Rechner gefüttert. Dieser arbeitete nach den Prinzipien des menschlichen Bewusstseins, wie eine künstliche Intelligenz, in die Tom und Nicolas nach und nach die Erlebnisse des Mädchens hochluden. Jede noch so kleine Begebenheit, sofern sie bekannt war, jedes Gekritzel, sein gesamtes Spielzeug, seine Lieblingsspeisen: Alles, was Tom und Nicolas gefunden hatten, war im System gespeichert worden. Nachdem alle verfügbaren Daten vorhanden gewesen waren, hatte der Rechner nach dem Vorbild des menschlichen Bewusstseins den Geist des Mädchens erschaffen und es so wieder zum Leben erweckt.

»Das ist der Teufel!«, schrie Signor Iannaccone mit einem Mal laut auf, sprang einen Satz zurück und bekreuzigte sich mehrmals, so schnell er konnte.

»Wir verstehen Ihre Besorgnis. Das, was Sie als ›Mensch‹ bezeichnen, wird sich in Zukunft wohl grundlegend verändern.«

»Das ist das Werk des Teufels!«, rief Signor Iannaccone immer lauter und wurde schließlich von zwei Männern aus dem großen Speisesaal geführt.

Ich warf den besorgten Gästen an den anderen Tischen ein beschwichtigendes Lächeln zu und versicherte ihnen, dass Signor Iannaccone wohl überarbeitet sei, man sich aber um ihn kümmern werde. Dann wandte ich mich wieder zu Tom und Nicolas.

»Es ist uns klar, dass wir hier Grenzen überschreiten und es mit einem Tabubruch zu tun haben«, sagte Tom.

»Sie brauchen mich nicht weiter zu überzeugen. Ihre Idee wird polarisieren, wie wir gesehen haben, aber ich denke auch, dass es ein milliardenschweres Geschäft ist. Allerdings habe ich noch eine letzte Frage.«

Ich glaubte, dass Nicolas den Atem anhielt, da er Angst hatte, dass ich im letzten Moment einen Rückzieher machen würde. Tom machte es geschickter, senkte den Blick – scheinbar gelassen und selbstsicher – und goss sich neuen Wein ein.

»Dieser Griff ins Leere. Haben Sie Ideen, wie Sie das lösen? Die Menschen werden sich nicht nur mit ihren Lieben unterhalten wollen, sie werden sie auch berühren wollen.«

Bevor Tom antworten konnte, fiel ihm Nicolas ins Wort. »Alles, was wir sehen, spüren, berühren, können wir nachbilden. Auch wenn Sie die Toten nicht wirklich berühren, werden wir diese Stellen im Gehirn anstoßen können, die Sie glauben lassen, dass Sie sie berühren.«

»Eine perfekte Simulation«, fügte Tom hinzu.

»Gut. Das heißt, auf Ihrer Roadmap steht die Entwicklung

eines Gerätes, eine Art verbesserte VR-Brille, die die direkte Verbindung zwischen dem Gehirn und den Computern sicherstellt. Wie eine Schnittstelle.«

»Genau so ist es«, sagte Nicolas, und ich glaubte für einen Moment, Euphorie in seinen Augen blitzen zu sehen.

»Was brauchen Sie noch – außer Geld?«

»Was uns fehlt, ist eine Art Landkarte des menschlichen Bewusstseins«, sagte Tom und sah mir direkt in die Augen.

»Eine Landkarte der Seele«, sagte ich und verwendete absichtlich den alten Begriff, da er den Tabubruch, den ich mit einem Vertrag mit den beiden eingehen würde, besser beschrieb.

»Kennen Sie sich mit Gebirgspflanzen aus?«, fragte ich und sah in die überraschten Augen meiner Gäste. »Sie haben viel mit uns gemeinsam. Sie leben auch an der Grenze und wagen immer Neues. Aber sie halten zusammen, als würden sie einem stillen Kodex folgen. Deshalb überleben sie. Ich bin eine solche Gebirgspflanze, und ich sehe, dass auch Sie zu dieser Gattung gehören. Also mache ich Ihnen folgendes Angebot.«

Jetzt hielt Tom den Atem an. Und während Gabeln und Messer auf großen Porzellantellern klirrten und Wein aus Flaschen gurgelte, beugte ich mich zu den beiden Unternehmern.

»Ich gebe Ihnen fünf Jahre. Bezahle Ihnen jede Summe, die Sie brauchen. Sie können auf dem Herrenhof arbeiten. Das ist eine Anstalt auf dem Stilfser Joch, wo Experten der Neurologie und der Gehirnforschung an dem arbeiten, was Sie brauchen. Stück für Stück bauen wir Ihre Landkarte. Ist das ein Deal?«

In beiden Gesichtern explodierte ein fast kindliches Grinsen.

»Allerdings habe ich zwei Bedingungen. Erstens: keine sechsjährigen Kinder mehr. Wir machen keine Experimente mit Kindern.«

Beide nickten und schämten sich sichtlich für ihr Video.

»Zweitens: Wie Sie eben gehört haben, habe auch ich vor langer Zeit jemanden verloren. Jemanden, an den ich jeden Tag denke. Ich will auf ihn am Strand warten und ihn dort wiedersehen, gemeinsam mit meinem Papa. Aber ich will ihn auch umarmen können. Können Sie beide mir das garantieren innerhalb der vereinbarten Zeit?«

Ich sah, wie die beiden kurz innehielten, und dachte an Dr. Faust und sein kurzes Zögern, bevor er mit Mephisto seinen Pakt einging. Ich wollte nie ein Mephisto sein, aber der Tod von Josef hatte mich verändert.

»Wir haben einen Pakt, Signora Dr. Dorothea Almer«, sagte Tom.

»Das freut mich. Dann erheben wir uns und besiegen wir den Tod!«

Ich stand auf und klatschte in die Hände. Gleich war ein neuer Kellner bei uns und wartete auf meine Anordnungen.

»Bringen Sie uns Champagner! Wir haben etwas zu feiern.« Dann setzte ich mich wieder, lächelte die beiden zum ersten Mal seit unserer Unterhaltung an und reichte ihnen die Hand.

»Übrigens, ich bin Tea«, sagte ich und spürte, dass das kleine schmutzige Mädchen, das noch immer in Dante wohnte und jeden Morgen auf den Strand ging, um auf seinen Papa und Josef zu warten, stolz auf mich war.

EINE NEUE ORDNUNG. MAILAND. 2015.

Meine Mutter hatte Gino Paoli verehrt. Das Lied »Vivere ancora« hatte es ihr besonders angetan. *»Vivere ancora soltanto per un'ora.«* Gino Paoli besang darin seinen Wunsch, wieder zu leben, wenn auch nur für eine Stunde. Wenn Mama an unserem alten Herd in Dante Ndunderi in das heiße Wasser unseres verbeulten Kochtopfs geworfen und darauf gewartet hatte, dass sie wieder nach oben trieben, hatte sie aus dem Fenster geblickt. Ich hatte sie oft dabei beobachtet und mir gewünscht, sie hätte mir verraten, woran sie dachte.

»Signorina, was darf ich Ihnen bringen?«, fragte der junge, groß gewachsene Kellner und legte mir schwungvoll die Speisekarte der Trattoria auf den Tisch. Ich wandte meinen Blick ab vom Pianospieler, der in der Ecke der Trattoria italienische Lieder aus den Siebzigern und Achtzigern mit großen Gesten und verschlossenen Augen spielte. Als ich den Kellner bat, noch eine zweite Karte zu bringen, da ich einen weiteren Gast erwartete, fiel mir auf, dass der junge Mann eine Tätowierung auf der Brust hatte, die durch das weiße, oben aufgeknöpfte Hemd hervorblitzte. »Zitti e buoni« stand in Frakturschrift auf seiner braun gebrannten Haut. *Leise und brav.* Ich musste schmunzeln, da ich als Kind nach dem Tod meiner Mutter auch immer wieder versucht hatte, leise und brav zu sein.

Die Trattoria hatte sich in den letzten siebenundzwanzig Jahren kaum verändert. Die blauen Tischdecken, die schiefergrauen Fliesen und die Erinnerung an das Ristorante Destino in Atrani. Alles – außer dem Mann am Piano – war wie damals. Als ich mit Dr. Merten nach meiner Ankunft in Mailand hier gesessen und er mir die Unterlagen zur Aufnahmeprüfung für die Università auf den Tisch gelegt hatte, war ich fast umgekommen vor Hunger. Ich hatte mir damals Mühe gegeben, die große, dünne Pizza langsam zu essen, obwohl ich sie am liebsten lautstark schmatzend verschlungen hätte.

Ich hatte Dr. Merten zum letzten Mal auf der Jahrestagung der NeuroMI 2014 gesehen – einem internationalen Expertentreffen im Bereich der Neurologie. Obwohl er mittlerweile Mitte neunzig war, brannte in ihm immer noch eine Flamme. Über all die Jahre hatte er seinen sicheren Ausdruck nicht verloren, und selbst der Glanz in seinen Augen war noch immer klar und rein. Ich hatte sogar das Gefühl, dass mit dem Alter seine kühle Überlegenheit noch klarer zum Ausdruck kam als zu der Zeit, als ich ihn kennengelernt hatte.

Auf sein Äußeres legte er nach wie vor großen Wert. So verließ er sein Haus – Dr. Merten war nach dem Tod der Donna an den Comer See gezogen – nie ohne seinen grauen Mantel mit dem wolffarbenen Pelzkragen. Auch sonst hatte sich sein Stil kaum geändert. Gut sitzende Anzüge, meist in Braun, dazu helle bunte Hemden mit Kragen, die zur Mode der Zeit passten, sowie handgenähte Schuhe – er vertraute hier einem kleinen Schuster, der ihm noch einen Gefallen schuldete. Den Duft seines Parfüms passte er den Jahreszeiten an. Würziger, frischer im Frühling, schmeichelnd im Sommer, herb im Herbst sowie schwer und süß im Winter.

Es war sicher unbewusst, aber ich hatte nach dem Tod der Donna begonnen, Dr. Mertens Geschmack zu imitieren. Nachdem ich mein Macondo nach einem weiteren halben Jahr verlassen hatte und Gras über die Sache gewachsen war, war ich mit Merten nach Mailand gefahren. Obwohl es in Mailand verboten war, die Stirn zu runzeln, und man immer lächeln sollte, waren meine Züge unterkühlt gewesen, und ein Lächeln fand selten den Weg zu mir. Die Wahl meiner Kleider unterstrich mein Wesen: dunkel, mit dezenten Farben, aber von hoher Qualität und Eleganz. Über all die Jahre hatte ich meinen eigenen Stil gefunden, sodass sogar Signorina Morselli mich mehrmals nach Mailand begleitete, damit ich sie beim Kauf ihrer Kleider beriet. Wir blieben oft stundenlang in der Corso Como, die sich seit den späten achtziger Jahren in eine glamouröse Einkaufsstraße verwandelt hatte.

Damals hatte hinter der Porta Garibaldi das Niemandsland begonnen. Es war hässlich gewesen, verkommen und gefährlich. Als ich mich mit Dr. Merten im Hotel Chiron gleich hinter dem klassizistischen Torbogen getroffen hatte, hatte ich immer Angst gehabt, eine fremde Hand würde mich in ein anhaltendes Auto zerren. Heute war das Chiron verschwunden, und aus dem Niemandsland war das neue Zentrum der italienischen Wirtschaft geworden. Revolutionär, reich und extravagant. »Hinter der Porta Garibaldi wird eine neue Ordnung entstehen«, hatte Dr. Merten damals gesagt, und er hatte recht behalten.

Wenn ich von der Vorstandsetage von LAM über Mailand blickte, dachte ich oft an das kleine unsichere Mädchen, das mit unschuldigen achtzehn Jahren durch die Stadt geirrt war. Naiv und doch mutig. Enzo Cascone scherzte oft darüber und sprach vom »schmutzigen, naiven, aber mutigen Süden«, den man nach wie vor in mir sehen würde. Dann ahmte er mit Grimassen jemanden nach, der einen anderen Menschen mit den bloßen Händen ertränkte, riss dabei die Augen weit auf und röchelte. Ich ließ ihm seine Scherze durchgehen, und solange er mich dabei nicht *»pazza«* nannte, mischte ich mich auch nicht in seine Geschäfte ein.

»Dorothea, was für einen symbolträchtigen Ort für einen symbolträchtigen Tag du ausgesucht hast«, sagte Dr. Merten und betrat mit einem herben Duft die Trattoria. Ich hatte ihn selten so zufrieden gesehen. Bevor er sich zu mir setzte, rief er dem Kellner zu, den besten Champagner kalt zu stellen, und ich glaubte sogar, dass Dr. Merten dabei lächelte.

»Die Donna hat zugestimmt«, sagte er und legte seinen Mantel über die Lehne des Holzstuhles, bevor er sich endgültig zu mir setzte.

»War es schwer?«, fragte ich. Bei Dr. Merten hatte ich nach wie vor Mühe, meinen festen Blick aufrechtzuerhalten. Vor meinem geistigen Auge sah ich mich immer noch im Foyer der Università, ohne Prüfung und ohne Wohnung. Auch wenn ich es nicht wahrhaben wollte, war Dr. Merten über die Jahrzehnte doch zu einer mächtigen Vaterfigur geworden, an der die schüchternen Augen einer Tochter nur zaghaft hochsahen, obwohl sie mittlerweile längst erwachsen geworden war.

»Enzo hat seinen Rücktritt offiziell bekannt gegeben, und die Donna hat es akzeptiert. Was hätte eine Cascone auch anders machen können?«

Ich kannte Maria Lucrezia Cascone kaum. Sie war kaum zwanzig gewesen, als sie von den Bossen zur neuen Vorsitzenden der Familie gewählt worden war. In den Zweigen war diese Entscheidung nicht unumstritten gewesen, und viele hatten in Enzo Cascone den wahren Vorsitzenden gesehen, der seine Tochter vorgeschickt hatte, um im Hintergrund die Fäden als Don zu ziehen. Priester Don Di Dio hatte dieses Gerücht in seinen Predigten immer genährt. Als Grund hatte er die anhaltenden Ermittlungen der Staatsanwaltschaften gegen die Familie genannt. In den ersten Jahren nach dem Tod von Frida Khalberg-Morselli war dies überall *das* Gesprächsthema gewesen. Selbst bei den Ärzten und Pflegern im Sanatorio hatte man zu flüstern begonnen. Die Gerüchte hatten erst geendet, als wir Don Di Dio erhängt auf dem Baum vor seiner Kirche gefunden hatten. Und als wir seiner Leiche die letzte Ehre erwiesen hatten, waren alle Bosse gekommen, und ich selbst hatte die junge Donna zum ersten Mal gesehen. Sie war hübsch, hatte welliges strohfarbenes Haar und eine unstillbare Fröhlichkeit, die sie mit ihrem Faible für Blumenkleider zum Ausdruck brachte. Viele der Bosse hatten sich nach dem Tod von Don Di Dio mit der Kritik an der neuen Donna zurückgehalten, selbst als sie das Begräbnis mit einem lauten und unpassend überschwänglichen *»Ciaoiiii!«* verlassen hatte.

»Enzo zieht sich vollständig als Oberhaupt des Zweiges zurück und wird sich im Süden zur Ruhe setzen. Ich denke, liebe Tea, du hast mit deinem südlichen Charme eine Sehnsucht in dem alten Knaben geweckt.«

»Gab es Protest von den anderen Zweigen?«

»Nur Enrico Khalberg äußerte kurz Zweifel. Aber als ihn Enzo auf deine Bewerbungsrede verwies, in der du sagtest, du würdest dich niemals in die Finanzbelange der Familie einmischen, hat er eingewilligt.«

Der Kellner kam und brachte den Champagner. Wir unterbrachen unser Gespräch und bestellten Pizza Siciliana. Dr. Merten orderte eine Extraportion Sardellen, und ich bat darum, auf einen knusprigen Teig zu achten.

»Nun denn, Dr. Dorothea Almer, herzlichen Glückwunsch! Sie sind die offizielle Nachfolgerin von Enzo Cascone.«

Unsere langen Stielgläser klirrten, und ich trank einen Schluck. Zufrieden stellte ich das Glas zurück auf den Tisch und lehnte mich an die Stuhllehne. Nur wenigen gelang, was mir gelungen war. Ich war als eine der *poveri* ausgezogen, um eine *ricca* zu werden. Ich hatte den Tod gesehen und ihn überwunden. Ich war beleidigt und als *pazza* beschimpft worden, aber ich hatte nicht aufgegeben. Ich war immer höher gestiegen, bis die Götter gesehen hatten, mit wem sie es zu tun hatten. Mit Herkules, Andromeda, mit Äskulap. Mit Wonder Woman. Oder mit der *Principessa Nera*, wie mich viele Mitglieder der Familie hinter meinem Rücken nannten, nachdem ich Signorina Gabriella nach dem Mord an Josef das Messer in die Brust gestoßen hatte.

»Auf die *Principessa Nera*, den neuen Boss des alten Zweiges von Enzo Cascone!«, sagte Dr. Merten und erhob noch einmal das Glas. Ich hatte es endgültig geschafft, ich war eine *ricca* und Teil einer der mächtigsten Familien Europas. Ich erinnerte mich an Mertens Zusammenfassung über die Familie. Ich hatte sie über die Jahre wieder und wieder wie Wäsche durch das Wasser meiner Gedanken gezogen und konnte sie jetzt endlich zum Trocknen in die Sonne hängen.

Khalberg. Sie waschen das Geld. International. Sie bauen das Business, das sich nur um eines dreht. Drogen. Hier wären wir bei Cascone. Der Duce. Der nach seinem Tod in Cazzaniga einen würdigen, wenn auch äußerst brutalen Nachfolger an der Spitze des Zweiges gefunden hat. Dann ist da aber auch noch Dr. Dorothea Almer, die Principessa Nera. Sie hat das Geschäft gewandelt und sich von Menschenhandel und Prostitution zurückgezogen. Ihr Schwerpunkt liegt in der Pharmazie, Forschung, neuen Technologien, Daten, dem digitalen Geschäft mit dem Tod … Und machen wir gleich weiter: Morselli. Schutzgeld, Erpressung und jetzt Teile des Handels mit Menschen und Prostitution. Oder Aurelio de Salazar-Cascone. Glücksspiel, Markenfälschung, das Geschäft mit der Müllabfuhr. Und am Ende der Linie das große Finale: Adachi-Turner. Waffen. Drohnen.

Die Pizza kam, und ich brach ein großes Stück ab, das ich mir genüsslich in den Mund schob.

»Hungrig?«, fragte Dr. Merten und schnitt bedächtig ein kleines Stück aus seiner dampfenden Siciliana. »Wenn wir fertig gegessen haben, treffen wir uns alle oben«, sagte er und tupfte mit einer weinroten Stoffserviette seinen Mund ab.

»Ich dachte, die Ernennung läuft dezentral ab? Sie sind alle hier?«, fragte ich und spürte ein dunkles Gefühl in meinem Magen.

»Ja, wir haben leider nicht viel Zeit zum Feiern.«

»Die Staatsanwaltschaft?«

Dr. Merten nickte.

»Als Consigliere und Sprecher der Donna habe ich alles unternommen, um dieses Übel von uns fernzuhalten. Aber wir haben es hier mit einer äußerst hartnäckigen Staatsanwältin zu tun, die sich am Fall Spektrum festgebissen hat.«

»Das Spektrum gibt es doch seit Jahrzehnten nicht mehr. Ich habe doch höchstpersönlich …«

Mertens Gesicht versteinerte, und ich spürte wieder, wie meine Blicke schwerer wurden und zu Boden sanken.

»Es gibt da draußen einen Fall, der sich mit dem Spektrum beschäftigt. Frauen verschwinden. Auch Kinder. Und diese Staatsanwältin hat sich daran festgebissen.«

»Wer ist sie? Italienerin?«

»Nein, Deutsche.«

»Dann töten Sie dieses verdammte Biest! Es gibt kein Spektrum«, rief ich wütend und schlug mit der Faust auf den Tisch. Erst als mich Dr. Merten mit eisernem Blick mahnte, meine Stimme zu senken, begriff ich, dass mich der Schatten der Donna, die ich fünfundzwanzig Jahre zuvor mit bloßen Händen ertränkt hatte, seit diesem Tage vergiftet hatte. *Still und brav.*

HEILEN ODER VERNICHTEN. STUHLECK. 2015.

»Es ist, als ob sich die Zeit im Kreis dreht und wir wieder am Anfang angekommen wären.« Als Julian Leidemann mit seinem Vater das Gipfelhaus des Stuhlecks erreichte, dachte er an das Zitat von Márquez. Über dem Stuhleck wehte ein einsamer Wind. Der unscheinbare Berg drückte sich wie der baumlose Buckel eines Riesen als höchste Erhebung der östlichen Alpen durch den nassen Nebel. Im Westen führten mehrere Sessel- und Skilifte in das Mürztal, das sich vom Semmering über Mürzzuschlag bis nach Bruck an der Mur zog.

Julian parkte das Auto auf dem kleinen sandigen Parkplatz der Hochalm Stuhleck und ging, ohne ein Wort zu sagen, in Richtung der vielen Windräder, wo ein hoher schmaler Almrücken hindurchführte. Leopold Leidemann folgte seinem Sohn. Er war verwirrt gewesen, als Julian wenige Stunden zuvor aus Graz zurückgekommen war und ihn mit ernstem Gesichtsausdruck aufgefordert hatte, mit ihm an die Stelle zu fahren, wo Julians Großmutter das Feuer gelegt hatte. Kurz bevor sie im kalten Wildbach bei der Mühle im Wasser gestorben war, mit einer Blume in der Hand.

»Lass mich vorangehen«, rief Leopold, »du kennst dich doch hier nicht aus.«

»Ich bin hier aufgewachsen, Vater«, konterte Julian verärgert.

Demonstrativ blieb Leopold hinter Julian stehen und sah

auf die Gräben, die wie parallele Furchen entlang des Bergrückens in das Tal fielen und aussahen wie schlaffe Finger.

»Es ist doch so schön hier, du hättest nie gehen sollen.«

Eine Dohle schwankte im immer stärker werdenden Wind, während ein bedrohliches Wolkenband den trüben Vormittag verdunkelte. Der Almboden wurde schroffer, und kleinere Felsen bewachten den Weg. Als Kind hatte sich Julian hier einmal an einem scharfen Felsen die Haut am Fuß aufgerissen. Es hatte heftig geblutet.

Julian wartete auf seinen Vater, der wieder Mühe hatte, ihm zu folgen. Die kühle Höhenluft brannte in seiner Lunge, und letzte kleine Schneeflocken eines alten Winters fielen aus dem weiterziehenden Himmel wie Nadeln in sein Gesicht. Als sein Vater erneut stehen blieb und mit in die Hüften gestützten Armen in die dunklen Gräben blickte, ging Julian weiter, bis er in der Ferne eine kleine rote Bank sah, die einen versteckten Ausblick versprach. Wie ein Steinbock sprang er über die Unebenheiten. Zu seiner rechten Seite erhob sich ein Pass, an dessen Fuß eine kleine, tiefe Mulde mit altem Schnee lag. Ein Bombentrichter, in dem sich im Frühjahr und Sommer oft Wasser hielt und diese Narbe des Krieges in einen kleinen See verwandelte.

»Wir sollten zurückgehen«, keuchte Leopold und war dichter bei Julian, als dieser gedacht hätte.

»War es hier? Hat Großmutter hier die trockenen Latschenkiefern in Brand gesteckt?«

Leopold sah sich um. Trotz der drohenden Rückkehr des Winters brachte ein erregender Wind den Duft von widerstandsfähigen Blumen, der aus der Unendlichkeit der Weite schwappte. Leopold stieg über einen kleinen Felsspalt, der aussah wie ein dunkler Schatten und groß genug war, um sich fallen zu lassen und hineinzurollen. »Ist es nicht schön hier? Das Paradies«, sagte er und ignorierte Julians Frage.

Julian bemerkte, wie sich im Kopf seines Vaters der Ort in eine Wiese mit sattem Grün verwandelte, umschlungen von einem tief liegenden Tannenwald, der eine sandige Straße in schlangenartigen Serpentinen versteckte. Aus dem grauen Schnee im Bombenkrater wurde ein leuchtender See mit einer kleinen Insel darauf, wo ein niedriges Haus aus Holz stand, inmitten von blühenden, emporstrebenden Bäumen und Blumen in allen Farben. Vom See führte ein schmaler Pfad zu einer Anhöhe. Auf dem Gipfel schien ein altes Gespenst zu hocken, das sich bei genauerem Hinsehen als roter Holzstock entpuppte.

»Mutter war als Kind oft mit mir hier«, sagte Leopold und blickte hoch zu dem Pass.

»Dort oben?« Ohne auf eine Antwort zu warten, stieg Julian den Pfad hinauf und fühlte sich, als würde er etwas Fremdes betreten, als würde er einen Weg besteigen, den früher Könige gegangen waren.

»Kommst du?«, fragte er, wandte sich zu seinem Vater um, der mit den Tränen kämpfend seinem Sohn folgte.

Auf dem Pass wartete gepresster Schnee, zwischen dem altes Moos fleckig hervorlugte. Auf der anderen Seite des Passes fiel ein zweiter Weg in ein tiefes Tal, umschlungen von gewaltigen Bergketten. Inmitten der tiefen Ebene hockte ein kleines Dorf, auf dessen rötlichen Dächern die letzten mutigen Strahlen golden glänzten.

Julian sah über die fernen Höhen in den weiten Horizont, als sein Vater außer Atem seinen Sohn an der Hand berührte.

»Es war keine Latsche. Mutter hat eine dürre Bergkiefer in Brand gesetzt.«

»Ich weiß, was ihr mir die ganze Zeit verheimlicht, Vater. Du und Mutter. Ich kenne die Gespenster, die mitten in unserer Familie leben.«

Leopold drückte die Hand seines Sohnes fester. Es gab kein Entrinnen mehr. Er musste die Wahrheit erzählen.

»Ich habe meinen Vater nie gesehen. Er ist im Krieg gefallen. Aber bevor er verschwand, traf er meine Mutter noch einmal. Hier in Tannenfall.«

»Tannenfall?«

»So nannte meine Mutter diesen Ort, weil sie ihren Mann hier zum letzten Mal gesehen hatte. Hier hatte er ihr gestanden, was er getan hatte. Daraufhin waren alle Tannen entzweigebrochen und mit ihren dicken Ästen zu Boden gefallen. Mutter erzählte, dass sie stundenlang hier gesessen hatten, da sie nicht begreifen konnte, was die Liebe ihres Lebens getan hatte. Sie wusste nicht, wie lange sie in ihre verschwundene Welt gestarrt hatte, sie wusste nur noch, dass es nach Rosmarin gerochen hatte.«

»Er war am Feldhof, habe ich recht? Er war … ein böser Mensch.«

»Du hättest zurückfahren sollen. Sonst erheben sich an allen Orten die Gespenster.«

»Hat Großmutter dir gesagt, was er ihr erzählt hat?«

»Ja. Als ich sechzehn war und begann, nach meinem Vater zu fragen.«

»Hat er ihr auch gesagt, was er mit den Kindern getan hat?«

»Mein Vater war fasziniert vom Tagebuch deines Urgroßvaters, dem verrückten Franz Leidemann. Marius Khalberg wusste schon damals, was mit ihm in Graz passieren würde, und versteckte ihn hier. Aber mein Vater war besessen von den Dingen, die in dem Tagebuch standen, sodass er beschloss, sich mit den Gedanken der Menschen zu beschäftigen. Er wollte mehr wissen von den Hirschen und den Schneehexen. Also fuhr er nach Graz und sprach mit Marius Khalberg, weil er Nervenarzt werden wollte.«

»Und Mörder«, schloss Julian und blickte auf die dunkle aschige Stelle, wo früher eine Bergkiefer gestanden hatte.

»Ich weiß nicht, was in Graz passiert ist«, sagte Leopold. »Aber Mutter hat gesagt, dass sie ihm nach all den Jahren verziehen hatte.«

Julian dachte an das Bild, das seinen Großvater mit der Teufelin und Marius' Sohn, Konrad, zeigte.

»Er war ein Mörder, und er hat Großmutter betrogen. Wie konnte sie ihm nur verzeihen?«

Leopold schwieg. »Das Dunkle liegt in unserer Familie«, sagte er und rang um Atem. »Mein Vater war ein Monster. Er hat meine Mutter betrogen, und er hat getötet. Dennoch hat sie ihm verziehen und mir das Leben geschenkt.«

Julian wunderte sich, dass sein Vater sich milder ausdrückte als früher.

»Aber warum hat sie dann das Feuer gelegt?«

»Vielleicht hat sie gespürt, dass es zu Ende geht, und gehofft, dass er die Rauchsäule sieht.«

Julian lief ein Schauer über den Rücken. »Gehofft, dass er die Rauchsäule sieht? Du meinst, er lebt noch?«

Leopold blieb stumm, und seine Blicke verharrten auf dem steinernen Meer vor sich.

»Wo ist er?«

»Ich weiß es nicht. Nach dem Krieg ist er weg. Offiziell war er gefallen. Aber in Wahrheit ist er nur untergetaucht. Bevor du auf die Welt gekommen bist, hatte ich jeden Stein nach ihm umgedreht.«

»Und hast du etwas gefunden?«

»Nur eine Postkarte. Mutter hatte sie versteckt. Zwischen all den Blumen, die sie an ihn erinnerten.«

»Woher war die?«

»Ich habe es nie herausgefunden, da nur noch der Rest von ein paar Worten auf der Karte zu lesen war.«

»Und was stand darauf?«

»›Vivere ancora‹.«

Julian schloss die Augen und blickte über die steinernen Wellen der Berge in Richtung Süden. *Vivere ancora.* Lebte sein Großvater irgendwo in Italien? Versteckte er sich irgendwo vor dem dunklen Schatten des Kriegsverbrechers, der an die bizarre neue Ordnung der nationalsozialistischen Ideologie glaubte? Heilen oder Vernichten?

DER SENKRECHTE WALD. MAILAND. 2015.

Sie applaudierten mir, als ich mit Dr. Merten aus dem Aufzug in der siebenundzwanzigsten Etage stieg. Die Bosse hatten vor den Flügeltüren des großen Konferenzsaals ein Spalier gebildet. Dahinter floss blendendes Tageslicht durch die große Glasfront des Besprechungsraumes. Die Alpen warteten draußen wie eine geduldige Armee aus schroffem Stein und gepresstem Schnee.

Enrico Khalberg reichte mir als Erster die Hand. Dabei verbeugte er sich kaum sichtbar vor mir, wobei ihm eine störrische wirre Locke ins zufriedene Gesicht rutschte.

»Willkommen im engen Kreis, Almer«, sagte er und kreuzte seine Arme hinter seinem Rücken, als wollte er gleich mit Gesprächen beginnen. Doch Cazzaniga kam ihm zuvor, verscheuchte die grimmigen Schatten in seinem Gesicht, die wie im Sturm stehende Krähen seine ständige Gewaltbereitschaft zeigten. Cazzaniga nickte nur kurz und schüttelte mir kräftig die Hand. Wir hatten selten miteinander gesprochen. Nur nach der Hochzeit mit Alessandra, bei der ich als Trauzeugin gewesen war, hatte er mir einmal in rebellischem Ton gesagt, dass alles so lange gut sei, solange wir einander niemals in die Quere kämen. Auch Enzo Cascone war da und applaudierte bis zuletzt. In seinem zerknitterten Anzug und in seinen alten, eng stehenden Augen spiegelte sich noch immer die Zerstreutheit, die ihn sein ganzes Leben lang begleitet hatte.

»Brava, Tea, brava!«, sagte er immer wieder. *»Brava, Principessa!«* Er reichte mich weiter zu Federico Morselli. Dessen Oberlippenbart war grau geworden. Nach dem Tod der Donna war sein Blick immer schwächer geworden, was er mit starken dunklen Brillengläsern auszugleichen versuchte. Obwohl ich seine Schwester getötet hatte, hatte er mir verziehen. Er schien sogar auf eine seltsame Art erleichtert gewesen zu sein. Warum, das hatte ich ihn nie gefragt.

»Eine gute Wahl«, gratulierte auch er, bis ich am Ende des Spaliers vor Aurelio de Salazar-Cascone und Signor Khalberg Adachi-Turner stand. Beide hatten sich all die Jahre im Hintergrund gehalten und wirkten trotz ihrer unterschiedlichen Abstammung wie vertraute Zwillinge – de Salazar trug ein loderndes lateinamerikanisches Temperament in sich, während Khalberg Adachi-Turner eine kühle asiatische Überlegenheit ausstrahlte. Vermutlich lag das Geheimnis in ihrem zurückhaltenden Schweigen, als würden sie all die Jahre auf etwas warten. Nachdem ich auch ihre Hände geschüttelt hatte, betrat ich den Sitzungssaal.

Er lag im höheren Turm des Bosco Verticale, des »senkrechten Waldes«, wie die Mailänder die beiden Hochhäuser nannten. Der vertikale Wald bestand aus zwei mit Bäumen begrünten Zwillingstürmen im Hochhauskomplex der Porta

Nuova und war seit ihrer Errichtung 2014 einer der zahlreichen Versammlungsorte der Familie.

»Ich habe von Ihrem Investment gehört«, sagte die Vorsitzende mit der Stimme einer langjährigen Freundin. Sie stand an der Glasfront und sah auf die Berge. Sie trug ein weißes Kleid mit roten Rosen. Als ich eintrat, drehte sie sich um und kam mit breitem Lächeln und weichen schulterlangen Locken auf mich zu. Für einen Moment hatte ich das Gefühl, dass sie mich umarmen wollte, als hätten wir gemeinsam die Verteidigungsrede einer Doktorarbeit bestanden. Doch sie blieb mit leuchtenden Augen vor mir stehen und strich über meine Unterarme.

»Schön, Sie bei uns zu haben«, sagte sie und bat die anderen Bosse mit einem kurzen Klatschen herein. Während sich der Raum füllte und die Mitglieder der Familie sich an den ihnen zugewiesenen Plätzen einfanden, zog mich die Donna zu sich.

»Wir haben es heute nicht auf der Tagesordnung, aber Sie müssen mir unbedingt mehr von dieser Investition erzählen. Ich will es noch im kleinen Kreis halten, doch wenn das stimmt, was ich gehört habe, verspricht dieses Projekt die Unsterblichkeit. Digitale unsterbliche Klone. Ist Ihnen bewusst, was das bedeutet? Verstorbene können wiederauferstehen und für immer herrschen. Niemand kann sie mehr bezwingen, da sie den Tod unterworfen haben. Gleichzeitig müssen wir einen Weg finden, wie wir mit den vielen digitalen Untoten umgehen! Wollen wir alle zurückholen? Wollen wir wirklich, dass uns nichts mehr verloren geht? Was machen wir mit den Kranken? Wir müssen reden, Dr. Almer. Dringend. Wie weit wollen wir gehen?«

Ich sah die Vorsitzende mit ihren flammenden Augen an. Wie weit wollten wir gehen? Wie weit würde ich gehen, um Josef wieder in die Arme zu schließen?

Dr. Merten nahm am Kopf des Tisches Platz und räusperte sich, um der Donna und mir zu verstehen zu geben, dass wir mit der Sitzung beginnen sollten.

»Eines Tages wird es wohl zwei Gesellschaften geben«, sagte Maria Lucrezia Cascone zu mir und klatschte mit einem Mal wie ein kleines Mädchen in die Hände, das zum ersten

Mal das Meer gesehen hatte. »Sie haben recht, Dottore Merten«, gluckste sie und ging tänzelnd nach vorne.

»Dann wollen wir mal beginnen. Tagesordnungspunkt eins«, sagte sie und setzte sich neben Dr. Merten an den Kopf des Vorstandstisches. »Signora Almer, wollen wir beginnen?«, rief sie mir zu, da ich immer noch am Fenster stand und über ihre Worte nachdachte.

Wie weit würde ich gehen? Heilen oder Vernichten?

»Signora Almer?«

Ich blickte auf die Berge, den fernen Schnee, der sich auf den Gipfeln zu weißen Fäden zusammendrehte, die aussahen wie schmale Rauchfäden.

»Signora Almer?«

Frida Khalberg-Morselli war besessen gewesen von der Fermi-Frage. Sie war über alle Grenzen gegangen, um diese zu beantworten.

»Principessa!«, rief die Donna, und ihr Ton war deutlich schärfer als zuvor.

»Verzeihen Sie, ich war in Gedanken«, sagte ich und setzte mich neben Cazzaniga. Ich war eine von ihnen geworden. Eine von denen, die ich mit Giacobbe als Kind laut schreiend, mit einem abgebrochenen Ast bewaffnet und auf einen rostigen Stahldeckel eines Küchentopfes schlagend, bekämpfen wollte.

»Sehr gut«, sagte die Donna wieder deutlich sanfter und mit der Stimme eines Mädchens. »Tagesordnungspunkt eins. Wie gehen wir mit den aktuellen Ermittlungen der deutschen Staatsanwaltschaft im Fall Spektrum um?«

Ich sah zu Dr. Merten, er saß zufrieden neben der Donna und warf mir einen warmen Blick zu. Doch als der Name der Staatsanwältin genannt wurde, fielen seine Blicke für einen winzigen Moment zu Boden, als hätte er etwas vor mir zu verbergen.

»Dann lassen Sie uns beschließen, wie wir mit der Staatsanwältin aus Deutschland umgehen«, fuhr die Donna fort. »Mit dieser Marlene Castor.«

TOTE GESPENSTER

Die Landschaft floss an der Seitenscheibe des Beifahrersitzes an mir vorbei. Es war Abend geworden über Mailand, müder Verkehr rollte aus der Stadt. Alessandra saß am Steuer und drängelte hinter einem langsam fahrenden gelben Fiat. Mit einem lauten, zischenden Fluchen überholte sie den kleinen Wagen und beschleunigte den Audi A8 in Richtung Bormio.

»Vermisst du eigentlich den Süden?«, fragte sie und warf mir einen kurzen Blick zu. Ihr schien aufgefallen zu sein, dass ich seit dem Treffen der Bosse schweigsam war. Also suchte sie das Gespräch.

Auf den ersten Blick war Alessandra um keinen Tag gealtert. Erst bei genauerem Hinsehen bemerkte man den kleinen Faltenkranz um die asiatischen Augen und die ersten feinen grauen Haare ihres sonst makellos geschnittenen rostbraunen Ponys.

Nachdem sie Cazzaniga geheiratet hatte – übrigens in der Villa Monastero am Comer See, am selben Ort, an dem ich Josef geheiratet und verloren hatte –, war sie zum Inbegriff einer selbstsicheren Frau geworden. Obwohl sie kleiner war als ich, hatte ich immer den Eindruck, dass sie mich überragte. Natürlich konnte das an den High Heels liegen, die sie immer trug, doch in Wahrheit war es der Stolz, der sie in ihrem Inneren aufrichtete. Erst als ich bei einer unserer vielen Shoppingtouren in Mailand unsere Spiegelbilder sah, bemerkte ich, dass ich mich kleiner machte als sie, indem ich den Kopf ein wenig einzog. Zudem achtete ich darauf, dass ich Schuhe mit niedrigerem Absatz trug als sie. Ich hatte Alessandra als zarte junge Frau im Bait Nof in Trepalle kennengelernt, die ihre Zerbrechlichkeit durch kühlen Eifer wettmachen wollte. Nachdem aus ihr Signora Cazzaniga geworden war, war diese Zartheit verschwunden. Sie hatte sie abgelegt, als Cazzaniga sie über die Kirchenschwelle gehoben hatte, und während wir alle *»Bacio, Bacio, Bacio!«* gerufen hatten, war sie in den groben Händen unzerbrechlich geworden, da sie sonst in den Pranken ihres Mannes zersprungen wäre wie Glas.

»Es ist lange her«, sagte ich und spürte, dass meine Antwort Alessandra nicht reichte.

»Denkst du noch an deinen Papa?«

»Mein Vater ist tot.«

»Aber du sagtest doch immer, dass du auf ihn am Strand von Atrani warten wolltest.«

»Papa ist tot. Wie Josef.«

Wir schwiegen, und ich spürte, dass Alessandra an ihre Mutter dachte, die an einem Gehirntumor gestorben war.

»Und du? Vermisst du noch deine Eltern?«

»Jeden Tag«, sagte Alessandra. »Wenn ich könnte, würde ich die Zeit zurückdrehen.«

Die Berge kamen näher, und der Verkehr verschwand in dem düsteren Dunkel der noch jungen Nacht.

»Die Donna hat mir von deinem Investment erzählt«, sagte Alessandra und schob ihr Kinn ein kleines Stück nach vorne. »Stimmt es, dass man damit Verstorbene aus dem Tod zurückholen kann? Ich meine, sieht man sie wirklich vor sich?«, fragte sie. Dabei lag in ihrer Stimme die zaghafte Neugier von früher.

»Ich schicke dir ein Video, wenn es dich interessiert«, sagte ich und fühlte mich mit einem Mal seltsam unwohl.

»Hast du nie daran gedacht, Josef auf diese Weise zurück ins Leben zu holen?«

Ich schloss die Augen. Das leichte Vibrieren des Wagens erfasste meinen Körper. Meine Handflächen waren feucht, und ich suchte nach einer passenden Antwort.

»Es dauert Jahre, bis die Technik so weit ist. Und wer weiß, ob die Geschäfte dann noch so laufen wie heute. Ob wir denselben Zugriff auf die Ressourcen haben.«

»Du meinst Marlene Castor? Hast du Angst vor dieser Staatsanwältin?«

»Sie scheint hartnäckig zu sein.«

»Falcone war auch hartnäckig«, sagte Alessandra und bezog sich auf den Mord an jenem italienischen Staatsanwalt, der 1992 von der Cosa Nostra mit einer Autobombe getötet worden war.

»Diese Castor ist anders. Sie sucht nach ihrem Kind. Sie wird nicht aufgeben. Sie wird uns jagen.«

»Sie hat kein Kind. Sie hatte nur eine Fehlgeburt.«

»Aber genau dieser Schmerz treibt sie an.«

»Cazzaniga kümmert sich um sie.«

Unter uns rauschte die Straße. In einigen Häusern, die an den Füßen der Berge klebten, brannte Licht. Je weiter wir in Richtung Bormio kamen, umso fester griff die Nacht nach der Welt und ließ die ausgeleuchteten Fenster der verstreuten Siedlungen wie kleine Lampen auf einem unruhiger werdenden Meer schwanken. Dahinter schoben sich die Berge wie Monsterwellen in die Höhe, die jederzeit über uns hereinbrechen könnten. Ich dachte an das Treffen der Bosse und an den Bericht, den Dr. Merten über die Staatsanwältin Marlene Castor kurz zuvor vorgelegt hatte. Wenn das stimmte, was er erzählt hatte, würde eine dieser Wellen bald auch über die Familie hereinbrechen.

Dr. Merten hatte sein wüstenbraunes Jackett sorgfältig über die Rückenlehne des Stuhles gespannt. Die Nachmittagssonne drang durch die heruntergelassenen Jalousien und schnitt den Konferenzsaal in leuchtende Streifen. Merten fletschte ein wenig die Zähne und sah wieder aus wie ein alter Wolf, der befürchtete, sein Rudel könnte von einer unbekannten Gefahr angegriffen werden.

Als Marlene Castors Gesicht auf der Projektionsleinwand hinter ihm erschien, spürte ich die aufkommende Unruhe im Raum. Winzige Bewegungen in den Gesichtern der Bosse verrieten ihre Anspannung. Enrico Khalberg, der mir am Tisch gegenübersaß, streckte den Hals, Morselli strich sich mit dem Daumen über den fleckig gewordenen Handrücken, und Cazzaniga rollte die Lippen nach innen. Selbst die Donna schien angespannt, da ihre Augen wie kleine Bälle von einem Gesicht zum nächsten sprangen. Nur de Salazar und Adachi-Turner starrten regungslos auf die Projektion.

Marlene Castor war im selben Alter wie ich und sah aus wie eine Charakterschauspielerin. Sie erinnerte mich in einer gewissen Weise an Josefs Mutter, nur dass Marlene Castor größer wirkte und eine zeitlose Schönheit in sich verbarg. Anders als die Donna, die sich von einer zusammengekauerten Bitterkeit hatte leiten lassen, wirkte Castor erhaben, als würde sie einem Stern folgen, der sie leitete. Darin lag vielleicht das Geheimnis ihrer Ausstrahlung, die eine gewisse Unnahbarkeit erkennen ließ. In ihren Augen sah ich eine Traurigkeit, als hätte sie ihre Blicke auf den Raum zwischen den Dingen fixiert, als wollte sie, dass die so entstehende Unschärfe die Welt um sie herum unwirklich machte. Ich kannte diesen Blick von mir, damals vor dem Spiegel in unserer alten Wohnung in Dante, kurz nachdem Mama gestorben war.

»Sieht aus wie eine Sphinx«, schnauzte Cazzaniga und griff zu einem Teller Ricciarelli di Siena, Mandelkekse, die Signor Morselli von seiner Schwester mitgebracht und in die Mitte des Tisches gestellt hatte. »Gottlos«, fügte er hinzu und steckte das weiche Gebäck in den Mund.

Marlene Castor war in der DDR aufgewachsen und Eliteschülerin der kommunistischen Kaderschmiede Wilhelm Pieck am Bogensee gewesen, nördlich von Berlin. Nach der Wende war sie zur deutschen Staatsanwaltschaft gewechselt.

»Trotz ihrer psychischen Störungen – sie leidet seit ihrer Kindheit an Halluzinationen – ist Marlene Castor nach einer kurzen und steilen Karriere zu unserer Hauptanklägerin in Deutschland geworden«, sagte Merten und beendete seine Vorstellung unserer neuen Gegnerin. Dabei warf er einen verschwörerischen Blick auf Enrico Khalberg, der mittlerweile ebenfalls zu den Keksen gegriffen hatte.

Während Merten die einzelnen Ermittlungsstände der Staatsanwältin vorbrachte, blätterte ich in ihrer Krankenakte, die Merten zur Ansicht auf den Tisch gelegt hatte. Sie verriet neben ihrem Diagnosebefund auch viele intime Details, wie etwa, dass zwei ihrer Zehen in der Mitte zusammengewachsen waren. Gemäß zahlreichen Untersuchungen, die Marlene Castor noch in der DDR über sich hatte ergehen lassen, litt sie an CBS, dem Charles-Bonnet-Syndrom. Dieses Syndrom zeichnete sich durch visuelle Halluzinationen aus, die meist auftraten, wenn Patienten einen Teil ihres Sehvermögens verloren. Obwohl wenige Menschen diese Krankheit kannten, war sie weit verbreitet. Rund achtzig Prozent aller Menschen, die über eine Sehstörung klagten, litten an einfachen visuellen Halluzinationen wie Formen, Farben oder Mustern, aber auch komplexen zusammenhängenden Szenen.

Ich selbst hatte viele Studien im Sanatorio zu dem Thema durchgeführt und festgestellt, dass diese Halluzinationen in denselben Hirnregionen entstanden, in denen die tatsächliche Wahrnehmung verarbeitet wurde. Allerdings genau dort, wo die Bilder in unserem Kopf entstanden, und nicht dort, wo eigentlich unsere Phantasie entsprang. Somit hielten die Patienten die Welt, die sie sahen, für real.

Ich legte die Akte zurück auf den Tisch und blickte Marlene Castor auf der Projektionsfläche tief in die Augen. Sie trug keine Brille. Litt sie dennoch an Sehverlust? War sie etwa beinahe blind? Erklärte das ihre Unnahbarkeit? Wieder zog ich die Unterlagen vom Tisch und suchte nach Belegen.

Während Merten mit erschütternder Nüchternheit von der Fehlgeburt erzählte, die Marlene Castor erlitten hatte, warf er mir immer wieder einen Blick zu, als wollte er mir einen Hinweis geben, wonach ich in der Krankenakte suchen sollte.

»Marlene Castor steht oft nächtelang am offenen Fenster und glaubt, dass eine große Menge schweigender Menschen vor ihrem Haus in Potsdam vorbeizieht. Sie glaubt, dass diese imaginäre dunkle Horde ihre Tochter geholt hat und sie an einem fremden Ort versteckt hält. Eine Tochter, die nie geboren wurde.«

Ich spürte immer mehr den Schmerz, den Marlene Castor Tag für Tag durchleiden musste. Und insgeheim bemerkte ich, dass ich begann, diese Frau zu bewundern, die sich mit ihrer Hartnäckigkeit gegen die Familie und somit aber auch gegen mich richtete. Sie war krank und stemmte sich mit aller Kraft dagegen.

»Eine dunkle Horde? Was noch? Kobolde?«, lachte Cazzaniga laut auf und wischte den Zucker der Mandelkekse von seiner hellgrau gestreiften zerknitterten Hose. »Sie ist doch eine *pazza*, wie kann uns die gefährlich werden?«

»Ich verbitte mir das Wort *pazza* in diesem Raum«, sagte ich leise und erntete ein zustimmendes Nicken der übrigen Bosse. Ich war mit Cazzanigas ungehobelter Art noch nie zurechtgekommen und warf ihm einen wütenden Blick zu, den er mit einem weiteren Griff zu den Keksen ignorierte.

»Auch wenn Marlene Castor an CBS leidet, Wahnbilder

sieht wie dunkle Horden und weiße Hirsche, die durch Wälder streifen, vorbei an Türmen, die eine scheinbare Grenze bewachen, so ist Castor eine durchaus ernst zu nehmende Gegnerin«, sagte Merten.

Ich dachte an meine erste Wirtin. Leonora Khalberg. Sie hatte Angst vor den Torri de Fraele gehabt. Hatte auch sie weiße Hirsche gesehen? Papa hatte mir einmal als Kind erzählt, dass er am Torre dello Ziro Hirsche gesehen hatte, aber ich wusste, er hatte mich angeschwindelt, um mich zu beruhigen, wenn ich aus meinen Alpträumen hochgeschreckt war.

»Horden, Hirsche, Türme. Mein Gott, Merten, kommen Sie auf den Punkt!«, sagte Khalberg und holte sich zustimmende Blicke der Vorsitzenden, während sich Unruhe im Konferenzraum verbreitete. Mit einem kurzen »Signore, Signori« gewann Merten die Aufmerksamkeit wieder und wechselte mit der Fernbedienung die Projektion hinter sich.

Von draußen pumpte die Sonne ihr warmes Licht durch die engen Schlitze der Jalousien, und für einen Moment glaubte ich, dass winzig kleine weiße Schmetterlinge darin tanzten. Wir schwiegen und starrten auf die große Leinwand hinter Merten. Selbst Cazzaniga war angespannt und lehnte sich mit gefalteten Händen nach vorne. Nur de Salazar und Adachi-Turner schienen gelassen, als kannten sie bereits, was wir bald sehen würden.

Die Blüten waren in einer Art Indigoblau, in das sich anmutendes Blau mischte, wie man es von der Deckenbemalung ägyptischer Tempel und Sarkophage der Pharaonen kannte. An den Rändern schimmerte das Blau in Lapislazuli, der Farbe, die in alten Kirchenmalereien vorkam und von Michelangelo, Da Vinci und Dürer gezielt verwendet worden war, da sie darin die nahe Ankunft Gottes gesehen hatten.

Obwohl das Bild der Blume stillstand, schien sich die Farbe zu verändern, als würde sie unter Wasser liegen und von weichen Wellen umspült werden. Ich vermutete, dass Merten einen visuellen Effekt eingebaut hatte, um unsere Aufmerksamkeit zu erlangen. Doch als er eine kleine Blüte derselben Blume der Vorsitzenden reichte, nahmen wir unsere Blicke von der Projektion.

Die Donna besah die kleine Blume und drehte sie in ihren dünnen Fingern. Behutsam reichte sie sie weiter, zu Khalberg, Cazzaniga, zu mir. Mein Herz schlug schneller, als ich sie berührte. Sie war zart, zerbrechlich, empfindsam – wie ein lebendiges Wesen. Sie roch ein wenig ölig, vermischt mit dem Duft von Rosmarin. Ich drehte die Blume, die aussah wie eine kleine Orchidee, ebenfalls in meinen Fingern und bemerkte, wie der ölige Geruch meine Augen tränen ließ.

»Die blaue Blume war seit jeher das Symbol für die Sehnsucht und die Liebe. Der Glaube an sie war immer eng verbunden mit dem Glauben an das Unendliche. Viele meinten, in der Kornblume, der Wegwarte oder dem blauen Heliotrop die blaue Blume gefunden zu haben. Aber sie haben sich alle geirrt. Denn die blaue Blume ist ausgestorben«, sagte Merten mit erhabener Stimme. Ich beobachtete, wie Adachi-Turner die Orchidee angewidert zu seinem Spiegelbild de Salazar weiterreichte, ohne sie genau zu betrachten.

»Was ihr in den Händen haltet, ist eine der Letzten ihrer Art. Und in dieser kleinen Pflanze liegt ein Vermögen, denn sie ist voll mit Psilocybin und Psilocin.«

Cazzaniga lehnte sich zurück und nickte zufrieden. »Das Zeug wird den Weltmarkt im Sturm erobern«, sagte er und suchte in den Gesichtern der anderen Bosse nach Zustimmung. »Und wie es aussieht, ohne diesen verdammten Horrortrip.«

Ich sah entsetzt zu ihm. Arbeiteten Teile der Familie noch immer an der Erforschung der synthetischen Drogen, aus denen sie mit Experimenten an Kindern und jungen Menschen den Höllentrip herausfiltern wollten, der über manchen Konsumenten hereinbrach wie ein Inferno?

»Vor kurzer Zeit ist uns eine Frau entkommen«, fuhr Merten fort. »In den Wäldern von Dresden ist sie wiederaufgetaucht. Völlig verwirrt. Marlene Castor hat die richtigen Schlüsse gezogen, ihre Kleider untersucht und hat ihn gefunden. Diesen einen kleinen winzigen Samen, der sich an den Kleidern der *pazza* festgekrallt hatte wie ein störrisches Kind.«

Mein Herz schlug wie wild. Ich wäre am liebsten aufgesprungen und hätte geschrien. Nicht nur, weil Merten das Wort *pazza* verwendete und es benutzte, als würde er von unnützem Leben sprechen, sondern weil die Zweige hinter meinem Rücken das Spektrum weiter betrieben hatten. Doch ich unterdrückte meine Wut, da ich zuerst sehen musste, wie die anderen Bosse auf Mertens Erklärung reagierten.

»Es ist nur eine Frage der Zeit, bis sie die Spur des Samens verfolgt und das Spektrum entdeckt.«

Ein Raunen ging durch die Reihe, und ich sah, dass auch Khalberg und Morselli überrascht waren, das Wort »Spektrum« noch einmal zu hören.

Als die Donna die erneute Unruhe wahrnahm, ergriff sie das Wort. »Lasst uns über das Spektrum ein anderes Mal reden. Entscheidend ist, dass wir auf jeden Fall verhindern müssen, dass Marlene Castor weiter gegen uns vorgeht. Wir müssen eine Lösung finden, die kein Aufsehen erregt. Weder in der Staatsanwaltschaft noch bei der Presse oder in der Politik.«

»Sie ist doch krank, wir werden hier nachhelfen müssen«, sagte Khalberg, malte mit dem Zeigefinger Kreise in die Luft, als er das Wort »krank« aussprach, und erhob sich als Erster vom Tisch. »Wir lassen uns doch von keiner *pazza* das Geschäft kaputt machen.«

»Wir brauchen eine Entscheidung«, sagte die Donna und stellte sich neben Merten an den Kopf des Tisches. »Gibt es in diesem Raum jemanden, der gegen eine unmittelbare Beseitigung von Castor ist?«

Ich schloss meine Augen und sah den traurigen Blick von Marlene Castor vor mir.

»Nein«, sagte ich, und die vielen winzigen weißen Schmetterlinge, die in den Sonnenstrahlen in den Saal gekommen waren, fielen wie Staub zu Boden.

»Du bist dir nicht sicher, ob es richtig ist, die Castor auszuschalten, habe ich recht?«, fragte Alessandra.

»Nein. Es ist das Spektrum. Sie haben es weiter betrieben. Die ganze Zeit.«

»Obwohl du selbst keine Experimente mit Kindern machst, profitierst auch du indirekt vom Spektrum, da es uns eine Menge Geld bringen wird, das du wieder investieren kannst. Also bist auch du schuldig.«

»Ich bin nicht schuldig. Aber du bist schuldig, denn anscheinend wusstest du davon.«

Alessandra schwieg und blickte in den Rückspiegel. Drei Wagen bewachten uns auf unserem Weg zurück zum Herrenhof. Ich kannte Alessandras Angriffslust. Wenn sie sich erst einmal eine Meinung zu einem Thema gebildet hatte, ließ sie sich nicht mehr davon abbringen und ging dabei oft zu überraschenden Attacken über, die sie mit spitzen kurzen Worten ausführte.

»Du bist zu einer bösen *ricca* geworden, wie du sie einst mit deinem Freund gejagt hast«, setzte Alessandra nach, während sich die riesigen Steinwellen immer weiter auftürmten und die kleinen zitternden Lampen der Häuser mit nach oben rissen. »Sei nicht scheinheilig, Tea. Du willst Josef wiederhaben. Und das Boot finden, mit dem dein Papa verschwunden ist. Es ging dir nie um diese Kinder, es ging dir immer nur um ein einziges. Um die kleine schmutzige Tea Grigio, die noch immer mit angewinkelten Knien in dir hockt und die klebrigen, geschmacklosen Ndunderi aus dem Kochtopf kratzt, um nicht zu verhungern.«

Eine Träne klebte an meinen getuschten Wimpern. Ich hielt den Atem an und hatte Angst, zu denken. Und erst als wir die Malga di Bormio durchfuhren und ich rechts die Gewissheit von Macondo spürte, in das ich mich noch immer zurückziehen konnte, wenn die Welt um mich herum zusammenbrach, fand ich wieder zu mir.

Ich spürte Alessandras Hand auf meinem Oberschenkel. »Es tut mir leid«, sagte sie, während die Lichter des fernen Herrenhofes wie die eines Leuchtturmes aus der Nacht tauchten. Und je weiter wir die Serpentinen zum Joch hochfuhren, umso stärker begann es, in eisigen Tropfen zu regnen.

Die Höhe des Passo dello Stelvio lag knapp unter dreitausend Metern. Alessandra parkte den Wagen zwischen den mächtigen Berghotels, die im Regen aussahen wie große verstreute Schiffscontainer.

Früher hatte die Passhöhe Ferdinandshöhe geheißen, da der österreichische Thronfolger im späten 19. Jahrhundert den stürmischen Pass besucht hatte. Nach ihm war auch das Hotel

Ferdinandshöhe benannt worden, ein wuchtiges Gebäude, das aussah wie eine Festung. Mannshohe Steinmauern schützten die drei großen Trakte des repräsentativen Hotelkomplexes, dessen Mittelteil anstelle eines Daches eine weitläufige Terrasse ausbildete, während die beiden Seitenflügel ein robustes rotes Dach trugen. Vom Hotel Ferdinandshöhe führte ein kurzer, aber steiler Weg zur Dreisprachenspitze, einem Gipfel, an dem früher drei Länder einander berührt hatten: die italienischsprachige Lombardei, das deutschsprachige Südtirol und das rätoromanische Graubünden.

Von der Spitze sah man auf den Monte Scorluzzo, die hart umkämpfte Frontlinie im Ersten Weltkrieg. Auf dem Gipfel hatte früher das Hotel Dreisprachenspitze gestanden. Geduldig hatte das weiße dreistöckige Hotel mit jeweils vierzehn Zimmern über den Gipfel wie ein Flaggschiff gewacht, dessen Admiral seine Flotte unten auf der Passhöhe mit eherner Gewissheit beobachtete. Inzwischen waren beide Hotels zerstört. Italienische Granaten, Fliegerbomben und ein Feuerinferno hatten die erhabenen Anlagen ausradiert und neuen Gebäuden Platz gemacht, die nun unzählige Touristen auf das Joch lockten.

Meine Männer traten aus den Hotels, unscheinbar wie Touristen, die dem schaurigen Regen der Berge trotzten. Vor jedem Hotel sah ich einen von ihnen stehen. Vor dem Hotel Cristallo, dem Genziana, dem Perego, dem Pirovano Quarto, dem Passo Stelvio. Sogar aus dem abseits gelegenen Hotel Folgore trat einer meiner Männer nach draußen.

Hinter uns parkten drei Wagen von Cazzaniga. Sie hatten uns auf dem Weg zum Joch begleitet.

»Danke, dass ich mit dir mitfahren durfte«, sagte ich und trat in den strömenden, eisig kalten Regen. Alessandra nickte. »Sicher ist sicher. Sollen wir dir den Wagen bringen, wenn er sauber ist?«

Ich schüttelte den Kopf und winkte einen meiner Männer zu mir, damit er mich mit einem Schirm nach Hause brachte.

»Du hast doch nichts mit den Ermittlungen der Castor zu tun?«, fragte Alessandra.

Ich erstarrte. Obwohl der Regen immer stärker wurde, gab

ich meinem heraneilenden Mann ein Zeichen, für einen Augenblick zu warten.

»Du glaubst, dass ich die Familie verraten habe?«

»Josef hat es auch getan.«

Wieder kämpfte ich mit den Tränen und war enttäuscht, dass Alessandra auch nur einen Moment daran denken konnte, dass ich den Kodex gebrochen hätte.

»Ich bin keine Verräterin«, sagte ich und schlüpfte gleich darauf unter den Schirm meines Gefolgsmannes. Ohne ein Wort zu sagen, ließ Alessandra surrend das Seitenfenster nach oben und verließ den Pass.

Der Regen tobte auf dem Schirm, und mein Begleiter kämpfte dagegen an, dass sich der Schirm im immer stärker werdenden Sturm nach oben stülpte. Im schwarzen Regen sahen die einstigen Stellungen der österreich-ungarischen Armee aus wie rauchende Schlachtfelder. Die Drahtkörbe, mit denen einst die Schützengräben gebaut worden waren, glänzten gefährlich im Dunkeln. Kurz bevor wir den Dreisprachengipfel erreichten, passierten wir eine Maschinengewehrstellung, die das Vorfeld der Passhöhe unter Beschuss hatte nehmen können. Ich blieb stehen und sah die Lichter von Cazzanigas Flotte über die Serpentinen ins Tal tauchen.

Nachdem die Konferenz beendet worden war und ich in der Tiefgarage der Türme des Bosco Verticale zu meinem Auto hatte gehen wollen, hatte mich Merten mit einem kurzen, für die anderen nicht sichtbaren Kopfschütteln davor gewarnt einzusteigen. Dann war er zu mir gekommen und hatte mir geraten, Signora Alessandra Cazzaniga zu bitten, mich nach Hause zu bringen. Nur sie, sonst niemanden. Ich war mir sicher, dass Merten mich schützen wollte. Und wo war man am sichersten? Im Wagen seines größten Feindes, der Cazzaniga anscheinend geworden war, da er glaubte, ich sei eine Verräterin.

Als ich auf dem Gipfel angekommen war, betrat ich das Berghaus Rifugio Garibaldi. Ich hatte dort ein Dauerzimmer gemietet, von dem aus ich in eine steil abfallende Bergflanke sehen konnte. Dort, wo früher die kaiserlichen Stellungen im sogenannten Schweizergraben gelegen hatten, lauerten heute nur noch weitere Drahtkörbe wie aufgespannte Falleisen.

»Holen Sie Tom und Nicolas! Die Dinge haben sich verändert«, befahl ich dem Mann mit dem Regenschirm und dem mittlerweile klatschnassen Gesicht. Die Dinge hatten sich verändert, wiederholte ich in meinem Kopf und fuhr über den Aufzug gleich hinter der Eingangstür des Berghotels in die alten Tunnel der kaiserlichen Armee. Sie verbanden die beiden einstigen Hotelfestungen und waren nun nach Macondo mein zweites Zuhause. Ein Zuhause, das ich jetzt verlassen musste.

PAPIER. 2015.

Julians Mutter saß am großen Tisch aus altem Holz. Die Fenster des Hofes waren geöffnet, und zwischen den nach außen geklappten Fensterläden stand gnadenlos die Sonne. Julians Mutter rutschte ungeduldig hin und her, als wollte sie am liebsten aufspringen und sich dem Abwasch widmen. Immer wieder warf sie ihrem Mann vorwurfsvolle Blicke zu, als würde sie ihn dafür verantwortlich machen, dass Julian die Wahrheit über seinen Großvater herausgefunden hatte.

Wie ein Staatsanwalt ging Julian vor seinen Eltern auf und ab und blickte immer wieder auf die Dinge seiner Großmutter, die er fein säuberlich auf dem Tisch ausgebreitet hatte. Angespannt sprangen seine Augen über die Gegenstände, als suchte er darin ein Muster, eine Spur, die ihn zu seinem Großvater führen würde.

Das bräunliche Foto, das seine Großmutter mit zu einem Kranz geflochtenem Haar und einem Brautstrauß zeigte, steckte in einem goldenen Rahmen. Neben ihr stand sein Großvater. Der Kriegsverbrecher. Sein Blick war fest – vermutlich hatte ihm das Tragen der Uniform Kraft verliehen –, doch gleichzeitig lag in seinen eng stehenden Augen auch eine Sanftmut, die nicht zu Julians Vorstellung von einem kaltblütigen Mörder passte.

Julian verglich das Gesicht mit dem Foto aus dem Buch, das er von Astrid Gruber aus Graz mitgenommen und aufgeklappt neben dem Bilderrahmen auf den Tisch gelegt hatte.

Dort war der Haaransatz seines Großvaters ein wenig höhergerutscht, und die Stärke in seinem Blick war verschwunden. Und dort, wo früher seine Sanftmut gesessen hatte, schimmerte eine geifernde, aber doch schüchterne Abenteuerlust. Julian stellte sich vor, wie sein Großvater um die Liebe der Teufelin warb, obwohl er wusste, dass sie ihn niemals dem deutlich besser aussehenden und vor Selbstsicherheit strotzenden Konrad Khalberg vorziehen würde. Wenn sie es zuließ, dann nur, um Konrad eifersüchtig zu machen. Ob sich alles tatsächlich so zugetragen hatte? Julian hatte Angst, es nie zu erfahren.

Neben den Bildern lagen das Blumenkleid seiner Großmutter und die schwarzen Schuhe mit den hohen Absätzen. Sie hatte sich zurechtmachen wollen für ihren Mann, es mit der Teufelin aufnehmen, die ihr ihre Liebe gestohlen hatte. Vor seinem geistigen Auge sah Julian seine Großmutter, wie sie hilflos, ja naiv und ungeschickt versuchte, sich in ihrem Kleid vor ihrem Mann zu drehen, um ihn zurückzugewinnen. Und Julian spürte die Scham und das Mitleid, das sein Großvater mit seiner Frau haben musste, als er sie so sah, zu verzweifelt, um sich einzugestehen, dass sie längst gegen die Teufelin verloren hatte. Julians Vater hatte ihm gesagt, dass seine Großmutter ihren Mann in diesem Kleid auf der Alm am Stuhleck kennengelernt hatte. Julian war sich sicher: Sein Vater hatte gelogen. Sie hatte ihn dort verloren.

Und dann waren da noch all die gepressten Blumen, eingeschlossen in dem kleinen Buch mit ockerfarbenem Ledereinband. Julian hatte sie alle behutsam von den Blättern genommen und auf den Tisch neben das leere Buch mit seinen farbigen Schatten gelegt. Der sanfte Wind, der vom Fenster an den Tisch fasste, schlüpfte vorsichtig unter die zerbrechlichen, spröden Blumenblätter und ließ sie flattern wie die Flügel vieler bunter Schmetterlinge.

Julian hatte Angst, dass sie wegfliegen könnten, nach draußen, wo sie sich anderen Blättern aus alten Zeiten anschließen und aufsteigen würden zu violetten Wolken oder welchen aus Purpur, sanften Rottönen, gelb schimmerndem Chrom oder samtigem Weiß. Nur die blaue Blume regte sich nicht, als wäre die satte blaue Farbe zu schwer, zu erhaben, wie das Blau der Pharaonen, das Blau des preußischen Adels.

Neben der blauen Blume lag der kleine Rest der Postkarte, von der sein Vater ihm auf dem Stuhleck erzählt hatte. Es war das linke untere Viertel einer alten Karte mit zerrissenen Rändern. Anscheinend hatte sein Großvater seiner Frau etwas geschrieben und mit »Vivere ancora« in bemüht schöner Handschrift beendet.

Julian drehte das Stück Papier, das sich eigentümlich weich anfühlte, immer wieder hin und her und suchte nach Spuren. Doch vergeblich.

»Lass es doch endlich gut sein!«, sagte seine Mutter und warf ihrem Mann erneut giftige Blicke zu. Leopold Leidemann saß mit gekrümmtem Rücken und leeren Augen am anderen Ende des Tisches und starrte auf das vor ihm ausgebreitete Leben seiner Mutter.

»Deine Mutter hat recht. Da ist nichts mehr.«

»Was sollen wir jetzt tun? Unter Hitler hat jeder Dinge getan, die falsch waren. Macht uns das jetzt schuldig?«, fiel Julians Mutter ihrem Mann ins Wort.

»Dinge, die *falsch* waren? Mutter, ich bitte dich, mein Großvater hat Kinder ermordet! Das sind nicht einfach so Dinge, die *falsch* waren. Und wenn er noch irgendwo am Leben ist, vermutlich in Italien, dann ist es meine Pflicht, ihn zu finden und zur Rechenschaft zu ziehen.«

»Du machst dich verrückt. Es gibt keine Beweise, dass dein Großvater selbst diese … Kinder getötet hat.«

»Deine Mutter hat recht«, murmelte sein Vater. »Ich habe mir damals ganze Akten zeigen lassen, auf denen fast überall ein ›E‹ auf das Deckblatt gestempelt worden war. Aber nirgends war sein Name zu lesen.«

»Was bedeutet das E?«, fragte Julian und war verwundert, dass sein Vater immer noch nicht alles erzählt hatte.

»Die Abkürzung steht für ›Behandlungsermächtigung des Reichsausschusses zur wissenschaftlichen Erforschung von erb- und anlagebedingten schweren Leiden‹« sagte Leopold den jahrelang auswendig gelernten Satz.

»Das heißt, dieser Stempel bedeutete den Tod.«

Leopold nickte. »E wie Euthanasie«, sagte Julians Vater und hatte Tränen in den Augen.

Plötzlich sprang Julians Mutter auf und schlug mit der flachen Hand so stark auf den Tisch, dass die vielen bunten Blumenblätter beinahe davongeflogen wären. Wütend nahm sie den Postkartenrest und hielt ihn vorwurfsvoll vor das Gesicht ihres Sohnes. »Dein Großvater ist tot. Deine Großmutter ist tot. Ja, vielleicht war er ein Mörder. Vielleicht aber auch nicht. Was soll dieser Stofflappen da schon beweisen? Er war ein Leidemann. Und alle Leidemanns sind verrückt.«

Julian antwortete seiner Mutter nicht und sah nur auf das kleine Stück Postkarte, das sie verbissen in ihrer Hand hielt. Als sie es achtlos auf den Tisch zurückwarf und sich dem Abwasch zuwandte, griff er danach und untersuchte es eingehend. Tatsächlich – es war gar kein normales Papier, sondern eine Art Stofflappen. Deshalb fühlte es sich so weich an. Und als sein Vater sich aufmachte, um in seine Kammer nebenan zu gehen und fernzusehen, fragte ihn Julian noch, ob er wüsste, ob es den alten Buch- und Papierwarenhandel in Mürzzuschlag noch gebe.

Zwei Stunden später wusste Julian, wohin sein Großvater nach dem Krieg geflohen war. Und wenn er Glück hatte, würde er ihn dort auch finden. Lebend. Ohne sich von seinen Eltern zu verabschieden, packte er die letzten Habseligkeiten seiner Großmutter in eine Schatulle, verstaute sie in seinem Reisekoffer und verließ für immer seine Heimat Spital am Semmering. Als er seinen Wagen bei Mürzzuschlag auf die Autobahn in Richtung Süden lenkte, tippte er einen Ort in das Navigationsgerät. Dabei klangen die Worte des bemühten alten Papierhändlers mit dem ein wenig verrutschten Haarteil immer und immer wieder in Julians Kopf.

»Es ist eindeutig. Das Papier wurde für offizielle Dokumente und Urkunden des Herzogs, des Bischofs und der Gemeinden verwendet. Es war aber auch bei den Anjous, den Aragoniern, den Bourbonen und den spanischen Vizekönigen in Verwendung. Heute benutzt man es für Hochzeiten, Einladungen, Taufen, Erstkommunionen, historische Postkarten oder wichtige schriftliche Werke. Der Vatikanstaat verwendet das Papier noch heute für seine Korrespondenz. Es stammt aus der ältesten Papiermühle Europas und wird noch heute nach der ursprünglichen Methode zu einhundert Prozent aus Baumwolle geschöpft. Das verleiht ihm auch sein unverwechselbares antikes Aussehen und seine rauen, zerfledderten Kanten. Das Papier fühlt sich an wie Stoff. Soll ich Ihnen dieses Papier bestellen?«

»Wie nannten Sie dieses Papier noch mal?«

»Amalfipapier. Das Papier von der Amalfiküste in Italien bei Neapel. Waren Sie schon einmal dort? Es ist wunderschön. Und wenn Sie einen Geheimtipp brauchen, fahren Sie in das kleine Fischerdorf nebenan. Fahren Sie nach Atrani.«

EWIG. 2015.

Tom und Nicolas liebten die Abgeschiedenheit der Berge. Dass der Herrenhof getarnt unter den Hotels des Passo dello Stelvio in den alten Bunkergängen des Ersten Weltkrieges lag, war für ein Hightechunternehmen ein Eldorado. Der Diebstahl von Ideen und die Spionage durch konkurrierende Firmen oder Regierungen bereiteten jedem Gründer Sorgen. Eine Idee zu haben, war das eine, sie umzusetzen und auf den Markt zu bringen, etwas ganz anderes. Jeder Kontakt mit Journalisten oder Bewerbern, die sich für eine ausgeschriebene Stelle interessierten, konnte das Ende des Unternehmens bedeuten.

Wenn Tom und Nicolas etwa mit dem Aufzug im Refugio Garibaldi nach oben fuhren, achteten sie darauf, wie Touristen gekleidet zu sein. Ein ausgeklügeltes Warnsystem über Bewegungsmelder brachte sie zum geeigneten Zeitpunkt nach oben, wo sie sich unter die Menschen mischen, unerkannt einen Blick über die Alpen werfen oder von den Rippchen mit Polenta essen konnten.

Insgesamt beschäftigte der Herrenhof fünfzehn Mitarbeiter: Neben Tom und Nicolas arbeiteten je vier Ärzte und Psychotherapeuten sowie fünf Developer in dem mit bläulichen

Tageslichtlampen ausgeleuchteten unterirdischen Areal. Hinzu kamen noch die vier Wirtinnen. Der einzige männliche Wirt war vor wenigen Wochen an den Folgen eines Schlaganfalles gestorben.

Nachdem das ursprüngliche Sanatorio in Trepalle nach dem Tod der Donna sechsundzwanzig Jahre zuvor nur noch leichtere Fälle behandelt hatte, um kein weiteres Aufsehen zu erregen, konzentrierte man sich im Herrenhof auf die schweren psychischen Erkrankungen, die besonders ausgeprägte Wahnwelten herausbildeten. Im Kartensaal, einem großen, kreisrunden Raum, waren die Wahnwelten der letzten Jahrzehnte als große dreidimensionale Modelle nachgebaut. In der Mitte des Raumes berechnete eine Computersimulation mögliche Verbindungen und Parallelen dieser Welten. Jede neue Erkenntnis der Ärzte oder Diener – auch hier hießen die Psychotherapeuten Diener – wurden in diesen Hauptcomputer eingespeist, der in Echtzeit versuchte, jedes kleine Puzzle in das Gesamtbild einer Landkarte des menschlichen Bewusstseins zu integrieren. Vom kleinen in sich verschlungenen Wegstück, das eine Wirtin in einer ihrer Halluzinationen gesehen hatte, als sie einem Kobold gefolgt war, über den Dunst einer Regenwand, auf der die Tropfen von unten nach oben fielen und schwarze Fußabdrücke senkrecht hinaufführten, bis zu markanten Felsgrotten, aus denen Wolken von Schmetterlingen flogen. Doch bislang passte keine Welt zur anderen, als hätte jeder Mensch sein eigenes Universum, seinen eigenen Kosmos, in den sich der Geist zurückzog.

In den Simulationen wurden aber nicht nur geografische Bausteine der Landkarte nachgebildet, um sie zu einer großen Gesamtwelt zusammenzufügen. Auch Personen, Fabelwesen, Dämonen oder Hexen, die die Wirtinnen plötzlich neben sich im Bett zu sehen glaubten, fanden Eingang in dieses Bild. Zur Integration der anderen Sinne neben der visuellen Wahrnehmung – des Geruchs von nassen Flammen, des Geschmacks von süßem Sonnenlicht und der Berührung durch schroffe Wut – hatte man ebenso wenig einen Weg gefunden wie zur Implementierung von Emotionen, die vielleicht die Verbindungen dieser einzelnen Welten darstellen konnten. Nur beim

Gehörsinn hatte man starke Fortschritte gemacht und konnte etwa das leise Wispern von Gras oder das Raunen von Gewitterwolken im Computer gut nachbilden.

Die Zimmer der Wirtinnen waren vom Flur erreichbar, der sich kreisförmig um den großen Hauptraum schlang. Die Zimmer waren großzügig ausgestattet, mit einem komfortablen Bett, hochwertigen Möbeln und einem weitläufigen Wellnessbereich, in dessen Mitte ein Floating-Tank stand. Wenn die Diener mit den Wirtinnen den Herrenhof verließen und – ebenfalls als Touristen gekleidet – die zahlreichen Pfade beschritten, die vom Passo dello Stelvio über die prächtige Bergwelt führten, folgten sie dem im Sanatorio von Trepalle entwickelten Programm des Sehens, Lernens und Siegens.

In Trepalle verfolgte man noch das Ziel, dass die Patienten über das »Sehen« ihre Krankheit langsam zu verstehen begannen. Bei langen Wanderungen mit ihren Dienern gingen sie nach und nach dazu über, Schlüsse über die Ursache ihrer Krankheit zu ziehen, damit sie vom Wahn im Kopf »lernen« konnten, um später – mit oder ohne Medikamente – im Kampf gegen ihre Krankheiten auch nachhaltig zu »siegen«.

Im Herrenhof war das anders. Hier stand die Suche nach dem Zusammenfassen aller Krankheitsbilder zu einem Gesamtbild im Vordergrund, weniger das Heilen des Einzelnen. So kam es auch vor, dass Wirte tagelang, ja wochenlang nicht den Herrenhof verließen, im Floating-Tank schwebten und ihren Dienern, die auf weißen Stühlen danebensaßen, von den Bildern im Kopf erzählten, während Ärzte anhand ihrer Gehirnströme auf großen, flachen Monitoren ablasen, wo im Gehirn die Bilder, Gerüche, Geräusche, Gefühle und Emotionen gerade entstanden.

Die Entwickler – darunter auch welche, die früher bei der NASA oder im Silicon Valley tätig gewesen waren – arbeiteten gemeinsam mit Tom und Nicolas im Kartensaal. Sie programmierten rund um die Uhr und schliefen sogar in schmalen Klappbetten neben ihren Rechnern. Unterhalb des großen Raums, der im Krieg als Waffenarsenal gedient hatte, hatten Tom und Nicolas in den letzten sechs Monaten ein Studio für die Erstellung der virtuellen Realitäten eingerichtet.

Als ich in den Kartensaal kam, saßen die beiden auf dem Bett und unterhielten sich angeregt über künstliche neuronale Netze, die dem menschlichen Gehirn nachempfunden waren. Lebhaft diskutierten sie über das Problem der Speicherung enormer Datenmengen, die nötig waren, um das menschliche Bewusstsein vollständig zu reproduzieren. Ich kannte ihre Überlegungen, gigantische Datenspeicher in den Bergen anzulegen, um durch die natürliche Kühlung die Leistungssteigerung gewährleisten zu können.

Als mich Tom sah, sprang er auf und kam mit breitem Grinsen auf mich zu. Es schien, als wollte er mir von einem gelungenen Durchbruch erzählen, doch je näher er kam, umso mehr begriff er, dass etwas nicht stimmte.

»Ich muss Sie beide leider enttäuschen, aber wir müssen den Herrenhof verlassen«, sagte ich mit der entschlossensten Stimme, die ich finden konnte. Tom blieb stehen und suchte in meinem Gesicht nach Antworten. Wir hatten nie über die Familie gesprochen, und Tom und Nicolas wussten auch nicht, woher das Geld für die Investition kam. Doch sie wussten, dass etwas nicht stimmte. Während Nicolas begann, zwei der Entwickler zu wecken, und ich einen der Ärzte über die Evakuierung des Herrenhofes informierte, raunte Tom enttäuscht, dass er und Nicolas nahe dran gewesen seien.

Ich wusste nicht, warum ich Toms Enttäuschung nicht ignorierte, aber etwas in mir flüsterte mir ins Ohr, Tom zu fragen, was er mit »nahe dran« gemeint hatte.

»Wir haben in den letzten Wochen riesige Fortschritte gemacht. Ja, noch keine Umarmungen, aber wir haben den Avatar fertiggestellt. Es ist uns gelungen, dass die KI mittels Deep Learning selbst begonnen hat, Datensätze abzuspeichern und eigenständig Schlüsse zu ziehen. Wir haben quasi das Gedächtnis des Avatars positiv beeinflusst.«

»Josef?«, fragte ich und bemerkte, wie meine Stimme zitterte. Wie sehr sehnte ich mich jetzt nach seinem Rat, seiner Besonnenheit, die vielleicht den aufziehenden Krieg in der Familie hätte beruhigen können. Aber ich hatte keine Zeit. Wenn Cazzaniga tatsächlich glaubte, dass ich den Kodex gebrochen und die Familie der Staatsanwaltschaft verraten hatte, dann würde es nur noch wenige Stunden dauern, bis seine Männer zurückkamen. Natürlich würde es den Wachen in den Hotels gelingen, Cazzaniga vorerst aufzuhalten. Aber wie lange? Und vor allem: Welchen Fluchtweg hätten wir dann noch? Ich durfte keine Zeit verlieren.

»Wollen Sie ihn sehen? Wir haben die letzten Daten, die ganzen Krankenakten, die er in den achtziger Jahren angelegt hat, hochgeladen. Alles, was Josef Almer je gewusst hat, alles, was ihn ausgemacht hat, ist nun im Rechner. Und ich bin mir sicher, dass die KI sogar Dinge weiß, die Josef selbst längst vergessen hätte.«

»Wie lange dauert es?«

»Wir wollten im Studio eben einen ersten Blick auf den Avatar werfen. Wenn Sie ein paar mögliche Bugs in Kauf nehmen, können Sie Josef in fünf Minuten sehen.«

»Und ich kann mit ihm reden?«

»Reden ja, aber nicht umarmen. Wie gesagt, das dauert noch, und wir müssten zuerst zusehen, wie wir mit den enormen Datenmengen …«

Tom brach ab, da er bemerkte, dass ich ihm nicht mehr zuhörte und bereits über die niedrigen Stufen der steinernen Wendeltreppe nach unten ins Studio gegangen war.

Mein Herz schlug bis zum Hals, als ich die VR-Brille über den Kopf zog. Ich stand mit einem Mal vollkommen im Dunkeln, und ein leichter Schwindel erfasste mich. Die Brille saß eng über meinen Augen, sodass kein Licht von außen die Illusion zerstören konnte. Unter der dunklen Maske hörte ich meinen Atem, das Schlagen meines Herzens und das Rauschen des Blutes. In meinen Ohren steckten Kopfhörer und warteten auf das erste Signal der virtuellen Realität. Gedämpft hörte ich Toms Stimme. Ich erschrak, als er mich an der Hand fasste und mich fragte, ob ich bereit sei. Ich nickte, und dann wurde es Licht.

Die Begegnung mit Josef fand am Torre dello Ziro statt, dem alten Wachturm unweit von Atrani. Ich stieg allein die wackeligen Steinstufen zum Turm hinauf, zu dem ich so oft als Kind emporgelaufen war. Dort hatte ich geduldig im warmen

Wind auf die Königin gewartet, die mir und Giacobbe mit ihrer großen Armee helfen würde, gegen die böse Familie auf den Höhen der Monti Lattari zu kämpfen. Als ich den Turm erreichte, sah ich das Meer weit ausgebreitet vor mir, liebevoll bestreut mit ein paar kleinen Schiffen mit weißen Segeln.

Ich lehnte mich über die Turmmauer und sah in die schwindelerregende Tiefe. Als Kind hatte ich mit meinem Freund Giacobbe in den Wäldern nach Gespenstern gejagt, da ich geglaubt hatte, sie hätten Kinder eingefangen und zur bösen Familie in deren Palazzo gebracht.

»*Pazza, pazza!*«, hatten Marco und Alfredo, die mein Spiel für das Spiel einer Verrückten hielten, damals gerufen und Giacobbe vom Turm gestoßen, als er sich ihnen entgegengestellt hatte. Als Giacobbe in die Tiefe gestürzt war und sich herausgestellt hatte, dass er bloß eine Einbildung meiner kindlichen Phantasie gewesen war, war die Welt meiner Kindheit für immer erloschen, und die letzten Segel der Armee der Königin waren hinter dem Horizont meiner Vorstellungskraft versunken.

Obwohl ich wusste, dass ich im Studio des Herrenhofes stand, glaubte ich, den Wind der alten Zeit auf meiner Haut zu spüren.

»Tea? Ich denke, das gehört dir«, sprach eine Stimme hinter mir. Es war die Stimme von Josef. Ich begann, vor Aufregung zu zittern, und drehte mich um. Josef stieg auf den Turm und trug seinen hellbraunen Leinenanzug, den er so gerne mochte. Seine Augen waren schattiger als sonst, dennoch spürte ich ihre Sanftheit, auch wenn ich wusste, dass Josef ein Avatar war, erschaffen von Tom und Nicolas.

Ich brach in Tränen aus und streckte die Hand nach ihm aus, wohl wissend, dass ich ins Leere fassen würde. Josef hielt ein Buch in der Hand und streckte es mir mit einem verschmitzten Lächeln entgegen, wobei das kleine Grübchen auf seinem Kinn nach oben rutschte. Wie sehr ich ihn vermisst hatte! Nach all den Jahren, all den Jahrzehnten, hatte es keinen Tag gegeben, an dem ich nicht an ihn gedacht hatte, an dem ich ihn nicht hätte stundenlang ansehen, ihm über seine kurz rasierten Schläfen streichen oder seinen geschwungenen Mund küssen können, wenn er schlief.

»Das gehört doch dir, nicht wahr?«, wiederholte Josef seine Frage, und ich blickte auf das abgenutzte Buch »Hundert Jahre Einsamkeit«. Es sah meinem alten Buch zum Verwechseln ähnlich, und hätte ich nicht gewusst, dass ich mich nur unter einer VR-Brille befand, hätte ich das Buch an mich genommen. So nickte ich nur und sagte leise: »Ich weiß, Josef, ich weiß.«

»Sobald sich der Kranke an den Wachzustand gewöhnt habe, begännen die Kindheitserinnerungen aus seinem Gedächtnis zu schwinden«, sagte Josef und zitierte aus dem Buch von Márquez.

Ich wollte einen Schritt auf ihn zugehen, als ich bemerkte, dass die Berge hinter ihm anders aussahen als in meiner alten Heimat. Die Vegetation war anders. Latschen und Bergkiefern überzogen die Bergrücken. Auf einer Lichtung konnte ich einen kleinen grün leuchtenden See sehen, in dem eine kleine Insel mit einem von hohen Bäumen umwachsenen Holzhaus lag. Von dort führte ein schmaler Pfad zu einer Anhöhe, auf deren Gipfel ein großer weißer Hirsch stand. Er fixierte mich mit seinen tiefschwarzen Augen, als wartete er auf mich, damit ich ihm folgen würde.

»Was ist das für ein Ort?«, fragte ich mit lauter Stimme, um sicherzugehen, dass Tom und Nicolas mich außerhalb der Brille hören konnten.

»Josef hatte sich vermutlich stark mit diesem Ort beschäftigt. Wir kennen ihn nicht. Er scheint nur in Josefs Kopf zu existieren.«

Ich war mit der Antwort unzufrieden und nahm unter der VR-Brille einen tiefen Atemzug. Er hörte sich dunkel, fast röchelnd an, als hätte ich eine Taucherbrille über den Kopf gezogen und würde versuchen, darin tief einzuatmen.

»Was ist das für ein Ort, Josef?«

»Ein Teil des Musters. Eine Übereinstimmung.«

Ein Schauer lief über meinen Körper.

»Welche Übereinstimmung?«

»Weißt du noch, als du mir von deinem Traum erzählt hast, Tea? Es hat alles zusammengepasst. Du hast mir von Giacobbe erzählt. Es ist wie bei den anderen.«

Mein Herz begann zu rasen. Obwohl ich unter einer

VR-Brille und die Welt nicht real war, bekam ich es mit der Angst zu tun und sah mich um.

»Wer sind diese ›anderen‹?«

»Die Türme. Leonora. Deine erste Wirtin. Sie hat mir auch von dem Turm erzählt, bevor du ihre Dienerin wurdest. Das war der Anhaltspunkt, Tea. Der Turm. Alle waren dort, als hätten sie sich vor etwas versteckt.«

Leonora Khalberg hatte ähnliche Träume wie ich? Warum hatte mir Josef das nicht erzählt? Glaubte er, dass ich als ihre Dienerin mehr von ihr erfuhr als er?

»Wer sind ›alle‹? Leonora Khalberg, ich, wer noch?«

»Siehst du sie nicht? Sie sind alle dort drüben und verstecken sich vor den Männern, die sie verfolgen. Vor den Gespenstern.«

Ich blickte in die Richtung, in die Josef zeigte, und sah unterhalb der Waldgrenze zahlreiche Ruinen. Es sah aus wie das Tal der Mühlen, in dem ich mich mit Giacobbe als Kind vor den Gespenstern versteckt hatte.

»Das ist nicht möglich …«, stammelte ich, als ich tatsächlich Giacobbe dort hocken sah, zusammengekauert und mit gesenktem Kopf, damit ihn niemand entdecken konnte. Er sah so täuschend echt aus. Verborgene Sonnenstrahlen ließen seine Ohren rot leuchten. Am liebsten wäre ich losgelaufen und hätte ihn aus seinem Versteck geholt, aber ich wusste, dass ich dann gegen die grünen Wände des Studios laufen würde.

»Wer sind die anderen drei? Das sind doch auch Kinder …«, fragte ich Josef, der neben mir stand, und ich hatte für einen Augenblick das Gefühl, dass er mich an der Hand berührte.

»Neben deinem Giacobbe, oder Jakob, wie ich ihn immer nannte, ist Elias. Leonora hat ihn in ihren Tagebüchern erwähnt.«

Ich versuchte, mich an Leonoras Patientenakten zu erinnern. Darin war nirgends etwas von Tagebüchern erwähnt worden. Ihr Mann, Van Dyke, kannte Merten. Hatte sich Josef als Dr. Merten ausgegeben, um an die Aufzeichnungen zu kommen? Meine Gedanken fingen an, sich zu verknoten. Ich sah auf Elias, einen kleinen Jungen mit kurzen schwarzen Haaren, großer Nase und Angst in den weit aufgerissenen Augen.

»Und die Mädchen?«

Josef schwieg. Er blickte zu mir, aber er reagierte nicht auf meine Frage, als hätte die KI sie nicht gehört.

»Wer sind diese Mädchen?«, rief ich lauter.

Plötzlich hörte ich Toms Stimme außerhalb meiner Welt. »Josef kennt ihre Namen nicht. Die KI hat aus seinen Forschungen gelernt und versucht, sie weiterzuführen.«

»Wie soll das gehen?«, fragte ich mit schwankender Stimme und spürte einen starken Schwindel im Kopf.

»Die KI hat alle Personen identifiziert, die Kontakt zu Josefs Arbeit hatten. Dann hat sie diese Daten verarbeitet und selbstständig Schlüsse daraus gezogen.«

»Was für verdammte Schlüsse? Dass es noch zwei Kinder gibt?«, fügte ich leise hinzu, gleichzeitig sammelten sich Tränen unter der Brille und verwischten die künstliche Welt vor meinen Augen. »Wer waren diese Kontakte?«

»Insgesamt wussten nur drei Personen von der Arbeit von Josef Almer. Seine Mutter, sein Doktorvater Dr. Merten und Sie«, sagte Tom. »Die KI hat die Daten dieser Personen mit den Ergebnissen der Arbeit verschmolzen.«

Ich dachte an Merten. Als er mich siebenundzwanzig Jahre zuvor nach Trepalle gebracht hatte, hatte er vom »Muster« erzählt. Von den sich wiederholenden Bildern und Motiven in den Köpfen kranker Menschen, die sich auch in seiner Arbeit immer wieder gefunden hatten. Die Worte Mertens tauchten aus meiner Erinnerung wie altes Holz, das man lange unter Wasser gedrückt hatte.

Doch was Dr. Almer nicht in seinen Büchern erzählt, ist, dass er ebenso an die These glaubt, dass der Schlüssel zum Muster in den Köpfen junger Erwachsener liegt. Allerdings warten jüngere Menschen lange, bevor sie sich mit ihren Leiden an Ärzte wenden. Sie sind in der Forschung also eine Art Mangelware. Dennoch hatten wir vereinbart, dass niemals ein Mensch gegen seinen Willen im Sanatorio festgehalten würde. Eine Regel, die Dr. Almer leider missachtet hat.

Eine Frage mit schwerwiegenden Folgen klebte unter der stark nach Plastik riechenden VR-Brille: Hatte Merten selbst diese Regel missachtet?

Ich wusste nicht mehr, ob ich den Namen Merten gedacht oder ausgesprochen hatte, aber anscheinend reagierte die KI darauf, und ich hörte eine Stimme unterhalb des Turms. Eine schlanke Frau mit der erhabenen Statur der Sphinx sah mit verlorenem Blick vom Weg aus in Richtung des Waldes, wo die Kinder hockten. Diese starrten immer wieder zu einer schattigen Ruine, die einen Steinwurf von ihnen entfernt unter dem leuchtenden Netz der Sonne lag. Immer wieder sahen sie dorthin, als würden sie Anweisungen von jemandem erhalten, der sich dort ebenfalls versteckte. Doch dann drehte sich eines der kleinen Mädchen um, da es die verzweifelnden Rufe der am Weg stehenden Frau hörte.

»Lya, Lya!«, rief die Frau. Und als sie einen Schritt nach vorne ging, bemerkte ich, dass sie wankte, als würde sie schlecht sehen. Und im schattigen Mantel des Torre dello Ziro erkannte ich ihr Gesicht.

»Was zur Hölle?«, brüllte ich angewidert, riss die eng sitzende Brille mit einem einzigen Ruck vom Kopf und warf sie zu Boden. Tom und Nicolas starrten mich mit überraschten Gesichtern an.

Ich hastete aus dem Studio und lief über die Treppen in den Kartensaal. Geduldig schob der Computer neue Welten zusammen, drehte Wälder auf den Kopf, verschob sandige Wege und verbog Labyrinthe. Doch niemand sah auf die Bilder, die wie ein digitales Gewitter im Kartenraum blitzten: Alle starrten mich an, da mein Schreien von vorhin sie wohl aufgeschreckt hatte. Ich ignorierte die vielen fragenden Gesichter und riss einem der Entwickler, der schlaftrunken auf dem Bett vor seinem Rechner saß, sein Smartphone aus der Hand. Im Herrenhof verwendeten wir ausschließlich Telefone mit Prepaidkarten, ohne Ortung, damit niemand unsere Gespräche überwachen konnte. Auch nicht Teile der Familie. Ich sah in das verdutzte Gesicht des Developers, während ich mit dem Smartphone in der Hand ungeduldig wartete, bis auf der anderen Seite jemand meinen Anruf entgegennahm.

Nach einer Minute, die sich anfühlte wie eine Ewigkeit, hörte ich seine Stimme. Sie war ruhig und vibrierte wohltemperiert über einen entspannten Kehlkopf, als würde man die tiefe Saite einer Gitarre sanft mit dem Daumen zum Schwingen bringen.

»Du hast es herausgefunden«, kam mir Merten zuvor.

»Sie sind der Verräter, der all die Jahre Kontakt zur Staatsanwaltschaft hatte.«

»Es ging nie um die Staatsanwaltschaft. Es ging um Marlene Castor.«

»Wusste Josef davon?«

»Zunächst nicht, aber dann ist er mir auf die Schliche gekommen.«

»Und die Familie hat geglaubt, dass er ein Verräter war. Dabei waren Sie es.«

Merten schien am anderen Ende des Telefons zu lächeln.

»Ich habe niemanden verraten. Ich habe euch nur beschützt.«

»Was meinen Sie? Wen haben Sie beschützt? Und vor wem?«

»Ihr wärt gestorben, wenn ich euch nicht gerettet hätte. Als ich euch fand, saßt ihr eng umschlungen auf dem Bett. Ihr wolltet euch wärmen, weil es so kalt war. Die Donna hatte die Fensterläden in dem kleinen Chalet aus dem Rahmen gerissen, damit ihr der Kälte nicht entkommen konntet. Ihr habt euch gegenseitig eure nassen Kleider trocken gerieben, aber die Kälte drang mit ihren spitzen Nadeln in euch ein.«

Bilder drängten sich in meinen Kopf, und ich glaubte für einen Moment, die kleinen Ärmchen von Kindern zu spüren, die mich fest umarmten.

»Ich habe lange zugesehen, welche Experimente die Donna mit euch und den anderen Kindern anstellte. Zu lange. Aber ich habe euch von dem kalten Fenster weggebracht. Ihr wart noch so jung, und ich hoffte, dass ihr alle das Schreckliche vergessen würdet. Deshalb habe ich jeden von euch zu einer anderen Familie gebracht. Ich wollte nicht, dass ihr euch an eure gemeinsame Zeit im Sanatorio erinnert.«

Eine Träne rollte über meine Wange.

»Ja, ich habe die Donna verraten und ihren Wahn. Sie war eine Teufelin. Sie war davon besessen, das Fermi-Problem zu lösen, und glaubte, dass im jungen Geist von Kindern die Antwort lag. Sie pumpte sie mit Meskalin voll, das sie sich eigens aus Peyote-Kakteen von unseren Freunden in den südamerikanischen Kartellen liefern ließ. So, wie sie die Gifte vieler anderer Pflanzen an euch ausprobierte. Vom Strychnin in der Brechnuss mit seiner Atemlähmung über den Wunderbaum mit seinem Rizin, das Übelkeit, Fieber, blutige Durchfälle und Herzrhythmusstörungen hervorruft, die Einbeere, die mit ihrem Pennogenin schwere Schäden im zentralen Nervensystem bewirkt, und den Stechapfel, dessen Atropin zu schweren Halluzinationen führt, bis hin zu den Maiglöckchen mit Convallatoxin, dem gefleckten Schierling, der mit Conlin den Atem reduziert, der Engelstrompete, der Tollkirsche und dem Fliegenpilz, die alle mit Atropin, Scopolamin und Hyoscyamin zu Bewusstseinsstörungen und zum Tod führen können. All das hat sie euch über die Jahre verabreicht. All das und viele Gifte anderer Pflanzen, die heute ausgestorben sind, Gebirgspflanzen voller Psilocybin und Psilocin, Pflanzen wie die blaue Blume. Das war das Spektrum der Donna. Und alles für den Zweck, dass eines der Kinder an der Schwelle des Todes die Frage beantworten kann, ob wir allein sind in all dem, was uns umgibt, allein im Universum.«

Ich zitterte am ganzen Körper. Ich begann, aus allen Poren zu schwitzen, und kämpfte darum, ausreichend Luft in meine Lungen zu ziehen. Doch die Worte von Merten waren giftiger als all die chemischen Stoffe, von denen er erzählte. Denn wenn all das stimmte, dann waren Mama und Papa gar nicht meine Eltern. Und der Sturz vom Turm, bei dem ich meine Sprache als Kind verloren hatte, war nur ein Vorwand gewesen. Denn der wahre Grund war, dass mir meine Mutter nie Italienisch beigebracht hatte. Meine Welt entpuppte sich als großes Kartenhaus, das jeden Moment einzustürzen drohte.

»Sind wir … Marlene Castor und ich und die anderen –«

»Ihr seid Schwestern. Greta Erdsegen, Leonora Khalberg, Marlene Castor und du, Dorothea Almer«, fiel mir Merten ins Wort.

»Und wer sind unsere Eltern?«

»*Picciotti.* Wie Scarselli einer war.«

Ich rang nach Worten und hatte Mühe, mich auf den Beinen

zu halten. »Aber dann könnt ihr doch Marlene Castor nicht töten lassen.«

»Ich habe euch ein Mal gerettet. Ein zweites Mal werde ich es nicht tun. Dafür steht zu viel auf dem Spiel.«

Mertens Stimme klang mit einem Mal schärfer, einen Ton höher als zuvor, und ich sah vor meinem geistigen Auge, wie er die Zähne dabei fletschte wie ein Wolf.

»Aber warum habt ihr mich in die Familie geholt? Warum habt ihr mich nicht in Dante zurückgelassen? Warum habt ihr Kontakt zu Castor?«

»Weil ihr alle aus euren schmutzigen Löchern rauskommt und Fragen stellt. Ich kümmere mich um euch, damit ihr keinen Fehler macht und die Grenze nicht überschreitet.«

»Die Familie zu zerstören«, sagte ich.

»Marlene ist zu weit gegangen und muss den Preis zahlen, so leid es mir auch tut. Aber nun, liebe Tea Grigio, da du die Wahrheit kennst, geh zurück, mach dich weiter an die Arbeit. Sie ist für unsere Forschung von zentraler Bedeutung. Cazzaniga bekomme ich in den Griff. Du bist am Herrenhof vorerst sicher.«

»Lebt Marlene Castor noch?«

Merten ignorierte meine Frage. »Wir werden über deine Schwestern und das, was geschehen ist, nie wieder sprechen, wenn du weiter zu uns gehören willst. Wenn du weiter am Leben bleiben willst.«

Und dann legte er auf. Ich wusste, dass Merten log und ich keine Zeit mehr hatte, den Herrenhof zu evakuieren.

DAS OPFER. 2015.

Der Morgen graute, als ich in Salerno aus dem Zug stieg. Der Bahnhof hatte sich in den letzten Jahrzehnten stark verändert. Er war klein, auffallend sauber und um diese Uhrzeit nahezu menschenleer.

Vor dem Ausgang warteten Taxis. Ich wollte unauffällig reisen, also ging ich zur Piazza della Concordia, wo Busse

Salerno mit der Amalfiküste und dem südlicher gelegenen Nationalpark Cilento verbanden. Als mich ein müder Busfahrer in meiner nachlässigen Kleidung – einfache Jeans und weiße Bluse aus einem Mailänder Discountshop – musterte, entschied ich mich um und ging über die Piazza zum Pier, wo man mit Schiffen und Tragflügelbooten nach Capri oder Ischia übersetzen konnte. Der Tourismus war mit Karnevalsfröhlichkeit und leuchtenden Gesichtern über meine alte Heimat gekommen. Zwischen den Schiffen tanzten ein paar kleine Boote, die den alten Fischerbooten von damals ähnelten. Noch hatte mich das Tageslicht nicht entdeckt, noch konnte ich die Küste entlangfahren, zurück nach Hause.

Als ich das Ruder in das geduldige Meer stieß, dachte ich an Merten und Cazzaniga. Ich stellte mir ihre Gesichter vor, wie sie den Herrenhof stürmten und all die zerstörten Computer und Floating-Tanks entdeckten. Ich stellte mir vor, wie Merten sich bückte und die Treppe zum Studio hinunterstieg, wo er die kaputte Brille fand. Wie er sie aufsetzte, aber nichts sah außer dem Riss vor zwei schwarzen Gläsern. Die Welt, die ich betreten hatte, war verschwunden. Und niemand sollte mehr in sie eindringen. Dafür hatte ich gesorgt. Und wenn Merten über die Leichen von Tom und Nicolas stieg, würde er begreifen, dass ich es ernst meinte.

DAS ALTE MEER. 2015.

Der Strand von Atrani hatte sich mit ersten Badegästen gefüllt. Vom Boot aus sah ich, dass er schmutziger wirkte als früher, als ich mit Papa zum Fischen gefahren war. Die Sonne stieg hinter mir auf und funkelte in den kleinen Wellenspitzen des Meeres.

Ich erinnerte mich, wie Papa erzählt hatte, dass er mit mir aufs Meer hinausgefahren war, wenn ich Alpträume gehabt und geschrien hatte, die ganze Nacht. Die Stille des Meeres habe mich beruhigt, hatte er gesagt. Kurz bevor er verschwunden war, hatte er mir erzählt, dass er viel vom Meer gelernt habe und vieles nicht aussprechen könne. Aber er hatte gelernt, dass er das Meer nicht kontrollieren konnte.

Eine salzige Träne lief über meine Wange und blieb bei meiner Lippe hängen. Ich spürte tiefe Dankbarkeit in mir und wünschte mir in diesem Moment nichts mehr, als meinen Papa ganz fest an mich zu drücken und ihm zu sagen, dass er immer mein Papa bleiben würde, auch wenn ich nicht seine leibliche Tochter war.

Als der Strand von Atrani immer näher kam, zog sich mein Magen zusammen. Würde die alte Wohnung in Dante noch stehen? Wer wohl darin lebte? Und der Laden von Signora Gabriella? Die Familie, die immer vor dem Ristorante Destino gesessen hatte? Alfredo, war er nach dem Tod von Marco zurückgekehrt nach Atrani?

Irgendwo da draußen lebten drei Schwestern, die meine neue Familie waren, und ich musste sie retten. Wie, das wusste ich noch nicht, aber ich war entschlossen, die Sache ein für alle Mal zu Ende zu bringen. Ich war mir sicher, dass Merten nicht zulassen würde, dass Cazzaniga Marlene tötete. Denn er wusste, solange sie am Leben war, würde ich sie zu retten versuchen. Und so lange war ich für Merten nicht für immer verschwunden.

Wieder kamen mir die Worte von Papa in den Sinn, als hätte er hier die ganze Zeit auf mich gewartet.

»Und was soll ich jetzt tun? Warten?«, hatte ich meinen Papa damals gefragt.

»Ich weiß es nicht. Damals haben deine Träume einfach aufgehört … Alles wird gut. Irgendwann. Du musst nur dem Leben vertrauen. Das ist das, was mich das Meer gelehrt hat.«

Als ich den Strand erreichte, sprang ich aus dem Boot und zog es an Land. Kurz bevor Papa verschwunden war, hatte er mir gesagt, dass es Zeit sei, dass ich die Wahrheit erfuhr. Wollte er mir von Merten erzählen? Wie er mich zitternd nach Dante gebracht hatte?

Die Sonne stach immer mehr in meine Augen, und ich blickte noch einmal aufs Meer, bevor ich auf die Piazza Umberto ging. Ich hatte den Tod besiegt und eine neue Welt gefunden. Eine schreckliche Welt. Nun wusste ich, dass Papa recht gehabt hatte. Man durfte das Meer nicht unterwerfen. Aber man konnte ihm vertrauen, dann würde es einen wieder zurückbringen an Land.

Und während die Wellen über den Strand rollten und die Sonne langsam über den Dächern von Atrani emporstieg, saß Julian Leidemann auf einem weißen Klappstuhl und blickte in die Ferne.

Seit Monaten hatte er die Amalfiküste nach seinem Großvater abgesucht, hatte die alte Papierfabrik in Amalfi besucht und die verfallenen Mühlen. Er war in jedem Laden gewesen, in jedem Restaurant und hatte überall das Bild seines Großvaters gezeigt. Aber alle Spuren hatten ins Leere geführt. Und so waren es am Ende die Wellen vor dem Strand von Atrani, die ihm zuflüsterten, dass sein Großvater für immer verschwunden war.

Doch auch wenn seine Reise ergebnislos blieb, hielt ihn dennoch etwas hier, und Julian erwog, sich in ein Zimmer einzumieten und ein Buch zu schreiben. Er hatte viel zu lange Gespenster gejagt und musste die Vergangenheit ruhen lassen. Er überlegte, ob er nicht seine Strenge und seine Meinung, die er vom Leben hatte, über Bord werfen und sich einfach treiben lassen sollte. Treiben vom Leben auf der Suche nach der Poesie, die er ohne inneres Ziel ungestüm geschehen lassen wollte.

Und als die Nacht gekommen war und Julian vom Stuhl aufstand, um nach einem Zimmer zu sehen, in dem er länger bleiben konnte, hatte er das Gefühl, dass sich tief im Meeresgrund etwas regte, ein riesiger Schwarm glänzender Fische, die sich an der Oberfläche in Schmetterlinge verwandelten, als wären sie reinste Phantasie, reinste Poesie, die vor langer Zeit jemand draußen auf dem Meer verloren hatte.

DIE ZEIT, DIE DIE DINGE RICHTET

Ich hatte die »Göttliche Komödie« von Dante Alighieri nie gelesen. Es waren nur wenige Zitate, an die ich mich erinnerte. Fast dreißig Jahre waren vergangen, seit wir im Liceo die wichtigsten Verse auswendig lernen und vor der Tafel unsere Begeisterung über das Meisterwerk mit großen Gesten zum Ausdruck bringen mussten. »*Wir sind nur Würmer, doch dazu geboren, ein himmlischer Schmetterling zu werden*« war eines dieser Zitate. Obwohl ich im dunklen Labyrinth von Dante aufgewachsen war, war ich einer anderen literarischen Stimme gefolgt, die mich wie ein Fixstern durch mein Leben geführt hatte. Die hoffnungslose Einsamkeit des Gabriel García Márquez war mir immer näher gewesen als die Reise durch die Hölle und die epochale Rückkehr über den Läuterungsberg zum Paradies.

Papa hatte einmal gesagt, dass die Menschen an der Amalfiküste die Sehnsucht suchten und die Einsamkeit fanden. Wenn ich jetzt auf mein Leben zurückblickte, sah ich es ebenso. Hatte in den siebziger Jahren der kleine Bezirk Dante noch Eingang in die alten Landkarten gefunden, so war der Begriff meiner alten Welt nun verschwunden. Und doch war es noch mein Dante, nur ohne die Dunkelheit, ohne die Armut, ohne das Elend, das ich mit meinen schmutzigen Kinderfingern einst aus dem Küchentopf gekratzt hatte. Das Licht hatte endgültig die Schatten aus Dante vertrieben.

Ich zwang mich durch die engen Gassen, vorbei an hell gekleideten, nach Sonnenöl duftenden Touristen und knatternden Vespas. Vorbei an Gesichtern voller Lachen und Lebensfreude, die mich alle ansahen, als wäre ich eine von ihnen. Aus einem hohen Balkon floss das Lied »Che giorno è« von Marco Masini wie ein lebensfroher Wasserfall über das lichte Viertel. Ich bog in die Via Case Vecchie ein, die Straße der alten Häuser, und stand plötzlich vor der Tür meiner Kindheit.

Die Fassade schimmerte im sanften Rosa der Morgensonne und ließ Kletterpflanzen an den Wänden neben der Eingangstür der »Casa Hermes« hinaufkriechen, einer Unterkunft, die für Touristen über Airbnb angeboten wurde. Die Flügeltür war aus stabilem beschlagenen Holz, besaß ein Sicherheitsschloss, zwei goldene Türknäufe und zwei schwarze schmiedeeiserne Gitter an den beiden oberen Hälften der Türflügel. Wenn unsere Wohnung damals durch solch eine sichere Tür geschützt worden wäre, hätte Mama immer ruhig schlafen können und keine Angst gehabt, dass nach Alkohol riechende Männer plötzlich in unserer Küche standen.

Ich erschrak, als die Tür plötzlich aufsprang und ein kleines Mädchen mit einem Wonder-Woman-T-Shirt und einem Strandkoffer im Eingang stand und mich anstarrte. Als die Eltern aus dem mit einer Klimaanlage gekühlten Inneren an die Tür kamen, nickte ich ihnen zu und bemerkte zu meiner Verwunderung, dass ich neidisch auf die Kleine war. Sie schien glücklich, glücklicher, als ich es als Kind je gewesen war. Und sie hatte Eltern, die sie nicht alleingelassen hatten.

»Kann ich Ihnen helfen?«, fragte der Vater und versperrte die Eingangstür.

»Ich habe einmal hier gelebt«, sagte ich und sah in das müde Gesicht der Mutter, die mir stumm zunickte, als wüsste sie Bescheid, was damals geschehen war. Als das Meer mit seinem warmen Rauschen die Familie zum Strand rief, drehte die Mutter den Kopf, strich ihrer Tochter über den Hinterkopf und wartete, bis ihr Mann sich mit ein paar Worten von mir verabschiedete.

»Darf ich vielleicht einen kurzen Blick in die Wohnung werfen?«, fragte ich.

»Wir sind leider in Eile, wir wollen noch die letzten Sonnenstrahlen des Jahres abbekommen«, log der Mann, und ich sah in seinen unruhigen Augen, dass er Angst vor mir hatte.

»Ich werde ein paar Tage hierbleiben und wohne dahinten an der Piazza Umberto bei einer alten Freundin. Vielleicht passt es ihnen später?«, fragte ich, doch erntete nur stummes Nicken.

»Das ist schön«, sagte die Mutter und sah mich weiter mit ihren leeren Augen an.

»Wer ist das?«, fragte das Mädchen plötzlich und blickte seinen Papa von unten mit langem Hals an.

»Ein hübsches T-Shirt hast du da«, kam ich dem Vater der

Kleinen zuvor. »Ich hatte mal ein Poster von Wonder Woman. Das ist alt und besonders wertvoll. Ich sehe zu, ob ich es noch irgendwo finde, dann schenke ich es dir«, sagte ich zu dem Mädchen mit den großen hellen Augen.

»Bist du auch eine Superheldin?«

»Vielleicht ein kleines bisschen«, sagte ich und lächelte die Kleine an, während ihr Papa immer stärker an ihrer Hand zog.

»Kämpfst du auch gegen die Bösen?«

»Als ich so klein war die du, war ich eine tollkühne Abenteurerin«, sagte ich und bemerkte, wie das Lächeln der Mutter in ihrem Gesicht erstarb, als hätte sie Angst davor, was ich ihrem Kind erzählen würde.

»Ich drang mit einem Freund in eine Welt ein, welche die Erwachsenen vor mir geheim hielten. Dort oben in den Bergen gibt es einen schmalen Steig, der in ein enges Tal führt, wo Gespenster wohnen. In der Nacht, wenn die Erwachsenen schlafen, schleichen sie aus ihren Hütten unter der Erde, um Kinder zu jagen. Mein Freund und ich wollten das aber nicht zulassen. Also bewaffneten wir uns mit einem abgebrochenen Ast und schlugen auf den rostigen Stahldeckel eines Küchentopfes, damit sie Angst vor uns bekamen und zurück in ihre Hütten gingen. Wir verfolgten sie, und als wir über sie gesiegt hatten, stiegen wir auf einen weißen Turm über der hohen Klippe, lehnten uns ganz weit vor, breiteten die Arme aus und flogen mit dem Wind davon, der uns in andere Länder brachte, wo andere Kinder darauf warteten, vor den Gespenstern gerettet zu werden.«

Das kleine Mädchen starrte mich mit offenem Mund und leuchtenden Augen an.

»Habt ihr sie alle gerettet?«

»Nur fast alle. Deshalb bin ich hier. Aber ich werde sie alle retten, das verspreche ich dir.«

Das Mädchen lächelte über beide Ohren und quietschte, dass es auch eine Superheldin sein wolle.

»Es gibt keine Superheldinnen, Kleines. Die Signora hat dir nur eine Geschichte erzählt.«

»Stimmt das?«, sah mich das Mädchen mit einem Mal ganz traurig an.

Ich hockte mich zu ihr und pflückte eine kleine bläuliche Knospe von der Kletterpflanze, die im Schatten hinter mir an der Hausmauer der Casa Hermes klebte. Dann steckte ich dem Mädchen die kleine Blume ins Haar.

»Natürlich gibt es Superheldinnen. Immer wenn du willst, kannst du dich in eine verwandeln und bis zu den Sternen fliegen.«

Das Mädchen strahlte mich an.

»Aber jetzt musst du mit deinen Eltern zum Strand gehen. Lass sie nicht warten.«

Das Mädchen nickte, nahm Mama und Papa bei der Hand und sah zu ihnen hoch. »Ihr habt doch gehört: Es *gibt* Superheldinnen.«

»Und hab keine Angst, wenn die Leute sagen, dass du Blumen im Kopf hast!«, rief ich ihr nach.

Die Kleine drehte den Kopf, da sie nicht verstand, was ich meinte.

»Es ist Italienisch. Blumen im Kopf haben, *essere fiori di testa*, ein wenig verrückt sein, voller Phantasie und *poesia*, lass dir das nicht nehmen!«

»Bis später!«, rief die Kleine und ließ mich mit einem ungewohnt erleichterten Gefühl allein vor der verschlossenen Tür meiner alten Wohnung zurück.

Im Studium hatten wir uns mit Sigmund Freud und seinen drei Ebenen der menschlichen Psyche beschäftigt. In jeder dieser Ebenen, die für mich wie Welten erschienen, hatte ich eine Familie. In der ersten, dem Ich, hatte ich hier gelebt, nahe am Strand, mit meiner Mama und meinem Papa, die ich lange für meine wahre Familie gehalten hatte. In der zweiten Welt, dem Über-Ich, hatte ich mich hungrig aufs Meer gewagt und meine zweite Familie gefunden, Josef, Margherita, Signora Morselli und die vielen, vielen anderen. Doch es gab eine dritte Welt, das Es. Es lag unter dem Meer, in dem die Wahrheit mit den Tentakeln einer Riesenkrake nach mir gegriffen hatte, als der Sturm aufgezogen war und ich geglaubt hatte, mit meinem fest umklammerten Steuerrad das Meer unterwerfen zu können. Meine ersten beiden Familien hatte ich verloren, und meine dritte hatte ich noch nicht gefunden.

Die warme Meeresluft kroch träge durch das alte Labyrinth meiner verschwundenen Heimat. Ich blickte noch einmal hoch zu unserer alten Terrasse, die ich von hier aus sehen konnte. In meinen Gedanken baumelte vor der Terrassentür noch immer das Ölzeug meines Papas im ewigen Meereswind. Ich hatte mich damals als Fischer verkleidet, um mich unerkannt aus Atrani fortzustehlen. Jetzt war ich zurück, ohne dass ich mich verkleiden musste, und durfte keine Zeit verlieren. Wenn ich meine Schwestern retten wollte, musste ich alles auf eine Karte setzen und meinen Plan umsetzen.

Dort, wo früher ein schattiger Weg von Dante auf die Piazza Umberto geführt hatte, zeigten heute kleine Schilder auf den Platz, auf dem ich zum ersten Mal den Mut gehabt hatte, der Welt ins Auge zu sehen. Damals voller Furcht, heute voller Demut.

Aus den Ritzen zwischen den feuchten Häuserwänden und den gekehrten Steinplatten der Piazza kroch vorsichtig Unkraut, und ein alter Mann mit schiefem Buckel und schmutzigen rauen Händen zupfte die störrischen Gräser aus der Erde. Er wollte, dass die Touristen, die Atrani besuchten, einen sauberen Ort vorfanden, und ich wusste, dass dies niemals gelingen würde.

Im Ristorante Destino beschwerte sich eine Kellnerin lautstark über die Zudringlichkeit eines Gastes vom Vorabend, während altes Geschirr in der Küche klapperte. Es roch nach Fisch und frisch gerührtem Risotto. Das Restaurant hatte noch nicht geöffnet, aber ich setzte mich an einen der leeren Tische. Früher hatte an dieser Stelle die Familie mit ihren Söhnen und Töchtern gesessen und mich mit musternden Blicken bedacht.

»Wir haben noch nicht geöffnet«, sagte die Kellnerin, die aufgelöst aus dem Inneren des Destino nach draußen kam.

»Ich möchte gerne für morgen einen Tisch reservieren«, sagte ich. »Für vier Personen. Um zwölf Uhr.«

»Ich kann Ihnen den dort drüben anbieten«, sagte die Kellnerin und ordnete mit einer Hand ihre Haare, die durch die Aufregung von vorhin an einer Seite durcheinander waren.

»Ich möchte genau diesen hier«, sagte ich und sah die junge Frau mit ruhigem Blick an.

»Ich fürchte, dass –«

»Als ich so jung war wie Sie, habe ich hier im Laden nebenan gearbeitet«, unterbrach ich sie. »Bei Signora Gabriella. Sie meinte es gut mit mir. Solange ich tat, was sie wollte, solange sie mich kontrollierte. Sie stand jeden Abend und jeden Morgen mit einer Zigarette in der Mitte der Piazza und hatte alles im Blick. Sie war die Erste, und sie war die Letzte. Doch eines Tages, als sie ihre Morgenzigarette rauchen wollte, bemerkte sie, dass ich fort war. Sie kam nie darüber hinweg. Sie wollte mich nicht loslassen. Sie hatte es am Anfang gut gemeint und mich mit ihren Händen geschützt wie einen kleinen Vogel, der aus dem Nest gefallen war. Aber je größer der Vogel wurde, umso fester drückte sie zu, weil sie nicht wollte, dass er fliegen lernte. Doch der Vogel flog weg und schloss sich anderen an, die ihn das Fliegen lehren wollten. Doch Signora Gabriella wollte das nicht. Sie wollte, dass ich wieder nach Hause kam. Also schickte sie jemanden, der mir die Flügel stutzen sollte. Sie glaubte, ich würde verstehen und zurückkommen, da ich ja nie mehr richtig fliegen könnte. Aber sie hat sich geirrt.«

Die Kellnerin starrte mich entgeistert an, und ich sah in ihren Augen, dass meine Worte sie berührten.

»Und was geschah dann?«

»Kennen Sie das Birkhuhn? Es ist ein fasanenartiger Vogel. Er ist kein Flugkünstler, aber wenn er aufgeschreckt wird, dann flattert er laut polternd hoch, auch wenn es ihm schwerfällt, auch wenn seine Flügel gebrochen sind. Ich bin so ein fasanenartiger Vogel. Und auch wenn meine Flügel gebrochen waren, bin ich dennoch geflogen.«

»Das ist eine schöne Geschichte. Und was ist mit Signora Gabriella passiert?«

»Ich habe sie erstochen«, schloss ich und sah der Kellnerin direkt in die Augen.

Sie schwieg.

»Bekomme ich jetzt den Tisch? Für morgen zwölf Uhr, vier Personen?«

»Natürlich, dann werde ich die Familie, die für gewöhnlich hier … Ja, ich werde eine Lösung finden.«

Ich lächelte und bat um die Karte. Ich hatte nach der Reise

Hunger und war mir sicher, dass ich einen Teller von dem köstlichen Risotto bekommen würde. Und während ich auf das Essen wartete, sah ich zum Durchgang, der zum Strand führte. Drei Fischer bliesen dort den blauen Dunst ihrer Zigaretten aus den Lungen. Sie nickten mir zu und senkten ihre Köpfe. Ich blickte zum Laden, aus dem eine Frau, die Signora Gabriella ähnlich sah, Holzkisten heraustrug. Wenn ich gegessen hatte, wollte ich hinauf in mein altes Penthouse. Ich war gespannt, was sich in den letzten Jahrzehnten verändert hatte. Ich wollte auf der Terrasse stehen und übers Meer blicken. Wie in alten Zeiten. Ich würde für den nächsten Tag viel Kraft brauchen.

SIGNOR GRIGIO. OKTOBER 2015.

Julian Leidemann betrat über den kleinen Torbogen, der vom Strand zur Piazza Umberto führte, den malerischen Platz inmitten von Atrani. Kleine Cafés, Restaurants und Läden umschlossen den welligen Boden der Piazza. Auf der Treppe, die von der Piazza zur Kirche San Salvatore de' Bireto führte, saßen ein paar Jugendliche und zeigten einander Bilder auf ihren Smartphones. Sie sahen aus wie Einheimische. Die Farben ihrer Hemden mit kurzen Ärmeln waren ausgeblichen, und ihre Jeans waren unten ausgefranst. Als einer der Jungen den Kopf hob und Julian mit seinen stahlblauen Augen ansah, senkte dieser sofort den Blick. Eine stille Übereinkunft gab ihm zu verstehen, dass er – wie alle anderen Touristen – hier nur geduldet war. Die Regeln, die in den Gassen herrschten, wenn die Lichter ausgingen und die Schatten ihren Weg wiederfanden, würde er nie erfahren.

Julian überlegte, ob er den Fußgängertunnel nach Amalfi durchqueren sollte, entschied aber, in Atrani zu bleiben. Vor einem Gemischtwarenladen blieb er stehen, um sich das Papier zeigen zu lassen – eine Gewohnheit, die ihn seit seiner Ankunft an der Amalfiküste nicht mehr losgelassen hatte.

Vielleicht war es der Wind oder ein Duft von Zitronen.

Oder es waren die prüfenden Blicke der Ladenbesitzerin, die mit einem erhabenen Lächeln jede einzelne Bewegung auf dem Platz verfolgte. Julian gab vor, sich ein wenig umzusehen, beobachtete aber eine Frau, die einer anderen etwas zurief, als diese mit einem leeren Korb von der gegenüberliegenden Seite des Platzes aus den engen Gassen kam. Im letzten Moment hielt eine hellblaue Vespa mit zwei blonden deutschsprachigen Mädchen vor der Frau, deren Blick ihre lange ertragene Armut verriet. Die beiden Mädchen entschuldigten sich mit rotem Kopf und verließen knatternd die Piazza.

Julian sah den beiden nach, als sein Blick auf die Malstaffelei fiel, die inmitten der großen Auswahl des Ladens ein wenig abseits stand. Was er darauf sah, erschreckte ihn, und als die Ladenbesitzerin, Mitte siebzig, der Frau mit dem Korb ein Zeichen gab, zurückzuweichen, und stattdessen Julian fragte, wie sie ihm helfen könne, rang er mit den Worten.

»Von wem ist dieses Bild?«, fragte er, nachdem er endlich seine Stimme im Gemurmel der Touristen wiedergefunden hatte.

»Gefällt es Ihnen?«, fragte die Frau und sah nun ebenfalls zu dem Ölgemälde. Es zeigte einen Alpenpass, auf dem ein weißer Hirsch auf einer Anhöhe stand und auf einen schmalen Weg hinabblickte. Dieser führte zu einem grün leuchtenden Bergsee mit einer Insel, auf der sich ein kleines Holzhaus hinter hohen Bäumen versteckte.

»Das ist von Signor Grigio. Es wird ihn freuen, wenn Sie ihm sagen, dass Ihnen das Bild gefällt.«

»Er lebt hier?«, fragte Julian und sah an der mehrstöckigen Fassade des Gebäudes hoch.

»Er ist seit Jahren mein Gast. Eine Art Künstler. Sehr schweigsam, aber zuvorkommend, und er zahlt auch pünktlich seine Miete.«

»Ist Signor Grigio zu Hause?«

»Ich befürchte, nein. Am Nachmittag ist er meist in den Monti di Lattari und geht den Sentiero degli Dei, den Weg der Götter, vom Bergstädtchen Bomerano hinab bis nach Positano.«

»Kann ich hier auf ihn warten?«

»Signor Grigio kommt oft tagelang nicht nach Hause. Er bleibt meist über Nacht auf den Bergen oder ist draußen am Meer.«

Julian lächelte und bemerkte, dass die Frau immer wieder auf den oberen Stock blickte, wo sich eine kleine Terrasse über das Gebäude nach draußen schob. Er stellte sich vor, dass man von dort oben einen phantastischen Blick aufs Meer haben musste. Vermutlich lebte Signor Grigio, der vielleicht sein Großvater war, dort oben.

»Wenn er wiederkommt, darf ich ihm etwas ausrichten?«, fragte die Frau höflich.

»Nein, ich komme einfach an einem der nächsten Tage wieder und versuche mein Glück. Doch eine Frage hätte ich noch, Signora …?«

»Gabriella«, sagte die Frau und lächelte ein wenig verlegen.

»Gibt es in Ihrem Laden Amalfipapier? Ich suche ein spezielles aus einer alten Produktion.«

Signora Gabriella nickte und verschwand im Dunkel ihres Ladens, während Julian gleich darauf im stickigen Flur des Gebäudes verschwand und die Stufen zur Wohnung von Signor Grigio emporstieg. Er war außer Atem, als er oben ankam. Vorsichtig drückte er die Türklinke nach unten. Er hatte Glück. Die Tür war nicht verschlossen.

SPOREN, KEINE SAMEN. OKTOBER 2015.

Gebirgspflanzen waren anders als gewöhnliche Pflanzen. Sie lebten an der Grenze, ganz nah beim Tod. Um ihre Art zu erhalten, wählten gewöhnliche Pflanzen die Strategie des begrenzten Lebens. Innerhalb eines Jahres blühten sie auf, gediehen bis zur Samenreife und steckten am Ende ihres Daseins die gesamte Information und Energie ihres Lebens in einen einzigen Samen. Nach dem Tod keimten die Samen wieder, und der ewige Reigen begann von vorne. Entfernte man die Samen aus der Erde, beendete man den Kreislauf.

Gebirgspflanzen waren anders. In den Bergen war der

Sommer nicht kontrollierbar. Überraschende Kälte und Frost konnten den Tod der Pflanze bedeuten, bevor noch ein einziger Samen ausgebildet war. Also suchten die Grenzgänger unter den Pflanzen eine andere Strategie, um zu überleben. Sie lernten bei den Farnen, den Pilzen, Moosen und Algen, bei denen, die weniger prächtig waren, primitiver erschienen, kaum einen Sinn für farbenfrohe Formen hatten, ruhig und stumpf wirkten und flechtenartig über Steine krochen. Dort fanden die Gebirgspflanzen eine Strategie, um zu überleben: Sie bildeten keine Samen aus, sondern Sporen. Die waren widerstandsfähiger, konnten ohne Wasser und Sauerstoff überleben und verbreiteten sich über die Luft, dort, wo sie weder vom Wetter noch vom Wind oder vom Sommer unterworfen werden konnten.

»Merten zog unsere Samen aus der Erde, weil er uns retten und unser Leid beenden wollte, aber er übersah, dass wir Gebirgspflanzen waren. Ich bin mir sicher, dass Merten darunter leidet, dass er diesen Unterschied nicht bemerkt hat. Er hoffte, dass wir alle vier nach unserer Trennung den Kopf unten halten würden. Aber unsere Sporen verbreiteten sich, und wir spürten, dass da mehr als die kleine Familie war, bei der wir seit unserer Trennung lebten.«

»Almer, wollen Sie uns erzählen, dass Merten vor über vierzig Jahren vier Kinder, vier Schwestern, aus den Verliesen der Donna rettete, weil er es nicht ertragen konnte, was sie Ihnen – euch allen – angetan hat?«

Signor Khalberg wartete auf meine Reaktion, fuhr dann aber mit strengem Blick fort. »Und jetzt kämpft Merten mit den Konsequenzen: vier mittlerweile erwachsene Frauen, und jede hat ihre eigene Agenda. Etwa Sie, die von hier, von Atrani, aufbrachen, um – verzeihen Sie bitte den Ausdruck – naiv an die Spitze der Familie vorzustoßen. Und die andere, die sich bei der Staatsanwaltschaft verdient gemacht und begonnen hat, gegen uns zu kämpfen, ohne zu wissen, mit wem sie es wirklich zu tun hat. Ist es das?« Khalberg lehnte sich an den Stuhl und atmete schwer aus, nachdem er die Zusammenfassung mit uns geteilt hatte.

»Und was verlangen Sie nun von uns? Warum haben Sie

uns hier in Ihre Heimat eingeladen? Wohl kaum, um über Sporen und Samen zu sprechen, oder?«, fragte Signor Morselli und rümpfte die Nase, als würde er eine Spur von Verrat wittern.

»Ich bitte Sie um Gnade.«

»*Principessa*, das gefährdet unser Geschäft. Wie stellst du dir das vor?«, fiel mir Enzo Cascone ins Wort. In seinen Augen lag eine tiefe Enttäuschung, da er sich den Beginn seines Ruhestandes im Süden von Italien sicherlich anders vorgestellt hatte.

»Ich werde mit allen reden«, sagte ich.

»Du kannst doch nicht einfach nach Berlin gehen und dort in die Staatsanwaltschaft hineinmarschieren. Du bist die *Principessa Nera*, auch gegen dich wird ermittelt. Bitte, sei nicht naiv!«

»Ich werde andere Wege finden, schließlich ist sie meine Schwester.« Ich hatte mir vorgenommen, von den Halluzinationen, die uns auf eine gewisse Weise zu verbinden schienen, nichts zu erzählen, da ich fürchtete, die Bosse würden mich dann nicht ernst nehmen und mein Gesuch ablehnen.

»Und die anderen beiden? Wer sind die?«, fragte Khalberg und wirkte, als könnte er sich mit meinem Vorschlag anfreunden.

»Leonora Khalberg ist Künstlerin. Ich habe sie in den späten Achtzigern in Trepalle getroffen. Sie war meine erste Wirtin.«

»Khalberg?«, fragte Signor Khalberg und spitzte die Lippen.

»Ein Künstlername. Meines Wissens reiner Zufall. Aber ich denke, Leonora wird leicht einzufangen sein.«

»Und die andere?«

»Greta Erdsegen. Ich weiß wenig bis nichts über sie«, sagte ich.

»Eine Erdsegen haben wir in der Heilstätte in Seußlitz. Meine Tochter ist öfter dort. Eine seltsame Person. Leidet unter massiven Wahnvorstellungen und spricht von einer großen Krankheit, die aus dem Mittelalter zu uns herüberschwappt oder so ähnlich. Ist das deine Schwester?« Enzo

Cascone verzog das Gesicht, als hätte er etwas Bitteres gegessen.

»Ich weiß es nicht, aber ich werde es herausfinden.«

Eine kurze Stille schlich durch Atrani, und selbst der warme Wind des Meeres schien in den Gassen stecken zu bleiben.

»Diese Castor, die Staatsanwältin, wer sagt, dass sie nicht längst tot ist? Wir alle kennen Cazzaniga. Er ist um einiges bissiger, als der Duce es war. Woher wissen wir, dass er sie nicht längst kaltgestellt hat?«, schloss Morselli und fand in Signor Cascone gleich einen Fürsprecher.

»Ja, gleich nach unserem Treffen in Mailand bist du ja selbst um ein Haar in deinem eigenen Wagen draufgegangen, weil Cazzaniga geglaubt hat, du steckst mit dieser Staatsanwältin unter einer Decke – was ja im übertragenen Sinne auch stimmt«, sagte Cascone und bestellte mit der erhobenen Hand einen Espresso bei der Kellnerin des Ristorante Destino, die wie eine Salzsäule vor dem Eingang stand und auf unsere Wünsche wartete.

»Merten wusste von dem Anschlag und hat mich geschützt. Er schützt auch Marlene, da bin ich mir sicher. Merten ist im Zwiespalt. Solange er mich nicht hat, geschieht meinen Schwestern nichts«, sagte ich und hoffte, dass meine Schlüsse richtig waren. »Merten liebt die Kontrolle. Er wird nicht zulassen, dass ich miterlebe, wie er die Kontrolle verliert«, fügte ich hinzu und ahmte das Fletschen eines Wolfes nach, was die anderen Bosse als unpassend ignorierten.

»Gnade also«, murmelte Morselli. »Wie soll das genau aussehen? Ihr vier zieht zusammen, lebt ein beschauliches Leben? Wer soll uns garantieren, dass ihr euch nicht eines Tages doch gegen uns stellt? Sie stehen einem der Zweige vor, Sie können die Zeit nicht zurückdrehen.«

»Signora Gabriella konnte es auch nicht«, sagte Enzo Cascone und warf mir einen verständnisvollen Blick in mein verwundertes Gesicht.

»Tea, um Gottes willen, du bist eine von uns«, brach es aus Morselli heraus, der mich zu meiner Überraschung duzte. »Du bist ein Boss. Wenn das die Vorsitzende erfährt, dass du uns bittest, eine Staatsanwältin zu verschonen! Du kennst den

Kodex nur zu gut. Du weißt, was auf die Verletzung des Kodex steht.«

»Deshalb bitte ich ja um Gnade«, sagte ich und bemerkte, dass sich meine Argumentation festgefahren hatte. Ich brauchte einen neuen Plan.

»Cazzaniga wählt den Weg der Politik. So wie der Duce. Wollen wir das?«, fragte ich und schloss mich Cascones Kaffeebestellung an. Dabei spürte ich in Enzo Cascones Seele einen tiefen Riss. Nach dem Tod seines Bruders war er ruhiger geworden und achtete noch mehr darauf, dass keines der Mitglieder jemals den Anspruch erhob, zu nah mit der Politik in Berührung zu gelangen. In Parlamenten sitzen die Wölfe, und wenn sie zu viel Macht bekommen, beißen sie uns die Schädel ab wie Mussolini damals, hatte Cascone immer gesagt.

»Worum geht es wirklich, Almer?«, fragte Khalberg und fixierte mich. Auf seiner feuchten Stirn klebte eine Locke, die aussah wie eine Narbe.

»Wir können die Familie besser machen«, sagte ich sanft, um meine Absicht behutsam zwischen die Bosse zu schieben wie eine Autobombe.

»Sie wollen einen Krieg. Deshalb sind wir hier. Sie wollen, dass sich drei der Bosse gegen Cazzaniga stellen«, sagte Khalberg und sprang wütend von seinem Stuhl auf.

Ich schwieg, blieb ruhig sitzen und führte meinen Plan weiter aus.

»Wenn wir Castor und die anderen verschonen, kann ich sie auf unsere Seite ziehen. Und Cazzaniga, dieses widerwärtige Spektrum und die gefährlichen Kontakte zu den Geheimdiensten und zur Politik sind Geschichte.«

»Sie wollen einen Keil zwischen uns treiben«, rief Khalberg und trat angewidert einen Schritt zurück. »Die Donna hat uns alle vor Ihnen gewarnt. Sie hatte recht. Sie sind eine *pazza*.«

Ich versuchte, Khalbergs Worte so gut wie möglich zu ignorieren. »Ich gehe davon aus, dass das US-Programm M-K-Ultra nie eingestellt wurde. Cazzaniga betreibt es weiter unter dem Deckmantel des Spektrums. Aber diesmal geht es nicht um synthetische Drogen und die Erforschung des Horrortrips, diesmal geht es ausschließlich um die Erforschung des menschlichen Bewusstseins. Und die Ergebnisse werden direkt an den US-Geheimdienst verkauft. Warum verhalten sich de Salazar und vor allem Adachi-Turner zurückhaltend? Waffen und Drohnen, das ist das große Geschäft der Zukunft, nicht Drogen. Und ich gehe hier mit Ihnen allen eine Wette ein, dass wir kurz vor einem Ereignis stehen, das diese neue Zeit einleitet.«

»Und was soll das sein?«, fragte Cascone und bedankte sich bei der zittrigen Kellnerin mit einem breiten Lächeln.

»Ich weiß es nicht. Es kann alles sein. Sie alle kennen doch die Schatulle der Donna und die Geschichte der Familie. Vielleicht ist es eine Ratte, die ein neues Virus über die Welt bringt. Ich weiß es nicht.«

»Und es geht Ihnen nicht um Macht? Mit diesem Schachzug könnten Sie die Vorsitzende stürzen, wenn sie an Cazzaniga festhält«, sagte Khalberg, der sich wieder ein wenig beruhigt hatte.

»Ich will meine Schwestern wiedersehen und sie in die Arme schließen. Und ich will verhindern, dass auch nur ein einziges Kind in diesem Spektrum erleben muss, was ich erlebt habe«, sagte ich und sah Khalberg tief in die Augen.

»Also Krieg. Und wir sollen sagen, wie wir dazu stehen«, erwiderte er und blickte auf die menschenleere Piazza, welche die ganze Zeit über an allen sechs Zugängen von Männern mit Waffen abgesperrt wurde.

Das plötzliche Fluchen zweier alter Männer war kaum zu überhören. Sie kamen vom Strand und wollten über den Torbogen auf die Piazza. Als zwei von Cascones Leuten sie aufhielten, begannen sie, lautstark im Dialekt zu schimpfen. Ich erkannte erst jetzt, dass es sich bei den beiden alten Männern um die Väter handelte, die seit meiner Kindheit jeden Tag mit ihrer großen Familie vor dem Ristorante Destino gesessen hatten. Ich genoss ihre verwirrten Blicke, als sie mich sahen, wunderte mich aber gleichzeitig, als Cascone den beiden erlaubte, den Platz zu betreten.

»Das sind alte Freunde, wir sollten den Tisch wechseln, ich denke, es ist ihrer, an dem wir sitzen«, sagte Cascone und erhob sich mit einem schwerfälligen Ächzen. Doch dann blieb er wie versteinert stehen und sah auf den Torbogen. Als ich seinem Blick folgte, wurde mein Mund trocken, und ich bereute, vorhin meine Zähne gefletscht zu haben.

E – WIE EUTHANASIE. OKTOBER 2015.

Julian Leidemann schreckte aus einem kurzen Schlaf hoch. Ein Geschrei von der Piazza Umberto hatte ihn aufgeweckt. Mechanisch sah er mit wild klopfendem Herzen zur Tür der Wohnung und sank enttäuscht auf das weiche lindgrüne Sofa zurück. Seit er am Tag zuvor in die Wohnung von Signor Grigio eingedrungen war, wartete er auf dessen Rückkehr. Denn für Julian Leidemann stand mittlerweile fest, dass es sich bei Signor Grigio um seinen Großvater handelte.

Als Julian die Wohnung betreten hatte, war ihm gleich der Geruch von Rosmarin aufgefallen. Signor Grigio hatte in der ganzen Wohnung kleine Glasvasen aufgestellt, in denen Rosmarinzweige steckten. Die an den Küsten wachsenden Sträucher sammelten nachts den Tau in ihren Blüten. Daher kam auch der Name Rosmarin, in dem das lateinische *»ros«* für den Tau stand und *»marinus«* für das Meer. Doch der aromatische und intensive Geruch – ähnlich dem von Eukalyptus und Kampfer – war nicht das Einzige gewesen, was Julian beim Hereinkommen überrascht hatte.

Alle Räume waren ordentlich und sauber, und auf dem Tisch vor dem Sofa stand eine weitere Vase, diesmal mit blauen Blumen. Die Tür zur Terrasse war offen, ein warmer, nach Zitronen duftender Wind floss sanft herein. An der rechten Seite lehnte ein Regal mit alten Büchern. Bronzenes Sonnenlicht lag auf den Buchrücken. Julian flog mit den Augen darüber. »Die Metamorphose der Pflanzen« von Johann Wolfgang von Goethe, »Novum Organum« von Francis Bacon, »Hymnen der Nacht« von Novalis und ein Werk von Aristoteles, dessen Titel Julian nicht finden konnte.

In der Reihe darunter standen weitere Bücher wie »Die Pflanzen der Götter« von Hofmann und Schultes, daneben

Werke großer Philosophen wie Schopenhauer, Nietzsche und Foucault, aber auch das Tagebuch des Schriftstellers Henri-Frédéric Amiel. Bücher des Wissenschaftlers Fermi standen eng gedrängt neben den »Fünf Ringen« von Miyamoto Musashi und der einschlägigen politischen Literatur zum italienischen Faschismus.

Ein Buch fiel Julian aber sofort ins Auge: Es war ein großer Bildband über das Panoptikum von Bentham. Der Wachturm auf dem Buchdeckel, der inmitten des kreisrunden Gefängnisbaus die einzelnen Zellen überblicken konnte, ähnelte dem weißen Turm des Grazer Feldhofes, der in Julians Erinnerung als übermächtiger dunkler Bau aufragte und beinahe den tiefen Himmel berührte. Julian lief ein Schauer über den Rücken, als sich vor seinem geistigen Auge die einzelnen Lager des Feldhofes wie ein ringförmiges Konstrukt um den Turm schlangen, über dem der düstere Wahn der »Rassenhygiene« der Nazis stand wie ein dunkler Planet, ein Firmament der Furcht.

Julian stellte das Buch über Bentham wieder zurück ins Regal und trat einen Schritt zurück, um die ganze Bibliothek überblicken zu können. Literatur über Sagen, alte Legenden, die Initiationsriten des alten Mithraskultes, das Nachtvolk, die Schwarze Frau und Dutzende Bücher über Hirsche. Ein Buch war mit dem Cover nach vorne gedreht, auf dem »Hubertussage« zu lesen war. Der weiße Hirsch auf dem Einband mit seinem leuchtenden Kruzifix zwischen den Geweihen schien still über die Bibliothek zu wachen.

Julian zögerte, die Bücher zu öffnen, denn er ahnte, darin Geschichten über die Legenden seiner eigenen Kindheit zu lesen. Über Schneehexen, Waldläufer und Erdfrauen, die sich im Schatten weißer Türme längst aus seiner kindlichen Phantasie geschlichen hatten. Signor Grigio war eindeutig sein Großvater. Es konnte nicht anders sein.

Julian ging in das Schlafzimmer mit Blick auf einen der großen Felsen von Atrani. Ein großes zerwühltes Doppelbett mit Nachtkästchen beherrschte den kleinen Raum. Es war überfüllt mit eng bekritzelten Papieren. Auf vielen hatte sich Staub niedergelassen, manche schienen erst kürzlich beschrieben worden zu sein, und andere lagen zerrissen oder zerknüllt auf dem Dielenboden.

Julian hatte Angst, die Papiere anzufassen, da er fürchtete, er würde eine unsichtbare Ordnung zerstören. Also flogen seine Augen wie die eines Falken über einzelne Passagen, groß geschriebene Wörter, unterstrichene Absätze.

»Das Ende der Utopien«, las er an einer Stelle, an anderer: »Es gibt zwei Welten, die technische Welt der Wissenschaft und die Welt der Natur und Spiritualität.«

Julian wusste nicht, warum, aber er hatte Mühe zu atmen. Bestimmt lag dies an den vielen kleinen Staubpartikeln, die aufgeschreckt im Raum schwebten. Mit Schweiß auf der Stirn las er weiter: »Es gibt einen dritten Weg. Den Königsweg, den Weg der Poesie.« Julian vertiefte sich in eine kurze Abhandlung über das richtige Betreten dieses Königsweges, als er plötzlich erstarrte.

Aus dem Augenwinkel hatte er unter all den wild verstreuten Papieren einen ockerfarbenen Ledereinband hervorlugen sehen. Und sofort das kleine Buch mit seinen leeren Seiten und den farbigen Blumenschatten vor Augen gehabt, das er bei seiner Großmutter gefunden hatte. Vorsichtig zog er an dem Ledereinband und förderte etwas Unerwartetes zutage – das alte Tagebuch seines Urgroßvaters, Franz Leidemann.

Zaghaft strich Julian mit dem Daumen über den schmucklosen Ledereinband. Als er das Tagebuch aufschlug und die mit schwarzen, kaum leserlichen Tintenstrichen geschriebene erste Zeile seines Urgroßvaters las, rollten Tränen über seine Wangen.

»›Wenn ein einziger Hund damit beginnt, einen Schatten anzubellen, dann folgen die nächsten und die nächsten und bald machen Hunderte Hunde daraus eine Wirklichkeit.‹ Leidemann, F.: Kriegstagebuch, 1914«.

Julian glaubte, ein Geräusch von draußen gehört zu haben, doch er blätterte fasziniert weiter im Buch. Manche Zeilen waren unterstrichen, andere mehrfach eingekreist. Darunter mischten sich Skizzen von der Landschaft. Ein Tal. Ein weißes Haus, lieblos gebaut, daneben ein Friedhof, eine Schule. Ein dunkler Wald mit einer Kapelle. Unheimlich. Verwunschen.

Ein weißer Turm am Rande eines Felsens mit herrlicher Aussicht. Ein stürmischer Pass, ein zugefrorener See mit einem gespenstischen Haus darauf. Dann: eine Mühle mit einem wilden Bach, der über mehrere Seiten zu einem Haus führte, von dessen Obergeschoss jemand aus dem Fenster sah. Julian dachte an seine im Bach ertrunkene Großmutter. Er spürte, dass er dem Geheimnis immer näher kam, ungeduldig blätterte er weiter und las die ersten Einträge.

2. September 1914: Ich spüre, dass die Welt von damals einen Neuanfang sucht, der alles klärt und offenlegt, der das Eis endlich schmelzen lässt und die Wurzeln freilegt. Ein Feuer, das alles Alte niederbrennt, nur um sich später wieder im Schatten des Bleibenden, des Ewigen zu sonnen. Das Bleibende finden wir, wenn wir es ständig vernichten und neu beginnen.

3. September 1914 – Nacht: Vater unser, der Du bist im Himmel, geheiligt werde Dein Name, zu uns komme Dein Reich. Der Staub der Blumen klebt an meinen Fingern. Etwas hebt sich vor mir. Ein neuer Weg. Habe Edden gesehen. Viele Menschen und Türme auf den Bergen. Waldläufer überall. Ich muss zu Kräften kommen. Ich muss klar denken.

5. September 1914 – Morgen: Bin unverletzt. Gott sei Dank. Fand Wasser in den Höhlen. Folgte einem riesigen Hirsch. Erinnere mich an nichts mehr. Fühle mich wie Gott. Unsterblich.

Julian legte das Tagebuch auf seinen Schoß und sah sich wieder um, als suchte er einen weiteren Hinweis zum eben Gelesenen. Der Staub kitzelte in seiner Nase. Nun hatte er endgültig Gewissheit: Sein Großvater lebte hier in dieser Wohnung über der Piazza Umberto in Atrani. Aber was machte er hier? Warum all die vollgeschriebenen Blätter, die Bücher, das Tagebuch? Suchte er etwas? Julian blickte vom Doppelbett ins Wohnzimmer und suchte auf den Rücken der vielen Bücher eine Antwort.

»Was suchst du, Großvater? Warum das alles? Warum schreibst du alle diese Blätter voll?«, fragte er in den leeren Raum, dabei fühlte er sich wie ein Ermittler, der die Lösung des Falles direkt vor Augen hatte und sie nicht sah.

Mit einem lauten Seufzer sprang Julian auf und ging zum Regal. Es ärgerte ihn, dass er keinen Zusammenhang in all den Büchern fand, war er es doch, der als Literaturprofessor am ehesten hierzu imstande sein sollte. Und genau in dem Moment, als Julian Leidemann das begriff, sah er die Lösung. Und sie lag tatsächlich vor seinen Augen. Es war die Literatur. Sie fehlte hier. Kein einziger Roman, keine Erzählung, keine Lyrik, kein Drama, nichts Fiktionales. Der einzige Roman in diesem Raum lag unvollständig im zerwühlten Schlafzimmer seines Großvaters. Der Kindermörder und Kriegsverbrecher versuchte, im Exil zu schreiben.

Julian sprang zurück ins Schlafzimmer, und wieder flogen seine Augen über die Manuskripte. Natürlich. Sein Großvater schrieb an einem Roman, er verarbeitete darin alles, was geschehen war, er wollte sich verzweifelt reinwaschen von der Schuld.

Trotz seines ursprünglichen Vorsatzes wühlte sich Julian jetzt durch die Papiere. Er las, was er zu fassen bekam, das meiste war ohne Zusammenhang. Erst als die Sonne über das Haus wanderte und vom Schlafzimmerfenster seine Haut berührte, stieß er auf etwas, was alles veränderte. Denn er las folgende Zeilen:

»Der Mann, der uns einst gerettet hatte, uns, die vier vom Feldhof, hat uns jetzt im Nebel der Granaten von Tannenfall für immer verschwinden lassen, damit sie uns nicht finden. Wir sind mit den Hirschen gegangen und warten jetzt in der anderen Welt auf ihn.«

Als Julian weiterlas, lief ihm ein Schauer über den Rücken, denn er hatte einen schrecklichen Verdacht. Er sah durch die Schlafzimmertür in Richtung Terrasse, wo die erste Herbstnacht ihre rauschenden Vorhänge behutsam zuzog. Es war achtzehn Uhr fünfundvierzig. Seine Eltern konnten noch wach sein. Er kramte sein Smartphone aus der Hosentasche und wählte die Handynummer seines Vaters. Julian bemerkte, dass er am ganzen Körper zitterte. Als er seinen Vater nicht erreichte, versuchte er es am Festnetz, und nachdem er seiner Mutter mit scharfen Worten die Dringlichkeit seines Anrufes erklärt hatte, hörte er das tiefe Atmen von Leopold Leidemann auf der anderen Seite der Verbindung.

»Du hast gesagt, dass, als du die Akten aus dem Feldhof gesehen hast, ›fast überall‹ das ›E‹ für Euthanasie auf das Deckblatt gestempelt gewesen sei. Was hast du mit ›fast‹ gemeint?«

»Ich weiß nicht, ein paar hatten diesen Stempel nicht.«

»Wie viele waren das? Vier?«

»Junge, lass endlich los und komm nach Hause!«

Julian schwieg und wusste, dass er nie wieder nach Hause kommen würde. Er las die Zeilen des Manuskripts, das sein Großvater geschrieben hatte. Er registrierte ein Geräusch aus Richtung Wohnzimmer, war aber zu aufgewühlt, um darauf zu achten, und blätterte weiter in dem Manuskript.

»Sie hatten kupferne Farbe auf der Haut und trugen smaragdgrüne Striche. Sie standen vor uns.«

Julian seufzte, dann fragte er seinen Vater: »Kannst du dich noch an die Namen der Kinder erinnern, bei denen kein ›E‹ neben ihrem Namen gestempelt war?«

»Es ist Jahrzehnte her …«

»Von uns erschaffen. Von uns vernichtet. Jakob. Elias. Medora. Und etwas abseits – Lya.«

»Waren diese Namen Jakob, Lya, Elias und Medora?«

Julian hörte Leopold Leidemann am anderen Ende schluchzen, bevor sein Vater auflegte, ohne ein weiteres Wort zu sagen. In dem Moment wusste er, dass er ins Schwarze getroffen hatte. Sein Großvater schrieb ein Buch über vier Kinder, die besonders waren, da kein »E« neben ihrem Namen gestempelt war. Aber was machte sie so besonders? Wieder las Julian die Zeilen:

»Der Mann, der uns einst gerettet hatte, uns, die vier vom Feldhof, hat uns jetzt im Nebel der Granaten von Tannenfall für immer verschwinden lassen, damit sie uns nicht finden. Wir sind mit den Hirschen gegangen und warten jetzt in der anderen Welt auf ihn.«

Julian fiel es wie Schuppen von den Augen. Sein Großvater

hatte vier Kinder aus dem Feldhof gerettet und vermutlich am Stuhleck verstecken wollen. Als er entdeckt worden war, hatte er eine Handgranate in die Höhle geworfen, in der sie zusammengekauert ihrem Retter vertraut hatten. War das der Grund gewesen, warum seine Frau vor ihrem Lebensende in Tannenfall eine Bergkiefer in Brand gesteckt hatte? Hatte sie ihrem Mann sagen wollen, dass sie ihm vergab? Oder hatte sie an dem Ort ein Mahnmal setzen wollen, an dem die heldenhafte Tat ihres Mannes an seiner eigenen Feigheit erstickt war?

Julian musste mit seinem Großvater reden. Aufgewühlt ging er auf den Balkon und stieß mit einer jungen Frau zusammen, die dort sauber machte.

»Wer sind Sie?«, stammelte die junge Frau, die Julian die ganze Zeit über nicht bemerkt hatte.

»Ich denke … dass mein Großvater hier wohnt, und, äh, ich wollte ihn überraschen«, stotterte Julian und blickte in die warmen Augen der Frau, deren Blick immer wieder schüchtern zu Boden fiel.

»Sind Sie auch Schriftsteller?«

»Nein, das heißt, ich unterrichte Literatur, aber ich habe noch kein Buch geschrieben.«

»Ich liebe Bücher. Kennen Sie ›Hundert Jahre Einsamkeit‹ von Gabriel García Márquez?«

»Die Zeit rückte die Dinge zurecht«, zitierte Julian aus dem Buch, um das Wohlwollen der jungen Frau zu erlangen. »Wissen Sie, wann er wiederkommt? Mein Großvater, meine ich.«

»Er ist auf dem Meer. Morgen, denke ich. Morgen gegen Mittag. Da wird er kommen.«

Julian nickte, und bevor die junge Frau die Wohnung verließ und Julian sich auf das Sofa legte, um auf seinen Großvater zu warten, bemerkte er, dass er sich verliebt hatte.

GIOTTOS FLIEGE. OKTOBER 2015.

Dr. Merten blieb unter dem Torbogen stehen und sah mich an. Seine Augen wirkten leer und müde. Ein schwaches Lächeln glitt über seine Lippen, hinter denen sonst das hungrige Fletschen eines Wolfes lag. Er trug ein kupferfarbenes Hemd mit passend gemusterter Krawatte, und in dem Anzug in Florentiner Braun steckte eine blaue Blume.

»*E buon appetito, signora e signori, fuori gli attori.* Die Zeit des großen Schauspiels ist vorbei«, sagte er, und ich sah trotz der Müdigkeit seines Mundes das Weiß seiner Zähne. »Signora Grigio hat ihnen wohl alles erzählt.«

Merten ging mit langsamen Schritten zur Mitte der Piazza Umberto, wo er sich zu uns drehte und uns fixierte wie ein Revolverheld.

»Hat sie um Gnade gebeten? Das arme Mädchen, das aus dem schmutzigen Süden emporgekrochen ist bis an die Spitze der Familie? Hat sie von Krieg gesprochen? Von der Spaltung der Familie?«

Niemand sagte ein Wort oder räusperte oder bewegte sich. Alle warteten auf Merten und seine nächsten Worte, die blitzartig töten konnten wie die Kugeln eines Scharfschützen.

»Ja, ich habe diese vier Geschöpfe aus dem Sanatorio gerettet. Ich konnte es nicht mehr ertragen. Sie hätten vermutlich ähnlich gehandelt, hätten Sie sie gehört, wie sie nach all den Giften, die in ihren Körpern wühlten, primitiv zu sprechen versuchten, aber nichts begreifen konnten, keine Formen erkannten, roh und stumpf waren. Wir waren bei ihnen zu weit gegangen und sahen keine Therapiechancen mehr. Also mussten wir uns entscheiden. Wie so oft. Wollten wir sie heilen oder vernichten? Ich habe nie bereut, die vier weggebracht zu haben. Denn ich hatte für alles gesorgt. Sie sollten einander nie wiedersehen und ein gewöhnliches Leben führen. Doch ich hatte mich geirrt. Das Leben begann, sie zu heilen, und eine nach der anderen begann, Fragen zu stellen, und wurde neugierig. Wie ein Vater habe ich mich um sie im Hintergrund gekümmert, für sie gesorgt, die Fäden gezogen, die unsichtbar vom Himmel hingen und sie dorthin lenkten, wo ich sie haben wollte. Dorthin, wo sie für uns nützlich waren.«

Cascone rümpfte die Nase und wiederholte abfällig das Wort »nützlich«.

»Ich hatte immer alles unter Kontrolle. Selbst die beiden,

die am neugierigsten waren, in denen eine Flamme brannte, die unstillbar loderte, habe ich in das Spiel integriert. Marlene Castor an der Leine des Generalstaatsanwaltes, der sie jederzeit mit nur einem einzigen Anruf zurückpfeifen konnte, und Tea Grigio, die so besessen war, ihren Josef und ihren Papa wiederzusehen, dass sie blind jede Grenze überschritt. Wie weit würden Sie gehen, meine Herren, um Ihre verstorbenen Lieben wiederzusehen? Tea Grigio ging weiter als alle anderen und ignorierte völlig, woher das Geld für all diese Unternehmungen kam. Der Zweck heiligte die Mittel. Tea Grigio war wie die Donna, ein Werkzeug, eine Puppe, die ich Gott spielen ließ, um alle abzulenken von dem, was tatsächlich seit Jahrzehnten die Familie in ihrem Inneren bewegt.«

»Kommen Sie zum Punkt, Merten«, sagte Khalberg ungeduldig.

Merten nickte und formierte sich neu. »Der Maler Giotto di Bondone war ein Genie. Er galt im ausgehenden 13. Jahrhundert als der Wegbereiter des Rinascimentos, der italienischen Renaissance. Eines Tages malte der junge Giotto seinem Meister eine Fliege. Eine einfache, gewöhnliche Fliege. Doch sie sah so täuschend echt aus, dass sein Meister stundenlang versuchte, sie mit einem Handstreich zu verscheuchen oder mit einer Klappe zu töten. Aber er fasste immer wieder ins Leere. Bis er feststellte: Es war eine Illusion. Die Fliege existierte nicht. Diese Fliege wurde fortan zum Symbol des Fortschritts. Von der Fliege über die Radiowellen und das Fernsehen bis hin zur virtuellen Realität, in der unsere liebe Tea Grigio verzweifelt versucht hat, ihren toten Mann zu umarmen.«

»Merten. Wo ist der Punkt?«, fragte Khalberg forscher und warf mir einen kurzen enttäuschten Blick zu, der jenem von Professore Cervo ähnelte, damals, als ich die ersten Tage in der Schule einen Weg aus meinem Schmerz gesucht hatte.

Merten streckte sein Kinn vor. »Dorothea Almer hat den Kodex der Familie verraten, da sie einen Krieg heraufbeschwört. Den Krieg einer *pazza*. Einer Frau, die eine Fliege jagt, die nur als Illusion existiert. Ich aber biete Ihnen etwas, was mehr als wahrhaftig ist. Ich biete Ihnen Macht. Und Reichtum. Ich weiß, dass die Familie immer gegen den Einfluss der

Politik war. Aber die Zeiten ändern sich, und es muss eine neue Ordnung her. Cazzaniga mag ein ungehobelter Bursche sein, aber er hat es geschafft, dass sich alle europäischen Parteien vereinen, die sich dem reinen nationalistischen Gedankengut verschrieben haben. Kurz: Die Neue Ordnung ist eine Verbindung der rechten Parteien auf EU-Ebene, legitimiert durch die europäischen Parlamente. Gesteuert durch Drogen, Viren, Technologie und Drohnen. Es geht um Machtpolitik, es geht um den neuen Faschismus, an dessen Spitze wir stehen. Das ist das, was ich Ihnen biete. Macht und Reichtum, das ist mein Angebot. Die Fliege einer *pazza* ist das Angebot von Tea Grigio, einem schmutzigen Mädchen, dem ich einst aus Gnade das Leben gerettet habe.«

Merten hatte mich während seiner Rede kein einziges Mal aus den Augen gelassen. Er genoss es förmlich, wie mich jedes seiner Worte traf, als würde ein Wolf einem Schaf bei lebendigem Leibe Fleischstücke aus dem Körper reißen.

»Bringen wir es zu Ende! Wählen Sie: Bleiben Sie sitzen, so wählen Sie den Krieg. Erheben Sie sich und kommen Sie zu mir, so wählen Sie den Frieden.«

Atrani hielt den Atem an. Ich war sicher, dass die Bewohner und Touristen in ihren Wohnungen heimlich hinter verschlossenen Fenstern auf die Piazza sahen und ihre Kinder mit Handbewegungen in die Wohnung zurückscheuchten, da sie Angst hatten vor einem drohenden Schusswechsel. Und selbst der Wind wartete draußen auf dem Meer, bevor er an den jetzt menschenleeren Strand zurückkam. Nur das Wasser des Brunnens, an dem meine Mutter durch einen Roller das Leben verloren hatte, gurgelte weiter wie ein unermüdlicher Bach.

Signor Khalberg war der Erste, der sich erhob. Er wischte seine Locke aus dem Gesicht und ging mit seinen viel zu langen und ungelenken Beinen zu Merten. Dann erhob sich Morselli. Er sah noch einmal zu mir und sagte mir, dass ich seiner Schwester, der Donna, zu ähnlich geworden sei und es ihm leidtue. Nur Cascone zögerte. Er hatte sich einst gegen seinen Bruder gestellt, da er dessen politische Ambitionen missbilligt hatte. Aber jetzt war er alt und durfte sich nicht mehr gegen das Neue verwehren.

»*Principessa. Mi dispiace.* Es tut mir leid«, sagte er und folgte den anderen.

Ich war allein. Selbst die Kellnerin, die vorhin gezittert hatte, spürte eine eiserne Zuversicht in sich heranwachsen und hob entschlossen das Kinn.

»Dann wollt ihr also das Meer unterwerfen«, sagte ich und sah zu Merten.

»Das habe ich längst«, antwortete er.

Ich stand auf und trank noch den Rest meines Espressos. »Und was jetzt?«

»Du kennst unsere Antwort auf Verrat«, sagte Merten und holte einen Revolver aus seinem Jackett, das in der Sonne funkelte.

»Ihr habt unrecht«, sagte ich und stellte mich drei Armlängen vor Merten, der mit ausgestrecktem Arm mit dem Revolver auf meinen Kopf zielte. Dabei bemerkte ich, dass etwas in seinen Augen zu schwanken begann.

»Niemand kann das Meer unterwerfen«, sagte ich und hörte, wie Merten den Hahn spannte.

Doch er wartete, etwas hielt ihn zurück, es war dasselbe, was ihn damals bewogen hatte, uns vier aus dem Sanatorio zu bringen, es war dasselbe, was ihn hinderte, Marlene Castor zu beseitigen. Ich wusste, dass ich nur einen einzigen Versuch hatte.

Ich sprang mit einem Satz nach hinten und lief, so schnell ich konnte, durch den Torbogen zum Strand. Die Kugeln explodierten wie kleine Bomben im Sand neben mir. Das Boot war schwer, aber ich stemmte mich mit ganzer Kraft dagegen, um es ins Wasser zu schieben. Es war Cascone, der den Männern den Befehl gab, das Feuer einzustellen. Doch als der Strand begann, sich von mir zu entfernen, sah ich, wie ein alter Mann ebenfalls ein Boot ins Wasser ließ, um die Sache ein für alle Mal zu Ende zu bringen. Merten wusste, solange er die Fliege nicht selbst erschlug, würde er keine Sekunde mehr Ruhe finden in seinem Leben.

Unter mir schluchzten die Wellen. Der Horizont des Meeres, das in der bronzenen Mittagsonne aussah wie gelbe Erde, hatte mich umzingelt. Auf dem kleinen Boot aus Holz, das höchstens zwei Menschen Platz bot, roch es nach Fisch und Öl. Zwei isolierte hellgraue Behälter, mehrere eingerollte Nylonnetze und welche aus mattgrünem und blassblauem Polyester steckten unter der kleinen Bank gegenüber von mir. Ich hatte aufgehört zu paddeln und legte das kleine Ruder auf den azurblau gestrichenen Rumpf des Bootes.

Von Merten oder einem anderen Verfolger war keine Spur mehr. Auch die Yachten und Tourismusboote waren verschwunden. Allmählich schlug mein Herz langsamer, und ich fand Zeit, ein wenig durchzuatmen. Meine Oberarme schmerzten von den kräftigen Ruderschlägen, die ich ins warme Wasser gestoßen hatte, um so schnell wie möglich vom Strand wegzukommen. Ich war erleichtert, obwohl mein ursprünglicher Plan gescheitert war. Gleichzeitig war ich mir sicher, dass ich in den Köpfen von Signor Morselli, Signor Khalberg und Enzo Cascone einen Zweifel gesät hatte, der wie eine giftige Spore in ihren Kopf gedrungen war. Allerdings wusste ich auch, dass mir jetzt nichts anderes übrig blieb, als mich an die Staatsanwaltschaft zu wenden, wollte ich Marlene und die anderen retten. Ich war gezwungen, den Kodex zu verraten.

Die Schaufel des Paddels traf mich mit voller Wucht, und ich kippte wie eine Marionette, deren unsichtbare Fäden jäh abgetrennt wurden, nach hinten. Ich schlug mit dem Kopf auf der Bordwand auf und fiel ins Wasser.

Augenblicklich verwandelte sich meine Welt, und ich tauchte in einen kristallenen Schwarm kleiner Luftbläschen, der mit einem lauten Zischen meine Ohren zupresste und den Himmel über mir verdrehte. Ich riss die Augen auf, und obwohl sie wie Feuer brannten, sah ich den Schleier meines Blutes, der sich wie ein roter Nebel über die blauen Wälder in der Tiefe unter mir legte. Ich hielt die Luft an und suchte im dunklen Wasser nach der Sonne. Ich wusste nicht, ob es der Schlag auf den Kopf gewesen war oder mein verzweifeltes Ringen nach Luft, aber ich sah, wie sich der Schwarm der kleinen Bläschen in Schmetterlinge verwandelte, die allesamt in eine Richtung davonschwebten wie unter Wasser fliegende Vogelschwärme. Ich folgte ihnen und glaubte, dass ich aus der Tiefe eine Strömung heraneilen sah, die wie eine unterirdisch gurgelnde Quelle kleine Wellen hervorbrachte, die wirkten wie entschlossene Reiter. Ich bekam es mit der Angst zu tun und begann, wie wild mit den Armen zu rudern. Dabei schoben sich Bilder aus meiner Kindheit in meinen Kopf.

Mein Papa hatte mir von den Alpträumen erzählt, von denen ich jede Nacht schreiend aufgewacht war. Er hatte gesagt, dass er mich dann aufs Meer gebracht und gewartet hatte, bis ich still geworden war. Papas Worte tauchten in mir auf, und obwohl ich tief unter Wasser steckte, glaubte ich, sie klar und deutlich zu hören:

»Wir dachten, dass du vielleicht von einer inneren Unruhe getrieben wärst, deshalb beschloss ich, dich mit aufs Meer zu nehmen. Dort solltest du die Ruhe finden, die dich schlafen lassen würde. Ohne Träume.«

»Und hat es funktioniert?«

Papa hatte genickt. »Wir waren jede Nacht draußen. Ich wickelte dich fest in eine Decke. Du schliefst neben mir im Boot. Das Flüstern der Wellen hat dich geheilt.«

»Wo sind die Träume hin?«

»Ich denke, draußen auf dem Meer hast du gelernt, die Bilder aus deinem Kopf zu lassen. Du hast ihnen eine neue Heimat gegeben. In deiner Phantasie.«

Mir ging die Luft aus, und ich hatte das Gefühl, meine Lungen würden jeden Moment zerreißen. Doch in diesem Augenblick, da ich weder wusste, wie ich in die Welt, aus der ich gefallen war, zurückkehren konnte, noch die Kraft hatte, den Schmetterlingen weiter zu folgen oder den stürmischen Reitern, ließ ich los und breitete meine Arme aus. Es wurde dunkler um mich herum, und wieder hörte ich die Worte meines Papas, als würde er sie mir von einer anderen Seite zuflüstern:

»Ich fahre seit über dreißig Jahren aufs Meer hinaus. Das Meer war meine Schule. Ich habe viel von ihm gelernt. Vieles, was ich gar nicht aussprechen kann. Aber ich habe vor allem gelernt, dass man es nicht kontrollieren kann. Du weißt nicht, wie die Nacht wird, du weißt nie, wie viele Fische du fängst.«

Und dann, kurz bevor das Licht für immer ausging, sah ich Mama. Sie stand am Herd und machte Ndunderi. Die ganze Wohnung duftete nach frischen Zitronen und Sardellen, die in Olivenöl schwammen. Ich trat hinter meine Mama, sie schien glücklich, und als sie sich umdrehte, fiel mir auf, dass sie lächelte. Sie hockte sich neben mich und strich mir über die Wange. Sie küsste mich auf die Stirn und sagte mit leiser, warmer Stimme, dass sie stolz auf mich war. »Ich war dir kein guter Ratgeber. Auch wenn du jetzt auf dem Irrweg bist, die Welt braucht mehr Menschen wie dich. Die *poesia* ist so stark in dir. Unterdrück sie nicht, um uns Alten zu gefallen. Folge nicht weiter unserem alten Weg, geh deinen. Ich habe dich lieb, so wie du bist.«

Ich sah, wie Merten mit seinem Paddel ins Wasser stocherte. Unter Wasser klang es, als würden Granaten einschlagen. Ich tauchte unter das Boot und wartete auf den einen Augenblick, bis ich das Ruder gut zu fassen bekam, und zerrte es mit einem starken Ruck zu mir.

Ein tiefes Grollen ließ das Meer erzittern, und ich sah Mertens bizarr verdrehten Körper vor mir in der Tiefe versinken. Mit letzter Kraft fasste ich mit der Hand den Rumpf des wankenden Bootes und zog mich keuchend nach oben, wo ich wenig später zwischen den Netzen lag wie ein nach Luft schnappender Fisch.

»Du gibst nicht auf, du störrische *pazza*«, sagte Merten und sah mir ins Gesicht wie ein aus der Dunkelheit heraustretendes Gespenst. Ich schrak zurück, da ich nicht bemerkt hatte, wie er sich auf der anderen Seite des Bootes ebenfalls hochgezogen hatte. Tiefe Schatten lagen über seinem Gesicht, und der Tod hatte mit seinem knochigen Antlitz längst sein Wesen betreten. Mertens Anzug glänzte bronzen in der Sonne wie die Schuppen eines Fisches, und die blaue Blume, die in seinem Knopfloch gesteckt hatte, war verschwunden.

»Du hättest ein so schönes Leben haben können. Du hattest alles. Du warst eine *ricca*. Dir stand jedes Wissen zur Verfügung, du konntest sogar die Toten wiederauferstehen lassen. Ich hatte alles unter Kontrolle.«

»Sie hatten alles unter Kontrolle?«, wiederholte ich seine Worte und suchte im Boot nach etwas Brauchbarem, mit dem ich mich gegen einen drohenden Angriff verteidigen konnte.

»Das ist deine letzte Chance«, sagte Merten und keuchte dabei schwer. Mit scheinbar letzter Kraft reichte er mir die Hand.

»Wenn ich Nein sage, was geschieht dann? Ihr wollt mich heilen oder vernichten. Das ist keine Chance.«

Merten zog die Hand zurück, und sein Gesicht versank in den Schatten. Plötzlich stieß er einen schrecklichen Schrei aus, sprang mich mit gefletschten Zähnen an und drückte mir mit beiden Händen die Kehle zu.

Ich hörte, wie meine Luftröhre knackste, und war überrascht, welche Kraft im Zorn des alten Mannes lag. Dachte ich zuerst noch, dass ich mich gegen ihn wehren könnte, so erkannte ich bald, dass ich ihm nichts entgegenzusetzen hatte. Meine Augen quollen aus den Höhlen, und Mertens Speichel tropfte über seine Wolfszähne auf mein Gesicht.

Ich bemerkte, wie seine Daumen tiefer in meinen Hals rutschten, als würde meine Luftröhre geschlagen nachgeben.

»Ich hatte alles unter Kontrolle!«, schrie Merten immer wieder, während seine alten Augen in Tränen ertranken. Ich hatte kaum mehr Kraft, mich zu bewegen oder zu reden, aber mit den letzten Atemzügen, die mir blieben, verabschiedete ich mich von dieser Welt.

»Du kannst nichts kontrollieren. Niemand unterwirft das Meer.«

Ich weiß nicht, ob es die wilden Reiter waren, die, hergebracht vom Wind, die Wellen bewegten, oder die Königin selbst, die am Horizont ihre Flotte versammelt hatte. Ich erinnere mich nur, dass Merten das Gleichgewicht verlor, als sein Boot, mit dem er mich auf dem Meer eingeholt hatte, von Wellen angehoben wurde und gegen meines stieß. Fast lautlos fiel er ins Wasser und verschwand in der Tiefe, ohne eine einzige Luftblase zurückzulassen.

Ich blickte auf das Meer hinaus. Es beruhigte sich. Ich konnte an nichts denken und wartete, bis die Sonne über mir unterging. Mein Papa war immer die ganze Nacht auf dem Meer geblieben. Es beruhige ihn, hatte er mir immer gesagt. Das wollte ich auch tun, um sicherzugehen, dass die Gespenster für immer aus meinem Leben verschwunden waren. Und als ich auf dem Wasser eine blaue Blume treiben sah, griff ich mit meinen müden Fingern nach ihr und steckte sie mir ins Haar. Tags darauf wollte ich zurückfahren an den Strand und mich von Papa verabschieden, da ich nun wusste, dass er für immer gegangen war.

DER KREIS SCHLIESST SICH

WIEDERSEHEN MIT EINEM MÖRDER. OKTOBER 2015.

Das Geschrei auf der Piazza Umberto war verflogen. Julian lehnte sich über die Terrasse und blickte auf den sonst vor Touristen berstenden Platz. Ihn wunderte, dass die Piazza menschenleer war, und führte dies schließlich auf die späte Urlaubssaison zurück. Ihm war das recht, da er die Wahrheit um seinen Großvater in der Stille besser verarbeiten konnte als in drängenden Menschenmassen.

Julian wollte schon zurück ins Zimmer gehen, um auf die Rückkehr seines Großvaters zu warten, als ihm der Schmetterling, der vom Meer hereingeflogen kam, seinen Blick stahl und hin zu dem kleinen Fischerboot draußen auf dem Meer lenkte.

Julians Herz begann, wie wild zu schlagen, und er lief, ohne die Tür hinter sich zu schließen, den stickigen Hausflur nach unten. Er hetzte über den leeren Platz und stürmte durch den Torbogen auf den Strand von Atrani. Auch dieser war menschenleer, und nur das geduldige Rauschen der Wellen empfing ihn.

Das Boot, das Julian von der Wohnung aus gesehen hatte, war nur noch wenige Meter entfernt. Er hob die Hand, um in der blendenden Sonne zu erkennen, wer darin war. Als er den alten Rücken sah, der unter einem ausgefransten Strohhut mühevoll und langsam das Boot in Richtung Strand ruderte, begann Julian zu weinen. Er wusste, dass dieser Mann, den er bald sehen würde, ein Mörder war, unter dessen Händen Kinder qualvoll zu Tode gekommen waren. Und doch war es sein Großvater, der auf der Suche nach Sühne versuchte, das Geschehene wiedergutzumachen.

Bevor Julian auf den alten Mann zuging, beobachtete er ihn, wie er Stück für Stück das Boot aus dem Wasser zog. Er war ein wenig klobig und wirkte schreckhaft. Er hatte eine hohe Stirn, und seine halblangen gewellten Haare waren schlohweiß. Sein Gesicht verbarg er hinter einem weißen Vollbart. Auch auf seiner Brust, seinen Ohren und seiner Nase wuchsen störrische weiße Haare.

Als er Julian am anderen Ende des Strandes sah, warf er ihm einen kurzen Blick zu, bevor er den Kopf senkte und leise seine Habseligkeiten vom Boot in seinen Rucksack verfrachtete. Nachdem er damit fertig war, drehte er sich zum Dorf um und hinkte etwas gebeugt in Richtung Piazza.

»Großvater?«, sagte Julian, der all seinen Mut zusammennahm, aber kaum Klang in seine belegte Stimme brachte.

Der Alte blieb stehen. »Ich habe gewusst, dass eines Tages jemand kommt. Es war sie? Nicht wahr? Mit dem Feuer, das sie in Tannenfall entfacht hat. Sie hat dich neugierig gemacht und auf die Spur gebracht, habe ich recht?«

»Du weißt, dass sie gestorben ist?«

Der Alte nickte. »Das Internet. Niemand stirbt heutzutage mehr unbemerkt.«

Julian zögerte, weiterzugehen und seinem Großvater ins faltige Gesicht zu sehen, doch bevor er sich's versah, drehte sich der alte Mann zu ihm um. Er hatte eine fleischige Nase, ein dickes Kinn und hohe Wangenknochen.

Als Julian den alten schüchternen Mann sah, der in seinem weichen karierten Flanellhemd und zu großer beiger Cordhose aussah, als wäre er ein hilfloser Sonderling, der ihn mit blassen nassen Augen hinter rahmenlosen Brillengläsern anstarrte, hatte er Mitleid mit ihm. Wie konnte dieser Mann ein Kindermörder sein, dachte Julian und überlegte, einen weiteren Schritt auf seinen Großvater zuzugehen.

»Wie konntest du das alles nur tun, Großvater?«, fragte er und bemerkte, dass der Alte ein kleines Stoffsäckchen um seinen Hals gebunden hatte.

Plötzlich wankte sein Großvater und sank zu Boden. Julian lief zu ihm und stützte ihn ab, aber der Alte konnte sich nicht halten und musste sich auf den Strand setzen. Und als der warme Wind vom Meer über den Strand zog, begann er, bitterlich zu weinen. Sein ganzer Körper zitterte, und Julian konnte nicht anders, als seinen Großvater zu umarmen. Schluchzend, im Schutz des murmelnden Meeres, unter den Rufen der Möwen und im sanften Mantel des Rosmarins, dessen Duft von den anderen Buchten herüberwehte, begann Julians Großvater zu erzählen.

»Seit sich mein Vater, dein Urgroßvater, damals in den Wäldern verirrt hatte, war ich davon besessen zu erfahren, was in seinem Kopf vorging. Ich war geblendet, so geblendet von dem Drang, alles wissen zu wollen, alles zu verstehen. Marius Khalberg gab mir dann eine Chance, und ich konnte in Graz studieren und Nervenarzt werden. Mutter hätte mich fast erschlagen, als ich fortging. Zu Beginn war das auch alles noch gut. Aber als wir in den Feldhof kamen, gab es so viele Fragen, die wir nicht beantworten konnten. Konrad, der Junge von Marius, und Barbara, eine der Ärztinnen, glaubten so stark daran, dass wir alles erreichen könnten und auf alle Fragen eine Antwort bekämen. Wir waren schließlich die Herrenrasse. Aber sieh mich an! Ich war nie die Herrenrasse. Trotzdem lief ich mit, weil ich dazugehören wollte und um Barbara zu gefallen. Und obwohl ich zu Hause eine Frau hatte, die auf mich wartete, war ich wie im Wahn. Wir wollten Menschen erschaffen, neue Menschen. Die Kranken und Schwachen wollten wir vernichten. Es war so schrecklich, so entsetzlich. Wir forderten es heraus, das Leben, und als Barbara schwanger wurde, lachte sie mich aus und sagte, dass sie das Kind wegmachen würde, wenn es meines wäre, denn dann wäre es sicher plump, primitiv und stumpf. Sie hoffte, dass es von Konrad wäre, dem tollwütigen Sohn von Marius, der immer die Zähne fletschte, wenn er die kleinen Mädchen in die brühend heiße Badewanne setzte und zusah, wie die Haut langsam rot wurde.«

Julians Großvater stockte. Offenbar war es das erste Mal, dass er über die Ereignisse von damals sprach. Es schien, als müsste er sich jedes Wort einzeln abringen, obwohl sie alle so dringend rauswollten.

Schließlich seufzte er tief und redete weiter. »Als ich dann die vielen Schreiben aufgesetzt hatte, in denen ich log, die in die Heilstätte am Feldhof eingelieferten Mädchen seien leider allesamt an hohem Fieber verstorben, begriff ich, dass ich mich mit dem Teufel eingelassen hatte.«

Das Meer trat näher an den Strand heran, und erste Wellen berührten die Beine der beiden.

»Barbara hatte recht. Sie waren alle vier auffallend ruhig. Aber sie waren nicht stumpf. Sie waren ganz anders gewesen, bevor die Experimente begonnen hatten. Und als ich eines Tages hörte, wie Konrad und Barbara mit lautem Gelächter die Badewanne füllten, nahm ich alle vier und floh aus dem Feldhof. Ich fälschte die Krankenakten, um sie von den Todeslisten zu nehmen, und ging mit den vieren durch die Wälder zurück auf den Semmering. Wir versteckten uns in Höhlen und sogar in der Villa von Dioska mit ihren weißen Türmen. Als ich bei meiner Frau war und sie auf Knien anflehte, sie möge uns bei sich verstecken, schickte sie uns fort, da sie Angst hatte, es würde uns alle das Leben kosten. Also gingen wir weiter, hinauf zum Pass. Die vier Kinder, die nicht gut solche beschwerlichen Strecken laufen konnten, steckte ich immer wieder in Unterschlüpfe, gab ihnen Zeichen, sich zu ducken. Sie waren so klein, sie begriffen nicht, was um sie herum passierte.

Als wir oben am Stuhleck waren, rissen sich die Kinder ihre Füße an den schroffen Felsen auf. Es war eiskalt, Schneeflocken flogen wie spitze Nadeln vom Himmel. Ich wollte hinüber zum Güntherhaus, wo wir uns verstecken konnten, aber Konrad hatte längst unser Verschwinden gemeldet. Die SS war deutlich schneller mit ihren Stiefeln als wir. Als wir sie sahen, wie sie aus den Wäldern gelaufen kamen, befahl ich den Kindern, sich in eine Felsspalte zu ducken. Eines der Mädchen schrie, dass es zu seiner Mama wollte, und presste einen kleinen Esel aus Stoff ganz dicht an sich. Als das letzte Kind in der Felsspalte verschwunden war, versuchte ich, mit Hilfe meiner Füße die kleine Höhle mit Erde und zerbrochenen, morschen Ästen zu verbergen. Doch es war vergeblich.«

Julians Großvater konnte nicht mehr sprechen, er starrte nur noch in eine große Leere, die sich vor ihm auftat.

»Und dann gaben sie dir eine Handgranate und zwangen dich, sie in die Höhle zu werfen?«, fragte Julian, ebenfalls unter Tränen. Sein Großvater nickte und griff nach der Hand seines Enkels, die er ganz fest drückte.

»Ich war feige. So schrecklich feige. Ich hätte mich vor sie stellen sollen. Aber ich konnte nicht. Ich gab vor, die Ausreißer verfolgt zu haben. Die SS-Leute wussten, dass ich log, aber sie wollten mich nicht töten, sondern mit einem Leben in Lüge bestrafen.«

Julian schwieg und sah aufs Meer hinaus. Sein Großvater war ein Mörder und ein Feigling. Aber dennoch ließ er die Hand nicht los und versuchte, die Tränen zurückzuhalten, die ohne Halt über sein Gesicht rollten.

»Ich sehe noch heute ihre Augen, wie sie mich alle anstarrten, ihre flehenden Blicke. Sie hatten mir vertraut, sich auf mich verlassen, aber ich hatte sie verraten. Auf ihren Gesichtern schimmerte die kupferne Farbe der Erde, die von smaragdgrünen Strichen durchkreuzt war, die sie sich durch ihren Sprung in den Felsspalt zugezogen hatten. Und als der Nebel mit einem großen Krach kam und die Granate die Welt vor mir zerriss, sah ich in der Ferne einen weißen Hirsch. Ich wünschte mir so sehr, dass er mich wegbringen würde von dort. Dass er mir einen Weg zeigen würde, wo ich Hilfe holen konnte, um diese schreckliche Welt zu befreien. Du weißt, dass es viele Sagen am Semmering gibt, von den Waldläufern, dem Nachtvolk, der Schwarzen Frau. Hätten sie sich nur an diesem Tag als wahr herausgestellt, hätte ich den Mut gehabt, mich gegen das ganze Deutsche Reich zu stellen, in der Gewissheit, eine ganze Armee hinter mir zu haben. Aber ich war feige. Meine Frau war mir heimlich gefolgt, da sie ihre Meinung geändert hatte, und beobachtete alles. Und als ich sie zum letzten Mal sah, nach dem Krieg, sagte sie, dass es eine Entscheidung gewesen wäre, die alles verändert hätte. Und dass es keinen Unterschied machte, ob man einem Hirsch folgte und seine eigenen Gespenster jagte oder das ganze Deutsche Reich niederrang.«

»Versuchst du deshalb, zu schreiben?«, fragte Julian. »Weil es dir keine Ruhe lässt?«

»Was, wenn die vier noch leben? Wenn sie drüben auf mich warten?«

»Aber was willst du tun?«

»Vielleicht leben sie ja noch irgendwo. Unter anderem Namen. Vielleicht haben sie sich getrennt, damit sie niemand findet.«

»Hast du denn ihre Leichen nicht gesehen?«

»Ich sah nur den Nebel und den Hirsch. Sie haben mich dann weggezerrt.«

Julian bemerkte, dass sein Großvater geistig abdriftete und Mühe hatte, die Worte klar auszusprechen. »Lass uns nach oben gehen«, sagte er daher und half ihm auf. Und als er mit Viktor Leidemann zurück in dessen Wohnung über der Piazza Umberto ging, ließ ihn ein Gedanke nicht mehr los: Was, wenn die vier tatsächlich noch lebten? Jakob, Lya, Elias und Medora.

Als sie die Piazza Umberto über den Torbogen erreichten, winkte Signora Gabriella Julians Großvater zu und rief laut: »Na, was gefangen, Signor Grigio? Sie müssen immer dorthin fahren, wo die Fische sind«, fügte sie hinzu und lachte.

»Ich habe Leopold, deinen Vater, nie gesehen, aber wenn du zurückgehst, sag ihm, er soll ein besseres Leben führen als ich. Und du auch. Denn alles, was in der Natur vergeht, kommt am Ende wieder.«

Und als die beiden zum letzten Mal die Stufen hinaufstiegen, um über das Meer zu sehen, verriet sein Großvater Julian noch, was ihn all die Jahre angetrieben hatte.

»Du unterrichtest doch Literatur. Kannst du mir zeigen, wie man schreibt?«

Als Julian seinen Großvater aufs sonnenwarme Sofa vor die Terrasse setzte und ihm ein Glas Wasser holen wollte, versprach er, ihm zu helfen. Doch bevor er wieder bei ihm war, war sein Großvater auf dem Sofa sitzend gestorben.

TORRE DELLO ZIRO. OKTOBER 2015.

Der Sturm, der das Meer in der Nacht aufgewühlt hatte, zog weiter. Hinter den beiden Felsen, die Atrani umklammerten, schimmerte ein neuer Morgen. Die ersten Fischer kamen vom Meer zurück. Sie warfen mir einen Blick zu, wollten sich aber nicht in Dinge einmischen, die sie nichts angingen und die sie nicht verstanden. Die Autobrücke, die über Atrani hinwegführte, empfing die ersten Wagen. Eine Frau rief nach ihrem Mann, Kinder liefen über den Strand und wurden von ihren Eltern zu sich gerufen, wenn sie mir zu nahe kamen. Ich hörte sie flüstern. »*La pazza*«, zischelten sie. Das verrückte Mädchen aus Dante.

Als Enzo Cascone sich vor mich hinhockte und meine Hände in seine legte, lief eine Träne über meine Wange.

»Es tut mir leid, wir haben die falsche Wahl getroffen«, sagte er und blickte wie ich auf das Meer hinaus. »Bist du hungrig? Im Destino haben sie ein neues Ndunderi-Rezept. Was hältst du davon?«

Ich sagte kein Wort und blickte weiterhin aufs Meer hinaus. Dann verabschiedete ich mich von meinem Papa und von Josef und verließ für immer den Strand.

Es war Abend über Atrani geworden, und Signor Khalberg und Signor Morselli hatten mir das Du angeboten. Enrico und Federico. Ich aß mit ihnen, dazu tranken wir gemeinsam eine Flasche Chianti. Doch als die Wagen kamen, um uns abzuholen, wollte ich noch einmal auf den Torre dello Ziro. Cascone bot an, mich zu begleiten, aber ich wollte allein sein. Ich wollte mich verabschieden von meiner alten Welt, die mich so viel gelehrt hatte. Man konnte das Meer nicht unterwerfen. Dies zu begreifen, war das größte Geschenk, das mir Papa machen konnte. Papa und Merten.

»*Pazza, pazza!*«, rief eine Stimme hinter mir. Ich erkannte sie sofort. Es war Alfredo.

»Was willst du von mir?«, fragte ich, hob meinen Kopf und sah ihm direkt in die Augen.

Seine Pupillen wurden größer und pumpten wie ein Herz. »Marco war ein guter Mensch. Ihr hättet glücklich werden können. Du hättest nie zurückkommen dürfen!«, rief er. Und mit voller Wucht stieß er mich vom Turm.

EIN JAHR SPÄTER

Ich saß an der Piazza Umberto und trank Wein. Mein Manuskript lag auf dem Tisch. »Die Geschichte der Tea Grigio, des Mädchens, das auszog, das Meer zu unterwerfen« stand auf dem Deckblatt.

»Was schreibst du? Krimis?«, fragte Beatrice, die junge Frau, die in der Wohnung meines Großvaters sauber machte und mit der ich mittlerweile schlief.

»Nein, eine Geschichte von vier Frauen, die als Kinder getrennt wurden und jetzt als Erwachsene gegen das Böse kämpfen, um vier Kinder zu retten.«

»Und wie heißen deine Heldinnen?«

»Dorothea, Marlene, Greta und Leonora.«

»Und diese Geschichte hier handelt von Dorothea? Erzähl mir davon!«

Ich begann zu erzählen, und als ich am Ende war und Tea von Alfredo vom Torre dello Ziro in die Tiefe gestoßen wurde, sah mich meine Freundin entsetzt an.

»Sie ist tot?«

»Nein, sie ist im Koma. Die Bosse haben sie auf den Herrenhof bringen lassen zu den anderen. Dort liegen sie in vier Floating-Tanks.«

Nach einer Pause, in der ich die gerunzelte Stirn meiner jungen Freundin betrachtete, fragte ich: »Glaubst du, dass es eine andere Welt gibt? Eine, in die man flüchten kann, wenn es in unserer Welt zu gefährlich wird?«

»Ich weiß nicht.«

»Soll ich sie dir zeigen?« Ohne eine Antwort abzuwarten, zog ich sie mit beiden Händen zu mir. »Mach die Augen zu!«

»Was machst du mit mir?«

»Mach die Augen zu!«

Sie lächelte und schloss die Augen.

»Siehst du sie?«

»Ich sehe nichts.«

»Schau genau hin! Sie ist immer da, wir haben nur in unserer digitalen Welt verlernt, sie zu betreten.«

»Was meinst du?«

»Die Welt der Phantasie. Der *poesia*.«
Sie lächelte.
»Und jetzt? Siehst du sie?«
»Ja.«
»Was siehst du?«
»Einen Hirsch. Einen weißen Hirsch.«

EPILOG. EIN LEICHTGLÄUBIGER ENTSCHLUSS. HEUTE.

Es waren viele dunkle Jahre, und ich bin auf dem Weg nach Hause.

Vom Flughafen in Neapel folgen wir der A 3 und SS 145 bis zur Via Castellammare, reihen uns im dichten Verkehr auf der SS 366 ein und fahren in Richtung Castellammare di Stabia, bis wir die Ausfahrt nehmen in Richtung Gragnano, Agerola und Amalfi. Die Straßen werden enger und schlängeln sich die Monti Lattari hinauf, vorbei an den verschlafenen Dörfern und den näher rückenden Wäldern. Ich kurble das Seitenfenster unseres Fiat nach unten, und als die warme Meeresluft in den Wagen strömt, weiß ich, dass ich auf dem Weg nach Hause bin.

Meine Frau, Beatrice, sitzt neben mir und schreibt meiner Mutter auf ihrem Smartphone eine Textnachricht, dass wir gut angekommen sind. Obwohl meine Frau um fast zwanzig Jahre jünger ist, hat sie am Grab meines Vaters reifer gewirkt als ich. Sie hat kein Wort von dem verstanden, was der Pfarrer als letzte Worte für den Verstorbenen übrighatte, aber sie drückte meine Hand und gab mir Kraft. Stefano sitzt auf dem Rücksitz, eine Fußballkappe der SSC Napoli auf dem Kopf und seinen Blick auf das iPad auf seinem Schoß gerichtet.

Es ist Mittag, als wir Atrani erreichen. Stefano will gleich nach oben in unsere Wohnung, aber Beatrice überzeugt ihn, dass wir im Veliero Atrani zu Mittag essen und noch einmal auf Opa anstoßen. Das kleine Restaurant auf der Piazza Umberto ist unser Stammlokal. Wir lieben den familiengeführten Laden mit seinen hervorragenden Meeresfrüchten, der wunderbaren Pasta und dem vielen Gelächter. Die Frauen des Hauses arbeiten an den Tischen, der Sohn kocht lautstark in der Küche, und der Vater kümmert sich akribisch um den Einkauf und die Reservierungen. Für mich ist dieser Ort besonders. Es gibt kaum einen Platz, wo ich in den letzten Jahren so viele Umarmungen und so viel Gelächter erlebt habe wie hier. Und wenn am Abend Freunde und andere Familien zum Abendessen kommen, fühle ich mich glücklich.

Beatrice und ich zählen zu den Stammgästen und »besitzen« mittlerweile sogar einen eigenen Tisch, den die Eigentümer für uns räumen lassen, wenn er von neugierigen Touristen besetzt ist. Ich liebe diesen Tisch, da er ganz nah am Brunnen der Piazza Umberto steht, von wo ich den ganzen Platz einsehen kann.

Nach dem Tod meines Großvaters begann ich dort mit dem Schreiben. Zu Beginn war es schwerer, als ich gedacht hatte. Erst als ich anfing, die Menschen und ihr Treiben zu beobachten, kam etwas in mir in Gang. So beobachtete ich etwa das kleine Mädchen, das jeden Morgen mit schüchternem Blick aus einer der Gassen kam und in den Laden von Signora Gabriella schlüpfte. Oder die große Familie des alten Scognamiglio und seines Bruders, der so stolz war, dass seine Kinder im Norden studierten, wo etwas werden würde aus ihnen. Oder die Fischer, die still rauchend aufs Meer schlichen und mit stolzen, aber müden Gesichtern heimkehrten.

Im Laufe der Zeit hatte ich sämtliche Notizen, die mein Großvater hinterlassen hatte, gelesen und versuchte, alles in eine logische Zeitabfolge zu bringen. Aber ich scheiterte. Zu wirr waren seine Gedanken, zu sprunghaft seine Ideen. Und auch als ich versuchte, das Kriegstagebuch meines Urgroßvaters als roten Faden für meinen ersten Roman einzusetzen, scheiterte ich. Ich wusste nicht, wo ich anfangen sollte und mit wem. Ich wusste nur, dass ich den vier Kindern, die von meinem Großvater auf dem Stuhleck ermordet worden waren, ein Denkmal setzen wollte. Ich wollte, dass vier Frauen, die ähnliche Schicksale hatten wie sie, nach ihnen suchten, in der Hoffnung, sie zu finden, irgendwo bei den Hirschen.

Erst als ich einen der Fischer, die immer an dem kleinen Tisch neben dem Torbogen zum Strand saßen, belauschte, fand ich meinen Anfang. Er hatte seinen alten Freunden erzählt, er habe einen Hirsch gesehen, oben am Torre dello Ziro. Wie mein Großvater. Darüber wollte ich schreiben. Über einen alten Mann, der einen Hirsch jagt. Alles andere würde ich so geschehen lassen, wie es eben geschah.

In meinem alten Leben in Potsdam hatte ich immer versucht, das Leben zu kontrollieren, hier in Atrani habe ich gelernt, dass das unmöglich ist. Also beschloss ich an jenem Tag, als ich den Fischer belauscht hatte, die Kontrolle abzugeben und meiner Phantasie zu folgen. Ich folgte dem alten Mann und dem Hirsch.

Bald drang ich in eine Welt ein, die ich so lange vor mir geheim gehalten hatte. Die Welt meiner eigenen Phantasie. Ich stieg auf die Berge meiner Kindheit und verwandelte sie in stürmische Höhen, kroch in die alten Höhlen, vor denen mich mein Vater immer gewarnt hatte, und zauberte aus ihnen unterirdische Labyrinthe. Ich folgte weiter den weißen Hirschen, die mich in eine Welt führten, wo eine Königin mit ihrem Nachtvolk wachte und die Völker der Waldläufer, der Himmelsreiter und Schneehexen daran hinderte, in unsere Welt zu gelangen. Ich erfand immer neue Orte, wie Edden, ein kleines Dorf neben dem meiner Kindheit, das nie existiert hat, aber mit seinen goldenen Dächern und dem großen Apfelbaum in der Mitte für mich das Paradies war, das ich als Kind nie fand. Oder die unsichtbare Grenze zur anderen Welt, erzwungen durch einen blauen Frieden und bewacht durch weiße Türme, die aussahen wie der Torre dello Ziro. Oder oben am Pass, der in Wahrheit immer das Stuhleck war mit seinem Hirschfriedhof, wo die weißen Hirsche zum Sterben hinkamen, wenn niemand ihnen in die Welt der Phantasie folgte. Da war aber auch der Herrenhof, das Kinderheim, das in den siebziger Jahren gegenüber der Mittelstation von Spital am Semmering lag und mir immer Angst machte, da die Kinder, die dort lebten, nie lachten.

Und ohne es richtig zu wollen, entstand so ein Buch über meinen Großvater, bevor ich mich an die große Geschichte der vier Frauen machte. In meinem Kopf fügte sich mit einem Mal alles zusammen, die Notizen meines Großvaters vermischten sich mit meinen Kindheitserinnerungen und zeigten eine verworrene Welt der Schuld, die mein Großvater sein ganzes Leben lang mit sich herumgetragen hatte wie Dante in einem seiner Höllenkreise der »Göttlichen Komödie«.

Und ich erzählte weiter. Die Wörter und Sätze flossen nur so aus mir heraus.

Oder flossen sie nur durch mich hindurch?

Jakob, Lya, Elias und Medora, vier psychisch kranke Kinder, fanden durch den Rassenwahn der Nazis den Tod. Für meinen Großvater waren sie aber entkommen, da sie den Hirschen in die unsterbliche Welt der Phantasie gefolgt waren. Und ich, der ich nun die Welt der Phantasie in mir gefunden hatte, wollte diese Kinder dort finden.

Ich fand die Staatsanwältin, die ihren Glauben an die Welt verloren hat und immer tiefer in einen Wahn abrutscht. Sie ist auf der Suche nach Lya, ihrer Tochter, und in Wahrheit nach einem der Mädchen, die meinen Großvater mit großen Augen ansahen, bevor sie verschwanden mit ihrer kupferfarbigen Haut, über der smaragdgrüne Striche lagen.

Ich fand die zweite Schwester und schickte Greta Erdsegen auf die Suche nach der anderen Welt. Auch sie versinkt im Wahn, will die große Krankheit verhindern, die den Beginn der Neuen Ordnung bringen soll, erschaffen von einer großen, mächtigen Organisation, der Schwarzen Familie.

Aber habe ich sie wirklich *geschickt*? Habe ich sie nicht in Wahrheit nur beobachtet?

Meine Phantasie war wie ein wildes Pferd, das mich in eine Welt führte, die ich vorher für unmöglich gehalten hatte, aber als wir monatelang nicht auf die Piazza Umberto durften, wusste ich, dass es Zeit war, die Wahrheit zu erzählen.

Am hundertsten Geburtstag meines Großvaters schließlich fand ich die dritte Schwester, Dorothea Almer. Ich machte aus dem kleinen Mädchen, das ich jeden Tag in Atrani sah, Tea Grigio, das Mädchen, das auszog, um das Meer zu unterwerfen und zur Spitze der Schwarzen Familie vorzudringen.

Machte ich sie wirklich dazu? Habe ich sie und ihre Geschichte tatsächlich erfunden? Und Giacobbe, den kleinen Jakob mit den leuchtenden roten Ohren?

Schließlich war es die dritte Schwester, meine geliebte Tea, die ungewollt die Wahrheit über meinen Großvater ans Licht brachte. Sodass jeder nun die Wahrheit von Tannenfall kennt. Und die Geschichte meines Großvaters.

Aber war es die Wahrheit? Oder war es vielmehr ein Teil davon? Oder die verzerrte Form, wie in einem Spiegelkabinett?

Ich hätte nie gedacht, dass die Poesie, die große Magie der Kreativität und Phantasie, so unberechenbar ist, dass sie meine wahre Identität zum Vorschein bringen würde. Anfangs habe ich mich einfach gefreut, dass mir plötzlich doch die Fähigkeit beschieden war, ein literarisches Werk zu erschaffen. Doch mit der Zeit mischten sich Zweifel darunter. Erschuf ich wirklich? Oder sah ich nur auf eine neue Art zu? Drang immer tiefer ein in eine Phantasie, die tiefer war als die erfundenen Welten meiner Kindheit. Wenn die denn tatsächlich erfunden waren. War ich vielleicht selbst ein Teil dieser Phantasie?

Teil einer Halluzination, die größer ist als ich?

Immer wieder versuchte ich, den Kopf zu schütteln über derart seltsame Ideen in meinem Kopf. Doch die Ideen verschwanden nicht. Im Gegenteil. Mehr und mehr fühlte es sich an, als wäre die von mir niedergeschriebene Geschichte die eigentliche Welt und mein Leben mit Beatrice und unserem Sohn nur eine Novelle, nichts von Bedeutung.

Auch jetzt schüttle ich wieder den Kopf, nur innerlich, damit man es mir nicht anmerkt. Aber das alles muss ein Ende haben. Ich habe mich lange danach gesehnt, einen Roman zu schreiben, und nun ist mein Wunsch erfüllt. Jetzt geht es darum, Fiktion und Realität wieder in die ursprüngliche Ordnung zurückzubringen. Das bin ich mir und meinen geschätzten Lesern schuldig. Und da gibt es nur einen Weg.

Während wir warten, dass unsere Ndunderi kommen, denke ich an meinen Großvater und beschließe, mein großes Romanprojekt ein für alle Male zu beenden, da es nichts mehr zu sagen und zu schreiben gibt.

»Es tut mir leid mit Ihrem Vater«, höre ich Signor Scognamiglio, der mich zu meiner Figur des Enzo Cascone inspiriert hat, am Nachbartisch sagen, genau in dem Moment, da ich mich auf meinem Stuhl aufrichte, froh über meinen Entschluss. »Übrigens habe ich Ihren neuen Roman gelesen, und dabei ist mir in der Nacht eine Frage gekommen, die Sie mir vielleicht beantworten können?«

Ich spreche nicht gerne über meine Arbeit, nicke Scognamiglio aber freundlich zu.

»Die armen Kinder, die Ihr Großvater in Tannenfall mit

dieser Handgranate in die Luft gesprengt hat, leben die noch?«, fragt der alte Scognamiglio. »Sie haben geschrieben, dass man ihre Leichen nie gefunden hat. Kann es sein, dass sie überlebt haben in einer der Höhlen?«

Die Hausherrin bringt drei große Teller Ndunderi.

»Vielleicht finden die vier *pazze* dort im Floating-Tank am Herrenhof heraus, wo die Kinder stecken. Sie sind doch Künstler, Sie können die Welten ja verbinden. Finden Sie sie, Leidemann, finden Sie sie!«, ruft der Alte zu mir herüber und wünscht uns ein lautes *»Buon appetito!«*, bevor er weiterredet: »Trommeln Sie doch Ihr Nachtvolk, Ihre Schneehexen und wie sie alle heißen, zusammen und suchen Sie die Kinder! Lassen Sie Merten zurückkommen und die Welt vorbereiten auf den letzten Akt.«

»Aber das ist doch alles nur Phantasie, Signore.«

»All die toten Kinder in den Heil- und Pflegestätten der Nazis waren es nicht. Also schreiben Sie, Leidemann, schreiben Sie!«

Ich blicke zu Beatrice, die mich mit ihrem bestimmten Gesicht ansieht, das sie immer dann trägt, wenn sie weiß, dass die *poesia* vom Meer nach mir ruft. Und als ich den ersten Bissen Ndunderi in den Mund stecke, sehe ich über die Piazza eine blaue Blume fliegen.

Danksagung

Kein Buch entsteht ohne die Hilfe anderer. So möchte ich mich wieder bei folgenden Menschen bedanken, ohne die dieses Werk nicht das Licht der Welt erblickt hätte und die darin enthaltene Welt wohl für immer verschollen geblieben wäre.

Da ist an erster Stelle mein Lektor Lothar Strüh, der mich schon auf der ganzen Reise durch Tannenfall wie ein treuer, ehrlicher Gefährte begleitet und mich vor jedem Fehltritt gewarnt hat, wenn aus Mut Übermut zu werden drohte.

Weiter gilt mein Dank auch wieder dem Journalisten Christian Triller, der mich auch bei diesem Buch mit seinem Wissen über die Welt von Tannenfall und seinem Scharfsinn unterstützt hat.

Und natürlich danke ich dem Team von Emons weiterhin für ihren hartnäckigen Glauben an die Tannenfall-Reihe: Herrn Hejo Emons, Frau Ulrike Emons, Frau Franziska Emons-Hausen, Frau Dr. Steinmetz, Frau Rahnfeld, Frau Simandi, Frau Gaberdan, Frau Naumann, Frau Schmidt, Frau Schäfer, Frau Olk, Frau Budde und allen anderen.

Mein tiefer Dank gilt aber auch wieder meiner Familie, meinen Kindern Larissa und Alma, aber allen voran meiner wundervollen Frau Anna. Sie hat mir die Sanftmut geschenkt, mit der ich mich der verschwundenen Welt widmen konnte. Aber sie hat mich auch in die Lage versetzt, wieder an Wunder zu glauben – Wunder, die ich Tag für Tag mit ihr erleben darf. Sie hat mir den Rücken freigehalten, wenn ich in Gedanken an der Amalfiküste bei Tea war und in Atrani mein Atelier aufgeschlagen habe.

Bevor ich schließe, möchte ich mich aber auch noch bei denen bedanken, die meinen Geist angefacht haben, indem sie mich inspiriert haben mit ihren großen Werken und mir Wege gezeigt haben, die ich ohne sie nicht gesehen hätte. Somit gilt mein Dank neben den vielen großen Autoren, die ich während meiner Zeit des Schreibens gelesen habe, besonders Gabriel García Márquez, der mich wie ein stiller Mentor durch mein eigenes literarisches Werk gelotst und mir gezeigt hat, wozu Literatur fähig ist.

Enden möchte ich mit dem Zitat von Louise Glück, mit dem ich den Roman begonnen habe. »Es heißt, es gebe einen Spalt der menschlichen Seele, die nicht dafür angelegt wurde, dem Leben vollends anzugehören.« Doch erst als ich im Sommer 2021 mit meiner Familie die Amalfiküste, Atrani und den Torre dello Ziro besucht habe, habe ich begriffen, was es mit diesem Satz auf sich hat. Denn obwohl ich alles so vorgefunden habe, wie ich es in der »Verschwundenen Welt« beschrieben habe, so habe ich am Torre dello Ziro diesen Spalt gespürt. Und ich bin mir sicher, wenn ich losgestürmt wäre wie einst Tea und auf das ewige Meer geblickt hätte mit den Augen meiner Kindheit, dann hätte ich über diese Grenze geblickt, in der jener Teil der Seele liegt, der außerhalb des Lebens blüht. Und dann hätte ich sie nicht nur in meiner Phantasie gesehen, sondern mit eigenen Augen: die weißen Hirsche.

Bernhard Hofer, Potsdam, 14. November 2021

Bernhard Hofer
TANNENFALL
Broschur, 304 Seiten
ISBN 978-3-7408-0457-2

Ein verlassenes Tal in den Alpen: Immer hat Viktor davon geträumt, zur Jagd zu gehen, doch nun ist es zu spät. Er ist alt, und die Liebe seines Lebens liegt im Sterben. Noch einmal macht er sich auf, um seiner Frau den letzten Wunsch zu erfüllen: Tannenfall zu sehen! Jenen Ort, an dem er ihr einst einen Heiratsantrag machte. Doch als ein gespenstischer Hirsch die beiden attackiert und seine Frau verschwindet, beginnt der Alptraum. Auf der Jagd nach dem Tier dringt Viktor immer tiefer in eine Welt zwischen Wahn und Wirklichkeit ein – und stößt auf ein Geheimnis, das gefährlicher ist als alles, was er je zuvor gesehen hat.

Teil 1 der Saga
Die Geschichte der Marlene Castor

Bernhard Hofer
TANNENFALL. DER ERSTE SCHNEE.
Hardcover, 304 Seiten
ISBN 978-3-7408-0636-1

Staatsanwältin Marlene Castor zieht sich nach einem beruflichen Rückschlag mit ihrer Tochter Lya in die Abgeschiedenheit der Berge zurück, doch die Ruhe währt nicht lange. Bei einem gemeinsamen Ausflug verschwindet Lya. Eine fieberhafte Suche beginnt. Die wenigen Spuren verweisen immer wieder auf den mysteriösen Ort Tannenfall, um den sich zahllose Legenden ranken und von dem niemand weiß, wo genau er zu finden ist. Gemeinsam mit dem schweigsamen Bergführer Jakob begibt sich Marlene auf eine Reise, die sie weit über die Grenzen des eigenen Verstandes und tief in die eigene Psyche führt.

Teil 2 der Saga
Die Geschichte der Greta Erdsegen

Bernhard Hofer
TANNENFALL. DAS ANDERE LICHT.
Hardcover, 368 Seiten
ISBN 978-3-7408-0709-2

Seit Jahrhunderten ranken sich Legenden um den geheimnisvollen Ort Tannenfall, der auf keiner Karte zu finden ist. Tannenfall ist die Schwelle zum Paradies, die Bewohner leben im Einklang mit der Natur. Doch das Land verändert sich: Gewässer sind vergiftet, Wälder brennen, und eine verheerende Krankheit bringt Tod über Menschen, Tiere und Pflanzen. Die Natur scheint sich für die Gier der Menschheit zu rächen. Vier Schwestern, in Tannenfall geboren und vor langer Zeit verschleppt, folgen dem Hilferuf der sterbenden Welt. Können sie gemeinsam die Dunkelheit überwinden?

www.emons-verlag.de